云岭大讲堂

YUNLING DAJIANGTANG

编委名单

雲嶺大讲堂

YUNLING LECTURE HALL

云南省社会科学普及丛书

YUNLING DAJIANGTANG YANJIANG JICUI

2014

云岭大讲堂
演讲集萃

云南省社会科学界联合会　编

云南出版集团公司
云南科技出版社
·昆明·

图书在版编目（CIP）数据

2014云岭大讲堂演讲集萃 / 云南省社会科学界联合
会编. –– 昆明：云南科技出版社，2015.5

ISBN 978-7-5416-9125-6

Ⅰ. ①2… Ⅱ. ①云… Ⅲ. ①演讲－中国－当代－选
集 Ⅳ. ①I267

中国版本图书馆CIP数据核字（2015）第129836号

责任编辑：胡凤丽
罗　璇
叶佳林
封面设计：晓　晴
责任校对：叶水金
责任印制：翟　苑

云南出版集团公司
云南科技出版社出版发行
（昆明市环城西路609号云南新闻出版大楼　邮政编码：650034）
昆明卓林包装印刷有限公司印刷　全国新华书店经销
开本：787mm×1092mm　1/16　印张：29.25　字数：479千字
2015年9月第1版　2015年9月第1次印刷
定价：58.00元

云岭大讲堂

YUNLING DAJIANGTANG

目 录

1　张建国　中国共产党十八届三中全会精神解读

10　毕天云　十八届三中全会社会事业改革政策解读

17　范建华　美丽中国——生态文明建设纵横谈

29　张瑞才　努力培育和践行社会主义核心价值观

49　陈庆江　徐霞客与云南

73　赵乐静　复杂系统哲学与公共问题

83　左安嵩　艾思奇与马克思主义大众化

94　马　军　法治文化的建设与法治国家建设的思考

113　李　兵　哲学与人生

123　樊　勇　基于国情的民主政治建设

137　陈　新　税收与百姓生活

150　方　铁　元明清三朝对云南的经营

161　费　宇　大数据来临：我们准备好了吗？

172　何　跃　中国跨境民族文化认同与边疆安全问题

182	雷 强	"沐国公"家族与明代云南社会
193	李志勤	四位"三八"红旗手的精彩人生
193	代琼兰	
194	毕惠仙	
194	铁飞燕	
207	马行云	云陶文化产业及代表人物
229	马迎春	贯彻男女平等基本国策——推动社会性别主流化
241	木基元	世界文化遗产丽江古城的保护及其启示
255	秦 玛	礼仪与个人形象塑造
270	冉隆中	人生的磨难与文学的转换
282	饶 远	少数民族体育旅游资源开发方式探索
293	王克勤	云南水土保持与生态文明
301	李晓斌	景颇族的历史与文化
309	吴宝璋	中国第四大名楼——大观楼
326	辛 勤	"老吾老"新解
336	晓 雪	学习写作体会
347	熊 晶	从科技之光到生态文明：滇池治理的实践与思考
357	易川凿	素食更健康
369	尹绍亭	文化生态遗产之保护与可持续发展
388	周智生	寻找断落的链环：中国云南与印度间历史交流启示
396	谢青松	儒家伦理与幸福人生
409	赵玉慧	严复在中国近代史上的地位解读
423	陈泰敏	云南古陶瓷的文化解读和艺术鉴赏
437	董保延	昆明的历史文化标志
450	马居里	云南的宗教格局与宗教文化

张建国

张建国，云南民族大学教授，省委宣讲团成员。现为中央马克思主义理论研究和建设工程高校思想政治理论课课题组首席专家、教育部全国高校思想政治理论课教学指导委员会委员、云南省高校思想政治理论课教学研究会会长、云南省高校思想政治理论课教学指导委员会副主任委员。长期从事高校思想政治理论课的教学与研究。曾被评为全国优秀教师、全国高校优秀思想政治理论课教师、云南省高校思想政治理论课"十佳"教学名师、云南省有突出贡献的哲学社会科学专家、云南省首批宣传文化系统"四个一批"理论类人才、云南省理论武装工作先进个人、云南教育功勋奖获得者、云南省高校教学名师。建有云南省高校马克思主义理论教育名师工作室。

中国共产党十八届三中全会精神解读

2013年11月9～12日，中国共产党在我国首都北京胜利召开了十八届三中全会。这次会议时间不长，仅有四天。四天对一个国家，对一个民族，对一个政党，甚至对一个人来说，都是非常短暂的。但也可以肯定地说，恰恰就是这短暂的四天，将对整个中国的历史发展产生重大的影响。无独有偶，30多年前的1978年，我们党也开过一次三中全会，叫十一届三中全会，时间是12月18～22日，时间也不长，仅有五天，但也就是这五天，作为一个划时代的重大事件，开启了中国历史的重大转折。我们可以这样说，改革开放以来中国三十多年的历史巨变，都与十一届三中全会这五天分不开。正是因为这次全会，开创了中国特色社会主义，吹响了中国改革开放的号角，使得整个中国的面貌、中国人民和中华民族的面貌、中国共产党的面貌发生了天翻地覆的变化。可以预见，十八届三中全会也必将对整个中国的发展产生重大影响，并随着时间的推移和全面深化改革的深入，其作用和影响会更加明显。

这次全会准备充分，发扬了民主，特别是《中共中央关于全面深化改革若干重大问题的决定》最能体现这一特点。在将近七个月的时间里，开展了专题论证，进行了广泛的调查研究和意见征求，并反复讨论修改。其间，中央政治局常委会会议三次、中央政治局会议二次分别审议了《决定》。此外，《决定》征求意见稿还下发党内一定范围征求意见，征求党内老同志意见，专门听取各民主党派中央、全国工商联负责人和无党派人士意见。可以说，《决定》广泛征求了意见、充分发扬了民主、集中了全党全军和全国各族人民的智慧，是一个划时代的马克思主义的纲领性文献。

那么，我们怎样才能更好地理解这次全会的精神呢？

我认为，最根本的是认真学好全会的三个重要文件：一是十八届三中全会的"公报"；二是习近平总书记"关于《中共中央关于全面深化改革若干重大问题的决定》的说明"；三是十八届三中全会的"决定"，即《中共中央关于全面深化改革若干重大问题的决定》。其中《中共中央关于全面深化改革若干重大问题的决定》是最重要的学习文本，其版面字数约26000字，不包括简短的前言和结语，涉及的内容有十六个部分，涉及的要点有六十个。也就是说中国现在和未来的发展，都直接与这十六个部分和六十个要点密切相关。《决定》不仅内容多，要点多，信息量大，而且新东西也比较多。

在此基础上，学好全会的精神，我认为要着重把握好两个关键性的问题：一是对本次全会精神要有一个整体的认识，特别要牢牢抓住其特点，体现整体为先原则。二是要通过学习本次全会的《决定》来学好全会的精神，关键要把握《决定》的结构、重点和主要内容，深刻领会《决定》的内涵和实质，体现专题为要原则。下面，我将着重从这两个方面谈一谈对十八届三中全会精神的理解。

对于第一个方面，即整体认识的问题，我认为关键要从全会所具有的特点来理解。

全会的第一个特点是从战略的高度对全面深化改革进行了系统思考、整体思考，对解决中国经济社会发展的持续动力问题进行了顶层设计，具有战略性。用习近平总书记"关于《中共中央关于全面深化改革若干重大问题的决定》的说明"中的话说，全会合理布局了全面深化改革的战略重点、优先顺序、主攻方向、工作机制、推进方式和时间表、路线图，形成了改革理论和政策的一系列新的重大突破，是全面深化改革的又一次总部署、总动员。如果说党的十八大在绘就全面建成小康社会、加快推进社会主义现代化、夺取中国特色社会主义新胜利宏伟蓝图的基础上，从战略的高度解决了举什么旗、走什么路、实现什么目标这些事关中国未来发展的一系列重大问题的话，十八届三中全会则在为中国改革开放提供了几十年持续发展动力的"人口红利"优势正在丧失的前提下，为中国经济社会发展找到了新的持续发展动力，即"改革红利"。通过全面深化改革进一步解放思想、解放和发展社会生产力、解放和增强社会活力，破除各方面体制机制弊端，以实现让一切劳动、知识、技术、管理、资本的活力竞相迸发，让一切创造社会财富的源泉充分涌流，让发展成果更多更公平惠及全体人民的发展目标。可以这样说，全面深化改革从一个十分重要的方面为我们坚定不移地沿着中国特色社会主义道路前进，实现全面建成小康社会的奋斗目标提供了根本保障。

全会的第二个特点是对我国改革所处的发展阶段及特征的把握既准确又深刻，并能够直面问题，实事求是，具有深刻性。全会的《决定》明确指出：当前我国经济社会发展进入了前所未有的新阶段，改革也进入攻坚期和深水区。所谓"攻坚"，按广义的字面来理解，是指解决某项任务中最难、最关键的问题。如果这个问题解决不好，就会从根本上影响全局，影响其他问题的解决。这就像打仗一样，如果不能攻占一个关键性的制高点，整个战役的全局就会受到致命的影响。当前，我国的改革也处在这样一个关键性阶段、攻坚阶段。在过去几十年的改革中，我们基本都是从若干单项改革的角度或若干单项改革的突破来推进中国经济社会发展的，来取得举世瞩目成就的。但目前改革不够系统不够全面的问题也逐渐显现出来，对中国经济社会发展的负面影响也逐渐增大。在党的十八大明确提出全面建成小康社会的目标和中国特色社会主义事业"五位一体"的总布局后，在改革的问题上，我国也进入到了全面深化改革的攻坚阶段，必须既强调顶层设计，又强调摸着石头过河，强调二者的有机结合；既强调整体推进，也强调重点突破，强调二者的相互促进。既强调长远目标，又直面现实问题和挑战，凸显二者的有机统一。全会要求改革要更加注重系统性、整体性、协同性，以形成系统完备、科学规范、运行有效的制度体系，使各方面制度更加成熟更加定型。因为只有这样，才能真正实现完善和发展中国特色社会主义制度，推进国家治理体系和治理能力现代化这一全面深化改革的总目标。所谓的深水区，是指中国的各项改革不仅面临着越来越多的复杂矛盾，而且矛盾还相互交织，改革的内外环境也出现了巨大变化，任务加重，困难增多，挑战严峻。只有通过全面深化改革，才能保证改革的继续深入推进，科学有效地发挥改革的动力作用，使我国能够顺利渡过改革的深水期。

正因为如此，在改革进入攻坚期和深水区的重要阶段，面对改革遇到挑战、矛盾和问题，全会要求我们必须以更加强烈的历史使命感，以更大决心来冲破思想观念的束缚、突破利益固化的藩篱，打好全面深化改革的攻坚战，以推动中国特色社会主义制度自我完善和发展。

在改革进入攻坚期和深水区的重要阶段，全会能够立足于我国长期处于社会主义初级阶段这个最大实际，不回避问题，实事求是，体现了问题倒逼，彰显了问题意识。改革开放以来，尽管我们取得了一系列举世瞩目的成就，中国经济总量超过日本成为世界第二，中国的国际地位不断提高，人民生活水平也不断改善。但不容置疑，中国经济社会发展在方方面面也积累下来了许多问题，有些问题甚至是根本性、全局性的问题。正如全会所分析的：在新的历史起点上，我国的国内外环境都在发生极为广泛而深刻的变化，经济社会发展也面临一系列突出矛盾和挑战，前进道路上还有不少困难和问题。这些问题集中体现在发展中不平衡、不协调、不可持续问题依然突出，科技创新能力不强，产业结构不合理，发展方式依然粗放，城乡区域发展差距和居民收入分配差距依然较大，社会矛盾明显增多，教育、就业、社会保障、医疗、住房、生态环境、食品药品安全、安全生产、社会治安、执法司法等关系群众切身利益的问题较多，部分群众生活困难，形式主义、官僚主义、享乐主义和奢靡之风问题突出，一些领域消极腐败现象易发多发，反腐败斗争形势依然严峻，等等。怎样才能从根本上解决这些问题，以保证全面建成小康社会，进而建成富强民主文明和谐的社会主义现代化国家、实现中华民族伟大复兴的中国梦，全会明确指出，关键在于全面深化改革，用全面深化改革来化解我国经济社会发展面临的诸多难题。

全会的第三个特点是亮点多，创新点多，在改革理论和政策方面形成了一系列新的重大突破，具有创新性。有人初步统计说这次全会至少有十个亮点、七个新意。如十个亮点为：一是"到2020年在重要领域和关键环节改革上取得决定性成果"；二是"推进国家治理体系和治理能力现代化"；三是"中央成立全面深化改革领导小组"；四是"设立国家安全委员会"；五是"加快建设公正高效权威的社会主义司法制度"；六是"使市场在资源配置中起决定性作用"；七是"把权力关进制度笼子的根本之策"；八是"形成新型工农城乡关系"；九是"建立事权和支出责任相适应的制度"；十是"健全自然资源资产产权制度和用途管制制度"。七个新意为：新在改革总目标的设置；新在对市场角色的全新定位；新在对法治的高度强调；新在对教育、就业创业、社会保障、医药卫生等民生领域改革的态度；新在对于城乡二元结构弊端的坦率表述；新在提出了"建立现代财政制度"；新在对建立生态文明制度的空前强调。

当然，作为在改革理论和政策方面取得一系列新的重大突破的十八届三中全会，上述说到的十个亮点、七个新意等尽管不能完全概括我们党在全面深化改革方面所进行的理论和实践创新，但也在一定程度上反映了创新是十八届三中全会的一大特色。

总的来说，十八届三中全会将为中国经济社会的持续健康有序发展提供强劲动力，使改革开放仍将继续成为党和人民事业大踏步赶上时代的重要法宝。

对于第二个方面，即把握《决定》的结构、重点和主要内容，深刻领会《决定》的内涵和实质方面。我认为一定要切实做到四个"深刻理解"，通过四个"深刻理解"较好地把握全会的精神。

第一，要深刻理解《决定》的逻辑结构和要回答的主要问题，这是我们正确把握《决定》主要内容的重要前提。

我前面讲过，要认真学习全会的精神，重要的是要学习全会的三个文件，特别要学习全会通过的《决定》。由于《中共中央关于全面深化改革若干重大问题的决定》有26000字左右，内容非常多、内涵非常深，因此要学好《决定》首先要理解《决定》的逻辑结构和要回答的主要问题。通过学习习近平总书记"关于《中共中央关于全面深化改革若干重大问题的决定》的说明"，我们发现《决定》由三个板块构成了其独特的逻辑结构，着重回答了为什么改、怎么才能顺利改、改什么以及党如何领导全面深化改革的问题。

从《决定》的文本来看，《决定》的引言和第一部分构成第一板块，是总论，涉及三个要点，主要阐述全面深化改革的重大意义、指导思想、总体思路、实现目标等。第二至第十五部分构成第二板块，是分论，涉及五十三个要点，主要从经济、政治、文化、社会、生态文明、国防和军队六个方面阐述全面深化改革问题，具体部署了全面深化改革的主要任务，提出了全面深化改革的重大举措。《决定》的第十六部分构成第三板块，涉及四个要点，主要阐述加强和改善党对全面深化改革的领导，强化组织领导和组织保障问题。

第二，要深刻理解全面深化改革的重大意义、指导思想、总体思路和实现目标，着重回答了为什么要全面深化改革、怎么才能顺利推进全面深化改革的问题。

对此一定要切实做到七个把握：

一要把握全面深化改革的重大意义。大家都知道，改革开放是党在新的时代条件下带领全国各族人民进行新的伟大革命，是决定当代中国命运的关键抉择，是党和人民事业大踏步赶上时代的重要法宝，是党和国家保持生机活力的关键。面对全面建成小康社会，实现中华民族伟大复兴中国梦的伟大历史任务，面对改革进入攻坚期和深水区的复杂阶段，面对可能掉进"中低收入陷阱"的现实威胁，我们能不能坚定不移沿着中国特色社会主义道路，切实解决我国经济社会发展面临的一系列突出矛盾和挑战，实现持续健康有序发展，完全取决于我们能不能在新的历史起点上坚定不移地推进全面深化改革，不断增强中国特色社会主义道路自信、理论自信、制度自信。全面深化改革仍然是当代中国最鲜明的特色，最强劲的声音，广大人民群众最迫切的希望，也是当代中国共产党人最鲜明的品格。正是从这个意义上说，改革及全面深化改革对当代中国的政治建设、经济建设、文化建设、社会建设、生态文明的重大影响，不亚于任何一次重大的革命和解放运动。

二要把握全面深化改革的指导思想。在当今中国，要确保全面深化改革顺利进行，就必须毫不动摇地高举中国特色社会主义伟大旗帜，以马克思列宁主义、毛泽东思想、邓小平理论、"三个代表"重要思想、科学发展观为指导，坚定信心，凝聚共识，统筹谋划，协同推进，坚持社会主义市场经济改革方向，以促进社会公平正义、增进人民福祉为出发点和落脚点，进一步解放思想、解放和发展社会生产力、解放和增强社会活力，坚决破除各方面体制机制弊端。只有这样，才能不断开拓中国特色社会主义事业更加广阔的前景。

三要把握全面深化改革的总目标。《决定》对全面深化改革的总目标的阐述非常简明，即完善和发展中国特色社会主义制度，推进国家治理体系和治理能力现代化。为了实现这一总目标，我们要更加注重改革的系统性、整体性、协同性，要加快发展社会主义市场经济、民主政治、先进文化、和谐社会、生态文明，要让一切劳动、知识、技术、管理、资本的活力竞相迸发，让一切创造社会财富的源泉充分涌流，让发展成果更多更公平惠及全体人民。

四要把握全面深化改革的总体思路，切实做到六个"紧紧围绕"：一是紧紧围绕使市场在资源配置中起决定性作用，深化经济体制改革；二是紧紧围绕坚持党的领导、人民当家做主、依法治国有机统一深化政治体制改革；三是紧紧围绕建设社会主义核心价值体系、社会主义文化强国深化文化体制改革；四是紧紧围绕更好保障和改善民生、促进社会公平正义深化社会体制改革；五是紧紧围绕建设美丽中国深化生态文明体制改革；六是紧紧围绕提高科学执政、民主执政、依法执政水平深化党的建设制度改革。

五要把握全面深化改革的立足点和着力点：即必须立足于我国长期处于社会主义初级阶段这个最大实际，着力在坚持发展仍是解决我国所有问题的关键这个重大战略判断，以经济建设为中心，发挥经济体制改革牵引作用，推动生产关系同生产力、上层建筑同经济基础相适应，推动经济社会持续健康发展。

六要把握改革的基本经验。通过改革30多年的理论探索和实践推进，我们已经积累了宝贵的经验。《决定》将这些经验概括为四个"坚持"：坚持党的领导，贯彻党的基本路线，不走封闭僵化的老路，不走改旗易帜的邪路，坚定走中国特色社会主义道路，始终确保改革正确方向；坚持解放思想、实事求是、与时俱进、求真务实，一切从实际出发，总结国内成功做法，借鉴国外有益经验，勇于推进理论和实践创新；坚持以人为本，尊重人民主体地位，发挥群众首创精神，紧紧依靠人民推动改革，促进人的全面发展；坚持正确处理改革发展稳定关系，胆子要大、步子要稳，加强顶层设计和摸着石头过河相结合，整体推进和重点突破相促进，提高改革决策科学性，广泛凝聚共识，形成改革合力。

七要把握全面深化改革到2020年要完成的具体任务：就是要在重要领域和关键环节的改革上取得决定性成果，形成系统完备、科学规范、运行有效的制度体系，使各方面制度更加成熟更加定型。

第三，要深刻理解全面深化改革的重大举措，这是我们学习全会精神的主要内容，着重回答了改什么的问题。

《中共中央关于全面深化改革若干重大问题的决定》从六大领域提出了改革的重大举措，其中经济体制改革涉及坚持和完善基本经济制度、加快完善现代市场体系、加快转变政府职能、深化财税体制改革、健全城乡发展一体化体制机制、构建开放型经济新体制六个方面，23个要点；政治体制改革重点涉及加强社会主义民主政治制度建设、推进法治中国建设、强化权力运行制约和监督体系三个方面，11个要点；文化体制改革则着力从四个方面推进体制机制创新；社会体制改革希望从推进社会事业改革创新、创新社会治理体制两个方面有所突破，涉及9个要点；而加快生态文明制度建设要从4个方面着手，深化国防和军队改革涉及4个要点。

按《决定》的要求，经济体制改革是全面深化改革的重点，是其他领域改革的基础。其能否顺利推进，关键在能否处理好政府和市场的关系，能否充分发挥市场资源配置的决定性作用和经济体制改革的牵引作用，使生产关系同生产力、上层建筑同经济基础相适应，以保证我国经济社会能够持续健康发展。

第四，要深刻理解加强和改善党的领导是全面深化改革顺利推进的根本保障。

众所周知，党的领导是解决中国一切问题的关键。在当代中国，要保证全面深化改革能够顺利推进，完成全面深化改革的各项重大举措，加强和改善党的领导是关键所在。那么，在全面深化改革持续推进的历史进程中，怎样才能充分发挥党总揽全局、协调各方的领导核心作用，我认为一定要从三个方面着手工作。一是要把我们党真正建设成为学习型、服务型、创新型的马克思主义执政党，提高党的领导水平和执政能力。当前，我们党在党的建设方面取得了一定的成绩，已基本实现了从夺取政权的革命党向长期执政的执政党转变，从在封闭的条件下、计划经济条件下搞建设的党向在开放的条件下、市场经济条件下搞建设的党转变，我们党对共产党执政规律、社会主义建设规律、人类社会发展规律这三大规律的认识也不断深化。但与此同时，我们党也面临着"四个危险"和"四个考验"。我们只有从"三型"执政党建设着手，不断提高党的建设的科学化水平，才能充分发挥党总揽全局、协调各方的领导核心作用。二是要从统一思想、提高认识及强有力的组织保证和人才支撑方面来强化党对全面深化改革的领导。三是要尊重人民的主体地位，充分发挥广大人民群众在全面深化改革中的主体作用，切实解决"依靠谁""为了谁""我是谁"的问题，充分调动其积极性、主动性和创造性，为全面深化改革创造必要的氛围和条件。

各位听友，总的来说，十八届三中全会的精神丰富而深刻、系统而全面，信息量大而新东西多，我的解读不一定全面到位。如果存在不足，诚恳地请各位听友提出批评。谢谢大家！

毕天云

毕天云，法学博士，教授，博士研究生导师。2012年度国家社会科学基金重大招标项目"中华民族传统福利文化研究"首席专家，云南省哲学社会科学优秀社科专家，云南省中青年学术技术带头人，云南省教学名师，云南省哲学社会科学创新团队（云南城乡居民社会保障制度整合研究创新团体）带头人。现任云南纪检监察学院常务副院长、云南师范大学哲学与政法学院院长、中国社会学会社会福利专业委员会理事、社会政策专业委员会理事、云南省社会管理专家咨询委员会专家。

主要研究领域包括社会福利、社会保障和社会政策。先后主持国家社科基金项目4项，省部级及其他课题10余项；主要代表作《社会福利场域的惯习》《福利社会学》《21世纪中国农民的社会保障之路》和《当代中国社会福利思想与制度》，先后4次获得云南省哲学社会科学优秀成果奖。

十八届三中全会社会事业改革政策解读

十八届三中全会通过的《中共中央关于全面深化改革若干重大问题的决定》（以下简称《决定》）提出："实现发展成果更多更公平惠及全体人民，必须加快社会事业改革，解决好人民最关心最直接最现实的利益问题，努力为社会提供多样化服务，更好满足人民需求"。深入领会十八届三中全会关于社会事业改革的精神实质，是有序推进社会事业改革的思想前提。

一、社会事业中的"社会"含义

"社会"是一个多义性的概念，在不同的语境中具有不同的含义。只有准确理解"社会事业"中"社会"的含义，才能明确社会事业的边界和范围，有效开展社会事业改革。

一般而言，社会概念具有三层含义：一是"大社会"概念。大社会与自然界对应，是指除了自然界之外的人类活动领域和人类共同体，如"自然与社会"，在现实中相当于国家或民族国家。二是"中社会"概念。中社会与经济领域相对应，把经济发展之外的领域都归为社会，通常讲的"经济社会要协调发展"，每隔五年制定的国民经济和社会发展规划就是在这个意义上使用"社会"概念。三是"小社会"概念。小社会与经济、政治、文化并列使用，主要指社会生活领域即民生领域。

"社会事业"中的"社会"是"小社会"概念，主要包括教育事业、医疗卫生、劳动就业、收入分配、社会保障、人口与计划生育等方面。小社会意义上的社会事业，其实质是公益性的民生事业，社会事业在某种意义上可以理解为民生事业，不同于政府的公共管理行为和企业的营利行为。

二、社会事业改革的地位

社会事业改革是社会体制改革的重要组成部分，与经济体制改革、政治体制改革、文化体制改革、生态文明体制改革改革之间相辅相成，在全面深化改革中具有重要作用。

首先，社会事业改革为经济体制改革提供有序的社会环境。经济体制改革需要一个良性运行、健康有序、和谐稳定的社会环境。只有抓好社会事业改革，保障和改善民生状况，广大人民群众安居乐业，才能保障社会稳定，才能为经济体制改革创造良好的社会环境。其次，社会事业改革为增强执政合法性提供坚实基础。政治体制改革的核心是发展社会主义民主政治，进一步夯实中国共产党的执政基础。执政合法性来源于广大人民群众的支持、认可、肯定和拥护，社会体制改革做好了，人民群众的生活改善了，幸福感提高了，就会更加拥护和支持党的领导，就会进一步巩固党的执政基础。再次，社会体制改革有利于社会主义核心价值体系建设。在价值观念多元化的时代，迫切需要在不同的价值观之间寻找"重叠共识"和"最大公约数"，形成全民共享的核心价值观。构建社会主义核心价值体系是我国文化建设和文化体制改革的重要任务之一，核心价值体系的形成需要全体中国人在核心价值观上达成共识。抓好社会体制改革，提高人民生活质量，有利于减少价值分歧和价值纷争，有利于促进全民的重叠共识，能为价值共识的提供良好的社会心理基础。最后，社会体制改革有助于推进生态文明建设。生态文明体制改革的关键是保持人与自然和谐相处，保持人类社会与自然界之间的良性互动，具体途径是建设"环境友好型社会"和"资源节约型社会"。在生态文明建设过程中，"两型社会"与"民生改善"之间，既有相互促进的一面，也有相互矛盾的一面，有时甚至面临"二难困境"。只有切实解决好民生问题，才能真正减少生态破坏行为，落实生态保护措施，提高环境保护效果。

三、社会事业改革的理念

社会事业改革是一项复杂艰巨的系统工程，必须有明确的价值追求和价值理念。一要坚持"民生为本"理念。社会事业实质上是民生事业，坚持民生为本是社会事业的本质要求。一方面，民生为本是人民群众的迫切要求。在21世纪，人民群众对过上美好生活有了新期待和新要求；坚守全心全意为人民服务的根本宗旨，就是要全心全意为改善民生服务。正如习近平总书记所言："我们的人民热爱生活，期盼有更好的教育、更稳定的工作、更满意的收入、更可靠的社会保障、更高水平的医疗卫生服务、更舒适的居住条件、更优美的环境，期盼着孩子们能成长得更好、工作得更好、生活得更好。人民对美好生活的向往，就是我们的奋斗目标。"另一方面，民生为本是实现"中国梦"的必由之路。中华民族伟大复兴的"中国梦"，就是要实现国家富强、民族复兴、人民幸福、社会和谐。保障和改善民生，是"中国梦"的落脚点；保障和改善民生，才能点亮"中国梦"。正如习近平总书记所说："保障和改善民生是一项长期工作，没有终点站，只有连续不断的新起点，要实现经济发展和民生改善良性循环。"二要坚持"底线公平"理念。公平正义是社会事业的本质要求，是推进社会事业改革的主线；底线公平是社会公平的基石，是实现公平正义的基本途径。人民群众的需求分为底线需求和非底线需求两个层次，底线需求具有共同性、一致性和绝对性，是广大人民群众社会需求中的最大公约数，满足人民群众的底线需求是社会事业改革的首要目标。在社会事业改革过程中，要优先健全和完善底线公平制度，重点是公共义务教育制度、最低工资保障制度、最低生活保障制度、基本公共卫生服务制度、基础养老金制度和保障性住房制度。

四、社会事业改革的任务

十八届三中全会规划了社会事业改革的蓝图，明确了社会事业改革的任务。

一是深化教育领域综合改革。《决定》提出：坚持立德树人，加强社会主义核心价值体系教育，完善中华优秀传统文化教育，增强学生社会责任感、创新精神、实践能力；大力促进教育公平，统筹城乡义务教育资源均衡配置，健全家庭经济困难学生资助体系，逐步缩小区域、城乡、校际差距；加快现代职业教育体系建设，创新高校人才培养机制；推进学前教育、特殊教育、继续教育改革发展。《决定》强调：推进考试招生制度改革，探索招生和考试相对分离、学生考试多次选择、学校依法自主招生、专业机构组织实施、政府宏观管理、社会参与监督的运行机制；试行普通高校、高职院校、成人高校之间学分转换，拓宽终身学习通道；深入推进管办评分离，扩大省级政府教育统筹权和学校办学自主权，完善学校内部治理结构；健全政府补贴、政府购买服务、助学贷款、基金奖励、捐资激励等制度，鼓励社会力量兴办教育。2013年，全年研究生招生61.1万人，在学研究生179.4万人，毕业生51.4万人；普通本专科招生699.8万人，在校生2468.1万人，毕业生638.7万人；中等职业教育招生698.3万人，在校生1960.2万人，毕业生678.1万人；普通高中招生822.7万人，在校生2435.9万人，毕业生799.0万人。初中招生1496.1万人，在校生4440.1万人，毕业生1561.5万人；普通小学招生1695.4万人，在校生9360.5万人，毕业生1581.1万人。特殊教育招生6.6万人，在校生36.8万人，毕业生5.1万人；全国共有幼儿园19.86万所，在园幼儿3894.69万人，学前教育毛入园率67.5%。截至2013年末，全国共有各级各类民办学校（教育机构）14.90万所，2013年民办学校招生1494.52万人，在校生达4078.31万人。

二是健全促进就业创业体制机制。就业是民生之本，《决定》提出：建立经济发展和扩大就业的联动机制，健全政府促进就业责任制度；规范招人用人制度，消除城乡、行业、身份、性别等一切影响平等就业的制度障碍和就业歧视；完善扶持创业的优惠政策，形成政府激励创业、社会支持创业、劳动者勇于创业新机制；完善城乡均等的公共就业创业服务体系，构建劳动者终身职业培训体系；增强失业保险制度预防失业、促进就业功能，完善就业失业监测统计制度。《决定》强调：促进以高校毕业生为重点的青年就业和农村转移劳动力、城镇困难人员、退役军人就业；开发更多适合高校毕业生的就业岗位，健全鼓励高校毕业生到基层工作的服务保障机制，实行激励高校毕业生自主创业政策，实施离校未就业高校毕业生就业促进计划。截至2013年末，全国就业人员达到76977万人，其中城镇就业人员38240万人；在全国就业人员中，第一产业就业人员占31.4%；第二产业就业人员占30.1%；第三产业就业人员占38.5%。2013年城镇新增就业人数1310万人，城镇失业人员再就业人数566万人，就业困难人员就业人数180万人，全国共帮助5.3万户零就业家庭实现每户至少一人就业。截至2013年底，全国参加失业保险人数为16417万人，年末全国领取失业保险金人数为197万人。截至2013年末，全国共有技工学校2882所，全年面向社会开展培训525.3万人（次）；全国共有就业训练中心3001所，民办培训机构19008所，全年共组织开展各类职业培训2049万人（次）；全年各类职业培训中农民工培训938.4万人（次），城镇登记失业人员培训398万人（次），城乡未继续升学的应届初高中毕业生培训102万人（次）。

三是形成合理有序的收入分配格局。《决定》提出：实现劳动报酬增长和劳动生产率提高同步，提高劳动报酬在初次分配中的比重；健全工资决定和正常增长机制，完善最低工资和工资支付保障制度，完善企业工资集体协商制度；健全资本、知识、技术、管理等由要素市场决定的报酬机制，多渠道增加居民财产性收入。《决定》强调：完善以税收、社会保障、转移支付为主要手段的再分配调节机制，加大税收调节力度，缩小城乡、区域、行业收入分配差距；规范收入分配秩序，保护合法收入，调节过高收入，清理规范隐性收入，取缔非法收入，增加低收入者收入，扩大中等收入者比重，逐步形成橄榄型分配格局。2013年，全国城镇居民人均可支配收入26955元，比2012年增长9.7%；全国城镇非私营单位就业人员年平均工资为51474元，全国城镇私营单位就业人员年平均工资为32706元，年末外出农民工人均月收入水平为2609元；全年农村居民人均纯收入8896元，比2012年增长12.4%。

四是建立更加公平可持续的社会保障制度。完善的社会保障体系是现代社会良性运行的"稳定器"，是"风险社会"时代的"安全网"。《决定》提出：坚持社会统筹和个人账户相结合的企业职工基本养老保险制度，实现基础养老金全国统筹，推进机关事业单位养老保险制度改革；整合城乡居民基本养老保险制度和基本医疗保险制度，推进城乡最低生活保障制度统筹发展；建立健全合理兼顾各类人员的社会保障待遇确定和正常调整机制，完善社会保险关系转移接续政，健全社会保障管理体制和经办服务体系；健全符合国情的住房保障和供应体系，建立公开规范的住房公积金制度，改进住房公积金提取、使用、监管机制。《决定》强调：健全社会保障财政投入制度，加强社会保险基金投资管理和监督；加快发展企业年金、职业年金、商业保险，构建多层次社会保障体系；加快建立社会养老服务体系和发展老年服务产业。健全农村留守儿童、妇女、老年人关爱服务体系，健全残疾人权益保障、困境儿童分类保障制度。截至2013年底，全国参加基本养老保险人数为81968万人，全年基本养老保险基金收入24733亿元，支出19819亿元，年末基本养老保险基金累计结存31275亿元；其中：全国参加城镇企业职工基本养老保险人数为32218万人，全国城乡居民基本养老保险参保人数达到49750万人。截至2013年底，全国共有城市低保对象1097.2万户、2064.2万人，全年各级财政共支出城市低保资金756.7亿元；全国有农村低保对象2931.1万户、5388.0万人，全年各级财政支出农村低保资金866.9亿元。截至2012年底，全国所有市县均建立了廉租住房制度，72.97%的市县建立了公共租赁住房制度，60.06%的市县建立了经济适用住房制度，23.75%的市县建立了限价商品住房制度，80.47%的市县实施了棚户区改造。

五是深化医药卫生体制改革。《决定》提出：统筹推进医疗保障、医疗服务、公共卫生、药品供应、监管体制综合改革；深化基层医疗卫生机构综合改革，加快公立医院改革，完善合理分级诊疗模式，加强区域公共卫生服务资源整合；取消以药补医理顺医药价格，改革医保支付方式，健全重特大疾病医疗保险和救助制度。《决定》强调：鼓励社会办医，支持举办非营利性医疗机构，社会资金可多种形式参与公立医院改制重组；坚持计划生育的基本国策，逐步调整完善生育政策，促进人口长期均衡发展。截至2013年底，全国参加城镇职工基本医疗保险人数27443万人，其中参保职工20501万人，参保退休人员6942万人；全国参加城镇居民基本医疗保险29629万人；全国有2489个县（市、区）开展了新型农村合作医疗，参合人口数达8.02亿人，参合率为98.7%。2013年，民政部门资助参加城镇居民基本医疗保险1490.1万人，各级财政共支出资助参保资金14.4亿元；资助参加新型农村合作医疗4868.7万人，各级财政共支出资助参合资金30.0亿元；直接医疗救助2126.4万人（次），各级财政共支出直接医疗救助资金180.5亿元。

范建华

范建华，云南省社会科学界联合会主席，研究员，博士生导师。历任省社会科学院民族文学研究所所长，省委办公厅秘书三处处长，云南省文化厅副厅长、云南省文化产业办公室常务副主任等职。兼任中国文化产业协作体专家委员会委员，财政部国有文化资产管理专家委员会委员。

范建华主席长期从事文化和社科研究、管理工作，参与全省文化产业发展规划、文化体制改革、经营性文化事业单位转企改制意见的研究制定工作，参与组织中国（昆明）民族文化产业发展国际高峰论坛、中国（昆明）东盟石文化博览会等多个重大活动。组织实施云南社科界"社科专家基层行、云岭大讲堂、学术年会"三大品牌项目，策划了云南当代社会科学百人百部优秀论著选编工作。因在文化产业建设方面的杰出贡献，曾获全球文化产业联盟"中国文化产业思想精英年度人物奖"等奖项。

美丽中国——生态文明建设纵横谈

我们知道人类文明从原始社会步入文明时代以后，大致经历了农业文明、工业文明、后工业文明以及知识经济时代，这么几个重要的阶段，知识经济时代就是我们今天所说的生态文明。我今天就"美丽中国——生态文明建设"结合云南的实际谈一些个人的看法。

一、国际生态文明建设的历史回溯

人类社会从南方古猿走出非洲的热带雨林以后，由猿变成了人，他最重要的标志就是人创造了工具，人类从猿到人过程当中，制作工具和使用工具是人和猿的一个标志性区别。进入到漫长的几百万年的发展以后，我们的祖先开始出现定居的农业，进入农业文明时代，由于人口比较少，我们很多时候在种植业上是刀耕火种，放一把火森林烧了，烧了以后草木灰就变成肥料，然后把稻种、苞谷种放下去，它自己生长了，到秋天就去收割，这个时候人对大自然有破坏，但是由于生产力低下，由于人口比较稀少，土地的承载能力远远超过人口对它的损害，因此的话，人与自然是相对和谐、适应的。整个人类文明，从农业文明到了工业文明以后，我们的生产力技术不断提高，以瓦特创造了蒸汽机作为工业文明的标志。从16世纪以后，荷兰的尼德兰革命到17世纪英国革命，到18世纪的法国大革命，19世纪德国的发展和美国的崛起，整个西方国家进入了一个高度发展的状态，石油的开采，汽车的出现，飞机的制造，铁路的开通，人类对矿产资源的利用，对大自然的索取就越来越突出，这就是工业文明带来的结果。

马克思说：工业文明两百年，创造了人类文明几千年财富的总和。短短两百年创造了人类文明几千年的人类财富的总和，这得益于工业文明，得益于工业化高度发展，但是由于生产力的高速发展，生产水平的提高，我们对大自然的索取需求和破坏也越发严重，所以工业文明是一把双刃剑。农业文明，人类对自然也是一个掠夺式的开发，但是由于人的能力有限，所以他的破坏性是有限的；而工业文明，由于人类文明程度较高、生产力水平的提高，所以对自然的破坏就十分严重了，环境问题就越来越突出。到了19世纪，我们知道，西方由于工业文明的结果，资本主义的各种矛盾都爆发出来了，英国伦敦的泰晤士河不亚于我们今天的大观河，水也是像墨汁一样的；伦敦的雾，除了有自然环境因素影响外，也与伦敦郊区的各种烟囱分不开的，这些是工业文明带来的后果。

到了20世纪50年代，人们对这个问题有了新的认识，提出了后工业文明，就是第二次世界大战以后，人类开始觉醒反思，因为人类和自然的关系是一个依存的关系，它的依存就在于人依附于大自然，大自然赐福我们。你看我们的山我们的水，我们所有的矿产资源，我们所有的食物都靠大自然给予我们，所以人类依靠大自然，大自然赐福我们。可是由于人逐渐地变得胆大妄为了，用一句话来说就是，人类在科学中愚昧、在发展中堕落，这就是人类的悲哀。结果我们胆大妄为，我们想要什么，我们就没有节制地向自然索取，所以人对自然是掠夺式的开发，反过来大自然也不客气，对我们进行了残酷的惩罚，就导致了各种各样的疾病，各种各样的工业病、文明病和城市病。臭氧层的问题，气候变暖的问题，森林毁坏的问题，水体污染的问题，大气污染的问题等等，这些在后工业文明时代，都摆到了我们的面前，所以要缓解人和自然的关系。

进入知识经济时代，我们提出了怎样加强生态文明建设，这就是我们要回答的。中国今天跟人类同步，跟世界文明同步发展，中华民族今天要发展、要进步，如果我们忽略了生态文明建设的问题，我们的一切发展都是空的，我们大家都有深切的体会，这短短30多年，我们整个社会发生了深刻的变化，我们也创造了巨大的物质财富，我们的生活跟1978年相比，尽管现在我们还有贫困问题，还有社会不公的问题，还有各种各样的社会问题，但是大家总的要看到，今天我们起码能吃饱，起码能穿暖，而且还逐渐向吃得好穿得好方面转化，年纪大一点的人都经历过，在1978年前后，三中全会以前，我们昆明人很有体会，我们吃的粮食都没有自足，当时省委书记是从广西调来的，叫安平生，我们没有怎么办，把广西的战备储备粮，发霉的广西米调入云南，50岁以上的人提起广西米这三个字都是头痛的，但是如果没有广西米，我们当时连吃饭都吃不上，那就是昆明。那个年代我在上大学，昆明有几种票，米票、面票、杂粮票，米就是吃广西米，面就做的那个黑面馒头，杂粮多是苞谷面，还有其他的东西，就是每一个居民，每一个机关工作人员，都是按照这样的配给制，这已算好的了，毕竟是能够保证我们，如果再往前数的话，我们的农民，就是呈贡、嵩民、宜良这一带号称滇中粮仓地区的农民，也是吃不饱的。经过十年文革以后，中央得出的结论是十年浩劫让我们的国民经济到达了崩溃的边缘。但是今天，我们生活好了，我们的楼高了，城市扩大了，我们的住房条件改善了，可是我们的天是灰蒙蒙的，我们的滇池毁坏了，我们西山、长虫山，我们后边这些山间小溪断流了没了，这都是生态问题，我们现在盖了一个一个的楼盘，昆明需要那么多房子吗？这就是发展带来的结果，这样的发展是发展吗？它本就违反了科学发展，它是不可持续发展，是以牺牲子孙后代为代价的发展。因此，我们今天从胡锦涛总书记到习近平总书记，反复强调要科学发展、和谐发展，城乡同步发展、城乡一体化发展，今天我们再次提出推行新型城镇化进程，就是要解决这些问题。

人类最早的文明发生在北部非洲、埃及以及美索不达米亚，也就是今天的两河流域、伊拉克这一带，那个时候这些地方是人类高度发达的代表，还有地中海边的希腊、罗马，然而中东、小亚细亚这些地方，由于把森林都毁坏了，所以后来这些地方基本变成沙漠，都是古代文明的发祥地，但是现在你闭着眼睛一想，全是沙漠，但是在5000年前，3000年前，都是人类文明最发达的地方。我们对自然界虽然有了权利、有了能力，可是我们不能对自然界陶醉在我们所谓的征服自然这样一个概念当中。

恩格斯在100多年前就提出了这样的理念：对于每一次我们征服自然的胜利，自然界都会报复我们。其实我们的先哲早就认识到这个问题，并非今天才提出来。巴比伦古代文明的沦落，也是对森林的毁坏，在古埃及尼罗河两岸，我们到过埃及的都知道，它那些神庙高耸巨大，如果那个时候的文明程度达不到那个程度，我们不可能想象，但是今天，埃及这些地方，整个北部非洲，其实都受到了沙漠化的严重影响。印度我们也知道，印度的母亲河恒河流域现在是水患成灾，像孟加拉，过去它属于印度的一个部分，现在是世界最贫困的国家，最贫穷的国家之一，就是因一年一年的洪水泛滥导致的。我们中国，大家都知道，今天的黄土高原、西北地区是什么样子，我们在宁夏的西海固地区，一年吃不上水，整个河西走廊也是文明古国，当时在沙漠里面有绿洲，这是我们整个黄河文明，前几年黄河断流到200多天，你可以想象，而且由于断流，不断的海水侵袭，所以到山东河南出海口这一段，土地不断的盐碱化，上游是不断在荒漠化，下游是不断的盐碱化，对我们的影响是非常严重的，我们整个黄土高原，整个内蒙古高原，其实都受到了这样的影响。

有一个生态学家，也是我们国家最早的环保部的领导，叫曲格平，他自己总结说：15世纪是文艺复兴世纪，16世纪是宗教改革世纪，17世纪是科学的世纪，18世纪是启蒙的世纪，19世纪是一个工业文明高度发达的世纪，到了20世纪是环境保护、觉醒的世纪。但是我们今天进入21世纪了，面临的困难和问题更加严重，所以21世纪是人与自然怎么样走向和谐，经济社会如何实现协调发展，人类文明怎么样体现真正的高度发达，人民生活真正地实现幸福安康这样一个生态文明的世纪。

19世纪高度的工业文明，人对大自然的无情的掠夺，大自然对人残酷的惩罚，这就是人和自然的关系；而反映到人类社会里边，就变成了人与人不断的争斗，没有调和，没有缓解，导致了两次世界大战都发生在20世纪，两次世界大战把人类推到了毁灭的边缘。所以二战以后，全人类都在反思，都在觉醒，都在问我们究竟做了什么，我们未来究竟该干什么，于是人和自然在缓解，人与人在谅解。20世纪50年代以后，苏联和美国两大阵营形成了冷战，以华沙条约集团和北约集团为代表的，所谓的社会主义阵营和帝国主义阵营的冷战，到了20世纪80年代，东西方都在反思，进行了缓解，东西方通过对话的方式结束冷战，南南合作，南北合作，解决世界共同关注的问题，人与人的关系在缓解。所以今天，尽管我们跟美国、跟日本、跟所有的国家，都会有这样那样的摩擦，这是国际社会、国际关系里边不可避免的，但是总的趋势是和平与发展，这是人类共同追求的价值。在重新审视的时候，我们不难发现，进入20世纪以后，人类都在不断地调整，调整人与自然的关系，调整人与人的关系，所以80年代以后，基本趋向于和平稳定发展，而发展的前提是必须考虑能不能实现可持续发展，这就是最重要的观点。

关于生态文明建设的问题，我们作一个简单的梳理，可以看出其认识是一个由浅入深、不断丰富完善发展的过程。

1962年，有一个美国女作家，叫蕾切尔·卡逊，她写了本书叫《寂静的春天》，本来是部小说，但是我们是把它作为生态学的经典著作，她的小说讲的是春天来了，应该是百鸟朝凤，百鸟争鸣的时代，但是听不到鸟叫声，原因何在，因为鸟吃了稻子，因为稻子撒了农药，农药在稻子上被鸟吃了以后，鸟就被毒死了，所以春天是寂静的，世界是悲哀的。我们所有的农作物食品，因为化肥、因为农药，导致人们患上各种各样的疾病，卡逊她自己得了乳腺癌，她就写了这本书，教育人们、唤醒人们来关注农药化肥这些问题。

1972年，联合国在瑞典首都斯德哥尔摩召开了人类环境会议，这是政府官方召开的第一次关于环境的会议。斯德哥尔摩会议取得了两个重要的成果，一个是发布了《只有一个地球》的专题报告，再一个是大会通过了《人类环境宣言》。《只有一个地球》这个报告就是告诉我们，我们生活的这个地球是有限的，我们现在人类对它的索取、掠夺已经达到了疯狂的地步，如果我们再不注重保护地球，那么人类就自己给自己掘下了坟墓。《人类环境宣言》就是为了在自然界里取得自由，人类必须利用知识和同自然合作的情况下，建立一个较好的环境，为了这一代和将来的世世代代，保护和改善人类环境已经成为人类一个紧迫的目标，这个目标将争取和平和全世界的经济与社会发展，这两个既定的基本目标，共同和协调的实施，这就是人类环境宣言提出的一个号召。

1981年，美国的农学家莱斯特·布朗出版了一部叫作《构建一个可持续发展的社会》的书，系统地阐述了可持续发展的基本含义，发展观有不同的发展观，要的是怎么样的发展，发展的本质目的内涵要求究竟是什么，有不同的理解：发展等于经济增长的发展观，发展等于经济增长加社会变革的发展观，发展等于合理加可持续的发展观，发展以人为中心加自然社会综合发展的发展观，发展坚持全面发展、和谐发展、科学发展的发展观，这就是在发展观的问题上的不同理解。

过去30年，我们追求的是片面地强调GDP的发展观，今天回过头去看，我们其实付出了沉重的环境代价。当下我们强调的可持续发展，就是既满足当代人的需要，又不损害子孙后代利益，并满足其需要能力的发展。怎么讲，就是你的发展是满足你现在这一代人的需要，同时你又不损害后代人发展需要的这样一种发展，留给他们还有发展的空间，这样的发展就叫作可持续发展，一代代人都可以往下走，如果你这一代人竭泽而渔，水干了没鱼了，你倒是一次就搂得很多鱼，但是后边的人没鱼了，水都干了哪儿来的鱼呢？这样的发展，今天你的GDP是高位数，但是你损害了咱们子孙后代的利益。所以，提出可持续发展的概念，我觉得是非常非常重要的一个概念，就是既满足当代人需要，又不损害后代人的需要，这样的发展就叫可持续发展，这个发展有基本的公平性原则、可持续原则和共同性原则。

到了1987年，世界环境与发展委员会向联合国提交了一份著名的报告，这份报告就叫作《我们共同的未来》，提出了人类可持续发展是人以生态环境和自然环境持久稳定的支撑能力为基础，只有这样它才可能真正地实现可持续发展，来解决环境问题。

到了1991年，世界自然保护联盟、联合国环境计划署、世界野生动物保护基金会共同发表了《保护地球——可持续生存战略》，它提出了要在生存与不超过维持生态系统含容能力的情况下，改善人类的生活品质，并且提出人类可持续发展的九条原则，强调了人类的生产方式与生活方式要与地球承载能力保持平衡，保护地球的生命力和生物多样性，同时提出了可持续发展的价值观，一共有130多个具体的行动方案。

到了1992年，联合国在巴西的里约热内卢召开了联合国环境与发展大会，世界各国就可持续发展达成了共识，其核心的内容是要以公平的原则，通过全球伙伴关系促进全球可持续发展，以解决全球性生态问题，因为环境问题不是一个国家一个民族一个地区的问题，环境问题是全人类共同的问题。当时中国的总理李鹏代表中国政府也参加了里约热内卢大会，签署了《21世纪议程》《里约环境与发展宣言》《关于森林问题的原则声明》《生物多样性公约》《联合国气候变成框架公约》等五个协约，这五个文件是大会的主要成果，120多个国家的首脑共同签署了这个协约，这是联合国从1972年斯德哥尔摩第一次召开环保大会以来的20年过后，最重要的一个成果。整个的国际社会从人类文明进步发展，到人类的破坏，以及我们怎么觉醒，怎么认识，怎么缓解人与自然的关系，怎么提出这个环境治理的问题，在国际上经历了这么几个阶段。

二、我国生态文明建设的理论探索和实践行动

我国自新中国成立以来，中国共产党对于生态文明的理解，经历了从无到有、从肤浅到深刻的过程。那么我们国家在生态文明建设的理论探索和实践行动方面，做了些什么呢？一个是国际生态文明建设的行动，对中国产生了巨大的影响，包括我们参加联合国的行动，我们承诺中国政府应该做的事。这些问题，我们不用说了。另一个是我们国家在生态文明建设的理论探索和实践行动。

因为我国是一个发展中国家，尤其是在1978年以后，我们国家的经济社会快速发展，这个发展必然带来环境问题，前些年就出现了。说到先污染后治理，一个美国人跟我说：我们不是说我们比你们聪明，而是我们曾经犯了很多错误，我们告诉你们，你们不要犯我们同样的错误，仅仅如此而已，并不是我们来这里指手画脚，告诉你们怎么样怎么样，我们曾经吃了大亏，犯了错误，你明知道这是个错误，为什么还要犯呢？这就是我们面临的问题。

中国在面临森林毁坏、草原退化，荒漠化、石漠化程度不断加深，水环境污染日趋严重，大气污染程度不容乐观，受重金属污染的土壤面积已达六分之一且呈现逐年扩大的趋势等比较严峻的环境问题后，痛定思痛，党的领导人逐渐意识到节约资源能源、保护生态环境、维护生态平衡的重要性，逐步形成较为系统的生态环境保护理念。

1984年，我国生态文明建设理论研究开始发端，其标志为著名生态学家叶谦吉最早提出了生态文明建设的概念，他说生态文明是人类既获益于自然又返还于自然，在改造自然的同时又保护自然，人与自然之间保持和谐统一的关系，这就是我们建设的生态文明，这就是所要追求的目标。生态文明理论研究在不断地深化，所以在生态文明方面我们得出一个概念，生态文明是人类的一个发展阶段的需求，生态文明是社会文明的一个方面，生态文明是一种发展的理念，生态文明是改善人民生活和实现可持续发展的重要的途径，同时也是建立在先进生产力基础上的一种文明形态，它涉及经济发展，社会进步和人们的日常生活等方面。

2007年，党的十七大报告首次把生态文明建设写入了党的报告，胡锦涛总书记提出要建设生态文明，基本形成节约能源资源和保护生态环境的产业

结构、增长方式和消费模式。

党的十八大报告，首次把建设美丽中国和生态文明写入了党的章程，十八大把生态文明建设纳入中国特色社会主义事业五位一体战略，五位一体就是经济建设、政治建设、文化建设、社会建设和生态文明建设，这五个文明叫作五位一体的总体布局，明确提出了大力推进生态文明建设，努力建设美丽中国，实现中华民族的永续发展。美丽中国这个概念，是时代之美、社会之美、生活之美、百姓之美、环境之美的总和，建设美丽中国，核心就是要按照生态文明的要求，通过建设资源节约型、环境友好型社会，实现经济繁荣、生态良好、人民幸福这样的一个国家，让中华民族永续利用、永续发展。

2013年5月24日，习近平总书记从中国特色社会主义事业全面发展的高度，深刻阐述了加强生态文明建设的重要性、紧迫性，提出了一系列的新思想、新理论和新要求。习总书记强调：生态红线是不能逾越的，对于造成生态环境问题的要终身追究责任。体现了中国共产党的道路自信、理论自信、制度自信。

1. 推进生态文明建设的指导思想基本原则

推进生态文明建设，必须全面贯彻落实十八大精神，以邓小平理论、"三个代表"重要思想、科学发展观为指导。

树立尊重自然、顺应自然、保护自然的生态文明的理念，坚持节约资源和保护环境的基本国策，坚持节约优先保护优先，自然恢复为主的方针。树立生态观念、完善生态制度、维护生态安全，优化生态环境，形成节约资源和保护环境的空间布局、产业结构、生产方式和生活方式。

2. 正确处理好经济发展同生态环境保护的关系

牢固树立保护生态就是保护生产力，改善生态环境就是发展生产力，破坏环境就是破坏生产力的理念。自觉推进绿色发展，循环发展低碳经济，绝不以牺牲环境为代价去换取一时的经济增长。

去年在群众路线教育活动中，习总书记在河北省的省委常委会议上，再次强调了河北环境保护工作的重要性、必要性和责任，他当时说，京津冀地区的北京的雾霾，虽然不能归罪于河北、河南的这个环境问题，但是不能说你们没有责任，不要为了追求一时的发展，而造成环境的重大破坏。拿我们云南来说，玉溪跟昆钢合作在玉溪搞了一个很大的钢铁厂，现在我们还不好说什么，再过几年看，玉溪是云南最好的鱼米之乡，玉溪的发展一定要建这个钢铁厂吗？

3. 牢固树立生态红线观念，确保生态文明建设可持续发展的空间

深刻领会国土是生态文明建设的空间载体，要整体谋划国土空间开发，科学布局生产空间、生活空间、生态空间，给自然留下更多修复空间。要划定并严守生态红线，构建科学合理的城镇化推进格局，农业发展格局、生态安全格局，保障国家和区域生态安全，提高生态服务功能。

4. 节约资源是建设生态文明的有效途径

节约资源是保护生态环境的根本之策。加强全过程节约管理，大幅降低能源、水、土地的消耗强度。大力发展循环经济，促进生产、流通、消费过程的减量化、再利用、资源化。

5. 实施重大生态修复工程，以增强生产产品的生产能力

坚持预防为主、综合治理，强化水、大气、土壤等污染防治。着力推进重点流域和区域水污染防治，比如国家实施的长江、黄河水污染治理，五大淡水湖水污染治理等。着力推进重点行业和重点区域大气污染治理，如北京周边重大污染企业的关停并转等。

6. 把法治作为生态文明建设的可靠保障

必须建立一套完整的法律制度和法律体系来保护环境，真正做到有法可依、违法必究、执法必严，用法制的观念来解决生态环境问题，触犯了红线，触犯了底线的必须严加惩处。然后大力发展循环经济，绿色经济，积极稳步地推进生态保护，生态恢复系统。比如说"长江防护林"工程、"珠江防护林"工程、"天然林保护工程"等，积极应对气候变化和大气环境治理。

三、云南怎样争当全国生态文明建设排头兵

2013年8月，省委省政府出台了争当生态文明建设排头兵的决定，到2020年，要努力把云南建成美丽中国的示范区，成为全国生态文明建设的排头兵，为美丽中国建设做出自己独特的贡献。

云南在中国的环境问题上，做得还算是不错的，因为我们有美丽的西双版纳的热带雨林，有香格里拉普达措国家森林公园等等。

云南地貌的多样性，生物的多样性，文化的多样性，为我们作为中国生态文明建设排头兵创造了条件，奠定了前提条件和基础，我们拥有植物王国、动物王国的称号，我们的生物多样性也是世界上重要的区域，我们的六大水系，就是伊洛瓦底江、澜沧江、金沙江、红河、南盘江，我们的山脉从滇西北到滇东南依次递减，形成了七种气候类型，这种不同的地理环境，形成了不同的生物群落和植物群落，使我们能够成为中国生物多样性保护的一个重要的示范点。你看我们这些重要的河流、山川、湖泊、坝子，多景观多种类，都是发展生态文明建设的良好前提条件。但是我们现在如果不注意，我们的破坏也将是非常严重的，你看我们的九大高原湖泊，所面临的环境问题就极为严峻，滇池治理还得花大力气、下大功夫。

我们的各少数民族都有保护生态的传统，在他们传统知识系统里保护环境的思想观念很多。比如说傣族，他们在热带雨林、在原始森林边生活，并不砍原始森林，他们是种铁刀木作为燃料，铁刀木生长得很快，砍了以后第二年它发的芽，一家人的烧柴就解决了；再比如不少民族都有的龙山文化信仰，即使在文化大革命那个时候，土地庙那供着几棵老树，没人敢去砍它，这些都是我们的传统的习惯；像藏族就认为土有土神、水有水神、食有食神，自然界和人类生活的一切都是由鬼神主宰，人和神是生活在一个共同的家园里的……

这些自然崇拜、原始崇拜里边有很多合理的科学成分。傣族有句话：有灵才有水，有水才有田，有田才有粮，有粮才有人。这些都是深含了哲学思辨的各民族传统知识系统，是先哲们留给我们的丰富的、宝贵的生态文明思想。所以，这些良好的系统对于我们发展是很好的。我们这里因为是高原，所以空气还比较好，但是昆明的粉尘确实是很严重的，我们云南如何在现在的基础上做得更好，做得更加可持续地利用和发展，为全国树立一个标杆，做出一个示范，真正当好中国生态文明建设、美丽中国建设的排头兵，这是我们4600万公民都应该承担的责任和义务，我们今天讲了那么多，也可能在批评，但是我们的责任是什么，我们不能都是批评没有建设，因为生态文明建设是关乎每一个人的问题。

云南现在的森林覆盖率52%略高，基本接近解放初期的水平，这是个好消息，但是我们设想一下，解放初期的都是原始森林，我们现在是桉树、松树、茶叶、橡胶这些算为森林覆盖，但是这些都是"抽水机"，它达不到生态修复系统的要求。我们过去的那种山涧水、箐沟沟，现在哪有，树是有了，但是就是没有水，为什么呢？我们云南有句话叫作山有多高水有多高，人就有多高，都是住在大山上，因为那个时候的原始森林，它有生物的多样性，生物多样性它就有一个互相调节，生物链不断，所以它就能涵养水源，而我们现在单一树种，它起不到生态的作用。所以这样的问题还是很多的。

其实，云南的这个地质结构是非常脆弱的，云南的生态也是比较脆弱的，大概从2008年开始持续五年干旱，这是百年未遇，摆在我们面前的环境问题也是非常严重的。怎么来实现可持续发展，这个问题对于我们来说就非常非常重要。

要使我们的天更蓝、地更绿、水更清，我们必须有行动。我们在空气质量方面，在水体治理、在绿化，在美丽云南的新兴工程，在七彩云南保护行动这些方面，应该说做了大量工作，也取得了显著成效，但任重而道远。

我们的干部职工在思想认识上，在价值观念上，在我们的生活习惯和生活方面，都应该以可持续发展，以生态文明建设来影响我们的日常生活。我们说，生态文明建设既是一个现实问题，也是一个未来的问题，中国的生态文明建设正在探索中前进，探索就要由点及面，而云南正是这个点。美丽中国美丽云南为核心内容的中国生态文明建设，是21世纪我们的追求，我们应当处理好人与自然的关系，处理好发展与保护的关系，处理好生态文明建设与转变经济发展方式的关系，处理好行政主导与法制保障体系的关系，更加尊重自然、敬畏自然、顺应自然，用最少的资源投入，最小的能源消耗，最小的环境代价实现最大的经济社会效益，确实保护好云南这片生态绿洲。

我们还要强调，生态文明建设没有国家之分，没有种族之分，没有党派之分，生态文明都得抓，不管你是哪个民族，你只要是个人，只要生活在地球上，我们都有共同的义务和责任，所以我讲生态文明建设跟我们每个人的生活息息相关，我们希望每个人都为生态文明建设做出哪怕是一点点贡献，哪怕是你身边的废物利用，哪怕是你身边对环境造成污染的很小号的一个电池，也不要随手丢，这就是我们对人类文明做出的巨大的贡献，如果每个人都做到了，世界一定会更美好。

张瑞才

云南省社会科学界联合会党组书记，研究员，博士生导师，享受云南省人民政府特殊津贴专家，曾任中共云南省委宣传部副部长。主要代表作品有《中国特色社会主义道路在云南的实践》《民族自治地方行政生态问题研究》《邓小平社会发展论》《江泽民党建思想研究》等。发表学术论文100余篇。

努力培育和践行社会主义核心价值观

....

　　2014年习近平总书记到北京大学和师生们交谈的主题内容就是社会主义核心价值观。总书记讲了这么一段话：在当今中国，我们的民族、我们的国家要树立一种什么样的社会主义核心价值观？这个问题既是一个重大的理论问题，也是一个重大的实践问题。所以，培育和践行社会主义核心价值观，按照总书记的论述要着重解决"为什么""是什么"和"怎么办"的问题。

一、培育和践行社会主义核心价值观最基本的遵循

　　培育和践行社会主义核心价值观，我们要遵循什么？我以为最基本遵循，就是十八大以来习近平总书记对意识形态、宣传思想工作、核心价值体系的建构、价值观的培育等一系列重要论述。

　　一要弄清楚中心工作和意识形态工作的关系。改革开放以来我们始终抓住经济建设这个中心不放。在我们干部的头脑中，发展是解决所有问题的关键，加强经济建设这个意识非常牢固。但是，30多年来，在意识形态领域，确实存在"一手硬、一手软"的问题。因此，总书记第一个观点就把两个工作的关系讲得很清楚，经济工作仍然是我们的中心，但意识形态工作是我们党极端重要的工作。为什么说极端重要呢？总书记提出三个"关乎"：因为意识形态工作关乎党的前途命运，关乎国家的长治久安，关乎我们民族的凝聚力、向心力。民族的向心力和凝聚力怎么来凝聚？就是要靠意识形态工作，而意识形态工作当中最根本的就是价值观的确立。总书记说过：世界观、人生观、价值观是我们共产党人的"总开关"。所以，我们全党一定要

牢牢掌握意识形态的领导权、管理权、话语权。应该说苏联的覆亡其中一个最重要的原因就是疏忽了意识形态的管理，没有把它摆在极端重要的位置加以认识和把握。

二要处理好远大理想和近期目标的关系。习总书记的第二个重要观点就是要处理好远大理想和近期目标的关系。因为一种价值观既具有包容性的作用，也具有引领性的作用。我们必须明白，共产主义是我们的远大理想，这是共产党人的安身立命之本，但是在远大理想奋斗过程中，要努力实现我们的近期目标，而我们近期最重要的目标就是要全面建成小康社会，建设社会主义现代化强国，实现中华民族伟大复兴的中国梦。我们在为现实目标努力、奋斗的时候也凝聚着远大理想的目标，在这一过程当中我们全体干部都是非常努力的。习近平在2015年的元旦献词中有一句影响力很大的话，就是我们全国取得这么大的成绩，我们现在的干部也是蛮拼的。如果没有我们干部的拼劲，我们为自己的现实理想，为自己的远大理想去奋斗那就是一句空话。实际上，这两者是辩证统一的，我认为他讲的就是价值性的问题。

三要强调要把总结经验和注重创新有机结合。习总书记第三个非常重要的观点，就是强调我们在意识形态、在价值观的建构过程当中，既要总结历史经验，更要注重长远发展、注重创新，要把总结经验和创新有机地结合到一起。应该说，改革开放37年，我们在培育和践行社会主义核心价值观上积累了很多丰富的实践经验，这些实践经验通过理论的提升上升到一个更高的层面。我们需要总结经验，面对新的形势、新的任务，确立和培育价值观同样需要创新。而创新在宣传思想意识形态领域最重要的就是要推进理念的创新，要推进工作方式、方法的创新，更要着重于基层的创新。所以说，培育和践行社会主义核心价值观，没有先进的理念、引领性的观念，对价值观的认识就会偏向。同时要注重基层的创新，实际上我们说价值观建设要落小、落细、落实，就是要在生动的实践当中善于对与价值培育相关的东西进行创新。

四要强调既要注意正面的引导，又要注意开展极其健康的思想斗争。第四个非常重要的观点就是强调价值观的培育和践行，既要注意正面的引导，又要注意开展极其健康的思想斗争。因为价值观的确立，既然有核心价值观，就有非核心的价值观；既然是主导性的价值观，就可以有多样性的社会价值观。所以在核心和非核心之间、在主导和非主导之间有一个比较，在这个比较过程中，我们要通过弘扬正面的价值观来引领社会思潮，来引领人们的思想观念，特别是在这个引领过程当中要和一些非主流性、错误性的价值观进行有效的辩驳。这个领域是我们当前最重要的一个阵地，就是网络舆论场中的阵地，大家注意到没有，在十八大当中有一句话讲得非常的深刻：我们正在进行许多具有新的历史特点的伟大斗争。这些伟大斗争涉及方方面面，但是其中一个非常重要的较量就是价值观的较量、就是意识形态的较量。在这个较量场当中，既有传统的媒体场，更重要的有新兴媒体，特别是网络已经成为我们意识形态领域的主战场。总书记说在网络这个战场，我们要打赢这场战争。十八大以来我们的干部在对错误思潮的批判、对正确思想的引领上从过去的"绅士"，变成了现在的"战士"。总书记说在网络理论场我们有三个地带。第一个地带就是红色地带，我们主流价值掌控的地带；第二个地带就是灰色地带，它既有主流的也有非主流的；第三个地带就是黑色地带。我们要搞清楚黑色地带的东西，使灰色地带向红色地带转化。我们既要加强正面的引导，更要加强思想舆论的斗争。没有这样的精神，主流价值观的确立就会艰难。大家回想一下以前，干部在吃饭的时候，一坐下来就是黄色笑话一段一段的，越说越离谱。人们为什么是非模糊了？真伪难辨了？一个非常重要的原因是舆论场没有很好地去主导、没有很好地去引导。

五要处理好党性和人民性的关系。第五个观点就是处理好党性和人民性的关系。在主流价值的建设和培育当中我们共产党人一定要讲党性，而讲党性最重要的就是要讲政治立场。重要的是讲规矩、守纪律。从政治纪律的角度来说，最关键的东西就是坚持和党中央在思想上、行动上保持高度的一致，在站稳政治立场的基点上，党性和人民性要保持统一。总书记在和文艺工作者座谈的时候讲：文艺创作的导向应该以人民为中心。为什么要纠正偏差？文艺作品对主流价值的形成，对核心价值观的培育，影响是非常巨大的。所以，他强调人民性是最重要的，党性和人民性是一致的。我们讲的人民性就是要把人民的根本利益维护好、实现好、发展好。在维护人民根本利益的基点上，更重要的是要着力于人民群众最具体、最现实的利益。在解决他的现实利益和具体利益的基点上来发展他的根本利益。在意识形态铸造过程当中坚持党性和人民性的一致性。因为现实生活当中，很多人把它对立起来了，好像讲党性就排斥人民性，我们党的宗旨就是全心全意为人民服务，维护人民的根本利益，解决人民的具体利益。

六要强调意识形态工作既是宣传部门的工作，也是全党的工作。第六个重大观点就是强调意识形态工作既是宣传部门的工作，更重要的也是全党的工作。绝大部分人认为做思想工作，做意识形态工作，做价值观的培育工作就是宣传部门的事。实际上，价值观的培育说到底就是做人的工作。在新的形势下我们的心理疏导的问题；我们的人文关怀的问题都要解决，如果这些东西我们做不实、做不牢，价值观就会浮在中间，落不了地。所以，既要动员全党来做意识形态工作、来做价值观建构的工作，也要让宣传部门承担义不容辞的职责。所以强调要敢于负责、勇于负责，就是要守土有责、守土负责、守土尽责。

为什么要讲这些？就是为了将这些重大关系弄清楚，以保障培育和践行社会主义核心价值观的正确导向。这是基本的前提，如果这些大是大非弄不清楚，就很容易走入误区。这是我讲的第一个大的问题，培育和践行社会主义核心价值观的基本遵循。

二、培育和践行社会主义核心价值观的根本和关键

培育和践行社会主义核心价值观的根本和关键是什么？就是建构社会主义核心价值体系。党在十六届三中全会，首次在中国提出了社会主义核心价值体系建设问题。意识形态的本质、意识形态的核心是什么？就是社会主义核心价值体系，所以抓住了社会主义核心价值体系的建构也就抓住了意识形态的本质、抓住了意识形态的核心。那么，构建社会主义核心价值体系它的要旨和涉及的主体内容涵盖些什么？我想主要包含四个大的方面。

（一）要巩固马克思主义在意识形态领域的指导地位

2014年8月19日，习近平总书记在宣传思想工作会议上深刻指出宣传工作、意识形态工作根本任务是"两个巩固"。第一个巩固，巩固马克思主义在意识形态领域的指导地位；第二个巩固，巩固全党全国人民团结奋斗的共同思想基础。而这"两个巩固"恰恰是构建社会主义核心价值体系的两个工程。

巩固马克思主义在意识形态领域的指导地位。我们面对的任务是艰巨复杂的，面对的困难和挑战也是非常严峻的。这些挑战，从国际的层面来说，

我们面对各种思想文化的交流、交融和交锋越来越激烈，要在整个交流、交融和交锋当中来立起主导。从国内的角度来说，我们面对思想文化多元、多样、多变的特征越来越明显，如何在多元、多样、多变当中来谋求共识。面对着这么一些挑战怎样来巩固马克思主义的指导地位？这就是建构主流价值第一位的问题，我以为要巩固马克思主义在意识形态领域的指导地位有两个最重要的路径。

第一，要推进马克思主义的中国化、时代化、大众化。

推进马克思主义的中国化。马克思主义指导地位要确立，如果没有中国化的进程，让它停留在19世纪那个时段，它怎么能够巩固呢？我们共产党人在自身94年的革命、建设和改革的历史进程当中，在确立马克思主义指导地位历史进程当中以不断地推进马克思主义和中国实际相结合来实现中国化。在这个历史进程当中，我们先后实现了两次历史性的飞跃。第一次飞跃的成果就是毛泽东思想；第二次飞跃的成果就是中国特色社会主义理论体系。这既是马克思主义中国化最大的两个成果，也是核心价值观的主体，所以，马克思主义如果不中国化就确立不了指导地位。

推进马克思主义的时代化。马克思主义诞生在19世纪中叶，自由资本主义发展的时期，随着时代的发展，随着实践的发展，马克思主义必须进入新的境界。在时代化的进程当中，我们举一个例子，就是中国两个主导的价值观——毛泽东思想和中国特色社会主义理论体系。为什么都是中国化马克思主义，我们没有把它揉到一起用一个概念来表述？最重要的东西是时代不一样。毛泽东思想是在革命与战争作为时代条件下的中国化的马克思主义。而中国特色社会主义理论体系三个阶段性的成果，为什么能够整合到一起？就因为它的时代背景是和平与发展。时代在发展，马克思主义必须适应时代的要求。马克思主义之所以充满旺盛的生命力，充满真理的召感力。一个最重要的原因就是它有一个理论品质，这个理论品质就是与时俱进。随着时代的发展，马克思主义进入新的境界，它就巩固了指导地位。

推进马克思主义大众化。马克思主义如果不被我们的干部所掌握、不被我们的群众所掌握，不从一种思想武器变成人民群众的精神武器，它如何来巩固指导地位？大众化对我们来说是巩固这个主导价值最根本性的东西。讲到这里啊，我们作为云南人，我们在推进马克思主义大众化的历史进程当中，咱们云南是做出彪炳史册的历史性贡献的，我以为在中国共产党推进马克思主义大众化的历史上都可以写上浓墨重彩的一笔。为什么这样说呢？同志们回想一下，在中国共产党诞生之前的1920年，当时传播马克思主义的两个重要人物，一个是陈独秀、一个是李大钊。号称"南陈北李"，因为陈独秀在上海，李大钊在北京。1920年李大钊在北京大学组建了一个马克思学研究会，这个研究会有19个发起人，这19个发起人当中就有两个我们云南人。其中一个是我们大理州祥云县王家庄村王氏三兄弟的大哥王复生同志；第二个人就是我们文山州砚山县的王有德同志。"二王"在北大念书时第一时间加入在中华大地传播马克思主义最先进的行列当中，我们不应该引以为豪吗？20世纪的30年代，诞生在我们保山市腾冲县和顺镇的一代哲人艾思奇，毛泽东把他称为"人民的哲学家"，他的一本《大众哲学》使人们心向延安，确立了自己的主导价值，走上了革命的道路。艾思奇同志把马克思主义从一种高深的哲学的思想，转化为老百姓能够接受的这么一种观点。所以，马克思主义大众化就是把马克思主义变成人民的精神武器。马克思曾有这么一段话：批判的武器当然不能代替武器的批判，物质的力量只能用物质力量来摧毁;但是理论一经群众掌握，也会变成物质力量。而理论要掌握群众，理论就必须要彻底，所谓彻底就是要把握事物的根本，而事物的根本是什么？是人，任何高深的理论不被我们的干部所掌握，不被我们的人民所掌握，它就没有用。所以，马克思说："哲学把无产阶级当作自己的物质武器，无产阶级把哲学当作自己的精神武器。"这两者的有机结合就会变成巨大的物质力量。所以，干部一旦掌握了马克思主义科学的思想方法、立场观点、主导价值就确立起来了，它的精神的力量就会被转化为巨大的物质的力量。所以，艾思奇在马克思主义大众化的历史进程当中可以说彪炳史册。在新的历史时期，在保山市，滇西抗战的主战场龙陵县平达乡党委宣传员郑垧靖同志，很多人对郑垧靖的印象可能模糊了，郑垧靖的形象时时在我的眼前浮现，他一双球鞋、一身迷彩服、手中一个小喇叭在田间地头传播党的创新理论，用科学的理论去武装干部、教育群众，直至倒在工作岗位上，成为新时期马克思主义大众化的标兵。

巩固马克思主义的指导地位，怎么来巩固？必须不断的中国化、必须不断的时代化、必须不断的大众化，马克思主义指导地位才能不断地巩固。

第二，要铸造我们共产党人的理想信念。

这个理想信念，习近平总书记说就是精神上的"钙"，理想信念偏颇了、理想信念淡漠了那就是价值观出了问题，那肯定精神上要缺钙，精神上缺钙，就必然得"软骨病"。如果没有价值观主导怎么治软骨病呢？那么怎么来补足精神上的钙？总书记说：最好的办法，就是加强理论学习来提升我们干部的看家本领。作为一个领导干部，总要有"两刷子"，总书记说的"两刷子"就是理论上要成熟。怎么来增强看家的本领？就是加强理论学习。所以，我经常说从价值观塑造的角度来说，学习总书记的讲话，不仅要学习十八大以来的讲话，还要进一步延伸，学习他作为国家副主席、中央党校校长期间的讲话；作为浙江省委书记那段时间的讲话。他在浙江担任省委书记期间写了两本书，一本书叫《之江新语》、一本书叫《干在实处、走在前列》。在这我仅举一个例子：就是就干部通过理论学习来补充精神上的钙，来巩固马克思主义指导地位。他在2003年7月13日讲了一段话，借用中国国学大师王国维《人间词话》当中的美学三境界，要求我们的干部在理论学习上要达到这三个境界。这段话在"8·19"讲话中又引用了，即理论学习有三个境界，第一个境界"昨夜西风凋碧树，独上高楼，望尽天涯路"；第二境界"衣带渐宽终不悔，为伊消得人憔悴"；第三境界"众里寻他千百度，蓦然回首，那人却在，灯火阑珊处"，那人在王国维的《人间词话》当中"那人"是美的象征，在总书记讲的这段话中就是指通过刻苦钻研最终找到马克思主义的真谛，把握马克思主义的立场、观点、方法，并能用这种立场、观点、方法来分析问题、来研究问题、来解决问题。巩固马克思主义指导地位，是我们价值观建设当中的第一位，在中国尤其重要。

（二）巩固全党全国人民团结奋斗的共同思想基础

这个共同思想基础是什么？就是中国特色社会主义。要在我们头脑当中把它植根，怎么来把这些价值观确立下来？我以为按照习总书记的论述和观点，建构共同理想信念对中国特色社会主义要从几个方面加以把握。

第一个角度，把它植根于历史根基当中。一种价值观只有把它植根于深厚的历史土壤当中，这种价值观才会牢靠。所以，习近平总书记把中国特色社会主义摆在整个世界社会主义500年的历史进程当中来加以论述。他讲了这么一段话：中国特色社会主义是马克思的科学社会主义的理论逻辑与中国的历史逻辑这两者的有机统一。为什么要讲500年呢？1516年英国有个著名的大思想家、大学者叫摩尔，这一年他写了一本书叫《乌托邦》，今天所讲的社会主义起始概念就是源于这一本书。摩尔在资本主义萌芽的初期，他就看到资本主义人剥削人、人压迫人的本质。在英国直接的表征就是"羊吃人"的社会不合理性，他企图用一种没有剥削、没有压迫的新社会理念、新社会价值来取代这种东西，他用"乌托邦"来加以表述。作为空想社会主义的鼻祖，摩尔是有理想、有信念的。他作为英国的大法官，地位仅次于英国的女王陛下，在众大臣当中他是首席大臣。就是这么一个社会地位极高的人为了反对英国国王亨利八世做宗教领袖，最后，脑袋被砍下来挂在英国的伦敦桥上。这种形态的社会主义在500年的历史进程当中走了332年，发展到圣西门、傅立叶、欧文把这种理想推到了空想形态的最高境界。在1848年社会主义进入了它的第二个历史时期，就是马克思主义的科学社会主义。1848年，在欧洲的德国，有两个年轻人卡尔·马克思、恩格斯，卡尔·马克思写《共产党宣言》的时候30岁，恩格斯28岁。他们所写的这本书改变了人类后来160多年的历史进程。他们把社会主义从思想家头脑当中的一种理念变成了一种社会运动。他找到了实现美好理想的历史主体——无产阶级；找到了实现理想的有效途径。在马克思主义诞生之前的8年，中华大地发生了一件5000年文明历史当中惊天动地的大逆转，那就是"中英鸦片战争"。"中英鸦片战争"爆发以后，中国近代以来就在不断的追求和解决两个重历史任务：一个就是民族的独立、人民的解放；第二个就是国家的富强、人民的幸福。"中英鸦片战争"爆发以后，远在欧洲的卡尔·马克斯也把自己的眼光转向了东方大国，《中国回忆录》马克思有这么一段：第一次鸦片战争及第二次鸦片战争是人类有史以来非常奇异的一场战争，这场战争即使最富想象力的诗人都很难想象这场战争的结局。为什么？英国的远征军不过就一万多，大清军队一百万，而且是在我们本土作战，失败的是大清军队。中国在寻求自身的理想的历史进程中，找到了科学的武器——马克思主义。1917年，俄国革命成功，毛主席讲了一段话：俄国革命一声爆响给中国传来了马克思主义，从此中国革命的面貌就焕然一新了。

总书记说500年的历史进程当中有6个时期。欧洲两个时期，空想社会主义和科学社会主义。第三个时期和第四个时期就是在欧亚交界的俄罗斯。列宁领导的俄国革命的成功标志着社会主义进入了第三个时期。1921年，中国共产党的诞生就标志着我们找到了科学的理论——马克思主义。中国共产党诞生的觉醒就是马克思主义和中国的工人运动结合到了一起，就是思想的武器和物质的武器两者结合了。想一想，如果没有这种主导价值、没有这种共同的理想信念的追求，我们能走到今天吗？94年前中国共产党诞生时，在整个泱泱中华大地共产党人也就57个，参加党的一大的代表就13个人，这13个人当中最大的年龄何叔衡同志45岁，最小的年龄刘仁静同志19岁，13个人的平均年龄加在一起是28岁。28岁是谁的年龄？毛泽东1921年正好28岁。为了解决第一个主题：民族独立、人民解放，我们也整整花了28年时间。1949年共和国的诞生标志着在马克思主义旗帜的指引下、在中国共产党的带领下、在马克思与中国实际结合的历史进程当中我们形成了主导价值毛泽东思想。中国革命的成功正是在毛泽东思想这个旗帜下取得的巨大成效。1949年共和国诞生时，社会主义处在总书记说的第四个时期，就是在苏联的第二个阶段，斯大林模式的时候，也就是我们今天说的苏联模式。它的第五个时期、第六个时期就是在中国的发展。

在取得革命成功的基点上，毛泽东带领共产党人又花了7年时间，到1956年完成"一化三改造"任务。"一化三改造"的完成就标志着社会主义作为一种制度在中华大地确立了。马克思说：占统治地位的思想都是统治阶级的思想，所以，主导价值就是无产阶级的思想。这个时候马克思主义、科学社会主义进入了第五个时期。有很多成熟、有益的探索，其中有几个代表性的成果，1956年4月25日毛泽东发表《论十大关系》，在《论十大关系》当中毛泽东提出了一个非常重要的观点叫"以苏为戒"。因为我们当时确立社会主义的时候，唯一参照社会主义的模式就是苏联模式，毛泽东提出，即使在苏联成功了的社会主义，如果我们原封不动地把它搬过来照样会"水土不服"。第二个成果就是1957年的2月27日毛泽东发表《关于正确处理人民内部矛盾的问题》。这是第五个时期，就是新中国成立到1978年改革开放时期，我们社会主义在人民群众当中成为中华民族一种共同的信念，在不断地发展。

到了1978年以邓小平为代表的第二代中国共产党人，真正把中国特色社会主义这一概念在人民的头脑中作为人民的共同信念确立下来。1978年，中国改革开放历史大幕徐徐拉开，标志着中国特色社会主义在实践当中已经展开了。4年以后的1982年，我们党召开十二大，在十二大开幕词当中邓小平讲了这么一段话：总结中国长期的历史，我们可以得到一个基本结论，就是要把马克思主义和中国实际相结合，走自己的路、建设中国特色社会主义。中国特色社会主义作为一种信念、作为一种价值，作为共同的理想、共同的信念，概念的提出并不等于这个概念、这个价值在人民的头脑当中就生根了，它需要回答很多的问题。所以，小平同志大概又花了10年的时间进行艰辛的探索、不断的努力，把这个价值观念确立下来。小平同志对社会主义的认识，特别是他认识这种理念义的方法对我们的干部非常有借鉴价值。他认为：当我们对一个特定事物还不能够完全从本质的角度来认知和把握的时候，我们怎么办？用做"减法"的方式，先把那些在头脑当中本来不是社会主义的东西，我们又长期把它当作社会主义来认知的那种价值观念，清除出去。邓小平清除的第一个东西就是贫穷，他说贫穷不是社会主义，这个话今天我们说起来好像很简单，但是30多年前中国价值观念当中对社会主义的认识是"宁要社会主义的草，也不要资本主义的苗"。所以，他说贫穷不是社会主义、社会主义一定要消灭贫穷。第二，他说：平均主义"大锅饭"也不是社会主义。不患寡而患不均，这是中国人根深蒂固的观念。邓小平认为：在肚子吃不饱的基点上，我们的最大难题什么？效率和公平。所以要"先做大蛋糕，再来切割好蛋糕"，提出"效率优先、兼顾公平"，打破了我们过去的平均主义，平均主义这个理念把它清走了。他清走的第三个理念，就是发展太慢也不是社会主义。社会主义按照马克思的设想，应该在英国、德国、法国这些工业化程度比较高，社会生产力比较强的基点上来举行革命，来奠定社会主义的物质基础。但后来的社会主义都不是这样子的，都是在经济文化比较落后，社会生产力比较低的基点上来搞社会主义，苏联是这样、中国是这样，我们现在仅存的5个社会主义国家，朝鲜是这样、古巴是这样、越南是这样。邓小平认为：你本来起点就低，你还慢吞吞地走，那还叫社会主义吗？所以，他说：发展是硬道理，发展是解决中国所有问题的关键。他减掉的第四个东西就是，霸权主义、强权政治也不是社会主义。国家发展了搞霸权主义、强权政治，那也不是社会主义。社会主义必须走和平发展的道路。1982年的时候他已经78岁了，到了1992年的时候88岁的邓小平，终于搞清楚社会主义的本质。他说：社会主义从价值的层面来说五句话：解放生产力、发展生产力、消灭剥削、消除两极分化、逐步实现共同富裕，把社会主义的问题讲清楚了。中国特色社会主义价值观念要植根，必须要有深厚的历史根基，你不懂得来龙去脉，这个价值观怎么建立？建立不起来。第一个路径就要植根于历史。

第二个路径，作为全党全国人民团结奋斗的共同的理想信念，不仅要在历史中植根，而且要有科学的依据。中国特色社会主义作为一种价值观，是中国特色社会主义道路，中国特色社会主义理论体系，中国特色社会主义制度三位一体。从道路的角度来说，总书记说：道路决定命运。那么，中国特色社会主义道路是什么？中国特色社会主义道路，就是在中国共产党的领导下，立足于社会主义初级阶段，坚持以经济建设为中心、坚持四项基本原则、坚持改革开放、解放和发展生产力、完善和发展社会主义制度、发展社会主义市场经济、社会主义民主政治、社会主义先进文化、社会主义和谐社会、社会主义生态文明、促进人的全面发展，最终把中国建设成为一个富强的、民主的、文明的、和谐的现代化国家。我们后面要讲价值观，国家层面的价值观就是"富强、民主、文明、和谐"。一种价值观的确立，他的实践依据就是道路，道路决定命运。

实际上，中国特色社会主义的概念作为理想信念在我们人民当中确立是不容易的。这里我想在座的同志都见证过，如果经历过80年代的人都清楚，在中国特色社会主义30多年的历史进程当中，1989年是个大的历史转折点，这一年我们国内出现了政治风波，国际上出现了横跨东西德国之间柏林墙的倒塌。柏林墙倒塌的后两年，1991年12月25日以苏联的国旗从克里姆林宫降落为标志，苏联模式的社会主义，已经失败了，这个时候价值观出现了一个大的动摇，人们对社会主义的前途觉得没希望了，西方人更是断言，20世纪诞生的社会主义将作为20世纪的遗产，走不过20年。作为国际上著名的一个大学者日本人，加入美国国籍的一个思想家叫福山，福山写了一本书叫《历史终结论》，他认为历史将终结在自由资本主义。西方人这么断言了，我们很多人也迷惘了，这种价值观怎么来确立？所以，小平同志说：没有这么回事，我相信坚信马克思主义的人会越来越多。让我们看到共产党人对理想信念的矢志不渝，为什么？因为他对社会主义的信念、对马克思主义的信念是非常坚定的。这一年不仅我们社会主义遇到了问题，西方也遇到了矛盾。西方最大的矛盾就是"拉美危机"，拉美没有跳过中等收入陷阱，当时为了解决拉美危机，世界银行、国际货币基金会组织组织了全球顶级的经济学家研究拉美怎么走出困局。它的首席经济学家叫威廉姆森，威廉姆森代表的团队通过系统的研究提出了破解"拉美危机"的十条政策主张。这十条政策主张当中从价值观的角度来说最重要的就是自由化、私有化、市场化，就提出这

"三化"，核心的是自由化和私有化。当年在美国首都华盛顿开会，形成了一个价值共识，叫"华盛顿共识"。华盛顿共识就是西方的主导价值，这种主导价值也是断定社会主义是没前途，但是，让西方万万没想到的是宣告社会主义已经破产，但是15年以后的2004年，总书记说了英国伦敦国际研究中心的著名的研究员雷默提到了一个新的价值叫"北京共识"。华盛顿共识就是西方的主导价值，这个主导价值就是在资本主义道路上完成现代化，它的核心理念：新自由主义。而2004年雷默提到的"北京共识"，它的道路就是中国特色社会主义道路，它的核心价值理念就是中国社会主义理论体系。

改革开放37年来，回顾一下我们在确立中国特色社会主义共同理想的时候，始终在回答三个问题，在探索三个问题，形成三个指导价值。我们回答的第一个问题什么是社会主义？怎么建设社会主义？着力探索社会主义的规律，形成了第一个主导价值邓小平理论。我们回答的第二个问题：作为执政的中国共产党，应该建设一个什么样的党？怎样建设党？着力探索共产党执政的规律是什么？形成了第二个主导价值："三个代表"重要思想。我们回答的第三个基本问题：什么是发展？怎么来实现科学发展？探索人类社会发展的规律是什么？形成了第三个主导价值：科学发展观。中国特色社会主义理论体系，把邓小平理论、三个代表、科学发展观整合到一起成为中国特色社会主义理想信念的、在思想价值层面的主导性的价值。

总书记说：中国特色社会主义制度是植根于中国的历史根基，又实现了中国经济社会发展条件下一种内生性的演化。为什么讲内生性的演化呢？第一个就是基本经济制度，整个制度架构、制度设计、制度安排是植根于经济基础上的。我们37年形成最大的制度就是：公有制为主体，多种所有制共同发展的基本经济制度。第二个就是我们制度架构的核心层面——政治制度。一个国家的制度架构、制度体系和治理体系的核心是政治体系。而政治制度的核心在我国就是"一个根本制度、三个基本制度"。一个根本制度就是人民代表大会制度，三个基本制度就是，一是解决党际关系，共产党和民主党的关系。西方是多党竞争，轮流执政，我们是共产党领导的多党合作。二是解决族际关系。现在民族国家大多是多民族的国家，西方国家是用联邦制来解决这个问题，苏联是用邦联制来解决多民族问题。我们创造了一个民族区域自治制度来解决中国的民族关系。三是基层群众自治制度。农村村民自治、城市居民自治，这是中国的政治制度架构。第三个是法律制度，第四个是具体制度。所以，我们说中国特色社会主义共同信念是有科学依据的，这个科学依据在实践上的表现就是道路；在理论上的表现是中国特色社会主义理论体系；在制度上的表现就是中国特色社会主义制度。总书记说要确立全党全国人民团结奋斗的共同理想信念中国特色社会主义，一定要增强全党的道路自信、理论自信、制度自信。如果没有这种价值观你怎么自信？要把价值观确立起来。我想这个是中国特色社会主义的第二个根基，它的科学依据。

第三个依据，中国特色社会主义作为一种主导价值，共同的理想、共同的信念必须植根于现实的土壤。

不仅要植根于历史的土壤、要有科学的依据，还要有现实的依据。这个现实的依据就是要牢牢把握中国特色社会主义的现实根基。我们初级阶段的基本国情没有变，人民群众不断增长的物质文化需要与落后的社会生产的社会主要矛盾没有变，我们仍然是发展中大国的国际地位没变，这有中国特色社会主义的现实性。所以，总书记说：从现实依据来说，中国特色社会主义是总依据、总布局、总任务的三位一体。那么，中国特色社会主义的总布局是什么？就是经济建设、政治建设、文化建设、社会建设、生态建设五位一体。总任务是什么？就是"两个一百年"，就是从1921年再过100年时间，我们用100年的时间把中国建成全面小康的社会。第二个一百年是新中国诞生的1949年再过100年，到21世纪的中叶把中国建成一个现代化的国家。从这个角度来植根中国特色社会主义的理想信念，我们就会真正把它生根了。中国特色社会主义是全党全国人民团结奋斗的共同思想基础。

核心价值体系建设的第三个任务就是铸造中国精神。中国精神是以爱国主义为核心的民族精神，以改革创新为核心的时代精神。怎么来铸造民族精神，要铸造中华民族的民族精神就是要强化爱国主义，中国在五千年的历史发展当中，形成了以爱国主义为主体，强调国家统一，强调爱好和平，强调勤勇敢，强调自强不息的生生不息的民族精神，这种民族精神要怎么实现创造性的转化，创新性的发展，就是我们需要思考的问题，那么我们的基本路径是什么？我认为最重要的就是要学习，要读书。习近平同志在担任国家副主席，中共党校校长期间，他在全党倡导了一个活动，叫我们的干部多读书，读好书，善读书。纵观人类发展历史，凡属于经济价值比较强大，软实力比较强硬的赢家，都是注重读书、学习的，这仅仅举一个例子。2014年光明日报的调查，4月23日是世界读书日，整个世界读书最多的是以色列，人均读书量74本，以色列为什么在半个多世纪能够在沙漠当中建成一个现代化国家，现在世界顶级的思想家、科学家犹太人占了很大比例，美国的华尔街的核心部位都是犹太人掌管，为什么？就是因为读书。从读书铸造民族精神的角度来说，我倡导大家读一读《易经》。按照中国的国学大师张立文先生讲述的观点，中国文化从本质来说，就是和合文化，和合的根基就是阴阳和合。中国文化归结有这么几个部分，一个是儒家文化，道家文化；一个是印度传过来的佛教，但是它已经过中国化了；一个是马克思主义，我们也中国化了。儒家文化作为中国传统文化的主干，我们学儒家文化的什么？学五经，五经之首就是易经。道家文讲三玄，三玄之一就是易经。"天行健，君子以自强不息""地势坤，君子以厚德载物"，天是阳，地是阴。中国精神人格化在儒家文化中就是做"谦谦君子"，何为谦谦君子？儒家说第一个标准是成人之美，就是当别人有好事的时候为别人高兴。第二个标准是君子己欲立而立人，己欲达而达人，这是你想成就自己，先成就别人。第三个标准是君子和而不同，君子重要的是认准共同价值，保持自己的个性，独立性这就叫谦谦君子。后来孟子说中国精神不止做谦谦君子，能不能再提升一下，能不能做堂堂正正的"大丈夫"，大丈夫者，威武不能屈，贫贱不能移，富贵不能淫。

第四是道德建设问题。习总书记在山东讲过两句非常著名的话叫"国无德不兴，人无德不立"，一个国家没有道德是兴盛不起来的，一个人没有道德是站不高的，在道德加建设中，社会公德培育的问题，家庭美德形成的问题，职业道德养成的问题，个人品德提升的问题，都要作为问题来抓。

第三，怎么培育和践行社会主义核心价值观？

我们的民族，我们的国家确立一个什么样的价值观，这个问题既是一个理论问题，也是一个实践问题。培育的和践行社会主义核心价值观，我个人理解是在认知的基础上进行认同，在认同的基点上进行有效的转化。三部曲，认知就是你要知道什么是社会主义核心价值观？主要是三个层次。第一个层次是在国家层次的核心价值要求，就是富强、民主、文明、和谐。第二层次，社会层面的价值要求，就是自由、平等、公正、法治。第三个层次，个人层面价值要求，就是爱国、敬业、诚信、友善。围绕24个字的价值观要求，我们做一个剖析。

第一，我们要建设一个什么样的国家。

我们要成为一个富强、民主、文明、和谐的国家。

富强是民富国强。富强包含：一是全面建成小康社会，二是建成社会主义现代化国家，三是中国梦的实现。从经济上来说，既有总量的GDP，又有均值的GDP，总量值GDP我们排在世界第二，但平均值的GDP在第80位左右，所以说民富这个路还很长，国强不仅仅是经济上强，还包含军事硬实力，文化的软实力，所以国家富强的概念的内涵是非常广的。

民主对我们国家的发展来说，从价值的角度来说分三个层面，一是理念，二是制度，三是权力和权益。从制度层面看，在中国，民主本质上就是人民当家做主。中国共产党成立以来就高扬民主旗帜，矢志不渝为人民民主而奋斗。邓小平说：没有民主就没有社会主义，没有民主就没有社会主义现代化。习近平总书记强调：民主是社会主义的生命。而我们的社会主义的生命是什么？人民当家做主。人民当家做主实际在民主制度层面上是解决多数和少数的问题。多数最重要的形式就是选举，在制度架构上就是人民代表大会制度。总书记在纪念人大60周年大会上对人民代表大会制度进行了深刻阐释。在制度架构兼顾少数人的意志就是协商。在纪念政协65周年大会上的讲话对中国的协商民主作了创造性的解读。他说：中国协商民主是中国独有的、独特的、独创的一种民主形式。协商民主的要旨是什么？就是治理主体多元，治理主体越来越分化，利益越来越分化，这个多样性的利益、多样性的主体，怎么来谋求共识。所以，总书记说协商民主是人民民主的真谛。因为通过协商来谋求最大的公约数，因此要推进协商民主向多层次、宽领域、制度化方向发展。从宽领域的角度来说，凡属于涉及经济发展的重大问题，人民群众关心、关注的难点问题、热点问题，在做出决策和决策的执行过程当中都要充分协商。领域在扩大，层次上也是这样的，我们都知道，过去我们的协商民主是在政协，政协是我们协商民主的重要载体。而这种协商主要是政治层面的协商，过去的协商主要在中央层面，所以，中央召开重要会议以后，总书记都要和民主党派的主要领导人进行政治协商。我们现在不光是中央要协商、省（自治区）、直辖市要协商、州（市）要协商、县（市）要协商，包括到基层民主恳谈会也要协商。横向上要进行立法协商、政府协商、政协协商、司法协商，所以，纵向到底了，横向要到边了。从立法协商看，一个国家立法协商了，就可以避免出现大的问题，立法主体是政府部门，就容易出现国家利益部门化，部门利益个人化，部门利益法制化的倾向。在立法层面上就要进行充分的协商，来吸纳人民群众广泛的意见。政府，行政要进行协商，政协要进行协商，包括司法，司法也要进行协商，这样的横向到边、纵向到底来推进民主协商。同时要制度化，民主最重要的就是实体和程序的问题，一旦把它纳入制度化的建设就必须按照民主程序来履行。包括重大决策，十八届四中全会要求的非常明确，为什么我讲它是独有的、独特的、独创的，而且在中国民主发展最具发展潜力、最具发展空间，对人类民主理念的这个价值的贡献将会突显，这个时间的推移会越来越明显。在民主政治建设当中，对协商民主，在实践中我们可以创新、理念上可以进一步地提高。从权力和权益的层面看。总书记有句话叫"把权力关进制度的笼子"，这个权力是指公权力，以防止权力伸出制度的笼子来。民主从实体的角度来说就是人民的经济权益、政治权益、文化权益、社会权益、生态权益。看这些权益是不是越来越扩展了，保障的能力是不是越来越牢固了？

文明是指人类社会的进步状态，是人类创造的各种成果的总和，包括物质文明、精神文明、制度文明，在现阶段，我们把文明具体划分为物质文明、政治文明、精神文明、社会文明、生态文明。

和谐指事物的一种存在状况，即不同要素的有机结合和多样性的统一。汉字"和"，"禾"就是一个秧苗，人人有田种；第二就是"口"，人人有饭吃。"谐"，一个"言"字旁和一个"皆"，就是人人有话能表达。这就是和谐。和谐社会就是民主法治、公平正义、诚信友善、充满活力、安定有序、人与自然和谐相处。

这是第一个层次，我们要变成富强的国家，民主的国家，文明的国家，和谐的国家，这个就是中国核心价值观的第一个层次。

第二，我们要建设一个自由的、平等的、公正的、法治的社会。

自由是社会层面的重要价值。匈牙利的著名诗人裴多菲，写过一首诗叫"生命诚可贵，爱情价更高，若为自由故，二者皆可抛"。这首诗就告诉我们自由的价值超过生命的价值、超过爱情的价值。什么是自由？从马克思主义价值观的角度来说：自由是人类对必然的认识、对规律的把握。马克思设想的理想社会是什么？就是自由人的联合体。自由的价值非常重要，自由的本质是什么？就是要认识规律，把握规律、尊重规律，在掌握规律的基点上，按照规律来行事。中国的孔子做了很好的诠释，孔子曰："吾十有五而志于学，三十而立，四十而不惑，五十而知天命，六十而耳顺，七十而从心所欲，不逾矩。"孔子说的从心所欲不逾矩就是一种自由的境界。而在古人的眼中人活七十古来稀，所以，真正获得自由的境界，是在认识规律、把握规律的基点上，按照规律来行事，你就获得自由。

平等，中国人对平等的理解最起码是机会平等、前提平等、规则平等。机会平等、前提平等、规则平等就是你行事的规矩平等，你的出发点和你的起点是平等的。所以，我们很多人把平等理解为分配率，分配率应该是主体性的预购，但是作为一个价值，平等是这三种形式。

公正分开来讲就是公平和正义，它实际上就是公平和正义两个价值的糅合。

法治，对法治的理解，到目前为止，我认为总书记讲得很透彻。他说：法律是什么？法律用通俗的话来说就是准绳。什么是法治？就是按照法律的准绳来衡量、来规范、来引导社会生活，这就是法治。我觉得讲得很清楚，他用通俗的话表述的非常精确。

自由、平等、公正、法治的价值，回答的是建设一个什么样的社会的问题。

第三，我们要成为一个爱国、敬业、诚信、友善的公民。

培育和践行社会主义核心价值观首先要认知，宣传是必要的，没有必要的宣传引导大家都不知道，例如我们小时候有很多东西，包括毛主席语录从小就学，一段一段地背，现在一看就知道。现在我们大街小巷、各种媒体都要传播社会主义核心价值观，就是要让大家知道，这是认知。

第二点是认同，从情感上、价值上的认同。大家问中国是不是要变成这么一个国家？是不是培育这样一个社会？是不是培养这样的公民？在情感上要认同，如果情感上认同，再通过我们的分析研究、解读，在价值层面理解，只有理论的认同、价值的认同，价值观才是真正的生根。

培育和践行社会主义核心价值观的第三个重要的环节是转化。转化有这么几个路径。

一是要把社会主义核心价值观融入。第一个融入，就是社会主义核心价值观要融入经济社会发展、社会治理的全过程。我们在搞经济社会规划的时候，比如说"十三五"的规划，我们将按照富强、民主、文明、和谐的这些要求。不仅仅讲一个富强，还包括我们的民主怎么体现、我们的文明怎么体现、我们的和谐怎么体现。价值观要融入经济社会发展的全过程、社会治理当中，我们的价值观什么时候能够确立？从整个社会规划到操作实施都应该把它揉进去。第二个融入就是要融入国民教育的全过程。从小学、初中、高中、大学到研究生，在教育当中的教学、管理、后勤每一个环节都要融入价值观。2014年，总书记到学校三次，第一次是5月4日到北大，给北大的师生们讲核心价值观。第二次6月1日到北京的民族小学谈什么？和小学生和学生家长谈核心价值观。9月9日教师节，他到北师大谈什么？谈做好老师的核心价值观。从小学到大学都在讲怎么来培育和践行社会主义核心价值观的问题。中央政治局第12次集体学习讲核心价值体系的问题，第13次集体学习培育和践行社会主义核心价值观的问题。所以，要把社会主义核心价值观融入国民教育的全过程，不融入进去不行。中国传统社会讲仁、义、礼、智、信，为什么仁、义、礼、智、信在中国几千年的社会中大人、小孩都知道？"人之初 性本善 性相近 习相远 苟不教 性乃迁"，学校教育是至关重要的。第三个融入就是融入精神文明的全过程，文明城市的建设、文明村镇的建设、文明单位的铸造。精神文明建设就是培育和践行核心价值观，就是把核心价值观培育起来、建设起来。抓住了社会主义核心价值观就抓住了精神文明建设的核心和本质。第四个融入就是要融入文艺产品的生产、文艺产品的创作、文艺产品的提供当中。过去的文艺产品有"两张皮"的现象，我们的文艺产品生产、文艺产品创作、文艺产品的传播都必须体现核心价值观。大家看看韩国，国家不大，但是他在铸造核心价值观、传播核心价值观方面都非常有一套，很多中国的人在看韩剧的时候守更熬夜、乐此不疲，它的文艺创作都有潜在的核心价值在里面，都有自己的主导价值在里面。这"四个融入"，经济社会发展、社会治理、国民教育、精神文明建设、文艺都能够把价值观建设融入其中，我们的核心价值观他就会生根，就会结出丰硕的果实。二是要推进核心价值观的群体化，一种价值观要落地生根，不能浮在上面。第一个是地域精神的塑造是价值观生根的"结合点"。比如我们云南精神叫高原情怀、大山品质。我们高原情怀高远、开放、包容，我们的大山品质以坚定、担当、务实。我们说云南精神的担当，总书记告诫云南的干部六个字"忠诚（忠诚于党）、干净（个人干净）、担当"。现在最需要的是担当，我们云南敢为人先、敢于担当。把核心价值观和地域精神结合起来。就找到了培育和践行的"结合点"。第二个是不同的群体要有不同的价值观。比如说军人，军人要有当代军人的核心价值观。司法部门的核心价值观是四个字：公平、正义，司法丢了这四个字，那还有什么意思？我们从2008年抓云南高校的社会主义核心价值观的建设，在云南大学、云南师范大学两所大学来探索大学生应该具有什么样的核心价值观？通过实践，2009年的11月份我们提出当代大学生的核心价值观，概括了三句话。第一句话：爱党、爱国、立身做人。大学生最重要的是做人，前提是爱党、爱国，这是我们的主导价值。第二句话：勤学善思、励志成才。大学要干什么？培养社会主义合格建设者和可靠的接班人。用总书记的话来说叫：立德树人。就是要成才，成才的条件是学和思要结合。所以，孔子说："学而不思则罔，思而不学则殆。"所以，既要勤学，又要善思，勤学善思。第三句话叫：历练本领、立业为民。大学生不仅会读书，你的社会实践能力、创新能力、社会责任感这些就是历练本领。价值指向什么？立业为民。实践证明我们对当代大学生的核心价值观的概括是符合总书记的要求的。总书记去年5月4日到北京大学在谈到大学生核心价值观的时候，讲八个字：勤学、修德、明辨、笃行。《大学》说一个人要：博学之、审问之、慎思之、明辨之、笃行之。所以，总书记概括了这八个字有着深厚的文化底蕴。第三个是要注重把社会主义核心价值观落小、落细、落实。在落小、落细、落实当中，加强价值观的宣传普及，正面价值观要树立起来，要加强价值观的舆论引导。既要抓好公众人物、公职人员、学生等重点群体，还要发扬民间社会力量的作用，比如志愿者服务团队的建设的问题。

陈庆江

陈庆江，云南宣威人。历史学博士，云南大学历史系教授。云南徐霞客研究会副会长兼秘书长。主要从事历史人文地理、"徐学"、地名学研究。著有《明代云南政区治所研究》，编撰《徐学》（《新国学三十讲》之一），撰著《徐霞客》（"云南百位历史文化名人丛书"之一），参撰、参编《徐霞客游记全译》《南诏大理国历史文化大辞典》《云南大百科全书》（历史卷）等多种著述。在学术刊物和有关文集上发表学术论文70余篇，其中"徐学"论文20余篇。曾应中央电视台九集科普纪录片《徐霞客》摄制组的邀请，讲解徐霞客在云南的有关问题。

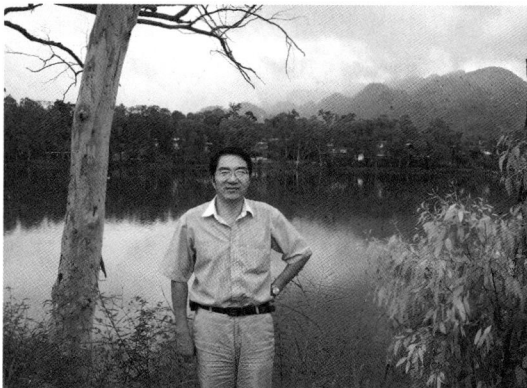

徐霞客与云南

一、徐霞客崇高的历史地位

20世纪80年代以来，我国出现了"徐霞客热"现象。徐霞客这个名字被越来越多的人所熟知，徐霞客的生平事迹被越来越多的人所了解，徐霞客撰写的文字被越来越多的人阅读和研究，徐霞客的精神和思想对越来越多的人产生了积极的影响。

追溯历史，我们便知道，自明代末年以来，徐霞客及《徐霞客游记》一直都被铭刻在我们这个民族的历史丰碑上。

明末江南著名文化人文震孟称誉徐霞客："真古今第一奇人也"[1]。明末清初文化界巨擘钱谦益谓："徐霞客千古奇人，《游记》乃千古奇书。"[2]"此世间真文字、大文字、奇文字。"[3]奚又溥于康熙年间所写《徐霞客游记》序中评价道："徐霞客先生记游十卷，盖古今一大奇著作也"，其"固应与子长之《史记》并垂不朽，岂仅补桑《经》郦《注》之所未备也耶？"[4]

民国时期地理学代表人物丁文江先生评徐霞客为"朴学之真祖"，认为

---

1 文震孟：黄道周《七言古一首赠徐霞客》跋。载朱惠荣《徐霞客游记校注》，云南人民出版社1999年4月第3次印刷（以下引用此书皆同），下册，第1255页。

2 钱谦益：《嘱毛子晋刻游记书》。载朱惠荣《徐霞客游记校注》。下册，第1282页。

3 钱谦益：《嘱徐仲昭刻游记书》。载朱惠荣《徐霞客游记校注》。下册，第1282页。

4 奚又溥：《徐霞客游记》序。载朱惠荣《徐霞客游记校注》。下册，第1354、1355页。

其 "工作之忠勤，求知之真挚"，较之顾炎武、王夫之、黄宗羲等人 "殆有之无不及焉" [1]。1998年，经有关部门组织全国专家评议推荐，《徐霞客游记》被列为代表中国文化的20部经典著作之一。

共和国的几代国家领导人高度评价徐霞客及其游记。毛泽东推崇徐霞客，他说 "我很想学徐霞客" "《徐霞客游记》可以看"。[2] 1985年10月，时任国家主席李先念为纪念徐霞客诞辰400周年题词："热爱祖国，献身科学，尊重实践"。2007年，温家宝总理给在北京全国政协礼堂举行的徐霞客诞辰420周年纪念大会写了《贺信》，称《徐霞客游记》为 "中华经典"，"它接受着时间的检验，历史的审读，时代的召唤"。

北京中华世纪坛民族文化长廊永久性伫立40位历史人物的雕像，他们都是在中国文化、科技、教育史上做出过重大贡献，代表中华各历史时期文化发展方向的最杰出人物。他们有一个共同的称号："中华文化名人"。徐霞客位列其中，其雕像已于2007年揭幕。徐霞客被尊为 "游圣"，在讨论设立 "中国旅游日"时，普遍认为它应与徐霞客挂钩。2011年4月，国务院正式批复，将每年的5月19日确定为 "中国旅游日"。这个日子是今本《徐霞客游记》开篇《游天台山日记》记述的第一天。

二、徐霞客家世、生平概说

徐霞客，名弘祖，字振之。其友人黄道周给了他 "霞逸"的雅号，陈继儒则号之 "霞客"。徐霞客为明代南直隶江阴县金凤乡南旸岐（今江苏省江阴市霞客镇南旸岐村）人，他的家乡是江南的核心区。他生活在明朝后期，出生于明万历十四年十一月二十七日（1587年1月5日），崇祯十四年正月二十七日（1641年3月8日）辞世，56岁的一生跨万历、泰昌、天启、崇祯四朝。他的一生，主要只从事了一个事业，即旅游和考察，只写了一本著作，即《徐霞客游记》。

根据光绪三十二年（1906年）《江阴梧塍氏徐氏宗谱》和民国三十五年（1946年）《梧塍氏徐氏宗谱》等文献的记载，从两宋之际一世祖传至徐霞

---

1 丁文江：《重印徐霞客游记及新著年谱序》。

2 陈晋主编：《毛泽东读书笔记解析》，广东人民出版社1996年7月版，第1124页。

客，共17代。[1]

徐霞客的家族世系如下：

徐锢 ——→ 徐克谊 ——→ 徐允恭 ——→ 徐守诚、徐守训 ——→ 千十一、千十四 ——→ 徐伯三、徐伯四、徐伯十 ——→ 徐亨一、徐亨二 ——→ 徐直、徐谅、徐闻 ——→ 徐麒 ——→ 徐忞、徐□、徐应、徐懋 ——→ 徐颐、徐泰、徐坤 ——→ 徐元献、徐元寿 ——→ 徐经 ——→ 徐沾、徐洽、徐治 ——→ 徐衍芳、徐衍嘉、徐衍成、徐衍禧、徐衍厚 ——→ 徐有开、徐有造、徐有勉、徐有及、徐有登、徐有敬 ——→ 徐弘祚、徐弘祖、徐弘禔。

徐霞客的先世累代为江南大族，远近闻名，既富甲江南，又是文献世家。

一世祖徐锢北宋末年曾任开封府尹，宋室南渡，"扈驾居浙"[2]。四世祖徐守诚于南宋庆元年间任吴县（治今苏州）县尉，其家遂由浙江迁至苏州。五世祖千十一不仕元朝，迁居于江阴县西顺乡梧塍里，过着"其居田园，其业诗书"的生活。七世祖徐亨一以博采诗文为乐，家中这时已积累了大量典籍，在当地被称为"文献巨室"。九世祖徐麒青年时代从大学者宋濂问学、习诗，洪武中以布衣应诏，奉命出使西蜀，完成使命后不愿为官而求归故里，他广置田产，以至"辟畦连阡，原田每每，储橐益广""然富而好礼，见义必为"。[3]十一世祖徐颐官至中书舍人，后引疾告归，徜徉山水间，以诗酒自娱。他在父祖辈的基础上"益勤俭治生业，增产拓地"，常赈济乡里，救助贫寒，建桥修路。他教子甚严，礼聘名师至家塾，于家中园圃内建馆舍，"左右图籍，不令与阛市相接，而日躬课核，至夜分乃罢"。[4]十三世祖徐经自幼酷爱诗书，家中万卷楼富藏宋、元以来累世不断增广的文献，他埋首勤读，尤其致力于"六艺"之文、"百家"之编。弘治乙卯（1495年）中举，弘治己未（1499年）参加会试，因卷入科场舞弊案，被削除仕籍。十四世祖徐洽17岁即入太学，由博士弟子补国子监生，学业名列前茅，然七

1　关于徐霞客的家世，尚可参阅吕锡生编著《徐霞客家传》（中央文献出版社2006年5月第一版）、薛仲良编纂《徐霞客家集》（新华出版社2007年版）等。

2　民国三十五年（1946年）《梧塍氏徐氏宗谱》卷首。

3　〔明〕陈敬宗《明故徐徵君墓志铭》。载朱惠荣《徐霞客游记校注》。下册，第1307页。

4　〔明〕李东阳《明故中书舍人徐君墓志铭》。载朱惠荣《徐霞客游记校注》。下册，第1317-1318页。

次会试皆落第。后捐官鸿胪主簿，在职九年便辞官回乡，自此"优游林泉，不染尘世事，敦尚朴雅"。[1]其母杨氏为他兄弟三人分家，徐洽得田产12590多亩，其余山地、滩地、芦场、草场、鱼池等若干，家产之富足由此可见。十五世祖徐衍芳究心科举，希望能金榜题名，为此他父亲特地离开祖房到南旸岐筑湖庄书屋，他于书屋中经年累月啃读四书五经、科举时文等，但还是累试不中。他在兄弟分家时迁居南旸岐，成为南旸岐徐氏的开基之祖。徐霞客的父亲徐有勉鉴于数代科场挫折，放弃科举，绝意仕途。到他这一代，家道中落，田产已减少，但因努力经营，尚称富足。其时江南地区丝织业甚为发达，徐有勉家中有织机二十几张，霞客母亲王氏是当地远近闻名的织布高手，能织"轻羽如蝉翼"的优质布，运销苏州、无锡等地。徐有勉平日在家爱好竹石，筑园自隐，暇日常携三五家僮，乘舟船往来于苏、杭之间。

徐霞客的人生轨迹，无疑受了他家世的影响。

徐霞客的一生，可以划分为三大阶段：

（一）青少年时代：打下坚实的文化基础，立下旅游考察的志向

徐霞客童蒙时即入师塾就学[2]，父母亲友希望他走科举入仕的道路。他聪慧好学，读师塾时"矢口即成诵，搦管即成章"。然而他的内心深处并不认同科举，"特恐违两尊人意，俯就铅椠，应括帖藻芹之业，雅非其所好"。[3]吴国华《圹志铭》谓徐霞客"少应试不得志"[4]，《高士霞客公传》说徐霞客"少习举业，旋弃去"。[5]大约十五六岁前后，他到县城应童生试，但未考中，从此便放弃科举。

徐霞客天性喜爱自然，志在山川大地，不愿固守书斋，对特立独行的人及其事迹很感兴趣。青少年时期，他广泛搜寻阅读这些方面的文献。陈函辉《徐霞客墓志铭》说，徐霞客"特好奇书，侈博览古今史籍，及舆地志、山海图经，以及一切冲举高蹈之迹，每私覆经书下潜玩，神栩栩动……尝读《陶水监传》，辄笑曰：'为是松风可听耳。若睹青天而攀白日，夫何远之

1　民国三十五年（1946年）《梧塍氏徐氏宗谱》卷53《旧传绪略·鸿胪左云岐公传》。

2　徐霞客入塾就读的时间，无明确记载，褚绍唐《徐霞客先生年谱》推断为万历二十一年（1593年），田柳《新订徐霞客年谱》、吕锡生《重编徐霞客年谱》为万历二十年（1592年）。

3　陈函辉《徐霞客墓志铭》。载朱惠荣《徐霞客游记校注》。下册，第1286页。

4　吴国华《圹志铭》。载朱惠荣《徐霞客游记校注》。下册，第1284页。

5　民国三十五年（1946年）《梧塍氏徐氏宗谱》卷53《旧传绪略·高士霞客公传》。

有？’及观严夫子‘州有九，涉其八；岳有五，登其四’，又抚掌曰：‘丈夫当朝碧海而暮苍梧，乃以一隅自限耶？’人或怪其诞，夷然不屑。益搜古人逸事，与丹台石室之藏，靡不旁览”。[1]他应童生试失败后，“即肆志玄览，尽发先世藏书，并鬻未见书，缥缃充栋，扣如探囊”。[2]

他在后来的游记中追述道：“余髫年蓄五岳志”[3]。他十八岁时，父亲去世，随后家庭经历一些变故，使他“愈复厌弃尘俗”，于是“欲问奇于名山大川”，但有母在堂，极重孝道的他“不敢请”。他母亲了解他的心迹后非但不反对，还勉励他说“志在四方，男子事也”“岂令儿以藩中雉、辕下驹坐困为？”[4]

（二）青壮年时期：“问奇于名山大川”

徐霞客走出书斋投身于自然、社会，开始于二十一岁时。他曾向挚友陈函辉“粗叙其半生游屐之概”，“自言：万历丁未（1607年），始泛舟太湖，登眺东西洞庭两山，访灵威丈人遗迹”。[5]自此以后漫长的三十年间，徐霞客志向不移，在祖国的山河大地间进行穿梭式的旅游考察。他的足迹涉于当时的南京（又称南直隶，相当于今江苏、安徽两省及上海市一部分）、京师（又称北直隶，相当于今北京、天津两市、河北省大部及河南、山东小部分地区）及山东、浙江、江西、福建、河南、陕西、湖广（相当于今湖南、湖北两省）、广东、山西等九布政司。这一时期他旅游考察的主要目标是名山大川，包括浙江天台山和雁荡山、南直隶白岳山和黄山、福建武夷山、江西庐山、河南嵩山、陕西太华山（即华山）、湖广太和山（即武当山）、广东罗浮山、山西五台山和恒山、南直隶太湖、福建九鲤湖、江西鄱阳湖等。

徐霞客在南方地区的旅游考察，通常是邀得游伴同往。北方则是孤身独旅。除家乡一带外，他每次出游的时间往往达数月。两次出游期间，在家中作必要的休整。

1　陈函辉《徐霞客墓志铭》。载朱惠荣《徐霞客游记校注》。下册，第1286页。

2　吴国华《圹志铭》。载朱惠荣《徐霞客游记校注》。下册，第1284页。

3　〔明〕徐弘祖著，朱惠荣校注：《徐霞客游记校注·游嵩山日记》。上册，第49页。

4　陈函辉《徐霞客墓志铭》。载朱惠荣《徐霞客游记校注》。下册，第1287页。

5　陈函辉《徐霞客墓志铭》。载朱惠荣《徐霞客游记校注》。下册，第1287页。

（三）晚年岁月："西南万里遐征"

崇祯九年（1636年）秋，徐霞客从家乡出发，之后四年多期间，旅游考察了浙江、江西、湖南、广西、贵州、云南。崇祯十三年（1640年）春离开云南返家，东归途中可能履经今四川省和重庆市。[1]这是徐霞客旅游考察生涯的最后也是最宏大的一次壮举，被称为"西南万里遐征"。

徐霞客青壮年和晚年时期的旅游考察既相通贯又有区别。"问奇于名山大川"时期，还未从根本上走出传统文人士大夫的旅游模式，进入视野的主要是点而略于线、面，核心追求是景观审美和托物兴怀，已有科学考察的色彩和成分但还不浓重，究心于自然而对人文事象的关注不甚多。"西南万里遐征"相对于前此时期来说，实现了超越，达到了其旅游考察生涯的最高峰，取得了辉煌的成就。所经各地，徐霞客进行了较为系统的扫描式的旅游考察，突出重点又兼顾其余，自然和人文并重，景观审美的意趣一如既往，而同时科学考察的意识、目的清晰明确，考察的经验、方法丰富而日臻完善。

三、徐霞客旅游、考察云南的时间和路线

徐霞客被誉为"千古奇人"，《徐霞客游记》被誉为"千古奇书"。而最奇的，无疑是西南之旅以及这一阶段所写的游记。其中，在云南的分量又最重。云南是他取得最为丰硕的成果，攀上一生事业顶点的地方。在云南的那段时期，是他人生最辉煌、全方位展现风采的时期。

先来看一组数字：

霞客来到云南那一年52岁。

霞客于崇祯十一年（1638年）五月初十入滇，十三年正月间离开云南，在滇一年零九个月，计630多天。

霞客在云南的行踪，及于今10余个州市：曲靖市、昆明市、玉溪市、红河州、楚雄州、大理州、丽江市、保山市、德宏州、临沧市。东归时可能经过今昭通市境。

---

1 关于徐霞客是否到过今四川、重庆，以及其东归路线，有不同观点。此取经今四川、重庆东归说。

霞客所撰写的《滇游日记》，今存25万余字。

徐霞客早就想到云南旅游考察，《浙游日记》中说："余久拟西游"[1]。但一直到了晚年才实现这一夙愿。其中原因，我以为至少以下两点是显然的：一是守持孝道的他，在他母亲在世时，秉持"游必有方"的旅游伦理，每一次出游的时间都不很长，因此必须经年累月的西南之旅一拖再拖。二是在他二十多岁到四十多岁期间，虽然经常出游，但总体上没有完全走出传统文人士大夫的旅游模式，游览名山大川为其主流。云南、贵州、广西这些地方是边远荒僻之地，也没多少传统意义上所谓的名山大川。

可是，徐霞客晚年才旅游考察云南，却又成为一件大好事、幸事。对于他本人来说，他在云南攀上了人生事业的顶峰，取得了一生中最为辉煌丰硕的成就。对于我们云南来说，出现在这一方土地上的徐霞客，大地学家、大旅行家的形象已经很饱满，他带着他成熟的思想、不同凡响的人格魅力来了。滇云大地上神奇瑰丽的自然景观、人文事象进入他的视野，被写进他的游记，传播开去，留存后世。

霞客在云南，可划分为以下四个阶段：

第一个阶段：崇祯十一年（1638年）五月中旬至十一月上旬。

他五月初十从滇南胜境关进入云南，经今曲靖市富源县、沾益县、麒麟区、陆良县等县区境，大约在六月间到达省城昆明。在省城一带活动一小段时间后，他前往滇南。所经地区，为今昆明市晋宁县，玉溪市江川县、通海县，红河州建水县、石屏县、开远市、弥勒市、泸西县。

以上所述这段路线，是根据他游记中一些篇章所反映的情况考订而得。为什么呢？霞客旅游考察，每日必写游记。自五月初十踏进云南的那天，至八月初六停留广西府城（今泸西县城），其间所写游记为《滇游日记一》。但这部分游记今已不存。这是霞客滇游的最初一段时期，从旅游和考察的角度看，经行的又是几个重要区域。因此，游记应是分量重，内容丰富，价值大，可惜已读不到。

今天我们能读到的游记，除开几个与《滇游日记一》密切结合的专篇外，都从八月初七开始。这时他在广西府城（今泸西县城）。中秋节后第二天，他离开府城，经今泸西县北部，而后到师宗县、罗平县。从罗平县东部渡过黄泥河，进入今贵州兴义市境。随即从今富源县东南隅第二次返滇，经

1　〔明〕徐弘祖著，朱惠荣校注：《徐霞客游记校注·浙游日记》。上册，第118页。

富源县中南部、罗平县北部，踏入麒麟区，再到沾益县。而后再入麒麟区，过马龙县、寻甸县、嵩明县。此后，为考察滇池水系，旅经盘龙区、五华区、官渡区、呈贡区、晋宁县、安宁市、西山区。

第一阶段的旅游考察，最为重点的对象和区域是盘江和滇池周边。

第二个阶段：崇祯十一年（1638年）十一月中旬至十二年三月下旬。

他十一月中旬离开滇池地区，经今富民、武定、元谋、大姚、姚安、祥云、宾川等县境，于腊月底上到鸡足山。其间在武定、元谋所花时间较长。在鸡足山整整一个月后，他应丽江府木增土司之邀，经今洱源、鹤庆县，去到丽江。在丽江逗留了半个月，然后经今鹤庆、剑川、洱源等县，到苍山洱海地区。以后由漾濞县、永平县再往西去。

第二阶段的旅游考察，最为重点的区域是鸡足山。在丽江府城和大理府城周边的活动，也极富特色。

第三阶段：崇祯十二年（1639年）三月底至八月中旬。

他渡过澜沧江进入永昌府境，从今保山市隆阳区渡怒江翻高黎贡山去到边陲腾冲，曾踏足于今德宏州边缘地带，再从腾冲回到永昌府城。之后去了今隆阳区西北上江一带。再后经今保山市昌宁县，到今临沧市凤庆县、云县。最后经今大理州巍山县、弥渡县、祥云县、宾川县回到鸡足山。

这一期间，他对腾冲的游览考察，若以行政区为单位来看，是最为全面详细的。他在永昌府城及其附近活动的时间，居然达两个多月，是他在云南停留时间最长的一个地方。

第四阶段：崇祯十二年（1639年）八月下旬至十三年正月。

他八月下旬第二次上鸡足山。九月中旬以前，主要在山上游览、考察、会友。九月中旬至次年正月，在山上编修《鸡足山志》。这一方面是奉应木增的请求，另一方面也是他的一个文化追求和愿望。

他第二次回到鸡足山上后，由于长年野外的艰苦跋涉，久涉瘴疠之地，先是双足肿痛，再后来以至于"两足俱废"，不能行走。陈函辉《徐霞客墓志铭》记载：崇祯十三年（1640年）年初，木增派人用滑竿抬着他送他回乡，"转侧笋舆者百五十日"。先走陆路到今四川宜宾，然后乘船顺长江而下，到湖北黄冈，"黄冈侯大令为具舟楫，六日而达江口，遂得生还"。[1]大约在这年夏季，他回到故里。半年多后，与世长辞！

1　陈函辉《徐霞客墓志铭》。载朱惠荣《徐霞客游记校注》。下册，第1291页。

四、徐霞客在云南的主要活动

徐霞客在云南的一年多时间中，为了他钟爱的事业一直努力拼搏，不停地探寻着云南的自然世界和人文领域，领略着云南的美好风光，也享受着云南人民回报他的深情厚谊。

他在云南的活动，极为丰富多彩。主要的可以概括为以下四个方面：

（一）长时间、广地域的开拓性旅游

徐霞客在云南，首先是以旅游大家的形象出现的。630多天时间当中，多数都在旅游，往往是长时段连续性旅游。

他在云南旅游的地域非常广阔，游览了相当于今十多个市（州）五十多个县（市、区）的风光。

他游览的风景，类型多样。从大的方面说，有自然风光、人文风光，以及综合性风光。每一大类又可分为很多小类，其中自然风光中的小类最为丰富，如山脉、河流、潭泉、湖泊、岩溶地貌等等。

他游览风景，不是走马观花浮光掠影，不是抓住一点不及其余，往往都是细游、深度游，对景区景点多角度多层面系统游览。

他在很多地方对很多风光景物的游览，具有开拓性。他游览的很多地方很多景物，在当时甚至后世都不是风景点，或者一般人不去游览。他游览过而今已经成为国家级风景区或各级文物保护单位的非常多。如昆明、大理、丽江、腾冲、建水等处为国家级风景名胜区，武定狮子山、保山博南古道、剑川剑湖、洱源西湖、通海秀山、泸西阿庐古洞等十多处为省级风景名胜区。其余一般的旅游景点更多。据统计，他游览过的人文景观，现在依然存在并被公布为各级文物保护单位的共60多处，其中昆明筇竹寺、大理崇圣寺三塔、巍山巄嵷图城等13项为全国重点文物保护单位，富源胜境关、永平霁虹桥、剑川金华山石刻等18处为省级文物保护单位。他到过的五十多个城镇中，如今有昆明、大理、丽江、建水、巍山5个国家级历史文化名城，其中丽江还是世界文化遗产。有石屏、通海、剑川、腾冲等6个云南省历史文化名城，还有洱源凤羽、保山蒲缥镇等9处云南省历史文化名镇（村）。

他是如何游览风景名胜的呢？我们不妨举两个例子，以窥一斑。

第一个例子，游昆明西山（太华山）。

从高峣上岸，进太史祠（今升庵祠）拜谒，入华亭寺、太华寺，到罗汉寺（今三清阁建筑群），途中翻山岭，钻深箐，走幽径。在罗汉寺一带，"攀崖蹑峻""披石隙""度隙"，细细游览了那一带的殿、阁、楼、宫、祠、庙、庵。更为难得的是，他从今龙门附近"出山门，凡八折"，下到山脚，游览了山脚的村庄、金线泉、石洞等。然后再次上山，到今龙门附近。今龙门往上到山顶，都是悬崖峭壁。如今凿了隧道，可霞客那时没有直接上去的路，要绕道太华寺。怎么办呢？"辄从危崖历隙上""悬跃无不如意"。攀到山顶，"则石萼鳞鳞，若出水青莲，平散竟地"。他还"行峰顶四里，凌其上，为碧鸡绝顶"。[1]

像他这样的游览，古今能有几人？

第二个例子，游大理苍山清碧溪。

霞客在大理期间，曾在友人何巢阿父子以及三塔寺两僧人的陪同下，"为清碧溪游"。一路过小纸房、大纸房、石马泉、一塔寺、阮尚宾墓园等地，自清碧溪下游溯流而上，途中"屡涉其南北"。游赏之余，诸同游者"辄解筐酌酒"，互相劝酬。霞客眼中，沿溪处处皆美景。如溪中某处，"有巨石蹲涧旁，两崖巉石，俱堆削如夹。西眺内门，双耸中劈，仅如一线，后峰垂雪正当其中，掩映层叠，如挂幅中垂，幽异殊甚"。由此往西半里，溪水"捣峡泻石间，石色光腻，文理灿然，颇饶烟云之致"。

进到清碧溪深处，幽谷、怪石、悬崖、碧潭，组合为一道道奇绝的美景。霞客醉游其间，探险其间，也确曾遭遇险情。入溪第一潭位于逼仄的山崖夹门内，水从夹门中冲出石崖向下坠落，下面形成一个澄澈的深潭，"波光莹映，不觉其深"。水流冲出石崖处的水槽，被水冲刷浸润，腻滑不可着足。当时霞客见到两僧人已攀越到上面的崖石，而何家父子想从溪涧中北向往上走，他却"独在潭上觅路不得"。于是，疏忽中未能预先感知腻滑的他，"遂蹑峰槽，与水争道，为石滑足，与水俱下，倾注潭中，水及其顶"。他本能而快速地从潭中跃起浮出，爬到一个石头上坐下来，拧拧衣服上的水，穿上继续攀爬。往西越过一处山崖，从崖端俯身下窥，"其内有潭，方广各二丈余，其色纯绿，漾光浮黛，照耀崖谷，午日射其中，金碧交荡，光怪得未曾有"。此潭周边的崖石结构甚是独特："三面石壁环窝，南

1　见〔明〕徐弘祖著，朱惠荣校注：《徐霞客游记校注·游太华山记》。下册，第732–736页。

北二面石门之壁，其高参天，后面即峡底之石，高亦二三丈；而脚嵌颡突，下与两旁联为一石，若剖半盎，并无纤隙透水潭中，而突颡之上，如檐覆潭者，亦无滴沥抛崖下坠；而水自潭中辄东面而溢，轰倒槽道，如龙破峡"。霞客当然不会满足这一俯视，"亟攀崖下坠，踞石坐潭上"。这时的他，"不特影空人心，觉一毫一孔，无不莹彻"。也是到了这时，他才"解湿衣曝石上，就流濯足，就日曝背"。深山三月，阳光洒射，潭水浸身，冷暖二重感觉俱生，"冷堪涤烦，暖若挟纩"。

霞客的清碧溪之游没有到此止步，而是继续往溪涧深处探险。他从曾经滑落其中之潭的上面，"复西逼峡门"。"其北有覆崖庋空，可当亭榭之憩，前有地如掌，平甃如台，可下瞰澄潭，而险逼不能全见"。这又一次激起他挑战奇观险境的欲念，想"再穷门内二潭，以登悬雪之峰"。此刻，同游的何巢阿等人"已不能从，亦不能阻"，相约"出待于休马处"。他独自乘兴"转北崖中垂处，西向直上"。其间经过阳桥，那里"削壁无痕，不能前度"，人们"以石条缘崖架空，度为栈道者四五丈"。桥以上的清碧溪上流，一般游人鲜有涉足，霞客则披莽攀石，身历目览。"度桥北，有叠石贴壁间。稍北，叠石复北断，乃趁其级南坠涧底。底有小水，蛇行块石间，乃西自第一潭注第二潭者。时第二潭已过而不知，只望涧中西去，两崖又骈对如门，门下又两巨石夹峙，上有石平覆如屋而塞其后，覆屋之下，又水潴其中，亦澄碧渊渟，而大不及外潭之半。其后塞壁之上，水从上涧垂下，其声潺潺不绝，而前从块石间东注二潭矣。余急于西上，遂从涧中历块石而上。涧中于是无纤流，然块石经冲涤之余，不特无污染，而更光腻，小者践之，巨者攀之，更巨者则转夹而梯之。……崖根有小路，为密箐所翳，披之而行"。再往前，遇到一"拾枯"樵夫，"言前已无路，不复可逾"。他"不信，更从丛箐中披陡而西上。其处竹形渐大，亦渐密，路断无痕。余莽批之，去巾解服，攀竹为絙"。日渐西沉，"腹馁甚"，他才返程。[1]

（二）艰苦卓绝的自然考察

徐霞客在云南的第二个形象是大地理学家、杰出的野外考察家。在他那个时代，投身西南边荒之地的野外考察者，没有任何其他人的形象有他如此高大。

---

[1] 见〔明〕徐弘祖著，朱惠荣校注：《徐霞客游记校注·滇游日记八》。下册，第1011–1014页。

这里，择要作一简述：

第一，考察江河源流及水文状况。他在滇东、滇东北、滇中、滇南、滇西北，考察了南、北盘江和金沙江。在保山考察了怒江，从保山到临沧，追踪考察了澜沧江，在弥渡考察了红河上游礼社江源。在腾冲，他还考察了伊洛瓦底江的两大支流龙川江和大盈江。

他考察过的其他二级、三级河流更多。

江河考察中，用力最多最深、最有成就的是南盘江和金沙江。他千里追踪南盘江，写成《盘江考》。他选取多个典型地点考察金沙江，写成《溯江纪源》《江源考》。它们都是科学名篇。

他对盘江的考察，堪称一生江河考察的典范。

让我们来看一下其考察情形：

徐霞客考察盘江，地域跨越广西、贵州、云南三省，时间一年多。但考察目标最明确、用力最多最集中、取得丰硕成果的是在云南。南、北盘江比较，功夫又主要花在南盘江。徐霞客崇祯十一年（1638年）五月初十日从云贵交界处的滇南胜境关（今仍名）进入云南，此后直至同年九月底，他经滇中昆明，到滇南，再到滇东，重新踏上贵州的土地，随即第二次从贵州进云南。他的这一游程，居然是一个几乎闭合的不规则椭圆形。这个绕大圈子、跋涉千里的举动有什么玄机呢？读他的游记就知道，其核心就是考察盘江，尤其是南盘江。

徐霞客在这一地区怎样考察盘江呢？

一是亲历南盘江源头区域。徐霞客从进入云贵交界地带开始，考察盘江的力度陡然剧增。他一路向西北，很快来到了南盘江源头地带。离南盘江发源处最近的一个城镇叫交水城，他两进两出交水城，以交水城（今云南省曲靖市沾益县城）为基点进行考察。他翻越交水城东南面的山岭，审度山脉、水流的走向及分合。往北他大概到了炎方（今仍名），那里离现代地理学勘测的南盘江发源处直线距离已经只有几公里。他徜徉于交水城东面略呈南北走向的坝子中，记述说："三流纵横其间，汇为海子（浅水湖沼）"。[1]

二是选取盘江的一些河段、横切面进行观察、勘测。根据徐霞客的考察路线，他进出交水城都必然要过南盘江。由他的记载可知，当时的南盘江，自交水城东往下即可以航行小船。霞客第一次在交水城周边活动后，随即放

1　〔明〕徐弘祖著，朱惠荣校注：《徐霞客游记校注·盘江考》。下册，第821页。

舟于南盘江中观览、体验。他从城东的海子上船，顺流而下数十里，在一个无法通航的石峡中登陆。过了那个石峡，再度登舟畅游。可以想见，徐霞客行船于南盘江上游河段，必定是副好心情，这可是他魂牵梦绕的那条河啊！后来他到滇南考察南盘江的西源，去到西源的发源处，然后东行数百里，"随流考之"[1]。西源有一段形成地下河，地下河穿过一个溶洞，名颜洞。霞客花了一天的时间游颜洞，探知洞内的地下河宽达三丈。在西源与从交水来的干流汇合处附近，徐霞客应该有一次横渡江流之举，只是具体情况已不得而知。

三是多方多地广泛调查访问。徐霞客两次进交水城，投宿的都是一个叫龚起潜的人家。之所以选择这个人家投宿，其中一个明显的原因，就是龚起潜比较熟悉当地情况，对霞客的调查会有帮助。龚起潜祖上是明初滇西的一个部族首领，后来被安置于交水。霞客的游记中透露出这样一个信息：传到龚起潜这一代，龚家在当地依然颇有名望。霞客第二次是在深秋一个雷雨夹杂着冰雹之后的下午抵达龚家，龚家院落内那时居然在"演剧"，霞客因为衣冠泥湿，直接去了后楼休息。第二天，龚起潜携带菊花看望霞客，备了酒菜，两人对饮共叙。霞客或以考察者的姿态，或在轻松的叙谈中，向龚起潜咨询、求证有关盘江的诸多问题。龚起潜对盘江有相当程度的了解，而且应该是个很能说的人，他给霞客讲了很多。徐霞客本来想在探寻南盘江江源之后，乘势乘兴，一并亲自去踏勘北盘江源委，可是霞客记载说，因为龚起潜已经给他讲得很明确清楚，而且都言之凿凿，所以放弃了原先的打算。事实上，龚起潜给霞客讲的北盘江源委是错误的。真是成也萧何败也萧何！霞客步履的终端距南盘江发源处，虽说是咫尺之遥，可确实真的就还差那么一点。对于跋涉了千山万水，有着强烈实证理念、怀疑精神、坚韧意志、充沛精力的徐霞客来说，这着实令人有点不好相信。龚起潜的讲述到底有着怎样的魔力，竟然迷惑了徐霞客，"叫停"了这位伟大的野外考察家的脚步？或者，这其中有着后人难以猜到的其他原因？

徐霞客到滇南、滇东时，一路上随时随地向当地人询问盘江的情况。比如，去到广西府城（今云南泸西县城），他原以为当地人肯定熟悉盘江的流

---

1 〔明〕徐弘祖著，朱惠荣校注：《徐霞客游记校注·盘江考》。下册，第823页。

向，然而"遍征之，终无谙者"。[1]他询问过的那些人，"竟不知江所向"[2]。有的回答颠倒了，把上游当成了下游；有的说往东北流到贵州黄草坝（今贵州兴义市），然后就不知流往何方了；又有人告诉霞客往东南流，经今云南东南部文山州，流到今广西百色地区。各式各样的答案，真有点让霞客云里雾里。当然，后来霞客弄清了，这些回答都不对。在罗平州城，霞客经过东门桥时，有个老人盘腿坐在桥上，见他是个外地人，就拉他坐下聊天。霞客看他是当地人，就问他盘江的有关情况，不想那老人茫然不知所问。不过，那老人逮住另一个人回答霞客的问题，那人说盘江"由澄江返天上"[3]，令霞客啼笑皆非。好在投宿的店主人家的女婿对盘江算是较为了解，给他讲述了有关的一些情况。在贵州黄草坝，霞客停留了一天，"询盘江曲折"[4]，估计那一天他一定访问了若干人。

四是查阅、考辨文献记载。徐霞客探究盘江，如同他探究其他很多事物一样，多管齐下，除了用眼睛观察、用脚步踏勘，又稽考文献。他从家乡出发就带着《大明一统志》《云南志》，在广西桂林冒雨去买《西事珥》等书籍，在云南不惜连日坐等、高价购买，千方百计都要弄到《广西府志》等一些地方志。这些文献他在探究盘江时都使用了，书中有关盘江的记载他随时翻阅，很多内容了然于胸。以《大明一统志》来说，霞客从广西到云南关于盘江的记述、考辨文字中，每每提到它，前后达数十次。

第二，考察山岳地理。他在云南，实实在在攀登翻越了千百座大大小小的山岭。他的考察，涉及山脉的分合、走向，山势高峻或是平缓，山体的大小，山的地质状况等等。

第三，考察岩溶地貌。他的足迹遍及我国的三大岩溶地貌带，所取得的成就领先于西方约150年。在云南，他最终完成了分布于湖南、广西、贵州、云南的我国最大一片岩溶地貌区的考察。他穿行于罗平一带的峰林、峰丛中，点着火把冒着危险探寻过一些溶洞。比如，他探察了阿庐古洞（《游记》中名泸源洞），弄清此洞分上洞、下洞、后洞三洞，"所入皆甚深，秉

1　〔明〕徐弘祖著，朱惠荣校注：《徐霞客游记校注·滇游日记二》。下册，第749页。

2　〔明〕徐弘祖著，朱惠荣校注：《徐霞客游记校注·盘江考》。下册，第823页。

3　〔明〕徐弘祖著，朱惠荣校注：《徐霞客游记校注·滇游日记二》。下册，第758页。

4　〔明〕徐弘祖著，朱惠荣校注：《徐霞客游记校注·滇游日记二》。下册，第768页。

炬穿隙，屡起屡伏，乳柱纷错，不可穷诘焉"。[1]

第四，考察高原湖泊。他在云南考察过几十个高原湖泊，如滇池、洱海、异龙湖等。他关注湖泊的水文情况、形态、航运情形等。他当年踏勘、记载过的一些湖泊，有不少后来逐渐消失了，如曲靖交水海子、陆凉州中涎泽、广西俯城南面的矣邦池、嵩明州的嘉利泽、姚安白塔海子等五海子。有的虽仍存在，但水域面积缩小，如滇池、寻甸境内所见海子、洱源茈碧湖、祥云县品甸海子等等。

第五，考察坝子。他的滇游日记中，记载了很多"坞""平坞""大坞""小坞""川""平川""甸""大甸"等，这些都是对云南各地坝子的不同称名。比如，师宗县城所处那片地方，"其坞纵横而开洋，不整亦不大"。[2]曲靖坝子："坞亘南北，不下百里，中皆平畴，三流纵横其间，汇为海子"。[3]右甸坝子（今昌宁坝子）："甸中平畴一围，聚落甚盛"。"四面山环不甚高"。"甸中自成一洞天，其地犹高，而甸乃圆平，非狭嵌，故无热蕴之瘴"。[4]

第六，考察动植物。徐霞客在云南各地，留心观察各种植物，记载了很多树木、花卉，也观察记录了不少动物。

（三）丰富的人文、社会考察

徐霞客具有宏通的人文素养，深邃的人文理念和思想，关注社会，胸怀国家。他在云南各地，进行了广泛、丰富的人文、社会考察。

下列几点尤为突出：

第一，他进出云南省、府、州县各级政区治所城市，共五十几个，对这些城市的城池、商贸情形、街道、官署等有不同程度的考察和记载。

此举数例：

师宗州州城："虽砖甃而甚卑。城外民居寥寥，皆草庐而不见一瓦"。[5]
罗平州城："砖甃颇整。州治在东门内，俱民，惟东门外颇成阛阓"。[6]

1　〔明〕徐弘祖著，朱惠荣校注：《徐霞客游记校注·滇游日记二》。下册，第748页。

2　〔明〕徐弘祖著，朱惠荣校注：《徐霞客游记校注·滇游日记二》。下册，第753页。

3　〔明〕徐弘祖著，朱惠荣校注：《徐霞客游记校注·盘江考》。下册，第823页。

4　〔明〕徐弘祖著，朱惠荣校注：《徐霞客游记校注·滇游日记》。下册，第1169、1170页。

5　〔明〕徐弘祖著，朱惠荣校注：《徐霞客游记校注·滇游日记二》。下册，第753页。

6　〔明〕徐弘祖著，朱惠荣校注：《徐霞客游记校注·滇游日记二》。下册，第759页。

昆阳州新、旧城："旧城有街衢阛堵而无城郭，新城有楼橹雉堞而无民庐，乃三四年前，旧治经寇，故卜筑新邑，而市舍犹仍旧贯也"。[1]

蒙化府城："蒙化城甚整，乃古城也，而高与洱海相似。城中居庐亦甚盛，而北门外则阛阓皆聚焉"。[2]

大理府城的商贸：城中店铺不少，行商坐贾经营着各色行当。具有突出影响力和特色的是城外的观音街子。徐霞客专门亲身赴街子游观感受，作了真实鲜活的记载："是日（指三月十五日——引者）为街子之始。盖榆城有观音街子之聚，设于城西演武场中，其来甚久。自此日始，抵十九日而散，十三省物无不至，滇中诸彝物亦无不至，闻数年来道路多阻，亦减大半矣。"街子开市那天，霞客与友人同"趋街子""而中途雨霰大作，街子人俱奔还"，他们也就中道而返了。第二天，再前往街子，"入演武场，俱结棚为市，环错纷纭。其北为马场，千骑交集，数人骑而驰于中，更队以觇高下焉。时男女杂沓，交臂不辨，乃遍行场市。……观场中诸物，多药，多毡布及铜器木具而已，无足观者。书乃吾乡所刻村塾中物及时文数种，无旧书也"。[3]

第二，《滇游日记》记载了500多个村庄名，其中的绝大多数他都踏足过，或从不远处作了观察。他考察的视野，涉及这些村庄的形态、地理位置及生态环境、规模、生产生活、风俗等。

第三，投身众多少数民族地区。云南是他一生中到过的民族最多的省区。他旅游考察过程中，经过了彝、布依、壮、仡佬、纳西、白、傣、景颇、回等少数民族聚居区，足迹旅经的还有傈僳、德昂、阿昌等民族地区。他在少数民族家中住过，他留心少数民族的服饰、风俗、建筑、耕垦等等，具有民族和谐共容的思想、观念。

第四，出入众多宗教场所，与宗教界人士切磋交流，较深入地探究宗教文化。他到过和作了记录的佛教、道教寺宇庵观等数以百计，覆盖了他旅游考察的各个区域。其中，佛教场所占了大部分，最集中的是鸡足山，曲靖翠峰山等处也比较多。

1　〔明〕徐弘祖著，朱惠荣校注：《徐霞客游记校注·滇游日记四》。下册，第843页。

2　〔明〕徐弘祖著，朱惠荣校注：《徐霞客游记校注·滇游日记十二》。下册，第1193页。

3　〔明〕徐弘祖著，朱惠荣校注：《徐霞客游记校注·滇游日记八》。下册，第1018–1020页。

（四）多层次、多形式的广泛的文化活动

徐霞客骨子里面是个文化人，是个另类的文化人。他在云南各地，往往以文化人的形象出现，是一名热心的文化使者，随时随地从事着文化活动，并且层次、形式多样，涉及面广。

第一，追寻文化先贤名迹。最典型、突出的是追寻杨慎的名迹。在滇池周边、洱海之畔，滇西边陲要地保山、滇南重镇建水等地，凡是与杨慎相联系的事物，他都满怀虔诚、真挚的心情去寻访拜谒。如，在昆明西山脚拜谒杨太史祠。在大理感通寺写韵楼，"问升庵遗墨"[1]。在保山城，他停留的时间很长，基本是住宿在以前杨升庵栖息的会真楼。

第二，与文化界人士交流广泛。

霞客在云南，与文化界名流、官员、寺庙中的高僧、科举应试者、青年学子等的交流很多。此举两个典型例子：

担当（即唐泰）是当时云南一流的文化名人，以诗画闻名。霞客第一次与他相处的情形不得而知，第二次到晋宁州城（今晋城镇），两人一见面，"各道相思甚急"。霞客在晋宁生病卧床修养，唐泰"晨夕至榻前"。两人相处的日子里，唐泰为霞客"作书文甚多"[2]。两人诗酒唱和，仅唐泰为霞客写的诗今仍存20首。

洱源有个叫何鸣凤（何巢阿）的人，先在外地做官，后回归家乡。他早就听闻徐霞客的大名，只是未得谋面。霞客去到洱源，两人"一见即把臂入林，欣然恨晚"。何鸣凤陪霞客游览茈碧湖等地方。游茈碧湖时，畅叙文史。他准备在湖心建个亭子，请霞客"豫题联额"，霞客"唯唯"。他多次设宴招待霞客，其中一次，"以其集示余"，集子中还有写霞客的诗篇，霞客也作了两首诗酬和。另一次，"出所藏山谷真迹、杨升庵手卷示余"。[3]

丽江土知府木增以爱好汉文化闻名。他真诚邀请霞客去丽江，并隆重、盛情地款待。两人曾"面论天下人物"[4]，评说的主要是文化界人士，或者是学者型政治人物。在丽江期间，霞客受木增的礼请，做了几件具有特殊意义

1 〔明〕徐弘祖著，朱惠荣校注：《徐霞客游记校注·滇游日记八》。下册，第1016页。

2 〔明〕徐弘祖著，朱惠荣校注：《徐霞客游记校注·滇游日记四》。下册，第829–834页。

3 〔明〕徐弘祖著，朱惠荣校注：《徐霞客游记校注·滇游日记七》。下册，第991–993页。

4 〔明〕徐弘祖著，朱惠荣校注：《徐霞客游记校注·滇游日记七》。下册，第961页。

的文化之事。

第一件事是给木增的诗集写了跋文。

木增土司喜好读书。《明史》说，云南各地土官中，若论"知诗书好礼守义"[1]，丽江木氏可数第一。木增在其家族历代土官中，又堪称翘楚。他经常创作诗文，并将自己的两百多首诗汇编成《山中逸趣》。木增对这本诗集应该是颇为自负，与霞客见面后的第三天下午，他就请霞客为该书作序。霞客欣然允诺，说自己一生"遍觅山于天下"，每于山中得"逸"获"趣"，与木增此书想要表达的主旨正好契合，于是"喜极而为之序"[2]。他随即便酝酿、动笔，次日就将序文送呈了木公。只是，霞客得知之前已有章台鼎和唐泰为这书写了序，所以把自己写的"序"置于书末作了跋。

《山中逸趣跋》仅五百多字，不长。这是一篇申说霞客深邃思想的论文，没有旁枝芜叶，开门见山，从头至尾论说一个主题，即人们应该寻求什么样的"逸""趣"？人们在山中的活动，展示在山中的形象，与所应寻求的"逸""趣"有着怎样的关系？他明确说道："非天下皆劳，而我独逸，天下俱悲，而我欲趣"。[3]

有一点需得说明。今本《徐霞客游记》崇祯十二年（1639年）二月初二日有言："求作所辑《云薖淡墨》序"[4]。《云薖淡墨》是木增的另外一本书，它并没有霞客写的序。这很可能是后人整理霞客游记时，混淆两书名称而致误。实际情形是木增向霞客"求作所辑《山中逸趣》序"。

第二件事是标校木增的另一种书《云薖淡墨》。

木增广阅儒家典籍，边读边摘抄诸书原文，又每每试图以佛、道之语做些阐释。日积月累，分册编辑，成《云薖淡墨》一书。霞客撰就《山中逸趣跋》的第二天，鸡足山的一个僧人给木增缴呈在省城誊录的《云薖淡墨》，木增随即遣大把事将书送给霞客观览，同时请霞客对其进行校正。呈放在霞客面前的《云薖淡墨》，誊录较为工整，然而错讹字词很多，编排无序，脱漏、重复、颠倒等情形甚为突出。于是，霞客向木增建议，除校对文字外，还应当依据书的内容分类编排。大概霞客的行程本来另有筹划，而木增听了

1　〔清〕张廷玉等：《明史》，卷314《云南土司二》。

2　〔明〕徐霞客：《山中逸趣跋》。载朱惠荣《徐霞客游记校注》，下册，第1251页。

3　〔明〕徐霞客：《山中逸趣跋》。载朱惠荣《徐霞客游记校注》，下册，第1251页。

4　〔明〕徐弘祖著，朱惠荣校注：《徐霞客游记校注·滇游日记七》。下册，第957页。

霞客的建议却顺水推舟，"求再停数日""烦将《淡墨》分门标类"。霞客自然只能"从之"[1]。接下来数日，霞客在解脱林闭门校勘、分标此书，连续几夜挑灯奋战，都是到了半夜才就寝。

不无遗憾的是，木增编撰、徐霞客整理的《云薖淡墨》分六卷，今仅存第三至第六卷。那点点滴滴浸润于字里行间的心血、情思，无奈地流失了！后人每念及此，不免顿生几分酸涩感。

第三件事是评点木增之子的作文。

木增倾心汉文化，自然希望他的后代在此方面继续传扬，有所造诣。他以多种方式，用心培养诸公子学习汉文化。霞客在丽江那段时间，木增四个儿子中，长子、三子为防天花传染，到深山中躲避。四子新近考入毗邻丽江的鹤庆府府学。木增想，总要让他从徐霞客那里获得些教益才好。编校完《云薖淡墨》的第二天，木增即致函霞客，恳请霞客在作文上给他家四公子一些有针对性的指教。霞客应允。

评点一下作文，似属平常。可这事的前前后后，竟组合成了一幅浓淡相宜的人文画，想起来、说起来总是令人回味遐思。

地点是木增选定的，在他的私属宅第木家院。那天早晨，木增让四公子先到木家院等候，另外派人接了霞客骑马前往。到得院落外，大把事出门迎接。一进大门，四公子又前来迎候，引入内厅，"拜座进茶"。然后拱手作揖，让进安排好的写作之处，那里临时搭建了一个松棚，地上铺了新采摘的松毛，借以表示礼节隆重。霞客和四公子在两张桌子前各自坐定，大把事随即献上纸笔。接着大把事一边递上木增致霞客的一封信函，一边转达了木公的一番客套话语：木公说本地方没有名师，难以窥见中原文脉，请求霞客现场作文一篇，以使四公子知道作文的基本方法、范式，并作为长期效学的蓝本。木公书信中表达了类似的意思，并礼请为其子修改现场写作的文章。信函中，木增附了所出的一道作文题："雅颂各得其所"。于是，两人挥毫运思，待结笔，已是下午。霞客先泛览了一遍四公子的文章，感觉"颇清亮"。依照木公之意，他要对该文"细为批阅"。将要举笔，一旁侍奉的二把事请小憩一会，说院中有可称南中之冠的茶花，先去赏赏茶花，用点餐，再说修改文章之事。霞客应邀前去观赏那茶花，果然名不虚传。树龄六十余年，数层楼高，枝叶遮蔽了周遭几亩地方。赏完茶花，入席用餐。四公子虔

---

1 〔明〕徐弘祖著，朱惠荣校注：《徐霞客游记校注·滇游日记七》。下册，第958页。

诚敬酒，频频拈菜，把一些地方风物向霞客娓娓道来。夜幕降临，筵席方散。二把事领了霞客的作文呈送木增，四公子的作文交给霞客，"乞细为削抹"。霞客那晚住宿一村民家，安顿下来后，"挑灯评文"。[1]

第三，"求书"、购书、抄书、录碑、修志。

徐霞客一生嗜好读书，博览群书，他是读着很多书籍行走在各地的。这一点在云南尤其突出。

今本《徐霞客游记》的云南部分，缺《滇游日记一》。《滇游日记二》开篇第一天第一句话就是："余作书投署府何别驾，求《广西府志》"。[2]随后好多天，为了得到这本方志，他延迟行程，费尽周折。后来到了罗平州城，某天"坐雨逆旅，阅《广西府志》"。[3]

到寻甸府城，看到府衙旁边有个店铺，店铺中有"二儒冠者"，于是"问图志"，得知有书，一番讨价还价后决定购买。第二天一早起来，就"往索志"。只是实际看到的书，只有半部，最终未买。[4]

在腾冲，某天，"大雨，复不成行，坐李君家录《腾志》"。[5]过了几天，向在当地任职的一个姓吴的参府"索其'八关'并'三宣''六慰'诸图，余一一抄录之，数日无暇刻"。[6]

在保山城读书、抄书的情形就更加典型。

他在保山逗留期间，1639年6月16日那天，前往参观友人刘北有位于太保山麓的书馆，另一友人闪知愿将当地一文化名流撰写的《南园漫录》，以及《永昌志》，一起送到馆中给他。随后，又有友人给他找到《南园续录》。不用说，以霞客的志趣，他应该是表示过参观书馆的愿望，提出过希望得到地方文献的要求。第三天，他从原来居停的会真楼搬到友人书馆，"独坐馆中"，抄录书籍。午间一友人去看望他，两人各赋诗章，霞客的一首五律竟也与抄书关联。接下来半个多月，只有三四天还做了一些其他的事，其余的几乎都是整天抄书。游记也很简单，好几天就只有四个字："抄书麓馆"。

1 〔明〕徐弘祖著，朱惠荣校注：《徐霞客游记校注·滇游日记七》。下册，第962-966页。

2 〔明〕徐弘祖著，朱惠荣校注：《徐霞客游记校注·滇游日记二》。下册，第746页。

3 〔明〕徐弘祖著，朱惠荣校注：《徐霞客游记校注·滇游日记二》。下册，第760页。

4 〔明〕徐弘祖著，朱惠荣校注：《徐霞客游记校注·滇游日记三》。下册，第808-809页。

5 〔明〕徐弘祖著，朱惠荣校注：《徐霞客游记校注·滇游日记三》。下册，第1105页。

6 〔明〕徐弘祖著，朱惠荣校注：《徐霞客游记校注·滇游日记三》。下册，第1106页。

六月二十六至二十九日，干脆并起来写："俱抄书麓馆"《滇游日记十》，只附带记两笔天气状况。[1]七月初一至初三日也合写："抄书麓馆"[2]。

徐霞客对中国文化一种独特的载体——碑碣一向情有独钟，读碑、拓碑、录碑的活动，在他数十年旅游考察中随处可见，在云南同样不少。但在云南，要说数量多，所费心血，就单个地理实体而言，鸡足山实为翘楚。

《徐霞客游记·滇游日记五》《滇游日记六》记述了他在鸡足山中录碑的情形。实在太有感染力了，我们有必要排列一下：

崇祯十一年（1638年）十二月二十八日清晨，在鸡足山顶观日出后，到迦叶殿旁的天长阁和善雨亭"录碑文"。天气寒冷，手指被冻僵。那里有好几块碑，其中张姓副都御使的两块碑文最长，此日未能抄录。

二十九日，到兰陀寺。进到正殿，见殿前倒卧着一石碑，便问明究竟。寺僧告诉他，那是一块迦叶事迹记碑，以前竖立在华首门亭子中，后曾被拖曳到山顶，又几经周折而被置于寺中。这激起了霞客立即录碑的欲念，但此碑两面镌刻文字，碑文很长，并且前半篇文字压在下面。好在寺僧将碑文誊录成一挂轴，悬挂在墙壁上。于是霞客将挂轴放低，移案抄录。午后就开始录碑，暮色已至而犹未录完。于是，他干脆从悉檀寺移来卧具，那夜就睡在寺中。

三十日，万民欢度除夕的日子，霞客"仍录碑"。搁笔后，他被一个叫莘野的僧侣邀至静室，舒心惬意，禁不住写道："度除夕于万峰深处，此一宵胜人间千百宵"。

翻过年正月初二日，他专程去真武阁，抄录此前在阁中见到过的陈郡侯诗。

初四日，登玉龙阁观赏瀑布，见到一块碑倒伏在楼板上，他斜躺身子，一字一句抄录。之后到寂光寺息阴轩，吃过晚餐就急忙录轩中碑碣。夜色已浓，碑却未录完，携带的纸张又已用光，只得作罢。

初七日，抽空重返息阴轩，补录此前未竟之碑。

初九日，录大士阁中碑，碑文颇长，眼看夜幕降临而仍未录完，僧人殷勤留宿，他就此在阁中住了一夜。

初十日，到放光寺。寺中立有明后期云南文化名人李元阳撰写的一块

1　〔明〕徐弘祖著，朱惠荣校注：《徐霞客游记校注·滇游日记十》。下册，第1128–1130页。

2　〔明〕徐弘祖著，朱惠荣校注：《徐霞客游记校注·滇游日记十一》。下册，第1131页。

碑，文字镌刻在铜范上，颇为气派，但霞客发现其中文字偶有讹误。殿中光线暗淡，当时霞客本已是饥肠辘辘，但依然研墨挥笔抄录。

这天，他还去了迦叶寺上面的仰高亭。亭中有块省府官员所立的碑，他此前见到过，只是未及抄录。此番进入亭中，即先行录碑。天气不是太阴沉，然而新年伊始，山高岭峻，寒气着实逼人，凛冽的风撕扯摇撼着亭子两边的崖石，霞客的手一次次被风吹僵，有些冗长的碑文总也录不完。终于落笔，已是日色西倾。

十九日，夜宿传灯寺。次日大清早，他就想去录寺中古碑。但天气太寒冷，便先登览绝顶一带，留待下山时再录。反正要返回来录碑，所以他把行具放在了寺中。有些遗憾的是，他没有记述后来录碑的情形。这天他还到善雨亭中，补录了年前未录完的张姓副都御使碑。

徐霞客还编撰过一本志书，即《鸡足山志》。

徐霞客离开丽江前两天的游记记道：木增"再以书求修《鸡山志》"[1]。为鸡足山写志，是木氏土司的夙愿。现在，遍游各地山川、广阅地志的徐霞客来到了这片土地，当然是再合适不过的人选。霞客到丽江后，木增多次给他写书信，两人又曾当面纵叙。因此，请霞客修《鸡足山志》之事，此前必然已经谈过。其实，编修志书，本身也是徐霞客的一种文化情结和夙愿。

数月之后，霞客再次上鸡足山，编修《鸡足山志》。

第四，排日作记。

《徐霞客游记》是游记体，他旅游考察中持续坚持撰写游记，钱谦益说他是"走笔为记"[2]。他在云南630多天，最后在鸡足山修志那段时间没有写日记。大体说来，他平均每天写的游记达400多字。

他写游记的情形，我们略举几个例子：

崇祯十一年（1638年）九月初九日，他在沾益州龚起潜府邸，因"倦于行役，憩其楼不出，作数日游纪"。[3]

同年九月十九日，在曲靖翠峰山朝阳庵，一个暂时"避嚣"于庵中，名叫总持的东山寺住持，给他讲了个人经历的一桩被诬陷的事，他"因笔记

1　〔明〕徐弘祖著，朱惠荣校注：《徐霞客游记校注·滇游日记七》。下册，第962页。

2　〔明〕钱谦益：《徐霞客传》。载朱惠荣《徐霞客游记校注》。下册，第1293页。

3　〔明〕徐弘祖著，朱惠荣校注：《徐霞客游记校注·滇游日记三》。下册，第791页。

之"。[1]

崇祯十二年（1639年）二月十五日，游览剑川莽歇岭一阁，"爱其幽险，为憩阁中作记者半日"。[2]（《滇游日记七》）

同年四月十六日，游览腾冲城西叠水河瀑布一带，登上一亭子，"拟眺月于此，以扩未舒之观，因拭桌作记"。十八日，"录记于虚亭"。[3]

五、徐霞客旅游考察云南的历史意义

徐霞客旅游考察云南，这是将近400年前我们这片大地上一道极为耀眼亮丽的风景线，产生了深刻深远的历史影响和意义。

这里，我们简要概括几点：

第一，徐霞客在云南的旅游，超越了他自身此前的旅游模式和境界，具有突出的开拓性，引领性。他的地理探索更加成熟，达到顶峰，成就卓著，是云南地理认知历程中的丰碑。

第二，徐霞客在游赏、了解、认识、体验云南后，把云南的很多方面，更多更好更科学地介绍给了云南以外的人们，对人们认识云南具有多重重要作用。

第三，徐霞客在云南，留下了一段段与文人学者、读书人、农工商平民百姓、官员等交往相处的佳话，世代流传。这是一条条具有地域、文化等多方面凝聚意义的纽带。

第四，徐霞客在云南写的二十五万余字的游记，确为"真文字""奇文字""大文字"，是一笔极其宝贵的文化财富，是富含多领域重要价值的宝藏。

第五，徐霞客在云南高超的旅游考察方式，深邃的思想，勇于探索的精神，顽强拼搏的意志，浓烈的社会批判和的人文关怀意识，具有超越时代的永恒价值。

---

1 〔明〕徐弘祖著，朱惠荣校注：《徐霞客游记校注·滇游日记三》。下册，第799页。

2 〔明〕徐弘祖著，朱惠荣校注：《徐霞客游记校注·滇游日记七》。下册，第983页。

3 〔明〕徐弘祖著，朱惠荣校注：《徐霞客游记校注·滇游日记九》。下册，第1066页。

赵乐静

赵乐静，哲学博士，教授，西南林业大学副校长；云南省哲学社会科学创新团队带头人，云南省哲学学会副会长，云南省自然辩证法研究会副理事长兼秘书长，中国自然辩证法研究会理事；云南省第十二届人民代表大会代表，省人大常委会委员，省人大常委会教科文卫工作委员会委员；政协昆明市盘龙区第八届委员会常委。

复杂系统哲学与公共问题

　　我国当前的改革已进入深水区，许多问题解决起来往往涉及多个部门职责，涉及多种政策配套，涉及多方利益调整；诸多问题经常相互缠绕，互为因果乃至多方牵引。我们面临的不止有"简单问题"（simple problems）、"复合问题"（complicated problems），更多存在着的还有"复杂问题"（complex problems）或"纠结问题"（wicked problems）。由于人们对所遭遇问题的性质界定、认识常常不甚明确，往往导致解决问题时难以对症下药，应对方法甚至可能南辕北辙，越努力结果越糟糕。有鉴于此，就需要以系统思维、全局意识强化改革的系统性、整体性、协同性。本讲座从复杂系统哲学入手，从理论上描述以上各类问题的特征与界定，并结合食品安全、城市规划、高碳锁定、医疗卫生、社会保障、交通运输、气候与环境变化、社会公平公正、政府效率、公共教育等公共问题阐释和说明。

　　系统论将世界视作系统与系统的集合，认为世界的复杂性在于系统的复杂性。正如其创始者贝塔朗菲（Ludwig Von Bertalanffy）所言：我们被迫在一切知识领域中运用整体或系统概念来处理复杂性问题；诺贝尔经济学奖获得者西蒙（Herbert A.Simon）也指出：20世纪中叶以来，人们对复杂性和复杂系统表现出了一波又一波的强烈兴趣。与此相适应，关于复杂系统的哲学研究也在不断深入，并从自然科学、工程技术领域而迅速扩展到社会科学、思维科学及与人类社会活动相关的众多领域。近年来，复杂系统哲学日益成为公共管理与公共政策的新的、重要的理论基础，并具体化为应对当今世界所面临综合性问题的重要路径与手段。

一、系统与复杂系统

系统是由相互联系、相互作用的多个要素（部分）组成的具有一定结构和功能的有机整体。复杂系统指由众多存在复杂相互作用的组分或子系统组成的有机整体，且复杂系统的整体行为（功能或特性）不能由其组分的行为简单形成和解释。目前关于复杂系统的论述与界定甚多，在此不做更多展开。正如西蒙在其《人工科学》中所言：我将不对"复杂系统"（complex systems）下一个正式定义。粗略地说，我所谈的复杂系统指的是由许多部件组成的系统，这些部件之间有许多的相互作用。在这种系统中，整体大于部分之和。这不是在终极的、比喻的意义上说的，而是在重要的实用意义上说的。也就是说，即使已知部件的性质和它们相互作用的规律，也很难把整体的性质推断出来。[1] 概括而言，复杂系统不满足叠加原理而是表现出所谓的"涌现性"（emergence），即：组分通过非线性相互作用，在宏观层次上产生出新的、组分所不具有的整体属性，整体的行为或属性进而再反馈、作用于组分。 对此，系统论创始人贝塔朗菲表示："整体不等于部分之和"，这句话多少有点神秘，其实它的含义不过是说组合性特征不能用孤立部分的特征来解释。或者说，相较于组成要素的特性，复合体的特征似乎是"新加的"或"突现的"。

二、线性与非线性

非线性是构成复杂系统的必要条件，这要求人们实现从线性思维向非线性思维的转变。在数学上，线性意味着叠加原理可用。$f(aX+bY)=af(X)+bf(Y)$ 线性关系之所以成立，是因为X、Y之间没有耦合关系，对（aX+bY）的作用，等于分别对X和Y作用的加和。在物理上，线性意指物理变量间的函数关系呈直线关联，变量间的变化率是恒量。或者说函数的斜率在其定义域内处处存在且相等，变量间的比例关系在变量的整个定义域内是对称的。叠加原理成立意味着所考察系统的子系统间没有非线性相互作用，

---

1 ［美］赫伯特·司马贺：人工科学：复杂性面面观，武夷山译，上海科技教育出版社，2004年，第170页;第174–175页。

在此情况下，整体等于部分之和成立，还原法完全有效。

非线性则意味着叠加原理不再成立，即：$f(aX+bY) \neq af(X)+bf(Y)$，而是 $f(aX+bY)=af(X)+bf(Y)+cf(X,Y)$。在非线性关系中，加和关系之所以不再成立，是因为 X、Y 之间存在着耦合，对（aX+bY）的作用，除了分别对 X 和 Y 作用外，还要考虑对 X 与 Y 的耦合项的作用，且这种作用还会对前面的作用产生影响。以数学函数为例，在坐标系中以直线形式表示出来的就是线性关系（如 y=ax+b），非线性关系则以曲线形式描述（如 $y=ax^2+bx+c$）。根据我们学过的数学知识可知，如果联系是线性的，那么 x 与 y 是一一对应的关系，即由 x 引发的结果是唯一的；非线性则不同，且随着 x 次方数的增加，其对应结果的复杂性增加。可以认为，非线性相互作用是复杂系统演化的根本机制，也是简单系统与复杂系统的分界点。同时在一定意义上，线性可被视作是非线性的特例。非线性具有如下特性：一是非线性各个部分的不可叠加性。线性系统满足叠加原理，整体等于部分之和；非线性系统则因为存在着部分和部分之间的相互作用，而使得整体不再等于部分之和。二是非线性常常表现出复杂性。把非线性和复杂性联系起来，究其原因是复杂性的根源正在于复杂系统内部各元素之间非线性的相互作用。三是非线性演化方程会出现奇异性和突变性。从线性到非线性不是一个量的变化，而是一个质的飞跃。其中最突出的是确定性的非线性演化方程会出现非周期性，奇异性和突变性。

德国学者迈因策尔（Klaus Mainzer）在其《复杂性中的思维》一书的导言"从线性思维到非线性思维"中表示，在自然科学中……非线性复杂系统已经成为一种成功的求解问题方式。另一方面，社会科学也认识到，人类面临的主要问题也是全球性的、复杂的和非线性的。生态、经济或政治系统中的局部性变化，都可能引起一场全球性危机。线性的思维方式以及把整体仅仅看作其部分之和的观点，显然已经过时了。[1]

无论自然界还是社会，非线性联系是常态，线性关系是特例或人类出于方便处理的考虑而采取的近似。关于科学技术的历史和哲学考察一再表明，即便是传统上被认为是线性演进的技术发明与应用，也表现出显著的非线性特征。例如，QWERTY 键盘的成功与 AOEUIDHTNS 键盘的命运多舛便是明证。1868 年，肖尔斯（C.L.Sholes）发明了 QWERTY 打字机键盘，但这种打

1　[德] 克劳斯·迈因策尔：《复杂性中的思维》，曾国屏译，中央编译出版，1999 年，第 1 页。

字机的铅字连动杆常常相互碰撞、堵塞。为此，肖尔斯对原来键盘的字母顺序进行重新排列，以减少打字连接杆碰撞的机会——或者说通过减慢击键速度而减少卡壳。肖尔斯1873年将此打字机制造权转让给雷明顿与桑斯公司。经该公司进一步修改，最终形成了标准的QWERTY键盘。事实上，QWERTY键盘字母排列问题其多。据统计，英文26个字母在实际中的使用频率并非完全相同。最常见字母e出现的频率高达12.702%，字母t也有9.056%。另一方面，字母q出现的频率仅有0.095%，最少出现的z则只有0.074%。按照键盘打字的指法，在键盘的三行中，中间一行是主行，应该尽量把出现频率较高的字母（如e、t、a、o、i）都放到这一行。但实际情况是：QWERTY键盘在设计时为了减慢这些键的输入速度，有意将其分散到了上、中、下三行；不经常使用的字母j、k（排在倒数第四第五位）占据了主行的两个位置，而较为使用的m、n却被放在了最下面一行不显眼的位置。从左右手的工作量来看，约有57%的击键由左手完成，明显过度依赖左手，而大多数人又都不是左撇子。另外，从每一只手各个手指承担的工作量以及各手指的力量和灵活性来看，该键盘也使得瘦弱又不灵活的小手指承担了过大的负荷。据统计，使用QWERTY键盘，一个熟练的打字员8小时内手指移动的距离长达25.7公里，工作强度极大。为了克服QWERTY键盘的诸多缺陷，1936年美国人德沃夏克（August Dvorak）研究、发明了一种新型键盘。在这种键盘上，主行的AOEUIDHTNS键相应于使用频率名列前茅的字母，而最下面一行字母都是较少使用的。按照德沃夏克的解释，70%的按键都可以单靠主行完成，另外22%的按键靠在最上面一行，只有8%的按键在最下面一行。这种键盘使得手指不必总是上下换来换去，左右手的任务分配也更符合常人打字习惯。1936年，德沃夏克申请了"DSK简化键盘"专利。但直到他1975年去世，DSK键盘及其改进型"Malt键盘"却始终没有被市场所广泛接受；打字机（现在是计算机）键盘市场至今仍被"锁定"在一种低效率的产品之上。[1]

三、还原论与整体论

还原论是迄今自然科学研究的最基本方法。它把系统从环境中分离出来，孤立进行研究；它把系统分解为部分，把高层次还原成低层次，用部分

1　Albert_JIAO：《为什么是QWERT，不是ABCDE？》，《中国科技奖励》，2011年第10期。

说明整体，用低层次说明高层次。例如，为了考察生命，首先考察神经系统、消化系统、免疫系统等各个部分的功能和作用；为考察这些系统，还要了解组成它们的各个器官，然后组织，最后是细胞、蛋白质、遗传物质、分子、原子等。不过，这种由简单到复杂，从局部到整体，先低层次后高层次的还原方法，并不能确保对诸多具有不可分离性和内在关联性对象的整体认识与把握。即使人们真的可以做到对低层次的全面认识，仅凭机械的还原，也无法全面、正确地解释高层次的整体特性和功能。正可谓"从还原论者眼皮底下溜走的，是事物全面的和整体性的特性。"[1] 还原论方法由"整体往下"分解，研究得越来越细，这是它的优势方面；但一旦把整体或高层次还原为部分或低层次，这种新的整体性就不复存在，即其无法解决"由下往上"的问题，回答不了高层次和整体性问题。同时就因果关系而言，高层次系统存在的整体性和突现性不能完全归结为其组成部分的作用，因为高层次对低层级的组分还具有某种"下向因果"的作用。如波普尔（Karl Popper）所言："我们说的下向因果关系，就是指一种较高层级的结构对它的次级结构起着原因的作用。理解下向因果关系的困难就在于此。"[2]

整体论（Holism）一词公认是由英国在南非联邦的统治者施穆滋（Jan Smuts）于1926年创造的。上海辞书出版社在《辞海》中引述施穆滋对整体论的释义是：它把宇宙看作神秘的"整体系统"，强调并宣称"整体"不能归结为它的组成部分。整体论认为，鉴于整体宏观性在整体被分解为部分时已不复存在，因此需要从整体上认识和处理问题。整体论与还原论思考和解决问题的思路颇为不同，前者强调整体把握，后者注重离散分析。例如，考察一台复杂机器，还原论者可能会立即拿起螺丝刀和扳手将机器拆散成几千、几万个零部件，并分别考察；整体论者则会尽可能在不拆散机器的情况下，输入一些指令性操作，观察机器反应，通过输入–输出联系而推断机器的结构。

一般认为，特别是从事系统论研究的学者强调，还原对系统研究尽管不是充分的，但却也是必不可少的，整体论与还原论必须结合。系统论强调认

1　[美]斯蒂芬·罗思曼.《还原论的局限：来自活细胞的训诫》，李创同、王策译，上海译文出版社，2006年，第37页。

2　卡尔·波普：《自然选择和精神的出现》，载张乃烈、邱仁宗主编《自然科学哲学问题丛刊》，1980年第1期。

识事物的关键是：把握事物作为整体的那些不可还原的性质，从而把握部分与整体的相互关系。不妨说，复杂系统理论吸收了还原论方法和整体论方法各自的长处，同时也弥补了各自的局限性，既超越了还原论方法，又发展了整体论方法。关于复杂系统生成及运行机制的研究甚多，涉及有关自然界、人类社会乃至精神和思维的认识与解释诸多方面。其中，西蒙以其"钟表匠寓言"阐释了复杂系统如何经由层级结构而生成和运行。

假设有两位钟表匠，他们制造的钟表都有1000个零件。为了接受订货和回复询问，他们需要在工作期间接听电话。

甲的制作工艺：是一个一个地装配零件，零件全部装配完、形成钟表后才能稳定，没装完而去接电话，则不管已经装了多少个零件，已装配的零件都得散掉，下次必须从头开始重新装配。因此在必须接电话的情况下，他就很难制造出很多钟表来。

乙的制作工艺：是先将10个零件装成一个稳定的组件，再将10个组件装成一个稳定的部件，最后用10个部件组装成整只钟表。这样由于乙在接电话时只会损失掉一小部分的工作，于是他就有可能制造出许多钟表来。

假定两位工匠在装配时被电话打断的可能是100次中有1次，则可计算出：甲完成一只钟表要用的时间平均为乙的4000倍。[1] 这反映了复杂系统不可简单还原但又具有某种西蒙所称的"近可分解性"的特征，指明了研究复杂系统需要还原论与整体论的协同进行。

四、理解"纠结问题"

按照相关标准，可以将人类遭遇的问题区分为简单问题、复合问题及复杂问题三类。在简单问题中，问题和答案都相对简单且容易定义，如汽车轮胎瘪了这样的问题。就复合问题而言，问题有简单固定的定义，但是没有简单确定的答案。复杂问题则是问题无法明确定义同时也不能给出肯定答案的问题。近些年来，有一类复杂问题引起了学界与决策者的特别关注，我将其译作"纠结问题"（Wicked Problems）。

1973年，里特尔与韦伯（Horst Rittel & Melvin Webber）在讨论规划理论

1　［美］赫伯特·司马贺：人工科学：复杂性面面观，武夷山译，上海科技教育出版社，2004年，第170页;第174-175页。

所面临的困难时，基于他们在城市规划过程中遇到的住宅、交通、市政、医疗系统、社会服务等方面的困惑，提出了设计领域的"纠结问题"，并详细列举了该类问题的"十大特征"。[1]他们指出，这类问题在同一范畴内交织影响、错综复杂，任何解决方案的实施，都会产生新的问题。若以还原主义为基础的思维模式和解决常规科学问题的逻辑来应对纠结问题，则会犯过于简单化的错误。此外，西蒙也在《复杂性的宏观结构》一文中，将公共问题分作"结构良好问题"（well-structured problems）与"结构不良问题"（ill-structured problems）两类，后者类似于里特尔与韦伯的"纠结问题"。[2]纠结问题的主要特征包括如下方面。其一，问题本身无法定义，每个解决方案都会在原有问题上揭示出新的问题。问题本身有着一系列互相交织和互相制约的问题，并且在处于不断的变化之中。人们在设计和实施尝试性方案前，无法理解问题到底是什么。其二，解决方案不固定。解决问题的终结不是找到并实施了完美的解决方案，而是耗尽了解决问题需要的时间或资源。没有绝对正确或错误的答案，只有相对好或不好的答案，并且也无法预先知道什么是最好的解决方案。其三，解决问题的方案本身决定着所要解决的问题；同时，解决问题的结果本身，又将产生新的问题。就像人类和动物肌体的病菌感染：当人们发明了抗生素控制病菌感染的时候，病菌同时发生变异，产生抗药性。人们发明的抗生素的药力越强，病菌产生的抗药能力亦越强。问题的解决本身，变成了一个需要解决的问题。其四，每个问题都是独特的，所以很难事先模拟和验证解决方案，因而包含很大风险。有些问题也许有可资参考的解决模式，但这些模式本身又是需要巨大付出才可克服的学习障碍。人们必须赌一下某个解决方案才能知道它是怎么发生作用的。例如，一个城市如果不建高速公路，是无法事先全面了解其对城市的影响的。其五，问题的背后往往有不同利益集团支配着问题的定义和解决。这使得纠结问题的解决从本质上讲带有社会性，找到一个能够让所有利益集团都接受的解决方案，比找到一个正确的解决方案更重要。

1　Horst Rittel and Melvin Webber. 1973: Dilemmas in a general theory of planning. Policy Sciences，4（2）.pp.155-169.

2　杨冠琼：《结构不良性、奇异性及其局限性》，《中国行政管理》，2009年第11期。

五、公共问题的"纠结性"及其应对

公共领域的诸多实践与研究表明，公共问题具有显著的"纠结性"或者甚至就是"纠结问题"。在社会政治、制度设计、决策规划等领域，存在着大量不能以线性分析方法解决的"纠结问题"。这类问题与能够通过传统途径加以解决的简单问题或"温顺问题"（tame problems，即界定良好、可以分解，并且能寻觅到稳妥解决方案的问题）截然不同。相应地，当下政府面临的最有压迫性的挑战之一，就是处理非常复杂和充满争议的"纠结问题"。应当清醒地认识到：当前我国公共问题中食品安全、城市交通、保障性住房建设、邻避设施选址、公共卫生等问题都具有关涉多方、纠结缠绕的性质，因而其解决方案不能采取还原、线性的简单操作。解决纠结问题与温顺问题的主要区别在于：温顺问题可以在一些标准的指导下用传统方式解决，但传统方法并不适用于纠结问题的解决。纠结问题的解决需要一种非线性的方法，注重利益相关者的广泛参与和沟通，要求决策者必须站在不同的层面与视角观察、思考、分析、衡量。

例如，"七八顶大盖帽管不好一碗米线卫生"的感叹，一定程度上反映了当下食品安全问题的复杂与无奈。一些研究者对于这例典型的"纠结问题"，进行了深入探讨。研究表明：其一，人们对"食品安全问题"的认知存在差异和冲突。长期以来，我们对食品安全问题的界定都坚持科学标准，认为科学家凭借自己专业信仰和学识能够排除一切可能的毒害因素，为人们提供科学而安全的饮食依据。然而，有限理性的制约、不完备的信息，以及时而会有的利益考虑有意、无意所致的判断失真，都可能使"科学标准"不那么安全可靠。其二，不同利益方解决"食品安全问题"的目标亦不尽相同。食品产业将"吃了不倒"作为食品安全供给的基本目标，忽视食品内含的有毒有害物质可能给消费者造成的长期伤害。消费者则力求绝对的安全保障，试图杜绝一切有损于健康的物质。政府以及科研机构则倾向于"最小伤害"和"最低标准"原则，认为不可能完全杜绝食品的不安全因素，在合理的摄入标准下，食品中的不安全因素将不会对消费者造成危害。如果依据绝对安全标准，那么大部分食品将会处于供应不足的状况。按照"最小伤害"原则，也很难保证日积月累的"最小伤害"不会最终演变成"致命伤害"，毕竟各种食品"最小伤害"标准的出台过程目前仍处于争议状态。同时，食品安全标准的制定权分散在政府各相关部门、食品产业、行业协会等诸多利益相关者手中，信息沟通不畅，利益相关者各自为政，甚至互不承认，以致标准混乱不一。典型案例如粉丝标准问题：国家质量检验检疫总局公布的国内合格粉丝有30多个品种，而卫生部公布的仅为7种。[1]

　　随着公共问题日益复杂化，跨部门的公共议题不断增多，以往碎片化和部门自我中心主义的思想和做法与真实的世界相去甚远。事实上，碎片化治理不但加剧了部门间问题的相互转嫁和处理成本，而且往往在从事同一或者相互协调项目的同时却又相互拆台，从而导致如贝克（Ulrich Beck）所称的"有组织的不负责任"（Organized Irresponsibility）。为此，协调与整合问题不断得到强化和重视，出现了以整体政府（Whole of Government）、协同政府（Joined-up Government）、网络化治理（ Governing by Network）的思路解决复杂而纠结的公共问题。[2]希望今天关于复杂系统哲学与公共问题的讨论，能有助于我们更为全面系统地思考和应对现实社会众多纠结缠绕的难题。

1　定明捷、曾凡军：《网络破碎、治理失灵与食品安全供给》，《公共管理学报》， 2009年第4期。

2　Menno Fenger & Victor Bekkers（Eds.）. 2012: Beyond fragmentation and interconnectivity：public governance and the search for connective capacity，IOS Press.pp.97–98.

左安嵩

左安嵩，云南梁河县人，云南省社科联《学术探索》杂志社副主编、编审，云南省中国特色社会主义理论体系研究中心特约研究员。

艾思奇与马克思主义大众化

艾思奇同志是马克思主义哲学家、教育家和革命家，是我们党在理论战线上的忠诚战士。他被誉为"马克思主义大众化中国第一人"，对马克思主义哲学在中国的传播和发展做出了杰出的贡献。艾思奇是云南腾冲人，作为云南人，了解他的成长历程和他对推进马克思主义大众化所做的贡献，不仅能增强作为云南人的自豪感，而且对于我们响应党中央的号召，积极推进马克思主义中国化、时代化、大众化具有重要的现实意义。

一、艾思奇其人其事

艾思奇（1910~1966年），原名李生萱，蒙古族，笔名李崇基、思奇等，1910年3月2日诞生于云南省腾冲县和顺乡水碓村。其先祖里黑斯波是成吉思汗大军南下的一名将领，奉命驻守腾冲；其父李曰垓是孙中山同盟会会员，参加过辛亥革命，曾担任蔡锷的护国军秘书长，参与了护国讨袁斗争；其大哥李生庄为中共早期党员。艾思奇的一生是革命的一生，下面我们分四个时期来了解这位革命家的一生。

（一）腾冲昆明（青少年）时期的艾思奇

腾冲昆明时期是艾思奇的青少年时期，也是艾思奇革命思想的萌芽时期。这一时期艾思奇主要生活在昆明和腾冲两地，但确切地讲，这一时期还包括艾思奇学习和生活过的香港、南京、日本三地。艾思奇虽然出生在腾冲，但在腾冲生活总共不到4年，3岁后即随父母到昆明生活，十多岁时回家省亲半年，1925年，艾思奇同父母亲及弟妹返回昆明，考入云南省第一中学。幼年时艾思奇就随父至昆明，受到严格的家学教育，后又随父至香港，到教会学校学习英语。当时，国内大革命的风暴亦影响着香港，耳闻目睹，他涉猎到孙中山的"三民主义"以及共产主义方面的知识，这对启蒙时期的艾思奇影响很大。

谈到青少年时期的艾思奇，影响他成长的两件事和三个人必须要谈。一是受大哥李生庄的进步思想影响。艾思奇的大哥李生庄学识渊博，是"五四"时期云南新文化传播者之一，曾任社长，创立了省立腾越简易师范学校，著有《云南边区问题》等著作，为《东方杂志》特约撰稿人。在大哥的影响下，艾思奇参加了在滇共产党领导下的外围组织"新滇社"。1926年，艾思奇考入南京东南大学学习西洋哲学，到南京读书后，又与大哥李生庄相聚，因参加了学潮，年仅17岁的艾思奇被军阀孙传芳逮捕，几经交涉才被保释出狱。1930年，在亲友帮助下，他再次东渡日本，考入福岗高等工业学校学习，在学习冶金系采矿专业知识之余，他广泛涉猎各种文化知识，研读了大量马列主义日译本。"九一八"事件爆发后，艾思奇又返回祖国，寻求救国强国真理。

二是受云南早期中共党员李柱和教师楚图南的进步思想。1925年艾思奇就读云南省立一中后，他参加了省立一中的进步组织"青年努力会"，阅读了《向导》《新青年》《共产主义ABC》等革命书刊，并时常写文章在学校进步刊物《滇潮》上发表。1926年，艾思奇考入南京东南大学学习西洋哲学时，已经成为一名革命的进步青年。

（二）上海时期的艾思奇

上海时期是艾思奇大众哲学思想的初步形成时期，也是艾思奇由进步青年向革命者转变的时期。1933年，经留日同学郑思群等介绍，艾思奇到上海福建华侨办的泉漳中学任教，当时已有中共党组织，经常开展革命活动，艾思奇很快便加入了这个行列，并且参加了中国共产党的外围组织——"上海反帝大同盟"。1933年，经杜国庠、许涤新介绍，他加入了社会科学家联盟（简称"社联"）。1934年6月，由"社联"安排，经共产党员柳湜介绍，艾思奇进入李公朴先生主持的《申报》流通图书馆读书指导部工作，是左翼文化战线的一名积极战士。1935年，经周扬、周立波介绍，他参加了中国共产党，成了无产阶级先锋队中一员。从此，他确定了自己的人生坐标，全身心投入为之奋斗终生的伟大事业。

艾思奇在上海期间，面对日益严重的民族危机，中国的工人、农民和城市小资产阶级都行动起来要求抗日。中国共产党代表和反映民族的利益，从一开始就坚决主张对日抗战，挽救民族危亡。国民党政府却坚持"攘外必先安内"的方针，镇压革命、镇压人民。面对国民党反动派的倒行逆施，广大青年失业、失学，生活困苦，思想苦闷，他们不满国民党的反动统治，迫切寻求光明的出路。正是在这样的历史背景下，艾思奇同志写作了一系列文章。从1934年11月起，他在上海《读书生活》半月刊上连载24期哲学文章，1935年以《哲学讲话》为名将这些文章结集出版。《哲学讲话》出至第3版，遭国民党书报审查机关查禁。1936年出第4版时，易名为《大众哲学》，继续出版，成为畅销书。《大众哲学》紧紧把握时代的脉搏，以生动活泼的形式，深入浅出的笔法，贴近大众的语言，通俗而深刻地阐明了深奥的哲理，赢得了人民大众的喜爱。《大众哲学》是马克思哲学发展史上的创举，它对马克思主义哲学在中国的传播、推进马克思主义大众化的发展发挥了重要作用。同时也形成了艾思奇大众哲学思想，使艾思奇由一名进步青年向革命者转变。

（三）延安时期的艾思奇

延安时期是艾思奇的马克思主义哲学思想成熟时期，也是艾思奇推进马克思主义哲学中国化、大众化的实践时期。1937年10月，艾思奇奉党中央调令，与周扬等一起奔赴革命圣地延安工作。到延安后，他先后在抗日军政大学、陕北公学教哲学并负责边区文协工作，后来到马列学院（中央研究院）、中宣部和《解放日报》等单位担任领导工作。

从上海到延安，是艾思奇一生中的一个重大转折。首先从工作的环境来说，过去在上海，艾思奇是在白色恐怖下的社会环境里工作，到了延安是在充满革命朝气，到处欣欣向荣的革命环境里工作；其次从理论与实践的结合上来说，过去在昆明、日本和上海，艾思奇读过不少的马列的书，但没有参加过工农革命的马克思主义实践，到了延安后，他不仅系统学习马克思主义理论，而且亲自参加革命实践，有了把马克思主义理论与革命实践相结合思考问题的机会；第三从接触的领导人来说，过去在上海等地，艾思奇主要接触的是左翼联盟等文化和理论进步人士，而到了延安后，艾思奇不仅接触到文化和理论进步人士，还接触到了革命领袖、军队战士和工农大众，和他们一起工作、学习、生活，这一切使艾思奇的胸襟和眼界更加开阔了，看到了理想社会雏形。

延安时期，特别要说的是艾思奇与毛泽东的接触。1938年艾思奇与何思进共同主持毛泽东倡议成立的"新哲学会"，与毛泽东有较密切的学术理论上的交往，思想境界更高了。毛泽东很关注和重视艾思奇从事的哲学理论工作，阅读他的《大众哲学》《哲学与生活》等哲学著作，对《哲学与生活》做过摘录，致信艾思奇，称赞《哲学与生活》是他的"著作中更深刻的书，我读了得益很多"。并对差异和矛盾的问题作了略有不同意见的批注。艾思奇与毛泽东学术理论上的交往，使他懂得了毛泽东思想，懂得了毛泽东思想是无数革命先烈用生命和鲜血所换来的党和人民集体智慧的结晶。从此，艾思奇成了毛泽东思想坚定的信奉者和积极的宣传者，直到生命的最后。

延安时期，艾思奇撰写或编辑了《研究提纲》《哲学选集》等著作；撰写了《哲学的现状和任务》《谈主观主义及其来源》《不要误解实事求是》《"有的放矢"及其他》等马克思主义理论文章，标志着艾思奇的马克思主义哲学思想走向成熟。

（四）北京中央党校时期的艾思奇

北京中央党校时期是艾思奇传播和普及马克思主义哲学时期，也是他结合社会主义改造和建设实践，深入研究和思考马克思主义理论的时期。1948年到1966年的十八年中，艾思奇在中央马列学院、中共中央党校当教员，任中共中央党校哲学教研室主任、副校长，中国哲学会副会长、中国科学院哲学社会科学部学部委员。

这一时期艾思奇主要做了四个方面的工作。一是担任中共中央党校的哲学教学和研究及行政管理工作；二是在校外的中央人民广播电台、北京大学、清华大学兼任哲学教授，讲授马克思主义哲学课，给全国政协、国家文联、高等军事学院等单位讲哲学理论课；三是到基层深入社会主义建设实际工作，1958年9月至1959年7月，艾思奇下放到河南的登封县工作；四是编写马克思主义哲学教材和撰写理论著述工作。这期间艾思奇以极大的热情投入马克思主义哲学的传播和普及工作，扎实地践行着马克思主义大众化思想。

二、艾思奇对推进马克思主义大众化所做的贡献

艾思奇是一位马克思主义哲学家和教育家，又是一位无产阶级革命家、实践家，他的学术生涯和革命生涯是交织在一起的。他的一生勤于学习、勤于思考、勤于写作，给我们留下了750多万字著述，对推进马克思主义大众化做出了杰出的贡献。归纳起来说主要有：一是在中国最早使哲学化为群众手里的锐利武器，架起了马克思主义与人民大众的桥梁；二是提出并推动了马克思主义哲学大众化；三是为捍卫和宣传马克思主义哲学，对帝国主义和地主资产阶级的唯心主义反动哲学思潮及其毒害和影响，进行了有力的批判和斗争；四是奠定了中国马克思主义哲学理论教材基础，用马克思主义哲学理论教育了广大青年，培育了包括哲学理论工作者在内的大批革命干部；五是为中国理论工作者树立了高尚的优良学风，为实践马克思主义大众化做出了表率。下面我们以艾思奇不同时期代表性的著述来阐释他对马克思主义大众化的贡献。

（一）以《大众哲学》为代表对马克思主义哲学大众化的贡献

《大众哲学》1935年出版，原名《哲学讲话》，出至第3版，遭国民党书报审查机关查禁。1936年出第4版时，易名为《大众哲学》，1949年新中国成立前共出版32版，大量印刷发行，成为当时最畅销的书。

从理论上讲《大众哲学》有三个显著特点：一是理论内容的生活化；二是理论阐释通俗化；三是开辟了哲学大众化的新路径。这三个特点，在伟大的爱国主义者李公朴先生1935年为这本书写的编者序中作了精辟的概括。他说："这本书是用最通俗的笔法，日常谈话的体裁，溶化专门的理论，使大众的读者不必费很大的气力就能够接受。这种写法，在目前出版界中还是仅有的贡献。""尤其值得特别一提的是这本书的内容，全是站在新哲学的观点上写成的。新哲学本来是大众的哲学，然而过去却没有一本专为大众而写的新哲学著作。这书给新哲学做了一个完整的大纲，从世界观、认识论到方法论，都有浅明的解说。"李公朴认为，艾思奇写这本书在理论体系上是很用了心力的，对新哲学许多问题的解释，比一切其他著作更明确，有许多深化的地方。他说："这一本通俗的哲学著作，我敢说可以普遍地做我们全国

大众读者的指南针，拿它去认识世界和改造世界。"

《大众哲学》深受广大青年和人民群众的欢迎。邹韬奋先生说，"《大众哲学》哺育了大众，成为广大青年思想的火炬。"《大众哲学》也受到革命领袖们的重视。我们党的领袖毛泽东、张闻天、刘少奇等都阅读过并十分重视这部著作。《大众哲学》作为武装群众的斗争武器，令他的敌人胆寒。蒋介石就曾无可奈何地哀叹："一本《大众哲学》冲垮了三民主义的防线"！人心丧失"乃败于艾思奇先生之《大众哲学》"！可见《大众哲学》对马克思哲学大众化的贡献之巨大。

（二）以《哲学的现状和任务》一文为代表对马克思主义中国化、大众化的贡献

1938年4月1日，艾思奇在《自由中国》创刊号发表了题为《哲学的现状和任务》的文章，旗帜鲜明地提出了马克思主义哲学中国化的主张。他说："现在需要来一个哲学研究的中国化、现实化的运动。""哲学的中国化和现实化！现在我们要来这样一个口号。"他认为，过去的哲学只做了一个通俗化的运动，把高深的哲学用通俗的词句加以解释，这在打破从来哲学的神秘观点上，在使哲学和人们的日常生活接近，在使日常生活中的人们也知道注意哲学思想的修养上，是有极大意义的，而这也就是中国化现实化的初步，然而通俗化并不等于中国化现实化。只有做到中国化现实化，才能做到更好的充分的通俗化。在这里，艾思奇最先在中国开创性地提出了哲学发展的正确方向和道路问题。

《哲学的现状与任务》一文对推动中国马克思主义哲学的发展有四个方面的理论贡献。第一，首次明确提出马克思主义哲学中国化的主张；第二，明确提出通俗化并不等于中国化、现实化，表明了马克思主义哲学中国化、现实化是通俗化、大众化的前提；第三，为党的六届六中全会提出马克思主义必须和我国的具体特点相结合提供了理论依据；第四，为马克思主义与中国革命实践相结合的产物、中国革命和建设的指导思想——毛泽东思想的产生奠定了理论基础。可见《哲学的现状与任务》一文对我们党找到革命的正确道路、正确的指导思想做出了积极的贡献。

（三）以《辩证唯物主义讲课提纲》为代表对马克思主义哲学理论系统化的贡献

新中国成立后，艾思奇继续致力于马克思主义哲学中国化大众化的工作，无论是哲学教科书的编写，还是对毛泽东哲学思想的宣传和研究，以及由此参与的哲学论战，无不显示出他深厚的马克思主义理论素养和对党的理论宣传事业的忠诚。

在多年讲课的基础上，艾思奇形成过几部哲学讲稿，其中以《辩证唯物主义讲课提纲》最有影响。如果说《大众哲学》是一本通俗的哲学读物，那么，《辩证唯物主义讲课提纲》则是更为深刻的哲学论著。《辩证唯物主义讲课提纲》，突出了认识论问题，艾思奇认为，研究哲学的主要任务是解决认识方法的问题。他说："在这个提纲里，我们有意识地在说明每一项原理的时候，都特别着重地指出它在认识方法上的意义。" 艾思奇在编辑此书时提出了一些原则要求：哲学教科书讲马列主义哲学的基本原理知识，要有相对稳定性；要力求准确、简明；在阐述马列主义哲学的一般原理的基础上，要阐明毛泽东同志对马列主义哲学的发展，要把阐明马列主义哲学的一般原理和说明毛泽东同志的发展结合起来；要适应教科书的对象，适当兼顾其他读者；要贯彻争鸣的方针；使用哲学教科书要理论联系实际，从学生的实际水平和情况出发，分析、说明、解决实际问题；要批判对立面的东西，同唯心主义、形而上学做斗争。此外，学习和应用马克思主义哲学必须和各门具体科学结合起来。

20世纪50年代末该书曾被译成俄文，在苏联出版，受到苏联广大读者的一致好评，认为是密切结合中国共产党的实践有见解地阐明了马克思主义哲学的基本原理。

《辩证唯物主义讲课提纲》在理论上至少有三个方面的贡献：一是为形成具有中国特色的马克思主义哲学教材奠定了基础；二是突出了方法论问题，对于教育当时的干部和群众树立正确的方法论观点，建设社会主义有很大的帮助；三是对毛泽东思想的进一步研究和宣传，巩固了马克思主义大众化的思想理论根基。

三、《大众哲学》对推进当代中国马克思主义大众化的启示

当代中国马克思主义是指包含邓小平理论、"三个代表"重要思想和科学发展观在内的中国特色社会主义理论体系。当代中国马克思主义大众化就是指中国特色社会主义理论体系的大众化。中国特色社会主义理论体系是当代中国化的马克思主义，为了更好地用中国特色社会主义理论体系武装全党，教育人民，从方法论上讲，我们仍然要以《大众哲学》为借鉴，解决通俗化、大众化问题。

（一）要把当代中国马克思主义通俗化才能做到大众化

大众化的前提是通俗化。高深莫测、晦涩难懂的理论是难以被广大人民群众所理解、所掌握的，只有简单明了、通俗易懂的理论才能被广大人民群众所接受。所以，列宁说："最高限度的马克思主义=最高限度的通俗化"。指的就是我们要把马克思主义理论、中国特色社会主义理论通俗化，才能更好地做到大众化。

怎样才能做到通俗化呢？艾思奇的《大众哲学》启示我们：就是语言表达要通俗，要做到表述直白，简捷明了、通俗易懂、容易为老百姓理解接受。习近平同志在中央党校2010年春季学期第二批入学学员开学典礼上发表了《努力克服不良文风 积极倡导优良文风》的重要讲话。讲话批评了当前存在的"长、空、假"的不良文风，提倡"短、实、新"的优良文风。习总书记的讲话包含着深刻的"通俗化"思想。"长、空、假"的不良文风就是添枝加叶、短话长说、空话套话多、没有内容、把简单的问题搞复杂，晦涩难懂；而"短、实、新"的优良文风则是要求简短精练、直截了当，要言不烦、意尽言止，观点鲜明、重点突出，讲明白通俗的话不讲故作高深的话，有内容、有新意，群众容易理解接受。

（二）要以人民群众喜闻乐见的形式推进当代中国马克思主义大众化

以人民群众喜闻乐见的形式推进当代中国马克思主义大众化，我们要把握好三点：一是情感表达要贴近群众，要深入百姓、了解百姓，从老百姓关注、关心、苦闷、困惑的问题谈起，深入浅出地阐发当代中国特色社会主义

理论；二是举例要生动活泼，要以群众身边的人和事为例、要以人民群众熟悉的人和事为例、要以当前发生的事为例，用鲜活的例子来阐释当代中国特色社会主义理论；三是要充分运用中国传统文化，中国传统文化中有丰富的人文典故、小说故事、民间传说、风俗习惯和对历史人物、英雄人物的生动描写，我们要从这些优秀的中国传统文化中寻找生动的例子来阐释当代中国特色社会主义理论。艾思奇的《大众哲学》中不少就是以"讲故事"的形式来说明深刻的哲学道理，既生动活泼，又易为人们理解接受，今天仍然值得我们借鉴学习。

（三）要紧扣当前人民群众关心的现实问题推进当代中国马克思主义大众化

人都是现实的。人不能没有理想，但只活在理想中的人是没有的，凡是人都得面对现实。人的这种现实性，要求我们推进当代中国马克思主义大众化也要面对现实，要面对世情、国情、党情的深刻变化，紧扣当代社会人民群众关心的现实问题，与时俱进地推进当代中国马克思主义大众化。

艾思奇的《大众哲学》为什么会有那么大的影响力呢？一个重要的原因是它紧扣时代、紧扣当时社会人民群众关心的现实问题来阐释哲学道理。从剖析愚昧落后的旧中国社会到鞭挞民国社会的时弊；从批驳反动派的伪哲学用正确思想统一全国人民的抗战意志到反对主观主义、形式主义，夺取全国胜利、建设社会主义，无不体现着紧扣时代推进哲学大众化的思想，值得我们借鉴学习。今天的世界，"一超多强"的格局正在发生着深刻复杂的变化；今天的中国，正在实现中华民族伟大复兴中国梦的进程中"和平崛起"；今天的民众，利益诉求的多元化、复杂化等。都需要我们的理论为人民群众解惑释疑，要求我们要紧扣当代社会人民群众关心的现实问题，推进当代中国马克思主义大众化。

（四）要充分利用现代传媒，立体化、全方位的宣传当代中国马克思主义

时代在发展，社会在进步，这是潮流，谁也挡不住。从全球经济社会发展来看，《大众哲学》发表的20世纪30年代，世界处于工业社会时期；21世纪的今天，人类社会跨入了后工业社会，进入了电子信息社会，迈入了互联网时代。1987年9月20日，中国向世界发出了第一封电子邮件，标志着我国也

已进入互联网时代。以网络媒体、手机媒体为代表的现代传媒正在冲击、改造、提升和发展着传统传媒形式，并越来越成为传媒的主流，发挥着传媒的主导作用。今天的信息传播已形成了报纸杂志等平面媒体、电视广播媒体、手机媒体和互联网媒体并存的全方位、立体化信息传播。信息传播正以前所未有的广度和深度影响着人们的思维判断、言行举止和日常生活。现代传媒已成为当今理论信仰、思想观念、文化意识、价值理念、社会思潮传播的集散地和社会舆论的传播器，也是意识形态较量的重要战场。作为今天中国社会主流意识的当代中国马克思主义，要在各种意识形态的较量中发挥主导作用，就要占领现代传媒这个重要战场，就要充分利用现代传媒，立体化、全方位的宣传中国特色社会主义理论体系，推进当代中国马克思主义大众化。

结　语

常言道"大树只有倒了才量得准"。艾思奇同志离开我们快50年，《大众哲学》发表至今已满70年。历史对艾思奇同志已做出了"马克思主义哲学家、教育家和革命家，党的理论战线上的忠诚战士，马克思主义大众化中国第一人"的评价；毛泽东同志更是称他为"学者、战士、真诚的人"。《大众哲学》作为我国再版次数最多、读者最多、影响最广的理论书籍之一载入史册，其思想的启迪至深至远更是无法估量。作为云南人，我们为艾思奇同志的杰出贡献感到骄傲。

马 军

　　马军，男，1951年出生，回族，党员。1968年入伍，1973年7月加入中国共产党，1983年担任云南省司法厅律师工作管理处副处长，1984年兼任云南省律师协会第一届理事会秘书长，1988年被授予二级律师，1992年6月辞去公职创办云南震序律师事务所担任主任，1993年被授予一级律师。1995年荣获首届"全国十佳律师"荣誉称号，1999年因办理重大案件荣立二等功，2000年被确定为云南省委、省政府专家，2004年荣获"全国优秀仲裁员"荣誉称号，2005年荣获"全国优秀律师"荣誉称号，2005年至今受聘为云南省人民政府法律顾问，2006年荣获"中国律师业特殊贡献奖"。

法治文化的建设与法治国家建设的思考

大家好！在我印象当中，"云岭大讲堂"的听众主要是老同志居多，这充分说明了我们的老同志特别是五六十年代出生的，到现在还关心国家、关心社会，还在努力学习，所以与老同志们进行交流，我感到非常高兴。今天再次来到这里和大家交流，我之所以选取这样一个题目，原因是法治文化这四个字是今年十八届四中全会才正式提出来的，但是我讲的法治文化和法治国家建设思考这一内容，早在两年前就已经开始了。这不是说我先知先觉，主要是中国共产党成立九十周年（即2011年7月1日）的时候开了一个纪念大会，在会上当时的总书记胡锦涛同志做了一个关于中国共产党成立九十周年的报告，其中非常明确地提出了我们要建设文化强国，我看到要建设文化强国之后就开始思考，我想到底是要建设什么样的文化强国，因为我认为文化没有抽象的文化，文化都是具体的。所以当时我听了胡总书记这个报告以后就对建设文化强国进行思考，他说的这个文化强国肯定是有所指的，文化有历史文化、传统文化、有优秀文化等等，比如我们的酒文化、烟文化、食文化等很多文化。从那个时候开始，我就认为我们国家要建设文化强国，一定要建设法治文化的强国，于是我从2011年开始就把建设法治文化作为一个讲座的题目来进行交流和传播。随着十八大的召开，在十八大报告中我非常明确地看到了我们要建设社会主义文化强国。

大家都认识到我们中国是一个什么样的国家、中华民族是一个什么样的民族，为什么我们会选择现在走的这条道路，这些问题一直存在，直到今年的十八届四中全会党中央明确提出我们要建设法治国家、法治政府、法治社会，要形成完整的法治体系，并且第一次明确了党的领导和依法治国就是一回事，党的领导是通过依法治国来具体实施和实现的，而依法治国必须在党的领导下进行，所以二者是统一的、一致的。

下面我从三个方面给大家阐述。

第一个方面，十八大提出了一个新问题，就是用法治的思维思考问题，用法治的办法推动改革、发展经济、化解矛盾、解决问题，这是十八大报告明确写下来的。法治思维的基础是法治观念，也就是善于用法治思维来考虑问题，前提条件是必须要具备法治观念，如果没有法治观念，就不可能具有法治思维，如果没有法治思维，就不可能有法治的办法。现在在我们国家、在我们这个社会里，可能我们有一部分领导，专门从事法律工作的司法人员，他们的法治观念可能比较强，比如像我们当律师的，我们就知道法律在这个国家的重要性，所以我们的法治观念是非常强的，但是面对我们的广大党员干部，手中握有权力的这些人，他们如何转变观念、具备法治观念？其次，我们的老百姓，我们国家的公民，不管是从事什么工作的公民，不管是城市的还是农村的工人或农民，他们又如何具备法治观念？这就提出了一个问题：法治观念的形成一定要依靠或者依赖于法治文化的建设，所以我这样排序后大家就看到了，法治文化的建设目的是要造就和建设法治观念这个宏大的工程，而只有各个方面具备了法治观念，才可能具备法治思维。事实上，法治思维涉及方方面面，一个家庭里也有这样的问题，一个人从出生下来就要和法律打交道，你从上学开始到工作一直都离不开法律，无论你在家里还是到社会上，你和法律的关系也是脱不开的。

第二方面，我给大家介绍一下十八届四中全会提出法治文化建设的历史沿革及其背景。我相信很多同志都看过一部电视连续剧，叫作《大秦帝国》，这部电视剧我看了三遍，我自己买了碟片，没事的时候就看，现在我推荐大家有空去看看这部电视剧。从秦献公开始到秦孝公，秦国年年打仗，一直打成一个弱小的国家，当时春秋七国的其他六国都敢欺负秦国，秦献公死了以后，秦孝公继位，秦孝公首先考虑的一个问题是秦国要强大，而秦国要强大靠什么他并不知道，但是他知道秦国一定要强大，因为如果秦国不强大就要被打、被欺负。所以第一部讲的就是向其他六国广纳人才、招贤纳士。这样一来，卫国有一个中庶子叫作卫鞅，他看到了招贤令，他看了以后说这是天下第一的招贤令，卫鞅就跑到秦国进行了实地考察，最后他提出依法治国，也就是秦国要强大一定要实施法治。这一点和秦孝公两个人一拍即合，秦孝公要的是国家强大，卫鞅告诉他，国家要强大就必须要厉行法治，其他王治、礼治、权治都不行，只有法治这个方法才最好。在这样的情况下，秦孝公任用了卫鞅，也就是后来法治论的商鞅。经过20年的时间，使一个贫穷弱小的秦国强大了起来，也为以后的秦惠文王等把秦国领向壮大，最后到了秦始皇统一中国打下了基础。我觉得从我们中国的历史上可以看到，实际上是有法治强国的典型的，当然秦孝公使用商鞅的法治和我们现在的法治不是一回事。从立法来看，春秋秦国的立法是君主立法，就是秦孝公和商鞅这些高层人士立出法来，然后颁布，全部人都要执行，而我们现在的立法，我把它称之为全民立法，为什么是全民立法？因为我们是全国人民代表大会立法，全国人民代表大会的代表在一起对法律进行审议，而且重要的法律要向全国并在社会上广泛地征求意见，要使立法透明、公开，所以我们的立法和封建时代的立法是不一样的，正是秦国统一了六国以后，为中国后来的历史树立了一个法治的形象和典型。到了后来我们可以看到，在明朝有《大明律》，就是明朝的法律，明朝之后是清朝建立，有《大清律》，这些朝代在控制全国、掌握政权的整个过程当中，实际上都是在遵循一个法律的。到了民国，有一个非常有名的"六法"，现在台湾仍然在使用这"六法"，汇编起来成为一本书，叫作《六法全书》，我们现在涉及台湾的一些案件还要看《六法全书》。中华民国是1911年辛亥革命后开始成立，到1949年被赶出大陆，一共38年时间，期间与共产党打仗，包括土地革命战争，8年抗战（实际上不止8年，从1931年九一八事变到1945年，14年都是在打战），但是当时的中华民国政府也没有忘记立法，这是我们中国的历史。我们看国际上，大家都知道拿破仑是法国的一任总统，这个总统最厉害的是打仗，拿破仑征服整个欧洲，他打仗是百战百胜，但是很少有人知道，拿破仑当法兰西总统最高军事统帅时，他制定了一部民法典，这部民法典被称之为拿破仑法典，到现在仍然是法国的基本法律。另外，大家都知道美国的历史没有我们中国历史的零头长，它只有200多年的历史，而美国发展到今天最主要依赖的就是它的法律，美国的《独立宣言》也就是美国的宪法，在美国起作用的时间有200年，我要告诉大家它的作用是什么。我们国家有56个民族，我们一直在宣传、提倡各民族大团结，美国的少数民族有多少我没统计过，但是我告诉大家，中国的56个民族在美国都有，美国作为一个新兴的移民国家，它的国民是来自世界各地，什么样的民族都有，但是美国从来不去强调民族大团结，因为在美国是没有民族这个概念的，而只有美国公民这个概念。在美国，不管你是哪个国家的，你是什么民族，过去是什么人，只要到了美国就是美国公民，这是我要说的第一点。第二点，在美国，所有的美国公民都必须服从、遵守美国的法律，美国如何解决那么多的民族矛盾和民族问题呢？就是依靠法律来解决的。它是有种族歧视的，一些自认为优秀的民族歧视所谓的劣等民族这一问题，在美国这就是犯罪行为，是要用法律来惩治的，而不是靠民族团结、民族矛盾解决的，美国是不理会这种方式的。

1949年新中国成立以后，到1978年11月召开十一届三中全会之前，我们中国只有两部法律，一部法律是1950年的《婚姻法》，另一部法律是1954年的《中华人民共和国宪法》，这部宪法是1949年的《共同纲领》修改过来的，从1978年粉碎"四人帮"到十一届三中全会召开之前，我们只有这两部法律。我在讲《云南法治三十年》的时候，就介绍过那个时候我们国家的立法情况，十一届三中全会开完以后，胡耀邦同志回到中央党校传达时就说，十一届三中全会提出了十六个字，叫"有法可依、有法必依、执法必严、违法必究"，然后他马上补了一句："我们有什么法可依啊？我们没有法可依吧？"所以十一届三中全会开完之后，国家就进入了一个快速立法的轨道，而十一届三中全会召开前我们这两部法律中的宪法还遭到了严重的破坏。

邓小平同志在十一届三中全会召开期间明确表示了历史的教训我们一定要注意，我们的国家、我们的党再也不能因领导人的变动而发生变动了，也不能因领导人的意志改变而发生改变，并提出了我们一定要健全法制、加强民主。十一届三中全会一方面确立了党的中心工作转移到经济建设上来，要发展经济，对内要改革不合理的各种旧的制度，对外开放，这就是"一个中心、两个基本点"；另一方面就是提出了"有法可依、有法必依、执法必严、违法必究"的法治原则。十一届三中全会到现在有36年了，今天我在这里和我们老同志在一起又回顾了一下这段历史，而正是由于这"一个中心、两个基本点"和法治十六字原则，大家可以看到，中国的经济经过36年，跑到了世界第二的位置，现在社会上的现象我就不说了，各种汽车（私家车）、电动自行车，还有住房，一般的住房都是没有问题的，包括安居房、保障房等等。在国际上，大家可以看看我们的国际形象，前几天中央开了外事工作会议，习近平总书记在外事工作会议上专门提出了"大国外交"的问题，去年他提出了我们一定要建设海洋强国，今年又提出了我们一定要有大国外交的战略，这个提法不是一句虚话，也不是空喊口号，而是这36年发展给我们的国家打下了牢靠的基础。这36年来我们国家实行法治建设的过程要告诉大家的是历经坎坷的，20世纪80年代我们强调"有法可依、有法必依、执法必严、违法必究"，我们进行了第一次、第二次普及法律常识，老百姓知法、学法、懂法，形成一种法治观念，司法机关在那个年代真的是法官、检察官咬着牙都要坚持法律，不畏权势。我讲《云南法治三十年》里面有一个例子：当时中央定的案件在云南硬是被翻了过来，我们的检察长和高级法院院长敢拍有关部门的桌子，拍着桌子讲法律，这是80年代的事。但是到了90年代，慢慢地我们看到，云南省高级人民法院院长孙小红因为在褚时健案件的判决上坚持了法律、坚持了公正，被撤销党内外一切职务，而且对其通报的文件中有这么一句话叫"狂妄自大"。我今天告诉大家，孙小红当时在褚时健案件审理准备下判决之前和最高人民法院的领导在一起，汇报这个案件的时候说了一句"人民法院独立行使审判权，也就是只根据案件的事实、证据和相关的法律进行判决，其他任何个人和机构都无权干预"。我认为孙小红这句话是完全正确的，他说的这句话已经被十八届四中全会完全肯定下来。但是1999年，孙小红因为讲了这句话就被扣上了狂妄自大的帽子，以至于发展到2000年以后，司法腐败、司法不公等等情况的出现，以及我们的一些党政领导干部的贪腐问题愈演愈烈，导致了社会上很多老百姓对政府的公信力、对党的威信、对司法机关失去了信心，产生了怀疑。大家看，经济上去了，但这些问题却出现了：上访、群体性事件，以至于提出了稳定压倒一切，全国各省市、自治区公安机关都有人在北京专门抓堵那些到北京上访的人，各个单位、各个地区都下达指标，本区域内不能出现上访的。

通过我前面介绍的，大家可以粗略地看到，中国历史这样的走向，特别是"文化大革命"之前和之后发展的这三十几年，我们的法治基本状况以及出现的一些问题，以上就是十八届四中全会召开并做出决议，提出法治文化建设和建设法治国家的历史沿革和发展背景。

第三个方面，我给大家讲一下法治国家建设的特点和重点。在十八大之前，十七届四中全会上，我们的党第一次提出了一个问题：①世界情况发生了重大变化；②国家情况发生了重大变化；③党的情况发生了重大变化。这些重大变化给我们的党，给我们党的执政地位带来了极大的挑战和考验，对外开放的挑战和考验、市场经济的挑战和考验等等，而且在十七届四中全会上第一次提到这样一句话，在座的老同志、老党员都有这个感觉，过去一提到共产党就是伟大、光荣、正确的党，但是这几年这个口号没有了，为什么呢？因为十七届四中全会决议中有这样的表述：过去正确不等于现在正确，现在正确不等于永远正确，这是十七届四中全会的一个评判；第二个评判是过去拥有不等于现在拥有，现在拥有不等于永远拥有，这个指的是执政地位，即手中拥有的国家权力。十七届四中全会提出了反腐问题，也提出了腐败问题不解决会亡党亡国的警告，虽然提出了这些，但是一直到十八大之前，这些问题实际上都没解决，"大老虎"们继续在那里腐败，"小老虎"是打掉了一些，但根本问题没有解决，而十八大召开前存在的问题是：错误地定位不稳定因素，把部分人民内部矛盾作为敌我矛盾来进行处理，这是第一个最严重的问题。大家翻开十八大报告看一下，没有提到稳定的问题，更没有提维稳的任务，就好像这个维稳的问题一下子解决了，已经稳定了，实际上没有，十八大报告真正指出了我们国家存在的最大不稳定因素，这是十八大报告正确定位的，在十八大以前是没有的。例如，中央政法委十八大以前提出来的（当时的政法委书记是周永康），就是稳定压倒一切，他所谓的不稳定因素是定位于群体性事件、上访、闹访，由于拆迁、征地、企业改制、下岗、失业的这些人群基本权益得不到保护，为了寻求自己合理的要求，反映问题又得不到解决，他们从县里跑到市里，市里解决不了又跑到省里，省里还解决不了就跑到中央，这就叫上访，就变成了一个不稳定因素。另外就是群体性聚集，例如一些农民反对征用他们的土地，或者是土地补偿条件不够等等，就会从他们的生存基本点维权，也就是一家人有二亩地，世世代代可以生存、繁衍，有了地就有了立命之本、发展之本、繁衍之本，而征地以后就把农民的立命、发展和繁衍之本拿掉了，给农民一些钱就能解决这个问题吗？我与市政府一同处理解决过昆明市的一些征地纠纷，马金铺到澄江去的拐口处，有18000人的土地一下子全部被征完；昆明8平方公里的高新区，把农民土地全部征完，最贵的土地1亩25万，都是基本农田，人均用地是6分，每个人手里分不到20万块钱，对那些农民来说，20万做不了什么事情，农民就起来闹，还出动了特警。最后我找当时的市长张祖林，我作为市政府的法律顾问，我说这个问题不是那么简单的，要和他一同前往，后来张祖林带上我和有关部门的负责人到马金铺和那些农民召开座谈会。当时我说自己特别理解农民，原因在于政府把他们的地征收了，他们的生存、发展和繁衍靠什么，必须要解决他们的活命之路，而不是给他们一些钱就打发掉了。共产党依靠打土豪分田地来争取四万万农民支持，从而夺得了新中国的政权，如果土地问题解决不好，那么这个问题也会变成我们执政党出大问题的地方。所以后来我和市政府研究并交换意见之后，提出了凡是农民提出的合理诉求都应该解决，现在没有办法解决的，创造条件也要解决。最终昆明市政府对马金铺这18000多人是这样安排的，当时各个部门的人都在场，还有高新区的领导也在，要求高新区所有企业以后招工用工首先要在这18000多人里进行选择，不管这些农民进入工厂做什么；另外要求高新区所有的企业必须拿出钱来统一组织，对这18000多人里适合于工作的这部分人进行培训，包括技术培训、技能培训、专业培训，使他们通过培训就能够参加工作，就能够上岗，这些钱需要企业来支出，因为企业用了他们的土地，还有上学的儿童统统都要保证能够上学读书，学文化、有知识，55岁以上的女性和60岁以上的男性全部进入昆明社保，由政府养起来。张祖林市长最后说了一句话："父老乡亲，未来马金铺居民的待遇和昆明市金碧路居民的待遇是同等的，我们政府不会不管你们的养老和医疗保险，我们都会管到底的，你们的子女就业，我们会想办法广开门路的。"马金铺的那些老者、长辈扑通全部跪下去了。但是我要和大家说，在十八大以前像这样的事情是被称之为不稳定因素的，动不动警察就去了，动不动武警就去了。2000年我到文山州给州委领导机关做报告的时候，我就公开提出：你们所确定的不稳定因素，比如上访这个问题，要这样来看待，上访是有问题要解决的老百姓相信我们的党、相信我们的政府而发生的一种现象，一旦你不给我解决问题，我就找你的上级领导来解决，反映我的要求、我的问题，前提是他相信你，他相信你能解决他的问题才来找你的，他相信你的上级单位、相信省、相信中央能解决他的问题，于是才去找他们反映情况，这个前提是相信和期待，而我们却简单地把这作为敌对矛盾、不稳定因素抓起来劳教、判刑，这不就是激化矛盾吗？真正制造不稳定因素的是这些老百姓吗？这些老百姓作为有权益要求保护、有问题要求反映的人不来找你、不相信你了的时候，麻烦就来了，危险就来了。江西抚州一个上访了十年的人没有结果，就弄来三包炸药，一天之内炸了三个地方，还把检察院炸了，所以老百姓相信我们的政府和我们的党，就一定不能让他们失望。而这一切在十八大之前都是不正常的，我们的"稳定压倒一切"这个口号、这种思想确实是使老百姓对法律、对司法失去一种期望、失去一种信仰；其次十八大报告指出了最大的不稳定问题，对外是三种势力，包括极端的民族分裂势力、极端的宗教势力和恐怖势力，比如西藏、新疆这些地方都存在这一问题，国际上是国外的敌对势力（一种统称），比如这次香港的"占中"幕后支持者，党内最大的可能导致亡党亡国的不稳定因素贪腐是第一位的，贪污腐败、滥用职权，侵害人民、社会、公众的利益，十八大报告把以上这些问题就讲清楚了，真正抓到了问题的本质，这是十八大报告的一个特点。因此在这个基础上十八大报告提出了法治思维的问题，而且十八大报告重新提出了"有法可依、有法必依、执法必严、违法必究"。十一届三中全会提出的是十六个字，在20世纪80年代末期90年代初期就从我们党的媒体、从我们司法机关消失了，这是因为期间在我们国家发生了一个事件，我们在总结这一事件的时候提出的口号是要加强党对各方面工作的领导，结果提出之后就有一个问题产生了，从上到下相当一部分人把党的领导和依法治国、把党的领导和依法执政、加强法治割裂开，对立起来。这个问题是非常大的问题，就像我们河南有一个县的县委书记问记者："你是代表人民还是代表党的？"党是什么？党就是人民的代表，党除了最广大人民的根本利益之外就没有自己的利益。党是人民当中的先进分子所组成的，党是来自于人民、为人民服务的，党和人民是一致的，可是那个县委书记犯了一个最基本的错误，他把党和人民割裂开来、对立起来，而我要告诉大家的是，从90年代初开始，我们把党的领导和依法治国割裂开来、对立起来就成了一个很普遍的现象。人民法院不能够独立审判案件，孙小红要独立审判案件就被说成狂妄自大并被撤销党内外一切职务，这在我们云南是一个典型。党委的政法委员会对关键案件批案，怎么判决，研究案件时把公安局长、法院院长、检察院检察长叫过来，领导说了算，所以那个时候我在律师事务所当律师太难了，我还和我们所的其他律师说，大家一定要懂政治，不懂政治的律师不算好律师，大家就纳闷说为什么律师要懂政治，我说律师除了要懂法律，必须要懂政治，这是因为律师办理案件实际上只考虑两个方面的问题：第一方面，事实是什么，证据是什么；第二方面，法律规定是什么，如何适用法律，以事实为依据，以法律为准绳，这是我作为律师办理案件要考虑的两个方面。但是从公安、检察院、法院考虑问题的角度并不是这样，他们要考虑律师考虑的两个问题，同时他们还有两个问题要考虑：一个是上级领导的意见和党委的意见，另一个是处理案件以后的社会反映效果。

大家会发现公检法办理案件要考虑的比我们律师考虑的多出了两个方面，领导的意志、党委的意志是什么，社会效果又是什么，那么我觉得如果律师办案不考虑这两个问题而从中想出好的办法来履行自己的职责，反而起不到作用。正是因为这样，我办褚时健案件时就下了一番功夫，我就指出褚时健坐在被告席上是个时代的悲剧、制度的悲剧，他是分配制度的受害者，分配不公，没有解决按劳分配的问题，才导致了"褚时健现象"，所以律师要在那个大背景下懂政治。

十八大召开之前，我们国家确实存在着太多的问题，我们云南省的一些案件判决引起全国的反响，公安队伍建设发生的一些问题，公安管理发生的一些问题引起全国关注。我们云南有名的事件一个是"躲猫猫"案，晋宁县公安局看守所关死人，另一个是律师被扣在篮球架上，叫"晒太阳"事件，全国律师起来声援云南的律师、声讨这个法官，最后这个法官被踢出法官队伍才算平息下来。在这样的情况下发生了很多事，我们所庆幸的是十八大召开，而且在十八大之前我们还可以看到有很多奇奇怪怪的现象，比如唱红打黑，打击黑社会，重庆短短几个月380多个黑社会集团就被干掉了，380多个民营企业被干掉了，3000多亿黑社会的犯罪资金被没收上缴国库了，所以现在有人总结重庆不叫"打黑"而叫"黑打"。云南也有受到影响，在司法方面出现很多不正常的东西，导致了负面影响，所以在这样的情况下，十八大定出了从法治国家、法治政府、法治社会的道路，要实现这个目标的重要性、特殊性，我想我们大家就一目了然了。以上是第二个问题的第一点。

第二个问题的第二点，建设法治国家、法治政府、法治社会涉及方方面面，比如有人和我谈过党治、人治、法治，权力大还是法律大，党大还是法大等一系列问题，还有的人和我提过，法制我们强调的是制度的制，法治国家、法治社会应该是制度的制，而我们现在提的是治理的治，法治国家、法治社会之间有什么区别或者是共同点？我也简单地把这几点给大家理清一下。

第一，十八大到十八届四中全会，我们国家在实现法治国家的进程中，我们要实现三大体系，第一个体系是法律体系，指的是我们有完整的法律，在各个方面我们国家的法律现在有200多部，行政法规、条例有上千个，都是具有法律效力的，而我们现在还在制定更多的法律，比如我们的市场经济法，从1992年到现在22年的时间过去了，我们没有市场法，但这个法律现在要立法，又比如我们的工资法或者个人收入所得法（即劳动报酬法），也要加快立法的速度，使我们现在法律缺失的局面能够得到改观，这个就是法律体系。法制体系指的是一个社会、一个国家法律在各个方面称之为一种法律制度的体系，就是习总书记在去年提出的要把权力关进制度的笼子，关进什么制度的笼子呢？要把权力关进法律制度的笼子，所以这个法律制度是很重要的，比如我们的养老制度，以后会是一种法律制度，医疗以后也会形成一个法律制度，也就是医疗制度、医疗保险制度都是用法律来规定、确定的。这叫做法制体系，而法治体系讲的是在具备法律体系和法律制度体系的前提下，我们一定要把这些制度和法律实施下去、贯彻下去、落到实处，这一过程就叫法治，法治说的是一种实施，所以这三者是一步步来的，没有完善的法律体系和法律制度，就谈不上去进行一种治理，而有了法律体系也有了完善的法律制度，如果不去落实也等于零。十八大之前的十年已经有这个教训了，明明有法可依却就是有法不依，明明应该是执法必严却是有法不执，而且根本谈不上"严"；违法必究就不用说了，违法是受不到追究的。春城晚报曾登了一个记者采访我的报道，是关于宪法的，12月4日是第一个宪法日，云南省省委、省政府通过了"三十六条"，即云南省贯彻落实十八届四中全会法治国家的三十六条措施，记者问我对云南省委这个措施意见有什么样的想法或看法，我的回答是：第一，制定出来的东西必须要落实，而且这个落实必须要深入全面、系统坚决地落实，否则制定的东西再好也等于零；第二，凡是违反这些规定或不落实这些规定的如何处理、如何来承担责任，追责一定要严，一定要说到做到，也就是做到违法必究，而且还要一究到底。记者听完以后立马就写出来了，我就是这样看待的，这就是我要先给大家讲清楚的法律体系、法制体系、法治体系三个体系。

第二是关于党的领导和依法治国的问题。1995年我在北京办一个案件，是北京国际货币基金组织的一名雇员被我们中国的司法当局抓起来了，结果按照规定国际货币基金组织只能请中国的律师，所以他们来中国请律师，北京有些律师愿意办理这个业务，但是他们不想找北京的律师，因为北京的律师被北京管着，最后他们来云南找到了我，说是云南的律师北京就管不了。由于美国每个州的法律是不同的，可是他们不了解在中国我是被司法部管着的，北京也是完全可以管我的，他们找到我后就问我办不办，我一听就答应办理了。于是我到北京去，会见了被告人，到法院去阅卷，阅卷之后我觉得这个案件有问题，好像被告人是不构成犯罪的，我才把这个意见与法官交流，法官听了就开始紧张。1995年那个时候陈希同出事了，如果政法部门再在这个问题上出问题就很麻烦了，北京的司法部门就着急了，因此就汇报上去，最后我们司法部律师司一个领导打电话通知我，问我怎么会跑到北京去办这样的一个案件，我回答说中国的律师不是可以全国执业吗？而且我是被评为"十佳律师"的，当事人是相信我才找我的。那个领导只能说既然没办完你就继续办吧，反正北京市司法局要找你，你就来北京一趟吧。我答应后去了北京，北京市司法局局长在办公室和我讨论这个案件，希望我不要做无罪辩护，要考虑各方面的影响。我反问他："这个案件我全部看完了，也进行了必要调查，案件情况我是非常了解的，所以才得出这个结论，你又不了解案件情况，却跟我就这个案件交换意见，这是没有办法交换的啊，我怎么能按照你的意见去办呢？"结果这个局长听完后报告到了司法部，司长又把我叫到他的办公室，要和我谈一谈，我也去了。司长知道我的为人，他说他知道说服不了我，让我等着和部长谈，后来又到了部长办公室，由部长和我谈，我的回答还是这样一通话，最后部长说了一句话："你现在不是律师，我也不是部长，我们俩都是共产党员，我们俩从共产党员的这个角度来谈谈这个案件。"我说："部长，我是这样认为的，一个优秀共产党员或者党性、原则、党的组织纪律很强的党员，他应该是遵守、执行国家法律的模范，很难想象从党员的角度我就可以无视法律吧，反而我认为是一致的。"部长听完后马上说好好好，那就不谈了，你自己看着办吧，最后这个案件我就按照我自己的意见去辩护了，而司法部也没把我怎么样。这说明了从1995年我就意识到党的领导和依法治国是什么关系，之后我做的褚时健案件的辩护词里有一句话：相信褚时健案的公正审理，因为党的领导就是要求严格依法判案、严格依法办事，而严格依法判案、严格依法办事就是维护党的领导，这句话是我写在辩护词里的。作为一个法律工作者，如果说他的思维是正确的，他的法治观念是强的，就必定会得出这么一个结果。什么是党的领导？党的领导就是依法办事、依法执政、依法治国，这是因为法律是我们党领导制定的，法律是我们的党领导代表全国人民意志的体现而形成的结果。什么是法律？法律的整个内容包含的是人民的意志体现，是把人民的意志制度化、固定化下来的东西，叫作法律。刑法是百分之百人民的一个意志的结果，毕竟违反刑法的人是极少数的，而在刑法保护下的是绝大多数人民，哪部法律不是这样呢？所以党的领导和依法治国、和法治的关系这一点是不言而喻的，但是十八大以前，在我们很多领导人的眼里，当你强调依法治国，他认为你是削弱党的领导，你谈依法办事，他认为你是不要党的领导，而他谈加强党的领导是可以无视法律，这就是十八大以前在我们党内、在我们国家严重存在的一种现象，所以十八大才提出了重新强调"有法可依、有法必依、执法必严、违法必究"，而且提出了要用法治的思维思考问题，这是十八大召开以后出现的一个特点。而去年的十八届三中全会在法治的思维用法治的方法这一前提下，进一步提出了"法治国家、法治政府、法治社会"的三个法治，"依法治国、依法执政、依法行政"的三个依法，所以从十八大到十八届三中全会再一直到十八届四中全会，我们可以看到，我们的党中央、我们的国家推进法治国家建设不是一蹴而就的，而是循序渐进一步步来的，到今年就提出了法治国家建设的法治体系，要有法治保障体系和法治监督体系，怎么保障依法治国、依法执政、依法行政，通过法治的监督体系来保障，这些都在十八届四中全会得到进一步明确。我看了十八届四中全会的决议，它对检察院、法院与律师工作专门进行了规定，确实是在我们党的历史上任何一次会议都没有过的，包括律师可以去当法官、检察官，也是用党的文件第一次规定下来，包括法院的法官、检察院的检察官不得因非职务问题随意调动，说明了不能因为这个法官审理某个案件与当地的党委、政府的意见不合，没有采纳你的意见，你就可以打击迫害他，如果法院没有听党委或者某个领导的话而做出判决，你就可以从经济上卡住他，少给他钱，这次十八届四中全会对上述这些方面都做出了保证。还有最高人民法院和最高人民检察院跨行政区域的机构设置，比如西南的以后就是西南地区人民法院和西南地区人民检察院，专门办理西南各个地方敏感案件，就避免了当地的领导插手和干预，这些措施都是保证司法公正的。另外，最高人民法院巡回法庭，这在中国历史上也是有过的，比如钦差到某个地方办案是和当地没有任何关系的，就只是办这个案件，这一系列措施就是保障法治能够落实，而且建立防止打招呼干预案件的制度，这下一些领导就紧张了。有一天有一个司法机关的领导在饭桌上说以后再也不敢和法官检察官交代某个案件要如何办理了，因为要么法官和检察官就进行录音，或者记录下来进行备案，到时候上级过来调查，责任倒查，终身追究，这样一来有关领导就不敢在案件上面打招呼了。今年中秋节前我当兵时的一个老连长过来找我，我问他什么事情，他说他女儿吸毒被送去强制戒毒了，他让我给他想想办法，我说我没有办法，他说我对司法机关很熟，我说过去都不行，现在这个时候就更不行了，没有人敢这样做的。他不相信我，非要叫我打电话，我就立马打了个电话，那边接了电话就说你是开玩笑吧，我说是的，有点开玩笑，因为我不当着这个老连长的面打电话，他就是不相信，对方和我说既然是这样，他们就知道了，现在谁都不敢乱来，只要不是你自己管辖或办理的案件，没有人敢去过问，也不敢去发表意见。由此可见，各种制度现在开始建立了，建设法治国家的这些措施，就像我们党从十八大以来的中央八条禁令、整顿"四风"建设、走群众教育路线等一系列措施，大家可以看到中央是动真格的了，而不是虚的，周永康、徐才厚这些人相继出事，我原来是当兵的，我们家原来是部队的，我可是知道一些情况。比如成都军区，中央军委巡视组进驻，到一个部队去查账，把账本全部拿出来，还有所有发票，巡视组拿一个软件（国家税务局专门开发的一种查账软件）放到电脑上，只要输入发票代码，软件上没有显示，那么这个发票就不是国家税务部门开出来的正式发票，就把它放到一边，最后有多少集中到一起，凡是经手人、审批人都要全部承担责任，超过一定数额该法办的就法办，该处理的就处理。现在部队里的人，如果叫他们用公款请吃喝，都不敢的，即便给他们胆量他们也是无论如何不敢的。过去有人入党、提干、升官要送钱，但是现在都没有敢这样做了，部队里面处理这些贪官确实给有真才实干又没有关系的那部分人留出了很多位置，就看下一步考察任用机制，一些真正的人才就可以到达领导岗位上。这些事情都是要全面进行的，当然并不是说两三年、三四年就可以怎么样了，持之以恒，所以王岐山同志的不能腐、不敢腐、不想腐是一步步来的，不能腐是制度上不能，在监督机制上的不能，不敢是没有这个胆量，不会、不想才是最高的要求。我父亲当了一辈子的后勤部长，临离休给我留下的话是："我现在总结我当后勤部长，没有占公家一分钱、一两粮票的便宜，这是我最心安的地方，我为什么能做到这些呢？很简单，过去战争年代和我一起打日本人、打国民党，死了很多人，新中国成立后历次运动又死了多少人，我没有死，我每每想到他们就非常满足了，我还能去干这些事情吗？"所以我们的老一辈他们为什么会清正廉洁，而现在像徐才厚这些人却做出这样的事情，原因就在这里。十八届四中全会开幕那一天，司法厅厅长请我过去给他们上了一次党课，我当时的题目就是《做一名永远合格、永不叛党的共产党员》，我对大家说："在座的各位是党员，你们都知道党章里面共产党员的义务有一条叫永不叛党，不要以为永不叛党在战争年代才有，像江姐、赵一曼那样的人，敌人严刑拷打都不叛党，现在对我们八千万中国共产党党员来说，永不叛党是表现在怎么样执行党的根本宗旨为人民服务、怎么样履行党的各项纪律，不贪不腐，像徐才厚这些人，还有云南省的白恩培这些人，都是当今党内最大的叛徒。这是因为他们完全违背了入党宣誓的誓词，完全背叛了党的利益、党的纪律，所以现在和平年代条件下，共产党员怎么样永不叛党、怎么样永不当叛徒就是个大问题。"

我们可以看到，真的是十八大以来党中央从全方位对党进行治理，就是党要管党、从严管党，现在上升到了法治层面。

下面我给大家介绍第三个方面的问题，十八届四中全会是我们国家改革开放37年来的一个伟大转折点和新起点，我之所以这样说是有依据的。我给大家举个例子：改革开放初期我们没有经验可循，也不知道该怎么走这条路，所以当时邓小平提出了一个很有名的理论，叫作"摸着石头过河"，它有两个含义，第一个含义是没有目标，正因为没有目标才摸着石头过河，没有目标实际上是没有自信的表现，过错了退回来，再摸再走，所以邓小平也进行了补充，改革我们也没有经验，走错了退回来，总结总结再重新走；第二个含义体现了宽容的精神，在改革过程当中出现的各种问题，要用改革的观点来看待，凡是有利于改革的都没有问题，凡是不利于改革的我们一定要改，比较宽泛比较宽松，于是就出现了改革开放以来能人贪腐的问题得不到解决，某个人很能干，在改革方面、发展经济方面、拓展市场方面、管理方面确实都很厉害，但是另一方面，比如生活作风方面的问题，那叫个人小节个人隐私，不要去管，当时我们云南昆明市的一个市委书记还告诉我们，不要揪住人家一些个人生活问题、个人隐私问题不放，要尊重人家的问题。但是大家看现在，都变成了问题，比如通奸、道德品质败坏，我要告诉大家，十八届四中全会终止了摸着石头过河这一段经历，十八届四中全会正式宣告了在中国的改革发展过程中，我们不再摸着石头过河，而是有清晰明确的目标，所以它是一个伟大的转折点和新起点。以后要是谁继续讲摸着石头过河，那么这个人就是迂腐，就是有问题，中央已经把整个目标非常清晰地放在我们面前，比如对外我们要走大国外交之路，在国际上的地位我们就是要做海洋强国，而对内我们就是要实现我们的中国梦，要实现我们的中国梦就是要走法治建设的道路，这是第一点。

第二点，民主是什么？民主要建立在什么基础上？大家看香港这一次给大陆人上了一堂深度课，香港"占中"的这些人（包括年轻人），他们口中叫的是民主，追求民主，但是他们有一个最大的问题在于无视法律，而香港最后清理"占中者"是依照香港高等法院的裁定，我们很难想象没有法治的民主会是一个好东西，美国的民主是民主，但是美国的民主是靠它的法律、法治，美国人为了在全世界推行它的民主政治观念、人权至上观念，把伊拉克干掉了，把利比亚干掉了，把埃及改变了，现在美国正在影响的还有叙利亚。以上这些国家所出现的所谓民主是什么民主呢？因为这些国家从来就不是法治国家，它们根本来不及变成法治国家就要实现所谓的民主，结果灾难发生，我想说的是，民主的基础是法治，只有健全完善的法治社会才可能实现真正意义上的民主，所以作为一个新起点和转折点，我们的国家向着法治国家、法治政府、法治社会这一目标发展的过程，就是我们国家最大的民主实现的过程。反过来我给大家举个例子，这个例子说服了很多不同意我观点的人，中国改革开放37年来，各个方面发展取得的伟大成就，是被外国很多国家眼红、眼馋的，美国、菲律宾、越南认为存在中国威胁一点不假。日本人在历史上对中国所做的事现在不可能再发生了。我们家祖辈在农村被隔壁的土豪欺负得够呛，没想到我这一辈却过得很好，而那家人不行了，每天出门我们都跑到那家人门口骂几句，他们紧闭大门不敢出声，他们去找村委会主任说我们家对他们家是威胁，我认为当然是威胁，因为他们不敢再惹我们了。中国现在对日本就是这样，日本不敢再惹中国，所以日本的中国威胁论是客观存在的。越南也认为存在中国威胁论，因为中国强大，而美国认为中国已经危及美国在世界各地特别是亚太地区的利益，它的全球战略受到了中国的挑战，所以它的战略中心转移到重回亚太地区，这也是客观的。这是因为中国共产党领导中国改革开放30多年的结果，中国共产党做到了，我们的国家政体做到了，在这样的情况下，他们骂我们独裁也好，不民主也好，不人道、没人权也好，这种骂就是狐狸在葡萄架下的叫嚣。说实话奥巴马太羡慕我们这个政权形式了，奥巴马一上台就要搞全民医保，第一任总统没有解决，现在是连任的第二任还没有解决，是因为被他的反对党、在野党掣肘，不能通过议案，美国的政体不是总统想怎么样就怎么样的。奥巴马又被否决了一项决议，新的移民政策。就在这项新政策颁布后，还有很多人为此高兴，说是以后到美国更方便了，中国人十年长期签证真是好，还有原来跑到美国的那些人，很多移民就等奥巴马的移民政策下来，希望马上就能发绿卡，可是美国众议院否定了奥巴马的移民新政，这件事情就完了。可见美国的总统是无能为力的，这种事情不会发生在中国，那么奥巴马肯定非常羡慕中国，但是美国的社会制度和中国的社会制度不同，他们是不可能来学我们的，而中国可以学美国，可以学很多方面的优秀东西，包括美国的法治，西方国家却学不了也拿不走中国的东西。土耳其也好，希腊也好，欧洲也好，前年去年发生的经济危机、欧债危机，他们在欧盟解决，却屡屡遭到否决。希腊议会通过了解决债务危机的办法，但政府不执行，或者政府通过的又被议会否定，还有议会否定而老百姓又上街游行表示抗议，最后这些国家没有办法，意大利、土耳其等很多欧盟国家都把救命的稻草放在中国身上，所以习近平主席、李克强总理到欧洲去，欧洲是极其热情的，就因为他们要求助于中国，现在中国强大了，中国共产党领导的政权太厉害了，可是他们想学也学不了，当然就感到害怕了，不敢想象中国再过三十年会是什么样，例如军事上、经济上的发展，美国再过三十年还会是霸主地位吗？大家好好想想这些问题。所以，中国按照自己的路走下去，我们实现民主化的进程一点问题都没有，而且我们的民主是真正的具有中国特色的民主。

第三点，依法治国就是依宪法治国，依法执政就是依宪法执政。习近平总书记在十八大召开后，他在宪法纪念日提出了依宪治国的问题，后来有呼声起来，有的人就批判资本主义国家的宪政，依宪治国好像就是要搞宪政，有的人干脆就说资本主义的宪政有多么好。实际上这两类人都忘了一点，中国的依宪治国和西方的宪政根本不是一回事。下面我简单地给大家讲两点区别，你们会很容易记住的。宪政和依宪治国的第一点区别在于：西方国家政治制度在宪法里规定的是宪法保证各党派的竞争关系、竞争秩序，民主党与共和党之间竞争依照的是宪法规定，而宪法保证了各个党派竞选的权利和义务，它的政治制度是一个规范性问题；而中国宪法规定的政治制度是在中国共产党的领导下多党合作、政治协商，所有的党派、组织都必须在宪法规范内进行活动，这是我们政治制度最大的特点，所以宪法和宪政在政治上是完全不同的两个概念。第二点区别，西方国家的宪政是三权分立，立法权、司法权、行政权三权分立，而我们国家在政治架构上，是人民代表大会制度下的一府两院，一府两院接受人民代表大会的监督，一府两院来自于人民代表大会，而人民代表大会是国家的最高权力机构，所以我们的政治架构和西方的政治架构完全不是一回事，我们的依宪执政、依宪治国和西方的宪政就不是一回事。另外，依宪执政、依宪治国前进了一大步，在中国共产党的领导下，我们制定了宪法，但是宪法规定了在中国一切政党、组织、个人都必须在宪法和法律的规范内进行活动，这就包括了中国共产党也应该在宪法的规定内进行活动。所以我们中央领导顶层设计的依宪治国实际上也就明确地向全国人民、向全党表示共产党这个组织、共产党员也必须要在宪法的规范内进行活动，所以提出了依法治党、依法管党的问题，以及健全党内立法的问题等等。这又是一个新的起点和转折点，过去是没有的。江泽民提出"三个代表"，把"三个代表"写入宪法的时候，我写过一篇文章，题目是《"三个代表"入宪带来的反思》，中国共产党的"三个代表"写进了宪法，但是在宪法里没有写是哪三个代表，只是笼统地写了三个代表，这就带来一个大问题。在座各位有谁能够完整地讲出"三个代表"是哪三个代表？一般人都不能完整地讲出来，这是第一。第二，"三个代表"这几个字进入宪法而没有一个法律解释，什么是三个代表，什么是邓小平理论都没有宪法解释，过上二十年、五十年、一百年以后，中华人民共和国宪法里的"三个代表""邓小平理论"到底是什么？又去哪里找？宪法里的东西都叫法定原则，必须要宪法来确定，包括解释也是要依法解释，我写过有关的文章，当时我就提出既然"三个代表"入宪，那就出现一个问题：中国共产党的各级组织和党员对"三个代表"的认真履行就变成了宪法原则，如果不执行"三个代表"，就是违宪行为，既然违宪了，那全国人民都有权力来监督追究，这一系列的问题现在没有解决。好在现在提出了依宪治国、依宪执政的问题，下一步很多问题都要在以后的进程中进一步地解决和明确，比如违宪的问题，我们现在有的法律本身的规定就是违反宪法的，例如宪法规定了除人民检察院、人民法院决定，任何公民的人身自由不受限制，就是拘留、逮捕这样限制公民人身自由的决定只有人民检察院和人民法院做出，公安机关要逮捕人必须经人民检察院批准。但是我们现在限制人身自由还有其他法律，比如"双指"（即指定的时间、指定的地点），我们的监察部门办案可以"双指"限制人身自由，并没有经过人民检察院和人民法院批准，也没有履行法定程序，这个就和宪法的规定不一致。但是另外一方面，纪检监察部门通过"双指"这种方法确实查出了大批的贪腐分子，人民是拥护的，效果是好的，这样的悖论如何解决呢？这都是下一步我们在推进法治国家过程中要解决的。

最后一点就是关于法治文化，法治文化并不复杂，我希望大家先去看《大秦帝国》，现在只要你们用手机或电脑下载之后就可以看了，你们把《大秦帝国》先看完，然后你们好好反思一下为什么十八届四中全会召开前一个星期突然在中央电视台播放《大秦帝国》，你们看完以后再结合今天的社会就可以意识到，在一个国家真正要推行法治、实现法治国家建设是何等的难，阻力是何等的大，在一个国家真正要实现法治国家的梦想，没有全国之力、全民之力，这个梦想就很难实现，所以这就是我们一定要弘扬法治文化的目的。今天就讲到这里，谢谢！

李 兵

　　李兵，男，1963年10月生，重庆市人，现任云南大学人文学院副院长兼哲学系主任，教授，哲学博士，博士研究生导师。现主要社会兼职有：教育部哲学类专业教学指导委员会委员、中国伦理学会理事、中国民族伦理学会常务理事、云南省哲学学会副会长、云南省民族伦理学会副会长、云南省中国传统道德研究会副秘书长、云南省高校第六届学术委员会委员、云南大学第七届人文社会科学学术委员会委员、云南省中国特色社会主义理论研究中心特约研究员。2007年获云南省高校教学科研带头人称号，2009年被评为云南大学首届教学名师，2011年被评为云南省教学名师，2012年省教育厅命名设立名师工作室，并获宝钢教育基金优秀教师奖，2014年入选云南省高等学校高层次人才教学名师特殊支持计划，主持和主讲的人文素质课程《哲学与人生》入选教育部和云南省视频精品公开课，并被评为国家级素质教育精品课程。

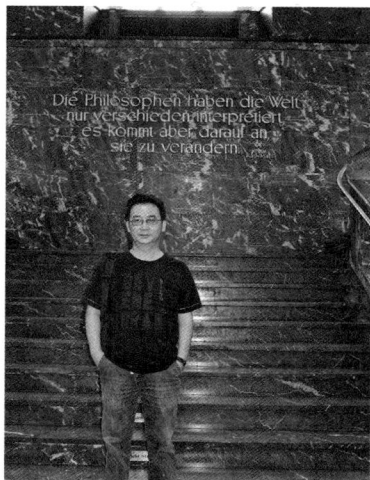

哲学与人生

当今时代，哲学与人的生活变得越来越疏远，仿佛哲学与人生无关，人可以过一种没有哲学的生活。在一些人看来，我们已经有了那么发达的科学理论和技术手段，我们对人的认识甚至已经达到了基因的层面；我们还有那么多与人直接相关的社会科学，它们也从不同的侧面揭示了人的存在本质和属性，因此，今天的人们已经不再需要哲学了。哲学与人生的疏离，既有人们对哲学缺乏了解的原因，也有哲学自我放逐的缘由，其后果是导致了哲学与人生的双重伤害，哲学形象的暗淡和人的形象的模糊成为一个问题的两个方面：一方面，是哲学自身定位的迷失，成为在现实中东游西荡无家可归的"弃儿"；另一方面，则是人自我理解的困惑，人被各种关于人的概念所"肢解"和"分割"，变成了支离破碎的片段，在貌似深刻的知识话语中完全丧失了作为人的存在。现代哲学人类学奠基者马克斯·舍勒不无忧虑地指出："在人类知识的任何时代中，人从未像我们现在这样对人自身越来越充满疑问。我们有一个科学的人类学、一个哲学的人类学和一个神学的人类学，它们彼此之间互不通气。因此我们不再有任何清晰而连贯的关于人的观念。从事研究人的各种特殊科学的不断增长的复杂性，与其说是阐明我们关于人的概念，不如说是使这种概念更加混乱不堪。"[1]可见，人亟须找到一个实现自我理解和自我认同的"理智中心"，使人不再表现为各种知识的碎片、各种理论的概念，而是作为人真正能够以人的方式存在和被理解。能够充当这个"理智中心"的不可能是别的任何学科，只能是对人生进行系统反

1　［德］马克斯·舍勒《人在宇宙中的地位》，转引自恩斯特·卡西尔著，甘阳译：《人论》，上海译文出版社1985年版，第29页。

思的哲学。

一、哲学是最关切人生的学问

我们知道，西方哲学是从那位只知仰望星空而不知脚下泥坑的泰勒斯那里肇始的，但是直到苏格拉底才获得了一种自觉的形态。而这一转折的标志，用古罗马思想家西塞罗的话说：是由于"苏格拉底把哲学从天上带回到了人间"。在柏拉图的《裴德若篇》中，记载了这样一个故事：有一天苏格拉底和他的学生裴德若一边散步，一边交谈，不觉来到了雅典城门外的一个地方。苏格拉底突然赞赏起这个地方的美丽来，其神情活像今天的导游。裴德若感到很诧异，就打断老师问道："你从未出过城门吗？"于是，苏格拉底作了这样一个意味深长的回答："的确如此，我亲爱的朋友。我希望你知道其中的缘由后会谅解我。因为我是一个好学的人，而田园草木不能让我学得什么，能让我学得一些东西的是居住在这个城市里的人民。"[1]

苏格拉底这里所说的田园草木其实是泛指自然。在苏格拉底之前的哲学家大多是自然哲学家，他们哲学关注的焦点是宇宙和自然，而苏格拉底一反前人的做法，将哲学思考的重心由自然转向了人本身和人的社会。从而开启了西方哲学深远而持久的致思方向。不仅如此，他还为人类初步锻造了探究人自身奥秘的最为适宜的方法——辩证法（论辩和对话），即通过反复的诘问，暴露人们思想中的矛盾，从而逐步地去接近和发现真理。

可见西方哲学是从认识自我开始的。海德格尔有句名言："怎样开始，就怎样持存。"由苏格拉底开启的这一思想定向，不仅决定了西方哲学的开端，也预示了这种思想传统的未来。文化哲学家卡西尔在其名著《人论》中，开宗明义地说了这样一段话："认识自我乃是哲学探究的最高目标——这看来是众所公认的。在各种不同哲学流派之间的一切争论中，这个目标始终未被改变和动摇过：已被证明是阿基米德点，是一切思潮的牢固而不动摇的中心。"[2]

1 ［德］马克斯·舍勒《人在宇宙中的地位》，转引自恩斯特·卡西尔著，甘阳译：《人论》，上海译文出版社1985年版，第7页。
2 ［德］马克斯·舍勒《人在宇宙中的地位》，转引自恩斯特·卡西尔著，甘阳译：《人论》，上海译文出版社1985年版，第3页。

如果说西方哲学是关切人生的学问，那么中国哲学毋宁说本身就是人生哲学。因为这一特点，中国哲学还受到了站在近代知识论立场上的一些西方哲学家的诟病，成为他们否定中国有"哲学"的重要证据。殊不知，这不仅是对中国哲学和一般哲学的误读，也是对他们自己老祖宗所开启的哲学路径的遗忘和偏离！

冯友兰先生在他的《中国哲学简史》中曾专门引用了金岳霖先生的一段话："中国哲学家，在不同程度上都是苏格拉底，因为他把伦理、哲学、反思和知识都融合在一起了。"[1]冯先生自己也认为："中国的儒家，并不注重为知识而求知识，主要在于求理想的生活。求理想的生活，是中国哲学的主流，也是儒家哲学的精神所在。"[2]他进一步说道："按照中国的传统，学习哲学不是一个专业的行业。人人都应当读经书，正如在西方传统看来，人人都应该进教堂。读哲学是为了使人得以成为人，而不是要成某种特殊的人。"[3]现代新儒学的开创者梁启超先生在他的《儒家哲学是什么》一文中也作过这样的论述："中国哲学以研究人类为出发点，最主要的是人之为人之道：怎样才算一个人？人与人相互有什么关系？"。他认为，"儒家哲学范围广博，概括起来说，其用功所在，可以《论语》'修己安人'一语括之。其学问的最高目的可以《庄子》的'内圣外王'一语括之。做修己的功夫，做到极致，就是内圣；做安人的功夫，做到极致，就是外王。"[4]

不难看出，中国传统哲学更是把人生问题自始至终置于全部思想的核心地位。

我们再看以人类的自由解放为最高旨趣的马克思哲学。

众所周知，马克思哲学的最终目标就是要实现共产主义。而所谓共产主义，在马克思和恩格斯那里，绝不是凌驾于个人之上的某种外在的社会建构，而是这样一个自由人的"联合体"，"在那里，每个人的自由发展是一切人自由发展的条件。"[5]马克思首先是一个哲学家，应该是没有任何争议

---

1 冯友兰著：《中国哲学简史》，新世界出版社2004年版，第9页。

2 冯友兰：《儒家哲学之精神》，载《中央周刊》第5卷，第41期。

3 冯友兰著：《中国哲学简史》，新世界出版社2004年版，第9页。

4 梁启超：《儒家哲学是什么》，载《梁启超哲学思想论文集》，北京大学出版社1984年版，第488页。

5 《马克思恩格斯选集》第1卷，人民出版社1995年版，第294页。

的。但是，读过马克思原著的人会发现，在他的文字中几乎看不到与人无关的"纯自然"或者"物质"的影子，虽然他承认外部"自然界的优先地位"，但在他看来，"先于人类历史而存在的那个自然界"，对人来说，"是不存在的自然界"。[1]因此，他不主张撇开人的现实实践活动去抽象谈论宇宙的本质和世界的规律。

马克思有一个非常了不起的地方，就是他能够在任何物以及物和物的关系背后，看到人以及人和人的关系。为此，他曾这样批判过他的前人："如果说有一个英国人把人变成了帽子，那么，有一个德国人就把帽子变成了观念。这个英国人就是李嘉图，一位银行巨子，杰出的经济学家；这个德国人就是黑格尔，柏林大学的一位专任哲学教授。"[2]马克思的这段话是耐人寻味的，他用生动的话语深刻地揭示了李嘉图的政治经济学和黑格尔的哲学的共同缺陷，那就是"见'物'不见人"！他们一个把人变成了可以用来买卖的商品，一个把人变成了"无人身的理性"，即抽象的自我意识。然而，在马克思那里，无论商品、货币、资本，抑或人们的观念，本质上都是人和人之间的社会关系。只不过这种关系在商品货币关系的海洋中，被遮蔽、被掩盖了，以至于创造交换价值的人，以及使这种价值得以成立的人与人的关系变成了某种自然物的属性和物与物的关系，造成了各种"拜物教"的盛行。马克思还深刻指出，在私有制条件下，这种关系还会导致人的异化，使得"物的世界的增值和人的世界的贬值成正比。"[3]马克思哲学的伟大与高明，就在于他要"使人的世界和人的关系回归于人自身"。[4]

说到这里，我们不得不提一下那个大家耳熟能详的关于哲学的定义：哲学是理论化系统化的世界观。说哲学是理论化的世界观或世界观的理论形态，这本身没有问题，但是，什么是世界观呢？按照我们过去的理解，世界观就是人们关于世界的总的根本的看法。问题就出在这种对世界观的理解上，这种"世界观"其实是"观世界"，也就是我们置身于世界之外去观察和把握一个与人无关的、完全被作为客体的世界。这可能吗？细想起来，这是很荒谬的。它既是导致哲学与人疏远的根本原因之一，更是导致把哲学科

1　《马克思恩格斯选集》第1卷，人民出版社1995年版，第77页。

2　《马克思恩格斯选集》第1卷，人民出版社1995年版，第136页。

3　马克思著：《1844年经济学哲学手稿》，人民出版社2000年版，第51页。

4　《马克思恩格斯全集》第3卷，人民出版社2002年版，第189页。

学化的渊薮。为了回归哲学的本质，为了显现哲学与人生的内在关系，必须重新理解世界观，亦即重新理解哲学。何谓世界观？"世界观的'世'是'在世之在'的'世'；世界观的'界'，是'人在途中'的'界'，世界观的'观'，是'人'的目光，而非'神'的目光。"[1]只有这样理解的世界观，才能表达人和世界的真实关系，也才能绽露哲学的真实本质——作为世界观的哲学就是本质意义的人学。

二、哲学是本质意义上的人学

说哲学是本质意义的人学，包含两方面的意思。其一，它并不否认哲学同样具有本体论、认识论、价值论等功能，只是无论是对终极存在的寻求，还是对终极知识的追问，抑或是对终极价值的探究，本质上都是在为人自身的存在寻找"安身立命之本"或"最高的支撑点"；其二，它并不排斥其他学科，诸如文学、史学、宗教、艺术、科学等对人的研究，相反自觉地将其他学科对人的研究作为自己反思的对象，并努力在各种文化样式之间促成对话和相互理解，以获得对人自身的更加全面深刻地把握。

既然哲学是最关切人生的学问，那么，哲学就应当是一种"人学"。但是，由于种种原因，哲学曾一度变成了某种"敌视人"的学说。这当然是指那种极其庸俗的唯物主义，但千万不要低估了这种曾经大行其道的学说所产生的负面影响。直到今天，在不少人看来，哲学就是关于世界一般本质和普遍规律的科学，它与其他科学的区别仅在于抽象程度的不同，或者说，它不过是一门更具普遍性和普适性的科学，人即使不是完全被排除在哲学的视野之外，至多也就是思维要去把握和操纵的客观对象；对人的理解基本采取类似科学的还原论思维，以至于人在这种哲学这里被看成是一堆蛋白质的聚合物。如果依然固守这样的哲学，那么，就是对哲学，包括马克思哲学的最大误解。

毫无疑问，哲学作为人类最古老的知识形态，在其他科学尚不能"自立门户"之前，曾经不得不以"知识总汇"的面貌出现。正像人们能在人的身上看到世界几乎所有的东西——机械的、物理的、化学的、生物的、社会的——一样，哲学作为从总体上把握人的学说，也几乎扮演过所有人类知识

1　参阅：孙正聿：《〈哲学通论〉与世界观的前提批判》，载《吉林大学学报》2009年第1期。

的角色，自然理论、逻辑理论、伦理理论、社会理论等等。这是哲学作为人学必须走过的历程，也是人实现自我理解必须经过的环节。人只有不断将自己的本质对象化到世界中，才能在对象化的世界中发现和理解自己的本质。从这个意义上讲，各种科学理论不过是表现了人和世界关系的一个方面，是人以物的方式存在，来换取物以人的方式存在。哲学的旨趣最终是要回到人本身，成为关于人的存在的自我意识。这就不难理解为什么哲学好像并不直接谈论人，我们却要说它是本质意义上的人学。总之，人是一种本质外投或者对象性的存在物。人只有通过认识世界来认识自己，同时，人又要通过不断反观自身来认识世界。

说到哲学，大家知道，其原初含义是"爱智慧"（Philosophia）。希腊文中，这个词包括两个部分，即"爱或追求"（Philein）和"智慧"（Sophia）。据说这个词起源于毕达哥拉斯，也有人说是苏格拉底。但的确是苏格拉底使这个词获得了其本质的内涵，因为，与"爱智慧"密切相关的是苏格拉底的另一个著名的命题："我只知道我一无所知（自知其无知）"。正是因为自知其无知，才有了一种对智慧（真理、至善）热忱而执着的爱，它不满足于任何自以为是的"知识"，也不像同时代的智者那样，以"有智者"自期自许，而是把全部的心智和热情倾注在对人生问题的思考上，认为，"未经审视的人生是不值得一过的人生。"苏格拉底的人生就是他的哲学，反之，他的哲学也就是他的人生。这一点很像中国的孔子。在他那里，"哲学"始终是一个动词，而不是一个名词，哲学与人生是浑然一体的。

我们这里所说的哲学，当然是广义的哲学。作为广义的哲学，就是冯友兰先生所说的对人生的有系统的反思。他在另一个地方说道：哲学并不是一件稀罕的东西，它是世界上，人人都有的，人在世上有许多不能不干的事情，不能不吃饭，不能不睡觉，总而言之，就是不能不跟着这个流行的大化跑着，人身子跑着，心里想着，这个跑就是人生，这个想就是哲学。冯先生以通俗生动的语言，表达了一个深刻的思想：哲学是人们关于自身存在的自我意识，或者说，就是意识到了的人的存在。

对西方哲学的历史演进在一定意义上可以作这样的概括：古代以本体论为特征的哲学是在追问万物何以可能？实际是在为包括人在内的万物寻找存在的根据。中世纪以基督教神学为特征的经院哲学追问的是上帝何以可能？实际上是为人寻找神圣的发源地。近代以认识论为特征的主体性哲学是在追问真理何以可能？也就是为人的理性进行合法性辩护，从而完成上帝人化的过程。以先验唯心主义和绝对唯心主义为特征的德国古典哲学是在追问人的自由何以可能？马克思正是在这个意义上，把德国古典哲学看成是法国革命的德国理论。而以实践为特征的马克思哲学则是在追问人的解放何以可能？由此看来，不管哲学以什么形态、什么面貌出现，本质上都是在追问人自身的存在，亦即都是在为人的存在探索支点和根据，为人的行为确立原则和规范，为人的精神找寻皈依和家园。难怪大哲学家康德将其哲学思考概括为三个问题：我们能够认识什么？我们要做什么？我们能够希望（相信）什么？最后，他又把这三个问题归结为一个问题：人是什么？

在关注人的问题上，马克思哲学可谓更加直接、更加彻底。在《〈黑格尔法哲学批判〉导言》中，他在总结了宗教批判的成果之后，说了这样一段话："真理的彼岸世界消逝以后，历史的任务就是确立此岸世界的真理。人的自我异化的神圣形象被揭穿以后，揭露具有非神圣形象的自我异化，就成了为历史服务的哲学的迫切任务。于是，对天国的批判变成对尘世的批判，对宗教的批判变成对法的批判，对神学的批判变成对政治的批判。"[1] "为历史服务的哲学"，就是为人服务的哲学。因为，所谓历史，在他看来，"不过是追求着自己目的的人的活动而已"[2]深入理解马克思的论述，不难发现，哲学在马克思这里已经发生了根本性的变革，它不再是满足于"解释世界"的理论哲学，而是"改变世界"的实践哲学。"对宗教的批判最后归结为人是人的最高本质这样一个学说，从而也就归结为这样的绝对命令：必须推翻那些使人成为被侮辱、被奴役、被遗弃和被蔑视的东西的一切关系。"[3]

可见，任何真正的哲学一定是本质意义上的人学。

三、哲学是对人生意义的探究

哲学作为本质意义的人学，并不是对人的特性做出某种客观的描述，而是对人生做出系统的反思。那么，反思什么？怎样反思？用一句话来说，就是以人类创造的各种文化样式，包括神话、宗教、语言、艺术、伦理、科

1　《马克思恩格斯选集》第1卷，人民出版社1995年版，第2页。

2　《马克思恩格斯全集》第2卷，人民出版社1957年版，第113页。

3　《马克思恩格斯选集》第1卷，人民出版社1995年版，第10页。

学，以及以往的和同时代的哲学为中介，借助哲学特有的思维方式——反思，在人的历史性的存在方式中，探究人生的意义，敞开人生面向未来的可能性。

当代中国哲学家方东美先生有一句名言："哲学不能烘面包，但是能使面包增加甜味。"什么意思？就是说，哲学或许不能给人带来什么实际的功用，但是，它能让人的生命活动获得某种意义。冯友兰先生说：人的生活是"有觉解的生活。"觉解什么？就是觉解人生的意义，从而不断提升人生的境界。

那么，为什么人要去追问或觉解人生的意义呢？因为，人是有"意义"的存在物。人和动物的区别何在？法国大文豪雨果说：动物生存，而人生活。生活与生存有什么不同？很简单，生活是有意义的生命活动；而生存则是无意义的生命活动。

在理解人和动物的区别时，最值得深长思之的莫过于马克思的这一段话："动物和自己的生命活动是直接同一的。""人则使自己的生命活动本身变成自己意志的和意识的对象。他是有意识的生命活动。""有意识的生命活动把人同动物的生命活动直接区别开来。"[1]马克思的这段话是意味深长的。正是因为人把自己的生命活动变成自己的意志的对象，因此，人总是要追求基于生命活动而又高于生命活动的意义和价值；正是因为人把自己的生命活动变成自己的意识的对象，因此，人总是要探究"在世之在"的人生奥秘和周遭世界的本质及其运动规律。

十七世纪法国思想家帕斯卡尔在其名著《思想录》中，有一段关于人的脍炙人口的议论："人只不过是一根苇草，是自然界最脆弱的东西；但他是一根能思想的苇草。用不着整个宇宙都拿起武器来才能毁灭他；一口气、一滴水就足以致他死命了。然而，纵使宇宙毁灭了他，人却仍然要比致他于死命的东西更高贵得多；因为他知道自己要死亡，以及宇宙对它所具有的优势，而宇宙对此却是一无所知。"[2]可见，人之为人，就在于人有意识，有思想，就在于人的生命活动是自觉到了的生命活动，因而是有意义的生命活动。

哲学的使命就是要去探究人生的意义。

1　马克思著：《1844年经济学哲学手稿》，人民出版社2000年版，第57页。

2　［法］帕斯卡尔著，何兆武译：《帕斯卡尔思想录》，陕西师范大学出版社2002年版，第166页。

卡西尔认为，"作为整体的人类文化，可以被看作人不断解放自身的过程。语言、艺术、宗教、科学，是这一历程的不同阶段。"而哲学则"必须努力获得一种更大的凝聚力和向心力。在神话想象、宗教信条、语言形式、艺术作品的无限复杂化和多样化现象之中，哲学思维揭示出所有这些创造物据以联系在一起的一种普遍功能的统一性。神话、宗教、艺术、语言，甚至科学，现在都被看成是同一主旋律的众多变奏，而哲学的任务正是使这种主旋律成为听得出的和听得懂的。"[1] 卡西尔的论述，深刻地揭示了哲学在文化中的独特意义和价值，作为探索人类文化多重变奏"主旋律"的哲学，不仅促成了人类各种文化样式的相互理解，找到了它们统一的基础，而且，更重要的是借助各种文化样式（符号）实现了人的自我理解，他就是在意义上把人视为从事"符号活动"的存在物。

卡西尔所指证的"普遍功能的统一性"，其实并不神秘，在他看来"我们寻求的不是结果的统一性而是活动的统一性；不是产品的统一性而是创造过程的统一性。"作为"活动"或"创造过程"的统一性，就是"人的劳作（work）"[2]（参阅卡西尔《人论》第87-90页。）如果我们用马克思哲学的观点来分析，所谓"普遍功能的统一性"就是作为人的存在方式和社会生活本质的实践活动，首先是物质资料的生产和再生产活动，包括生产活动和交往活动。全部历史的谜底、文化的密码、人生的奥妙，都隐含在人的实践活动之中。因为"全部社会生活在本质上是实践的。凡是把理论导致神秘主义的神秘东西，都能在人的实践中以及对这个实践的理解中得到合理的解决。"[3] 哲学的任务就是要把这些人的活动的秘密显现出来，一方面获得对自己各种物质或精神创造物的深度理解，另一方面，也因此深化对自身本质及其存在意义的理解。

上述我们从三个方面讨论了哲学与人生的关系，使我们认识到哲学的重要价值之一，就是引导人们不断地深化对人生的"觉解"，领悟人的生命活动的广度、深度和高度，为人的存在寻找历史性的安身立命的"支点"和"修己安人"的原则、尺度和规范。因此，我们可以有把握地说，哲学是"使人作为人能够成为人"的学问。

1　恩斯特·卡西尔著，甘阳译：《人论》，上海译文出版社1985年版，第91页。第29页。

2　恩斯特·卡西尔著，甘阳译：《人论》，上海译文出版社1985年版，第87-90页。

3　《马克思恩格斯选集》第1卷，人民出版社1995年版，第56页。

樊 勇

樊勇，中山大学哲学博士，中国人民大学哲学博士后。昆明理工大学社会科学学院院长、马克思主义学院院长，二级教授，博士生导师。

先后承担国家社科基金项目、中国博士后科学基金项目、云南省省院省校教育合作人文社科项目等30余项课题的研究；出版学术著作5部，发表学术论文80余篇；先后获得云南省哲学社会科学优秀成果一、二、三等奖共5项。

近年来被授予"全国优秀教育工作者""全国高校优秀思想政治教育工作者""高校思想政治理论课教师2013年度影响力人物""云南省哲学社会科学优秀社科专家"荣誉称号。

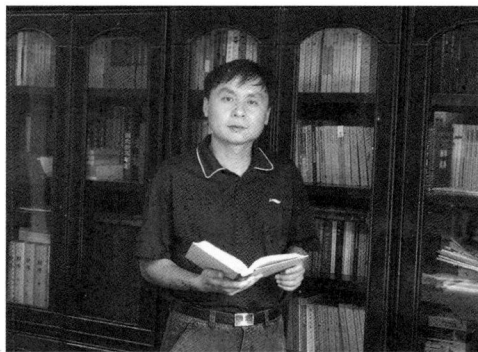

基于国情的民主政治建设

感言：基于国情的民主政治建设是固国强家厚民之本。

【绪论】

　　民主问题一向为人们所关注。其既是理论研究上的热点，又是实践运作中的焦点。民主是人类所追求和向往的目标，是人类社会文明进步的标志，是建立科学的领导制度、健康的领导机体以及有效治国理政的根本保证。新时期下，加强具有中国特色的社会主义民主政治建设意义深远。党的十七大报告阐明："人民民主是社会主义的生命。发展社会主义民主政治是我们党始终不渝的奋斗目标。"报告强调要坚持中国特色社会主义政治发展道路，坚持党的领导、人民当家做主、依法治国有机统一，坚持和完善人民代表大会制度、中国共产党领导的多党合作和政治协商制度、民族区域自治制度以及基层群众自治制度，不断推进社会主义政治制度自我完善和发展。充分体现了党对民主政治建设的战略思考。党的十八大报告旗帜鲜明地表达了我们党坚持走中国特色社会主义民主政治发展道路的信心与决心。十八大报告中的一个重大理论创新是提出健全社会主义协商民主制度。体现出党更加注重改进党的领导方式和执政方式，更加注重健全民主制度、丰富民主形式，更加注重发挥法治在国家治理和社会管理中的重要作用。这三个"更加注重"是在新的历史起点上发展社会主义民主政治的重要方面。　"民主"一词在十八大报告中出现了69次之多（英国金融时报观察到这个细节）。党的十八届四中全会吹响了建设法治国家的号角，而民主与法治是相辅相成、相互促进的，因此，深刻认识基于我国国情的民主政治建设，具有重要的理论和现实意义。

思想和认识是行为与实践的指导。如何进行民主政治建设是个庞大的话题，这里仅侧重于学术理论和思想认识上与大家交流，不当之处恳请批评指正。

一、民主ABC

在对待民主问题上，既不能把民主只挂在嘴边，开口、闭口虚谈民主，也不能简单地将民主认为是解决社会问题、推进经济发展的灵丹妙药。为此，首先需要搞清民主究竟是什么。马克思在《新莱茵报·政治经济评论》中指出，"全部问题在于确定民主的真正意义"，只有这样，我们才能厘清"民主有没有普适价值，西方民主模式适合不适合中国，如何建设中国特色社会主义民主政治"等理论和实践问题。

（一）民主概念古来有之

民主概念源于古希腊，由希腊语的"人民"和"统治或权威"词义演变而来。最初的意思是"人民的统治"。希腊历史学家希罗多德在《历史》一书中首次使用这一概念，用来指希腊城邦国家雅典的政治制度和政治实践。因此，"民主"从一开始就是一个政治概念。从实质上说，民主是一种政治制度和国家制度，是统治阶级为实现其当家做主的权力而采取的管理国家的制度、形式。

经济基础决定上层建筑的基本原理告诉我们，民主的发展、发育不是凭空的，它要建立在一定的政治、经济、文化发展基础之上。当一定的政治、文化制度尚未建立或尚不健全、经济发展水平尚不发达之时，单纯地追求徒具形式的民主必会遭到挫折。

民主的发展是循序渐进的，以英国工会争取合法权利为例，英国19世纪初的《结社法》曾规定工会为非法组织，参加工会的人则被处以两个月的监禁。1824年英国议会废除了《结社法》，1876年通过《工会法修正案》，工会及组织工会的权利方被确认，工会才有了合法地位。即使在美国，美国宪法的奠基者们一开始对民主制度也不看好，他们把自己的代议制度称为"共和国"，以示与民主制度的区别，如此等等。一直到19世纪，由于市场经济的发展、社会等级观念的淡化以及公民选举权的扩大，民主才得到了真正发育和发展的机会。

（二）民主是内容与形式的统一

民主有内容与形式之分。就其内容来说，有作为国家权力的民主，有作为国家制度形态的民主，有作为公民权利的民主，但是，民主的核心内容是保证人民的权利如何实现、国家的权力如何健康运行。就民主的形式而言，是为贯彻民主而采用的制度、体制、措施与做法。像我们常说的选举、协商、监督、政党制度（一党制、两党制或多党制）等都是常见的民主形式。民主的形式具有多样性。作为形式的民主，可以存在于不同的国家和社会制度之中。不同的国家有不同形式的民主。民主理念中包含着尊重差异、尊重自主选择等现代平等观念，因此，倘若将一个民主强加于别国，本身就违背了民主的精神和要求，就是不民主的。

民主是内容与形式的统一，不能把民主的形式与民主的内容割裂开来。把民主的实质与民主的形式混为一谈，甚至将二者割裂开来是当前人们认识民主问题时常见的一个误区。民主的内容决定民主的形式，但民主的内容与形式又不是简单地一一对应的关系。同一种性质的民主可以采取不同的民主形式，甚至是同一个国家，在不同的发展阶段上其民主形式也会有所不同。当然，采用相同的民主形式也并不意味着民主的性质一定相同，如同样实行一党制或一党执政，可以是资本主义国家，也可以是社会主义国家。

如果把民主的某一种形式等同于民主，比如说"民主就是直选，民主就是票决"，那将导致民主狭隘化。事实上，两党制、多党制、普选、直选、票决等只是民主的形式而已。

［链接1］：加拿大政体

加拿大的政制源自英国，是君主议会民主制，它由行政、立法、司法三部分组成。联邦政府的行政机构由总理及内阁组成；立法机构是议会，包括上、下议院；司法机构由最高法院及其组成部分代表。省级行政机构由省总理及其内阁；司法机构由地方法院、高等法院及上诉法院组成；立法机构由总督及选举产生的省议会组成。上（参）议院（Senate）目前有105名议员，由联邦总理建议总督任命，终身制，到75岁就必须退休。下（众）议院

（House）席位原则上根据各省人口比例确定，大约10万人划分为一个选区，席位数与全国选区数相等，每个选区只有一个候选人当选进入议会。

国会中议席最多的政党成为执政党，组织政府，而党魁则成为政府总理。选民在大选中选出的是国会，再由国会产生政府和总理。所有法案需要国会表决通过，由总督签署，政府施政由国会监督。国会是国家最高的立法和权力中心。

［链接2］：加拿大大选

加拿大的各级选举制是个相当成熟而又庞大的政治构架。加拿大注册合法政党有17个，比较有实力的大党有5个。大选时，一般每500名选民设一个投票站，大都设在教堂或学校。根据加拿大《选举法》，凡是年满18周岁的公民都有权、有资格参与竞选国会议员。作为候选人接下来的功夫就要亲力亲为，到选区逐户敲门和选民聊天，谈社区的治安、谈交通、谈图书馆、谈学校的设置，要把自己的想法和建议都说出来；除此以外，还要去超市和酒楼门口和选民握手聊天、到一些地点插宣传牌、写文章、登广告、收邮件、回答居民的问题等等。

有调查发现，如果美国总统候选人也可以来加拿大参选的话，有42%的加拿大人会选择奥巴马，而加拿大保守党的哈珀只获得了29%的支持。跟当地的加拿大人聊天，他们也有相当部分人会告诉你，大选很无聊，他们也多认为，选举时各党开出的竞选支票，很多也是空头支票。

（三）民主是普适性和特殊性的统一

"民主是相对的，是具体的，世界上没有绝对的民主"。不存在对超历史、超阶级、超国家、超民族的普适和普世价值。唯物史观认为，社会存在决定社会意识，"不是观念创造历史，而是历史创造观念"。所以说，不能脱离一定的历史状况去抽象地争论民主的普适性问题。

民主作为"人类政治文明发展的成果"，包含有自由、人权等普遍意义的核心价值观念，其也是人类历史上不同时代、不同民族和国度的人们共同的追求。2007年，时任国务院总理的温家宝同志在答记者问时明确指出，"民主、自由、人权，是人类共同追求的价值观"。但民主的形式、道路、模式及价值判别标准常常不同，是相对的、具体的、多样的。适用于一个国家的民主形式、道路和模式，不一定适用于另一个国家，一国此发展阶段的民主形式不一定适用彼发展阶段的需要。

［案例1］：英殖民者无法施加自己的民主政治于他国

1756～1763年英法"七年战争"中，法国战败，加拿大易手英国。因此，英属北美殖民地初期通常被认为是加拿大民主政治制度的起源时期。在英属殖民地，英国先是建立了类似13个殖民地的寡头集团的殖民政治统治，后又通过一系列立法推行英国的法律制度和政治模式。加拿大在自治要求不断发展的过程中，吸收和借鉴了英国的政治制度，逐步形成了以英国政治制度为蓝本、具有加拿大特色的民主政治体制。1763年，英国政府决定在加拿大推行英国的代议制度，实行传统的英国议会统治。然而此举遭到魁北克法裔居民的坚决反对，英国政府想借此同化法裔人的愿望也未能实现，反而加深了英法裔居民间的嫌隙，同时引起13个殖民地的强烈不满。为减少法裔居民支持13个殖民地反对英国殖民统治的可能性，英国政府遂放弃此想法和做法，并不得不做出让步。1774年颁布了"魁北克法案"，法案规定，在魁北克暂缓实行议会制，恢复魁北克的法国民法传统，但同时保留英国的刑法。为后来加拿大发展民主道路增加了"双料"的色彩。

［案例2］：中美在人权问题上的分歧

中美在人权问题上的分歧由来已久，问题主要出在美方无视人权的上述法则，肆意将其观念强加于中方。事实上，民主及人权只有进行时，没有完成时。没有最好，只有更好。

中美两国都是大国，都有各自的历史、文化和国情。不能将一国的意志强加给另一国。这样不符合两国的根本利益。

［案例3］"占领华尔街运动"

2011年9月17日，上千名示威者聚集在美国纽约曼哈顿，试图占领华尔街，有人甚至带了帐篷，扬言要长期坚持下去。他们通过互联网组织起来，要把华尔街变成埃及的解放广场。示威组织者称，他们的意图是要反对美国政治的权钱交易、两党政争以及社会不公正。2011年10月8日，"占领华尔街"抗议活动呈现升级趋势，千余名示威者在首都华盛顿游行。

"占领华尔街"的抗议者主要来自中下阶层民众，其中很多人都没有工作。他们不仅抗议就业问题，而且抗议社会的不公。在华盛顿、洛杉矶、旧金山和丹佛等50多个大城市，示威者高举的标语牌五花八门，诉求的内容多种多样。本报记者在现场看到，示威口号主要包括"抗议美国政客只关心公司利益""谴责金融巨头利用金钱收买政治""呼吁重新夺回对美国政经决策的影响力"等。

纽约警方11月15日凌晨发起行动,对占领华尔街抗议者在祖科蒂公园搭建的营地实施强制清场。

美国参议员博伊斯·彭罗斯坦言:"美国制度是一种有利于政治精英和市场精英联手的政治和市场分肥制。你们把我们送进国会,我们就通过法案使你们赚钱。你们再把赚得的钱的一部分利润捐献给我们作为竞选经费,让我们再进国会去制定更多的法律,使你们发更大的财。使我们留在这里是你们的责任,而我们的责任则是立法。"

二、基于中国国情的民主审视

胡锦涛同志曾说:"衡量一个政治制度是不是民主,关键要看最广大人民的意愿是否得到了充分反映,最广大人民群众当家做主的权利是否得到了充分实现,最广大人民的合法权益是否得到了充分保障。" 他还进一步指出,"一个国家实行什么样的政治制度,必须与这个国家的国情和性质相适应"。习近平总书记在讲话中指出:"检验我们一切工作的成效,最终都要看人民是否真正得到了实惠,人民生活是否真正得到了改善,这是坚持立党为公、执政为民的本质要求,是党和人民事业不断发展的重要保证。" "切实保证国家的一切权利属于人民,以民主制度、民主形式、民主手段支持和保证人民当家做主。" 这就为我们科学认识民主问题提供了方法论依据。

(一)中国的国情决定了自身的民主

国情就是一个国家不同于其他国家的特殊的环境、条件和情况。任何国家都是有自己的国情的,一个国家民主的发展必须从自身国情出发,选择、确立适合本国国情的民主形式和道路。民主不仅有国情性,而且有阶段性,即一个国家不同的发展阶段,有着不同的民主形式。列宁指出:"任何民主,和一般的任何政治上层建筑一样,归根到底是为生产服务的,并且归根到底是由该社会中的生产关系决定的。" 就是说,一个阶段采取什么样的民主形式,归根结底要与这个阶段的生产力发展水平、社会发展程度相适应。一个国家实行什么样的民主形式,在很大程度上是由这个国家所处的历史阶段以及在这个阶段所面临上的历史任务决定的。一句话，民主的内容和形式取决于"国情和现实需要"。发展民主政治，一个关键问题就是要根据本国的具体情况、社会发展面临的主要任务选择合适的民主形式，生搬硬套别国模式必然导致"水土不服"。离开一国国情，不仅无法判断一种民主制度、一种民主形式的优劣，也无法判断其是不是民主的。

中国民主的内容与形式同西方国家必定有本质的差异，譬如人民代表大会制度与三权分立制度的本质区别在于：其一，经济基础不同（人民代表大会制度：公有制；三权分立制度：私有制）。其二，行政权力主体不同（人民代表大会制度：全国人民；三权分立制度：资产阶级）。其三，活动原则不同（人民代表大会制度：民主集中制；三权分立制度：分权制衡）。因此，只有适应中国国家经济社会发展的阶段和历史文化传统、符合经济、社会、政治、文化的发展要求并且能促进这种发展的民主，才是适合中国的好民主。

【经典例证】：

党的十八大创新地提出建立健全协商民主制度。我国的协商民主是中国具体国情的产物，是中国特色社会主义政治发展道路的组成部分，而不是舶来品。

十八大首次把健全社会主义协商民主制度作为"坚持走中国特色社会主义政治发展道路和推进政治体制改革"的重要任务提了出来，这是我们党在推进中国特色社会主义事业进程中一个重大的战略性制度性举措。其一，十八大报告明确指出，社会主义协商民主是我国人民民主的重要形式。其二，报告提出："要完善协商民主制度和工作机制，推进协商民主广泛、多层、制度化发展"，拓宽了民主协商的渠道，深化了民主协商的层次，提升了民主协商的制度化要求。

（二）中国不能泛民主化

一段时期以来在理论界有一种"泛民主化"的倾向，即不论社会发展阶段、经济发展水平，孤立地谈民主，言必称民主，把民主当作一个招牌，把民主的标准单一化，好像只有符合西方民主观的形式、道路、模式才是民主的。这实际上是一种民主迷失、对西方民主的追捧，其问题在于：

（1）把民主的功能绝对化了。民主政治作为一种政权组织和权力运行的方式，它在凝聚民心、凝结民智、整合民意等方面的确有着重要作用。不过还要看到，民主不是万能的，其作用也是有限的。历史上，民主导致社会动荡、政治混乱的例子屡见不鲜。譬如"文革"中的大鸣、大放、大字报在某种意义上说，就是一种"民主"。但这种"大民主"以对社会秩序的彻底破坏为终结，最终走向了愿望的反面。

（2）把西方民主的阶级内容淡漠化了。比如有人主张搞西方的"多党制"，就是一个典型的表现。按西方的观点，两党制、多党制属于民主范畴，其他形式的政党政治则不民主。这个论断是西方意识形态的支点。在两党制或多党制条件下，上台执政的一党只代表相对多数民意，不可能对全体人民负责，其施政必然不顾及甚至损害不支持它的民众，这显然不是真正的民主。美国的"水门事件"反映的东西部财团利益之争。西方多党制是一种形式上的民主和内容上的不民主。对于两党制和多党制民主形式的实质，邓小平同志曾一针见血地指出："资本主义国家的多党制有什么好处？那种多党制是资产阶级互相倾轧所决定的，它们谁也不代表广大劳动人民的利益。"

"美式民主"能在世界普及吗？回答自然是否定的。正如英国学者库珀所说，"把世界交给美国是远远不够的。"一向霸道的美国，也不得不面对事实，出现一些转变。向中国抛出橄榄枝——寻求"G2"，然而中国对此说"不！"。

（3）把西方民主形式绝对化，尤其是把西方的直选绝对化了。有观点认为，没有西方的直选、竞争性选举就没有民主，只有实行西方的竞争性选举或直选才是真正的民主，有人甚至主张把竞争性选举作为推进民主政治建设的突破口。应当看到，选举制度是人类民主政治发展史上的一个进步，它不仅可以使人民的意愿得到比较充分的表达，而且使这种表达能够得到充分有效的监督。但还要看到，竞争性选举不是民主发展的唯一模式，并不意味着"一选就灵"，其本身固有的缺陷决定了它并非在所有国家、所有发展阶段都是医治社会百病的良方。竞争性选举模式不仅易导致权钱结合，而且容易把分歧公开化，不利于形成社会共识、维护社会稳定。例如，我国台湾地区仿效西方搞竞选，民进党在选举中采取强化分歧、突出矛盾的策略，以此建立和巩固自己的选民队伍，其结果是导致政党恶斗、族群分裂、社会动荡、经济下滑。20世纪90年代，亚美尼亚、阿塞拜疆、厄瓜多尔、秘鲁及南斯拉夫等一些国家及地区照搬自由选举模式后，便立即进入混乱和战争状态。西方国家民主中蕴含的权力制衡、权力监督等理念，我们可以而且应该在我国民主政治建设中加以吸收和借鉴，但切不可将这些形式神化，并将之照搬到我国的民主实践中来。

［案例1］：

波兰"圆桌会议"的妥协事件，葬送了共产党的领导地位。多党制的虚假性、弊端日显，选举中出现的投票率大幅下降和选民的政治冷漠现象，可谓是对其所谓优越性的一个绝好的讽刺。

相关链接：

2008年1月28日，《环球时报》发表了潘维教授题为《敢与西方展开政治观念竞争》的文章。潘教授认为，在核武器时代，人类生存方式竞争的主要手段不再是军事力量的竞争，而是"政治观念竞争"。西方的"自由民主"观念"成为知识界信奉的对象"并"如宗教般俘获民心"，而且"苏联那批天真的知识分子和领导集团"已经在西方话语"诱导"下让苏联"服毒自杀"了。

［案例2］：

泰国"红衬军"69天示威、对抗行动导致全国动乱。

从以上的理论和实证分析，我们足以看出泛民主化的危害：思想混乱、矛盾激化、发生冲突和动乱。

三、坚定不移地走中国式民主之路

改革开放三十多年来，我国的民主政治建设立足国情、循序渐进，在实践中探索出了一条有中国特色的中国式民主之路。对此，邓小平同志说过："什么是中国人民今天所需要的民主呢？中国人民今天所需要的民主，只能是社会主义民主或称人民民主，而不是资产阶级的个人主义民主。"

（一）走中国式民主之路，是立足我国国情做出的科学选择

就中国的国情和发展阶段的特点来讲，我们只能也必须坚定不移地走中国式民主之路。作为一个有着13多亿人口的发展中国家，我们的经济、社

会、文化等尚不发达且区域间发展不平衡。我国经历了两千多年的封建专制社会和百余年的半封建半殖民地社会，致使权威型政治文化浓重而公民型政治文化轻淡。我们的社会主义民主发展历程只有短短的几十年，期间又经历了"文革"的曲折。目前，我国社会发展进入转型期，经济体制改革迈向"深水区"，政治、文化、社会体制改革不断推进，利益结构不断分化，利益矛盾日益凸显，经济社会发展出现了许多前所未有的错综复杂的矛盾和问题。上述现实国情决定了我国的民主政治建设必须"走自己的路"，必须稳中求进。对此，邓小平同志指出："我们的最终目标是要发展社会主义民主，但匆匆忙忙地搞不行。"匆匆忙忙地搞、脱离国情地搞，就会破坏经济发展和社会稳定，就会给国家和民族带来灾难。在民主政治发展中试图通过移植西方民主制度来改造中国的民主政治，到头来只能给我们带来巨大的社会动荡，也正中西方国家的"下怀"。这就是不能用国外的模式来解决中国问题的最重要原因。

（二）走中国式民主之路，是探寻一种符合国情的渐进式的民主发展道路

民主是一种理想状态、进步标志和高远追求，民主建设则是一个认识、行为、结果不断提高的动态过程。其既受国情限制，又受历史规律制约。因此，必须在尊重国情前提下遵循民主政治建设的规律而行之。

首先，中国式民主政治建设要坚定不移地以马克思主义为指导。我国的民主政治建设中只有以马克思主义为指导，破除各种各样的教条和崇拜，才能探索出符合中国国情的民主建设正确道路和不迷失方向。

其次，中国式的民主政治建设是在一定的政治制度基础之上循序渐进的。回顾改革开放三十多年的历程，我国改革的路径总的来说是渐进式的，先易后难，增量推进。实践证明，渐进改革、增量推进是一条符合国情、高效稳健的改革之路。中国的民主政治建设，也应走渐进式发展之路。

再次，中国式民主政治建设坚持做到"三个有机统一"。把党的领导、人民当家做主和依法治国三者有机统一起来，这是我国民主政治发展的特色之路，也是建设中国式民主的根本规律。这一规律既是我国人民在追求民主之路上长期奋斗探索的结果，也是我国人民政治经验和智慧的结晶。"三个有机统一"，从根本上回答了在当代中国如何走中国式民主之路的问题，在

今后的民主政治建设的具体实践中，必须一以贯之、长期坚持。

（三）走中国式民主之路，是对中国主体性思维及"四个自信"的诉求

改革开放三十多年来，我国的物质、文化、政治、社会和思想领域的各个方面都发生了巨大变化，并逐渐形成了中国主体意识和逐步树立起了自己的理论自信、制度自信和道路自信和文化自信。逐渐形成了一种更为理性、不易被西方左右的中国主体意识。中国主体意识的突出体现是中国主体性思维，而中国主体性思维不仅是一种思维方法，更是一条马克思主义的方法论原则。我们通过对这一方法论原则的坚持和"四个自信"的树立，就能打破民主迷信、抗御西方式民主的侵蚀，从而更加坚定地走中国特色的民主发展之路。当然，走中国式民主之路，并不排斥人类政治文明的优秀成果，相反要以积极态度对之加以吸收。这也是坚持中国主体思维的题中之意。

（四）走中国式民主之路，是以符合我国国情的民主建设的路径、措施和方法为保障的

（1）坚持中国共产党的坚强领导，完善社会主义政治制度。党的领导是人民当家做主和依法治国的根本保证，无论是发展民主还是建设法治，都不能离开党的领导。中国共产党作为我国的执政党，是一个拥有近八千万党员的大党，她不仅是中国工人阶级的先锋队，而且是中华民族和中国人民的先锋队，代表着全国、全民族的整体利益，有着最广泛的阶级基础和群众基础。党员包括了我国现代社会的各个阶层，他们代表着不同阶层的民意。中国共产党领导的多党合作和政治协商制度，既不同于苏联那时实行的一党制，也不同于欧美等资本主义国家实行的两党制或多党制，这一有中国特色的社会主义政党制度从基本政治制度的高度为加强党的领导和发扬社会主义民主提供了保证。

坚持和完善人民代表大会制度、中国共产党领导的多党合作和政治协商制度、民族区域自治制度以及基层群众自治制度，是坚持党的领导、人民民主和依法治国有机统一的具体体现。特别是作为我国根本政治制度的人民代表大会制，与西方的议会制有着根本的不同，其坚持以民主集中制为根本组织原则和活动方式，在充分民主的基础上广泛代表和正确集中各方意见，协调不同利益，集体行使权力，科学做出决策，保证人民意志和利益的实现，

维护社会公平正义。

（2）扩大人民民主范围，保证人民当家做主地位。人民当家做主是社会主义民主政治的本质和核心。要健全民主制度，丰富民主形式，拓宽民主渠道，依法实行民主选举、民主决策、民主管理、民主监督，保障人民的知情权、参与权、表达权、监督权。支持人民代表大会依法履行职能，善于使党的主张通过法定程序成为国家意志；保障人大代表依法行使职权，密切人大代表同人民的联系。逐步实行城乡按相同人口比例选举人大代表；推进政治协商、民主监督、参政议政制度建设，把政治协商纳入决策程序；增强决策透明度和公众参与度，制定与群众利益密切相关的法律法规和公共政策原则上要公开听取意见。

发展基层民主，保障人民享有更多更切实的民主权利。把基层群众自治制度纳入中国特色政治制度范畴，这是我们党不断推进社会主义民主政治制度自我完善和发展的重要体现，是人民当家做主最有效、最广泛的途径。

（3）全面落实依法治国基本方略，加快建设社会主义法治国家。十八届四中全会进一步强调了依法治国是社会主义民主政治的基本要求。要坚持科学立法、民主立法，完善中国特色社会主义法律体系。加强宪法和法律实施，坚持公民在法律面前一律平等，维护社会公平正义，维护社会主义法制的统一、尊严、权威。推进依法行政。加强政法队伍建设，做到严格、公正、文明执法。尊重和保障人权，依法保证全体社会成员平等参与、平等发展的权利。

（4）完善制约和监督机制，保证人民赋予的权力始终用来为人民谋利益。确保权力正确行使，必须让权力在阳光下运行。要坚持用制度管权、管事、管人，建立健全决策权、执行权、监督权既相互制约又相互协调的权力结构和运行机制。

四、中国未来民主政治发展的基本走向

十八大报告中展示出了中国民主政治的前进方向：更加注重改进党的领导方式和执政方式，保证党领导人民有效治理国家；更加注重健全民主制度、丰富民主形式，保证人民依法实行民主选举、民主决策、民主管理、民主监督；更加注重发挥法治在国家治理和社会管理中的重要作用，维护国家

法制统一、尊严、权威，保证人民依法享有广泛权利和自由。中国特色的社会主义民主政治，其理想目标是实现党的领导、人民当家做主和依法治国三者的有机统一，这是中国特色的社会主义民主政治发展的总趋势。

可以展望，我国未来的民主政治发展会是：①将最大限度地增加人民群众新的利益。下一步的民主政治改革将着眼于调整社会的利益分配格局，缩小社会成员和社会群体之间的利益差距。按照公平正义的原则，使更多的人，特别是基层的普通工人和农民及困难群众最大限度地享受到改革带来的"红利"，将是未来中国民主政治制度改革的重点所在。②将持续推动公民的政治参与，形成一种有序的民主。民主政治的核心问题是人民的政治参与，人民的参与过程是实现民主的根本途径。因此，积极鼓励公民的政治参与，将是贯穿中国所有政治改革的一条主线。③将逐步实现推进民主与加强法治协同并进。民主与法治是密不可分的，没有法治，就没有民主。要建立高度的社会主义民主政治，首先就必须实现从人治向法治的转变，建立社会主义的法治国家。从某种意义上说，法治的实现程度也就是民主的实现程度。十八届四中全会传达出了这样的强劲信号。

总之，努力建设和发展有中国特色的社会主义民主政治，是中国政治改革和政治文明的应有之义，是构建社会主义和谐社会的重要内容和制度保证，是社会进步的突出表现，是渐进和持续的发展过程。

陈 新

陈新，男，汉族，教授，经济学博士。现任云南师范大学经济与管理学院院长、会计学院院长、校财政与税收研究所所长。获云南省第一届教书育人中国梦"星光奖"，国家税务总局颁发的"全国税务系统优秀教师"称号、"云南师范大学青年骨干教师"和校级"教学名师"称号。目前是中国世界经济学会理事、中国经济思想史学会理事、云南省区域经济学会常务理事、云南省税务学会常务理事、云南省财政学会理事、云南省国际贸易学会理事、昆明电视台法制频道经济特约评论员、云南省发改委综合评标专家库专家、云南省会计学科教学指导委员会委员、云南省国家税务总局特聘专家、云南省教授、副教授职称评定委员会委员、昆明市科技局综合评标专家库专家、学校教学指导委员会和学术委员会委员。

主要研究领域为公共财政和税收。近年来，主持国家社科基金项目、国家教育部重点项目、省院省校等20多个科研项目；出版专著3部、教材1部；发表学术论文60余篇；获得的学术研究奖励13项，其中包括云南省人民政府颁发的哲学社会科学奖4项。

税收与百姓生活

一、我们身边的税收现象

世界上有两件事是不可避免的，那就是死亡和税收。

日常生活中税收与自己有关吗？

也许有人会说，我的工资不高，没有达到个人所得税3500元/月的免征额，不须交税，所以税收与我无关。

其实不然，我们每个人都与税收密切相关，税收渗透在我们的日常生活中，比如你在付款购物的同时，就缴纳了税金；同时也是税收让我们的生活变得更加美好，税务部门征收的税款，通过国家预算、财政拨款等方式改善了民生，让人民安居乐业、更加幸福。

税收改变着普通百姓的生活。个人所得税的公平与否关系到如何让老百姓过上好日子，环境税的出台是向污染宣战的有力武器，房地产税的进展被视作楼市的一个重要政策指向，消费税的变化也和每一个人息息相关。2014年8月3日鲁甸地震中央财政紧急下拨救灾资金6亿元。

在日常生活中，我们处处都能感受到税收带来的便利，漂亮的公园，宽阔的大道，美丽的校舍，各种大型的公共设施等等，都是税收的功劳。

俗话说，人靠衣装马靠鞍。衣。衣食住行，衣是首位。一件衣服100元，含14.53元的增值税+1.45元的城建税；一瓶化妆品100元，含14.53元的增值税+25.64元的消费税+4.02元城建税。美容剪发300元，含5.5%的营业税和附加税。

食。俗话说，民以食为天。大米、面包、馒头、白糖等适用的增值税率为17%，鲜奶、蔬菜、肉、蛋、酱油、食用油、食盐适用的增值税率为13%。食用大米30斤（每斤2.5元），食盐600克（2.5元），酱油与食醋各500克（18元），蔬菜50斤（均价每斤3元），肉类20斤（每斤20元），食用油2斤（每斤8元），鸡蛋90个（每个0.8元）。水、电、煤气，其中也含着税。按一家庭月均水、电、煤气支出算，100元水费中约含14.3元的税，200元电费约含34元的税，115元的煤气费中约含15元的税。抽烟1包10元的香烟，其中包含1.45元增值税、3.85元的消费税。整体算下来，一个家庭最基础的食品消费支出约在1200元/月，其中纳税约在350元左右。

住。以一手房为例，除了印花税万分之五外，契税为1.5%或者3%，这取决于购入的房屋是否为普通住房（90~144平方米，且属于家庭首套普通住宅，按1.5%税率，90平方米以下为1%），若是二手房买卖，万分之五的印花税、1.5%~3%的契税，成交价5.6%的营业税（二年内，2015年3月31日起执行），成交总额1%的个人所得税，还有土地增值税。

案例：

以一套居住不满2年的100平方米普通二手房为例，假设其评估价和最终交易价都是30万元，那么，按规定，该套房子交易的税费共有以下几项：

（1）营业税及附加：房价×5.6%=1.68万元

个人所得税：房价×1%=3000元

印花税：房价×0.005%=150元

契税：评估价×1.5%=4500元

总计24450元，占交易价的8.1%左右。

（2）如果这套房子是2年以上的，免去营业税及附加，该套房子交易的税费只需7650元。

（3）如果房子是144平方米以上的，2年内的房子交易，还需增加交纳土地增值税：房价×0.5%=1500元，契税由原来的1.5%增加为3%。

如果144平方米以上，2年以上的房子，房子交易的税费：

差额营业税：（卖出价−买入价）×5%

个人所得税：房价×1%

印花税：房价×0.005%

契税：评估价×3%

行。买车时，增值税+消费税+车辆购置税+车船税，买车后，花费的汽油和车辆保养要交增值税；汽油中的燃油税，成品油加工时的增值税、消费税（若汽油是进口的则再加上关税）。

行。若是长途的话，飞机机票中包含着交付机场建设费与航空燃油附加费。机场建设费乘坐国内航班50元/人，国际和香港、澳门地区航班90元/人；航空燃油附加费根据目的地距离长短的不同也不一样，距离越长，燃油附加费越多。800公里（含）以下航段60元/人，800公里以上航段110元/人。若是长途的话，飞机机票中包含着交付机场建设费与航空燃油附加费。

教育。如今，几乎每个家庭都会在教育上投入很多。给孩子报很多的补习班。包括大学生在内，考资格证之类的补课也会花费较多费用。毫无疑问，这些教育培训机构的一些税费可能转嫁到了学费中，譬如营业税5%，城建税5%~7%，教育费附加3%，企业所得税税负大概是3%（税率是25%）。

娱乐休闲。以一张50元的电影票来说，要缴纳20%的营业税，一家三口看场电影，缴税30元。现在更多的是3D电影，电影票都在80元以上，缴税48元以上。电影票太贵，那在家也得看吧。我们国家的电信营业税率是3%，对于众多的网民和手机用户而言可算是一个好消息。如果看电视，一次性向用户收取的有线电视安装费，按3%征收营业税，电视收视费按5%征税。一台29英寸的液晶电视，大概6000元，家电产品按17%的税率收取增值税，也就是说，有1020元是增值税税款。

劳动。劳动创造生活，不管你愿意还是不愿意，你都得劳动来养活自己。劳动是光荣的，但劳动也是要纳税的，按照个人所得税法，个税免征额为3500元，第一档税率为3%，共7级税率。假如某人每月扣除住房公积金、医疗保险金、基本养老保险金、失业保险金等费用后收入为8000元，那么将缴纳个税345元，占收入的4.3%。

投资。除了劳动收入，百姓还可能进行投资，所以，要把投资当成一种生活方式。股民都知道，每一笔交易，除了券商收取的佣金外，还有过户费和通信费。在卖出的时候，由出让方支付交易总额1‰的印花税。除了金融市场投资，有人把买彩票也作为一种投资。虽然中奖概率极低，但是如果你中奖了，要交20%的偶然所得税个人所得税。

总结，在以间接税（流转税）为主的税收制度下，很多人并没有觉得纳税和自己有多少关系，因而通常也不会以纳税人自居。事实上，在这种隐蔽的税收安排下，绝大多数税负是可以转嫁的，最终承载这些税负的还是消费者。

所以说，税收，你知道，或者不知道，它就在那里；税收，你愿意，或者不愿意，你都得缴。但税收也是取之于民。用之于民的，缴就要缴个明白，明明白白做个纳税人，而不是个糊涂虫。今天，我们从衣食住行、教育、休闲娱乐以及投资等角度了解了我们消费者为我国的繁荣昌盛做出了多少贡献。

中国人的负担究竟有多重？

税收负担是指纳税人承担的税收负荷，亦即纳税人在一定时期应交纳的税款，简称税负。从绝对额考察，它是指纳税人缴纳的税款额，即税收负担额；从相对额考察，它是指纳税人缴纳的税额占计税依据价值的比重，即税收负担率。

2011年8月，美国《福布斯》杂志推出了2011年全球税负痛苦指数排行榜，中国内地排名全球第二、亚洲第一。税负痛苦指数是根据各地的公司税率、个人所得税率、富人税率、销售税率/增值税率，以及雇主和雇员的社会保障贡献等最高边际税率计算而得，指数越高意味痛苦程度越高。税负痛苦指数不考虑减免政策和征管因素，与实际宏观税负相关度甚低，我国宏观税负低于大多数发达的工业化国家和发展中国家平均税负。

2010年中国居民总收入为166648亿元，人均纳税5463元，要为税工作161天，即从1月1日到6月10日是为税工作，6月11日到12月31日为自己工作。

用同样的方法计算出外国的税负工作天数为（2010年数据）：匈牙利218天，比利时215天，法国207天，德国200天，瑞典200天，澳大利亚191天，荷兰184天，罗马尼亚178天，波兰174天，美国税负工作天数为102天。

通过以上数据分析可知，中国人的税负并非有些媒体报道所言，而是排在世界中等偏下的位置。2013年全国平均税负率为13.22%。

立足于百姓生活，要明确3种观念。

1. 税负水平并非越低越好

税负低，意味着我们只能消费低水平的公共服务；税负为零，意味着我们在公共服务上的消费水平为零。

2. 中国百姓缴的税并非只有个人所得税

生活之中处处有税收，我们平日所能看到、吃到、喝到、用到的几乎所有的东西都是含税的。

3. 政府征税的目的并非只是取得收入

税收还是政府用以调节居民收入分配和调控宏观经济运行的重要手段。

二、税收的来和去

（一）什么是税收？

税收就是国家为满足社会公共需要，凭借政治权力，按照法律所规定的标准和程序，参与国民收入分配，强制地、无偿地取得财政收入的一种方式。

"中华人民共和国公民有依照法律纳税的义务。" ——宪法第五十六条

税收的形式特征：

1. 强制性

指政府的征税活动，是以国家的法律、法令为依据实施的，任何单位和个人都必须依法履行纳税义务，否则就会受到法律的制裁。

2. 无偿性

指国家征税之后的税款即为国家所有，归国家自主支配和使用，国家并不承担任何必须将税款等额直接返还给纳税人，或向纳税人支付任何报酬的义务。

3. 固定性

指政府在征税以前，就以法律形式制定了税收制度，规定了各项税制要素，并按这些预定的标准进行征收。

中国古代税收史：

在我国，税收已经有4000多年的历史了。追根溯源，税收的历史跟国家一样久远 。夏、商、周三代的贡、助、彻，是税收发展的雏形阶段。春秋时期，鲁国实行的"初税亩"，第一次使用了税字，标志着我国税收从雏形阶段进入了成熟时期。租税制一直延续到秦、汉、两晋。北魏的均田制；唐的租庸调制、"两税法"；明朝中期的 "一条鞭法"；清朝的"摊丁入地"，简化征收手续，完成了赋和役的合一。

中国现代税收史：

1950年建立新中国税收制度，发布《全国税政实施要则》；

1953年修正税制，开征商品流通税；

1958年改革税制，统一全国农业税收制度；

1973年简并税制，合并了税种；

1980年建立和健全涉外税制；

1983、1984年二步利改税；

1994年分税制改革；

2003年以后新一轮税制改革；

2013年11月十八届三中全会以来的财税改革。

（二）税收的来

一个国家的税收分为直接税和间接税，直接税在我国主要指企业所得税和个人所得税，间接税在我国主要指增值税、营业税和消费税。

税收来源于社会剩余产品，是社会剩余产品的一部分，是广大劳动人民生产创造出来的。也就是说，税收是由广大纳税人缴纳的。

税收的纳税人可以是法人，也可以是自然人。法人小到中小公司，大到跨国公司、垄断集团，概莫能外；自然人我们可以简单地理解为个人。自然人从国家主席、总理到平民百姓，不论身份高低，有收入者都有可能是纳税人。比如我们父母取得工资、收入达到一定金额就要交纳个人所得税。在现实生活中，不一定每个人都是纳税人，但人人都是商品和劳务的消费者，人人都是负税人。

因此说，税收最终来源于我们每个人，大家都在为国家税收收入作着贡献。

税收是财政的主要来源，占85.6%，但财政收入中还包括非税收入（罚没收入、专项收入、政府基金收入，行政事业性收费收入、国有资本经营收益、国债收入、其他收入等。）占14.4%。

（三）税收的去

国之所系，不过民生；国之所存，其须税收。税收是国家为了社会公共需要而征收的，我国税收的本质就是取之于民，用之于民。 发展国防事业，保障国家安全；支持内政外交，服务政府运转；投资基础设施，强化公共服务；着力改善民生，保障公民福利。

三、我国现行税制体系

（一）流转税

指以纳税人商品生产、流通环节的流转额或者数量以及非商品交易的营业额为征税对象的一类税收。

1. 增值税

增值税是对货物增值额征收的税。增值税是我国的第一大税种，2012年国内增值税收入占我国税收总收入的26.2%，是我国税收家族中的顶梁柱和大哥大。

2. 消费税

在对货物普遍征收增值税的基础上，选择部分消费品再征收一道消费税。现行消费税的征收范围主要包括：烟，酒及酒精，鞭炮，焰火，化妆品，成品油，贵重首饰及珠宝玉石，高尔夫球及球具，高档手表，游艇，木制一次性筷子，实木地板，汽车轮胎，摩托车，小汽车等税目。消费税可以对产业结构和居民消费结构实现有效的调整。促使保护环境、促进资源节约使用。它还可以促使人们改正不良习惯，比如对烟草征收重税的调节导向作用。

（二）所得税

所得税是以企业与个人的所得和收益为征税对象的一种税。包括企业所得税和个人所得税。所得税对所得多的多征，所得少的少征，无所得的不征，能够有效地缩小社会贫富差距，促进社会公平。比如个人所得税可以有效地缓解社会分配的不公。

（三）财产税

财产税是指以纳税人拥有或支配的财产为征税对象的税种体系。向财产的所有者征收。主要包括房产税、车船税、遗产和赠与税等税种。对于促进纳税人加强财产管理、提高财产使用效果具有特殊的作用。

（四）资源税

是以各种应税自然资源为课税对象，为了调节资源级差收入并体现国有资源有偿使用而征收的一种税。包括资源税、耕地占用税和城镇土地使用税。

（五）行为税

是国家为了对某些特定行为进行限制或开辟某些财源而课征的一类税收。如针对一些奢侈性的社会消费行为，征收娱乐税、宴席税；针对牲畜交易和屠宰等行为，征收交易税、屠宰税；针对财产和商事凭证贴花行为，征收印花税，等等。

中国现行税制改革：

深化税收制度改革，完善地方税体系，逐步提高直接税比重。推进增值税改革，适当简化税率。调整消费税征收范围、环节、税率，把高耗能、高污染产品及部分高档消费品纳入征收范围。逐步建立综合与分类相结合的个人所得税制。加快房地产税立法并适时推进改革，加快资源税改革，推动环境保护费改税。（作者注：十八届三中全会公报中用110个字写税收）

（1）全面推进增值税改革，目前是营改增的扩大阶段，2015年将增值税推广到全部服务业，把不动产、建筑业、金融业纳入增值税抵扣范围。

（2）进一步发挥消费税对高耗能、高污染产品及部分高档消费品的调节力度；

（3）加快房产税立法和改革步伐，提高保有环节的税收。

（4）推进资源税从价计征改革，推动环境保护费改税，进一步发挥税收促进资源节约和环境保护的作用。

（5）加快完善个人所得税征管配套措施，逐步建立健全综合与分类相结合的个人所得税制度。

（6）完善国税、地税征管体制，充分发挥中央、地方两个积极性。

（7）严格禁止各种越权税收减免。

也许您要问，面对这么多税收，我们一般的老百姓到底要缴多少税？我们想做一个明明白白的纳税人！

四、我们要缴多少税——做一个明白的纳税人

● 李梅一家的案例分析

李梅一家三口，李梅每月税前工资15000元，扣除1335元"三险一金"，缴纳个税为1958元。丈夫每月税前工资28000元，扣除2223元"三险一金"，缴纳个税为4569.25元。一年算下来，李梅夫妻俩的总收入为516000元，缴纳个税78327元，占比15%。

1. 吃

早餐：面包+牛奶，再给孩子煮一个鸡蛋一个，夫妻俩的午餐、晚餐：均在公司附近解决，平均一餐15元。每月全家至少下四次馆子，每餐至少100多元。

一家人每月还会为红茶花费200元，果汁花费300元。一个月在吃上的税费大约有438元。

2. 穿

一家人在穿上讲究舒适随意，并不追求大品牌。一年给自己买了6800元的衣服鞋袜，老公是2250元，宝宝是1200元。缴税大约为1916元。

3. 用

一年在化妆品和护肤品上花了6000多元，消费税30%，10%的关税、17%的增值税，一年交税3420元。

香水：年消费500元，税率等同高档化妆品，缴税约300元。

理发：年消费1000元，5%的营业税+城建税+教育附加费，缴税约55元。

小孩玩具：年消费2000元，17%的增值税+城建税+教育附加费，缴税约374元。其余杂费：年消费1200元，税率等同玩具，缴税约225元。

每月电费300元，自来水费176元，燃气费47.15元，电话费+网络220元，手机费300元。缴税大约为1257元。一次性大宗支出：一块1.5万元的手表，17%的增值税、20%的消费税和11%的关税税占到9150元；金银首饰、钻戒共13960元，缴税4065元。

4. 住

她在北京东四环安了家，一套两居的房子（70平方米），总价176万。那么这套房子中到底含有多少税费？

涉及房地产的税种有12项之多，分别为营业税、企业所得税、契税、个

人所得税、城建税、耕地占用税、房产税、城市房地产税、印花税、土地使用税（城镇土地使用税）、土地增值税、资源税、教育费附加等。这套房子的税费 26.4万。

装修花了7万多，按3%的营业税计算，税费约为2163元。家具、电器、餐具、床上用品，总价共58300元，按17%的增值税率计算，税费约为9911元。

5. 行

丈夫买了一辆马自达M3，花了16.98万元。

购置税＝购车款/（1+17%）×购置税率（10%），一次性花了14512元。在北京，车船使用税是 480元/年。1.6排量，适用的消费税为5%。每月汽油开支1000元，按照17%增值税、无铅汽油每升消费税0.2元、7%城建税、3%教育费计算，占了油价的20.4%，一年交税2448元。

6. 理财

股票按1‰印花税单边征收，一年2000元的税。

李梅一家一年总收入：51.6万元，税收：12.4万元，占总收入的24%（23个发达经济体国家平均为27.7%）。

五、我们如何节税

野蛮者抗税，愚昧者偷税，糊涂者漏税，精明者税收筹划。

（一）什么是税收筹划？

某教授主编一本教材出版，参编人员5人，稿酬所得18000元，如何填写稿酬分配表才能纳税最小？

（1）均分：每人应分3000元，共应纳税：

（3000－800）×20%×（1－30%）×6=1848（元）

（2）其中5人800元，第6人14000元，应纳税额为：5人免税

第6人应纳税=14000×（1－20%）×20%×（1－30%）=1568（元）

节税额：280元

税收筹划是纳税人在纳税行为发生之前，在遵守现行法律、法规前提下，通过对纳税人涉税事项的预先安排，以实现合理减轻税收负担的一种自主理财行为。

（二）税收筹划的特点

1.合法性；

2.前瞻性；

3.全局性；

4.成本性；

5.风险性；

6.专业性。

（三）成功税收筹划 把握四大要点

1.划清税收筹划、避税以及偷税的界限

偷税：是指纳税人在纳税义务已经发生且能够确定的情况下，采用不正当或不合法的手段逃脱纳税义务的行为。

偷税行为包括：根据《税收征收管理法》第六十三条规定：纳税人采取：伪造、变造、隐匿、擅自销毁账簿、记账凭证，在账簿上多列支出或者不列、少列收入，或者进行虚假的纳税申报，不缴或者少缴税款的行为。

特征：故意性、欺诈性，属于违法行为。

偷税的法律责任：

（1）追缴偷税款、滞纳金，并处不缴或者少缴税款50%以上5倍以下的罚金。

（2）偷税数额占应缴税额的10%以上不满30%，且偷税数额在1万元以上10万元以下；或者偷税被税务机关给予两次行政处罚又偷税的，处3年以下有期徒刑或拘役，并处1倍以上5倍以下罚金。

（3）偷税数额占应缴税额的30%以上且数额在10万元以上的，处3年以上7年以下有期徒刑，并处1倍以上5倍以下罚金。

（4）编造虚假计税依据的，由税务机关责令限期改正，并处5万元以下的罚款。

避税：是指纳税人利用税法漏洞或缺陷，通过对投资活动、融资活动、经营活动等涉税项目的精心安排，达到规避或减轻税负的行为。[1]

---

1 避税不直接触犯法律，有税收就有避税的存在；政府积极完善法律，堵塞漏洞；避税有其积极推动税制健全的作用。

2. 了解税务机关对"合理和合法"的纳税解释

一方面，从宪法和现行法律规定中弄清什么是"合理和合法"。另一方面，从税务机关组织和管理税收活动以及司法机关受理和审判税务案件中，具体了解行政和司法机关在执法和司法过程中对"合理和合法"的界定。

3. 准确把握税收筹划的尺度

（1）税收筹划不应只是税收筹划人员"孤军奋战"——即"天时（政策空间）、地利（环境支撑）、人和（政策水平）"。

（2）税收筹划不应忽视非税利益——政治利益、环境利益、规模经济利益、结构经济利益、比较经济利益、广告经济利益等非税利益。

（3）税收筹划不应忽略享用税收优惠政策潜在的机会成本——指企业因采用拟定的税务筹划方案，从事某项经营、生产某种产品而不能从事其他经营、生产其他产品放弃的潜在收益。

（4）税收筹划不应忽视涉税风险——国家可能调整税法、开征新税种、减少部分税收优惠等。

4. 聘用专业的税收筹划专家

税收筹划是一项高层次的理财活动和系统工程，要求筹划人员精通税法、会计、投资、金融、贸易等专业知识，专业性、综合性较强。因此，对于那些自身不能胜任的项目，应该聘请税收筹划专家来进行。

个人可以买得起一辆汽车，但是无法构筑四通八达的交通网；可以在家里安装华丽的吊灯，但无法照亮整个城市；可以用防盗网来抵挡小偷，却无法保障整个国家的安全。

税收连着你我他，我们不仅要学税法、知税法，还要积极参与宣传税法，增强纳税的荣誉感和税法的遵从度，营造依法诚信纳税的良好社会氛围。

让我们共同为国家的税收事业做出贡献！

方 铁

方铁，男，1949年生于昆明。1982年毕业于云南大学历史系。曾任教育部人文社科重点研究基地西南边疆少数民族研究中心主任。现任云南大学教授（二级），博士生导师，国家社科基金评审组专家。兼任中外关系史学会副会长，云南民族学会副会长，中国蒙古史学会理事，元史学会理事，中国民族史学会理事，西南民族研究会常务理事等职。

长期研究边疆史、民族史与历史地理，发表论文140余篇，多篇被《新华文摘》《高校文科学术文摘》等全文转载。主要著作有《西南通史》《方略与施行：历朝对西南边疆的经营》《边疆民族史探究》《边疆民族史新探》等。

主持完成国家重大文化工程子项目"清史·南方少数民族志"，国家社科基金项目"历代治理西南边疆的理论与实践"，教育部规划项目"古代南北方民族关系比较研究"等课题。培养博士十余人。

为省社科联主办的"云岭大讲坛"讲授《历代王朝经营云南得失谈》《南诏、大理国的地位》《古代云南与周边地区的关系》等讲座，因内容新颖、信息量大，讲授生动而广受欢迎。

元明清三朝对云南的经营

一、元明清经营云南的基本特点

唐宋是中国古代史上发生转折的时期。中原王朝经营边疆及徼外面临的形势及其应对，在宋代之前及其后有明显差别。宋代以前中原王朝治边的对象，是包括边疆势力与外邦在内的夷狄，应对的方法主要是推行羁縻治策。通过以厚往薄来为基本特征的朝贡制度，中原王朝在周边区域乃至东亚地区，逐渐构建以中原王朝为中心的东亚秩序。

晚唐至宋代，辽、金、夏、蒙古等边疆势力崛起，使中原王朝遭受严峻挑战。元、清两个统一王朝为边疆少数民族建立，他们有其天下观与治边观。在诸多力量的冲击下，汉唐以来形成的东亚秩序逐渐解体。另一方面，元明清诸朝的疆域趋于稳定，外邦的国家形态也逐渐形成，并与中原王朝建立新型的藩属国关系。因此，元明清三朝治边表现出边疆治理与邦交应对分开的特点。[1]

对周边关系较密切的邻国，元明清主要通过新型藩属国体制来体现对外文化软实力。对基本成型的边疆地区，则主要是靠因地制宜的边疆治策与推广儒学教育来体现文化软实力。[2]元明清尤其是元清两代，重北轻南的治边倾向不甚明显。元明清三朝还在云南等地积极推行土司制度，使朝廷对南部边疆的统治明显深入。由于在边疆实行土司制度，中原王朝的统治深入到此前

1　参见方铁：《土司制度与元明清三朝治夷》，《贵州民族研究》2014年10期。

2　参见方铁等：《论中原王朝治边的文化软实力》，《中国边疆史地研究》2013年2期。

鞭长莫及的地区。通过土司承袭须经考核批准和发展儒学教育等方式，朝廷有效地培养了南方少数民族对国家的忠诚。通过大量兴办正规学校，还迅速提高了土司的素质与文化水平，初步解决了南部边疆基层官吏的来源问题。

土司制度的主要内容，是中原王朝对愿意接受统治的地方蛮夷首领进行任命，授予蛮夷首领相应的官职，并纳入国家官吏的体系管理。各级土司均有明确的职责和需要承担的义务。经过朝廷的批准土司可以世袭，继任者可是原有土司的嫡子，也可是土司之妻或其他亲属。对级别较高的土司，朝廷允许统辖规定数量的土军。土军具备地方治安武装与服从征调国防军的双重职能，因此成为国家军队的组成部分。土司制度的这些特点，与前代实行的羁縻治策明显不同。

羁縻治策是元代以前中原王朝应对边疆蛮夷的方略。其时中原王朝的疆域尚不稳定，边疆的夷狄势力与中原王朝的邻邦亦难分辨，羁縻治策施用的对象乃较为笼统。这一时期中原王朝交往的对象，重点是北方草原的游牧势力，羁縻治策表现出王朝统治者重在防范的心态。在相当长的时期，中原王朝以羁縻治策为应对夷狄的基本方略，广泛施用于华夏之外的各类夷狄，但缺少针对南北方不同特点制定的具体对策。从秦汉至唐代，基本上看不出羁縻治策发生了哪些明显的改变。

羁縻治策虽有灵活与随意等特点，同时也存在重大缺陷。为应对边疆及其以远地区的夷狄，汉朝在边疆地区设立边郡，唐朝在边疆广置羁縻府州，边郡与羁縻府州共有的一个特点，是委任边疆夷狄首领为边郡或羁縻府州的长官，但具体职责和承担义务并不明确，同时在履职考核、职位承继等方面也无具体规定。另外，历朝在边疆地区热衷于封官和赏赐，却忽视在边疆地区进行有深度的经营及有成效的开发。

元明清推行土司制度获得成功的原因，是抓住了南方蛮夷社会的症结。南方蛮夷社会构成及顺利运行的关键，在于各级土司及其子民与土地、山林、水源等自然资源之间，存在紧密结合的关系。另一方面，土司与其子民又存在不可分割的联系，这种联系通过世代沿袭与统领的关系得以体现。唯有如此，在南方类型的蛮夷社会，在与其他地方蛮夷为争夺土地、山林、水源等资源进行的斗争中，以及因对外掳掠及械斗产生世代仇恨的社会环境中，各级土司及其子民方可立足。由于朝廷授予土司合法的地位，土司接受朝廷的有效保护，各级土司须为朝廷奔走卖命。若对朝廷不忠若未能履行相应义务，朝廷随时可撤销涉事土司的官职。通过土司制度，封建王朝插手蛮夷社会内部的争斗与社会关系的调整，并切实掌握立废土司的权力，实现了对南方类型蛮夷的有效控制。

进一步来说，土司制度的普遍推行，减少了土司地区众多地方势力之间，为争夺土地、山林、水源等自然资源以及土司职位继承权进行的争斗。对南方蛮夷地区的自然资源，可以实现相对合理的分配与使用；对南方蛮夷社会复杂的关系还起到协调和制约的作用，使其可以实现相对的合理与稳定。王朝统治者对南方蛮夷地区的社会机制不可能有本质上的认识，但因土司制度施行后取得良好成效，乃得以完善和推广。

元明清还是中原王朝全面经营和深入开发云南的时期。此前中原王朝治边的重点在北方，对包括云南在内的西南边疆相对忽视，对开发云南产生不利的影响。元明清则重视对云南地区的经营和治理，统治者具有较强的全局观念，并根据具体情况决定治策。

元明清统治者对少数民族的看法也有变化。从前朝在蛮夷中划分"驯顺之夷"与"怪逆之夷"，逐渐转变为区分"熟夷"或"生夷"，主要原因是多元民族格局初步形成，以及统治者夷狄观念的改变。[1] 在"熟夷"地区，元明清王朝大力发展各类教育，一方面提高土司子弟的文化水平，改善土司官吏队伍的素质；另一方面结合移风易俗等改革，培养"熟夷"对内地文化的亲近感，以及对国家的忠诚。"熟夷"既成为国家的编户，关注和解决"熟夷"的生计和社会治安等问题，防范威胁少数民族的"汉奸"（进入边疆民族地区的奸商、讼棍等），便成为朝廷施政的一项内容。

另一方面，元明清三朝治理云南地区，在施治目标、治策设计、实行措施与取得成效等方面，也存在明显的差异，一个原因是元明清高层所具有的天下观、治边观以及胸怀和见识各不相同，反映出此三朝经营云南地区，具有不同的思路、做法与风格，产生的效用与影响也存在差异。

二、元朝对云南的经营

自建国号到退出大都，元朝享国97年。从忽必烈率军平大理国至明军攻入云南，蒙元统治云南达128年。由于对云南十分重视以及统治的时间较长，

---

[1]　参见方铁：《西南边疆汉族的形成与历朝治边》，《中国边疆史地研究》2012年4期。

蒙元在这一地区产生了广泛而深远的影响。

云南为忽必烈亲自平定。云南位置之重要和民风之淳朴，给忽必烈留下难忘的印象。云南又是进攻徼外诸邦的基地，蒙元征伐缅国、安南、占城与八百媳妇国，均以云南为出发地。由于蒙元持续对徼外发动征伐战争，云南的战略位置又十分重要，元朝对云南的基本治策是"镇之以亲王，使重臣治其事"。[1]忽必烈先遣亲子忽哥赤为云南王，赴任四年后忽哥赤在内讧中被杀。至元十一年（1274年），忽必烈决定派重臣赛典赤至云南建立行省。

赛典赤在云南改万户、千户为郡县，以民政代替政出多门的军事统治，并缓和紧张的民族矛盾，迅速稳定了云南地区。六年后赛典赤卒于任上，忽必烈诏云南省臣尽守其成规不得辄改。[2]忽必烈的长子纳速剌丁不久继任云南行省平章政事，继续执行赛典赤确定的治策。纳速剌丁之后的云南命官大都清廉能干，使行省建立以后的数十年，成为元代云南发展较快的时期。元廷在云南行省还派驻称为"云南王"或"梁王"的蒙古宗王，此举在其他行省不多见。

云南行省的建立，表明云南地区脱离了四川腹地的管辖，长期以来云南在政治、经济、社会和文化等方面深受后者影响的情形一去不返。蒙元的这一重要决策，既有历史演绎和蒙元统治现实方面的原因，也与宋末以来四川盆地的衰落有关。云南行省既立，统治中心从前代云南的西部移至中庆（在今昆明），随即开通由中部过今贵州入湖广的驿路，云南与长江中游及中原地区建立了密切联系。

蒙元以云南为经营西南边疆及徼外的基地，同时较少有"内华夏、外蛮夷"的传统意识，因此在云南推行有别于前代的统治方法，如广泛设治并全面推行土官制度，积极清查人口、推行屯田、开采矿藏和征收赋税。《元史·地理一》称："岭北、辽阳与甘肃、四川、云南、湖广之边，唐所谓羁縻之州，往往在是，今皆赋役之，比于内地。"蒙元积极经营云南，其决心之坚定与态度之积极，为前代所未见，同时还表现在统治者不厌其烦地出兵平定与多方安抚，派遣宗王重兵镇守并广置官署，以及在其地广开驿道、发展经济等方面。

行省统治重心的东移，以及由中庆经普安（在今贵州）达黄平、中庆经

1　〔元〕虞集：《道园学古录》卷5《送文子方之云南序》。

2　《元史》卷125《赛典赤赡思丁传》。

乌蒙（今昭通）至叙州（今宜宾）、中庆经乌撒（今贵州威宁）抵泸州（在
今重庆）等驿道的开通，使东晋以来遭受战乱破坏的今滇东北与贵州西部，
受到元廷重视并获得迅速的发展。

云南的社会经济亦获长足进步。赛典赤率军民在滇池地区建水利工程，
滇池水位降低后获耕地一万余顷。[1] 行省还组织军民广为屯田，以乌蒙、中
庆、大理、威楚、曲靖、临安等处屯田的规模较大。官府在一些地区设打金
洞或银场。据记载有威楚、丽江、大理等15处产金，在全国是产金地点较多
的一省；有威楚、大理、金齿诸处产银，大理、澄江两地产铜，中庆、大
理、金齿、临安等地产铁。泰定五年（1328年）各省缴纳矿课，云南纳金课
184锭及银课735锭，数量在全国居于首位。[2]

蒙元在云南实行土司制度的初期形态土官制度。平定大理国之初，蒙元
在云南推行北方常见的万户制度，但动乱不止。蒙古统治者借鉴委降附者继
任原职的传统方式，并吸收南宋在广西设置土官的经验，在云南行省实行土
官制度并获得成功，以后在情况类似的西南边疆推行这一制度。从元明清三
代的情形来看，土司制度仅实行于南部边疆与其他南方类型的蛮夷地区；在
北部草原以及其他边疆地区，中原王朝仍实行传统的万户制度。另一方面，
元明清诸朝推行土司制度，只限于纳入中央王朝有效管辖的蛮夷地区，而对
朝鲜、安南、缅甸等邻国，则与之建立新型的藩属国关系。元朝统治的时间
不长，中后期出现腐败，对土官制度未能继续完善。

三、明朝对云南的经营

明朝享国277年。明朝建立后，退守大漠的北元仍保持强大的军事力量；
鞑靼、瓦剌诸部屡为明朝边害，明朝治边的重点仍在北方。但明朝较重视经
营云南地区，一是由于元朝的经营奠定了坚实的基础，二是明朝对云南诸族
的顽强难治有深刻的认识，乃在云南派驻众多军队。朱元璋以深受宠信的养
子沐英为云南总兵官，在各地广置卫所，对云南进行严格控制。朱元璋继承
汉唐等王朝"守在四夷"的治边方略，摈弃元朝以边疆为基地对外扩展的做
法。明朝经营云南的原则，大体上是守境以安尽量少用刀兵，以达到无西南

1　《元史》卷61《地理四》。

2　《元史》卷94《食货二》。

之忧的目的。

由于派驻军队的数目庞大，给养供应十分困难。驻守云南的明军乃进行大规模屯田，基本上解决了粮食供给的问题。明朝在云南还置建民屯。云南民屯的规模较军屯小得多，其原因与云南并非是明朝"移民就宽乡"迁徙运动的重点有关。

明朝在云南大量驻军和屯田，造成大规模的军事移民浪潮，并形成以农业为主规模空前的经济开发高潮。这一举措对云南社会的发展与经济文化的进步有重要意义。明朝经营云南的初衷，虽是稳定其地争取"朝廷无西南之忧"，但客观上推动了云南地区的发展，使明代成为云南发展较快、农业地区实现内地化的一个时期。

大量卫所驻扎在农业地区，使农业地区尤其使大中坝子发展的速度加快。卫所垦殖经济大致属于国有经济与私营经济的混合体。明代后期，政府对卫所屯田的管理形同虚设，卫所军士乃成为肩负征讨任务的自耕农，并与当地社会逐渐融为一体。广置卫所也影响到云南的社会结构。以卫所的各级军官和士兵为基础，农业地区出现了不少望族大姓，导致云南地区形成一个士绅阶层。士绅阶层表现出效忠朝廷、重视汉式教育与有效掌控城镇等特点。以士绅阶层为核心的外来移民融合一部分本地民族人口，形成云南各地新的汉族群体。明末南明政权远徙缅甸避难，竟然有20余万滇中士绅愿意拖家带口随南明政权逃难。

自元朝将省治设于昆明，并开通由今昆明经贵州入湖南的驿路，云南的地缘政治格局发生变化。出自保护云南至湖南驿路的安全等原因，明朝中期建贵州省。云南与长江中游及中原建立紧密联系，长江中游诸省的移民大量进入云南。外来人口居住之地，也从郡县治地扩展到中小坝子及其周围地区。位湖广道路的沿线及其两侧的今曲靖、昆明、昭通和玉溪等地，发展为人烟密集经济繁荣的地区。乾隆二十三年（1758年），云贵总督爱必达等在奏疏中历数外来移民，说"凡江西、湖广、陕西、四川等省汉民，散在各郡各县者实繁有徒。"[1]所言将江西、湖广列于陕西、四川之前，表明云南省来自江西、湖广移民的数量，已明显超过陕西、四川等地。

明代进入云南的外地移民，虽有军户、百姓及商贾等类别，但军户占总人口数的七八成以上。朝廷在云南所设卫所大都驻扎在城镇与农业地区。明

1　《云贵总督爱必达、云南巡抚刘藻为钦奉上谕奏事》，（乾隆二十三年五月二十八日）。

代云南的腹地逐渐内地化，而与边疆及僻地发展的差距却明显扩大。明人王士性说云南（今昆明）、临安（今建水）、大理、鹤庆、楚雄五府为颇富饶地区，云南的其余区域则为瘴壤多警之地。[1]

除举办屯田促进农业生产，发展以矿冶业和制盐业为主的手工业生产外，明朝还在云南推行修路置驿、兴办学校等开发治理的措施，并且取得明显效果。对云南的金银铁铜锡铅汞等重要矿藏，明朝进行大规模的开采。较之前代，明朝对云南的矿藏资源更为重视，开发利用的程度也明显提高。但明统治者通过征收矿课，大量搜刮云南的重要金属尤其是金银，某些时候并非为充实国库，而是满足最高统治者的私欲，由此造成产矿地区的沉重负担。

在边疆管理制度方面，明朝将元朝的土官制度发展为较完备的土司制度，并把土司制度推广到更广阔的地区。在实行土司制度的地区，明朝积极兴办学校教育，对传播内地的文化，提高各级土司的素质与增进边疆各族对祖国的认同，均起到重要的作用。明朝的土司制度也存在不少问题。主要是明朝对一些土司逐渐坐大、甚至形成割据缺乏警惕，也缺少有积极有效的对策。由于明朝统治趋于腐败，在各级土司办理承袭手续的过程中，官府的工作拖沓推诿，或使土司愤而反叛，无异于给边疆混乱的局面火上浇油。隆庆年间，云南土司莽瑞体等作乱边陲，便有上述的原因。民间乃有民谣："官府只爱一张纸（指土司任职委任状），打失（云南语遗失之意）地方两千里。"[2]深刻讽刺了此类现象。

明初以来，位于麓川（今瑞丽）的思氏土司向周围扩张，严重威胁云南边疆的安全。正统六年（1441年）至十三年，明朝先后出兵数十万镇压麓川土司反叛。"三征麓川"成功地遏制了麓川土司的扩张。麓川土司瓦解后云南边疆仍动荡不止，缅甸的东吁王朝渐次吞并云南南部的土司地区，明朝难阻其势。万历二十二年（1594年），云南巡抚陈用宾在今腾冲以西、以南的地区设置及固守八处关隘，关隘以外的区域因缺乏关照沦为外境。

1　〔明〕王世性：《广志绎》卷5《西南诸省》。

2　〔清〕冯甦：《滇考》下卷《莽瑞体、莽应里入寇》。

四、清朝对云南的经营

清朝统治276年。清朝统治者表现出远大的治国抱负，同时具有较开明的边疆观。清朝上层较少有"内华夏、外蛮夷"的传统观念，将云南视为帝国版图不可分割的部分，因此云南被纳入全国的政治经济格局，云南的经济建设与社会治理问题，也成为朝廷关注的重点之一。

清朝采取积极经营边疆僻地的方略，与其面临的国内形势有关。康雍乾盛世全国人口增长很快，道光十五年（1835年）突破四亿。为缓解内地人口的过度密集，清廷允许农民到人口稀少的地区垦荒种地，外来流民乃大量进入云南等边疆地区。清代并无官方组织的移民，进入云南边疆者大都是自发迁徙的流民。流民位于社会底层，既无组织亦少谋生之术。云南民谚："穷走夷方急走厂。"谓外地流民进入云南，多入厂矿当砂丁或赴边疆僻地垦荒。对大量流民携家带口、远赴边疆地区谋食的现象，清政府大致持默许的态度。云南官府则用免除赋税、提供种子、耕牛和口粮等方式，吸引内地流民前来垦种。

清代云南以下层贫民、矿工和小手工业者为主的基层力量明显增强，这些力量既包括进入云南的外来流民，也有源自云南少数民族的贫民，他们主要分布在新开发的农业地区、工矿区和广大的山区僻地。清代出现外来流民与少数民族贫民融合形成社会下层的浪潮，表明云南的民族融合达到一个新的水平。

平定"三藩"之乱后，清廷通过大规模的"改土归流"，解决了云南一些土司违法与化外蛮夷阻挠朝廷治理的问题。清初在一些驿道经过的地区，尚处于阶级社会初期的蛮夷经常抢劫过往行旅，严重影响驿路的安全。一些富饶之地则为不法土司占有，长期荒芜得不到开垦。至于云南边境的一些土司，或与境外势力暗中勾结。云贵总督鄂尔泰在奏疏中说：东川一带被土目盘踞，"膏腴四百里无人敢垦。"云南的镇沅、威远、元江、新平、普洱、茶山诸夷之地，"无事近患腹心，有事远通外国。"[1]为夺回被土司或夷霸侵占的土地、道路等资源，扫清朝廷深入统治的障碍，消除影响边疆安定的隐患，将上述地区纳入法治管理的轨道，雍正帝委鄂尔泰为重臣，主持在云南

1　《清史稿》卷288《鄂尔泰传》。

等省进行大规模的"改土归流"。雍正朝的"改土归流"并非是彻底取消土司制度，而是对其进行必要的调整与改革。"改土归流"之后，清朝仍在边疆和一些边远地区保留了土司，使其继续发挥作用。

清廷重视开发云南的矿藏。其涉及范围之广，开采规模及诸矿产量之大均超前代。清初一度封禁矿藏。因云南为诸省铸币用料的重要供应源，以后网开一面。自康熙四十四年（1705年）允许官营采矿，云南采铜业获得迅速发展。乾隆间云南年产铜或至一千二三百万斤，朝廷户工两局以及东部的八省和陕西省，每年所需铜900余万斤均取自云南。[1]乾隆时滇铜大量运京，所经各省纷纷截留，乃有"滇铜甲天下"之说。

康雍两朝与乾隆前期为清代的鼎盛时期。康雍两朝持续100余年的经济繁荣，为云南社会的稳定与繁荣奠定了基础。康熙、雍正两帝经营云南极为用心。在其统治的70余年间云南发生很大变化，因遭受明末战乱、吴三桂变乱而被严重摧残的云南地区，不仅改变疮痍满目、百业衰堕的景象，而且较快形成社会安定与经济繁荣的局面。康熙、雍正治理云南的方略与做法，还深刻影响了此后诸帝的施治。康熙、雍正两朝对云南的治理，大致表现出注重规划、强调治理，重拳出击、解决时弊，以及健全制度、注重管理等特点。乾隆前期云南延续了康雍时期发展的势头，并在制度的完善方面表现突出。乾隆后期云南经济出现衰退迹象，自此走上下坡之路。

清代中后期，云南新开发地区的社会矛盾出现拐点，即从明代后期突出的土司势力与封建王朝的矛盾，转变为社会下层与封建王朝的矛盾。一是经过雍正朝的大规模"改土归流"，边疆和僻地的大量土地的所有权变更，产生本地民族与外来移民争夺土地的严重问题。二是原先在土司管辖下的少数民族，经过"改土归流"后成为国家编民，虽然摆脱了土司的欺压，但随后被套上国家赋税征收的枷锁，少数民族与官府的矛盾逐渐显现。其三是"改土归流"以后，少数民族受"汉奸"欺压的情形日益严重，云南的民族矛盾出现新的特点，这些变化使社会下层与封建统治的矛盾日趋尖锐。四是从乾隆中期开始，云南以采制铜矿为主长期繁荣的金属矿冶业出现衰落，大批矿工失业而成为绝望的无产者，成为影响社会安定的一个潜在因素。清代中期后清朝的统治逐渐腐败，对社会的管控能力明显减弱，也加大了解决上述问题的难度。咸同年间发生杜文秀起义等大范围的严重民变，便与社会下层与

---

1 〔民国〕严中平：《清代云南铜政考》。

封建统治的深刻矛盾长期得不到解决有关。

应该指出，康雍乾三朝虽称"盛世"，但也存在一些不容忽视问题。如康雍乾诸帝事必躬亲、事事过问的做法，也产生一些消极的影响。主要表现在地方官府和封疆大吏遇事必揣摩圣意、少有创意及墨守成规。自乾隆后期云南出现严重的社会问题，不少地方官吏缺乏积极应对、妥善处理的意识。清代后期政治腐败，遇事推诿和欺上瞒下，乃成为云南官场的惯例，实则是坐待社会危机的总爆发，其根源可追溯至康雍乾诸帝独断大局，中央与地方的关系不够正常等问题。

费 宇

费宇，二级教授，博士生导师，统计学博士，英国曼彻斯特大学博士后；云南财经大学统计与数学学院常务副院长，云南省中青年学术技术带头人，云南省高校教学名师并建有名师工作室，云南省有突出贡献中青年专家，云南省统计学会理事，云南省应用统计学会副理事长。曾荣获英国皇家学会（Royal Society）奖学金前往英国曼彻斯特大学做博士后一年。

近年来主要从事统计理论与方法、应用统计、数据挖掘和计量经济分析方面的研究，主持完成国家自然科学基金项目1项，教育部课题1项，云南省级课题3项。主要成果有专著2部，编写教材4部；在国内外学术期刊上发表论文30余篇。曾获全国统计科研成果奖二等奖1次，云南省高等教育教学成果一等奖1次，云南省高等教育教学成果二等奖1次，云南省自然科学三等奖1次。

大数据来临：我们准备好了吗？

　　"大数据"是最近三年的一个"热词"，它频繁地出现在网络、电视、广播和传统纸媒里，做IT的人在谈论"大数据"，做计算数学的人在谈论"大数据"，做统计的人在谈论"大数据"，国家领导人在谈论"大数据"，大学教授在谈论"大数据"，企业家在谈论"大数据"，普通老百姓也在谈论"大数据"；为什么大家都在谈论"大数据"？

　　因为这是一个飞速变化的世界，数据（信息）的增长呈现出井喷式的速度，据统计，18世纪一个人一生的信息量只相当于现在《纽约时报》一周的信息量，国际数据公司（IDC）统计计算表明，最近3年全球产生的数据比过去4万年产生的数据还多，截止到2013年底，全球数据总量为3.6ZB，即3.6万亿GB [1]，按全球70亿人平均每个人分得的数据量为514GB；而且，全球数据总量每2年就增加一倍，按照这个速度，到2020年，全球数据总量将超过40ZB，平均每个人分得的数据量将超过5700GB。数据量的快速增长，互联网的日益普及，深刻地影响了我们社会生活的方方面面，难怪大家都在谈论"大数据"。那么，"大数据"到底是什么？为什么要了解大数据？大数据对我们的社会生活有什么影响?以下我分五个问题来论述。

1　GB和ZB是数据存储单位，字节（Byte）是计算机存储信息基本单位，一个英文字母的大小就是一个字节，一页A4纸上的文字大约是5KB（1KB=1024B），一首MP3格式歌曲大约是4MB（1MB=1024KB），一部100分钟标准清晰格式的电影大约是1GB（1GB=1024MB），美国国会图书馆1.5亿册藏书的信息总量为15TB（1TB=1024GB），如果播放一首歌曲平均4分钟，1PB（1PB=1024TB）的歌曲可以连续播放2000年，如果播放一部电影平均100分钟，1EB（1EB=1024PB）的电影可以连续播放20万年；1ZB=1024EB=1万亿GB。

一、为什么要了解大数据

现在是互联网时代，大数据无所不在；比如我们使用的网络搜索引擎百度，每天查询量超过50亿，平均每人4次 [1]；我们每天上网查询、浏览网页、观看视频——我们就在使用数据；我们每天使用手机、互联网——我们就在产生数据。手机和互联网成为我们的生活必需品，2014年6月26日"央视市场研究"报告《指尖上的网民》[2]公布了一组有趣的数据：调查显示，20%的人每天查看100次手机；23%的人认为手机是生活必需品，没有手机会心慌；34%的人起床第一件事是看微信。这组数据生动形象的反映出手机和互联网已经成为我们日常生活的一部分，而互联网是数据的海洋，美国的脸书（Facebook）公司每天处理的数据超过1PB（1PB=250字节，1PB的歌曲可以连续播放2000年），谷歌公司每天查询量超过33亿次，每天处理数据超过24PB（24PB歌曲可以连续播放4.8万年），中国的百度公司每天查询量超过50亿次，每天处理数据超过100PB（相当于6000个美国国会图书馆的书本信息量的总和）。我们生活在互联网时代，"大数据"是这个时代的显著特点，所以我们应该对"大数据"有所了解。

二、大数据是什么

按照维基百科的定义：大数据（Big data），或称巨量数据、海量数据、大资料，指的是所涉及的数据量规模巨大到无法通过人工，在合理时间内达到截取、管理、处理、并整理成为人类所能解读的信息。一般而言，学术界认为大数据具备以下4个特点（即所谓的4V）。

1. Volume（数量，大量）

大数据的第一个特点是数据体量巨大，至少是TB级别，或者更高（比如PB级别）的数据才能称为大数据。比如前面提到的谷歌公司每天查处理的数据超过24PB，百度公司每天处理的数据超过100PB，这样级别的数据就是大数据。

1　　按全中国13亿人计算。

2　　http://www.iydnews.com/2323.html

2. Variety（多样，种类）

大数据的第二个特点是数据类型繁多，除了传统数字的数据外，文字、电子邮件、网络日志、微信、微博、图片、音频、视频、地理位置信息等都是数据。一般我们把可以用实数表示的数据称为数值型数据，而文字、图片、音频和视频等数据称为非数值型数据。在所有数据中，数值型的数据只占总量的四分之一，而非数值型的数据占四分之三。

3. Velocity（速率，速度）

大数据的第三个特点是产生（输入/输出）速度快，比如世界最大的商品零售商沃尔玛，每小时处理交易数超过100万，每天处理交易数超过10亿笔；美国的脸书（Facebook）公司每天更新照片1000多万张；美国YouTube网站每分钟上传视频60多个小时，每天上传视频超过5万小时；这些数据产生的速度很快，服务器的处理速度要非常快才能满足需要。

4.Value（价值）

大数据的第四个特点是价值密度低，但价值高。以监控视频为例，二十四小时不间断的监控视频，可能有用的数据仅仅只有几秒钟。1998年的《哈佛商业评论》刊登了著名的"啤酒与尿布"商业案例，沃尔玛商场数据分析师根据六百万条顾客购物清单，分析了十万种商品的关联性，发现啤酒与尿布有非常强的关联性——它们经常同时出现在同一张购物单（shopping list）里，于是商场把啤酒与尿布放在一起销售，大大提高了它们的销售量。这个案例说明"大数据的工作就像在一堆稻草中寻找一根针"，数据的价值密度低，但可以从中挖掘出来巨大的商业价值。

总结以上分析，我认为，大数据就是数量巨大、种类多样、产生速度很快、价值密度低，但挖掘后价值高的海量数据。

三、大数据时代来临了吗

互联网的普及使数据无处不在，大数据浪潮已经不可避免，大数据时代已经来临。2012年3月，美国白宫科技政策办公室发布了《大数据研究和发展计划》，同时组建"大数据高级指导小组"，设立了2亿美元的启动资金，美国政府把大数据看成是"未来的新石油"，标志着美国把大数据提高到国家战略层面。2013年1月，英国商业、创新和技能部宣布，将注资6亿英镑（约

9.12亿美元）发展8类高新技术，其中，1.89亿英镑用来发展大数据技术。2011年5月，澳大利亚政府公布了《国家数字经济战略》报告，旨在确保2020年前基本完成国家宽带网络的物理建设，使澳大利亚成为世界数字经济的领军者。2013年6月，日本安倍内阁正式公布了新IT战略"创建最尖端IT国家宣言"，"宣言"全面阐述了2013～2020年期间以发展开放公共数据和大数据为核心的日本新IT国家战略，提出要把日本建设成为一个具有"世界最高水准的广泛运用信息产业技术的社会"。

2014年3月中国人大、政协"两会"期间，大数据成为代表关注的热点。人大代表郑杰（浙江移动公司总经理）今年提出的主要议案之一就是，建议将"发展大数据"上升到国家战略；另一位人大代表雷军（小米CEO）提交了《关于加快实施大数据国家战略的建议》；中国的大数据之门正在逐步打开，国家战略的号角正在吹响。

四、大数据对我们的影响是什么

大数据影响我们社会生活的方方面面：政治、经济、商业、体育、娱乐、管理、公共卫生等很多领域都能见到大数据的身影。

（一）商业领域大数据分析

商业领域最早关注大数据，并将大数据的有效利用视为提高核心竞争力的关键因素，商业领域的决策正在从"业务驱动"转变为"数据驱动"，因为大数据分析可以创造新的商机！

1. 美国沃尔玛超市——商品关联分析

美国沃尔玛是商业大数据分析的先驱，沃尔玛是世界最大的商品零售商，全球员工超过220万，每小时处理交易数超过100万，每天处理交易数超过10亿笔，沃尔玛积累了海量的交易"大数据"；高层管理者希望充分利用这些"大数据"为商家服务，于是从20世纪九十年代，沃尔玛就开始通过交易数据进行商品关联分析，前文提到的"啤酒与尿布"就是关联分析的成功商业案例。沃尔玛开发了一个叫作Retail Link的大数据分析工具，通过这个工具供应商可以事先知道每家店的卖货和库存情况，从而可以在沃尔玛发出指令前自行补货，这可以极大地减少断货的情况，提高了管理效率；大数据分析帮助沃尔玛在降低成本的情况下，提高了服务质量，供应商和沃尔玛的品牌价值也得到了提升。

2. 美国塔吉特（Target）超市——怀孕预测指数

美国第二大超市塔吉特也是商业大数据分析的先驱之一。孕妇对于零售商来说是个含金量很高的顾客群体，但是他们一般会去专门的孕妇商店而不是在超市购买孕期用品。人们一提起塔吉特，往往想到的都是清洁用品、袜子和手纸之类的日常生活用品，却忽视了塔吉特有孕妇需要的一切。那么塔吉特有什么办法可以把这部分细分顾客从孕妇产品专卖店的手里截留下来呢？塔吉特的市场营销人员求助于塔吉特的顾客数据分析部（Guest Data & Analytical Services）的高级经理Andrew Pole，要求他建立一个模型，在孕妇第2个妊娠期就把她们给确认出来。在美国出生记录是公开的，等孩子出生了，新生儿母亲就会被铺天盖地的产品优惠广告包围，那时候塔吉特再行动就晚了，因此必须赶在孕妇第2个妊娠期行动起来。如果塔吉特能够赶在所有零售商之前知道哪位顾客怀孕了，市场营销部门就可以早早地给她们发出量身定制的孕妇优惠广告，早早圈定宝贵的顾客资源。可是怀孕是很私密的信息，如何能够准确地判断哪位顾客怀孕了呢？Andrew Pole想到了塔吉特有一个迎婴聚会（baby shower）的登记表。Andrew Pole开始对这些登记表里的顾客的消费数据进行建模分析，不久就发现了许多非常有用的数据模式。比如模型发现，许多孕妇在第2个妊娠期的开始会买许多大包装的无香味护手霜；在怀孕的最初20周大量购买补充钙、镁、锌的善存片之类的保健品。最后Andrew Pole选出了25种典型商品的消费数据构建了"怀孕预测指数"，通过这个指数，塔吉特能够在很小的误差范围内预测到顾客的怀孕情况，因此塔吉特就能早早地把孕妇优惠广告寄发给顾客。根据Andrew Pole的大数据模型，塔吉特制订了全新的广告营销方案，结果塔吉特的孕期用品销售呈现了爆炸性的增长。Andrew Pole的大数据分析技术从孕妇这个细分顾客群开始向其他各种细分客户群推广，从Andrew Pole加入塔吉特的2002～2010年间，塔吉特的销售额从440亿美元增长到了670亿美元。

（二）体育领域大数据分析

体育领域也涉及大数据分析，科学技术应用于竞技体育，帮助运动员提高成绩，这已经有五六十年的历史，但应用大数据分析来提高竞技水平是最近十年的新鲜事，大数据分析可以帮助教练员发现问题，并提供解决问题的途径，所以，体育也需要大数据。

万众瞩目的2014年巴西世界杯，德国队获得冠军；德国队七场比赛攻入18粒进球，失球只有4个，表现非常出色（小组赛4：0大胜葡萄牙，2：2战平加纳，1：0小胜美国，1/8决赛加时赛2：1击败阿尔及利亚，1/4决赛1：0小胜法国，半决赛7：1横扫巴西，决赛1：0胜阿根廷）。德国队的为什么表现如此出色？特别是在半决赛上面对强大的东道主巴西队，竟然能7：1赢得如此轻松？德国队领队比埃尔霍夫给出了其中的原因，他说："现今，每支运动队都在寻找创新方法以求获得超越对手的竞争优势。我们德国队是世界上最成功的球队之一，德国足协也一直致力于向德国国家队提供最先进的技术来提升球队成绩。"事实上，早在2013年德国足协就与大数据分析公司SAP建立合作伙伴关系，旨在提升足协的业务流程；为了备战世界杯，德国队除了配备专门的衣食住行管理团队，球队管理团队，心理辅导师，医生，理疗师，体能教练等常规辅助人员，还在SAP公司帮助下建立了球队专门的大数据分析团队，负责数据分析工作，他们利用SAP公司提供的秘密武器——高科技产品SAP Match Insights足球解决方案进行数据分析，可以协助教练从海量的训练数据中发现规律，从而优化球队的训练方法和战术。足球运动中产生的数据量，远远超出了外界的想象，比如10个球员用3个球进行训练，10分钟就能产生出700万个可供分析的数据点。而一场90分钟的比赛产生的数据绝对是海量数据，比埃尔霍夫透露："在SAP的协助下，德国队可以实时分析这些海量数据，从而优化培训计划或者是备战下场比赛。"凭借这套系统的帮助，德国队为迎战巴西世界杯制定了更有针对性的训练计划，并改进了战略和战术。比埃尔霍夫在接受媒体采访时表示，在巴西世界杯期间，德国队在每场比赛结束后都会用SAP Match Insights进行赛后分析，为下一场比赛做好充分的准备，大数据分析成了德国队获得胜利的"秘密武器"。

（三）管理领域大数据分析

管理领域也有大数据分析的用武之地，管理领域的一个核心问题是如何提高管理的效率，大数据分析可以帮助管理者找到问题所在，从而解决问题，提高管理效率。

新加坡是一个小国，面积只有714平方公里，人口500多万，出租车有1.6

万辆，因为养车费用高，所以大部分人出行都是乘地铁、公交车或出租车，平时人们出行打出租车很方便，但是下雨天的时候，人们发现出门很难打到出租车，这是为什么呢？记者就这个问题访问了很多居民，大家一致认为下雨天出租车难打的主要原因是因为需求量比平时大，所以建议政府增加出租车数量[1]。但是政府认为新加坡的出租车数量已经足够多，没有必要增加。那应该如何解决打车难这个问题呢？

新加坡-麻省理工学院联合研究所研究员Oliver Senn花了5个月的时间研究这个问题，他收集了新加坡1.6万辆出租车的8.3亿条GPS记录，8000万条出租车行车记录。他试图证实大家的共识"下雨天出租车需求量比平时大，所以打车困难。"但是，GPS大数据显示出一个奇怪的现象：在下雨天的时候，非常多（约90%）的出租车没有开动，天下雨的时候，非常多的出租车就把车停在路边——不拉客人！为什么会这样？Oliver就此走访了几个下雨天不拉客的司机，经过仔细交谈，了解到下雨天司机不愿意拉客的主要原因是怕出交通事故，因为新加坡出租车公司规定：如果出租车发生事故，无论是否是司机的过错，公司立即从司机每月的工资中扣除1000新加坡元（约5000人民币），直到事故鉴定完成。如果不是司机的责任，才退还所扣工资。通常，事故鉴定过程前后要花几个月甚至一年的时间。Oliver将他的研究结果提交给新加坡政府部门，帮助政府部门修改完善了出租车公司的有关规定，很好地解决了这个问题。

所以，大数据确实影响了我们社会生活的各个领方面：商业领域，政治领域，经济领域，公共卫生领域，体育领域，娱乐领域，管理领域……大数据给我们带来了机遇，也带来了挑战！

五、我们准备好了吗

不管你愿意不愿意，大数据时代已经来临，大数据正影响我们社会生活的方方面面，我们应该如何应对大数据的影响？

1　http://www.computerworld.com.sg/resource/applications/why-you-dont-get-taxis-in-singapore-when-it-rains

（一）转变思维—建立"互联网"和"大数据"思维

2013年5月10日，阿里巴巴集团董事局主席马云在淘宝十周年晚会上的演讲说，工业时代是论资排辈，永远需要一个Rich Father（富爸爸），但如今变化的时代是年轻人的时代。他说："我们还没搞懂PC互联网的时候，移动互联网来了，我们还没搞懂移动互联网的时候，大数据来了。"所以，我们要有"大数据"思维，要有积极学习的心态来应对飞速变化的时代。对于当今的大学生而言，无论学什么专业，都应该掌握以下基本知识：经济学、统计学、法律、计算机基本知识。

无独有偶，谷歌首席经济学家哈尔·范里安（Hal Varian）认为"统计学家是世界上最棒的职业"，他为什么这样说？2009年8月6日《纽约时报》一篇文章的标题可以回答这个问题——"当今大学毕业生的唯一关键词：统计学"（For Today's Graduate，Just One Word：Statistics），这篇文章写的是2008年美国遭遇次贷危机以来，工作很难找，几乎所有专业的大学毕业生都面临就业困难，只有一个专业例外：统计专业毕业生很容易找工作，原因很简单：统计是与数据联系最紧密的学科。

美国职场调查网站CareerCast.com公布2014年度最佳工作，数学家打败所有职业，以年薪10.1万美元荣登今年榜首，2022年前就业成长预估达23%，前景看好。最棒工作其次是大学教授、统计学家。最糟工作则是伐木工人、报业记者。CareerCast负责人托尼·李表示："事实上，数学家、统计学家、精算师、软件工程师及计算机系统分析师，工作前景都相当不错。"领英（LinkedIn）公司对全球超过3.3亿用户的工作经历和技能进行分析，公布2014年最受雇主喜欢、最炙手可热的25项技能，其中位列榜首的是统计分析和数据挖掘。这项技能在2013年只排名第五，而当时的最热技能是社交媒体营销。一份麦肯锡研究预测，到2018年，美国将面临数据挖掘和分析人才短缺，将有14万到19万个工作岗位等着"有深入分析能力的人才"，同时还急需150万"懂得运用大数据分析结果做出有效决策的管理人员"。

（二）积极创新——利用"互联网"和"大数据"创新

"互联网"和"大数据"是我们时代的两个关键词，深刻理解这两个关键词有助于我们找到创新的途径，下面是利用"互联网"和"大数据"创新的几个成功实例。

1. 零售业

沃尔玛（全球最大的零售商），1996年进入中国，在中国170个城市开设400多家门店，9万名员工，年交易额过百亿，是中国零售业的巨无霸；淘宝网（2003年成立），2006年交易额是沃尔玛在华所有门店交易额的三倍，2012年11月11日一天的交易额就350亿；是沃尔玛在华所有门店一年的交易额。英国《经济学人》杂志称其为"世界上最伟大的集市"。

2. 通信业

中国移动、中国联通、中国电信垄断中国通信很多年，相互视为竞争对手。腾讯——互联网公司，似乎与通信业无关，2011年推出微信，2013年底用户超过6亿，微信不仅可以发短信，还能语音通话，收发图片和视频，而且还是免费的，只要能上网，完全可以替代中国移动、中国联通。

3. 服装业

雅戈尔（1979年成立）用了30多年时间，建立了500亩的工业城，建立了1500个专卖店，终于实现每天1.3万件男式衬衫的销售业绩。凡客诚品（2007年成立），没有厂房和流水线、没有一家专卖店，只有设计是自己的，2010年，成立刚刚3年，一天实现3万件男式衬衫的销售业绩，是行业巨头雅戈尔2倍还多。

以上三个领域的案例，仔细分析：为什么淘宝网能完胜沃尔玛，腾讯可以挑战移动，凡客诚品能够赶超雅戈尔？原因只有一个：互联网。因为大数据时代，"互联网"和"大数据"改变了以往的游戏规则——跨界也能竞争。

（三）迎接挑战——机遇与挑战并存

据统计，到2014年底，中国拥有5.6亿的互联网用户，几乎是美国的两倍；拥有近11亿部手机，是美国的3倍；中国是一个人口大国，互联网大国，还是手机大国，汽车大国……但是，中国不是数据大国！2011年，麦肯锡公司研究表明：2010年新增数据量，中国为250PB，日本为400PB，欧洲为2000PB，美国为3500PB。于发达国家相比，我们还有差距：我们缺少高科技支持经济的可持续发展，我们需要创新来追赶发达国家。

我们所处的时代是信息时代，这是一个数据为王的时代；掌握数据就掌握了主动；我们要把握机遇，迎接大数据时代挑战！

参考文献

［1］维克多·迈尔·舍恩伯格，肯尼思·库克耶. 大数据时代［M］. 杭州：浙江人民出版
社，2013.

［2］涂子沛. 大数据：正在到来的数据革命，以及它如何改变政府、商业与我们的生活
［M］. 南宁：广西师范大学出版社，2012.

［3］艾伯特·拉斯洛·巴拉巴西. 爆发. 北京：中国人民大学出版社，2012.

何 跃

何跃，云南师范大学历史与行政学院院长，教授，博士生导师。云南省历史学会副会长，云南省东南亚研究会副会长，云南省教学名师，云南省名师工作室、云南省教育研究学术工作站《云南跨境民族教育研究》重点站首席专家、苏州大学老挝研究中心特聘研究员、西南大学伊朗研究中心特聘研究员、云南省政府咨询专家。

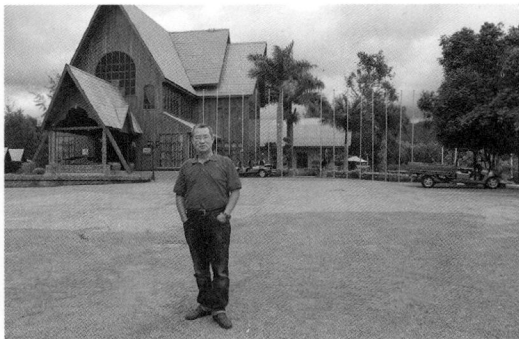

在学术研究方面，长期致力于中国西南边疆地缘政治与边疆安全、西南边疆境外流动人口与非传统安全等研究，主持国家社科基金项目2项，国家社科基金重大项目子项目1项，教育部社科基金项目1项，云南省社科基地项目1项，云南省两院重点项目1项，云南省创新团队1个，云南省教育研究学术工作站重点站1个，云南省省院省校合作项目1项等。在《世界经济与政治》等国内重要核心刊物发表学术论文80余篇。

中国跨境民族文化认同与边疆安全问题

一、跨境民族与跨界民族的界定

20世纪80年代，中央民族大学教授陈永龄等提出"跨界民族"理论，并开始招收"跨界民族"硕士研究生，从此一个新兴学科"跨界民族研究"。关于"跨界民族"概念或提法学术界存在着不同观点。①从字面意思看，人们用"跨界"这一地理空间来特定范畴，意指一个民族因国界线而分居两国或两个以上的国家，从而使一个民族的成员具有两个或两个以上不同的国籍。从民族学的角度（广义角度）分析，特别是从民族心理视角分析，它强调了隶属于不同国家的跨界民族之间的千丝万缕的联系。有些学者也将这类跨界民族称为跨国民族，指因国家边界变动而被分隔、消极被动跨界而居的民族，或因主动的民族迁徙的而形成的跨界而居的民族。②从政治学角度分析或者说从狭义角度上讲，跨界民族是指跨两国乃至多国边界而居的历史上的同一民族，由于历史上的国际冲突及当前的国际政治形势，使国界线和国籍发生变更，导致同一民族隶属于不同的国家。这种分析角度强调跨界民族是国家分隔力的产物，是各民族集团之间的自然地理界限日渐模糊和国家间地理政治界限日益分明交互影响的结果，因此它具有两个突出特征：其一，原民族本身被政治疆界分割；其二，该民族的传统聚居地为政治疆界所分割。他们之间有相近的民族渊源、较强的族群认同和地理分布上大体相连。但是，"由于受到现代国际关系中'现行政治疆界不变''国家主权高于一切''综合国力较量'等理论、准则、理念的制约和影响，跨界民族的民族过程趋向分解,而不是联合。"③本文侧重从狭义的角度分析跨界民族问题。

学术界按不同的标准,对跨界民族进行了分类。按地理性质,可把跨界民族划分为陆界跨界民族和海界跨界民族两大类。按所跨国家数,可分为"双边跨界民族"和"多边跨界民族"。跨界民族不同于跨境民族和跨国民族。跨境民族是从本国迁徙到其他国家境内(而不是边界)的移民而形成的民族集团。跨国民族泛指跨居别国的民族,中间可能相隔一个国家,也可能相隔两个或者数个国家,如犹太人。而地处两国或三国或更多国家交界地区的才是跨界民族。跨国民族由于其居住地不相毗邻,很少产生涉及国家领土主权的问题。

二、中国跨境民族的分布与特点

中国有56个民族,在对中国跨境民族种类的划分上,我国学者都划分有30多个,但具体数字各说不一。有的划分有30个,有的划分有31个,有的划分有32个,有的划分有34个等。曹兴在《跨界民族问题及其对地缘政治的影响》(《民族研究》1999年第6期)一文中认为我国的跨界民族有30个,闫文虎在《跨界民族问题与中国的和平环境》(《现代国际关系》2005年第5期)一文中认为,在中国55个少数民族中,有34个跨界民族。葛公尚在著作《当代国际政治与跨界民族研究》(北京:民族出版社,2006年版)中认为我国的跨界民族有31个,分别为:在东北方向,我国与朝、俄、蒙三国之间,有5个跨界民族;在西北方向上,我国与蒙古、俄罗斯、哈萨克斯坦、塔吉克斯坦、阿富汗、巴基斯坦和印度之间,有8个跨界民族;在西南方向,我国与阿富汗、印度、尼泊尔、锡金、不丹之间,有4个跨界民族;在东南方向,我国与缅甸、老挝、越南之间,也有17个跨界民族。雷勇在《论西南地区跨界民族的和平跨居》(《贵州民族研究》2009年第1期)一文中认同我国有31个跨界民族的说法。何日莫奇在《黑龙江民族丛刊》1996年第3期中对跨界民族界定时,认为我国的跨界民族有31个,具体为:朝鲜族跨中国、韩国、朝鲜、俄罗斯而居;赫哲(那乃)族跨中国、俄罗斯而居;鄂温克(埃文克)族跨中国、俄罗斯而居;蒙古(卡尔梅克)族跨中国、蒙古、俄罗斯而居;哈萨克族跨中国、哈萨克斯坦、乌兹别克斯坦、吉尔吉斯斯坦、塔吉克斯坦、蒙古、俄罗斯而居;柯尔克孜(吉尔吉斯)族跨中国、吉尔吉斯斯坦、哈萨克斯坦、塔吉克斯坦、阿富汗而居；塔吉克族跨中国、塔吉克斯坦、吉尔吉斯斯坦、乌兹别克斯坦、阿富汗而居；乌孜别克（乌兹别克）族跨中国、乌兹别克斯坦、吉尔吉斯斯坦、塔吉克斯坦、阿富汗而居；俄罗斯族跨中国、俄罗斯、哈萨克斯坦、吉尔吉斯斯坦、塔吉克斯坦、乌兹别克斯坦而居；塔塔尔族（鞑靼族）跨中国、俄罗斯、哈萨克斯坦、吉尔吉斯斯坦、乌兹别克斯坦、塔吉克斯坦、蒙古而居；维吾尔族跨中国、哈萨克斯坦、乌兹别克斯坦、吉尔吉斯斯坦、阿富汗、巴基斯坦而居；回（东干）族跨中国、吉尔吉斯斯坦、哈萨克斯坦、乌兹别克斯坦而居；藏族跨中国、印度、尼泊尔、不丹而居；门巴（主巴）族跨中国、不丹、印度而居；傣（泰、掸、泐）族跨中国、缅甸、越南、老挝、泰国而居，彝（倮倮）族跨中国、老挝、越南而居；哈尼（阿卡、高）族跨中国、越南、老挝、缅甸、泰国而居；景颇（克钦）族跨中国、缅甸、印度而居，傈僳族跨中国、缅甸、泰国而居；拉祜（么瑟、么舍）族跨中国、缅甸、泰国、老挝、越南而居；佤（拉佤）族跨中国、缅甸、泰国、老挝而居；德昂（崩龙）族跨中国、缅甸而居；怒族跨中国、缅甸而居，布朗族跨中国、老挝、缅甸而居；独龙族跨中国、缅甸而居；克木人（克木族）跨中国、老挝、越南、泰国、缅甸而居；壮（岱、侬）族跨中国、越南而居；布依族跨中国、越南而居；苗（蒙）族跨中国、越南、老挝、泰国、缅甸而居；瑶族跨中国、越南、老挝、泰国、缅甸而居；京（越）族跨中国、越南、老挝而居。他们主要分布在中国东北、西北、西南边境沿线。东北跨境民族有：朝鲜族、赫哲族、鄂温克族、俄罗斯族、蒙古族；西北跨境民族有：哈萨克族、柯尔克孜族、塔吉克族、乌孜别克族、俄罗斯族、塔塔尔族、维吾尔族、回族、蒙古族；西南跨境民族有：藏族、门巴族、珞巴族、傣族、彝族、哈尼族、景颇族、傈僳族、阿昌族、拉祜族、佤族、德昂族、怒族、独龙族、布朗族、克木人、壮族、苗族、瑶族、京族。其中云南有16个跨境民族。

三、跨境民族文化认同与国家认同的关系

（一）民族认同

民族被认为是一种"想象的共同体（Imagined Communities）"是一种社

会历史现象。认同在民族产生、发展和演变的过程中，始终起到了重要的作用，被认为是构成民族的六大要素之一。顾名思义，跨界民族首先是以民族的身份出现的，所以民族认同即是民族成员在对民族整体的认同心理和民族成员之间的认同心理的基础上形成的一种高度自觉的民族归属感。这种归属感是随着历史的发展而不断凝结和升华的，最后形成一种为所有成员共同认同的复合体，例如中华民族形成的多元一体格局。

由于跨界民族本身的特殊性和敏感性，在相当一段时期内，跨界民族的民族认同没有受到足够的重视。众所周知，跨界民族是民族和民族国家并非完全叠合的表现形式。换言之，就是作为社会历史中的民族和作为利益政治中的国家不一致而直接导致的。但是，从其产生的渊源、发展的过程、共有的风俗习惯、共同的生产方式、共同的文化生活和共同的心理认同等标准来看，只不过是同一族群或种族跨越两个或两个以上国家的政治边界且连成一片居住状态而已。

（二）政治认同

对于民族来说，政治诉求始终是一个重要的手段。相对于其他社会历史现象，对权力和利益的关注是民族行事的最初出发点和最后的落脚点，民族国家中的国族意义层面上的民族更是将其发挥到了极致。简单地说，民族天生具有政治的本能。这种政治本能在认同方面具有二重性，一方面是任何民族都有自己的效忠对象而且其效忠对象相对是稳定的，这个效忠对象就是国家；另一方面就是效忠对象即国家需要为民族的产生、发展和演进提供必需的生存空间、必要的物质基础和必备的制度保证。

然而，对于跨界民族而言，政治认同就变成了一个令人困惑和犯难的大问题。跨界民族首先是民族，同时又是不同于一般意义上的民族。这是因为自现代民族国家产生以来，通常意义上的民族都是在一定政治实体之内即国家所属范围进行效忠的，然而跨界民族是"一种特殊民族共同体"，其分布跨越了两个或两个以上的国家疆域，所以他们在效忠对象的选择就显得异常困难和引人注目，其可能性有：①对最初自己所发源的国家的效忠；②对现在自己所居住的国家效忠；③对两个国家都效忠；④对两个国家都不效忠，寻求新的的效忠对象，如另外建立自己的国家等。

（三）文化认同

文化被认为是民族构成的重要因素之一，通常以复合体的形式存在和出现的。认同则是民族对固有的习俗和传统而产生的归属感，其主要动机就是在自我和他者之间做出的区别。所以文化认同被理解成民族对其本身的传统而生发的一种内在情结（complex）。对民族而言，"文化作为价值和意义体系具有最高的重要性，但它不能与衍生的结构现象分离开来"，所以文化被视为限定一个族群区别于另一个族群的生活方式。

（四）社会认同

民族作为一种社会历史现象，它的产生、发展和演进总是同一定社会发展紧密联系，同时，社会运行状况和社会属性也会体现在民族的发展过程中，从而形成民族的社会认同。"社会认同是一个社会群体的自我意识，是对于'我们'区别于'他们'特质的认识，是社会成员共同拥有的信仰、价值和行动的集中体现，它包含了群体中的个体对于所属群体及其文化的归属感和内心的承诺。" 对于跨界民族而言，社会认同除了具有作为民族所具有的归属感和自我体现以外，还包括他们在所居住的国家同其他族群的族际关系究竟如何。简言之，就是跨界民族的社会适应性和民族融合程度同其发展状况是否协调。历史发展证明，跨界民族的社会认同常常受居住国的社会秩序、社会状况和社会变迁等因素的制约和影响。

跨界民族的社会认同又可以分为四种类型：即，其一，和而不同型；其二，由和而同型；其三，因同而和型；其四，不和不同型。

四、云南跨境民族文化特点与认同

云南位于中国的西南边疆，与中南半岛的越南、老挝、缅甸直接接壤，并邻近泰国和柬埔寨。云南境内的国境线长达4060公里。在漫长的国境线两侧分别居住着壮族、傣族、苗族、瑶族、彝族、景颇族、布依族、哈尼族、傈僳族、拉祜族、阿昌族、独龙族、怒族、佤族、布朗族、德昂族等16个跨界民族。在这些跨界而居的民族中，有跨居中、越、老、缅4国的苗族、瑶族、哈尼族、拉祜族；跨居中、越、老3国的有傣族、彝族；跨居中、越两国的有壮族、布依族；跨居中、老两国的有布朗族；跨居中、缅两国的有傈僳族、景颇族、阿昌族、怒族、独龙族、佤族、德昂族。这些跨界民族分别跨居在云南省8个州市25个县市129个县镇的边境沿线。在边境沿线的跨界民族中，还混居或散居着一定数量的边民。这些边民大多为汉族，也有部分华侨。这些跨界民族聚居区大都为贫穷和边远地区，被其所在国视为偏僻荒凉之地，在相关各国毗邻地区形成一个远离地区经济一体化发展边缘迟缓带，而这个迟缓带在次区域经济一体化中处于民族众多、经济落后、社区封闭的状态。这里边境结合部具有山水相连、通道众多、民族相同、语言相通，风俗习惯相似，跨界民族往来密切的区位人文特点，其经济社会发展变迁与周边国家和地区有着十分密切的联系。正是跨界民族同境外同一民族关系密切，经济、政治、文化、宗教信仰交往频繁等特点，在地区经济一体化的过程中，跨界民族的经济和文化交往更具黏合力。而云南跨界民族和边民相互交织在一起，形成西南边疆沿边境地区独特的多民族共生疆界。为着共同的生存环境和不断被边缘化的现实存在，他们以边民认同和跨界民族认同来获得地区主义化下的最大利益，以地缘环境的有利条件，往往使边民和跨界民族不顾国家的法律制度，从事各种跨界犯罪、毒品走私、武器走私、非法移民等犯罪活动。云南省的跨界民族文化认同也给中国西南边疆带来了多方面的跨境民族问题。

五、跨境民族文化认同与边疆安全问题

跨界民族是产生跨界民族问题的社会背景，但存在跨界民族的地方不一定就会出现跨界民族问题。民族问题是在民族交往联系中，基于民族文化差异、民族群体利益的关注，或者阶级不平等的延伸等原因造成的民族间复杂的社会矛盾问题，是民族交往、互动、关系的体现。跨界民族问题是其中的一个特例，它涉及所在国的政治、经济、文化、宗教信仰、风俗及价值观念等多个领域，对所在国的民族利益、民族感情和民族尊严都会产生影响，并直接威胁所在国的国家稳定。跨界民族问题主要包括民族关系恶化、民族矛盾加剧甚至冲突、民族分裂式的民族自决、领土争端等政治问题。其矛盾构成表现为如下几个方面。

（一）国家凝聚力和民族向心力发生矛盾

民族的自我认同大于国家的认同，民族向心力大于国家凝聚力。特别是在多民族国家中，当一个或多个少数民族势力（或民族集团）片面强调其民族利益和民族特征时，就会产生从现有国家中分离出去的倾向，并谋求建立单独的民族国家或与其相邻的以本民族为主体民族的国家合并，其极端形式是民族分离主义。

（二）国内民族问题国际化

在全球化日益加深的条件下，国内民族问题周边化、国际化的趋势非常明显。在一国处于少数和弱势地位的跨界民族，在维护其民族权利的时候，总会与国界外的同一民族相比较，在其愿望得不到满足的情况下，总想得到跨界同一民族的政府的帮助，甚至是希望民族统一，这是民族分裂主义滋生的肥沃土壤。

（三）民族问题与宗教问题交织使一般社会问题政治化

跨界民族不但与境外的同一民族有着直接的联系，还与境外的同一宗教有千丝万缕的联系，尤其在受宗教影响较深的民族中，宗教因素更是民族机体中的一个不可缺少的组成部分，民族意识和宗教意识往往相互影响、相互渗透。有些跨界民族问题以宗教冲突形式出现，宗教狂热与民族因素相联结，通常会导致其潜在的排他性过度膨胀，成为引发与其他民族矛盾和纠纷的诱因。在一些地区，跨界民族的公民权利，因为宗教信仰被人为地渲染成民族的利益问题和宗教问题，被打上政治烙印，进而减弱对国家的认同感，产生民族分离主义思想和行为。

（四）跨界民族问题"工具化"

跨界民族问题由于其国际性特点，很容易被分裂主义者或别有企图的国家所利用，成为政治斗争的工具。民族分裂主义极力使自己的分裂行为国际化，进而使大国和国际组织介入，以此达到分裂国家的目的。美国等西方大国，为了实现其战略目的，在一些跨界民族问题上以"民族自决"为借口，以保护人权为由，推行"人道主义干预"等强权政治，明里暗里支持一些国家的民族分裂势力。另外，由于跨界民族的地理和人文特殊性，敌对势力常常利用跨境民族进行渗透，或者拉拢收买，或者暗中支持少数分裂分子，以达到其政治目的。跨界民族问题的形成是内外因素相互作用的结果。从内在因素讲，国家的民族宗教政策，尤其是少数民族政策的偏差是主要原因。跨界民族与主体民族在政治、经济地位上的不平等是产生跨界民族问题的主观条件。由于政府政策上的失误，致使处于少数民族地位的跨界民族在经济、政治上的权利和利益得不到保护，加速了跨界民族问题的形成。

中国跨界民族问题的形成既有历史原因，也有周边环境的多种原因。中国跨界民族问题具有如下基本特点。

（1）受泛民族主义主要是泛突厥主义（大土耳其主义）、大哈萨克主义、大蒙古主义、大泰族主义等极端民族主义思潮的影响较大。泛突厥主义极力宣扬所谓"突厥民族至上"论，散布民族对立和民族仇视思想，主张突厥民族实现"语言、行动和思想的统一"，以共同的伊斯兰教和突厥语族为纽带，建立一个从博斯普鲁斯海峡到阿勒泰的突厥语族大帝国。泛蒙古主义就是将蒙古国、中国的内蒙古、俄罗斯的布里亚特"三蒙"民族跨界而居的格局统一成"大蒙古国"。大哈萨克主义号召世界范围内的哈萨克人回归哈萨克斯坦。大泰族主义认为历史上的"南诏"是泰族建立的国家，是中国人的排挤和侵略迫使这个国家解体和"民族"南迁，号召收复故土，统一建国。朝、韩两国的极端民族主义者也打出"寻根归祖"的旗帜，提出"所有朝鲜族人是一个整体，不需要国家疆界"等口号，借此煽动中国朝鲜族的民族独立情绪。极端泛民族主义思潮的兴起，对中国这个多民族国家影响极大。目前，中国以泛突厥主义为理论基础的东突民族分裂组织达50多个，以"三蒙统一"为政治目的的蒙独分裂组织有30多个。

（2）经济发展滞后是其形成的一个主要原因。由于中国多数跨界民族居住地的自然条件和交通条件差，商品经济和文化、科技水平低，经济发展较慢。改革开放以来，中国经济取得了长足发展，但东西部地区的经济发展差距也越拉越大，许多少数民族地区基本上还是处于贫困状态和刚刚解决温饱问题。许多跨界民族存在物质贫困和精神贫困、经济封闭和文化信息封闭。跨界民族地区的经济发展缓慢，东西部经济发展差距拉大和心理失衡成为诱发民族矛盾的重要因素。

（3）受宗教影响较大。中国是一个多民族的国家，也是多种宗教并存的国家。中国不仅有从国外传入的佛教、基督教、伊斯兰教等世界性宗教，而且有本土产生和发展起来的道教，及残存在民间的具有原始宗教色彩的传统宗教信仰。中国现有20多个信仰宗教的少数民族，其中回、维吾尔、哈萨克、塔吉克、克尔克孜、乌孜别克等10个跨界民族信仰伊斯兰教；瑶族及少部分彝族和壮族等跨界民族信仰道教；藏族、门巴族和蒙古族以及部分怒族信仰藏传佛教；跨界民族中的傈僳、怒、苗、彝、哈尼、傣、壮、布依、朝鲜等10多个民族的部分信奉天主教和新教，少数鄂温克族则信仰东正教；俄罗斯族仍维持其传统的东正教信仰。中国的宗教问题与民族问题往往交织在一起。改革开放后，对中国西北地区跨界民族影响较大的"泛伊斯兰主义"思想，对新疆等地穆斯林群众也产生了一定程度的消极影响。

（4）跨界民族问题也使中国打击毒品问题难度加大。中国的云南省与世界第一毒品基地"金三角"为邻。这里的毒品从不同方向、不同渠道贩入中国，危害越来越大。中国新疆地区与世界第二毒品基地"新月带"为邻，该基地平均每年生产300吨鸦片，250吨纯海洛因，占世界毒品上市总量的39%。上述两个省份也是跨界民族集中地区，民族问题与毒品问题纠缠在一起，使国家安全工作难度增大。

雷 强

雷强，曾任工人、机关干部、教师、港资企业及民营企业高管。昆明师范学院历史系1978级本科毕业生。发表过若干文字作品，担任过多家报纸、电台、电视台等媒体的嘉宾、栏目特邀主讲人和撰稿人。从1994年至今，参加过若干讲座的演讲。

"沐国公"家族与明代云南社会

很多云南人都说自己祖籍在南京应天府柳树湾高石坎，并且说"老祖宗是跟着沐国公到云南来的"。这生动地道出了所谓"沐国公"家族与云南历史的深厚渊源。的确，在明代近280年的云南历史中，沐英家族是个绕不开的话题。研究这个家族的历史，既是发掘云南的历史文化，也可从中了解云南社会经济发展的重要轨迹，还可以从封建社会必然衰亡的规律中领悟一些有益的启示。

沐英出身贫苦，身为孤儿的他投入了朱元璋领导的农民起义军队伍。后来，作为高级将领，他参与领导了统一云南的战役，并以"镇守国公兼云南总兵官"的身份开始了他的子孙家族统治云南的历史。其家族先后受封爵位有二王、九国公、一侯、四都督，与明相始终，是明朝世袭功臣家族中罕有的幸运"长命"家族。

一、一个与云南历史有深厚渊源的家族

1. 第一代云南镇守国公沐英

沐英，安徽定远人，生于元至正五年（1345年）。祖、父都是朴实贫苦的农民。八岁时，父亲不幸病逝。当时社会已发生大动乱，红巾军等农民起义军正与元朝军队相互攻杀。沐英居住的村庄"居室毁于兵"，带领沐英流亡逃难的母亲不久也病死。孤苦伶仃的少年沐英投到红巾军将领朱元璋帐下，不久被朱元璋收为义子，改名为朱英。朱元璋及其妻子马氏非常疼爱沐英，视为己出。沐英被封为西平侯时，朱元璋在封诰中还深情回忆："尔当

是时八岁而逢难，罔知存活。朕怜其子孤而且幼。特抚育如儿。夜卧同榻，数番鼾睡于朕怀……今也不忘尔孩童之状，与尔无异于尔父"。沐英还和朱元璋长子朱标等朱元璋的子侄一起，受到了良好的教育。

朱元璋在群雄逐鹿的过程中成为一方诸侯，沐英相随左右，也逐渐成长为一名能征善战的青年将领。十八岁时，受封"帐前都尉"，即为朱元璋卫队首领。两年后，升任广武卫亲军指挥使。在朱元璋平定天下的征战中，沐英先后参与了南征福建、西征吐蕃、北灭残元的各次战役。有好几次是战斗处于困难危急之时，朱元璋亲自调动沐英前往救急。沐英"勤于军政""其军马调度、衣甲、粮储一切军务……英剖决如流，与无凝滞。拥诚待下，吏不敢欺……军政修明，兵卫森肃"。深受朱元璋的赏识器重，屡获封赏。

朱元璋登基建立大明后，鉴于云南元朝残余势力长期不肯降附，于洪武十四年九月（1381年），派傅友德为征南将军，蓝玉和沐英为左右副将军，率30万大军出师平定云南。在平定西南的战役中，沐英在曲靖白石江战役中建立了突出功勋。在元军坚守对峙之时，沐英建议傅友德"出其不意，攻其不备"，趁大雾布兵于江岸，又"整众鸣鼓"迷惑元兵，并派出善游者千人从上游先渡，"循山而出其阵后"。在激战中，"英复纵铁骑捣其中坚，连斩数百人，出入其阵，敌众披靡，遂大败之"。在明军的连续进攻下，元梁王率众逃窜，最后在今梁王山麓投滇池自杀。

明军又先后平定了元朝残余势力及大理割据武装。洪武十五年三月（1382年）傅友德、蓝玉班师返京，朱元璋命沐英以西平侯兼云南总兵官之职，统兵10万留镇云南。沐英在其后十年期间做了不少有利于云南发展的好事。

2. 三司的设立和卫所制度的建立

沐英最大的功绩，是建立卫所制度，并通过军屯、民屯和商屯等形式，从江苏、安徽及江西等地移民开发云南。云南经济得到显著发展，汉族人民大量入滇，是从沐英开始的。沐英还致力于兴修水利、设堡筑桥。

首先，沐英继续扫荡了云南各地的割据武装，在全省建立了府、州、县政权（流官），理顺各少数民族土司政权，使明朝对云南的统治逐渐稳固充实。

设置云南承宣布政使司，云南都指挥使司机，云南按察使司。至成化年间（1465～1487年）后又常设云南巡抚。

明初在云南采取"三江之外宜土不宜流，三江之内宜流不宜土"的方针，同时在一些地区实行"土流兼治""府卫参设"。云南、曲靖、澂江、临安、大理、永昌设府；楚雄、姚安、广南流官为知府，以土官为辅任同知、通判；寻甸、武定、蒙化、顺宁、鹤庆、丽江、东川、乌蒙等13府以土为主，以流为辅；边远地区则设置宣慰使、宣抚使、招讨使、长官司等，或称御夷府州，全由土司管辖；全设流官和流土兼治的地区，"府卫参设"，军政分职；一时不能建府的，设立军政合一的"军民指挥使司"。流官、土司的任命、承袭都必须由布政使司或都指挥使司"验封""武选"。朝廷通过行省对土官行使考核、升降、迁调和罢免的权力。

沐英修筑云南府（今昆明）砖城，奠定了以后五百多年昆明城的规模。今天圆通山还残存有的昆明城墙遗迹，即"明城墙也"。

沐英非常重视文化教育，在推广屯田的同时，兴办"卫学"，解决官兵子弟的教育问题，还在昆明及各府、州、县修文庙办学堂，保送土官子弟到京师国子监学习。

洪武二十二年（1389年）冬，沐英入朝觐见，朱元璋亲自赐宴，并赞许道："西南使朕高枕无忧者，汝英也"。

洪武十五年（1382年），马皇后病逝，沐英闻讯"三日不食，踊恸几绝""哭至呕血"。洪武二十五年（1392年），和沐英一起长大，情同手足的太子朱标病逝。沐英两个月以后才闻报，"忽仆于地""中风不能起"，终致病亡，终年四十八岁。朱元璋对沐英病逝十分痛心，追封其为黔宁王，并命沐英长子沐春袭父爵位，继镇云南。

2005年7月，南京举办的《沐英家族出土文物展》中，有一块纯金的圆形的"祖训金牌"。正面五个大字："黔宁王遗记"，左右分刻"此牌须用""印绶带之"。背面刻字五行："凡我子孙，各要尽忠报国，事事必勤慎小心，处同僚谦和为本，特谕。慎之，戒之"。沐英的这番告诫，对其子孙是有一定作用的。

二、沐氏家族在云南的建树

承袭沐英爵位的长子沐春，十七岁时便随父征战沙场，经受过战火的洗礼。洪武十八年（1385年）秋，沐春被授骠骑将军金后军都督府事，按制度要先试用。朱元璋发话，这个娃娃是我们自家的孩子，和别的不能比。逐以实授。但沐春处事仍很勤勉果断，屡立功勋。他继承父职时，年方二十五岁。沐春在任时，多次指挥了平定各种叛乱和边乱。沐春对父辈开创的屯田事业十分重视，他在任期间增辟农田达三十多万亩。沐春也很重视水利，他亲自主持修建的铁池河（汤池渠）水利工程，引阳宗海水"灌宜良涸田数万亩，民复业者伍仟余户"，直至今日还在发挥作用。沐春在平定麓川的征战中染上疾病，三十六岁死于军中。

1. 屯垦戍边和大量内地移民来滇

沐英等在云南各地设置了云南左卫（六千户所）、云南右卫（六千户所）、云南中卫（六千户所）、云南前卫（五千户所）、云南后卫（五千户所）、广南卫（四千户所），宜良所、安宁所、易门所等37个主要在云南府、澂江府范围内的千户所。曲靖卫、越州卫、平夷卫、六凉卫、临安卫、楚雄卫、大理卫、永昌卫、腾冲卫、通海御、鹤庆御、新安所、武定所等遍布各地的卫、御、所。明代云南都司所领20卫、3御、18所，共有138个千户所。足额官兵应有148960人。

洪武十九年（1386年），沐英奏请：云南土地甚广，而荒芜居多，宜置屯，令军士开垦，以备储偫。

明王朝在云南原有卫所屯田的基础上，先后从四川、湖南、西安等地调遣大批军队入滇屯垦。《明史．食货志》：屯田之制，曰军屯，曰民屯，曰商屯。其制：移民就宽乡，或招募或罪徙者为民屯，有领之有司，而军屯则领之卫所。

洪武二十年（1387年），命运湖南常德、辰州二府民家三丁以上者出一丁往屯云南。

洪武二十二年（1389年），"携江南江西人民二百五十余万入滇，给予种籽、资金，区别地亩，分别于是临安、曲靖江……各部县"。

1392~1398年间，再移南京人民三十余万入云南。（《滇粹》）

洪武二十六年（1393年）云南人口约25.9万多人，至万历六年（1578年）增至147.6万多人，185年间增长四倍多。（《云南省情》）

至今，云南各地大量地名均留有明代屯垦留下的痕迹。

2. 农业生产和水利工程的发展

万历《云南通志. 兵食志》：军屯人数约为29万人。军屯田土地约130多万亩。布政司在籍官民田园为178万多亩。全省田赋予14万3千余石。

耕作方法由原来的"二牛三夫"改为一牛或二牛牵引，一人或二人驱犁耕作。内地先进的生产经验、耕作技术、农作物优良好品种、先进工具得以推广；水车、水碓、水磨等也大量引进使用，"春碓用泉，不劳人力"。

沐英及其子孙还大量建筑水利工程：昆明南坝闸工程，使"田不病于旱涝"；滇池海口整修疏浚，使周边田亩免于"每岁秋麦，雨集水溢，田庐且没"。改松华坝土木结构为石闸；新建以黑龙潭为水源的银汁河；汤池渠：沐春动用15000名屯军，全长36里，灌溉宜良数万亩田地；横山水洞：黑林铺自卫村，隆庆四年（1570年）修筑，洞口高2米，宽1.2米，长1180米，是昆明地区最早的人工引水灌溉隧洞；石屏异龙湖引水工程、保山九龙池灌溉系统、邓川弥苴佉江堤工程、云南县（今祥云）"地龙"灌溉网工程……"州卫军民相兼疏浚""畛畔相入，盈亏互察""军民俱利""夷汉利之"。

3. 重教兴文及各种"惠滇"德政

沐春死后，由其弟沐晟袭职。以后几代沐氏子孙先后继任。这些子孙中，有的带兵平定边乱，立有战功；有的"留意屯田，修治水利"；有的关心文化教育，"使诸生执经进讲，诱掖讲劝，无所不至"；有的关心民生，重视民间疾苦，如沐英之孙沐斌曾建议减免税赋，不许放高利贷，以免掠夺太甚激起民变；沐英三子定边伯沐昂曾辑录明朝云南21位诗人作品，编成《沧海遗珠》遗世，对云南地方文学的保存和发展有一定贡献。

沐氏一家，还多次带兵平定叛乱及保卫边疆，为多民族国家的形成和稳定起了积极的作用。

三、无可挽救的豪门衰落

1. 世袭豪门的斑斑劣迹

但是，特权和专制必然带来腐败。尽管沐英告诫再三，他的后代却无可阻扼地走向堕落和腐败。万历年间，沐家在云南占有的土地多达八千多顷，在西北平凉、固原一带还有大片草场。还在沐英次子沐晟袭爵时，沐府就在云南"置田庄三百六十区"。沐晟曾夸耀他一天就食一处都够了。

沐家除府邸之外，在昆明还有豪华别墅。其一处在今翠湖傍，名曰"柳营"；另一处，在今大观楼附近，名曰"水云乡"。园中坐落在山茶花丛中的主楼，名曰"簇锦"。据称，沐府藏有无数的奇珍异宝，有佛顶石、青筋头、丹砂、落红、琥珀、马蹄赤金等。这些珍宝以每百斤装一箱，"藏以高版，版库五十箧，共二百五十余库"。吴三桂后来曾接收沐府的两块高六尺的大理石古屏，上有极似元朝名家的水墨山水和神气如生的老虎……

2. 明朝末期云南社会的腐败动荡

明代中后期，土地高度集中，土豪权门用连阡陌，贫民小户却无立锥之地。

在云南，沐氏庄田成为严重的社会痼疾。昆明西郊石狮石鼻里（今车家壁）一带，有沐府庄田五百余亩，与纳粮民田一千一百余亩相连，每逢栽插，沐府家人把持水源，垄断灌溉，"兼行倒卖肥己"，以致大邑、小邑二村失时无收，"实难聊生"。农民40年间多次向官府控告，但官官相护，一直得不到解决。万历元年（1573年），适逢参倒权奸严嵩的邹应龙以兵部侍郎、右金都御史巡抚云南，奉当朝大学士徐阶之命，查处黔国公沐朝弼的骄恣行为。邹应龙公平处理了石壁里水利诉讼案件。并由当时的昆明知县胡嵩"颁勒石文，仰各悉照前议事规，均行灌溉，永为遵守。以后各家人敢再仍前违犯者，许受害人印碑赴告，明究治罪不恕。"此块明代昆明石壁里农民"控告沐府霸阻水利碑"，于20世纪60年代初，被昆明市志编纂委员会工作人员发现于马街小学。

之后，邹应龙调查了袭爵的第8代黔国公沐朝弼的若干不法行为，沐朝弼被逮捕（后被判免死罪，禁锢于南京故第）。其子沐昌祚代行职务。

万历十五（1587年）年，黔国公沐昌祚侵民田八千余顷，巡抚周家谟劾治之。

在《周嘉谟庄田册疏》中，有如此记载：看得沐镇握兵符，世守兹土，俸禄外，听置田庄，国家所为优待也。查十六年册，税粮田地，共八千三十一顷三十七亩，共税粮三千四百一十九石，不为不多矣。……于旧环滇村内，莫非总庄，有更仆难悉数者，于是乎镇不得不委之参随，分之大小管庄、火头、佃长。正征之外有杂派，杂征之外有亡名，虐焰所加，不至膏见骨干不止！……饥寒既迫，相率寇盗。

《滇系·事略》又载：万历初年，沐琮平定养甸后，就把周边500

多里的地区收作自己的庄园。每年派人收租，数常3倍。"万历四十一年（1613年），荞甸贼攻宜良……时诸贼皆黔国庄丁，节年流劫州县，官莫能捕。"……

3. 卫所制度的衰败及士卒的反叛

沐英等所建立的卫军腐败所引起的社会动荡，也是当时社会的又一顽疾。

《明实录·英宗正统实录》记载："……近闻云南军士精壮。富贵者俱投托大官，或充伴当跟随，或私耕种田土，并不操练……"。

《腾越州志》也记载："明末兵变为农，不足驱使"；《云南通志·序》又说："迄于明季，军非旧籍贯，田各易主，变军为民，屯政之坏，乃不可复旧也。世袭之官，尽是丸袴。屯守之卒，变为耕农。将骄卒惰，政繁赋重，驯至兵食两绌……"。

在明朝中后期，多次爆发卫、所将士哗变暴动。仅在今昆明地区即有：

六卫军进城请愿。弘治十四年（1501年）开浚东西金汁河用六卫军，月粮稍迟，径至抚院衙门鼓噪，或有言系乡绅韩昂阻粮者，即时韩之房舍片瓦无存，父子被逮下狱，冤死百口。

云南卫卒包围巡抚衙署：嘉靖八年（1529年）冬十一月，云南卫卒以索饷鼓噪，围抚署，发迄乃散。

征缅归兵哗变：万历十七年（1589年）征缅归兵议令散去，人给三金，众以为不足，官复逼之发，遂大噪行劫而东……

4. 赋税病重，横征暴敛引起社会动荡

当时云南社会的又一重大隐患，是朝廷强征矿税及各种横征暴敛的祸害。

云南多矿产，至明代已有相当发展。《云南通志》曾载：云南银矿32所，"合浙江等八省所产，不敌云南之半。"天顺二年（1458年），云南全年上缴矿课十万两，占全国银课总数二分之一强。嘉靖以后，宝石、琥珀、矿金、矿银四项，朝廷要求朝贡。后来发展到征收强索大象、大理石、马、白鹿、珍珠、屏风、石床、金银器皿、铁甲、奇玩器物等等。

嘉靖年间云南税目奇多，其中有：商税银、门摊银、酒课银、鱼课银、窑课银、租课银、房租银、税契银、认辩课银、松课银、果园银、盐税银、街税、铁课、舡课……

自正统五年（1440年）后，税赋又增多"附加"，如助饷、剿饷、练饷等等。

一位云南当时籍的官员王元翰。曾经在其的奏折中写道：

其最为害者，莫如贡金、榷税二者，大税之外有小税，正税之外有私税，朝廷得十，有司攘五。府库收金，百姓赔半，髓骨俱罄，追剥无已。是以室室空虚，人人喜乱。民不堪榷税，而后焚采监。——《陈滇患孔殷疏》

今滇中干戈满地，骨肉涂野，民不因避税而成盗，则必繇办金而成贼。——《滇民不堪苛政疏》

万历三十四年（1606年）正月，云南民变使反抗矿税的斗争达到高峰。万历二十七年（1599年）杨荣担任云南税监后，滥施威权，无恶不作。万历三十年（1602年）腾冲矿民烧毁厂房，杀死委官张安民。杨荣未有收敛，反而更加穷凶极恶，被其用酷刑打死者达到数千人。万历三十四年（1606年），其又以"取马四十匹不足数"，逮捕管堡指挥，并扬言"要尽捕六卫官"，在指挥贺延光等率领下，昆明万余民众冲入"内监府"，杀死杨荣及其爪牙百余人，并烧毁该府邸及物资。

5. 少数民族的反抗及动乱

在日趋严酷黑暗的专制统治下，云南的少数民族反叛也不断暴发。

嘉靖七年（1528年）春正月，武定府土司凤朝文与安铨等连兵反，陷武定，犯会城，云南大震。

万历三十五年（1607年），武定土司郑举联合"夷酋"阿克反，犯会城，索武定府印而去。知府陈典贪婪……举等攻破府城，杀指挥千户男妇五百余人，遂拥兵直抵省城，竟无一卒迎战……三十六年正月又寇禄丰，破其城，知县苏梦旸死之。六月诸路合兵剿贼俱平，俘虏阿克等九人于京正法。沐昌祚奏劾抚镇失事状，沐睿除名，巡抚陈用宾死于狱。——《续修昆明县志卷三》

正史和野史中还记载了沐氏子孙骄奢淫逸，横行霸道，欺压官民，违法乱纪的各种丑行。当时，云南地方高官来沐府议事，只能从边门出入。有位金事路遇未能避让沐昌祚，沐竟鞭打其轿夫。最骇人听闻的是，沐英第十一世孙沐启元，因与云南巡抚失和冲突，竟发兵包围巡抚衙门，并"发巨炮轰之"，还把许多读书人抓起来痛打。他的母亲宋夫人怕沐启元祸闯大了，哭泣三日之后用毒药把沐启元毒死。

此外，沐府还有因权利冲突，老子要杀儿子的，有为争夺家产，囚禁欺凌兄嫂的……这个历史荣耀的高贵家族，也只有大门口的石狮子是干净的了。但是，当时的朝廷，仍以"保全勋旧"，多所包庇回护。

四、沐氏家族的悲惨结局

沐天波是第十二代"黔国公"，也就是因猖狂闹事而被其母亲忍痛毒杀的沐启元的儿子。

崇祯元年（1628年）十月，沐天波奉诏承袭黔国公爵位，并继任云南总兵官。而沐天波此时还是个尚无处事经验的青涩贵胄公子，总兵事务只能由云南巡抚代摄，府内事务则由其母陈太夫人及管家阮氏兄弟主持。此时的明朝已是千疮百孔，世事纷乱。云南也由于沐府及整个官场"网利营私，土司多叛"。

崇祯十七年（1644年），清军入关，明朝覆亡。此时的沐天波已经长成掌权。南明小朝廷前来要求助饷，他却"一毛不拔"。

当张献忠的大西军占领四川后，沐天波派出武定参将李大赟到滇川边境防守。因为李大赟贪墨残酷，激起元谋的彝族土司起兵反抗，占领武定、楚雄。云南巡抚和沐天波只得征调蒙自土司沙定洲前往"平叛"。

沙定洲"平叛"之后，沐天波在昆明府中设宴款待。沐府的奢华富丽使沙定洲垂涎欲滴。沙定洲在策划准备之后，于次年十二月初以辞行为名，率兵攻入沐府并占领昆明。沐天波仓皇从后门逃到了楚雄。沐天波的母亲陈太夫人和夫人焦氏也分别逃到普吉附近的朝阳庵和金井庵躲避。陈太夫人和焦氏眼见逃生无望，先后在寺庵中自焚而亡。近年驴友在长虫山西麓发现了陈太夫人自焚于朝阳庵的遗址，崖壁上遗留的石刻清楚地记叙了这一事件。

沙定洲占领昆明后，要求云南巡抚上奏远在福建的南明小朝廷，由他来代替沐氏"镇守"云南。南明小朝廷竟也发出"扫除沐天波"的谕旨。

1647年，大西军在孙可望、李定国等率领下占领云南并打败沙定洲。随后永历小朝廷入驻昆明，沐天波返回昆明追随永历，又当了几年永历小朝廷的首辅及国公。

1658年，清军进入昆明，沐天波拥戴永历皇帝逃入缅甸。永历小朝廷虽成流亡政权，但其腐败昏聩的毛病却无法遏制。小朝廷内部，争权夺利，攻讦内讧，纵酒赌博，调戏妇女，一片乌烟瘴气。这类败亡君臣，连缅甸官民都看它不起。有次缅王举行庆典，指名要沐天波代表小朝廷出席祝贺，并逼迫沐天波身着缅甸冠服。他人屋檐之下，沐天波也只有屈从而大哭。

顺治十八年（1661年）七月，缅王又令永历小朝廷君臣到江岸饮"咒水"盟誓。这是因为此时南明政权已山穷水尽，而清朝大军已兵临滇缅边境，威逼缅王要交出永历皇帝，缅王为清除永历小朝廷所设计的一个陷阱。永历君臣也看穿了缅方的居心，但仍不得不派出沐天波等大臣前去赴会。在盟誓现场，缅方伏兵击杀了所有赴会的永历官兵。沐天波表现倒还英勇，据说奋勇锤杀了多名缅兵，但最后也被杀身亡。缅兵随即又追杀到永历皇帝居处，杀死了数百大臣、兵将及后宫嫔妃。最后将永历皇帝生俘交给了吴三桂。这就是有名的"咒水之难"。与沐天波同时遇难的，还有他带在身边的小儿子沐忠亮。

沐天波随永历逃亡之前，曾将两个儿子分别托付给二位土司，企望留下沐氏血脉。随着他长子沐忠显起兵反清而迅速败亡，显赫两个半世纪的"沐国公"家族，随同"大明王朝"一起烟消云散。

五、千秋功罪任人评说

沐英及其子孙，在镇守云南期间，建立卫所制度，大力推行屯垦事业，使云南的社会经济得到了显著的发展，成为云南历史上经济及文化等发展最突出的时期。与此同时，大量进入云南的军队及移民，使云南的人口迅速增加，汉族的人口总数，逐渐超过了少数民族。再加上比较妥善地推行了"改土归流"及规范土司制度，使云南的政局得以稳定，边疆防务日趋坚固，这对多民族国家的发展和巩固，有着重大的积极意义。这是对沐英及其子孙应该充分肯定的历史功馈。

但是，任何专制统治必然走向腐败衰亡。沐氏家族的这种豪门世袭，也不以人的意志为转移，最终走向了败亡。

今天，在昆明及云南多地，还留存着沐氏家族的一些历史遗存。我希望能够得到妥善良好的保护，这毕竟是我们历史文化名城和古老文明不可多得的宝贵历史文化印记。

李志勤

中国演讲学会副会长、云南省演讲学会会长、教授，原昆明陆军学院语言教研室主任、藏族中学校长，先后出版发行论著、教材31部，撰写论文197篇。先后荣获"全军优秀教师""全国三八红旗手""全国民族教育优秀教师""全国援藏教育先进工作者""十六大代表候选人""成都军区勤政廉洁先进个人""全国社会科普优秀专家"等30多项荣誉称号。

代琼兰

昆明市西山区团结街道办下冲社区上冲居民小组党支部书记、昆明喜福乐老年公寓负责人。30余年来艰苦创业，富裕起来后，自筹资金一千余万元，建立喜福乐老年公寓，义务赡养孤残老人50余人，孝老爱亲模范事迹感动云岭大地，先后荣获"全国五好文明家庭""全国双学双比女能手""云南省三八红旗手""云南省优秀共产党员""云岭孝心""昆明市劳动模范"等荣誉称号。

毕惠仙

昆明阿惠家政服务中心主任。1996年，下岗后毕惠仙自力更生创办了昆明市阿惠家政服务中心。多年来培养和帮助下岗失业和农村富余劳动力达5000多人（次）实现就业。为国家分忧、为社会担责、为百姓解愁，中心专职员工近300名，500多人（次）取得了国家职业资格认证。在毕惠仙的带领下，阿惠家政服务中心先后得到胡锦涛总书记的亲切接见，得到吴邦国委员长等党和国家领导人的关心和关怀，先后荣获"全国三八红旗手""全国巾帼创业带头人""云南省十大再就业明星""云南省十大杰出青年""昆明十大杰出创业女性"等荣誉称号。

毕惠仙

铁飞燕

第十二届全国人大代表，第十一届中国妇女代表、云南公投昆明东管理处小喜村收费站站长。 2010年在绵阳旅游，飞身跳河勇救4名落水工人。铁飞燕绵阳见义勇为的事迹响彻川滇大地，她16岁收养弃婴的美德一起传遍神州大地。被誉为"最美的90后女孩""英雄，中国的骄傲""传遍神州大地90后的楷模"。先后被评为"全国三八红旗手""云南省道德模范""见义勇为先进个人""云南省十大女杰"等荣誉称号。

四位"三八"红旗手的精彩人生

张丽珍主持推介：在美丽的云岭大地，有许多巾帼英豪，她们的精彩人生引领我们奋发。在庆祝国际"三八"妇女节的日子里，云岭大讲堂推出"女性专题演讲——四位'三八'红旗手的精彩人生"，让我们收获一次感动，感悟一次人生。

今天与我们分享"'三八'红旗手精彩人生"的有云南省演讲学会的会长李志勤女士，昆明市阿惠家政总经理毕惠仙女士，昆明市团结乡喜福乐养老院院长代琼兰女士，90后的优秀青年铁飞燕女士。

云南省演讲学会会长李志勤女士，她上过前线，立过战功；她在原昆明陆军学院获得过许多"第一"：第一个参加自卫反击战的女军人；第一个教研室女主任；第一个全军基层指挥学院的女大队长；第一任军队藏族中学的校长；第一个在全军开设演讲课等等。

李志勤演讲

虽然我获得过许多荣誉，但我仍然会有危机感并不断地挑战自己。2006年，我在人生比较辉煌时选择了退役，来到云南省演讲学会，想让更多的人练就口才成就未来，一晃8年了。回顾往事，我一直在努力。有人问我：您的一生有那么多荣誉应该很顺利，但您仍然会有危机感并不断地挑战危机，为什么呢？

我认为危机无处不在，不管你承认不承认，每个人都会面临各种危机，女性尤其是这样，比如性别危机、家庭危机、失业、就业以及事业危机等等。所以，挑战危机是我们女性要在社会上立足并有所建树的最重要品质之一。对我来说，工作在一个以男性为主的基层指挥院校，要想立足，必须付出常人所不能付出的努力。

1994年，我在陆军学院语言教研室担任主任，干得红红火火，学院调我担任附属藏族中学的首任校长。从大学到中学，我心里肯定会有想法，但军人以服从命令为天职。从藏区选来的孩子连汉话都不会讲，教他们会有多难可想而知。面临着培养未来藏区指挥军官的接班人，面临境外20世纪60年代就在办少年军校、与我们争夺接班人的挑战，我觉得这就是一场持久的没有硝烟的争夺战，是民族的大业，一点也不亚于占领一个制高点、打赢一场战争！我决心直面危机、不辱使命。我是女性，我就是藏族孩子们的妈妈；我是军人，我就是他们的大队长；我是教授，我当然要带出一流的藏族指挥军官！

就在这时候，学院大中队讨论"假如我的队长也是女的"。是的，古有"慈不掌兵"一说，今天，他们认为，全军基层指挥院校怎么蹦出一个女大队长？对此，我响亮地喊出一个口号："看我的，跟我来！"好心人提醒我："您已经四十多岁，讲课、写作都没问题，可您现在是在一个男性世界里。"是的，肩上的使命让我深知，军事方面也要出类拔萃才能带好兵，才能让他们在未来的战争中能打胜仗。上级的信任让我一直坚持奋战在第一线。

部队出操，每天天蒙蒙亮，第一个站在操场上的肯定是我，风雨无阻；部队长途拉练或者夜间紧急奔袭，虽然大队长都配有专车，但12年来，在近百次拉练中我没有坐过一次车，还始终走在队伍的最前列。部队打靶，我的实弹射击成绩一直领先，其中两次54式手枪点射5发47环；就是在去年我陪同教育部来人打靶，还取得5发45环的好成绩。

学院冬运会，参加中长跑，不论800米还是1500米，我都是女子第一名，就是到了54岁，参加三公里跑步，女子达标时间是27分钟，只有我一人报名参赛，我跑出了18分49秒的好成绩。游泳比赛，我是四人接力赛的第二棒，在参加全省高校领导班子三项文体活动比赛中，我们学院获得高校团体第二名，其中也有我的一份辛劳。

这些都是苦练出来，我们大队的口号就是"是军人就要往前冲，不抛弃不放弃，要做就做最好！"对于一个女大队长来说，为了适应未来战争的要求，我带领着学员们做到了应该做的一切！

我给大家讲一个"八杯酒"的故事。1997年，面临高考，按总参的要求，我们可以参加军队高考，也可以选择参加地方高考，但一旦选定，以后就要一直坚持下去。我们以往使用的是军队的教材，全军只有我们一所藏族中学，没有可比性，没有竞争，如果我们选择参加军队高考，那录取率一定是百分之一百，而要选择参加地方高考的话，第一年肯定失利，升学率肯定不高。我再一次面临着艰难的抉择。

部队有一句话："不要把领土守小了，不要把阵地守丢了。"我们培养的都是戍边卫国的接班人，拿什么来守卫？拿什么来作战？到战场上不但要能战而且一定要打胜仗，未来战争需要的是高素质高质量高科技的人才，我们一定要挑战难度、占领高度。我毅然决定选择地方高考，更好地提高我们的教学质量。我们做好了第一年失利的思想准备，全力以赴备战地方高考。

第一年我们果然失利了，虽然比我们预料的要好，毕竟有八名学员要被淘汰。我的心情很沉重，招生结束吃饭时，成都军区肖部长说："李志勤，你们淘汰了8个，罚你八杯酒。"我认罚，立即站起来，将同桌的八杯白酒统统倒在一个大杯子里，拿起酒杯，和着眼泪，和着决心，一口气吞下。部长忙说："跟你开玩笑，你真喝呀！"我说："报告部长，我立下军令状，最多三年，我们一定会全部过关，今后我决不会再喝罚酒，而是喝敬酒！"

从此，我们师生达成共识：拼了！我们疯狂地学习英语，用疯狂的精神攻克学习上所有堡垒。大家相互感染、相互激励，我带领全体学员大声地喊出："我是军营男子汉，汉子面前无困难！我天生是来征服一切的，征服一切，首先征服自己！只要百分之百地投入，就没有什么不能攻破！"每一个学员都"不抛弃、不放弃"，只要遇到困难，我们就集体高喊，喊出藏族康巴汉子的勇气！喊出军校学员的志气，喊出当代军人的骨气！

步兵是一步一步走出来的兵！学员们付出了超乎寻常的努力，冬练三九，夏练三伏，学习严格要求，训练一步不落，学员硬是成长为响当当的军营男子汉，我们教员也和他们一样付出了辛勤劳动的汗水。仅仅三年，我们的藏族中学就实现了高考百分之百的升学率，此后的成绩一年比一年优秀，百分之百的升学率一直保持到我提前退休。挑战危机，转危为机，8杯酒换来了7年高考升学率连续百分之百。我体会到，危险与机遇同在，挑战与成功并存！

江勇西饶是我们藏族学员中的佼佼者，是电影《士兵突击》中许三多的原型，"不抛弃，不放弃"就是我们提出的口号和我们实战的案例。卓越士兵江勇西饶和他的战友以优异成绩和过硬的军事本领，2003年代表中国军人参加爱尔兰国际侦察兵比武，获得外军组第一的好成绩，成为第一位扬威国际赛场的中国藏族军人，为祖国争了光，为母校添了彩。2008年我被部队召回参加江勇西饶先进事迹报告团，在北京人民大会堂作首场英模报告，受到国家领导和中央军委首长的接见和鼓励。随后我们在全军和全国做巡回演讲报告，最后一场回到母校做汇报演讲。江勇西饶卓越的演讲口才和中国军人的魅力博得了全场气震山河的掌声，作为一手将他培养成人的老师，我感到无比的欣慰。最让我难以忘怀的是我在讲台上汇报演讲，见证江勇西绕的成功时，全场雷鸣般的掌声经久不息，我多次示意停止但还是掌声不断，我的眼泪夺眶而出，瞬间，我想起14年前学院"假如我的队长也是女人"的讨论，我觉得质疑与认可并不矛盾，这掌声，不就是对我最好的认可和最高的评价吗？

2006年，我谢绝了部队的一再挽留，毅然脱下军装提前退休，来到一个民间社团组织"云南省演讲学会"，为普及演讲继续战斗。因为我有两个梦想，第一是"开设演讲，减少伤亡"。这是1979年2月参战，是血的教训让我做的，在军校我开设了演讲课，这个梦想已经实现；第二个梦想是让更多的人拥有口才，成就未来。演讲是我始终热爱的事业，转场顺理成章，我无怨无悔地选择民间演讲事业。

我搞过12年的少数民族工作，2007年我就想组织一次全国56个民族青少年演讲大赛。事先再有思想准备也绝不会想到找齐这56个民族会有那么多的困难。我向一个又一个学校联系寻找、动员报名参赛，在还差17个民族时，我亲自到民族地区的学校去动员，经努力，最后还差两个民族，分别是珞巴族和门巴族，这两个民族只有西藏墨脱有，而墨脱是当时唯一没有通公路的地方。眼看离大赛只有三天了，我急得吃不香睡不着，许多朋友说：少两个就少两个吧，谁也不会来比赛现场数的。但我不，民族大团结大聚会，"不抛弃不放弃"，一个民族也不能少！我动用所有关系去寻找，最后在辽阳一中找到这两个民族并动员来参加演讲比赛。半年多来，我夜以继日地奔波，累了就在办公室的长椅子上对付一晚，饿了就泡碗方便面，号称的"国防身体"严重告急，就在演讲大赛开幕的那一天，我倒在了现场，生平第一次享受120急救车待遇。打完吊针苏醒过来后我又来到了魂牵梦萦的比赛现场。

56个少数民族青少年演讲大赛被写进了中国演讲的史册，这是我们云南人的自豪，云南自此被称为中国演讲的大省、演讲的"奥林匹克"。

在全国小演讲家夏令营里，有一个来自湖南的调皮小孩刘永昊，经过八天的训练，这个孩子进步很快，在随即参加的"与爱同行"全国演讲大赛中获得一等奖，他家长大喜过望。为了对他进行鼓励，我承诺把他的演讲稿编进演讲集里，作为生日礼物送给他。距离他过生日只有十天了，我们熬更守夜地抓紧编辑、校对书稿，准备付印。那天凌晨四点，我独自从家里走向学会办公室，入秋的寒风阵阵吹来，肩周炎发了，肩膀疼得抬不起手来，我暗自感慨：年纪不饶人啊。但为了赶在小朋友过生日前收到这份礼物，我熬了一个又一个通宵。终于如期将这本书寄到湖南小朋友的家中，兑现了我的承诺，我以我心为这个孩子的成长助了一臂之力，也得到了家长由衷的感激。

2013年8月10~13日，"让世界充满爱"国际华语演讲大赛分别在昆一中及华文学校报告厅隆重举办，著名演讲泰斗李燕杰大师到场做精彩演讲，省内外诸多名人到会助阵，近100名外籍选手和来自国内各省市的200多选手分赛区比赛，多家媒体进行报道。大赛为促进中国人民和世界各国人民的友好交流与沟通做出了应有的贡献。

荣誉是往事的记载，是一桩桩一件件难忘的记忆，但它是我前进的垫脚石，是我前进的强大动力。作为一名全国"三八"红旗手，我会继续努力，将我的余生献给演讲爱好者，献给演讲事业！

张丽珍主持推介：有一位杰出的女性，她走过了下岗失业、自主创业的艰难历程，最终选择了家政事业。她把"责任、服务、品牌"作为企业的命脉，十四年来，先后为5000多名下岗失业的姐妹和进城务工人员提供了就业的岗位。她带领员工为十万余客户提供了家庭服务。她就是阿惠家政的总经理毕惠仙女士。

毕惠仙演讲：

我是来自石林圭山脚下野核桃树村的一个彝家女，1986年，我考上了大学，这是当时村里唯一的大学生，大家都说我是"山窝窝里飞出的金凤凰"，"毕惠仙"这个名字也被写进了村志。我和许多大学生一样有着美好的憧憬，立志用知识改变命运，让全家过上幸福的生活。大学毕业后我在城里找到了一份工作，但遗憾的是，1996年企业倒闭，我下岗了。

　　"屋漏偏遭连夜雨"，我下岗，父母早逝，哥嫂得病住院治疗花去大量医药费，但最终不治双双离去，留下沉重的债务和一对嗷嗷待哺的儿女，加上我自己的孩子，29岁的我就成了三个孩子的母亲，挑起了全家生活的重担，最困难的时候，几乎无米下锅……这时，我丈夫突然遭遇车祸严重受伤，我不知道命运为什么如此亏待我！

　　怀揣空空的钱包，看着年幼的孩子和受重伤的丈夫，我仰天长叹，不知路在何方。从小就争强好胜的我决不甘心受命运的摆布，我觉得自己还年轻，有文化有体力，不能被眼前的挫折压垮。出路，走出去就有路！骨子里有着彝家后代坚强秉性的我为了生计去找工作，在职业介绍所找到了一份家政服务工作，护理一位刚刚做了大手术的老大妈，每天给病人喂饭、喂水、擦洗身子、端屎倒尿，24小时几乎没有合眼的时间，常常累得吃不进饭。周围有人在感叹，觉得阿惠的命真苦，一个大学生，来做这种又脏又累侍候人的工作。我还遭到了许多人的打击和不认同，他们看不起伺候人的工作，他们不认可我的选择。

　　我没有打退堂鼓，看着躺在病床上的老人，我想起了自己去世的阿妈，泪水不由自主地流下来，一股亲情涌上心头。我像女儿伺候自己的妈妈一样照顾老人，还用自学的按摩技术每天给老大妈做按摩。经过一个月精心护理，老人身体一天天好起来，十分喜欢我这个孝顺的"女儿"。由此，我获得了第一份报酬800元钱，我终于用自己弱小的肩膀撑起了自己的家。因为我做得好，老人周围的邻居都喜欢我，所以我同时兼做了两份家政工作。自此，大学生阿惠顶住来自方方面面的打击和不理解，在无奈的情况下走上了艰苦的家政服务工作。

　　从此，我把客户当亲人，把服务当工作，赢得了大家的认可，在家政服务行业硬是趟出了一条路，为了肩上的责任鼓励自己坚定地走下去。我还惦记着一起下岗的姐妹们，告诉大家就业难，不能找政府，要找市场，所以我萌生了成立一个小小的家政服务部的念头，带领姐妹们一起来做家政，用自己的双手和劳动养活全家。

　　在我最困难的时候，政府向我伸出了温暖的手，在他们的支持帮助下，云南省首家由下岗职工创办的家政服务机构——阿惠家政服务中心成立了。2006年，胡锦涛总书记来到阿惠家政，接见了我和我的42名员工；国务院副总理吴邦国在中央再就业工作会议上表扬阿惠家政；原省委副书记王天玺题词："阿惠家政，誉满春城"；《人民日报》刊登了《做家政，找阿惠》的文章。阿惠在各级政府和领导的关爱下，稳步走上了服务社会的康庄大道。

如果说成功，首先我成功地战胜了自己，我自己是做家政起步的，我热爱家政事业；其次是我帮助了更多的下岗失业人员和进城务工人员，给了他们一个家一个岗位，先后帮助下岗失业和农村富余劳动力就业达5000多人次；再有就是我为社会提供了有价值的服务，受到人民群众的欢迎，"做家政，找阿惠"已成为社会的共识，我们获得了200多项荣誉，阿惠家政不仅为春城的千千万万家庭服务，还为机关、单位、学校、饭店进行清洗，业务辐射到了云南省各地州，阿惠家政服务在云南有了较好的信誉和知名度，许多人不知道毕惠仙是谁，却知道昆明有个阿惠家政。

创业伊始，困难重重。没有本钱，仅用一百元租了一间7平方米的办公室，无资金、无员工、无用户。我既做管理人员，又做员工；我早出晚归地跑，磨破了嘴皮；我去人才市场不断地说服下岗失业的姐妹们，用亲身经历和亲情去感化他们；我为求职者提供路费、安排吃住；我到农村招工，曾被猜疑是人贩子；有些熟悉的姐妹们，宁可挨饿也不愿意转变观念做家政，认为没面子、低人一等。许多人总是不切实际地做着在办公室里当白领做公务员的美梦，而不想活在当下，走自己的路。

在创业的路上，我饱尝了艰难跋涉的苦，但一直鼓励自己要勇敢地走下去，再难也不能趴下，有泪也要往肚里流，再苦也不能退却，因为万事开头难，自立才能自强，坚持是创业的根本。我是彝家后代，祖辈告诫我们：做事先做人，只有把人做好了事才能做好。所以我常常学习自律，放低姿态，向高人求教，吸纳人才。

我用自己的辛劳为同甘共苦的姐妹做出了样板，并带领几位员工开始了最初的探索。由于我们的诚信和善良名声在外，许多顾客点着名要我上门服务，有的客户放心地把钥匙交给我，有的将全家的伙食费交给阿惠安排，有的老客户还主动提出为我介绍条件好、薪水高的工作，让我改行不做家政了。可是我想到还有很多和我一样的下岗姐妹，自己有责任帮她们一把，带她们一起做事，用自己的经验，带她们走出一条再就业的新路。

有一次，我到一个父母离异的家庭去照顾和辅导一位刚上小学的小姑娘，我用大学生的知识和母亲般的柔情帮助这个孩子改掉了做作业拖沓等不良习惯。每晚教孩子做完功课后，帮她洗干净，和她做游戏，讲故事，用歌声伴她入睡，然后才走在回家的路上。可自从我做家政服务以来就再也没有陪过自己的孩子睡觉。那年的大年三十，当我把客户家玻璃和地板擦得一尘不染，把饭菜准备好时，天已漆黑，家家都在吃团圆饭了，我才往自己的家赶。推门一看，三个孩子中的两个饿着肚子横七竖八睡着了，大的孩子正在学着煮面条，瞬间我的眼泪滚落下来……

也许我不是一个好的母亲，因为我关心他们有点少；也许我不是一个好妻子，因为仅隔10分钟路程的家我也常常顾不上回去，孩子的学习顾不上辅导，家人的生活全部交给病愈后的丈夫照料，我早已把公司当作了自己的家。我不贪图享受，生活至今很简朴；我不凌驾于人，在员工面前从不摆老板的架子，我坚信自己用心做事、与人为善，是赢得大家尊重的根本。

每逢节假日，家政服务的社会需求特别多，那就是我们最忙碌的时候，我换上工作服，跟随员工去做保洁，公司的管理人员都到一线服务，这是对员工最好的激励。我和团队奋战一月余，虽然很疲惫，但很值得。服务中有的顾客认出了我，他们也很感动，说：老板和员工一起干活真的不常见。我认为关心员工最值得做的就是和他们一起吃苦，一起坚持。我们有的员工跟随我十多年，许多员工夫妻双双在阿惠就业，十七八岁的孩子在阿惠成长找到了伴侣成了家，我给他们安排了夫妻房间，给了他们一个家。我们有职工宿舍，大家在一起生活，在一起学习；我们有职工食堂，大家干活后有热菜热饭吃到嘴。阿惠的家就是员工的家，企业靠员工支撑，所以，关心员工就是关心企业。

作为企业掌舵人，我十分注重自身素质的提升，在管理上丝毫不敢懈怠，先后参加了妇联推荐的清华大学高级经济管理研修班学习和美国高盛集团在云南大学举办的"巾帼圆梦"相关内容学习，还经常参加省内省外各种学习观摩和比赛。

我常常把自己的创业经验分享给全省全国各地的家政同行，我带大家参加志愿者服务，去看望福利院的孩子，为孤寡老人义务打扫卫生。我们为"春蕾计划"捐款，经我们的能力帮助了部分失学女童完成学业，成就了孩子美的春蕾梦，我们感到很欣慰；我们还为5·12汶川地震捐款，为云南"大旱"和云南盈江地震捐款……爱心洒满了我们阿惠家政的前进之路。

荣誉是对辛勤劳动者的肯定：虽然我获得了"全国三八红旗手""全国巾帼创业带头人""全国道德模范和中国十杰青年"提名奖，"云南省十大再就业明星"、省市"十大创业明星""奥运火炬手"等荣誉，但我把这些看得很淡很淡，因为要走的路还很长很长，我始终在路上踏踏实实地走，一点也不敢松懈；因为荣誉不属于阿惠个人，它属于与阿惠同甘共苦的所有阿惠家政人，它属于我们的党、我们的国家、我们的人民……

张丽珍主持推介：她是一位母亲，她收养的不仅是自己的孩子；她是一个女儿，奉养的是陌生的长者。她是孝老爱亲的典范，是全国最美家庭荣誉的获得者代琼兰。

代琼兰演讲

我是西山区团结街道办事处下冲居委会上冲村的一个普通农村妇女。我出生在禄劝县的一个小山村，1973年，20岁的我嫁到了同样贫穷的上冲村，家里人连温饱都成了问题。为了让一家人的日子过得好一些，我参加"红医班"学了接生技术，成了村里村外小有名气的"接生婆"，经我的手接生的婴儿就有100多名。通过走进不同的家庭，看到了贫困给村民生活带来的疾苦，我这个普通的农村妇女，立志要改变现状，让自己和乡亲们走出困境。1993年，家里的经济状况好转，购买了第一辆东风车。车子买来以后，我不分昼夜一车一车把沙拉到工地，日子一天天好过起来。我想：自己有能力了，就应该回报社会，关心帮助那些需要帮助的人。自1993年以来，我常常资助照顾镇里、村里的孤残、五保户老人和儿童。每到逢年过节，我都要买上衣物、食品、生活日用品等去看望他们。

今天的我不仅有了一个和睦温馨的小家，更有了一个人丁兴旺，其乐融融的大家庭，这就是"喜福乐老年公寓"。这一切，还要从我赡养第一位老人说起。1979年，村里的五保户王刚生病卧床没人照看，我和丈夫请来医生给他打针吃药，每天端水端饭伺候老人，28天以后我把老人接到家中赡养。当时全家生活贫寒，7口人连苞谷饭都吃不饱，遭到公公婆婆的强烈反对，我多次耐心地给二老做工作，他们同意了。老人在我们家一待就是二十三年，2002年2月7日老人走了，他走得是那么的安详。从那时起我就下决心要建一个大家。靠着我们全家人多年来的努力，2004年，我租用了2900亩土地，建成了现在的"喜福乐"老年公寓，共有床位144个，孤残老人最多时有38位和

2个小女孩儿。其中有五个是盲人，年纪最大的98岁，她是我从电视中看后主动去接到家中来的。老人由于年纪比较大，我每天连睡觉都陪在她的身旁。老人们生病时，我是一个医生；大小便失禁时，我是一个护工；她们寂寞时，我就是她们的女儿。这位老人在2013年10月23日凌晨离世，享年98岁。这些年来，我再苦再累也很开心，因为我能看到活着的老人开心的笑容，走了的老人安详，她们虽然都是"五保"老人，无儿无女，可是在她临终前，都有我和我有员工守在了她们的身旁，为他们送终。

女孩刘冬梅是一个孤儿，2006年我接她到家时只有9岁，现在就读于永靖小学六年级，各科成绩都非常优秀。另一个女孩刘竹春14岁，父亲刘国顺，今年66岁，双目失明，2006年，我接父女俩到公寓生活。我培养竹春现就读于团结镇中学初三，她的母亲由于患有小儿麻痹症，在她三个月大的时候去世了，竹春患有脖子往一边偏的遗传病，2010年7月我带她到医院做了手术，恢复得非常好。每当孩子放假或节假日我都要亲自带孩子到公园及游乐场玩耍，虽然自己不识字但还是要亲自看一看他们的作业，看不懂的就让她们念给我听，每年就是再忙也要去开她们的家长会，我要尽自己的所能弥补她们从小缺失的母爱，让她们和别的孩子一样幸福快乐地成长，可是我在自己的三个孩子面前，却不是一个称职的好母亲，他们跟着我吃苦受累，我却没有给他们开过一次家长会。

公寓建成至今，关心照顾老人已成了我每天的"功课"。每天回到家就是再累我也要去看一看老人们，当老人生病时更是亲力亲为，悉心照料。2006年6月，双目失明的邓志斌生病住院，我每天都要抽空去给他喂饭喂水，每当这时邓志斌都会泪流满面地对我说："琼兰呵，是你一次又一次把我从鬼门关、阎王殿给拉回来"。2009年，83岁的李桂芬老人生病住院，医院多次下达病危通知书，但我每次都恳请医生尽力抢救，我每天给她洗脸、梳头、捶背、擦脚，让老人鼓起治愈的信心，老人说："我83岁了生病还有这么大一个女儿照顾我，我真的是太有福气了"。28天后，老人康复出院。84岁严老兰老人接到公寓时就患有精神病，大小便失禁，我就亲自给老人洗澡、擦背，每天如一日，一直到老人2010年去世。

和老人们相处在一起的日子，他们也带给了我许多无声的感动。2010年7月哑巴李华祖，由于走路时不小心摔断了腿需做手术，在住院的30天里每当我给他洗脚时老人总是想要挣扎着自己起来洗，虽然他不会说，但是我知道他是怕我累着。老人陈正友看见我在地里种菜跟我说：你年纪也不小了，不要这么辛苦，不用天天给我们吃肉。我平时买牛奶给老人们喝，她们怕浪费我的钱推托不喝，我只有骗她们说："牛奶马上过期了，不喝扔了太可惜。"目前，我的老年公寓得到了省、市、区妇联及各级领导的关心，并给予了相关的政策扶持，经常有社团和机构前来参观慰问。我一定不负众望，将老年公寓一直办下去，让老人们在温暖祥和的环境中安享晚年。

这些年来，我先后荣获全国"五好文明家庭""双学双比女能手""云南省优秀共产党员""三八红旗手""云岭孝星"及市"劳动模范"等荣誉称号。这些荣誉对于我来说不代表什么，荣誉只是党组织、社会各界对我三十多年来的付出，给予的肯定，我只是在做我自己应该做的事情，不为名更不为利，一个人只要能为别人活着，她就是世界上最幸福的人！

张丽珍主持推介：有一位90后的女孩，她有一颗善良的心。面对落水的工人，她可以毫不犹豫地纵身一跃跳入冰冷的江水中，这不是每一个人都能做到的，让我们听一听铁飞燕的述说。

铁飞燕演讲：

我是来自昭通一个偏远山村的农村女孩，现在在昆明市小喜村收费站工作。在过去几年里，我获得了全国全省的多个荣誉，获得"全国道德模范"提名奖、"2010年中国大学生十大年度人物""感动中国十大网络人物""全国三八红旗手""中国女性时代人物""云南省道德模范""云南省五四奖章"等荣誉称号。

2010年5月，我与爸爸到四川绵阳旅游，经过市区一座大桥时，突然听到喊"有人落水快救人"的声音，见五位维修大桥的工人正在水中挣扎，刚从体校毕业没多久的我只闪过了一个念头"我能救人"，便向河堤冲去，全然于不顾爸爸在后面紧张的喝止声，一个猛子扎入了河中，在自救工人的指点下，我三次潜入水中，终于把一名昏厥了的工人捞了上来，见此人已无了呼吸，便实施挤压、控水、顾不上害羞害怕，嘴对嘴地进行了人工呼吸，不久这名工人哼了一声，吐出了河水，眼睛翻动了一下活了过来，就在警察和医疗人员赶到后，我悄悄游入河中，回到河堤。

　　见救人的是一个年轻女子，围观的群众纷纷上前问是哪里人、叫什么名字，见不说就走不了，爸爸顺口说到"我们是云南昭通人，她叫铁飞燕"说完便打出租车离开了现场。回到宾馆我才想起自己正处在女性特殊的生理期内，由于受了寒，开始了咳嗽、头痛、并有些发高烧，但我内心十分高兴，毕竟自己救回了一条生命。当我回到单位后，我救人的事迹已在川、滇两省的媒体掀起了"寻找铁飞燕"的热潮，云南省公投公司和我所在的单位昭通高速公路管理处、昭通市委宣传部、市政法委、妇联、等部门，纷纷到医院看望正在治疗中的我，并发给了我上万元的奖金，我不过做了一件我能做的事，并且是该做的事，都得到了社会那么多的奖励和赞扬，这让我感到受之有愧，便把这奖金除了给父母和子键留了小部分之外，其他的都捐给了我的母校大营小学和家乡的中学，因为那里的贫困学生，更需要这些钱。

　　许多人都不理解我为什么要这样做，更不理解我为何在十七岁时就收养了子键这名弃婴，在我看来，子键就是我的孩子。虽然捡到她时，她刚出生，脐带还未脱落，就被家庭丢弃。她是我早晨外出时，在河边的土地庙前捡到的，听到她的哭声，见她冻得发紫，便把她抱回了家，为她，我遭受了这个年龄最不应该遭受的白眼和冷漠，甚至污水，我不在乎；为她，我经受了这个年龄最不应该经受的苦难，甚至恐惧，我挺了过来；为她，我失去了这个年龄最应该享受的快乐、幸福、甚至甜美，我绝不后悔。我为自己十八岁的担当而自豪！

　　我自豪我对奉献的理解，见义勇为是中华民族的传统美德，它的核心就是一种无私奉献的精神，在奉献中我收获到了快乐，在奉献中我体会到了价值。被丢弃的子键需要我、落水的农民工需要我、贫困的学生需要我，当一个人被别人需要时，人生的价值就会彰显出来！

　　2013年，我荣幸地当选为第十二届全国人大代表。一年多以来，我十分珍惜"代表"这个光荣的称号，时刻牢记代表使命，认真行使代表权力，履行代表职责。我在工作和生活中，一直把人民代表作为鼓舞自己前进的动力，始终觉得时刻都有无数双热烈、期盼和信任的目光看着我，我也无时无刻不在提醒自己：既是一名基层收费站的收费员，更是一名敢于为群众讲实话、做实事的人大代表。

（张丽珍整理）

马行云

马行云，男，壬寅年生、天蝎座。船舶驾驶专业毕业，曾经十年沧海、历尽狂风巨浪。国家高级工艺美术师，云南省陶瓷工艺大师，《紫陶器皿》云南省地方标准主要起草人；中国工艺美术协会美术陶瓷分会理事，云南省民族画院理事，云南省紫陶研究会秘书长。现定居云南，专注云南民族陶瓷文化的研究与创作，擅长云南现代民族陶艺设计与装饰。以"云陶"品牌创作的云南紫陶、云陶滇彩、云南青花艺术作品有四大系列：云陶滇彩系列、驱邪纳福系列、滇韵泥砚系列、普洱壶韵系列。出版著作有《云南建水紫陶》《中国四大名陶》《云南陶瓷》等。

云陶文化产业及代表人物

云南陶瓷工艺是云南最早的手工艺之一，距今已有5000多年的历史。宾川白羊村新石器时代遗址中就发掘出罐、杯、鼎等陶片；元谋大墩子新石器遗址中，出土一件鸡形陶壶，体形如蹲踞的母鸡，栩栩如生，生动可爱，是云南最早的造型精美的原始工艺品。此后，汉代墓砖，唐代的瓦当，宋、元时代的青花瓷，清代的紫陶，在国内皆颇有名气。特别是创于清代的建水紫陶，被誉为"陶中一秀"、中国四大名陶之一。华宁釉陶，丽江金沙陶，永胜瓷器，祥云土锅，傣族陶罐也都各具特色。

从大理白族自治州境内火葬墓出土的大理国青釉环纽斗笠形盖敛口贴印人物罐，附加堆纹青釉平底罐，其瓷化程度已相当好。大理是南诏、大理国的政治、经济、文化中心，这里出土的大理国时期的青釉瓷已比较成熟。元代是云南陶瓷青釉的发展时期，在经济、文化、交通发达的地区多有发现。云南窑址和墓葬出土的文物中，陶器以元代居多，瓷器以明代居多。云南陶瓷的窑俗遗韵大致可分为三个阶段：古滇国时期，南诏大理国时期，明清民国时期。

一、云南陶瓷的民族文化

云南古窑址遍布各地，数量众多，陶、瓷器特色显著。新中国成立以后，云南境内保存完好的古窑址主要有建水窑、华宁窑、禄丰县罗川窑、白龙井窑、大理市敬天山窑、易门县上浦贝窑、临沧市临翔碗窑村内的龙窑、老七田窑、白老倌坟窑、曲靖潦浒龙窑等。

云南民窑是就地取材和传统工艺生产，不同地区窑址都存在不同时期的青花标本，说明烧造时间长，工艺良莠不齐，要从胎、釉、青花粗细、色泽来区别时代，就有说不清道不明的困难。而造型和纹饰随时代的变更而富于变化，赋予不同时代的审美时尚及相应的艺术手法、韵味、情趣。

云南陶瓷工艺在古代陶瓷文化中别具一格，具有浓郁的民族风格和地方特色，在古代众多民窑产品中独树一帜，风格独特。从云南出土的元明青花来看，装饰、内容、手法和色彩，受中原文化的影响，又有自己独特的创新，顺应了社会的需要，反映了云南人民的思想情趣，充满着浓郁的乡土气息。云南窑青花瓷器不像景德镇等窑口那样的要求严格，完全突破了历史规范化的束缚，出现大量的写意花鸟、人物、山水以及各种的大小动物题材的画面，构图精致，线条洒脱。这种风格在元代就已经表现地极为出色，在明代体现地更加淋漓尽致，以青花瓷盘、青花瓷碗、玉壶春瓶、青花荷叶盖罐等为杰出代表，都是不可多得的精品，具有很高的艺术价值。云南陶瓷的工艺在长期的实践生活中，不仅制造了各种用品，也同时发现和发展了自身的审美能力，云南陶瓷植根于本土文化，以其丰富而不断变化的造型，五彩斑斓的釉色，更生动地展现了朴实的民俗风情、审美特色及艺术旨趣。

二、云南陶瓷的古滇风韵

1. 驱邪纳福的云南瓦猫

云南瓦猫在中国陶瓷历史上技艺独特，别具一格。云南各民族因受不同宗教情感和审美观念的影响，住宅装饰极富民族性和地方性。其中，瓦猫、陶虎、石狮是较具装饰韵味和浓郁民俗文化特色的民间手工艺术品。

云南民间瓦猫常安置于房屋门楣或屋顶正脊飞檐上，不仅具有装饰房屋建筑的作用，也具有镇邪驱鬼的功能。瓦猫，因其形象颇似蹲于屋脊上的家猫，故名，其原义是能食鬼的老虎。据说，古代有"神荼郁垒执鬼以饲虎"的传说，"故俗画虎于门，冀以卫凶"。所以，不论是立于寺庙、民宅屋脊上的瓦猫，还是置于房屋、门楣的陶虎，其功能基本一致。把瓦猫设计成如猫似虎的模样，高踞屋顶之上，守家护院，可吞食一切来犯之鬼怪。这些镇宅瓦猫，以其摄人心魄的造型，显示出持久的艺术生命力。

现实生活中，瓦猫仍广泛流传于云南昆明、呈贡、玉溪、曲靖、楚雄、大理、文山等地，成为一种独特的民俗。但因地区不同，瓦猫的形象亦大有区别：呈贡瓦猫像天真的孩子；玉溪瓦猫像留须的巫师；大理鹤庆瓦猫造型极度夸张；曲靖瓦猫将八卦夹在前腿……这些镇宅瓦猫，以其摄人心魄的造型，显示出云南陶瓷文化持久的艺术生命力。

2. 简洁质朴的云南瓦当

在云南古代建筑中，屋顶的每行瓦的檐边都做有瓦当，起防水的作用。同时，瓦当上面雕刻着各种的花纹和文字，用来镇宅辟邪，祈求吉祥顺利。瓦当因为不同地方的风土人情，因而具有不同的特征风貌，秦朝统一中国以后，全国开始流行云纹、葵纹、网纹等为主体纹样的瓦当。我国战国时期盛行半瓦当，瓦当上以饕餮纹、双兽纹、树木纹最为常见。西汉中后期之后，瓦当普遍成为圆形的。花纹有各种云形的几何图案，各种动物图案和吉祥文字等，最为著名的应该算是"四神"瓦当了。"四神"是古代方位之神，分别是"青龙、白虎、朱雀、玄武"。青龙是虚拟的龙，代表着东方，是东方的保护神；白虎就是指老虎，代表西方，是西方的保护神；朱雀近似于凤凰，代表南方，是南方的保护神；玄武实际是指龟、蛇两种动物，是北方的保护神。四神在风水中有"青龙白虎辟不详，朱雀玄武顺阴阳"之说。

云南的瓦当以南昭、大理国时期、明代、清朝和民国时的多，新中国成立后和"文革"时期的少，南昭、大理国时期瓦当的云纹图案，传承了秦汉以来中原文化的艺术风格，说明在两千多年前甚至更早的时候，滇文化就融进了中原文化。云南瓦当，不但是研究云南老建筑的实物资料，而且对滇云地区的文物考古、金石书法、雕刻绘画、民间工艺美术等方面，也有着很高的研究价值。是云南文化历史名城的一份珍贵的文化艺术遗产。

3. 稚拙古朴的云南青花

云南生产青花瓷的地方有玉溪、建水、易门、禄丰、凤仪、祥云、弥渡、大理等，但以玉溪、建水烧制年代最早，制作最为精美，品种最为丰富。云南的玉溪、建水、易门、禄丰、凤仪、祥云、弥渡、大理等等地曾一度烧制青花瓷。产品虽无景德镇青花的精致华丽，但质朴而率真，如布衣荆钗别存风韵。

云南青花瓷品种以大罐为主，另见玉壶春瓶、执壶、碗盘之类。云南有些少数民族旧俗实行火葬，青花大罐作棺椁之用，在大罐中和罐外两侧用玉壶春瓶、碗盘等其他器物随葬。云南的曲靖、大理、普洱、丽江等地的古墓群都出土过元明青花瓷。这些和景德镇产品风格迥异的青花瓷经考古证明，属云南本地烧制。主要是玉溪窑、建水窑和罗川窑等处生产，其中影响最大的是玉溪窑。

云南青花瓷器出现在元代末期，成熟于明初。云南目前未发现有明确纪年的青花瓷器，在明以前有明确纪年的火葬墓中，没有青花瓷器出现。目前地层关系较为明确的是有明宣德四年墓志火葬墓出土的一个青釉火葬罐，可以说云南青花瓷器应该出现在元末明初。

云南青花受中原陶瓷发展影响，形成独特的风格，玉溪窑生产的青花瓷器虽然在工艺技术上全面学习景德镇，但以造型粗犷、纹饰俭朴生动、青花呈色深沉、遗存数量较大而独树一帜。云南青花因其淳朴和粗犷之美而在瓷器史上独树一帜，在元明时期，云南成了仅次于景德镇的第二大青花产地。云南青花是云南陶瓷文化历史的一份珍贵的文化艺术遗产。

4. 憨态多彩的云南陶塑

陶塑，指陶质的雕塑艺术品。陶塑可分为两类：一类是日常生活用具及其模型；另一类是以人和动物形象为主的塑像。其中模型和塑像主要用于随葬。中国陶塑早在新石器时代，这种艺术形式便已出现。秦汉两代已有很大的发展，质朴劲健是其主要特征。

宋代以后，随着社会思想意识的转变，宗教信仰较之以前逐渐淡漠，对于死后的墓葬礼仪也趋于简化，陶塑的内容和艺术风格，随之发生变化，其场景的塑造，注重从总体上把握对象的精神内涵，注重传神之处的刻画，不拘细节的真实，强调动势和表情语汇在形象塑造中的作用，表现出一种豪放雄迈、飞扬流动的美学格调。

三、云南陶瓷文化产业的代表人物

在近30年的改革发展过程中，云南现代陶艺形成了风起云涌的大好局面，已具备了开放性和兼容性的良好基础环境。各种艺术展和个展开始举办，各种媒体不断涉足报道介绍，有关云南陶瓷陶艺的专著画册开始受到出版机构的关注和青睐，国际性的展览和交流日益增多，从事陶艺创作的人员也不断扩大。既有专业陶艺家，也有其他门类的艺术家，有专业陶瓷艺人，也有非艺术专业的人士。陶艺工作室、陶艺作坊除陶瓷产区外，也在一些非陶瓷产区建立和发展。许多非艺术类大专院校都设立陶艺教室，民族民间陶艺组织也不仅产生并已初见成效地开展了工作，各种"陶吧""陶艺休闲屋"等也开始出现在商业闹市区和旅游景点。

金、木、水、火、土是人类最亲近的朋友和生命依赖的因素，陶艺的本源在于使用和收藏、欢乐和愉悦，是释放人性的一种手段，通过触角、视觉和人的心灵感应，引人向善的一种朴实的艺术。云南现代陶瓷文化发展过程中，许许多多陶艺家、艺术家、教育家、文化学者、美术工作者为云南的陶瓷文化艺术发展做出了巨大贡献。"云陶"文化已经在云南这片神奇的土地上生根发芽、开花结果。

1. 姬仁礼与保山土陶

姬仁礼，男，1938年生，保山市金鸡乡育德村人，云南省非物质文化遗产传人。是保山土陶工艺的领军人物。

12岁开始跟着父亲学做土陶。18岁那年出师。他做的第一件土陶是油灯，之后开始做药罐。父亲给姬仁礼上的第一课是引牛踩泥和自己用脚踩泥。泥要晒干，在水塘泡软，再用脚踩，要踩到软黏，颜色还要一样，这是最基础的活。1974年前，姬仁礼制陶要靠老式脚动转盘，手握泥、脚踩转盘，手脚功夫并用。他制陶精益求精，捏了毁，毁了捏，又是描凤，又是画鸟；进窑、出窑，每一道环节都经过了成千上万次磨炼。制陶除了力气，还在专注。泥巴经打磨时，姬仁礼总是格外仔细，一双手轻轻拉起泥巴，随转盘的转动，一点点变成了圆形的陶罐。

1955年金鸡乡建成了集体陶瓷厂，姬仁礼是厂里最好的技术员。但将"陶梦"做大，一直是姬仁礼深埋心里的愿望。终于在1993年，他聘请专业工程师改良了传统窑房，增加了制陶烧制的空间，如愿创办了姬仁礼陶瓷厂。并经不懈努力，烧制的陶瓷销往周边，远销国内外。

姬仁礼烧制的陶瓷，大的有一人多高，小的只有二指宽，包括陶罐、酒罐、花盆、花瓶、寺庙宝鼎、茶壶、香炉、陶盆、烤茶罐等数十个品种。但其做工精细考究，造型散发着浓郁的乡土气息，深受当地乡亲的青睐。

2. 陈绍康与建水紫陶

陈绍康，男，1939年生，建水人，高级工艺师，云南省工艺美术大师。所制作的紫陶工艺品构思巧妙、造型古朴典雅，书画布局与瓷型浑然一体，以其新奇古美的艺术造型和功力深厚的书画装饰独具一格。云南建水紫陶的

领军人物

出生陶艺世家，祖上从江西来云南建水开窑，13岁随父亲学习制陶，1956年到建水手工联社当工人后，师从于制陶大师向福功学艺，1985年去江苏无锡书法艺专深造，经过两年的书法艺术专业系统学习，学以致用，融会贯通，在制陶的传承和创新上实现了新的飞跃。90年代，陈绍康借鉴青铜器的造型设计制作的餐具、茶具等系列产品，就注入了自己独到的构思。他设计的《清香罐》《三足笔筒》先后2次荣获国家轻工部颁发的"百花奖"和"优秀创作二等奖"；《博古瓶》《中号笔筒》《仿古铜瓷台灯》作为工艺美术珍品被国家珍宝馆珍藏；大型紫陶花缸在北京人民大会堂陈列；一部分作品还被选送到美国、德国、加拿大、日本、菲律宾、新加坡等十多个国家展销。1979年，1988年和1991年，陈绍康大师先后三次到北京出席全国工艺美术艺人创作设计专业技术人员代表大会，被评为全国工艺美术优秀工作者。1992年被评为高级工艺师，1993年6月，陈绍康作为科学技术界的代表被推荐为第七届红河州政协常委。1995年9月，被联合国教科文组织和中国民间工艺美术家评委会授予"全国民间工艺美术家"称号。中央电视台、浙江电视台、云南电视台先后在《乡间风采》《文化时空》《云南纪事》等栏目中，对他的事迹进行过专访报道。2007年，他设计制作的"橄榄罐"在云南省第二届工艺美术杯上荣获金奖，同年被评为云南省工艺美术大师；2009年10月，"彩填小口梅瓶"荣获云南第三届工艺美术杯金奖；2009年11月1日，在杭州举办的全国工艺美术精品博览会上，他的"彩填八仙瓶"荣获银奖；2007年4月评为云南省工艺美术大师。2007年12月在云南省首届工艺美术杯、工艺美术精品博览会上"残帖矮足橄榄茶罐"获金奖，"高足茶罐"获银奖；2009年10月在云南省工艺美术（中国）昆明国际民族民间精品工艺博览会上"残帖彩填小口梅瓶"获金奖，"组合群鸟彩填千球梅瓶"获银奖；2009年11月第十届中国工艺美术大师作品暨国际艺术精品博览会上"彩填八仙人物花瓶"获银奖；2007年以来重要工作业绩和科研成果、学术论文；2007年11月，在北京"中国时代创新先锋人物大型征评活动"中;被中国文化管理学会、中国当代文学研究会、中国时代创新先锋人物征评活动组委会授予"中国构建和谐社会特别贡献人物奖"；2007年被云南省红河州文化局、红河州民族事务委员会授予"非物质文化遗产民族民间传统文化工艺"优秀传承人；2009年被云南省红河州文化局、红河州民族事务委员会授予"非物质文化遗产"传承人；现在是中国工艺美术学会云南分会理事、云南省紫陶研究会专家委员会主任。2010年，陈绍康被云南省民族事务委员会特命名为云南省"非物质文化遗产项目（紫陶）传承人"。

3. 孙诺七林与藏传黑陶

孙诺七林，男，香格里拉尼西人，高级工艺美术师。，孙诺七林是尼西黑陶工艺的领军人物。现在是国家非物质文化遗产确认的尼西黑陶工艺大师。孙诺七林不管外人把他的产品当成什么艺术品，只是依循着古老的土法，继续地做着藏传黑陶。

从11岁开始跟爷爷罗布思珠学艺，做了几十年尼西黑陶，尼西黑陶技术易学难精，聪明人学一两年就可以出师，要做到好却很难，好多感觉也是做很多年后突然才能抓住。孙诺七林比格玛定主大一岁，两人是师兄弟，技艺是村里最好的。孙诺七林家里三代人中有5个学会了制陶手艺，他的大儿子和当珍批初是年轻一代中手艺最好的，两个年轻人也负担起村里黑陶手艺传承。最让孙诺七林得意的还是教徒弟，汤堆村有20多户做土陶制品，全是跟他学的。外乡也有慕名而来的，只要肯学，他都教。孙诺七林有四个儿子，孙诺七林和大儿子做陶器，一年能有一两万的收入。他的黑陶产品远及美国、日本、瑞士和印度，订货最多的是中国台湾商人。一是他的产品价格非常便宜，就是生活用品的价，并没有因为他是名人而把价钱提得高高的，二是他的产品依然保持着简洁粗犷的形式，这点是非常难得的。尽管如此，他依然以销售给附近的藏民为主，因为他并不热衷于生产工艺品，或是城里人使用的花瓶，烟灰缸一类的产品。

4. 李宗学与云南陶印

李宗学，男，昆明人，1946年生，云南中国书画研究中心研究员，书画篆刻艺术家，紫陶刻印工艺当今的领军人物。他的紫陶雕刻，集金石篆印艺术和雕刻雕塑艺术于一体，既是印章作品也是雕塑作品，通过妙手使得寻常陶泥散发出艺术芬芳。

李宗学的陶雕功夫堪称绝活，心手相应的刀头艺术能将泥土化腐朽为神奇。走"工"与"艺"结合的创作道路，以紫陶雕刻艺术印章和雕塑，建水紫陶艺术小雕塑和印章都极为稀少。李宗学的紫陶雕刻艺术品，就连古玩界那些鸡蛋里挑骨头的玩家都希望拥有，并常称赞其紫陶雕刻有金石古韵，使得李宗学的紫陶雕刻艺术有广度更有深度，作品多具有以小见大、平中出奇、拙中藏巧的独特魅力。"泥巴也有美丽的生命，只要艺术家善于发挥，就能化腐朽为神奇"。

李宗学16岁就开始学习西画，深受俄罗斯写实画派和法国前印象派的影响。在创作中尝试将西画写实诸技法和中国书法、国画写意技法交融，在传统笔墨基础上巧用西画之造型和光影，故而，其画作既注重写实，也注重意境，在秀丽的自然山水之中寄托了自己的情感和人生理想。

紫陶雕刻造化神奇，一般在三分左右的方寸之间决定成败，李宗学创作的紫陶雕刻，既是富有形式美感的雕塑艺术，也是能登大雅的实用印章。他潜心钻研雕陶刻印的独到技法，作品风格古意盎然。李宗学是直接在陶泥上雕刻，这和一般篆印在石头上雕刻不同。石头坚硬，运刀所至之处线条容易承力，每件都可谓当世无二，由此保证了艺术的唯一性和独特性，使得紫陶雕刻极具收藏玩赏价值冲刀、切刀自然皆能淋漓发挥。陶泥性软，刀至之处气力犹如石沉大海，要想运刀自如非朝夕之功。长期以来，李宗学先攻篆、隶古书，又历练石、铜篆刻之刀法，于书法和篆刻间砥砺金石功夫、雕刻陶泥，作品饶有金石古韵。李宗学雕刻紫陶不事细腻入微，他用刀大开大合、大起大落，追求大象无形、大巧若拙的古朴风格。

5. 李自轩与华宁釉陶

李自轩，女，1946年生，华宁人，云南省工艺美术大师，华宁县绿白釉陶传承人，华宁最具创新精神和个性风格的现代陶艺大师。她以自己的天赋和执着情怀对华宁釉陶进行了大胆的探索创新，给云南华宁陶瓷产业呈现了耳目一新的艺术震撼和审美情趣，华宁釉陶工艺的领军人物。

1963年开始做陶，1980年6月，李自轩到广西钦州参加全国美术陶瓷设计班的学习，同年9月到云南科学技术进修学院学习。学习的过程让她眼界大开，对陶瓷知识有了进一步的了解。她发现，华宁釉陶中最精湛的工艺不是陶瓷的瓷型，而是陶瓷上那层薄如蝉翼、独一无二的绿白釉。

李自轩与丈夫汪培祖一起创办了华宁最大的陶瓷厂——华宁美陶厂，美陶厂的前身就是碗窑村公私合营后建的陶瓷厂，厂里的技术人员全部是碗窑村熟练的技工。

汪家祖祖辈辈以做陶为生，华宁陶流传百年不衰，得益于一直与人们的日常生活紧密相连。历代的工匠，一直在走创新之路，让华宁陶既实用又精美。无处不在的华宁釉陶，是一个饭碗、一把油壶、一台蒸笼，做出普通人家的一日三餐；华宁陶是一尊佛像、一个净水瓶，供在家堂上，慰藉着人们淳朴的信仰；华宁陶是一只精美的花瓶、一个笔洗，留在书屋，陪伴着苦读诗书的后生。李自轩在产品结构调整中，从传统的产品中找寻与现代人审美需求的共性，他要让华宁陶再次走进千家万户，让古老的中国元素走进当代人的生活，华宁陶才有生命力。身为华宁陶的传承人、工艺大师，李自轩致力于将华宁陶发展壮大，绽放出华宁釉陶产业特有的芬芳。

6. 姜福生和东川陶瓷

姜福生，男，1953年生，东川陶瓷工艺当今的领军人物。姜福生凭着坚韧的性格，执着的闯劲，不怕艰难险阻，敢想敢干，带领东川陶瓷走出一条特色之路。

姜福生出于曲靖的陶瓷之乡潦浒，千百年来潦浒（毛毛石）制陶手艺代代相传，姜福生的父亲就是潦浒村数一数二的手艺人。13岁就跟随父亲学艺，14岁出师拉得一手好胚，成为当时年轻人学艺速成的佼佼者。1970年，刚满16岁的姜福生被东川筹建陶瓷厂的罗润保看中，招收到东川陶瓷厂工作。凭借精湛的制陶技术，很快就被厂领导看中，提拔到厂技术部当负责人，把东川陶瓷厂技术的发展重担交给了这位年轻人。当时的东川陶瓷厂一无陶土资源，二无燃料基地，三无机器设备加之技术力量又相当薄弱，困难重重，要寻求发展谈何容易。但姜福生凭着坚韧的性格，执着的闯劲，不怕艰难险阻，敢想敢干，把全部精力都用在发展东川陶瓷上。

1975年，姜福生就大胆提出东川要发展琉璃的设想，并在学习华宁生产琉璃瓦工艺的基础上，将生产琉璃瓦由石膏模型刀压制成型改为真空成型机挤压成型。这一改进不但质量大幅提升，而且产量提高了10倍，当生产量得到提高时，有研制出具有清亮、透明、色泽鲜艳的琉璃釉进行装饰穿衣，使东川琉璃瓦栩栩如生，产品供应不求，东川琉璃瓦成为云南重点古建筑使用的指定产品，还出口新加坡、马来西亚、瑞士、泰国、缅甸等国家。东川陶瓷厂成为云南生产琉璃瓦的领头羊。同年，姜福生又到四川宜宾考察参观，并亲自动手设计出比较先进的二孔、四孔、六孔推板窑，并一举烧制成功，为东川陶瓷的强劲发展打下了坚实的烧成基础。

1983年4月，姜福生正式担任了东川陶瓷厂第五任厂长，姜福生仍把技术工作放在第一位，在很短的时间内就研发出全国独特的指纹釉、金星釉，并获得了一个产生窑变出现五彩缤纷釉彩的葫芦工艺品。在指纹釉工艺品烧成功后得到省美术家协会领导的高度评价，并破格将姜福生吸纳到省美术家协会，使姜福生成为云南省唯一的陶瓷美术家会员。1984年，姜福生又根据植物生长的特性，研发出一种含磷、吸水、透气的朱泥花盆，这种花盆被日本京都大学教授大草浩先生看中，当年就订购了大批KY2型朱泥花盆到日本。东川朱泥花盆落户日本后受到日本园艺界人士的好评。2011年，姜福生又研发了泥土配制一次烧成的黑灰色质地陶瓷，这种黑灰陶瓷可以根据配方调整颜色，对今后的青砖、青瓦快速烧成，提高青砖、青瓦质量大有好处，同时对现在云南生产黑色工艺陶可以把用锯木熏烟、闷黑、彩画装饰等繁琐的工艺省掉，为节约成本，提高质量创造了条件。随着今后黑陶的广泛使用，陶瓷太阳能板，光伏陶瓷蓄电板将会在云南得到发展。2012年，经过调研，采用高科技手段，用电击钛靶，产生异光，配合气体，经高温高压，让制品呈现金色、银色，在全国首次使用于琉璃瓦，开创了云南金色、银色、五彩色琉璃瓦的先河。

7. 玉勐与慢轮傣陶

玉勐，女，1954年生、西双版纳曼斗傣族，云南省非物质文化遗传传承人，慢轮傣陶工艺的领军人物。玉勐心灵手巧，乐观向上，对生活充满热爱，她让我们坚信慢轮傣陶工艺这一古老手艺找到了"正确"的传人。

曼勒的老艺人把制陶传统带到曼斗，1976年，曼斗成立了集体所有的制陶工场，在四位老年妇女的主持下生产陶瓷。1982年，曼斗寨实施包产到户，制陶艺人们回到家中各自经营。流金岁月，当年的艺人纷纷谢世，却都没能将自己的手艺传给下一辈。从小耳濡目染的玉勐天生就对制陶颇有兴趣，在跟祖父学习的同时，还曾师从其他前辈学艺，1986年她开始试验自己制陶。

玉勐与邻近的曼各寨子的岩罕滇一起成为景洪市傣族制陶的代表人物。在艰难的岁月中，她不但承担起了一个家庭的重任，更没有放弃自身的学习，她在1971年学会了傣文，如今当有人来订制陶器时，她就用它们来记账。她虔诚的相信佛祖的教诲，热心于宗教事业，她还曾是寺庙中一个僧侣的"干妈"，在他还俗前总是尽心供养他。她总是尽可能按时到佛寺赕佛，还曾向佛寺贡献过大笔的款项。她相信可以依靠佛、法、僧三宝的力量获取生命的智慧，而对有些僧侣的不严守戒律感到痛心。

1996年7月，玉勐应邀前往日本参加东亚文化交流振兴协会在日本国佐贺县举办的"世界陶瓷博览会",她在日本一个多月的表演中,共制作各种陶瓷六百多件,烧了二十多窑,她在博览会上制陶、烧陶的精彩表演受到了高度评价。回来后,她受中央电视台综艺栏目、云南省电视台、西双版纳电视台采访和播放介绍她的制陶过程的片断。2005年景德镇三宝陶艺研修院组织世界著名学者、专家与玉勐共同学习探讨千年慢轮陶艺;北京大学、北陆学院短期大学师生与玉勐共同学习探讨陶艺;2007年,玉勐在保护和民族民间优秀传统文化方面作出的突出贡献,受云南省文化厅、云南省民族事务委员会特命名为云南省非物质文化遗传传承人。

8. 李艾东与云南陶塑

李艾东,1956年生。云南大学艺术学院教授英国BRONZINI签约艺术家;亚洲CAN会员;昆明市文史馆馆员。云南省九三书画院及云南省民进开明画院特聘画家,云南现代陶塑的领军人物。擅长陶艺、雕塑和国画,追求造型能力和新题材的表现,重视和追求笔墨表现的过程。

1982毕业于景德镇陶瓷学院。1984—2012年间,李艾东作品参加国内外展览四十余次,受到艺术爱好者们的一致好评。专著《中国陶艺艺术研究》(云南大学出版社出版)填补了中国陶塑艺术基础理论研究的空白。李艾东雕塑作品的独树一帜之处,在于作品本身表现出来的那种稚拙的欢乐。这种欢乐是直观的、本真的,与许多艺术品中那种装样的、依附性的伪欢乐无关。这种欢乐萌生于艺术家本性中的慧根,是慧根可能形态的自由自在的开显。虽然艺术没有本质可言,也就是说,艺术没有统一性的法则可以遵循,但是,当艺术作为具体的作品、作为个人风格呈现的时候,那种自由、自在、自足的开显,就表现了具体艺术作品不可超越的样式。艺术只有样式。这是艺术的迷人之处,也是艺术的宿命。艺术就是在自身的宿命中创造了艺术运动的历史。艺术样式与样式之间的关系形成种种艺术史。就像所有优秀的艺术作品一样,李艾东作品中的那种稚拙的欢乐直观,是游戏性的。此游戏之意,非所谓游戏人生的那种贬义,亦非道德、价值层面上的意识形态隐喻,而是博弈作为生命欢欣的某种状态,一种不可为而为之的、可为而又不能恒久的状态。李艾东的陶塑对佛教造像的语言改造,正是基于对既定的佛教文化人物造型类型化模式的怀疑和反省。《佛说》《佛语》《观音》《释迦牟尼》等系列陶塑,一方面将人物造型抽象化拉长或扩展为陶本身的质料(质料的美无疑是艺术最直观、最表现天性的美),只隐约保存了一些衣饰褶皱线条或法器元素、行头元素特征；另一方面，人物表现出来的神性仪态、浩然气宇变成了生活中芸芸众生的角色。那种掌握神性法则，命运密码，通吃阴阳两界的骄傲、自大、和善、不朽的意识形态被消解了。有的造像甚至有些俗气，连普通人中的某种素朴的人文心灵也没有附着其上。这是从一种假、大、空的文化心灵向俗世空无、无聊、无助心灵的意识形态转型。总体观察，李艾东的人物造型是诡异而通脱的，是变形的，不是程式化抒情的。他在改造传统宗教文化造像和民间文化造像的同时，拒绝将雕塑作品的诗性特征，朝向人文性酸腐的抒情雅文化传统转化，是他的作品的成功之处之一。

9. 罗旭与土著巢

罗旭，男，1956年生，云南弥勒人，自学成才的云南雕塑家、陶艺家。罗旭是云南现代雕塑、陶艺的领军人物。

16岁开始在陶瓷厂、建筑队做小工。23岁开始学画，后进县文化馆充当美工，并被钱绍武先生收为弟子，学习设计人体造型。从文化馆辞职后，闯进昆明，成立达达艺术公司。1996年，罗旭突发奇想，照着儿子画的理想王国，在昆明郊区建造了"土著巢"。

"土著巢"内摆放着各种风格的雕塑，自由放养的山羊、白兔，阳光、白云，组成了一个自然王国。土著巢的主建筑功能明确，一个"巢洞"就是一个功能空间：会客的一个巢，餐厅厨房一个巢，雕塑品展示一个巢；堆放半成品作品一个巢。有的生活化，有的艺术化，一个个既天然又另类，加上那些石柱、穹壁，花岗岩地面，四通八达的台阶，高高的穹顶……令人仿若置身于中世纪的城堡。"土著巢"的客厅是一个由许多拱顶构成的巨大空间，布置得就像个雕塑博物馆。"合唱团"是罗旭近来完成的一组群雕，土陶制作的唱俑形态各异，憨态可掬，十分可爱。

罗旭创造作品有像人又不是人而确实又是人的"公牛与女人"系列；"东方唐人"的佛，像部天书，不吃素就读不通的法印系列："已知，远；未知，近；不可知，人"的第99次洪峰；马蹄莲与郁金香；出访欧洲的"董事会"。

10. 蒋雨田与民俗陶艺

蒋雨田，男，1959年生，云南昆明人，云南现代民俗陶艺的领军人物。陶艺作品植根于云南民族民间，运用了西方现代派创作理念，呈现出一种既是现代的、又是民族民间的，在西方和中国都仿佛有过，其实又都不曾有过的奇异风格。

蒋雨田的现代陶艺有摆件、挂件和生活器皿，造型有人物、动物、植物及其他杂物，但多作夸张变形，不以似与不似为准，而是以构成之是否符合己意为原则。蒋雨田的"己意"，也即创作意图，那就是一种现代意识指导下的民族民间造型，以及这怪异的构成所形成的浓郁民族民间风格。蒋雨田陶艺的人脸、兽脸和人体造型多作怪相，明显源于民间吞口、图腾，经过变形，做成挂件，这些怪脸则被抽象成了图案构成的部件，形成疏密、虚实的线条、块面组合，盎然成趣。这趣味怪异而神秘；依稀有图腾相，但又不是任何一个民族的图腾；又分明是傩戏脸谱，但又不为任何一种傩戏所有；更多的像是少数民族民间悬于居室的吞口，却又说不清到底出自何处。现代陶艺不但是一门艺术创作，同时也是一门精深的技术，艺术和技术是互为关联的。技进化而为艺，因技而得道，精湛的陶瓷工艺技术，在一定意义上就是一种艺术。蒋雨田作为一名现代陶艺工作者，加强自身艺术修养，继承和发展陶瓷创新工艺，充分发挥泥、釉、火的潜在表现力，从而创作出具有云南特色的现代陶艺作品。

蒋雨田有一个专门制作、生产土陶工艺美术品的工作室，在制作生产商品的闲暇之际，可以随心所欲地抒写自己的理想。蒋雨田找到了中西及传统之间的审美契合点，找到了当代人好奇、好新的艺术审美神经。就艺术本身论，深入中西方文化深层，融会贯通，蒋雨田陶艺作品开创了真正属于云南自己的现代民族艺术风格。

11. 郜金福与大理瓦猫

郜金福，男，1962年生，云南大理鹤庆人，云南现代瓦猫工艺的领军人物。他在传统的基础上对瓦猫作了大的变型，形成了自己的风格，所做瓦猫倍受欢迎，人们便戏称他叫"猫福"。

1988年，郜金福开始在家专门从事瓦猫制作，拿到瓦窑上去卖。几年下来，郜金福的产品供不应求，颇受好评。1998年，郜金福被聘为云南艺术学院客座教授；1999年，被云南省文化厅命名为"云南省民间美术师"；2006年，被大理州人事局、大理州农业局评为"大理州农村乡土拔尖人才"，同年郜金福的瓦猫被国家发展和改革委员会评为"全国工艺美术优秀创作奖"；2007年，被云南省经济委员会命名为"云南省工艺美术大师"；2009

年，被云南大学旅游文化学院聘为客座教授。

郈金福做的瓦猫在云南是出了名的，他在做瓦猫出名之后便改叫"猫福"了，并形成了自己的品牌。郈金福做瓦猫几乎全是徒手捏制，所借助的工具少之又少，只有一根铁皮管在做瓦猫身体时用于掏空，还有一枝竹篾子（类似景德镇称作"丫把"的）用于细节刻画。

12. 朱如坤与方园紫陶

朱如坤，男，1962年生，云南建水方圆紫陶文化产业发展有限公司董事长、云南著名紫陶艺术家。1984年就读于浙江师范大学美术系版画专业；2000年考入清华大学国画院硕士研究生班，云南省陶瓷工艺美术师。

2008年朱如坤创立建水方圆陶坊陶艺工作室；专门研究创作建水陶高端艺术收藏品。2010年《第五届北京国际文化产业创意博览会》，获得金奖1枚；同年，建水陶作品32件入选上海世博会；2011年获《第六届北京国际文化产业创意博览会》铜奖；云南省工艺美术第五届"工美杯"精品评选银奖；云南省首届陶艺术大赛金奖、铜奖；中国杭州第十二届"天工艺苑 百花杯"金奖、银奖；昆明文化创意周优秀产品奖；昆文化创意周个人优秀奖；2012年任云南建水方圆紫陶文化产业发展有限公司董事长（其中兼任云南省温州商会建水办事处主任，云南省温州商会常务副会长）2012年获《上海中国工艺美术大师作品暨工艺美术精品博览会》金奖2枚；云南陶醉中华————彩云之陶艺术节"彩云杯"特奖、金奖、银奖、铜奖；云南省工艺美术第六届"工美杯"精品评选，金奖，铜奖；2014年12月6日作品《长城》参加第二届中国当代工艺美术双年展。2014年获云南省工艺美术第八届"工美杯精品评选金奖，作品为长城浮雕八方镂空紫陶茗壶。作品被中央军委、中国美术馆、人民大会堂、中南海美术馆、毛主席纪念堂、徐悲鸿纪念馆、中央美术学院美术馆、清华大学美术馆、北京大学美术馆、云南省博物馆、云南省美术馆等单位收藏。

13. 马行云与云陶滇彩

马行云、字振先、男，1962生，国家高级工艺美术师、《建水紫陶》云南省地方标准主要起草人；云南省轻纺工业行业协会职称评审委员会专家评委；云南省紫陶研究会秘书长，云南民族陶瓷文化品牌宣传的领军人物。

马行云学的是船舶驾驶专业，1984年开始从事海员工作，终日与海为伴的日子让他有着海一般的情怀，海水的惊涛骇浪，漂泊的孤独让他渴望安稳。1994年来到云南休假，与美丽的大理白族金花邂逅后定居云南，自此让他一身的海性融入到了红土高原的淳朴与宁静中。"泥土是没有生命的，是人、文化赋予了它灵魂。"马行云与云南陶瓷艺术的渊源，或许来自这股泥性的吸引。

2005年马行云开始专业研究云南普洱茶、陶瓷文化；2008年开始发表云南陶瓷文化研究文章；2009年创办了云南紫陶网；2010年发起成立了云南省紫陶研究会；2011年编著出版了《云南建水紫陶》（云南科技出版社）；2012年发起制定了《建水紫陶》云南省地方标准（云南省质量技术监督局发布）；2013年创办了昆明五彩云陶文化传播有限公司；2014年编著出版了《中国四大名陶》（云南美术出版社）；2014年参加中共云南省委宣传部、云南省社科联主办的"云岭大讲堂"，主讲"云南陶瓷"。为了更全面地将云南陶瓷的文化工艺展现出来，马行云开始研究整理云南陶瓷的相关资料，并先后几十次驾车到云南陶瓷产区考察，拍摄了上万张图片，拜访云南陶瓷产区诸多工艺师、制陶企业家。

马行云说："云南是我的第二故乡，有机会为云南民族陶瓷文化做些力所能及的事情，回报这片我所热爱的土地，将是一件让我愉悦而自豪的事情。"现如今，马行云的生活已经与云南陶瓷艺术紧紧联系在一起，繁忙时为了云陶艺术奔波，闲散时为滇彩文化著书立说。马行云不仅是一位研究云南陶瓷文化学者，同时还是一位云南陶瓷艺术的设计制作者。马行云在远离昆明闹市绿树环绕的团结乡创办了"五彩云陶"工作室，设计制作陶壶、陶砚、陶珠等陶艺产品，美轮美奂。马行云创作了云南陶瓷艺术作品二大系列："云陶"系列————陶壶、陶砚、陶印、陶珠；"滇彩"系列————青花瓷、釉重彩。在云南这块有着深厚陶瓷文化积淀的大地上，马行云创作的带有自己独特个性、并具有现代文人情怀的陶艺作品，是云南当代陶瓷艺术中不可多得的佳作。

马行云孜孜以求、不断探索云南陶瓷文化的品牌宣传模式，凭一己之力，借助更多的宣传机会来提升云南陶瓷文化的知名度。

14. 李宾与云南青瓷

李宾，字砚田，男，1963年生，云南昆明人，昆明学院美术与艺术设计学院教师、昆明市美术家协会雕塑陶艺艺术委员会副主任，云南现代青瓷陶艺的领军人物。陶艺的创作语言是丰富的，李宾创作的带有自己独特个性、并具有古典文人情怀的品质，他钟情云南本土个性鲜明的建水紫陶艺术，开创云南青瓷如玉般的高古韵味。

1990年毕业于西南师大美术系，一直在昆明从事书法绘画教学。2005年，对陶瓷艺术一直抱有浓厚兴趣的他，前往景德镇陶瓷学院研究生进修生班学习。在景德镇他从最基础的揉泥、拉坯到配釉、荡釉到烧成学起，经过勤学苦练，熟练掌握了陶瓷工艺制作的整套流程。并融合自己的书法绘画造型特长，对陶瓷艺术设计有了独到的理解。在景德镇学习期间，就创作了一批独具个性的作品。2008，他在昆明创办了"惠风窑"，取王羲之《兰亭集序》所言："是日也，天朗气清，惠风和畅"之意境。近年又创立"一水间茶书院"，在书院里重建"惠风窑"，创作气韵高古、质地清越的青瓷作品以及云南紫陶作品。李宾取材于历史题材，将书画中的写意手法运用到陶瓷创作中。他的陶塑"怀素书蕉"，处理手法并没有追求具象的写实手法，而是将书画中率性的笔墨意味转化为雕塑符号，用朴实的泥土来抒情达意，追求人物的内在精神表现。神似与内在的高古风范是这件作品最为动人之处。

2012年，他在一只直径40厘米、高50厘米的青瓷罐上运用浅浮雕的手法，雕刻了20多位栩栩如生的红楼人物形象，在烧制中，用釉的流淌和沉积，让作品的层次感大为丰富，并具有青瓷特有的玉质感，参加"云南省第二届陶艺展"获二等奖。

李宾用紫陶创作了一系列历史题材的陶塑作品。他的"琴棋书画"系列，在人物造型上更为简练传神，人物或书或画，或对弈或抚琴，怡然自得。细细观看，令观者亦随之进入到诗画传香的世界。在"一水间茶书院"，他与夫人还设计创造了一系列具有云南特点，又适茶的茶器，将云南普洱茶与云南原创茶器、茶席设计有机结合起来，形成具有书院气质的雅器风格。

15. 吴兆华与易门陶瓷

吴兆华，男，1964年生，云南省陶瓷美术大师，被评为易门龙泉街道办事处"乡土能人"，易门现代陶艺的领军人物。从事陶瓷生产、技术、管理工作三十年，将古老文明与云南重彩绘画相结合，实现彩雕黑陶的新发展。

1986进易门陶瓷厂工作，先后任生产段长、车间主任、技术科长、生产技术副厂长等职。2003创办易门聚龙坊民俗陶艺厂，任厂长。2011年易门聚龙坊民俗陶艺厂更名为玉溪滇鉴陶民族工艺有限责任公司，吴兆华任总经理。

1986年，吴兆华以景德镇陶瓷学院83级陶瓷工艺专业班第一名的优秀成绩毕业，被分配到云南易门陶瓷厂工作。进厂后，他先后担任了易门陶瓷厂技术员、车间主任、技术科长和主管生产技术的副厂长等职务。2002年，易门陶瓷厂进行企业改制，时任副厂长的吴兆华也面临着是进还是退的选择。经过一段时间的思考和市场调查、论证之后，他做出了一个大胆的决定：辞职下海，创办属于自己的陶艺企业。做出决定后，一没场地二没资金的吴兆华开始只身一人找场地、筹资金等，经过一段时间的艰难工作之后，吴兆华终于有了自己的小企业。

易门县聚龙坊现在有两个自主品牌，公司产品年产量达四五十万件，生产的陶瓷酒瓶、茶盒、彩雕黑陶，展现自己独特的艺术价值。经过近十年的艰辛创业，吴兆华的易门县聚龙坊民俗陶艺厂已一步步成为规范化、现代化的制陶企业，其开发研制的彩雕黑陶工艺产品得到了国内市场的认可和青睐，多项产品被选为2008北京奥运会、上海世博会和中国航空航天局礼品茶包装用品，吴兆华大师自己也被评为了玉溪市民族民间工艺师。

16. 辜庆华与彩雕黑陶

辜庆华、男，1965年生，云南昆明人，云南传统文化研究会副理事长，云南《滇智》杂志副总编辑，昆明考工坊文化传播有限公司董事长，云南广南句町文化研究会、玉林天南文化研究会顾问，大容山国家风景区艺术创意顾问，云南彩雕黑陶工艺的领军人物。辜庆华运用云南几千年少数民族所敬奉的天人和合的思想，以及在此思想下守护的自然和人文之美，用现代的、物化的方法去记录、诠释、表现，通过开发云南彩雕黑陶工艺陶文化实现现代商业的推广、传播。

辜庆华北京航空航天大学控制系统专业，毕业后就职成都飞机制造公司。上个世纪九十年代回到故乡云南，开始了研究开发云南民族陶瓷工艺文化，创建了云南自有特色的彩雕黑陶工艺，推广云南民族陶瓷文化，传播云南民族陶瓷工艺。

2003年辜庆华首次提出云南民族工艺文化走向世界实现产业化并可成为物化传媒的思想体系，同年，辜庆华在云南藏传黑陶工艺基础上，应用藏传佛画的艺术表现手法，使用云南纳西族雕花填彩的工艺，创建"滇七彩"云南彩雕黑陶工艺及系列云南彩雕黑陶文化产品。云南彩雕黑陶铜鼓系列成为云南地方标志性文化特色工艺产品，并申报了实用新型专利。2006年辜庆华编写《快速原型技术在彩雕黑陶产品开发中的应用研究》《"千秋精艺"彩雕黑陶的文化寓意及符号研究》《民族文化传承与品牌经济运作结合模式探索》等文集。21世纪初，辜庆华开始云南文化现象和文化符号的研究，实施物化文化符号的创意。辜庆华的彩雕黑陶工艺产品，在黑陶工艺基础上，应用云南藏传佛画艺术表现手法和云南纳西族雕花填彩传统工艺创意、云南白族扎染工艺集合，既有实用功能，又有现代审美价值，体现了彩云之南韵味的新型陶器，集合烧制工艺、造型创意、符号创意、雕刻工艺、重彩绘画工艺为一体，既满足视觉的冲击，同时感受工艺精湛，传递符号的文化内涵的、专属云南民族特色的陶瓷工艺精品。

2004年，云南彩雕黑陶普洱茶储茶器系列产品推入市场，成为普洱茶最佳存储器，被誉为普洱茶的黄金搭档。2006年，在首届中国创意设计红星奖在人民大会堂举行隆重的颁奖仪式。云南彩雕黑陶系列荣获首届创意设计红星奖，辜庆华先生赴人民大会堂接受颁奖，与联想、海尔等著名企业集团同台共领获奖殊荣。2006年，香格里拉葛丹松赞林寺主持崩主活佛惊叹云南彩雕黑陶产品的精美和表现力，为云南彩雕黑陶产品赐名"千秋精艺"，并亲笔题书。2007年，辜庆华运用传统文化与现代高科技文化整合创意的理念设计制作的"中国运载火箭研究院成立50周年纪念"彩雕黑陶特制珍藏品，获得了航天领导、科工委专家的高度赞许，被作为国礼。2009年，云南彩雕黑陶产品被开发制作由中国宇航英雄翟志刚亲笔签名的祖国60周年献礼特质纪念品。2010年，辜庆华创意制作的彩雕黑陶"崔氏祭祖宝鼎"，被崔氏后裔永久供奉在山东祖祠大殿。

辜庆华创建的"滇七彩"彩雕黑陶，有祈福系列、宗教系列、风水系列、民族文化系列、家居园林系列、旅游纪念品系列六大系列产品。辜庆华与昆明理工大学、西南林业大学等学术科研机构合作，建立云南文化符号的开发与设计的数据库，建立了云南彩雕黑陶产品创意的快速成型系统。

17. 刘辉与曲靖陶瓷

刘辉，男，1967年生，云南曲靖人，云南省陶瓷行业协会会长、曲靖市石林瓷业有限责任公司董事长、中国陶瓷行业杰出企业家，曲靖陶瓷工艺当今的领军人物。

曲靖市石林瓷业有限责任公司地处具有近600年制瓷历史的曲靖市麒麟

区越州镇潦浒，始建于1955年，由原曲靖市瓷厂改制而来，经过数十年的发展，曲靖市石林瓷业有限责任公司成了云南省日用瓷生产的骨干企业，生产能力居西部地区同行业首位，并创办了云南民族文化艺术陶瓷研究所

多年来，曲靖市石林瓷业有限责任公司一直把开拓、创新和文化内涵注入作为产品开发的出发点，精品创作和品牌打造作为企业的发展理念，全力打造独具行业特色的管理品牌、质量品牌和陶瓷文化品牌。目前，曲靖市石林瓷业有限责任公司正紧锣密鼓地打造云南民族陶瓷文化创意产业园。该项目是在充分调研的基础上，发挥企业多年陶瓷生产的优势，并在清华大学美术学院的技术与艺术创意的支持下，以具有悠久历史的陶瓷为载体，研究、开发、生产具有云南民族文化特色的艺术陶瓷产品，展现独具特色的云南民族文化风采，同时也扩展企业的产业链，丰富企业的陶瓷文化底蕴。

18. 吴刚与云陶电子商务

吴刚，男，1974年生，云南曲靖人，传统文化学者，云南紫陶艺术馆理事长，云南凤凰印陶艺有限公司、云南凤凰印电子商务有限公司董事长。出版著作有：《周易地理论》《吴氏缘分指数》《凤凰印陶器》等作品，云南陶瓷文化产业电子商务体系的领军人物。吴刚的凤凰印陶艺是云南最大的陶瓷电商，凤凰印旗舰店是目前电商领域唯一云南陶瓷品牌。

2011年初，吴刚成立了专门给云南陶瓷产品企业做电子网络推广的云南凤凰印陶艺有限公司，网站取名"凤凰印电子商务"，成为云南陶瓷最大的电子商务公司之一，利用该网站赚到了第一桶金。2012年，吴刚和他的团队在昆明开发的"凤凰印电子商务"站点、网上云南陶瓷商品交易市场、网上云南陶瓷出口交易会、云南陶瓷招商、网上拍卖会和云南陶瓷外经贸等一系列电子商务业务。

吴刚的凤凰印陶艺是云南最大的陶瓷电商，凤凰印旗舰店是目前电商领域（天猫、京东、淘宝）唯一云南陶瓷品牌，拥有"中国紫陶"微信、微博的官方运营平台，是淘宝拍卖陶瓷类目云南唯一参拍商。创建一个云南陶瓷商务电子平台，即充分利用电子商务信息、人才和资金聚集的良好契机，为云南陶瓷企业搭建展示产品、宣传品牌、相互交流、推动销售的平台。一是凸显电子商务文化性、创意性和贸易型相结合的特色；二是凸显电子商务国际化、前沿性、引领性的专业特色。实现以云南陶瓷企业产品成交为主导，提供专业服务，实现电子商务特色更强、品牌更亮、成效更好的目标。围绕

全新的电子商务思路，继续以云南民族文化电子商务为契机，把云南陶瓷打造成为西南陶瓷产品贸易的集散中心，为推动云南陶瓷创作的繁荣、陶瓷产业发展、助推传统陶瓷产业优化升级和增进国际文化交流做出新贡献。云南陶瓷电子商务体系将拍卖会分为十大名家精品藏瓷专场、紫陶大师专场、云南当代陶瓷新秀专场和名窑名坊专场四个主题。

2013年，吴刚发起成立云南紫陶艺术馆，签约云南陶瓷工艺大师30余人，民间陶艺家100余人，拥有藏品3000余件，充分体现云南陶瓷电子商务体系国际交流、信息发布、彰显文化和贸易投资的综合平台效应。以云南紫陶精品为中心，配以古陶瓷和陶史风情展形成了云南紫陶艺术馆独特的风格，同时配有云南省古陶瓷风俗人情的介绍，使人有一种跨越时空的奇妙感受。

19. 吴白雨与云南青花

吴白雨,云南大学副教授、硕士研究生导师，专门从事云南陶瓷的研究和创作，在《美术》《中国陶瓷》《民族艺术研究》等学术刊物发表论文30余篇，出版著作3部，参加国际国内陶艺展览10余次。现为中国当代陶艺馆专家、中国青花研究院学术委员、云南省高级工艺美术师职称评审委员、云南省玉溪窑发展研究中心首席专家，2013年主持完成了第三批云南省省级非物质文化遗产项目"玉溪窑青花瓷烧制技艺"的建设和申报工作，云南青花现代工艺的领军人物。

2009年起，吴白雨着手对云南云青花传统工艺进行了实地深入的研究和实践。云南青花的烧制技艺失传了，吴白雨便开始对其配方进行实验。他去考察玉溪、建水、易门这些地方的古窑口，去寻找这些地方的古瓷店，广泛地收集资料。

在考察的过程中，吴白雨颇有感触。他认为云南的古代陶瓷窑口很丰富，而且云南烧制青花的地方很多，但是对古陶瓷、古窑口的保护不够，"除了玉溪窑、建水窑、临沧窑，其他的古窑址破坏都很严重，甚至消失了踪迹。"

吴白雨复制的元明时期云南青花代表作受到故宫博物院古陶瓷专家杨静荣、首都博物馆古陶瓷专家王春城、云南省博物馆馆长马文斗的极高赞誉，并收藏于东京艺术大学博物馆、云南省博物馆、宁波博物馆、玉溪市博物馆、云南大学等单位学术研究单位。

20. 李卫红与云陶首饰

李卫红，女，彝族，1990年生，云南普洱景东人，云南省中级工艺美术师。李卫红是云南现代陶瓷首饰工艺的领军人物。李卫红的陶瓷首饰设计作品赋予了首饰全新的云南少数民族文化概念。

云南陶瓷首饰可以算是一种新型的"绿色首饰"，佩戴于身体上，有益于人体健康，原料取材方便，可塑性高，设计空间大，成本低，益于首饰的大众化。云南民族陶瓷首饰的这些优点使云南陶瓷首饰有了很大的发展空间，为了促进云南陶瓷首饰的发展，李卫红着重于陶瓷首饰设计、制作，探讨出云南陶瓷首饰的制作工艺的方法，为云南陶瓷首饰的发展起到一个抛砖引玉的作用。

李卫红毕业于云南民族大学艺术学院陶艺专业，同时在昆明五彩云陶文化传播有限公司公司担任陶瓷首饰设计总监。近年来，李卫红的陶瓷首饰设计作品在省内外获得众多创意设计奖。李卫红的陶瓷首饰设计作品"云南印象"将建水紫陶的传统阴刻阳填、无釉嚯光等工艺结合云南少数民族文化的视觉形象进行演绎，体现出云南民族文化"秀美""包容"的概念。"云南印象"的陶瓷首饰设计，设计灵感来源于云南舞蹈家杨丽萍的视觉形象的元素概念，融合汉文化和云南少数民族文化为一体。在结构上，采用了建水紫陶的传统阴刻阳填、无釉嚯光等工艺特点。李卫红的陶瓷首饰设计作品在外观上时尚素雅，这正是云南少数民族文化的体现。

（由于涉足云陶文化产业的人物众多，介绍疏漏之处在所难免，恳请方家原谅。）

马迎春

马迎春，回族，1963年1月出生于云南凤庆，1982年8月参加工作，1987年6月加入中国共产党，大学本科学历。

1982年7月中央民族学院毕业至2009年4月，曾任共青团临沧地委副书记（其间：1998年5月至11月选派到广东省佛山市禅城区人民政府任区长助理）；临沧地区行署文化局党组书记、局长；临沧地区行署副专员（其间：2003年8月至12月被选派到大连市沙河口区任区长助理）；临沧市委委员，市人民政府党组成员、副市长；临沧市第二届人民政府副市长等职务。

2012年1月18日，当选为云南省妇女联合会第十届副主席。

贯彻男女平等基本国策——推动社会性别主流化

十八大首次将男女平等作为基本国策写入报告，这是我们党作为执政党在新时期坚持男女平等基本国策的政治承诺，表明我们党作为执政党在新形势下保障妇女儿童合法权益的坚强决心。

中国是男权社会吗？答案是肯定的。目前世界上没有任何一个国家实现了性别平等，中国也不例外。2014年10月10日，巴基斯坦17岁少女马拉拉·尤萨夫·扎伊和印度60岁的电气工程师凯拉什·萨蒂亚尔希（印度教徒）获得了2014年度的"诺贝尔和平奖"。马拉拉为了呼吁女性受教育权利而被枪击；萨蒂亚尔希创办"拯救儿童运动"的民间组织，拯救了1.7万名儿童，并推动有关儿童劳动法的修改；联合国启动"男性促进女性权利运动"，哈利·波特"小魔法师"艾玛·沃特森作为联合国妇女亲善大使于2014年9月20日在联合国总部发表关于性别歧视的演讲。

"我认为我跟男同事们拿一样的薪水是理所应当的""我认为自己决定如何对待自己的身体是理所应当的""我认为女性出现在政治决策中是理所应当的""我认为给予女性和男性同等的尊重是理所应当的"……然而，很遗憾，全世界没有一个国家的女性能够完全得到上述的权利，没有一个国家能够夸口已经实现男女平等。党的十八届四中全会做出了《关于全面推进依法治国若干重大问题的决定》，依法维权有了更好的制度保障和外部环境，这就要求我们学会运用法治精神指导工作。法律至高无上，其共同价值是公平正义、制约公权力、尊重和保障人权、司法独立、自由、平等、和谐。我们要学会运用法治思维与法治方式谋划工作，坚持法律至上，科学立法、严格执法、公正司法、保障人权、全民守法、法律面前人人平等。

目前对妇女问题普遍存在三大模糊认识：①把妇女问题归因于妇女本身。②把妇联当成推动男女平等的责任主体。③认为经济发展自然带来妇女地位的提高。

正确的认识应该是：①妇女问题是社会问题、经济问题、政治问题。②政府是推动男女平等的责任主体。③经济发展与妇女地位无正相关联系。

中国妇女事业目前有三个不适应：①妇女事业与经济社会水平不适应。②妇女权益保障水平与国际人权要求不适应。③妇女发展水平与妇女多样化需求不适应。正因为存在如此多的不平衡、不适应，所以要坚持贯彻男女平等基本国策，推动两性和谐发展。

今天，我将从以下三个方面来讲述男女平等基本国策：

一、什么是男女平等基本国策

（一）什么是"基本国策"

基本国策就是国家的基本政策，是国家为实现一定历史时期的路线和任务而规定的行动准则。它针对基本国情提出，针对某一类具有全局性、长期性、战略性意义问题提出的系统对策，需要全社会共同贯彻落实。我国现有的七个基本国策：计划生育、男女平等、对外开放、环境保护、水土保持、节约资源，十分珍惜、合理利用土地和切实保护耕地。

1995年，在北京召开的联合国"第四次世界妇女大会"开幕式上，前国家主席江泽民郑重宣告"把男女平等作为促进中国社会发展的一项基本国策"，中国成为第49个承诺社会性别主流化的国家。中华人民共和国《宪法》第48条第1款就男女平等问题明确指出："中华人民共和国妇女在政治的、经济的、文化的、社会的和家庭的生活等各方面享有同男子平等的权利。"2005年，新修订的《中华人民共和国妇女权益保障法》明确"实行男女平等是国家的基本国策。国家采取必要措施，逐步完善保障妇女权益的各项制度，消除对妇女一切形式的歧视。"《消除对妇女一切形式歧视公约》是一项有关妇女权利的国际公约，是联合国为消除对妇女的歧视、争取性别平等制定的一份重要国际人权文书。该公约确立规则，保障妇女在政治、法律、工作、教育、医疗服务、商业活动和家庭关系等各方面的权利。联合国在1979年12月18日的大会上通过"消歧公约"有关议案，并于1981年9月起生效。中国政府于1980年7月17日签署该公约，成为《消歧公约》最早的缔约国之一，同年11月4日交存批准书，12月4日该公约对中国生效。

（二）什么是"男女平等"

"男女平等"是指男女作为人，在尊严和价值、权利和责任、机会和待遇、评价等方面的平等。形式上的平等以男性为标准，认为男性和女性的权利应该是相同的，赞成给予女性平等的机会。保护性平等通过排斥女性或限制女性的权利过度保护女性。女性被假定为弱者，不合适做某些事情。实质性平等指结果的平等或事实上的平等。它既考虑两性差异（生理和社会文化），又肯定性别平等。

（三）"男女平等基本国策"和"社会性别主流化"的关系

基本一致，相互借鉴。男女平等是国家政策，社会性别主流化是全球战略、分析工具、认识方法。社会性别主流化，也称把社会性别意识纳入社会发展和决策的主流，最早反映在1985年第三次世界妇女大会通过的《内罗毕战略》里，集中表述在1995年第四次世界妇女大会通过的《行动纲领》中。在处理提高妇女地位的机制问题时，各国政府和其他行动者应该提倡一项积极鲜明的政策，将性别观点纳入所有政策和方案的主流，以便在作出决定以前分析对妇女和男子各有什么影响。社会性别主流化的提出是对发展决策和发展模式的重大改革。它包括：①社会性别议题包含在社会决策和发展的全过程中；②社会性别主流化是各领域宏观决策、执行、监测、评估的重要工具；③社会性别主流化的最终目标是实现社会性别平等。社会性别主流化的主要观点包括：①社会性别问题性质上；②实现性别平等途径上；③社会性别主流化主体；④平等标准的认识上；⑤平等的权利基础；⑥性别歧视原因；⑦工具和方法；⑧对待妇女的态度；⑨主流化的前提。

赋权是指人，女性和男性，能支配自己的生活，制定自己的生活议程，获得技能、建立信心、解决问题，能够自立。它不仅是集体的、社会的、政治的过程，而且还是个人的过程。它不仅是一种过程，也是一种结果。赋权妇女需要倾听妇女的声音、发动妇女参与决策注重提高妇女权力和能力。其他人不能给女性赋权，只有女性才能给自己赋权来代表自己进行选择和发言，但是政府和国际机构可以推动这一过程。

男女平等和社会性别平等是双赢的，是一种新型伙伴关系。社会性别的基本概念包括：

生理性别——生理性别一般是不能改变的（如女人生孩子）或很难改变的，是指男性和女性在生理上的差异，简称性别。例如女人和男人有不同的染色体、第二性征，产生不同的激素。

社会性别——指人们认识到的基于生理差别之上的，实际存在的社会性别差异和社会性关系，它不是先天存在的，而是社会文化及其制度造就或建构的。

社会性别角色——指在某一既定社会、社区或人群中，被人们所认为的女性或男性行为。

社会性别定型（刻板印象）——社会性别角色的行程是一个社会化的过程，是一个社会学习和社会教育的过程。社会性别关系常常在社会制度（如文化、资源分配、经济体制等）以及个人社会化的过程中得到传递、巩固和复制。

社会性别歧视——指基于性别而做的任何区别、排斥或限制，其影响或目的均足以妨碍或否认女性（不论已婚未婚）在男女平等的基础上认识、享有或行使在政治、经济、社会、文化、公民或任何其他方面的人权或基本自由。

直接歧视——指明显歧视或忽略女性的行为，有歧视的目的。

间接歧视——指没有歧视意图但是有歧视"效果"的行动或忽略，即指某项规定、标准或做法看似中立，没有区别对待任何人或群体，但实际上却导致某人或某一群体不成比例的不利影响。

社会性别平等——指男女作为人，在尊严和价值上的平等，包括权利、机会、责任等方面；体现在政治、经济、文化、社会和家庭生活等各个领域。包括平等地获得资源、平等地参与决策、平等地分享利益，所有人都可以不受各种成见的限制和歧视，自由地发展，根据个人能力和自由做出选择。

社会性别公正——指对男性和女性的不同需求给予公平待遇，包括给男女劳动者同样的待遇和机会，也包括不同的待遇福利和机会，甚至包括倾斜性措施或临时特别措施。其目的是为了实现性别平等。

下面，想和大家分享一首诗：

只要有一个女人

南希·史密斯

只要有一个女人觉得自己坚强因而讨厌柔弱的伪装，
定有一个男人意识到自己也有脆弱的地方，
因而不愿意再伪装坚强。

只要有一个女人讨厌再扮演幼稚无知的小姑娘，
定有一个男人想摆脱"无所不晓"的高期望。

只要有一个女人讨厌"情绪化女人"的定型，
定有一个男人可以自由地哭泣和表现柔情。

只要有一个女人因勇于竞争而被认为不女性，
定有一个男人只得通过较量来证明自己够男人。

只要有一个女人厌倦被当作性对象，
定有一个男人焦虑自己的性能量。

只要有一个女人觉得自己为儿女所累，
定有一个男人没有享受为人之父的全部滋味。

只要有一个女人得不到有意义的工作和平等的薪金，
定有一个男人不得不担起对另一个人的全部责任。

只要有一个女人想弄懂汽车的构造而得不到帮助，
定有一个男人想享受烹调的乐趣却得不到满足。

只要有一个女人向自身的解放迈进一步，
定有一个男人发现自己也更接近自由之路。

二、为什么要贯彻落实"男女平等"基本国策

因为贯彻男女平等基本国策，实现社会性别主流化是一种价值取向，是对以往发展模式的反思，已经成为国际社会主流价值，是两性平等发展的有效途径，是国际社会的趋势，是中国社会的现实需要。

我国目前男女仍然不平等。从历史根源来说，生产方式的转变、传统文化及战争的影响，封建社会制度男尊女卑、夫权统治、男主外女主内、一夫多妻等，均有碍于男女平等的实现。现实状况是，男女政治地位不平等、经济能力不平等、文化教育不平等、就业机会不平等。

（1）男女仍然不平等：法律上平等，现实中不平等。

（2）性别歧视普遍存在。

（3）就业歧视突出：①女性就业率低于男性，城镇就业人员中，女性只占35.83%。②女性再就业困难。③职业隔离严重：女性从事低收入行业、农业劳动力女性占70%。女性在城镇单位就业人员构成中，始终徘徊在37%左右。

表1　2007～2012年我国就业性别构成

年份	就业人员（万人）		性别构成（%）	
	女	男	女	男
2007年	4540.3	7484.1	37.8	62.2
2008年	4579.6	7612.9	37.6	62.4
2009年	4678.5	7894.5	37.2	62.8
2010年	4861.5	8190.0	37.2	62.8
2011年	5227.7	9185.6	36.3	63.7
2012年	5459	9777	35.8	64.2

（4）两性收入差距有扩大的趋势。城镇和农村在业女性的年均劳动收入仅为男性的67.3%和56.0%，两性平均收入差距继续扩大。

（5）农村妇女的失地问题比较突出。2010年没有土地的农村妇女占21%，比2000年增加了11.8个百分点，其中，因婚姻变动而失去土地的占27.7%，男性仅为3.7%。

（6）女性的家务劳动负担比较重。认同"男人应该以社会为主，女人应该以家庭为主"的男女比例分别比2000年提高了7.7和4.4个百分点。

表2　　　　2010年失业人口失业原因构成和性别构成

失业原因	原因构成（%）		性别构成（%）	
	女	男	女	男
城 镇				
毕业后未工作	19.8	23.8	44.8	55.2
单位原因	18.8	27.0	40.3	59.7
本人原因	13.5	17.9	42.1	57.9
料理家务	27.0	2.0	92.9	7.1
其他	15.7	23.2	39.6	60.4
农 村				
毕业后未工作	28.1	35.1	45.8	54.2
单位原因	4.2	7.9	36.1	63.9
本人原因	10.8	15.9	41.6	58.4
料理家务	35.1	5.5	87.1	12.9
其他	18.8	30.5	39.4	60.6

（7）性别比失衡。出生人口性别比，也叫婴儿性别比。我国分别进行了四次全国人口普查，出生人口性别比超出警戒线13个百分点，相对于女性，男性盈余13%。我国已经成为世界上出生性别比失衡最为严重、持续时间最长的国家。由此带来的问题是——"光棍"增加，人口生态安全受到威胁。非法胎儿性别鉴定和非法选择性别人工终止妊娠成为直接"杀手"——许多人怀孕4个月后，经B超鉴定胎儿性别，男胎保留，女胎引产。性别失衡的背后，隐藏着一个从非法鉴定胎儿性别到非法人工终止妊娠的"一条龙"黑市。性别比失衡缺乏强力干预——我国现行相关法律虽然严禁"非法胎儿性别鉴定和非法选择性别人工终止妊娠"行为，但未重拳出击。比如对于没有行医资格的人从事"两非"行为，法律规定按非法行医罪追究刑事责任，但对医务人员涉足"两非"，只规定了行政处罚，罚款额度只有1万~3万元，没明确刑事责任。

表3　　　　　　　　历次全国人口普查总人口及性别比

年份	总人口（亿人）			性别比
	合计	女	男	
1953年	5.8	2.8	3.1	110.71
1964年	6.9	3.4	3.6	105.88
1982年	10.1	4.9	5.2	106.12
1990年	11.3	5.5	5.9	107.27
2000年	12.7	6.1	6.6	108.20
2010年	13.4	6.5	6.8	104.62

表4　　　　　2000年、2010年0~10岁分年龄人口性别构成和性别比

年龄（岁）	2000年			2010年		
	性别构成（%）		性别比（女=100）	性别构成（%）		性别比（女=100）
	女	男		女	男	
0	45.9	54.1	117.9	45.9	54.1	117.9
1	44.9	55.1	122.7	45.2	54.8	121.2
2	45.0	55.0	122.2	45.5	54.5	119.8
3	45.4	54.6	120.3	45.8	54.2	118.3
4	45.8	54.2	118.3	45.8	54.2	118.3
5	45.9	54.1	117.9	45.8	54.2	118.3
6	46.2	53.8	116.5	45.7	54.3	118.8
7	46.5	53.5	115.1	45.7	54.3	118.8
8	46.6	53.4	114.6	45.7	54.3	118.8
9	46.8	53.2	113.7	45.8	54.2	118.3
10	47.3	52.7	111.4	45.8	54.2	118.3

（8）女性受教育权力没有充分实现

①文盲中的女性占65%。②平均受教育年限比男性低。③农村女童辍学比男童严重。④农村籍每年考上大学的女生为24%，男生为76%。

（9）妇女参与决策和管理仍然存在障碍，比例仍然偏低。女干部的"三多三少"：虚职多，实职少。副职多，正职少。社会部门多，经济部门少。

相比之下，从国际大环境看，截至2010年，15个国家的国家元首或政府首脑由女性担任，32个国家的议长由妇女担任，30个国家的女性议员比例占议员总数的30%以上，30个国家的女部长比例达到了30%以上。国际上妇女参政情况分析：①北欧女性参政比例高。②西欧国家出过多位名声赫赫的女领导。③非洲地区，女性参政比例超过了其他各大洲。④美国女性参政不如欧洲。⑤拉美已有10位女总统。⑥亚洲妇女参政水平总体落后。⑦中东多国没有女议员。女性参政比例不高是一个世界共性问题。同时，中国也有自己的特性。多重角色对女性的影响。传统的文化价值和性别角色定位成了限制妇女参政的主要因素。女性参政议政需要付出的精力要远远超过男性。女性参政的意识不强。中国文化中有含蓄、隐忍的一面，对女性尤其如此，这种文化在一定程度上影响了中国参政妇女的自信心和形象。社会职业歧视。这明显表现在招工、分配、招干和提干中。大众传媒偏见。缺少强有力的制约、监督机制。部分单位和部门在班子配备时把"至少有一名女干部"认为是"只要一名女干部"就完成任务了。公共政策失衡。在目前的公共政策和立法中，仍然存在着不利于妇女参政的因素。

对"家暴"的认识误区：①暴力不普遍，也不重要。②主要发生在落后地区和没文化的人身上。③虽然不对，但往往事出有因，"清官难断"。④因"压力""丢面子""有病""失控"等，打人可以理解。⑤受害人往往让人"哀其不幸，怒其不争"。⑥她们要为自己的境遇负责。⑦也有女人对男人施暴，现在到处都是"妻管严"。⑧受害者应该宽容，应该为家庭和子女牺牲。共识：暴力不是个人私事，是社会公害。暴力是侵犯人权的行为，不能容许。不平等的权力制度是暴力的根源。暴力没有理由，施暴者要对自己的行为负责。指责受害者是对她们的二次伤害。防止家暴是全社会的责任，需要人人积极行动、共同参与。

贯彻男女平等基本国策要做到以下几点：

（1）完善法律保障体系。

①自1995年以来，国家制定或修订涉及落实男女平等基本国策、维护妇女权益的法律法规20多部。我国已经逐步形成了以《宪法》为基础，以《妇女权益保障法》为主体包括一批相关法律法规在内的促进妇女发展维护妇女权益的法律法规体系。

②制定和实施了《妇女发展纲要（规划）》。形成了国家发展纲要，地

方发展规划和部门实施方案相结合，全国性目标和地方性目标相结合，中期目标与阶段性目标相结合的妇女发展目标体系。

③促进妇女发展，保障妇女权益的组织机构体系基本完善。国务院成立了妇女儿童工作委员会，全国人大内务司法委员会成立了妇女儿童专门组。除了政府的机构以外，还成立了多种形式的工作机构。形成了社会化主流的机构和贯通各级政府组织、渗透于各政府部门之中的妇女儿童工作网络。在促进政府部门承担相应责任、影响政府政策制度和推进社会性别主流化方面发挥了重要作用。

④全国省（区、市）、州（市）、县（市、区）地方人民政府均成立了由同级政府负责人担任领导、相关部门共同组成的妇女儿童工作委员会，并独立办公室，配备专职工作人员，形成了贯通各级政府组织、渗透于各政府部门之中的妇女儿童工作网络。一定程度上克服了妇女问题专门化的缺陷，在促进政府部门承担相应责任、影响政府政策制度和推进社会性别主流化方面发挥了重要作用。在处理提高妇女地位的机制问题时，各国政府及其他行动者应提倡一项积极鲜明的政策，将性别观点纳入所有政策和方案的主流，以便在做出决定以前分析对女性和男性各有什么影响。

（2）推动社会性别主流化。

如何实现社会性别主流化？制度保障：坚定的政治承诺和强烈责任意识，制定促进社会性别平等的政策、法律、项目；组织保障：机构配置、人力资源、能力建设；具体手段：社会性别统计及分析；社会性别设计与执行；社会性别预算；社会性别评估；社会性别审计。

联合国促进社会性别主流化的行动：

①机制保障。联合国所有机构都设立了社会性别专门机构。设立了促进社会性别主流化的专门机构：联合国提高妇女地位委员会；提高妇女地位国际研究所；联合国妇女发展基金会。

②性别比例。联合国系统内初级专业干事等级的职位实现性别均衡，（1999年达到47.5%）其中，女性助理秘书长17.6%，女副司长31.6%，司长23.2%。

③预算支持。在联合国系统中，不论是在政策领域还是在业务领域，都有专门资金用于提高妇女地位的活动。包括：促进妇女发展的专门项目、工作预算和投资。

④能力建设。对联合国派往各个国家/地区的专家、官员和工作人员提供社会性别培训。联合国秘书处与妇地会等建立网站——妇女观察，作为获取联合国系统内有关妇女全球问题信息的专门途径。

联合国除了进行内部监测，还注重督促各国推进社会性别主流化。

（3）加强宣传，转变不平等的性别观念。

①进党校、进机关、进高校、进企业、进社区。②加强各类媒体的宣传倡导。③组织开展各类社会性别培训。④在高校开设女性学课程，加强妇女理论研究。

媒体加强宣传倡导。人类是社会活动的主体，男女两性的互补、共存、互动将是人类社会乃至宇宙永恒发展的主旋律。未来社会男女双方要想能实现平等、互补、共存、和谐的伙伴关系，并不意味着完全取消和混淆男女两性的特征，但应该逐步弱化男权观念意识，积极消除男女两性那些不合理的规范与评判，在充分地尊重男女独立人格的基础上摒弃传统文化的弊端和偏见，完善和发展健康的人性。

（4）认真贯彻执行中国妇女发展"两纲两规"。

全面发展原则、平等发展原则、协调发展原则、妇女参与原则。

性别平等，体现在社会生活的方方面面。

保障平等：制度安排、决策执行。为妇女平等参与经济社会发展、平等享有改革发展成果、平等依法行使民主权利创造条件，实现妇女发展目标与国家发展目标有机结合。

将社会性别平等纳入整个社会发展战略主流、推进性别平等的事业任重道远，让我们共同携手为此努力！

木基元

木基元，男，纳西族，1962年12月生，研究员，丽江古城人。1983年毕业于云南民族大学历史系，历任丽江地区文物管理所所长、云南民族博物馆陈列部主任等职；2009年4月调西南林业大学，现任校党委宣传（统战）部副部长、民族生态文化研究中心常务副主任，享受云南省政府特殊津贴专家。兼任云南省文物局专家委员会委员、云南省非物质文化遗产专家委员会副主任，云南省民族学会副秘书长，云南纳西学研究会副会长兼秘书长，开远、水富、玉龙等市县政府文化顾问。长期致力于云南民族文化遗产的保护与研究，主持或承担"文化遗产保护对当地社会的贡献研究"等6项国家（省）级课题；其执笔的《西部大开发中云南少数民族传统文化的保护与开发》获国家民委调研报告一等奖；出版专著《云南历史文化名城研究》《石屏史话》《木基元纳西学论集》《云南民族博物馆图文丛书——记忆十五年》；主编《纳西族考古文物资料汇编》，任《当代云南纳西族简史》副主编；公开发表70余篇学术论文；《云南历史文化名城研究》入选"当代云南社会科学百人百部优秀学术著作丛书""社会主义建设时期纳西族传统文化的保护与抢救"获云南省第十六次哲学社会科学优秀成果三等奖。

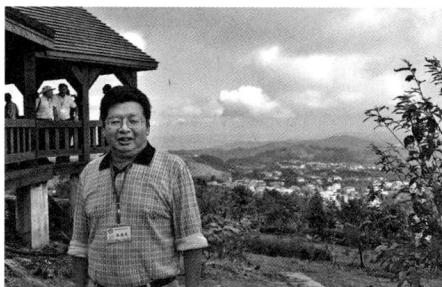

世界文化遗产丽江古城的保护及其启示

文化遗产是一个民族文明传承的历史见证，是民族文化的重要载体，是民族生命力、创造力和凝聚力的集中体现。

2012年7月，承蒙《云南文库·当代云南社会科学百人百部优秀学术著作丛书》编委会的关爱，将我10年前出版的小书《云南历史文化名城研究》忝列丛书行列。我便以"年届天命思责任"为题，写了再版后记，开头是这样写的："我的历史文化名城情结，几乎是与生俱来的。我对历史文化名城的关注，已有30年了。丽江古城清澈的水，滋润和养育我度过了值得追忆的童年。1983年大学毕业时，我义无反顾地登上了返乡的客车，整整10年，以一个文物工作者的身份徜徉于故土的山野街巷，聆听那潺潺的流水，倾情于家乡的一草一木，呵护着名城的一砖一瓦，怡然自得中不断地充实和锻炼了自我。"本文拟以丽江古城保护为题，纵论其影响与作用。

一、世界文化遗产面面观

（一）世界文化遗产的定义

世界文化遗产是文化的保护与传承的最高等级。属于世界遗产范畴，全称为"世界文化和自然遗产"。1972年，联合国教科文组织在巴黎通过了《保护世界文化和自然遗产公约》，成立联合国教科文组织世界遗产委员会，其宗旨在于促进各国和各国人民之间的合作，为合理保护和恢复全人类共同的遗产做出积极的贡献。

《公约》规定，缔约国内的文化和自然遗产，由缔约国申报，世界遗产中心组织权威专家考察、评估，经公约缔约国大会投票通过并列入《世界遗产名录》。联合国教科文组织世界遗产委员会是政府间组织，由21个成员国组成，每年召开一次会议决定哪些遗产可以列入《世界遗产名录》，并对已列入名录的保护工作进行监督指导。

世界遗产公约的标志象征着文化遗产与自然遗产之间相互依存的关系。中央的正方形是人类创造的形状，圆圈代表大自然，两者密切相连。这个标志呈圆形，既象征全世界，也象征着要进行保护。

世界文化遗产（Cultural Heritage）专指"有形"的文化遗产，和联合国教科文组织的另一项"非物质文化遗产"完全不同。世界文化遗产主要包括——文物：从历史、艺术或科学角度看，具有突出的普遍价值的建筑物、碑雕和碑画以及具有考古性质成分或结构的铭文、洞穴以及其综合体；建筑群：从历史、艺术或科学角度看，在建筑式样、分布均匀或与环境景色结合方面具有突出的普遍价值的单立或连接的建筑群；遗址：从历史、美学、人种学或人类学角度看，具有突出的普遍价值的人造工程或人与自然的共同杰作以及考古遗址。

世界遗产分为自然遗产、文化遗产、自然遗产与文化遗产混合体（即双重遗产）、文化景观及非物质遗产等五类。

（二）中国的世界文化遗产

截至2014年6月，中国已有47处世界遗产，位于世界遗产名录国家排名第二，仅次于拥有50个世界遗产的意大利。其中世界文化与自然双重遗产4处，世界自然遗产10处，世界文化遗产30处，世界文化景观遗产3处。具体项目，按时间顺序分列于后。

中国的世界遗产统计表

序号	名称	分布地点	分布时间	项目类别
1	山东泰山	泰山（山东泰安市）、岱庙（山东泰安市）、灵岩寺（山东济南市）	1987.12	文化与自然双重遗产（世界首个双重遗产）

续表

序号	名称	分布地点	分布时间	项目类别
2	甘肃敦煌莫高窟		1987.12	文化遗产
3	周口店北京遗址		1987.12	文化遗产
4	长城		1987.12	文化遗产
5	陕西秦始皇陵及兵马俑		1987.12	文化遗产
6	明清皇宫	北京故宫（北京） 沈阳故宫（辽宁）	1987.12	文化遗产
7	安徽黄山		1990.12	文化与自然双重遗产
8	四川黄龙国家级名胜区		1992.12	自然遗产
9	湖南武陵源国家级名胜区		1992.12	自然遗产
10	四川九寨沟国家级名胜区		1992.12	自然遗产
11	湖北武当山古建筑群		1994.12	文化遗产
12	山东曲阜的孔庙、孔府及孔林		1994.12	文化遗产
13	河北承德避暑山庄及周围寺庙		1994.12	文化遗产
14	西藏布达拉宫（大昭寺、罗布林卡）		1994.12	文化遗产
15	四川峨眉山——乐山风景名胜区		1996.12	文化与自然双重遗产
16	江西庐山风景名胜区		1996.12	文化景观
17	苏州古典园林		1997.12	文化遗产
18	山西平遥古城		1997.12	文化遗产
19	云南丽江古城		1997.12	文化遗产
20	北京天坛		1998.11	文化遗产
21	北京颐和园		1998.11	文化遗产
22	福建省武夷山		1999.12	文化与自然双重遗产
23	重庆大足石刻		1999.12	文化遗产

续表

序号	名称	分布地点	分布时间	项目类别
24	安徽古村落	西递、宏村	2000.11	文化遗产
25	明清皇家陵寝	明显陵（湖北钟祥市）、清东陵（河北遵化市）、清西陵（河北易县）	2000.11	文化遗产
		明孝陵（江苏南京市）、明十三陵（北京昌平区）	2003.7	文化遗产
		盛京三陵（辽宁省沈阳市）	2004.7	文化遗产
26	河南洛阳龙门石窟		2000.11	文化遗产
27	四川青城山和都江堰		2000.11	文化遗产
28	云冈石窟		2001.12	文化遗产
29	云南"三江并流"自然景观		2003.7	自然遗产
30	吉林高句丽王城、王陵及贵族墓葬		2004.7.1	文化遗产
31	澳门历史城区		2005	文化遗产
32	四川大熊猫栖息地		2006.7.12	自然遗产
33	中国安阳殷墟		2006.7.13	文化遗产
34	中国南方喀斯特		2007.6.27	自然遗产
35	开平碉楼与古村落		2007.6.28	文化遗产
36	福建土楼		2008.7.7	文化遗产
37	江西三清山		2008.7.8	自然遗产
38	山西五台山		2009.6.26	文化景观
39	嵩山"天地之中"古建筑群		2010.7.30	文化景观
40	"中国丹霞"		2010.8.1	自然遗产
41	杭州西湖文化景观		2011.6.24	文化景观
42	元上都遗址		2012.6.29	文化遗产
43	澄江化石地		2012.7.1	自然遗产
44	新疆天山		2013.6.15	自然遗产

续表

序号	名称	分布地点	分布时间	项目类别
45	红河哈尼梯田文化景观		2013.6.15	文化遗产
46	大运河		2014.6.22	文化遗产
47	丝绸之路：长安——天山廊道路网	中国、哈萨克斯坦、吉尔吉斯斯坦三国联合申报	2014.6.22	文化遗产

（三）云南的世界文化遗产

1. 丽江古城

1997年12月4日，联合国教科文组织世界遗产委员会第21次大会在意大利那不勒斯通过决议，将中国丽江古城、平遥古城和苏州古典园林列入《世界遗产名录》。

丽江古城是在全世界第一个以"常民生活空间"而成为世界遗产的。根据文化遗产遴选标准C（II）（IV）列入《世界遗产名录》，在编号为200-017《中国：丽江古城》的申报文本上，世界遗产委员会如是评价："古城丽江，把经济和战略重地与崎岖的地势巧妙地融合在一起，真实、完美地保存和再现了古朴的风貌。古城的建筑历经无数朝代的洗礼，饱经沧桑，它融会了各个民族的文化特色而声名远扬。丽江还拥有古老的供水系统，这一系统纵横交错、精巧独特，至今仍在有效地发挥着作用。"

2. "三江并流"自然景观

"三江并流"自然景观位于青藏高原南延部分的横断山脉纵谷地区，由怒江、澜沧江、金沙江及其流域内的山脉组成，整个区域达4.1万平方公里。它地处东亚、南亚和青藏高原三大地理区域的交汇处，是世界上罕见的高山地貌及其演化的代表地区，也是世界上生物物种最丰富的地区之一。该地区还是16个民族的聚居地，是世界上罕见的多民族、多语言、多种宗教信仰和风俗习惯并存的地区。

3. 石林"中国南方喀斯特"

2006年1月，中国政府正式向联合国教科文组织世界遗产委员会提名申报包括云南石林在内的"中国南方喀斯特"为世界自然遗产。大会指定评审权威机构世界自然保护联盟（IUCN）对其评价是：石林喀斯特的两个核心区包含了以具有深而尖锐溶痕的高大石灰岩剑状石柱和石峰为特征的"石林"喀斯特景观的范例，它们被挑选作为中国南方喀斯特所发现的各种石林地貌的经典样板。石林表明了这些跨越二亿七千万年的喀斯特地貌演变的事件性特征，云南石林是世界上石林地貌的最好范例，是这类（喀斯特）特征的模式地，由于有着最长的地貌演化历史而与众不同。

4. 澄江化石地

2012年7月1日，在圣彼得堡举行的世界遗产委员会第36届会议上，澄江化石地作为地球生命演化历史的杰出范例，被正式列入世界遗产名录，填补了中国没有古生物化石自然遗产的空白。

澄江化石地位于玉溪市澄江县的帽天山上，1984年被中国古生物学家侯先光教授发现。经过20多年的研究与整理，身长两米的奇虾、长着九只"眼睛"的微网虫乃至人类的远祖"云南虫"等，约200个动物物种的珍稀化石陆续被发现。澄江动物化石群因此成为迄今发现的分布最集中、保存最完整、种类最丰富的早寒武纪地球生命大爆发的化石遗迹，被称为"20世纪最惊人的发现之一"。

5. 红河哈尼梯田

2013年6月22日，在柬埔寨金边举行的第37届世界遗产大会上，红河哈尼梯田文化景观成为我国第45处世界遗产地和我国首个以民族名称命名的世界遗产。

红河哈尼梯集中在元阳、红河、绿春、金平等县，总面积461.04平方公里，其中遗产区面积为166.03平方公里。核心区位于元阳县，包含了红河哈尼梯田中规模最大最集中的3个水稻梯田片区，即老虎嘴、坝达、多依树片区。文化景观区内82个哈尼族村寨，居住着26419户哈尼族群众，人口达113400多人。

二、世界遗产丽江古城的保护经验

（一）国家历史文化名城

什么是历史文化名城？1982年11月19日由第五届全国人民代表大会常务委员会第二十次会议通过的《中华人民共和国文物保护法》对此作了明确的定义："保存文物古迹特别丰富，具有重大历史价值和革命意义的城市。"

综合归纳历史文化名城的特点，不外乎有以下几点：历史悠久，古迹多；风景秀丽，名胜多；人文荟萃，名流多；资源丰富，物产多；开放较早，交往多；民族团结，见证多。

1982年2月8日，国务院公布的首批24座历史文化名城中，昆明、大理荣列榜中。其后，丽江、建水、巍山、会泽等相继分批列入，丽江古城还跻身世界文化遗产。76座城市村镇先后列为各级历史文化名城村镇街区，各地制定规划实施保护维修。云南省第十届人大常委会第32次会议审议通过了《云南省历史文化名城名镇名村名街保护条例》，并规定从2008年1月1日起施行。

20余年来，我始终关注着名城的保护与发展，并把自己的研究成果归纳为四句话："历史文化名城的立法是首要的基础；科学规划是实施保护的前提；严格保护是永葆名城魅力的关键；发展利用是名城保护的出路。"

（二）丽江古城保护历程与成绩

世界文化遗产——丽江古城，包括大研古城（含黑龙潭）、白沙民居建筑群和束河民居建筑群，面积为7.279平方公里，遗产区面积为1.456平方公里，缓冲区面积为5.823平方公里。丽江古城主体部分为大研古城，面积为5.39平方公里。现有居民6200多户，2.5万余人，其中73.86%为纳西族。

丽江地处滇、川、藏交汇处，丽江古城自古以来就是"南方丝绸之路""茶马古道"两条古商道上的商贸集散地和贸易中心之一。抗日战争期间，丽江古城成为中国大后方最重要的商贸集散地之一，为丽江古城的发展奠定了经济基础。1949年后，丽江城市建设避开古城另地发展，古城得以较完整保存下来。

长期以来，丽江地方政府在世界遗产的管理、保护和可持续发展方面，做出了不懈的探索和努力。1951年初，地方政府就做出了"保留古城，另辟新城"的决策，并将政府机关、企事业单位逐步迁出古城，在狮子山以西另辟新城，使丽江古城得以完好保存。"文革"时期许多文物古迹遭到破坏，古城内出现一些新式建筑。20世纪80年代，古城的价值逐步被人们所认识，开始古城的保护和研究。1986年云南省原省长和志强倾听专家良策，笔下救古城已成为名城保护史上的一段佳话。1986年12月8日被列为国家历史文化名城后，丽江政府于1994年开始申报"世界文化遗产"，1996年2月3日遭受7级大地震，本着修旧如旧的原则，对古城进行了恢复重建。

1994年，云南省政府批准通过《丽江历史文化名城保护规划》。2002年底，委托上海同济规划院进行了《世界文化遗产丽江古城保护规划》的修编，将丽江古城分为三个区进行保护，保护区面积90公顷，其范围内的城市空间、建筑等历史环境要素严禁拆除，应原样修缮，修旧如旧；编制了通俗易懂的《丽江民居修复指导手册》，供居民进行房屋修缮时参考。

为进一步巩固丽江古城保护的成绩，使之达到可持续发展和永续利用的目的。2002年2月成立了世界文化遗产丽江古城保护管理委员会，次年便组建了古城保护管理局，市政府明确理顺古城保护管理责权利关系，形成了"多元投入、多级联动、分工合理、配合协调、风险共担、荣辱与共"的古城保护管理体系。

联合国教科文组织亚太地区文化遗产管理第五届年会就把丽江保护文化遗产，促进旅游业发展的举措命名为"丽江模式"。10多年来，丽江始终履行庄严承诺，累计投资18亿多元保护世界遗产。

2010年9月，丽江市启动《世界文化遗产丽江古城实行综合行政执法工作实施方案》，建立法制保障、规范管理、科学研究和规划编制、遗产检测、宣传教育、数字化管理等6大体系，切实加强对丽江古城的保护和管理，丰富和发展了"丽江模式"的内涵和外延。

坚持世界遗产的真实性和完整性原则，是贯彻《保护世界文化和自然遗产公约》的基本原则。严格遵循"保护为主、抢救第一、合理利用、加强管理"的方针，充分挖掘丽江古城的价值，着力把握遗产地科学发展规律、创新保护理念、转变管理模式、开拓发展视野、丰富古城内涵，探索出了一条保护与利用共赢的科学发展之路。

加强对物质文化遗产的保护。新建和完善了古城排水排污、街巷照明、供水管网与消防、电力电信及古城路网等5个系统工程；增加高标准的公共厕所和环卫设施，增加绿化、绿地设施，增加文化设施，增加旅游接待设施；修旧如旧地修缮了新华、光义、四方街。

拆除古城大量的不协调建筑，恢复了建筑和园林的历史原貌。在军分区整体迁建后恢复"马家大院"，建成以园林绿化为主的白龙文化园。拆除不协调建筑52000平方米，改造新铺五花石路面104617.71平方米；完成了古城视频监控系统、古城数据库及古城多媒体联网查询系统建设，古城内全球眼视频采集点达1414个；建立丽江古城电子商务平台，提升了古城旅游环境质量和城市公共服务功能。

建立非物质文化遗产保护体系。始终坚持"文化立市、旅游强市"的战略目标，加强对古城非物质文化遗产的传承和保护，逐步建立了民族文化原真性保护体系，每年安排1000万元作为民族文化保护发展基金，用于古城传统民族文化的挖掘、整理、传承和展示等。

有计划地实施留住古城居民。从2003年开始，每年安排近300万元用于古城居民生活补助发放。出资完成了299户传统民居、236个院落的恢复性修缮；逐步收回古城内政府直管公房，集中用于丽江古城传统民族文化的保护工作，形成了以方国瑜故居、和志刚书斋、东巴纸坊、雪山书院、玉河书院、王丕震纪念馆、纳西喜院等示范窗口；出版发行《世界文化遗产丽江古城志》《丽江古城楹联集》《丽江古城对联集》和《纳西文化丛书》。

健全保护管理法制体系。制定实施了《云南省丽江古城保护条例》《云南省东巴文化保护条例》《世界文化遗产丽江古城管理规划》，对古城保护管理的程序、方法做了技术规范和管理规划。2005年8月，丽江市人大确定每年12月4日为丽江"世界遗产日"，成为全国率先开展世界遗产日活动的城市之一。

建立保护资金支撑体系。保护好世界文化遗产，保护资金是关键。从2001年起对到丽江古城旅游的人员开征古城维护费，累计征收17亿多元，全部投入到古城的保护管理中。拓宽资金筹集渠道，建立政府强制性收费与银行贷款相结合的资金支撑体系。

构建遗产监测体系。根据《世界文化遗产监测规程》的要求，在国内率先成立遗产监测中心，加强对古城内古建筑、环境保护、人为影响等日常性监测，并逐步实现监测范围向束河和白沙延伸，监测内容也逐渐从物质文化遗产拓展到非物质文化遗产领域。举办"文化遗产日"系列活动，参加世界遗产大会、国内外各种文化遗产论坛和旅游宣传促销活动，借助网络平台、主流媒体、户外广告推进旅游标准化试点工作，建立规范化、标准化的古城保护管理模式。

（三）丽江古城保护利用对当地经济社会发展的贡献

2005年3月，云南省文物局承担了国家文物局文物保护科学和技术研究课题《丽江古城保护利用对当地经济社会发展的贡献研究》。该课题由云南省文化厅副厅长兼省文物局局长熊正益担任项目总负责人，云南省文物局副局长张永康、丽江市副市长杨一奔为项目协调管理负责人，时任云南省经济研究所所长段钢、云南民族博物馆研究员木基元任课题组主要成员。2006年7月完成了课题报告的编制，当年10月通过结题和验收。以下观点，便出自该课题的集体智慧。

1. 丽江古城保护利用对经济发展的贡献

首先，GDP增长形势喜人。古城的有力保护使旅游业的发展有了坚实的基础，旅游直接和间接地关联带动了近60多个部门的投入和产出，旅游业在国民经济总量中占重要比例，成为支撑区域经济发展的支柱产业。2005年旅游业的综合收入是38.58亿元，与当年GDP的比值达到63.9%，而在1995年这个数字才18.2%。

其次，古城保护利用对财政收入及对外贸易增长的贡献。旅游业的全面发展为财政收入的稳步增长提供了保障。1995年全市地方财政收入1.06亿元，2005年达4.22亿元，比1995年增长4倍。

第三，古城保护利用对增加城乡居民收入的贡献力度大。古城的开发利用使全市居民收入中有13%来自于旅游相关行业，本地居民每100元的收入中就有13元与旅游相关。2005年古城区人均可支配收入达9290元，比1995年增加了近6000元。

2. 丽江古城保护利用对产业发展的贡献

首先，推动了旅游产业的快速发展。1995年游客总数为84.5万人（次），2005年达404.23万人（次），比1995年增长3.8倍；1995年旅游总收入为3.26亿元，2005年达到38.58亿元，同比增长10.8倍。

其次，充分利用旅游业这一平台，使民族文化资源在市场营销中得到挖掘和发展，文化产业已成为丽江新的经济增长点。2013年，丽江市文化产业实现增加值14.8亿元，占GDP比重为6%，高于全省平均水平，位居全省前列。

第三，丽江旅游文化产业的发展有力地推动了产业结构和从业结构的调整。2005年，丽江第三产业占国民生产总值的比重已接近50%，远高于全省39.4%的平均水平。

3. 丽江古城保护利用对城市化发展的贡献

丽江将古城保护与新城建设有机地结合起来，已形成古城、祥和、中济、新团等四个城市中心，合理布局了城市功能结构。

（四）丽江古城保护利用对当地社会进步的贡献

1. 丽江古城保护利用对文化事业进步的贡献

丽江古城的保护利用，对民族历史文化传承产生了积极的贡献，推动和促进了丽江教育事业的发展。2002年秋，丽江市与云南大学联合创办了丽江旅游文化学院，在校生近万人，生源来自全国各省市。丽江建设云南第二高校区计划，正有条不紊地进行。

2. 丽江古城保护利用对区域发展的贡献

在丽江旅游业开发成功的影响下，迪庆、怒江等州市都将发展旅游产业作为支柱列入发展计划，为进一步发展跨省旅游，构建滇、川、藏大香格里拉生态旅游圈打下了基础。

3. 丽江古城保护利用对生态环境建设的贡献

通过科学、合理地保护利用，丽江已成为全国生态环境保护最好的地区之一：生态脆弱地区的植被得到恢复和保护；空气质量逐年好转；水环境整治初见成效；生物资源及其多样化得到有效保护。

4. 丽江古城保护利用对体制创新的贡献

丽江市文化产业实现产值和利税分别达到 4 亿多元和6000多万元，在全国、全省树立了良好形象，文化体制改革和文化产业发展呈现出个性特色。

（五）丽江古城的荣誉与努力方向

丽江市构建环境保护等"六大体系"用于古城保护，忠实履行承诺，构建文化遗产保护与旅游发展共赢体系。2013年6月20日，在第37届世界遗产大会上，丽江古城保护状况报告、丽江古城保护管理局能力建设报告等顺利通过大会审议。

10多年来，丽江古城先后殊荣CCTV中国魅力城市、民族文化旅游品牌十强、海内外游客最向往的景区、首批国家旅游名片、中国最佳旅游品牌景区、中国百强旅游景区、改革30年中国最佳旅游目的地、中国国际旅游文化目的地、影响·中国特色魅力城市、首届中国文化旅游发展贡献奖等。

毋庸置疑，古城保护管理存在的困难：一是古城及周边仍有大量不协调建筑存在，改造难度大；二是原有基础设施改造升级压力大，古城供排水、电力负荷、户外线路改造、排污系统、消防设施需不断提升；三是对现代科技保护手段有待提高；四是对游客的管理与服务有待提高；五是对商业行为的规范还需进一步加强，对其商业布局和商业行为要进一步规范。六是对古城小产权房的审批和管理还较困难。七是古城保护资金不足，收支矛盾依然突出。八是丽江古城在世界的关注下，保护难度和舆论压力日增。

积极应对挑战，不断探索遗产保护管理的有效途径，应做好以下几方面的工作。

积极做打造"文化硅谷"的示范点和引领者。加强古城民族文化保护、传承、发展，把丽江古城打造成每一位游客的梦想集结地。

引入现代科技手段来保护和管理世界文化遗产。要加强古城数字化建设，九日连遭"三火"的教训应警钟长鸣。强化科技创新，重点对丽江古城的电力负荷、电力运行采用现代化技术手段进行自动化控制。

建立专家咨询制度。邀请各级遗产保护管理专家作为丽江古城保护管理技术咨询顾问，在重大决策方面向专家进行咨询。

加强对遗产的监测。将对遗产建筑物本体、大气环境、水、人流量、商业活动、人们的日常生活对遗产本体的影响进行科学的监测。

开展对外交流合作。把国内外最新的遗产保护管理成果及时、充分地吸纳到丽江古城的保护管理工作中来。

三、丽江的启示

早在1997年丽江古城荣膺世界遗产后，我就写了《论世界文化遗产丽江古城的保护及其指导意义》，发表在国家文物局工作研究刊物《文物工作》1999年第6期上。我提出做好丽江古城保护，将有以下几方面的指导意义：一是丽江古城是实施云南"民族文化大省"战略的一张王牌，同时也是树立云南新形象的一个缩影；二是通过丽江古城的保护，可以指导全省历史文化名城的保护与建设；三是再现民族学宝库的魅力，进一步揭示南北民族文化走廊地区的历史文化面貌；四是为探索文化产业与经济开发相结合的新路提供翔实的例证。

丽江古城的保护和发展经验，为世界文化遗产的保护树立了一个典范。他山之石，可以攻玉。"丽江承载文化，文化成就丽江"。

2008年9月，在全国纪念改革开放30周年的日子里，丽江被中央确定为全国改革开放的18个典型地区之一。11月30日，新华社向海内外播发了一篇通讯《高原明珠再放异彩——云南省丽江市经济社会发展调查》，总结了中国特色之路的丽江经验："利用当地优势特色资源，做大做强做精旅游产业，推动产业结构优化升级，以旅游业带动经济社会全面进步。从一座名不见经传的西南边陲小镇发展成为富裕繁荣文明和谐的世界级旅游文化名城，丽江在前进道路上进行了大胆有益的尝试，展现了一幅色彩绚丽的发展美景，也让我们再次感受到了科学发展的强大力量。"

2014年4月15日，《丽江日报》头版刊登了丽江市委、市政府《关于建设世界文化名市打造丽江文化硅谷的意见》，明确了建设世界文化名市、打造丽江文化硅谷的战略目标和重点工作。

决不能以牺牲历史文化为代价换取经济的发展，这已经成为世界范围内一个强有力的呼声。从历史文化名城到整个人类文化遗产，从专家学者到人民群众，善待人类文化遗产已为越来越多珍视历史的人们所认同。把握住机遇和挑战，保护、建设、利用好历史文化遗产，是历史赋予我们的光荣使命！

秦 玛

秦玛，民盟盟员，云南民族大学教授，硕士生导师。全国优秀社科普及专家，云南省教育系统职工职业道德建设先进个人，云南省教育厅旅游职业教育教学指导委员会副主任委员。

礼仪与个人形象塑造

一、礼仪的基本概念

1. 何为礼

孔子曰："礼者，敬人也。"敬即敬重，尊重之意，是向人表示尊敬的言语或动作的通称。

"礼"是文明、制度、自然法则、准则、交往方式和一种社会意识观念，是一种思维方式，一种行为准则。日常生活中，我们通常用尊重代表礼的诸多含意，因此可以理解为：

礼即尊重。

那么我们应该尊重些什么呢？

要尊重大自然，因此要注重环保；

要尊重国家，要爱国，要遵守国家的法律法规；

要尊重单位，要热爱集体，要遵守单位的规章制度；

要尊重岗位，要爱岗敬业；

要尊重自己，要尊重交往对象，以获得交往对象的尊重。

正所谓：敬人者，人恒敬之！

荀子曰："著诚去伪，礼之经也。"

礼的本质是"诚"，有忠诚、真诚、诚实、诚恳之意。

礼即诚：

心存对国家、人民、事业的忠诚；为人处事的真诚、诚实、诚信、诚恳，才能在做人做事时表现出热情、友好。

正所谓：诚于中，形于外！

礼还有关心、体贴、谦恭之意。

礼即容：

宽恕是中国人的美德，能宽容、包容并接受交往对象，才能真正去关心、关爱，才能表现出谦恭、谦让、谦虚、谦和。

正所谓：受益惟谦，有容乃大。[1]

可见，礼是一个宽泛的概念，是对人的内在品质和道德修养的基本要求。

古人云：人无礼则不立，事无礼则不成，国无礼则不宁。

作为现代人，要想立足于社会，并拥有良好的个人形象，必须要学礼、懂礼、守礼！

2. 何为仪

仪：指外表和容貌，又指表达的方式、方法。

从字面上礼仪可定义为：表达礼的方式方法。

如用尊重代表礼的所有含义，则可定义为：表达尊重的方式方法。

完善之则有：是一个人的内在品质和道德修养的外在表现，是一种行为准则，一种规矩。

二、个人形象

形象就是人的容貌、外表，每个人都有独一无二的形象。

在人际交往中，每个人都会通过形象给对方留下特定的印象，并形成一定的综合评价。

心理学研究表明，在人际交往中：

形象好给对方的心理感受好，于是形成的印象好；

印象好预示着可以接受、可以交往。反之，印象不好预示着不愿接受、

---

1 睢阳尚书袁氏家谱 袁可立事略

不愿交往，可能今后就不再有交往。

同时，印象还用于判断人的身份、地位、职业、学识、个性等。

心理学研究还表明：

人与人之间交往所产生的影响力和信任度来自于语言、语调和形象三个方面，并且：影响力和信任度＝语言 7％＋语调 38％＋形象 55％。

由形象的权重可以看出，形象对影响力和信任度的影响有多大。

【互动】观看图片

情景：当你有困难需要帮助时，你看见图片上的两位警官。

选择：你选择谁？

结论：注重仪态，表现出对自己与他人的尊重，以及警官应有的自信与气度，这样的警官得到了大家的信任。

个人形象是个人素质与教养的体现，与人的年龄无关，与是否吃名牌、穿名牌、开名车无关；

个人形象是生活态度与精神风貌的展示，有什么样的态度，就会有什么样的精神风貌，有什么样的生活作风、工作作风；

个人形象是对自己和交往对象是否重视的体现，有形象意识的人就会认真对待自己的形象，就会用心地去塑造自己形象。

同时，良好的形象可以让我们：

■ 增强自信；

■ 赢得他人的好感和信任；

■ 得到他人的帮助和支持；

■ 促进自己事业的成功，使自己的人生顺达。

因此，在人际交往中，尤其是初次交往时，一定要注意自己的形象，要给交往对象留下美好的印象。

记住，你的形象就是你的未来！

以上所讲的形象是人的外表形象，外表形象又叫礼仪形象。确定一个人的礼仪形象有哪些要素呢？

【互动】请一位听众上讲台

请大家一起总结这位听众从哪些方面给大家留下了印象：

■ 容貌

■ 眼神表情

■ 体态

■ 着装

■ 待人接物

（五要素）

怎样通过五个要素塑造良好的个人形象呢？让礼仪告诉您！

三、礼仪与个人形象塑造

（一）仪容礼仪

仪容，通常指人的面容和相貌，着重指人体不为服装所包裹的部分，包括头发、面容、脖子、手部、穿着某些服装而暴露出的腿部及其他暴露在外的部分，是仪表的核心部分。

人际交往中仪容会引起交往对象的重点关注，并影响到对方对自己的整体评价，仪容美会给交往带来许多便利。

仪容的修饰是指依照规范和个人的条件，对容貌进行恰当的设计、修饰，以塑造美好的个人形象，在人际交往中尊人尊己。仪容礼仪要求我们做到：

1. 积极健康

表情自然、友善、专注，面带微笑，不卑不亢，保持良好精气神。

2. 整洁卫生

时刻保持面部、手部清洁干净，无汗渍、油污等不洁之物。要勤洗澡、洗头、换衣服（无污迹、无褶皱、无破损、扣齐、拉链好）、换鞋袜，以保持体味清新。不蓄胡须，鼻毛不外现，牙齿洁白，口无异味。人的仪表中，手占有重要的位置，当你在递出物品和与人握手时手即露出，因此，要勤洗手、指甲要保持清洁，要修理成形（微呈弧形），不使用醒目甲彩。

3. 发型简洁

女士发型以简洁、大方、易梳理为宜，长、短直发均好，长发如果超过肩部，工作中应将其挽束或盘起。男士以整齐、干净、有朝气，前不遮眉，侧不盖耳，后不及领为好。

4. 妆色自然

女士应化清淡自然的妆容，切忌浓妆艳抹。忌当众化妆、补妆，当众修剪指甲。

【观看图片】

区分职业妆、生活妆、晚装的不同。

遵循仪容礼仪规范，让我们容光焕发，并在尊人尊己中展示自己良好的仪容形象。

（二）眼神表情礼仪

1. 眼神

眼神是通过交流双方的目光（视线）接触而传递的信息，是面部表情的核心、心灵的窗户。

人们可以通过注视的角度、注视的部位、眼睛的张合、眼球的转动、眨眼的频率等在人际交往中传递信息的。

注视的角度：

【互动】请大家与我互动并观看图片

请平视、仰视、俯视、斜视我。

请跟我做：平视、仰视、俯视、斜视并了解寓意。

平视：表达尊重、友好、平等、客观、理智。

仰视：表达特别的尊重、敬畏、顺从、服从。

俯视：表达的是优越感、权威感，也是对对方的质疑、轻视、歧视。

斜视：即斜眼看人。表达的是蔑视、鄙视、瞧不起。

请选择：

（1）一般普通场合与身份、地位平等的人交往时的注视角度。

（2）面对尊长、上级或要向对方表达特别尊重时的注视角度。

（3）表达看不起、质疑、轻视时的注视角度。

（4）表达蔑视、鄙视时的注视角度。

可见，注视的角度不同表达的意思不同。

注视的部位：

注视他人的部位不同不仅说明自己的态度，也说明了双方的关系，人际交往中一般情况下不宜注视对方的头顶、大腿、脚、胸部，也不能不视他人，还不能交谈时眯眼、斜视、闭眼、游离不定、上下打量。女士在与异性交谈时特别要注意不要频频眨眼、挤眉弄眼、目光游离。

公务型注视区：以眼睛为底线，前额上部中点为顶点所形成的上三角区为注视区，表示严肃、认真、重视、公事公办，适用于正规的公务活动。

社交型注视区：以眼睛为底线，下颌为顶点形成的倒三角区为注视区，表示平等、友好、轻松，由于给人于平等感，有利于人际交往的进行，因此适用于各种社交活动。

2. 表情

笑容是交往活动中最富有吸引力、最有价值的面部表情，是充满自信的表现、心地坦荡的象征、礼仪修养的展现、友善谦恭的体现和心理健康的标志；微笑是所有笑容中最能表达美好情感的笑容，是人们对美好事物表达愉悦情感的心灵外露，是友好和赞美的象征；微笑是最美好的语言，是人际交往的第一张名片。

微笑能让人感觉到温暖、热情、亲切和美好，使人容易产生心理上的安全感、亲切感和愉悦感。

【互动】并观看图片感受微笑的魅力

遵循眼神表情礼仪规范，让我们神采奕奕，在一颦一笑中表达热情与自信。

（三）仪态礼仪

仪态，是人们在外观上可以明显地察觉到的活动、动作，以及在活动、动作中身体各部分呈现出的姿态。仪态美即姿势、动作的协调美、整体美。再绝伦的容貌，再标准的身材，配上一副萎靡不振的姿势、粗鲁无礼的举止，美都无从谈起。站立、行走、坐卧三个方面是人体最基本的姿态，其中站、坐、走、蹲是最基础的姿势。

仪态表达的是一个人的修养和对人、对事的态度。

【互动】观看图片并了解规范的仪态

与你交往的人像图片中的人站不正、坐不直，你的感觉好吗？

1. 站姿

基本站姿从正面看的主要特点是头正、肩平、身直；从侧面看，主要轮廓线则为含颌、挺胸、收腹、直腿。

头正：双目平视前方，嘴微闭，收颌颈直，使脸平面垂直于地平面，表情自然，稍带微笑。

肩平：两肩平正、对称，放松，稍向后下沉。

臂垂：两臂自然下垂于体侧，手指并拢自然微曲，中指对准裤缝。

躯挺：立腰拔背，挺胸收腹翘臀。

腿并：两腿立直、贴紧（膝盖相碰），脚跟靠拢，脚尖分开45度或60度，身体重心落在两脚中间。

女士站姿的特点：要突出优美感，要做到轻盈、妩媚、娴静、典雅。

站立时，可以将双手自然下垂；或将右手抓左手双手相握叠放于腹前，或腰前；或一手自然下垂，一手曲臂放于体侧。双脚配合上述手位可以用立正位，也可以用丁字步。

男士站姿的特点：要突出壮美感，要做到刚健、潇洒、英武、强壮。

站立时，可以将双手自然下垂；或右手抓左手双手相握叠放于腹前；或者相握于身后；或一手平放于后腰，一手自然下垂。双脚配合上述手位可以用立正位，也可以用跨立位——两脚平衡分开大致与肩部同宽。右手抓左手双手相握叠放于身后，贴在尾骨处，即双手在身后交叉。双脚配合跨立位的站姿称为跨立式站姿，这种站姿优美中略带威严，易产生距离感，所以常用于军人、警察、保卫人员、门卫。一手平放于后腰，另一手自然下垂，中指对准裤缝的站姿称为背垂手站立，这种站姿可让男士显得大方、自然、洒脱。

无论男女，站立时切忌耸肩、缩脖、含胸、驼背、腆肚、探颈，不要无精打采过于随便，更不要东倒西歪，或懒洋洋地倚靠在墙上、桌边。

2. 坐姿

坐姿是人就座后身体保持的一种静态姿势。端庄优美的坐姿能给人文雅、稳重、自然、大方的感觉，它的基本要求是：轻盈、舒缓、自如、从容。端坐是最基本的坐姿，要求上半身与大腿成90度，大腿与小腿成90度，小腿基本垂直于地面，女士双膝并拢，男士双膝可分开10厘米左右；两手分别放在两腿上（膝盖后）、两手相交放在两腿中央，女士还可以将两手相交放在一侧大腿上。

注意：

● 不满坐是谦恭（至少保持10分钟）；

● 需要挪动椅子须先移动后入座；

● 入座、离座时身边有人应先用语言或动作向对方示意，并且遵循尊者优先；

● 不要双手抱腿。

3. 走姿

走姿又称作行姿，是一种人体的动态姿势，它以人的站立姿势为基础，属于站立姿势的延续动作。稳健、大方、自然是走姿的基本要求。

走姿能反映人的个性、情绪、修养与魅力。稳重的步伐给人以庄重、沉着的斯文感；矫健的步伐给人以健康、活力感；摇头晃脑、松松垮垮、歪歪斜斜的步伐给人以庸俗无知、消极感；搂肩搭背、推推搡搡的行走不但妨碍他人，还给人留下不文明的感觉。

4. 蹲姿

蹲姿是由站姿变化而来的一种静态姿势，是在比较特殊的情况下采用的暂时性的体态。蹲姿通常是在需要整理自己的鞋袜和物品落到地上需要拾起，或其他需要从低处取物品的时候采用。女性在公共场所拿取低处的物品或拾起落在地上的东西时要特别注意，要避免弯上身和翘臀部，特别是穿裙子时，如不小心背后的上衣自然上提，露出臀部皮肤和内衣是很不雅观的，即使穿着长裤，两腿展开平衡下蹲，撅起臀部的姿态也不美观。

总之，只有将规范的仪态与自然的表达相结合，才能拥有正确、优美的姿势；只有将正确、优美的姿势融入自己的行为举止中，并让它成为个人的习惯，自然地体现在工作、生活中，才能表现出应有的教养，塑造良好的形象。

遵循仪态礼仪规范，让我们站有站相，坐有坐相，并通过仪态展示我们的内在素质和为人处事的态度。

（四）服饰礼仪

孔子曰："人不可以不饰，不饰无貌，无貌不敬，不敬无礼，无礼不立。"饰指的就是服饰。可见，服饰美在形象美中占有重要的地位。人们都希望通过服饰美展示自身良好的气质、修养、地位、身份以及审美品位。

着装要遵循的礼仪原则：

1. 整洁是着装的第一原则

整，包含平整、完整、整齐；洁，即干净、卫生、无污迹、无异味。无论贫穷、富有，唯有整洁才能表达自尊和对他人的尊重。

2. 遵循TPO法则

T是时间，要求着装要与时代的主流风格保持一致，要散发时代气息，但也不能太追求时尚、太超前，更不能背离时代、退步复古、滞后；着装要随春夏秋冬的变化而更换，不能冬衣夏穿和夏衣冬穿。P是地点、场合，要区分公务、社交、休闲场合，场合不同着装也应有所区别。O是目的，要根据不同的目的着装，你是要显示成熟稳重，还是青春靓丽？

【互动】观看图片并做出选择

情景：当你到政务中心办事。

选择：你选择谁？

结论：正装有利于成熟感、稳重感、信任感、职业感的表达，有利于正式场合职业人形象的塑造。

正式场合着正装的礼仪：

正装即符合职业岗位要求的服装，它可以是行业制服，岗位工作服以及因为拥有开放适度的领部、宽阔舒展的肩部和略加收缩的腰部，造型美观、线条流畅、立体感强的西服套装等。其中西服套装（简称西装）这种适应性较强的世界性服装目前已不仅仅是正式场合的着装，还成了社交活动和对外活动中的礼服。

行业制服和岗位工作服都有严格的着装要求，必须按照要求穿着。通用正装西装也有严格的穿着礼仪要求：

1. 遵守常规

正式场合穿着西服套装要是同一块面料制作的，颜色以深色、单色最为宜。

2. 遵循三一律

西服套装在穿着时与之配套的鞋子、公文包、腰带为同一个色即三一律。

3. 西服穿着讲究合体、挺括

男士西装外衣：

（1）衣长以垂下手时与虎口平齐为宜，长衣款式最长与垂下手时拇指尖平齐，一般长度在虎口至拇指尖之间变化。

（2）袖长以垂下手时手腕下1厘米为宜。

（3）裤长以裤角盖在鞋面上为好，太长裤筒会在脚踝处打堆，使人看上去就像是站不直，缺乏自信，太短坐下和运动时会露出腿部和腿毛，不雅观，失礼。

（4）领子应紧贴衬衣领并低以1.5厘米左右。

（5）胸围以衬衣外穿一件薄毛衣松紧适宜为好。

（6）腰围应在腰部最细处围量一圈，加放3~4厘米。

衬衣：

（1）衬衣领围大小是否合体关系到西装穿着是否得体，领子过小，穿着中领子会上移，致使领带与衬衣领分离；领子过大，衬衣领与穿着者的颈之间空隙太大，领与人分离，这都是不符合西装穿着要求的。衬衣领围的尺寸以颈围加放2厘米为好，这个尺寸就是购买衬衣时的衣服号码。

（2）衬衣的袖长要比西装外衣袖长1.5厘米左右。

4. 穿着规范

（1）购买西装后一定要将上衣左手袖口上的商标剪去。

（2）西装讲究平整、挺括，因此穿着之前一定要经过整烫。

（3）正式场合西装的面料应是单一色，且无格、无花，颜色以藏青色（藏蓝色、应征色）为首选；庄重、严肃的活动以黑色为好；活泼、轻松一点的场合还可以选择灰色。

（4）扣好纽扣：单排扣西装扣上不扣下（或扣中），双排扣西装正式场合要全部扣上，休闲、轻松一点的场合可打开下扣。坐下时为尽量让衣服平整，无论单排扣还是双排扣西装都应解开扣子，但站起来时一定要还原。

（5）穿着西装在任何情况下都不要卷起衣袖和裤筒，也不要当众脱下上衣或将上衣披在肩上。

（6）正式场合衬衣必须为纯色，以浅色为主，最好是白色；衬衣的灵魂在于领，领子要硬扎、挺括、平整，用领带时，领扣要扣上，不用领带时，领扣必须打开；不能用短袖衬衣配西装，长袖衬衣袖扣要扣好；衣服下摆务必束在西裤的裤腰里。着休闲西装时可以内穿高领衫、T恤衫等。

（7）穿西装时衬衣、马甲的口袋不能装任何东西；西装外衣的胸袋只能装装饰手绢，或在社交活动中插花，不能用来插笔、装眼镜等物；外衣及裤子的口袋要尽量少装或不装东西，以保证衣服的平整；钱包、名片夹、笔等可放入衣服前襟的内袋，其他随身携带的东西可放在公文包里。

（8）"西装革履"告诉我们，穿西装就得配皮鞋，而且是正装皮鞋，不能配休闲皮鞋、凉鞋、旅游鞋、布鞋、球鞋；要配颜色较西装深一点的深色的、高帮（帮要高至小腿的一半）的袜子，以保证坐下时、特别是坐下跷腿时不露小腿。

女士的着装比男士丰富多彩，不同年龄、不同职业、不同身材、不同审美情趣的女士都可以找到适合自己的服装式样，但在正式场合，应尽量考虑职业需要，不能太怪异，颜色要与肤色协调，不宜过分鲜艳，可选择冷色调以体现端庄与稳重，饰物不宜过多，内衣颜色不要外露。

女士的服装裙套装比裤套装更为正式，在正式场合的女性工作人员的服装颜色与男士一样，主要为藏青色、黑色、灰色，作为嘉宾则可以在色彩、款式上都女性化一点。

1. 女性职业装的款式要求

（1）有领，无领是女士服装特有的款式，但作为职业装必须要有领，如果外衣无领则衬衣一定要有；

（2）有袖，坎肩式的衣服在职业场合穿着缺乏庄重感，因此即便是短袖都算是有袖；

（3）前开门襟，后开门、侧开门、肩开门也是女性特有款式，但不能体现女性职业人的干练，不适合作为职业装；

（4）配扣，女士职业装较为合体，用拉链在坐下时会让衣服变形而不再平整，因此最好用扣子。

2. 配西服套装的裙长有三个

及膝（刚好盖过膝盖）；膝上10厘米；膝下10厘米。裙子过短庄重度不够，特别是腿太细、太粗、腿型不好者穿太短的裙子只会露短；裙子过长显得不够精神。裙子款式很多，有西装裙、一步裙、筒裙、A字裙、多褶裙等，不同款式的裙子与西装上衣可以搭配出不同的风格，裙子下摆小显得端庄、精神；下摆大显得活泼、高雅。

3. 鞋袜的搭配

穿套装配袜子，其颜色要与裙、鞋的颜色相协调，以肉色为最好，多色、亮色、有花纹的袜子不宜搭配职业装。鞋子应是式样简洁的、装饰少的船型鞋，以黑色高跟、半高跟皮鞋为最佳，不能穿布鞋、旅游鞋、凉鞋、轻便鞋等。

4. 饰品的搭配

可以不佩戴饰品，如用则宜少宜小不宜多，可以用耳钉，细小、精致的项链，一枚戒指。请慎用胸针。

人靠衣装，马靠鞍。

遵循服饰礼仪规范，让我们借助服饰展示端庄、优雅的气质，以及对交往对象和场合的尊重。

（五）交往礼仪

两个人之间就有了人际交往，交往的礼仪原则是三A原则：

接受对方(Accept)：

善待别人就是善待自己；接受别人的同时，别人才会接受自己。

重视对方(Appreciate)：

重视别人是文明的表现，重视就是尊重。

具体要求：

■ 遵时守约；

■ 不影响、不干扰；

■ 尊老爱幼，女士优先；

■ 注重仪表。

赞美对方(Admire)：

赞赏与感激是对生活和世界的一种积极的态度，一个能由衷地赞美他人的人，必定是一个能体会到世界美好的人，是一个对自己前途充满信心的人，是一个能认识价值、发现价值、创造价值的人。

1. 介绍

人际交往：往往从介绍开始，即可以是自我介绍，也可以是介绍他人。

（1）介绍自己（公务型介绍）

要突出三要素（全称）：单位、职务、姓名。

（2）介绍他人

介绍的原则：尊者优先，即尊者优先了解情况。

2. 握手

握手礼源于原始社会人们扔掉棍棒武器而相握结好的动作，如今是人们在交往中表达尊重、友好的最常用礼节，是社交活动中的神秘使者。对陌生人，握手是结成友谊的桥梁；对远方的来客，握手能表达深厚的感情；对爱恋的人，握手是心灵的交流；对危难的人，握手是信心和力量。作为当代世界上最普遍的一种表达见面、告别、祝贺、安慰、鼓励等感情的礼节，握手已成为我国和许多国家的一种重要礼节。

握手时伸出手的原则：尊者优先。

握手时应注意：

（1）目视对方，表达诚意；

（2）面带笑容；

（3）稍事寒暄；

（4）稍许用力。一般情况，相互间握下即可。如果是热烈握手，可以摇晃几下，这是十分友好的表示；

（5）时间适度。通常以三至五秒为宜，除非关系亲近的人可以长时间握手外，一般都是握一下即可。

握手礼的禁忌：

● 三心二意；

● 戴着墨镜、帽子；

● 戴着手套（社交场合，女士除外）；

● 用左手；

● 与异性握手使用双手。

3. 接递物品

在社交活动中，递出物品（名片）要遵循三个原则。

（1）尊重原则。

递物时要应用谦恭、诚恳的态度，文明、礼貌的举止表达尊重。应起身站立，身体正对并双目注视对方，双手递出的同时微微欠身，并真诚地说"请多关照！""请多指教！"切不可用左手递出，因为以左手递物，通常被视为失礼之举，也不能用手指夹着名片递出。太小的物品刻意用双手递出显得太做作，可以用右手拿住物品，左手掌心向上抬住右手肘中间，以示双手来表达尊重。

（2）方便原则。

递出的物品要让接物人方便接取，不要让其感到接物时无从下手，还要让接物人方便使用、阅读。递出名片时用双手的大拇指和食指拿住名片上端的两个角，名片正面朝向对方，让接名片者接住名片的下端两个角，接过来就方便阅读。在递出书本、印有文字的纸张等物品时也都应该这样。

（3）安全原则。

名片自然无安全问题，但在递出剪刀、尖刀等危险器具时，一定要考虑安全问题，要将危险尽量减小或留给自己，将安全递给别人。如将带尖、带刃或其他易于伤人的物品递于他人时，切勿以尖、刃直指对方，应当使其朝向自己或是朝向他处。

接过物品，特别是名片时，应做到看、读、收（看：接过来就认真看；读：看的同时读出声来；收：认真地将名片收好），要在接过名片的过程中，充分地体现自己的素质，以及对递出名片的人的尊重。

遵循交往礼仪规范，让我们在待人接物中表达尊重、真诚、谦让，友好我们的人际关系，塑造良好的个人形象！

礼的几层含义是对人内在素质的要求。

礼仪对形象塑造五要素的规范就是对人内在素质的外在表现的规范，就是在塑造良好的个人形象。

了解并掌握礼仪，必将有助于塑造、完善和维护个人的形象。

让我们借助礼仪，注重细节，塑造形象，成就人生！

谢谢大家！

冉隆中

冉隆中，昆明文学艺术研究院院长，昆明文艺评论家协会主席，昆明作家协会副主席，昆明市文联副主席，云南省文艺评论家协会副主席，云南省作家协会理事，中国作家协会会员。一级作家、教授。有《文本内外》《底层文学真相报告》《云南当代文学简史》《昭通文学三十年》等10多部文学评论和理论著作出版，创作发表有《重九重九》《沉默与谎言》等数部文学作品和电视剧，主编有《昆明的眼睛》《昆明读城记》"七彩云南儿童文学精品系列丛书"等作品。连续两届获得云南省政府文学奖（评论著作）一等奖。《重九重九》获第七届云南精品文艺工程奖（2014年），《智障儿的春天》获"中国梦"征文一等奖（2014年）。

人生的磨难与文学的转换

一、开头的话

假如生活/欺骗了你，

不要/悲伤，不要/心急！

忧郁的日子里/需要镇静；

相信吧，快乐的日子/将会来临。

心儿/永远/向往着未来；

现在却常是忧郁。

一切/都是瞬息，

一切/都将会过去，

而那/过去了的，

就会成为/亲切的/怀恋。

——（俄）普希金

这是一首大家耳熟能详的诗歌，因为它曾经入选过国内中学课本。但是在我上中学的那个年代，除了高尔基，几乎所有外国人以及他们的作品，都还是禁忌。高尔基，那时其实我们也只知道《海燕》——"在苍茫的大海上，风，聚集着乌云；在乌云和大海之间，海燕，像黑色的闪电，在骄傲的飞翔！"这恐怕是我人生中朗诵到的最早最带劲的散文诗行。接触到普希金的《假如生活欺骗了你》，正是生活真的欺骗了自己的时候——失恋，当时这首诗还是手抄本，她一下子就让人产生触电的感觉：经历过初恋和失恋，不免悲伤，却要镇定；虽然忧郁，却要相信未来！又过了些时间，当人生遇到比初恋和失恋还要棘手的事情时，当希望再像灵丹妙药一样从普希金这首诗歌里去寻找力量时，却不免发现，这首诗，其实并没有向任何人提供一种战胜悲伤的力量，也没有给你提供在瞬间产生镇定坚定的逻辑。如果生活欺骗了你，那么，诗歌又欺骗了你——真是这样的吗？当然不是。文章合为时而作，诗歌合为事而著。创作是这样，阅读其实也是这样。不同年龄，不同心境，不同感受，仅此而已。

现在，我们换个角度，从"人生的磨难与文学的转换"的角度看，我想，普希金这首诗，确实道出了人生某种真谛。普希金是对的。

二、苦难是人生最好的老师

现在来说说苦难，磨难，灾难。

没有人天生喜欢这一串字眼，更没有人天生喜欢这串字眼变为事实，降临到自己或家人身上。渴望舒适，喜欢安逸，好逸恶劳，喜新厌旧，这些是所有人的天性。用更规范的词语说：人，生而就有追求幸福的权利。幸福的指数是什么？一般人认为，不外乎物质和精神两大指标的极大满足。两大皆空，肯定不幸福。有其一而缺另一方面，也很难获得真正的幸福感。但是，物质和精神，却是没有止境的，所谓欲壑难填，就是这个意思。央视做过一个采访：你幸福吗？一个人回答，不姓胡，姓曾。更多人却是一脸茫然。

丰子恺认为，人生像一幢三层楼的房子，第一层是物质的，第二层是精神的，第三层是灵魂的。世间大多数人就住在第一层，一辈子忙于锦衣玉食，尊荣富贵；少数人和学者艺术家等，他们不肯做本能的奴隶，即专心学术文化；更有少数人对第二层还不满足，爬上三层楼去探求人生的究竟。

痛苦往往跟爬二层楼特别是三层楼的人有关。幸福亦然。可见，幸福抑或痛苦，主要跟精神层面联系在一起，是形而上的东西。

今天我们讨论幸福的反面：苦难。人是个很奇怪的东西，天生追求幸福，但是，如果要谈心智的成长，要谈极大的愉悦，更多却是与苦难挫折失败等有关。

艰难困苦，玉汝于成。人生遭际的磨难越大，战胜困难之后的成就感喜悦感就越大。只要心志不倒，从苦难中收获的就越多。先看看古代的屈原、司马迁。

屈原在他所处时代，无疑是个精英。他如果收敛一下个性脾气，如果不以民众社稷为重，他肯定可以混得不错。但是他真实处境却很不好，而且越来越不好，处分、罢官、流放，各种倒霉事情接踵而至。最后投汨罗江自杀，引出了如今端午节往河里扔粽子的民俗。"长太息以掩涕兮，哀民生之多艰""亦余心之所善兮，虽九死其犹未悔。""路漫漫其修远兮，吾将上下而求索"。《离骚》里的屈子，是历经磨难矢志不渝的典型。

写出了"史家之绝唱，无韵之离骚"的司马迁，是中国文学的另一座高峰。太史公司马迁本人的命运，却比屈原还悲催，他48岁，正当踌躇满志要完成煌煌大作之时，却因言惹祸，忍受宫刑。宫刑又称腐刑，不仅是残酷地摧残人的生理，也是对人生精神的极大的摧残，它最大限度地侮辱一个男人的人格。士可杀不可辱，司马迁当然也是不愿意忍受这样的刑罚，世态炎凉人情冷暖使他心灰意冷，但他有强烈的信念支撑，他有着伟大的使命感，他要秉承父亲的遗嘱，要修一本足可上继孔子《春秋》的史书——"网罗天下放矢旧闻，略考其行事，综其终始，稽其成败，兴坏之纪，亦欲以穷人之迹，通古今之变，成一家之言，草创未就，适会此祸，是以就极刑而无愠色。"司马迁重新对人生进行思考，他总结出："夫《诗》《书》隐约者，欲遂其志之思也。昔西伯拘羑里，演《周易》；孔子厄陈蔡，作《春秋》；屈原放逐，著《离骚》；左丘失明，厥有《国语》；孙子膑脚，而论兵法；不韦迁蜀，世传《吕览》；韩非囚秦，《说难》《孤愤》，《诗》三百，大抵圣贤发愤之所为作也。"在他之前那些最重要的文明成果，文史著作，都是圣贤在遭受厄运时发愤所作的结果。正是有这些思考，他终于忍辱负重，完成了"史家之绝唱，无韵之离骚"的《史记》，成为中国传记文学前无古人，后无来者的巅峰之作。

屈原和司马迁，是中国古代韵文和散文的两座高峰。这两座高峰的形成，都与悲惨命运有关。这样的例子，在历史长河中，不胜枚举。

三、苦难是文学最好的养料

文学的养料有很多。如果文学是人学的观点成立，那么，文学养料主要来自人的生活，人的经历，生活素材就是文学养料的主要来源。作家生活的宽度和深度，往往决定了写作的丰富性和可能性——可能达到一个什么样的广度，可能达到什么样的高度或深度。在所有生活经历中，痛苦磨难灾难是文学最好的养料。只有书写刻骨铭心的，触及灵魂的生活内容，作品才可能有筋道，有力度，才可能让读者入脑，过心。文学是写具体人的，人又是联系着家国命运，时代风云的。人是一切社会关系的总和。一个人是如此，一个民族是如此，一个国家也是如此。

因苦难而成就的文学作品，成就的作家，数不胜数。

比如张贤亮和大墙文学。他的《绿化树》《男人的一半是女人》《灵与肉》等等。

莫言和饥饿文学。《透明的红萝卜》《红高粱》系列，《丰乳肥臀》等等。

王蒙和流放文学。

以书写苦难而著称的云南昭通作家群。夏天敏的《好大一对羊》、雷平阳《祭父帖》等。

有两句话，对苦难和作家关系做了很好概括：国家不幸诗家幸。有钱难买少时穷。

家国不幸，少时贫穷，都可能成为文学最值得书写的人生经验。这种经验还可能在有才华的作家那里不断发酵。比如莫言就说，他的写作，从来都是主要依靠童年经验和想象完成的。当下又重新提倡的所谓深入生活，扎根人民，其实，如果我们一个做比较宽泛的理解，是完全可以指导并适应当下创作的。应当说，真正有效的生活，真正能扎根并成为书写不完的生活经验，主要在自己的生活经历之中。那些采风，采访，不过是一种补充。创作应该有一眼属于作家自己的深井，作家应该有属于自己的精神故乡，那才是自己取之不竭用之不尽的创作源泉。

四、为什么最好的文学都是书写磨难、苦难、灾难的

我们可以随便举例来看——

刘震云《我不是潘金莲》写上访故事。

莫言《透明的红萝卜》写饥饿。

《红高粱》系列，写战争离乱，爱恨情仇。

史铁生《午餐半小时》写返城知青的压抑和灰色人生。《遥远的清平湾》，写陕北知青苦难而不失精神追求的往事。

路遥《人生》写高加林和刘巧儿的爱情悲剧。

李秀儿《白雪哀愁》写风景背后的苦难，几个农村女孩嬉戏引出的打工悲剧。

方方《涂志强的个人悲伤》，那更是写美好事物毁灭过程的悲剧。

这些作品，毫无疑问都是当下很好的文学作品，都有着书写磨难、苦难、灾难的共同特征，但是，你读了之后，不是陷入绝望，而是对造成磨难、苦难、灾难的原因引发思考，并激发战胜磨难、苦难、灾难的信心和勇气。这样的作品，就比那些轻飘飘、软绵绵的小资抒情，杯水风波，要有力量有价值得多。

五、追求美好与呈现苦难，是文学的悖论吗

大家都知道，文学的目的是为了追求真善美，而我在这里说，最好的作品内容具体呈现的却是经历苦难的过程。这是一个悖论吗？

可以举一个例子。

2014年12月18日，昆明要颁发一个文化奖：王中文化奖。今年的得主吴然。看看我给他写的颁奖词最后一段：

从青丝到白发，是岁月留下的印痕。吴然因童心而不老，因儿童文学而收获了人生最大快乐。吴然心怀善意，宽和待人，这既是他本性使然，也是他选择儿童文学为毕生事业的必然结果。其实，吴然还有不大为人知的另一面，有时他也会出离愤怒，当他遭遇某些强横霸道，某些颐指气使，某些毫无道理的仗势欺人时，他会气得发抖，然后努力让自己很快平静下来，在对方风暴雨狂滔滔不绝的间歇，软软来一句：我就是坚持我的看法。再然后，任尔喧嚣，不再理会。他就这样修复了自己所受的屈辱和伤害。下一刻，他依然以诗意的童心，打量这个其实并不如他笔下那样美好的世界。也许他早就知道，以强悍文风去对抗现实的某些丑陋并不是自己的强项，也不是以低幼年龄读者为主要对象的儿童散文所能完成的使命，因此他特别看重并鼓励年轻作家书写美丽风景背后的苦难，少年视角中复杂多义的世相，体现儿童文学应有筋骨和力道的作品。吴然看上去瘦弱，他也常常自谦其渺小，但比

起那些高标主义真理，其实只有实用主义一把尺度的市侩作家来，比起那些借公器而泄私愤的所谓"名流"来，比起那些自封泰斗一心称霸的"大家"来，吴然谦卑之心为文为人，秉持良知坚持真理的修为品性，自成高格，更让我心存敬意。

我想说的是，即便像吴然这样的写儿童散文的作家，他在自己坚持的文体里主要表现真善美，因而不适宜更多去直面黑暗书写苦难，但是他依然特别看重和鼓励青年作家，要看穿生活的真相，要敢于在作品中有担当，要直面美丽风景背后的苦难现实。他认为追求真善美和呈现生活中苦难经历，二者是不矛盾的，是可以统一起来的。他的经验，也许已经说清楚了这个问题。

六、好的作家，其实是以文学的方式，做一个时代的守夜人，喊痛人

以方方《涂志强的个人悲伤》为例。其个人悲剧，其实是时代悲剧，是一个充满人治社会给涂志强这样的小人物带来的必然悲剧。鲁迅说，悲剧就是把有价值的东西毁灭给人看。涂志强的美好，努力，愿景，最后都付之东流，正是毁灭给人看的悲剧过程。

人治，就意味着社会是层级式的，有人高高在上坐享其成，有人辛苦打拼却一无所获。——所以人治必然让涂志强这样的小人物，得到一个极不公正的社会，绝大多数人生来就如涂志强一样，被锁定在无望的底层。这种社会，是现代文明所唾弃的。

人治，并不排斥社会流动，但它的流动却是"劣币驱逐良币"，只有品行最差的人，才会不择手段上位。而品行端正者流，因为不屑于与小人争竞，终被淘汰出局。因此爱因斯坦说：权力总是吸引品质最恶劣的人，说的就是这个意思。——所以人治必然是个逆淘汰的社会，同时也是个戾气弥漫的社会。因为绝大多数人居处于不公的经济地位，牢骚满腹怨气冲天。在这样的社会里，多数人陷入经济与心理的双重绝望中。

总之，人治社会堪称是弊病丛生，暴力、愚民、不公正、逆淘汰，这些只是人治社会的基本现象。最重要的是，人治社会摧残人心中的善，让人心理趋恶。戕害民族智慧，反智风潮盛行。排斥人的尊严，鼓励奴生生存。让人丧失

美的感受，迷信血腥暴力。正因为此，文明社会才必然要求走向法治。

今天面对的是高校学子。你们通过自己努力，已经获得了某种程度的受教育特权。说到特权，美国老师这样向学生解释什么是特权：每人发一张纸，让揉成一团。然后在教室前面置放一纸篓，说，你们代表这个国家的人口，都有机会进入上流社会，现在要做就是，就纸团扔进纸篓。

后排学生马上说，不公平！因为机会不均等。扔纸团游戏结束，果然，前排几率远大于后排。结果果然如此。

老师总结，靠近前排，就是特权，但是坐在前排的同学不一定感受得到自己所处的特权。他们只看得见眼前3米的距离。你们，作为学生，是要意识得到，受教育是一项特权，你们要利用这项特权去做一些有意义的事，并为那些没有机会的人发声！在座的是师范高等院校的同学，其中部分人，毕业之后会去做老师。那么，就请利用自己将要做老师的特权，去帮助那些不能充分获得教育机会的人们吧。

七、生活中的欺骗和磨难，其实经常超越作家的想象，作家需要的是看穿世相，敢于道出真相

下面是个真实的故事，发生在海南文昌市。有位81岁的符老汉，他人生中的多半时间，都在奔走呼屈，想为自己的人生讨个说法。40年前（1973年），因为派性，符老汉被指控强奸了三名女学生。证据是三名女学生都有亲笔检举信。起初符老汉拒不承认，但审讯方带来了他的母亲，为避免家破人亡，他无奈承认。于是被开除出教师队伍。

符老汉自述，两年后，他开始申诉。有人设套，说如果他肯承认奸污一名女生的话，就可以到县组织部领取复职介绍信。于是他以书面的形式承认了："过去承认，现在承认，将来承认，入土后也承认。"他的书面自证，构成此事的新证据。复职因此无望。

于是符老汉继续上访，访了32年。有同情者觉得其中必有蹊跷，就去寻找当年做证的三名女学生，结果真让人大吃一惊。

当年检举老师的三名女学生说："文革"时，中学没有正规的招录考试，上高中要推荐。于是派系头头要求揭发符老汉奸污自己，就推荐她们上高中。三个小姑娘，只有13岁，就听了大人的话。由学校当时一位老师写好

揭发材料，然后再由她们三人抄写一遍，摁上手印，就成了符老汉奸污学生的罪状。三个不谙人世的小女孩，也因此背上了被人奸污、乱搞男女关系的坏名声，自己也成了受害者。30余年过去，其中两人已嫁为人妻生儿育女。当听闻符老汉还活着，并为"奸污"一案信访达三十余年，两个女孩均表示愿意站出来说出"真相"。当年揭发老师的女学生说："我那时候小，不懂事，是受别人的指使才那样做，很对不起符老师，害了他一辈子。"

但她们站出来也没用。

文昌市一工作人员表示：当年调查程序不规范，结论有失实之处。但现3名"受害女生"的新证词，不足以推翻原案。依据何在？因当事人符老汉当年自己曾书面承认过与一名女生发生过关系，其原话为：过去承认，现在承认，将来承认，入土后也承认。

——多么离奇的答复！不规范的程序，可疑的结论，竟然压倒了受害当事人40年的诉说，压倒女性当事人的澄清。这荒谬的现实，写成小说都不会有人信，太离奇了！

这，就是符老汉遭遇到的囚徒困境。

现在我们来说说囚徒困境，它是博弈学中的一个经典模型。

假定，两名犯罪人士同时落网，法官告诉他们，如果他们都不坦白，就各判1年。如果两人都坦白，就各判5年。如果一个坦白而另一个拒绝坦白，那么，坦白者将释放，拒绝招供者将判10年。

两名囚徒所渴望的最理想结果，就是能够被释放，所以最优方案，是自己坦白而对方不坦白——当两人都这样想的时候，就达成了两人都坦白的均衡结果。

囚徒困境的最大特点，就是摧毁社群的合作机制，让人从相互合作，转为彼此出卖——而最终的结果，是两败俱伤！

符老汉与三名女学生，本来是社会合作式的师生关系，可是在"文革"斗争背景下，他们之间的合作变成了构陷与伤害。

上学读书，原本是孩子的权利。可是成年人胁迫三个女孩，如果她们不承认被符老汉强奸，就不推荐她们念高中。三个小女孩被迫陷害老师，以换取自己的读书权利。但最终，她们发现自己一无所获，只是背负了沉重的心理阴影。

符老汉和他的对手，原本都是共同教学的合作关系。可是"运动"所至，生生地把他们分成两个派系。要想在这个游戏中取胜，就必须不择手段，把对手搞到最惨。符老汉的同事选择了击破做人底线，捏造强奸案件构陷符老汉，于是他们赢了。

接下来又是一轮囚徒困境游戏，教育局告诉他，只要他书面承认强奸，就给他恢复工作。他又信了，以为坦白就会从宽，结果再次上套。这纸书面证明，成了他的新罪证，再也洗不清了。

他所遭遇到的事情，是一层套一层的囚徒困境，至少套了三层。

三个女孩主动站出来，坦承年少无知时的错误。这就算解开了符老汉命运中的第一层魔咒。但是，布局构陷符老汉的同事，却从未曾忏悔。给符老汉设套的教育局当事人，也未站出来说明情况。这两层魔咒还没有解除，就构成了现在这种绝望局面。最恶劣的制度设计，莫过于囚徒困境。让每个人都成为恶人，相互撕咬，一生都走不出心理阴影。

"文革"与阶级斗争，就是一种恶的制度设计，这种规则造就了不知多少如符老汉这样的冤屈者。符老汉用他四十余年的徒劳抗争，让我们得以回顾那个苍凉时代。而更多的人，选择了遗忘，选择了沉默。

遗忘，是被害人的自我保护。沉默，却是加害人的最好掩护。尤其是，这种邪恶的囚徒困境游戏仍然在持续——如果游戏终止，符老汉老人断不至于如此绝望！

美剧《冰与火·权力的游戏》中，有个场景。狭海之王史坦尼斯，想问鼎铁王座最高权力，为此要牺牲一个无辜的人。他就此事谋求部下洋葱骑士的支持。

史坦尼斯问：与国家的安危相比，一个小人物的性命，占多大比重？

洋葱骑士回答：占全部比重！

史坦尼斯瞳孔骤缩，无辞以对。

这句简短的对话，隐含着一个复杂的游戏规则：

——如果一个人的生命或清白，可以以国家或大局的名义牺牲，那就意味着每个人都可能被牺牲。如果每个人都要牺牲，国家岂不成了无本之木？

符老汉奔波四十年，仍然无望洗清冤屈。那么你或者我，或者是这个社会上的任何人，在面临同等情形下，都无法保护自己。

这就是许多人感受到环境压力的因由，不能保护符老汉的环境，同样也不能保护你我。当我们的权利得不到保护，内心深处的不安全感，会让我们对周边的人，产生极度的不信任。

符老汉所遭遇的囚徒困境，也是我们共同面临的。

冤屈者必须要站出来发声，无论以何种方式。网络时代，早已赋予了我们足够的语言能力。你发声不是为了自己，而是为了自己的子子孙孙——他们有权利享受更美好的生活，不再遭遇到如你这般类同的事件。为了孩子，说话吧！你们都已经老了，心里的恐惧也该淡化，没理由再沉默下去。

"文革"的加害者，必须要忏悔！这些人有很多已经不在人世。背负着罪孽而走，或许他们还会有些许的侥幸得意——可是不要忘了，你的后人还在这个世界上生存，如果有一天，他们遭遇到符老汉事件，你还笑得出来吗？

中国人有浓重的家庭观念，成年人打拼奋斗，口口声声都是为了孩子。可哪怕你为孩子积攒下如山的财富，倘社会规则不公，劫剥冤纵，这些财富就毫无意义。真正聪明的人，为子孙后人留下的，是个公平的竞争环境。

公平环境，意味着所有人的机会。如果你的后人足够优秀，就很容易脱颖而出，成为风云人物。如果你的子孙后人才智平庸，也不至于遭受到不公规则的肆意伤害，甚至搭上一生的时间，只为了讨个说法！

衡量一个人的智慧，看他能不能为自己赢取充足的自由空间。衡量一个民族的智慧，看这个民族能不能缔造一个公正公平的竞争环境，让每个人都于这个环境中受益，而非相互伤害。

符老汉终其一生，走不出囚徒困境。是因为制度设计的原理，出了故障。

好的制度设计，必须要把人的尊严和自由，放在首位。必须要对人身权利的诉求，保持最高程度的敏感。符老汉已经诉求了三十多年，而体制僵硬如铁无动于衷，甚至在当事女孩主动站出来之后，仍拒绝启动纠错机制，就是因为这个制度的设计，与人的权利保护疏离。好的制度设计，要最大程度地保护社会的协作体系，而不是恶意拆散人与人的合作，让合作者陷入恶性缠斗。所以旨在于破坏合作的要素必须要过滤掉。这就意味着一个必不可少的反思过程，唯其对暴力时代的反思，才能唤醒每个人心中那微弱的善之火苗，才能让为恶者直面良知，让受害者步出阴霾。理想的制度设计，或已超出人的智能理解之外。但较为合理的设计框架，却已是这个文明时代的主潮。智慧的民族，会选择一个保彰每个公民权利的良好系统。徜泥陷于囚徒困境过于长久，让民族智力饱受戕残，那就距离理性太远了。

只有改变囚徒困境的制度设计，才可能如普希金诗句里所描绘的——

一切/都是瞬息，一切/都将会过去，而那/过去了的，就会成为/亲切的/怀恋。

饶　远

　　饶远，中国体育史学会委员、国家体育总局体育文化研究基地主任、云南省政府参事、云南省体育科学学会副理事长、云南师范大学体育文化产业研究中心主任、二级教授、上海体育学院博士生导师。

　　主编出版《中国西南边疆体育发展特征与模式研究》《中国少数民族体育文化通论》《中国西部体育资源的开发思路》《云南体育产业发展研究》等专著、教材12部，发表学术论文100多篇。

　　其研究成果于2007年获国家民委、国家体育总局优秀论文成果一等奖，2011年获云南省哲学社会科学成果一等奖，2006年获国家体育总局体育社科成果二等奖，并获云南省科技进步三等奖1项，获云南省社科成果三等奖2项。

　　教学成果获2014年国家优秀教学成果一等奖，获2009年云南省优秀教学成果二等奖。

少数民族体育旅游资源开发方式探索

一、当代旅游资源开发的趋势与存在问题

（1）在现代旅游业中，一般性的观光旅游正在走向衰微，而符合体验经济趋势的现代人求新、求健、求乐、求险的特色旅游与体育旅游正在崛起（如体验民俗、体验乡村田园生活、体验运动与赛场氛围、体验冒险与刺激、体验自然、甚至体验太空旅行等）。

（2）许多旅游地普遍存在旅游资源枯竭、旅游产品老化、旅游主题趋同的现象。一般来说，旅游目的地的生命周期为8~12年，随旅游产品的老化，会使之逐渐缺乏新的兴奋点与吸引力，而增加新的旅游文化主题与兴奋点，开辟新的经济增长点，是许多旅游目的地发展的需要与趋势。

（3）在多数旅游目的地中，普遍存在自然资源开发多，人文资源利用少；静态景观布局多，动态景观设计少；观赏性项目安排多，参与性活动设置少（不符合体验经济时代人们出游的时尚与需要，观赏性展演与游客之间的互动效应差）等"三多、三少"的状况，使旅游景区的项目开发缺乏应有的生机、活力与市场吸引力。

（4）在体育赛事旅游资源的开发中，存在着赛事资源的短期开发与临时炒作行为，而能够长期驻足的赛事品牌（这类体育旅游品牌国外有瑞士滑雪节、美国的NBA联赛、西班牙潘普罗那的奔牛节、巴西狂欢节、日本丰田杯足球赛、美国的温布尔顿网球赛；国内有泰山登山节、维纺风筝节、河南少林武术节、湖南的龙舟节、青海的环青海湖国际自行车大赛、厦门国际马拉松大赛）开发少，对体育赛事品牌的可持续利用与综合效益价值开发差。

（5）对少数民族体育资源的开发，往往缺乏自然环境配置与文化内涵的深度发掘，有的甚至仅是文化符号的剽窃、文化名称的泛用与文化口号的空喊。许多旅游景区民族体育项目的开发简单、乏味，缺乏相应的山水景观与民族文化氛围的映衬依托。使少数民族体育旅游资源的开发成为无源之水、枯池之鱼（如云南民族村民族射弩项目的开发就较为失败）。

（6）在少数民族体育旅游资源的开发中还普遍存在：

①市场观念问题：即对少数民族体育资源的市场经济价值缺乏足够的认识；

②开发思路问题：尚未找到民族体育旅游资源进入市场的切入点、突破口与运作方式；

③管理人才问题：即缺乏既懂体育、又懂经济的经营管理与营销策划运作人员等。

二、开发少数民族体育旅游资源的意义

1. 拉长旅游产业链，增加旅游收入

众所周知，食、住、行、游、购、娱是旅游产业链的主要构成要素。因此，要提高旅游产品的吸引力，延长旅客的滞留时间，增加上述六大要素的需求与消费，以增加旅游目的地的收入。

例如，1999年昆明—石林的高速公路修通后，将昆明至石林的行程由3小时缩短为1小时，旅客游石林可以只用一个上午或者一个下午的时间即可返回。昆—石高速公路的修通，表面上为石林景区带来旅途方便，实质上给石林景区带来了较大的经济损失。因为它缩短了该地区旅游产业链的长度，使其食、住、行、游、购、娱等旅游产业链中的主要构成要素在当地的消费戛然消失，最终导致石林景区的收入就只有门票和一些小工艺品的销售收入。

在这样的情况下，石林景区充分利用本地彝族特有的民族民间文化资源打造新型的旅游文化产品。为延长游客的滞留时间，他们在白天开展斗牛、斗羊、摔跤等少数民族传统体育观赏活动，晚上则开展"天天火把节"民族歌舞与民俗晚会活动，使旅客在欣赏自然奇异的石林景观同时，又能观赏和参与民族体育与歌舞活动，体验神奇多彩的民族风情，使半天的观光旅程延长为1.5天，"让远方的客人留下来"，从而增加了当地在"住、食、娱、

购"等方面的相关收入。

2. 促进民族地区的扶贫致富

民族文化资源是民族地区发展经济、扶贫致富的要素条件，若能有效地整合利用将会带来巨大的经济与社会效益。例如，云南迪庆藏族自治州过去靠砍伐森林为主要的经济来源，后来由于长江上游金沙江流域的生态保护的要求，迪庆州委、州政府在保护生态、退耕还林（非经济林）的过程中，大力发展以自然风光和民族文化资源相整合发展的旅游产业，使神秘的高原雪域风情与风姿多彩的藏族文化中的宗教文化（松赞林寺等）、体育文化（骑马、赛马、摔跤、射箭、登山）、舞蹈文化（跳锅庄、热巴舞、旋子舞等）完美有机地整合开发，再加上香格里拉世界著名品牌的创立，使迪庆州的经济、社会、自然都得到全面协调可持续的发展。

3. 以文体促旅游，以文化力推进经济力

过去，文化在经济社会的发展中仅是配角，是经济发展中的附属品。如"文化搭台，经济唱戏""文化包装"等说法就是例证。今天，新经济的发展，促使文化从社会经济发展的后台走向前台，由配角转为主角，并从自身的文化产品中产生出巨大的经济效益。

如丽江古城仅是一个拥有20万人的小城，现每年游客达460多万。日均游客3万多人。白天游客因四处游览而分散，晚上2万多游客竟无所事事。因此，在丽江产生了以宣科领军的《纳西古乐》（年赢利568万元）和《东巴宫歌舞》（年创388万元）等观赏性文化旅游产品，游客们纷纷前来观赏，经济效益特好。

但晚上仅有这两家民族乐舞厅最多也只能容纳1500人，另外还有2万多人只能留在宾馆或游荡街头。因此，由深圳能量公司投资创办的《丽水金沙》大型民族乐舞晚会又在丽江闪亮登场，全部投资共600多万元，第一年的收入即达5000多万元（每晚两场），在为游客提供民族歌舞精品的享受中，又从民族文化的"内容经济"与"创意经济"中获取了巨额的收益。

因此，人们在对丽江旅游的评价时都说："丽江的旅游在文化中找到了路子，丽江的文化在旅游中找到了票子，丽江的城市在文化和旅游中树起了牌子"，这就是现代文化产业在"经营城市"发展中的特殊意义与作用。

4. 用市场机制推进少数民族体育人才的培养

少数民族体育文化展演业进入旅游市场，在其赢利示范效益的启示下，

各民族民间的传统体育活动得到了深度地发掘、加工与提升。如云南某县的民族传统体育展演业的年收入可达300万元左右，有力地推进民族经济的发展。使少数民族体育不断地从山野走向世界，由民俗走向市场，并促进民族体育人才的发展在市场机制的作用下蓬勃壮大。因此，旅游景区可从民族村寨招收有传统体育技艺的男女青年进行培训，他们既可作为民族体育展演业中的运动员，又可作为景区内的各种导游与工作人员，这一方式将使少数民族体育人才的培养进入良性循环的发展轨道，并促使各地少数民族传统体育的竞技运动水平不断提高。

三、少数民族体育资源在旅游产业开发中的优势

1. 具有高品位的世界市场定位条件

在当今世界经济全球化、体育国际化的人类文化趋同过程中，具有地域特征与民族风格的少数民族传统体育文化，很容易引起世界的关注和人类的向往。如2000年悉尼奥运会开幕式中澳大利的土著民族毛利人所表演的土风舞，就引起全世界的巨大反响，其效果远远超越了1996年美国亚特兰大奥运会的"高科技+现代舞蹈"的开幕式展演，再一次印证了人们常说的那句"越是民族的，就越是世界"的格言。

2. 具有独异风格的精彩性、惊险性、悬念性

由于各个民族的传统体育活动起源于人们征服自然、获取生存条件的特殊生产与生活过程中，这些民族传统体育活动具有独特的地域性、民族性与特殊的惊险性、精彩性，对游客具有较强的吸引力，如云南少数民族中流行的射弩（可以射鸡蛋、香火、刀刃）；怒族、傈僳族上刀山，下火海；滇南建水燕子洞彝族的徒手攀岩、摘燕窝；哈尼族的斗牛、摔跤、磨秋；藏族的射箭、马术；朝鲜族的秋千、跳板；维吾尔族的达瓦孜等项目都具有较强的精彩性和观赏性。

3. 具有广泛的共鸣性与参与性

除具有较强的精彩性和观赏性之外，少数民族传统体育还具有极强的社会参与性，如云南少数民族中流传的许多传统体育与歌舞活动，就具有广泛强烈的共鸣性与感召力，并且简单易学。在激荡人心的民俗氛围中参与少数民族传统的体育与歌舞活动，可以让游客尽情地体验民族体育活动的欢乐与

民俗文化的独特，始终让人们激荡不已，流连忘返。

4. 少数民族体育资源可与当地的自然环境资源和社会人文资源相融配置

民族体育资源的开发，不必花费巨额资金修建高档豪华的体育场馆设施，可充分的利用当地的自然环境资源与社会人文资源综合配置既开发，使少数民族体育旅游产品在特定的自然环境与民族文化氛围中交相辉映、相得益彰。既可减少景区建设的投资成本，又能保护生态环境，有效地充实民族地区旅游业的发展内涵，调整旅游产品结构，增强旅游景区的吸引力，还可大大增加旅游业中的文化与体育产品的附加值，提升旅游胜地景区的品牌效应与核心竞争力。此外，民族传统体育文化资源是可再生资源，可重复消费，不存在资源的消耗与枯竭问题。

四、少数民族体育资源开发的流程与步骤

少数民族体育资源作为一种宝贵的人类文化遗产，怎样使古老悠久的少数民族体育文化遗产在今天的市场经济大潮中焕发出巨大的生命活力，产生现实的经济价值。这就需要我们探寻出少数民族体育向商品化、产业化转变的价值要素（即它满足现代社会与现代人所需要的价值、功能、特性）和外部社会支持体系（如政策环境、市场环境、法制环境、社会时尚、文化价值氛围、营销与组合方式等），并探索出实现这一转变的市场中介条件与动因机制，并进行认真而切实的市场调研、产品开发、市场开发与产业运作等工作，提出少数民族体育旅游资源开发的思路、构想、实施途径与步骤。

具体说来，少数民族体育旅游资源的开发流程具有以下程序：

首先，要进行少数民族体育资源总量与资源种类的调查，摸清家底，确立类别，确立少数民族体育旅游资源开发的总体战略与实施对策。

其次，要进行民族体育资源的商业化、产业化发展的价值分析，即分析少数民族体育资源商品化发展所需要的内部文化价值要素和外部社会支撑条件；分析市场的需求与供给的状况，分析民族体育向商品化、产业化发展的市场开发现状与发展趋势，以发现其中成功的经验和存在的问题以及产品的开发特性与走向。

第三，根据旅游市场的特殊需求筛选能进入商业化、产业化发展的民族体育项目与产品种类，并对之进行必要的加工、包装与雅化，不断提升产品

的质量与风格（见表1）。

第四，提出少数民族体育资源产业化开发的市场定位、发展目标、发展模式、运作机制、市场开发战略与产品营销方式等等。逐批、逐步地把少数民族体育项目推向社会、推向市场。（见图1）

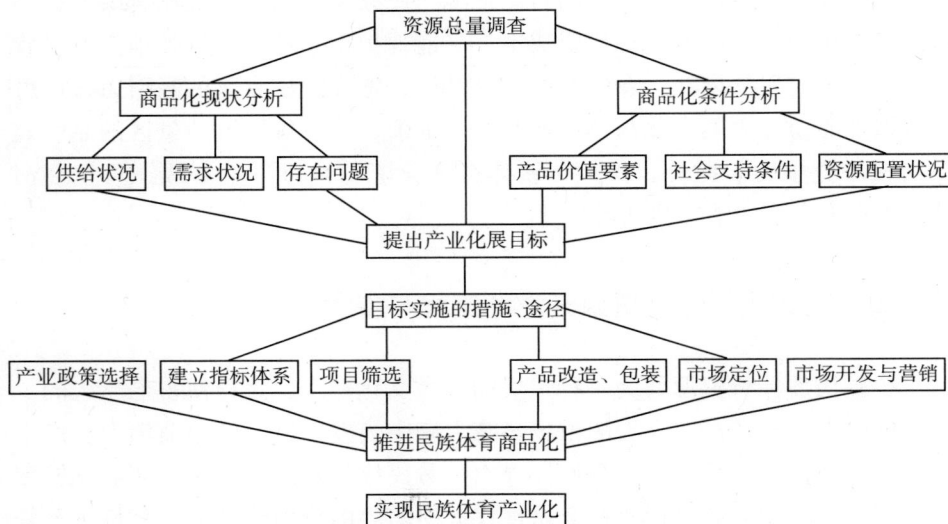

图1 少数民族体育资源商品化、产业化发展流程示意图

此外，少数民族体育旅游资源的开发，可依据该项目的形态结构与价值要素特征按观赏类、参与类、健身类、休闲类、探险类和旅游商品类依次进行开发上市，具体内容详见表1：

表1 云南少数民族体育商品化、产业化项目分类发展表

开发类型	进入市场的选择项目
观赏型	赛马、穿衣裙赛跑、摔跤、赛龙舟、陀螺、斗牛、掼牛、斗羊、斗鸡、斗鸟、射箭、射弩、吹枪、堆沙、抢花炮、马术、上刀杆、过溜索、珍珠球、磨秋、秋千、武术、舞龙、舞狮、剽牛、上刀山、下火海
游客参与型	秋千、磨秋、轮秋、射箭、射弩、吹枪、狩猎、钓鱼、跳竹竿、骑马、过溜索、穿衣裙赛跑、划猪槽船、爬竿、跳月、跳歌、丢包、飞石索、蹲斗、顶竹竿、打火把泼水、游泳、用民族渔具捕鱼

续表1

开发类型	进入市场的选择项目
日常健身型	跳月、跳乐、烟盒舞、左脚舞、霸王鞭、白族迪斯科、武术、蹬窝乐、跳锅庄、旋子舞、踢踏舞、摆手舞、民族武术、民族健身操
休闲型	围棋、月亮棋、藏棋、十八赶将军棋、陀螺、射箭、射弩、藤球、鸡毛球、秋千、磨秋、轮秋、爬杆、划船、钓鱼、捕鱼、堆沙
探险型	登山、攀岩、漂流、探溶洞、爬树、越野、划船、骑马、骑牛、骑象、狩猎、捕鱼、潜水、过溜索、跳水、远足、游山
旅游商品（纪念品）	藏刀、弩枪、弓箭、陀螺、烟盒、吹枪、围棋（云子）、霸王鞭、藤球、武术器械、民族乐器、斗鸡、画眉鸟、民族体育画册、录像、VCD等

五、开发少数民族体育旅游资源的运作模式

1. 农家乐生态旅游民族体育资源运作模式

当今社会"吃风味，住民居，游自然，观民俗，购民间工艺品"已成了现代城市人群追求向往的社会时尚。因此导致了城市边缘一个个农家乐生态旅游景点的应运而生与蓬勃兴旺。

另一方面，在我们对云南民族地区的调查中发现，在"三通"（公路、电、电视）的民族地区，少数民族的服饰、语言、艺术、体育等传统文化内容正在发生大量的消失和消亡。再加之现代体育的冲击，少数民族传统体育的消亡速度也越来越快。因此，在开发少数民族体育旅游资源过程中应注重保护性与收益性相结合的原则，并以保护性和传承性为前提。为此，我们建议应选定一些少数民族村寨建立"民族体育文化生态村"，通过民间体育艺人、特色体育文化村寨、基层文体站（或体育组织）相衔接，建立政府扶持、引导、授权的"公司+农产"运营模式（这种模式在云南某县的经营开发展实践中十分有效），在自然的民族文化生态系统中开发少数民族体育资源，既可保护和弘扬民族体育文化，又可通过民族体育旅游资源的产业开发，实施民族地区扶贫致富的特色战略。

2. 名盛公园景区的运作模式

例如河南省开封市的"清明上河园"中所开展的古代杂技与民俗体育歌

舞活动的运作模式；在云南民族村我们近年来所进行的"滇池国际民族体育狂欢节"与"民族体育文化广场"的策划方案及运作模式（目前，"国际民族体育狂欢节"方案已被列入《云南省文化产业十一五发展规划》），在这些著名景区中开展的民族传统体育经营活动就属这一类型。

3. 城市文化广场的运作模式

如今白族迪斯科、彝族的三跺脚、跳乐、烟盒舞、左脚舞、藏族的跳锅庄等民族体育歌舞活动在全省的城市广场中已成为市民晨练的普遍内容。并配有"好好的活，好好的乐，退休工资有着落；好好的活，好好的乐，锻炼身体不吃药"的伴奏语，全民健身效果极佳。

4. 城市餐饮展演模式

如云南的吉鑫园、过桥都、侨香园推行的民族体育歌舞展演大餐的餐饮文化组合运作的经验模式效果极佳，使10元一套的过桥米线迅速升值为88元一套的个人最低消费。1999年江泽民总书记亲自欣赏过云南吉鑫园的民族歌舞文化大餐。

5. 节庆文化开发模式

节庆文化是当今许多地方广泛采用的体育文化开发模式，如山东省的国际泰山登山节、维纺的风筝节、河南的少林武术节、湖南岳阳的龙舟节、湖北武汉的东方赛马节、云南民族民间的火把节、泼水节、三月街、赛马节、三月三、花山节、跳歌节、爬山节、射箭节、刀竿节、绕海会等传统节日的运作方式属于这一类型。

对云南省内两个成功与失败的节日案例分析：

普洱市孟连县"傣族神鱼节"，该节日因有效利用当地流传已久的文化节日，使之成为云南省十大著名的民族狂欢节之一，经济与社会效益非常显著。

楚雄州元谋县彩色沙林开发的"西红柿节"确是一个较为失败的典型案例，该节日因盲目照搬和克隆西班牙民间流传的"西红柿狂欢节"的运作方式，结果使该节日因缺乏深厚的地域文化内涵支撑，未能引起人们的关注与参与而过早夭折。

6. 拍卖和买断民族体育旅游资源区域经营权方式

这种经营方式在国内已在逐渐推广，并已取得较好实效。如湖南长沙的叶文智在2003年以民间资本的出资方式买断了湖南著名景区张家界和湘西凤凰县50年的民族文化经营权，将湘西的民族体育文化资源经营得红红火火、繁荣兴旺。使凤凰县的旅游收入从2003年的2300万元增长到2009年的17亿元，共增长66倍。

六、开发少数民族体育旅游资源的原则

1. 要树立五种意识

（1）特色意识：少数民族体育资源在旅游业的开发中具有"人无我有"的独特优势，因此要塑造出特有的民族性风采和地域性风情，开发个性化、差异化的民族体育旅游产品，使之成为我国加入WTO进程后的优势旅游产品，以形成潜力巨大的后发优势。

（2）开放意识：在投资主体上应是开放的，由于民族地区资金积累不足，应制定一定的激励政策，吸引国内外多种投资主体进入少数民族体育旅游产业的开发领域，从产权制度上保证投资主体的独立性与营利性。少数民族体育市场与组织管理形式也应是开放的，以促进少数民族体育资源的有形资产与无形资产的充分开发，使少数民族体育资源开发的产业格局、经营管理模式与市场营销方式等与国际国内市场进行多元化的接轨，以推进民族体育旅游产业的兴旺繁荣。

（3）品牌意识：少数民族体育旅游资源要在娱乐、审美、观赏、刺激、安全等方面有创新和保障，确立鲜明独特的市场主题与形象，树立全国性的上乘市场品牌，并通过品牌战略的实施，增加体育旅游产品的吸引力与文化附加值，以推进旅游业走内涵型、可持续发展的道路。

（4）广告与营销意识：借助各种广播电视、电影（如"五朵金花"与"阿诗玛"对云南旅游的宣传产生的巨大效应）报刊、书籍、广告及民族体育展演活动进行宣传与市场推广，并采取多种有效的营销组合策略，加强市场营销，以扩大少数民族体育旅游业的市场占有率。

（5）市场意识：发展民族体育旅游业，要从资源导向型向市场导向型方向发展，用市场运行机制来进行运作与管理，并逐步在民族民间体育节日中引入市场化、产业化的机制，使民族体育旅游资源的开发具有突出的经济与社会效益。

2. 开发少数民族体育资源的基本原则

（1）民族体育资源与自然资源和人文资源相结合的原则。

少数民族体育的生命与魅力就在于它的文化源泉与背景及民族特色，在于它与自然环境的协调与融洽，使民族体育资源在自然山水景观与民族文化风情的氛围依托、映衬下，成为一个有机的民族体育文化生态系统，使之更具有鲜活的生命力与旺盛的市场活力。

（2）观赏性与参与性相结合的原则。

除在景区内安排高水平的民族体育展演项目外，也应注意在旅游目的地，文化广场中、居民社区中，推广少数民族体育的健身娱乐活动、竞技角逐与探险体验活动，以推进民族体育广阔的社会化与市场化发展程度。

（3）收益性与保护性相结合的原则。

强调少数民族体育资源开发的经济效益，并不意味着以牺牲民族文化为代价。要在创造经济收入的同时力保民族传统体育文化的特色优势，不断提高民族体育资源的文化价值含量，走内涵型、可持续发展的道路，以保持和弘扬民族传统体育文化。

（4）多样性与统筹性相结合的原则。

我国各民族都有不同的民族文化与民族体育资源，我们应充分发挥民族体育文化多样性的优势，强调民族体育文化的个性化特征，从而形成千姿百态、风情万种的民族体育旅游资源种类，并在尊重各少数民族风俗的基础上，统筹安排，合理规划，形成区域与地区连片发展的整体优势，最终形成合力，实现民族体育旅游资源开发的规模优势与综合效应。

王克勤

　　王克勤，博士，二级教授，博士生导师，西南林业大学环境科学与工程学院院长，云南省中青年学术与技术带头人，云南省高等学校教学、科研带头人，云南省高等学校教学名师，云南省享受省政府津贴人员，云南省水土保持学会副理事长，南方水土保持学会理事，《中国水土保持科学》（中国水土保持学会主办）编委。主要从事山区小流域环境综合治理理论与技术研究。

　　先后为本科生和研究生主讲了《水土保持学》《水土保持工程学》《森林水文学》《景观生态学》以及《生态工程学》等课程，培养博士研究生2名、硕士研究生40余名。先后主持国家自然科学基金项目（30170779和30660037）、云南省自然科学基金重点项目（2001D0008Z）、云南省科技攻关项目（2006SG20）和云南省自然科学基金项目（1999D0062M、1999D0013G和2006D0041M）等科研项目7项。此外，主持实施水土保持生态修复监测、生产建设项目水土保持监测等多项横向科技服务项目。2006年获云南省科技进步二等奖1项（排名第一）。近年来发表论文、论著70余篇（部）。

云南水土保持与生态文明

一、水土流失总体认识

1. 水土流失现象

植被稀少、表土裸露、生态环境状况差，降雨后泥水横流、滑坡泥石流等地质灾害频发。

2. 水土流失概念

水土流失（soil and water loss）在《中国水利百科全书·水土保持分册》（2004）中定义为：在水力、重力、风力等外营力作用下，水土资源和土地生产力遭受的破坏和损失，包括土地表层侵蚀及水的损失，亦称水土损失。土地表层侵蚀指在水力、风力、冻融、重力以及其他外营力作用下，土壤、土壤母质及岩屑、松软岩层被破坏、剥蚀、转运和沉积的全部过程。

3. 主要水土流失形式

主要有水力侵蚀、风力侵蚀、冻融侵蚀、重力侵蚀、混合侵蚀等。水力侵蚀包括侵蚀、面蚀、沟蚀和山洪侵蚀等形式。重力侵蚀包括主要有陷穴、泻溜、崩塌和滑坡等形式。混合侵蚀按物质组成可将泥石流分为泥石流、泥流和石洪三种。

4. 国内外水土流失基本情况

严峻的水土流失已引起世界各国的关注，联合国已将水土流失列为全球三大环境问题之一。从总的趋势看，全球水土流失还在向恶化方向发展，以发展中国家和地区尤为严重。水土流失仍然是我国"头号"环境问题。

二、云南的自然地理背景

云南的自然地理背景与如下300万~4000万年前开始的地球重大事件密切相关：

（1）青藏高原与科罗拉多高原隆起——地球寒旱化；

（2）古地中海（特提斯）的西撤；

（3）西风急流北移与西北反气旋高压中心的形成——温带荒漠出现；

（4）欧亚草原与黄土高原的形成。

以上地球重大事件形成的山高坡陡、峡谷纵横的地形地貌，使云南的生态环境异常脆弱，具有易发水土流失的"先天"条件。"先天不足，生态脆弱"是云南水土保持生态文明面临的巨大挑战。

三、主要水土流失问题

1. 坡耕地水土流失

截至2012年云南省应当综合治理的坡耕地面积约为4731万亩，而坡耕地土壤侵蚀模数一般都在4000吨/公顷·年以上，年土壤侵蚀量达到12.62亿吨。

2. 森林破坏导致的水土流失

森林具有强大的"保持水土，调节径流"的作用，是其他任何事物不可替代的。

经历了5年连续大旱下的云南森林覆盖率之争：官方公布覆盖率52.93%，学者发现谷歌地图显示不到30%。人们开始对云南省的森林破坏进行深刻反思。

2000年以来，西双版纳州新造橡胶林达300万亩，橡胶林面积从1988年的116万亩增加到615万亩。1976~2003年的卫星遥感影像数据表明，西双版纳近30年间共损失了约40万公顷的热带季节雨林，其中很大一部分都被转换为单一种植的橡胶林，而这一数字在2003年以后又翻了一番。"那些被砍掉的森林，很多树龄都在100~300年以上"。云南已建和在建的2000多万亩核桃林又在重演历史悲剧！

3. 生产建设项目产生的水土流失

据水利部、中国科学院、中国工程院刚刚完成的"中国水土流失与生态安全综合科学考察"成果：

"十五"期间，我国开发建设项目扰动地表面积达到5.5万平方公里，弃土弃渣量92亿吨。近几年，每年新增水土流失面积1.5万平方公里，增加的水土流失量超过了3亿吨。

"十一五"期间，可能产生新的水土流失面积6.2万平方公里，弃土弃渣量达到100.3亿吨，与"十五"相比，分别增加11.3％和10.9％。"十二五"持相同增长水平。

以公路铁路、农林开发、水电建设、城镇建设和矿山开采为重，超80％以上。云南的增长水平位居全国前列。

在极度脆弱的生态环境条件下，云南省的风电场建设、不合理的矿山开采和城市工厂上山项目，极大的阻碍着水土保持生态文明建设。

4. 石漠化问题

喀斯特地区是又一种生态脆弱类型。土层薄（10~30厘米），土壤一旦流失，很难恢复。其植被的保护显得更为重要。

四、水土流失与生态文明

生态文明是人类遵循人与自然和谐发展规律，推进社会、经济和文化发展所取得的物质与精神成果的总和；是指以人与自然、人与人和谐共生、全面发展、持续繁荣为基本宗旨的文化伦理形态。

水土流失产生的江河、湖泊淤积，洪涝、地质灾害频发，面源污染、水质恶化，不仅严重影响云南生态文明建设，更重要的是已出现生态安全问题。

焦点：水土流失威胁生态安全，生态环境关乎生态文明。

水土流失已成为生态文明建设的"瓶颈"。其根本原因是领导政绩和团体利益与生态环境保护之间总是存在激烈的矛盾冲突。

五、水土流失治理成效及问题

1. 小流域综合治理

小流域综合治理仍然是水土流失治理的基本模式，目前已针对坡耕地严重水土流失，国家加大了坡耕地水土流失综合治理的力度，但目前的综合治理还存在水保措施的大型工程化、小型措施的规模化程度低、配套设施不完善、将经果林计入了水保措施、生态修复措施严重不足等一系列问题亟待解决。

2. 坡改梯工程

目前，国家已在云南省东川市、云县、红河县、丘北县、昌宁县、洱源县等二十多个县（市）实施了坡改梯水土流失综合治理工程。坡耕地水土流失综合治理工程是落实全省"大水保"思想的重要举措，是控制水土流失、减少江河水患的关键措施，是保障粮食安全、改善民生、全面实现小康的基础工程。

坡耕地水土流失综合治理工程还存在如下问题：

（1）"坡改梯"最小集中连片面积的要求与云南省自然条件不适应。

（2）坡耕地综合治理在深度上与坡耕地水土流失现状不适应。主要体现在道路及排水、坡面蓄水、灌溉沟渠、节水灌溉坡改梯等配套设施不完善。

（3）坡耕地综合治理在广度上与坡耕地水土流失现状不适应。到2012年全省应当综合治理的坡耕地面积约为4731万亩，按国家财政投资2000元/亩的标准计算，需要投入综合治理资金946亿元。如果按每年"坡改梯"10万亩，投入资金2.0亿元，则需要473年才能完成。坡耕地综合治理既需要"坡改梯"式的"深度治理"，还需要"截流蓄渗"保土耕作式的"广度治理"。

3. 开发建设项目水土保持

所存在问题需要从改变观念、严格项目对生态环境影响论证、加强执法等方面狠下功夫。

六、水土保持、生态文明策略

1. 建设生态文明要树立保护理念

在领导政绩和团体利益与生态环境保护之间存在矛盾冲突的时候，总是以牺牲保护环境为代价。全社会要树立保护环境的理念，要将重视领导政绩和团体利益转移到考虑公众和社会利益上来。

2. 建设生态和旅游文化大省

云南具有独特的立体气候资源、多样性的生物资源、多姿多态的景观资源，发展绿色经济强省和民族旅游文化大省是云南省的最大优势和必然选择。但这些资源优势需要优越的生态环境做保障，云南省必须实施生态强省战略，换句话说，生态环境才是云南最宝贵的资源。

3. 按生态功能分区实施水土保持

可以按资源优势将云南省划分为：滇中高原功能区、喀斯特功能区和滇西北高原功能区，结合地区资源优势实施不同的水土保持生态环境建设战略。

（1）滇中高原是长江上游水源涵养的重要功能区，建设生态环境就是构筑我国生态屏障。长江流域是我国的一个关键生态区，是长江流域生态环境建设和灾害防治的关键，长江上游的天然林是我国绿色天然屏障。其水土保持生态环境建设策略包括：

A. 植被恢复策略。保护为主，恢复为辅；消除干扰，自然恢复。

B. 小流域综合治理策略。工程措施需要小型化，小型措施覆盖规模化，解决水土流失与季节干旱的矛盾。

C. 坡耕地水土保持策略。

到2012年全省应当综合治理的坡耕地面积约为4731万亩，按国家财政投资2000元/亩的标准计算，需要投入综合治理资金946亿元。如果按每年"坡改梯"10万亩，投入资金2.0亿元，则需要473年才能完成。坡耕地综合治理既需要"坡改梯"式的"深度治理"，还需要"截流蓄渗"保土耕作式的"广度治理"。从全局上需要考虑以下两方面问题：

a. 从深度和广度上形成综合治理格局。推进实施以集中连片单元为综合治理模式的坡改梯工程，形成山、水、田、林、路的综合治理格局；全面实施坡耕地"截流蓄渗"工程技术体系。

b. 云南省应该制订《云南省坡耕地综合治理实施条例》，其中应明确坡耕地从深度和广度两方面同时治理的细则。

（2）喀斯特功能区

喀斯特地区的主要困境是"环境承载力"极其低下，生态极其脆弱。遍布西南的喀斯特（岩溶）地貌是石灰岩构成的特殊生态地貌类型，其漏水少土特点，环境承载力极低，是环境极度退化与贫困的根源。喀斯特地貌上特殊的森林植被类型与生物区系一旦破坏，土壤流失殆尽，生态系统极难恢复，重新形成30厘米的土层要上百万年。

水土保持生态文明的主要策略是发展生态旅游、知识生态移民。

晋陶渊明"桃花源"是喀斯特峰丛洼地地貌优美翔实的写照，尤以神奇瑰丽的溶洞系统，使喀斯特地貌成为大自然的丰碑，是科学探险与旅游的胜境。云南省广南县的坝美就具备生态旅游的资源优势，在喀斯特地区有很多地方都具备发展生态旅游的良好条件。

知识生态移民：由于喀斯特系统低微的生产力和恢复难度极大，基本上不存在发展农牧业的潜力，该地区人民可列为"生态难民"，应引导移民。

（3）滇西北高原功能区

"高寒"限制着滇西北高原农牧业的发展。高寒草甸生产力低，冬季漫长严寒，雪灾频发，畜牧业潜力不大，舍饲规模有限。但该地区水电资源丰富。

农牧业的发展只能以粮肉当地自给为目的。水电资源开发应当注重水电开发与环境保护协调发展。

滇西北是极珍贵的生物多样性基因宝库：富有抗寒，抗旱，抗强辐射，耐缺氧，高光合效率，含有特殊次生代谢化合物等功能基因，是人类21世纪下半叶重要的食物，是医药，工业原料所依赖的基因修饰生物的功能性基因来源；因此，滇西北高原必然将是发展生物高新技术的天堂！

同时，优美的原始天然植被与景观，洁净的大气，湛蓝的湖泊，壮美的野生动物群，高原藏民族人文景观与特产工艺品。因此，滇西北高原应建成一个大的自然保护区，并可主要发展特色旅游业。

寄语

云南曾经是一个美丽的地方

云南的生态极为脆弱
云南生态已经经不起肆意破坏
为了重建我们的美好家园
保护生态环境是每个人的责任
也是实现生态文明的必然选择

李晓斌

李晓斌，教授，博士，博士生导师。云南大学民族研究院副院长，主要从事民族关系与德昂族研究，出版《历史上云南文化交流现象研究》等2部学术专著，参著3部，成果曾获云南省哲学社会科学优秀成果二等奖、三等奖。先后在CSSCI期刊上发表学术论文近30篇，部分成果被《中国民族研究年鉴》《新华文摘》作重点介绍和观点介绍。先后主持国家社会科学基金、全国教育科学"十一五"规划项目等省部级以上科研项目七项。

景颇族的历史与文化

一、导　言

景颇族是我国云南世居民族之一。景颇族的文化保存了诸多古代文化事项，这些文化事项之中带有中国西南与东南亚文化圈的很多文化特质，反映出景颇族文化的重要性。景颇族的历史与西南边疆的历史紧紧联系在一起，明清以来中国西南边疆的收缩，特别是英国殖民者侵占缅甸和向北扩张，也造成景颇族的跨国境分布格局。

（一）景颇族的人口与分布

景颇族主要分布于云南省德宏傣族景颇族自治州。据2010年全国第六次人口普查统计，全国景颇族总人口为147828人，云南省有景颇族134373人。景颇族目前主要聚居于德宏傣族景颇族自治州境内。陇川、盈江、芒市、瑞丽、梁河等五县市的山区均有分布，此外，有部分景颇族散居于怒江傈僳族自治州的片马、岗房、古浪和临沧市的耿马等地。

（二）民族名称与民族支系

景颇族是跨境民族，在中国称为"景颇"，在缅甸称为克钦，而在印度则称为"新福"或"新颇"。

生活在我国境内的景颇族，包括景颇、载瓦、浪峨（浪速）、勒期（茶山）4个主要支系以及人数较少的波拉支。其中，景颇支系习惯上又被称作"大山"，而载瓦被称为"小山"，浪峨被称为"浪速"，勒期被称为"茶山"。

（三）语言与文字

景颇支系使用的景颇语属于汉藏语系藏缅语族景颇语支，在语言特点上与其他四种语言差别较大；载瓦语支、勒期语支、浪俄语支和波拉语支相互之间比较接近，同属汉藏语系藏缅语族缅语支。景颇文字的产生经过了漫长的历史，景颇族曾经有过从物语到文字的发展过程。早在原始社会时期，景颇先民们在生产和生活的实践中，经过长期摸索，逐渐学会了用各种物件作符号记事，帮助记忆，表达思想感情，传递信息的方法。景颇族先民们使用各种实物记事的方法，记录生产生活中的重大事情，并留传给后世。在实物记事中，用得最普遍的是刻木记事、结绳记事、图画的记事和树叶传信息等。这几种记事方法，是真正文字产生之前的代用文字，它在景颇先民们的实际生活中曾起到了代用文字的作用。

1895年，美国传教士约翰逊在缅甸用拉丁字母创制了一套以景颇语为基础的景颇文，并在缅甸景颇族（克钦）中推行使用。新中国成立后，党和政府十分重视少数民族语言文字工作。新中国成立初期就派出专家对景颇族的语言文字做了全面、深入的调查研究，并对景颇文进行规范，确定以德宏傣族景颇族自治州的景颇语为基础方言，以盈江县铜壁关恩昆话的语言为标准音，并具体规定了读音规则和书写规则，确定和颁布了《德宏景颇文改进方案初稿》。同时出版了大量的景颇文教材，还建立健全了许多景颇语文机构，使景颇文得以迅速推行使用，在普及景颇文初级教育提高全民族文化素质方面起到了积极的促进作用。

二、景颇族的历史源流

（一）先秦至两汉时期的景颇族先民

景颇族源自青藏高原上的古代氐羌人。据景颇族的传说，他们的先民最早居住在青藏高原南部的"木札省腊崩"（景颇语意为"天然的平顶山"），大概从唐代开始沿横断山脉南迁。隋唐前期他们与"乌蛮""磨些"杂居在一起，说明他们是近亲，即同为古代氐羌中分化出来的不同部分。

（二）唐宋时期的发展与演化

唐宋时期，景颇族的先民被称为"寻传蛮""裸形蛮"。"寻传蛮"的绝大部分集中在南诏的西南部，即汉、晋时期的永昌郡内。南北朝以后，原永昌郡内各民族地区分裂，直到唐朝前期都不曾统一。南诏脱离唐朝之后，乃将原永昌郡之地再行统一，把"寻传蛮"重新纳入统治的范围之内。"寻传蛮"的分布区域是在今澜沧江上游以西至缅甸克钦邦东北地带。还有少部分"寻传蛮"散居在澜沧江上游以东的东泸水（今雅碧江）流域地带。《蛮书》卷二说：此"裸形蛮"又被称之为"野蛮"。这个名称显然不是他们的自称，而是因为他们"无衣服""惟取木皮以蔽形"，所以被称之为"裸形蛮""野蛮"，他们是"寻传蛮"的近亲部落群，较之"寻传蛮"似乎更为落后。他们的分布区域"在寻传城西三百里"，已经是在丽水（今伊洛瓦底江）以西。《蛮书》卷六说："丽水渡西南至祁鲜山，祁鲜以西即裸形蛮也。"丽水应即在今缅甸克钦邦密支那南部的伊洛瓦底江东岸，由此渡过丽水往西南便到祁鲜山。则祁鲜山即今缅甸克钦邦境内伊洛瓦底江西部的甘高山。祁鲜山以西是"裸形蛮"的聚居区，祁鲜山以东则为"寻传蛮"的分布区。另有一部分"裸形蛮"（"野蛮"）分布在"寻传蛮"的西北部。

（三）元明清时期景颇族的发展演化

明朝时期的"峨昌"（阿昌）仍包括近代阿昌族和景颇族中的载瓦支在内。峨昌（阿昌）的分布区域状况，仍与南诏时期的"寻传蛮"相同。各地峨昌（阿昌）的政治、经济、文化发展不平衡。在这种发展不平衡的基础上出现了阿昌与载瓦之间的差别，开始向着近代阿昌与载瓦的分化。

景颇中的另外一部分被记载为"结些"和"野人"。其分布区域在茶山长官司和里麻长官司以西的孟养宣慰司辖境内（今缅甸克钦邦至实阶区一带）。从分布区域上可以看出，"结些"和"野人"都是南诏时期的"裸形蛮""野蛮"。但"结些"已有发展变化而比较先进，"野人"则仍然落后。《百夷传》说："结些，以象牙为大环，从耳尖穿至颊，以红花布一尺许裹头，而垂带于后，衣半身衫，而袒其右肩。妇人则未详也。"又说："其人居戛璃者多。""戛璃"即"戛里"，《明史·地理志》说在孟养西南，为缅甸宣慰司与孟养宣慰司之间经常争夺的一片地方，即今缅甸实阶区西部亲敦江中游的巴卢扎瓦附近一带。《滇略》卷九说："遮些，结发为髻，男女皆贯耳佩环，性喜华彩，衣仅盘旋蔽体，饮食精洁。战斗长于弓矢，依恃象统，稍与缅同。孟养一带多其种"，"结些"是南诏时期"裸形蛮"中的一部分。至明朝时期。他们之中的农业生产已经发展了起来，农产品增多了。因而"饮食精洁"，纺织手工业生产技术也提高了，织造出来了较多的布，所以他们已经是"衣半身衫"，而且"性喜华彩"，不再像南诏时期那样"无农田、无衣服"了。大约是明朝中期以后，"结些"中的一部分开始东迁入南甸（今梁河）、陇川等傣族土司地区，与傣族、峨昌共同杂居在一起。这部分结些流入腾越土司地区之后，形成近代德宏景颇族中的景颇支。

清朝时期仍沿袭明代称景颇族为"遮些""野人"。这些都不是景颇族的自称，尤其后者是唐代以来相沿袭的、带歧视性的他称。近代景颇族自称有"景颇""载瓦""喇期""浪峨"。这些自称，清朝时期已如此，只是不见于记录，而为"遮些""野人"等他称所代替。云南境内的景颇族主要分布在永昌府（驻今保山）属土司地区（今德宏州）同族的其余部分则在茶山、里麻之外的缅甸境内（今缅甸克钦邦）。被称为"遮些"的部分较为先进。道光《云南通志》引《伯麟图说》说："遮些，男女皆穿耳，性奢，彩衣盘旋，饮食必精洁，善用火器及弩二永昌府属有之。"显然，在"遮些"中，农业和手工业都已经发展了起来，并产生了阶级的分化。他们就是延续至近代的景颇族中的大山官。被称之为"野人"的部分则仍然比较落后。康熙《永昌府志》卷二十四《种人》说："野人，居无屋庐，多有茅棚，好迁移，……一以树皮、毛布为衣掩其脐下，……执勾刀大刃猎捕禽兽，……有离腾（越）千余里者，有离腾（越）三百里者。"在这部分景颇族中，农业和手工业都还没有充分发展起来。阶级分化还不明显，甚至还没有产生阶级的分化。

三、景颇族的文化

在景颇族的文化中最具代表性的是目瑙纵歌。目瑙纵歌是景颇族全民族同庆的、最隆重的传统节日，又是最大的祭典活动。从目瑙纵歌的发展情况来看，大致可以分成三种主要代表类型：

（一）占目瑙与太阳崇拜

占目瑙的出现与太阳崇拜有关。传说远古的时候，大地上的人们并不会跳"目瑙"，只有天上的太阳神"木代"才会跳。有一年天空出现了9个太阳，不分昼夜地烧烤着大地，大地上河水被晒干，石头被晒炸，人类和各种鸟兽都面临死亡的绝境，就聚集在一起共商对策，公推百鸟到太阳宫去求太阳神。百鸟带上金银财宝，飞到太阳宫，请求太阳神每天只出一个太阳，并分出昼夜来。肩负拯救大地上的人类和生灵重任的百鸟，有幸参加了太阳宫里太阳神举行的"目瑙"，并以优美的舞姿和歌喉博得太阳神的欢心，太阳神欣然答应了百鸟的请求，将9个太阳减去8个，只剩下如今的一个。百鸟返回大地时，见一棵黄果树上结满了香甜的黄果，百鸟一时高兴，便仿照太阳神的子女，在吃果子之前，聚集在一起推选孔雀做"瑙双"（即领跳者）在黄果树上欢快地跳起了"乌目瑙"（即"鸟目瑙"）。宁贯娃，景颇族中神通广大的创世英雄，被百鸟那欢快的舞蹈场面所吸引，便情不自禁地模仿百鸟欢跳起来。不久，宁贯娃在木折省腊崩（景颇族的发祥地）日月祖宗山脚下，用手指划出平坦宽阔的"祥信央坝"作为目瑙纵歌舞场，举行了人间第一次目瑙纵歌盛会。从此，"目瑙纵歌"活动便广泛在景颇族地区流传开来。景颇人自称是太阳的儿女，"太阳神"对景颇人有养育恩泽。

天空出现多个太阳和发洪水是各族先民描述旱灾和洪涝的通常手法。而"目瑙纵歌"反映了景颇先民为了生存与自然斗争的历史，与华夏"后羿射日的传说"一样都反映了古代先民无力征服自然的现实与渴望能与自然和谐相处的愿望。所以景颇的"目瑙纵歌"有祈雨和与天有关的种种迹象。我们可以看到今天举行的"目瑙纵歌"保留有祈雨或与天有关的种种迹象：如肩扛竹筒、喷洒清水、抖动树枝或扇动扇子、擂鼓敲锣、对空鸣枪。

（二）鸟目瑙与鸟类崇拜

传说远古的时候，人们是不会跳"穆瑙"的，只有天上太阳神"木代"的儿女们会跳。有一年地上的百鸟有幸被邀请到天上参加太阳宫里的"穆瑙"盛会。返回大地时，百鸟看见一棵黄果树上结满了香甜的黄果，百鸟一高兴便学着在太阳宫里跳过的样子，在黄果树上跳起了鸟类的"鸟穆瑙"。这时刚好树下有人看见，人和鸟对了话，人们要求向鸟学跳"鸟穆瑙"，百鸟同意了。这样天上的"鸟穆瑙"才通过鸟类传到了人间。

在中国古代许多黄河流域的北方民族都存在过鸟类崇拜，如我国古代的商民族和秦民族都以玄鸟为崇拜对象。商民族的始祖契是有娀氏之女简狄吞玄鸟卵而生，他被"赐姓子氏"（《史记·殷纪本》）。"殷姓子氏，祖以玄鸟子生也。"（《白虎通·姓名篇》）秦氏族的始祖伯益是颛顼之孙女修吞玄鸟卵而生（《史记·秦本记》）。这两个民族自认为是玄鸟的后代，与玄鸟有一种亲子关系。把玄鸟作为祖先神来崇拜是这两个民族的传统的宗教观念。除了这两个民族之外，我国古代东方还有很多鸟图腾部族：舜族以凤鸟为图腾，丹朱族以鹤为图腾，后羿也以鸟为图腾，这就是古籍中所说的"鸟夷"。前边所提到的神话中的少昊之国，也是一个鸟图腾的国度。可以看出，我国古代北方民族很多都有鸟图腾崇拜。景颇族的渊源可以追溯到青藏高原，作为迁徙到南方的北方民族其文化中自然也保留有一些北方民族文化符号，鸟图腾崇拜就是一个典型标志，我们在斋瓦吟颂词和乌目瑙传说中都可以找到景颇族的目瑙受鸟类影响的方面，如饰孔雀、犀鸟头的瑙双帽、鸟类舞姿等。所以，乌目瑙的传说反映的是鸟类对景颇族生产、生活的影响，反映了在鸟类的启发下种植农作物的历史，是鸟类崇拜的体现。与华夏族丹鸟送嘉禾有异曲同工之妙，是对华夏族丹鸟送嘉禾的模仿，同样反映了景颇先民受鸟类的启发种植农作物的历史，特别是对景颇族迁徙的影响。

（三）人类目瑙与英雄崇拜

与人类目瑙有关的传说主要有两个：

其一是宁贯瓦和龙女布仁扎仙时期的传说。宁贯瓦是人类的祖先，在宁贯瓦娶龙女的传说中说，创世英雄宁贯瓦，带领人民打平了天地，造出了美丽的高山、宽阔的平坝，人民便向他交官租，拥戴他做了景颇族的第一个"山官"。人民感谢宁贯瓦，大家来商量，都说要为宁贯瓦娶个生得最好最美的王后。想去娶太阳的女儿，可太阳的女儿和宁贯瓦属兄妹关系，不能相配。于是宁贯瓦向梅里开江龙王的女儿求婚，龙王答应了这门亲事，让龙女布仁扎仙做宁贯瓦的王后，他们生下了各民族的祖先扎荣扎。这使得哥哥德鲁朋的9个儿子十分嫉妒，他们处处与宁贯瓦作对，终于与宁贯瓦展开了一场你死我活的斗争。宁贯瓦呼风唤雨，一连下了140天大雨，结果大地被洪水淹没，开始了洪水淹天的时代。到洪水退尽，躲在木鼓里的兄妹重新结婚，才又繁衍了流传至今的人类。宁贯娃的传说反映了"以父系制为社会形成的祖先崇拜和英雄崇拜的宗教信仰得以确立"。

其二是宁贯娃与目瑙的传说。传说百鸟在仿照太阳神的子女，在黄果树上欢快地跳起了"鸟目瑙"（即"鸟目瑙"）时，景颇族中神通广大的创世英雄宁贯娃，被百鸟那欢快的舞蹈场面所吸引，便情不自禁地模仿百鸟欢跳起来。不久，宁贯娃在木折省腊崩（景颇族的发祥地）日月祖宗山脚下，用手指划出平坦宽阔的"祥信央坝"作为目瑙纵歌舞场，举行了人间第一次目瑙纵歌盛会。从此，"目瑙纵歌"活动便广泛在景颇族地区流传开。

在三种目瑙中最先出现的是占目瑙接下来的鸟目瑙，最后出现了包含有英雄人物的目瑙。在这一过程中，目瑙不仅保持着宗教活动的色彩，而且逐渐地演变为具有震慑百姓、威胁敌人、象征富有特权的功能，目瑙从最初的自然崇拜的宗教活动，向英雄崇拜发展，从而逐渐地演变并具有了震慑百姓、威胁敌人、象征富有特权的功能，他在原有的对太阳神和鸟类崇拜的内容的基础上，纳入了统治阶级的思想意识，反映统治者的愿望。因此，景颇族三种目瑙的传说反映了景颇族社会从自然崇拜到英雄崇拜的发展，也反映了其社会发展演化的历史进程。

参考文献

［1］云南省编辑组.景颇族社会历史调查：（一）（二）（三）［M］.昆明：云南人民出版社，1986.

［2］尤中.云南民族史［M］.昆明：云南大学出版社，1994.

［4］刘刚.景颇族文化史［M］.昆明：云南民族出版社，2002.

［5］尚正宏.景颇族文化中鸟的形象及其内涵［J］.云南民族大学学报，2005（1）.

［6］石木苗.景颇目瑙探源［M］.昆明：云南民族出版社，2000.

吴宝璋

云南师范大学历史学教授、硕士生导师。主要研究方向：云南地方史、旅游文化等。代表作品有：《云南抗日战争史》《云南导游必备手册》《中国导游十万个为什么·云南卷》等。

现任：云南省中国近代史研究会会长、云南省文物局专家组成员、昆明市政协文史委员会顾问。

2010年以来，曾在云南电视台"云南讲坛"主讲《云南陆军讲武堂》《滇西抗战》《光辉的历程·中共云南地方组织奋斗史》等专题，在"云岭大讲坛"主讲《云南人的状元情结》《享誉世界的西南联大》等专题。

中国第四大名楼——大观楼

1998年7月30日，为了迎接次年5月1日举办'99昆明世界园艺博览会，昆明市园林局和大观公园召开"关于恢复和发展大观公园历史文化人文景观实施方案论证会"。笔者应邀参加了这个会议，并提出大观楼是"中国第四大名楼"的观点，与会专家学者均表赞同。从此以后，云南媒体也采用了这一提法。大观公园内还制作了"中国四大名楼"展示室。1999年出版的笔者主编的《云南导游必备手册》，2000年出版的笔者统稿的《昆明导游辞》，在大观楼部分，均明确称大观楼为"中国第四大名楼"。大观楼何以称中国第四大名楼呢？

一、"名楼"问题的提出

长期以来，我国将湖北黄鹤楼、湖南岳阳楼、江西滕王阁，并称为"江南三大名楼"。所谓"江南"即长江以南。

1989年，国家旅游局在全国进行了首次导游资格考试。次年国家旅游局人教司正式编写出版了考试培训教材，其中《导游基础知识》有"江南三大名楼"的内容。书中是这样写的：长江中游"沿岸历史上久负盛名的三大名楼：武昌的黄鹤楼、岳阳的岳阳楼、南昌的滕王阁"，"早已成为游览地"。[1]

5年后，《导游基础知识》修订再版。其中关于江南三大名楼的表述改为

---

1 《导游基础知识》第92页，旅游教育出版社1990年版。

"江南三大名楼一阁"[1]这一提法的变化是加进了太白楼，并将其与黄鹤楼、岳阳楼并称为"江南三大名楼"，而滕王阁单独提出来称为"一阁"。太白楼，位于安徽马鞍山采石矶，为纪念李白在此醉酒跳江捉月溺水身亡而建。应该说，知道太白楼的人并不多，也就是说它的知名度是不太高的。因此，称其为"名楼"名不符实。

这里就提出一个问题：为什么历史上将黄鹤楼、岳阳楼、滕王阁称为"江南三大名楼"？换言之，神州大地楼阁众多，难以胜数，哪些可称"名楼"，是否有一个标准？

二、"名楼"应该有其标准

据记载，江南三大名楼是历史形成的，且成名较早，大约在宋代就开始有"江南三大楼阁"之称。以后，历代相沿，其知名度之高，可谓脍炙人口。历史上之所以将这三座楼阁称为"三大名楼"，应该说是有其标准的，笔者以为这个标准即：文凭景生，景借文传。也就是说，先有一个景（楼），后来凭借这个景（楼）产生了文，而后凭借着文，这个景（楼）就名传遐迩，成为名楼。这里要强调的是，使三大名楼声名远播的文是名篇，是千古佳作。

下面，按照上述名楼标准，对江南三大名楼进行阐释。

1. 黄鹤楼与崔颢的《黄鹤楼诗》

黄鹤楼坐落在湖北武汉长江之滨，蛇山之巅，面对长江中的鹦鹉洲。始建于三国时期吴国黄武二年（223年）。当时蜀汉刘备率十几万大军伐吴，孙权建楼以作军事观察之用。

关于此楼为何以黄鹤命名，传说不少，主要有三：其一，《南齐书》载，"仙人王子安乘黄鹤过此"，故名。其二，三国蜀汉丞相费祎"登仙，每乘黄鹤于此憩驾"，此说载于《太平寰宇》。其三，为民间传说：黄鹤（鹄）矶头有一片酒店，一道人常来酌饮却从不付钱，而店主辛氏始终以礼相待。后来，道人在店墙上画一黄鹤，酒客来店拍手，黄鹤即下而起舞。如此，酒店顾客盈门，辛氏致富。十年后，道人复来，驾鹤而去。辛氏感念道人，建楼而名为"黄鹤"。

1　《导游基础知识》第94页，旅游教育出版社1995年版。

黄鹤楼建成后，曾屡毁屡建。每次重建，层高和形制均不尽相同，然都称宏伟轩昂。清代同治七年（1868年）所建的黄鹤楼，高三层，平面为12角，檐角起挑极高，四望如一。该楼毁于清末光绪十年（1884年），这也是黄鹤楼历史上最后一次被毁。

现在的黄鹤楼，为1981年重新修建，以同治楼为原型设计，1985年竣工。钢筋水泥仿砖木结构，主楼高5层，51.4米，平面依然12翘角，屋檐飞展，辉煌璀璨，雄伟壮观，美轮美奂。

黄鹤楼历代吸引无数文人韵士登临游览，吟诗作赋，留下许多名篇佳作。其中最著名的首推唐代崔颢《黄鹤楼》七律：

昔人已乘黄鹤去，此地空余黄鹤楼。黄鹤一去不复返，白云千载空悠悠。晴川历历汉阳树，芳草萋萋鹦鹉洲。日暮乡关何处是？烟波江上使人愁。

崔颢（？～754年），汴州（今河南开封）人，唐开元进士，天宝时任尚书司勋员外郎。他的这首诗巧妙地运用了黄鹤楼的优美神话传说，大写意地描画出那个时代人们登楼吊古怀乡所常有的感受，然而其吟唱游子羁旅人生的茫茫心绪感情真挚，气概苍莽，非他人所能比。因此，清人沈德潜评此诗"意得象先，神行语外，纵笔写去，遂擅千古之奇"（《唐诗别裁》卷十三）。南宋文论家严羽则称此诗为"唐人七律第一"（《沧浪诗话》）。该诗艺术上出神入化，又被称为题黄鹤楼的绝唱。崔颢也因此诗而跻身中国古代最著名诗人之列。

由于对此诗的推崇，元人辛文房在《唐才子传》又有这样的记载：李白登黄鹤楼本欲赋诗，因见崔颢此诗，遂为之搁笔，说："眼前有景道不得，崔颢题诗在上头"。后人还据此建"搁笔亭"，以作纪念。此说未必真有其事。因为事实上李白不仅有写黄鹤楼的诗，而且数量多达十几首，也写得非常好，比如《黄鹤楼送孟浩然之广陵》《与史郎中钦听黄鹤楼上吹笛》《鹦鹉洲》《登金陵凤凰台》等。其中，《黄鹤楼送孟浩然之广陵》[1]流传甚广，脍炙人口。当然，说李白推崇崔颢并非空穴来风，《鹦鹉洲》[2]和《登金陵凤

1　《黄鹤楼送孟浩然之广陵》：故人西辞黄鹤楼，烟花三月下扬州。孤帆远影碧空尽，唯见长江天际流。

2　《鹦鹉洲》：鹦鹉来过吴江水，江上洲传鹦鹉名。鹦鹉西飞陇山去，芳洲之树何青青！烟开兰叶香风暖，岸夹桃花锦浪生。迁客此时徒极目，长洲孤月向谁明？

凰台》[1] 两诗的前四句格调与崔颢如出一辙[2]。这一情况恰好说明李白确实对崔颢的看重和推崇。

总而言之，黄鹤楼与崔颢《黄鹤楼》诗，诗以楼出，楼以诗兴，诗与楼共名。

2. 岳阳楼与范仲淹《岳阳楼记》

岳阳楼坐落在湖南岳阳西门城墙上，濒临洞庭湖。相传，楼始建于三国时期，为孙吴将军鲁肃训练水师的阅兵楼（一说为谯楼）（清同治《巴陵县志》）。唐开元四年（716年），中书令张说贬守岳州，扩建此楼，因楼在天岳山之南，遂名为岳阳楼。

从唐开元张说扩修岳阳楼后，唐宋著名诗人李白、杜甫、白居易、孟浩然、刘禹锡、李商隐、欧阳修、陆游等先后登楼赋诗。这些名家的艺术渲染使得岳阳楼声名远播。其中，杜甫《登岳阳楼诗》至今脍炙人口："昔闻洞庭水，今上岳阳楼。吴楚东南坼，乾坤日夜浮。亲朋无一字，老病有孤舟。戎马关山北，凭轩涕泗流。"

此后至清代的1000多年中，由于水患和兵燹，岳阳楼屡经兴废。现在的岳阳楼是清光绪六年（1880年）重建的，三层木结构，通高19.42米，三重檐。其盔顶为我国古代建筑中所罕见，是我国现存最大的盔顶建筑，也是"江南三大名楼"中唯一保持历史原貌的文物古迹。1988年，国务院公布为全国重点文物保护单位。

关于岳阳楼最著名的文字莫过于宋朝范仲淹《岳阳楼记》。《岳阳楼记》产生的经过，范仲淹在该记中说得明白："庆历四年春，滕子京谪守巴陵郡。越明年，政通人和，百废俱兴，乃重修岳阳楼，增其旧制，刻唐贤今人诗赋于其上，嘱予作文以记之"。下面将滕子京及其嘱范仲淹写记的有关情况作必要的介绍。

滕子京（990～1047年），河南府（今洛阳）人，号宗谅。与范仲淹为宋真宗祥符八年（1015年）同科进士，曾任刑部员外郎、天章阁待制等职，因负才尚气，倡进革新，屡遭贬谪。宋仁宗庆历四年（1044年），又遭诬陷而被降为岳州（今岳阳）知州。重修岳阳楼是其一生最重要的事迹。新楼"增

1　　《登金陵凤凰台》：凤凰台上凤凰游，凤去台空江自流。吴宫花草埋幽径，晋代衣冠成古丘。三山半落青天外，一水中分白鹭洲。总为浮云能蔽日，长安不见使人愁。

2　　《唐诗鉴赏辞典》第367页，上海辞书出版社，1983年版。

其旧制，刻唐贤今人诗赋于其上"，滕子京犹觉不足，以为"山水非有楼观登览者不为显，楼观非有文字称记者不为久，文字非出于雄才巨卿者不为著"[1]。于是他亲拟《求记书》，并请名家画了一幅《洞庭晚秋图》，一并派人送好友范仲淹。范欣然命笔，遂有《岳阳楼记》传颂千古。

范仲淹（989～1052年），字希文，吴县（今苏州）人，祖籍邠州（今陕西彬县）。少时家贫而志向远大，常"以天下为己任"。登进士后，仕至枢密副使，参知政事，亦曾率兵镇守延安，抵御西夏。庆历三年（1043年）提出十项改良政治的方案，因当朝保守势力反对而失败。而后外任知邠州、邓州等地。《岳阳楼记》于庆历六年（1046年）撰于邓州（今南阳、邓州市一带）任所。

《岳阳楼记》作者未到过岳阳楼，看图作文，堪称文章大家。记文大量入用赋体，整饬对仗，韵和音律，铿锵润畅，如珠走玉盘，内容博大，哲理精深，气势磅礴，在艺术性和思想性均超迈创新。首先，写景剪裁精当。"巴陵胜状"仅数笔带过，而以"前人之述备矣"一句高度概括。其次，文情并茂，情景交融。以景抒情，寓情于景，景为情生：喜则万物皆明，悲则诸景俱暗。再次，亦即最重要的是，说理申志，提出自己的忧乐观，在思想上突至历史的高度。在表述忠君的封建思想的同时，更阐释了忧国忧民的民主思想，从此"先天下之忧而忧，后天下之乐而乐"作为中华思想宝库的精华而千古传诵。此乃全文的核心。正是它使记文成为绝妙佳作，进而使岳阳楼身价陡升，美名永垂。

3. 滕王阁与王勃《滕王阁序并诗》

滕王阁位于江西南昌城章江门与广润门间的赣江东岸，背城临江，面对西山。阁始建于唐高宗永徽四年（653年），为唐高祖第22子、太宗李世民之弟李元婴所建。当时李元婴在南昌任洪州都督，贞观十三年（639年）时被封为滕王，因此，他所建的此阁被称为"滕王阁"。

滕王阁是中国毁建次数最多的名楼，前后达29次，仅在始建的唐朝就有多次重修重建，清代260多年间则多达14次。滕王阁第28次重建是清同治十一年（1812年）。1926年10月，北伐军进攻南昌，北洋军阀邓如琢负隅顽抗，下令焚阁。南昌光复后，成立了以郭沫若为主任的江西人民裁判逆犯委员会，将纵火犯张凤歧、岳思寅处以极刑。现在的滕王阁是江西省人民政府

1　《中国山水文化大观》第361页，北京大学出版社1995年版。

1985年重建，历时4年，1989年秋竣工。原阁高3层27米，现高9层57.5米。新阁恢宏壮观，集中体现了一个主题"物华天宝、人杰地灵"，不愧为"瑰玮绝特"的历史评价。

滕王阁是兼有岳阳楼和黄鹤楼的名胜，即既有岳阳楼观赏的美景，又有黄鹤楼临险的形胜；在唐德宗贞元六年（790年）和唐宪宗元和十五年（820年）两度重修之后，文学家韩愈作《新修滕王阁记》，其中写道："愈少时，则闻江南多临观之美，而滕王阁独为第一，有瑰玮绝特之称"。明清以后，滕王阁更被称为"江南第一楼"。1300年中，到过滕王阁题诗作记的名家多达几百人。然而，最著名者，使滕王阁万古流芳者则是王勃和他的《滕王阁序并诗》。

王勃（649～676年），字子安，绛州龙门（今山西稷山）人，出身书宦人家，唐初王绩之侄孙，"初唐四杰"之首。年少即博学多才，17岁被沛王召为修撰侍读。因性格耿直高傲，加之其文得罪权贵，遂被革职，且其为太常博士的父亲也被贬为交趾（今越南）令。

唐肃宗上元二年（675年），王勃去交趾探父，乘舟到达南昌。适逢九九重阳，洪州都督阎伯屿重修滕王阁竣工盛宴宾客。受邀者皆为达官贵人，文辞超绝、抱玉怀珠者百余人。阎都督本想在盛宴上让女婿吴子章拿出事先写好的滕王阁序以炫露文才。席间，遍请宾客作序，大家心里甚明，均推让不写。坐于末席的王勃年少气盛，竟不加推辞，写就了千古绝唱。关于此事，冯梦龙《醒世恒言》中"马当神风送滕王阁"有精彩描写：

王勃受纸笔，阎大为不快，退至内屋，叫下吏看王下笔，写一句向他通报一句。王勃起句为"南昌故郡，洪都新府"；阎听后道"此乃老生常谈"。第二句"星分翼轸，地接衡庐"，阎听后说"此故事也"。往后再听不语，听到"物华天宝""人杰地灵"等语，曰"此子欲与吾相见也"。及至"落霞与孤鹜齐飞，秋水共长天一色"，阎听罢，不觉以手拍几道："此子落笔若有神助，真天才也"，而后更衣复出至座前，称"观子之文，乃天下奇才也"。待文成之后，阎携王勃之手，请他上坐，称赞道："帝子之阁，风流千古，有子之文，使吾等今日雅会，亦得闻于后世。从此洪都风月，江山无价，皆子之力也，吾当厚报"。

事情至此，本应结束。然而有一人高声道："此乃旧文，吾收之久矣，何能将先儒遗文，伪言自己新作，曚昧左右，当以盗论"。阎与众人望去，说话者乃吴子章。吴随即当众背诵，从头至尾，竟无一字差错。众大疑，王勃虽大惊但"颜色不变"，他佩服吴的记性之好，徐徐问道："公言先儒旧文，别有诗乎？"吴子章道："无诗"。王勃又问众人："此文为旧文，后有诗八句，诸公莫有记之者否？"问之再三，人皆不答。王勃乃拂纸如飞，有如宿构：

> 滕王高阁临江渚，佩玉鸣鸾罢歌舞。画栋朝飞南浦云，朱帘暮卷西山雨。闲云潭影日悠悠，物换星移几度秋。阁中帝子今何在？槛外长江空自流。

阎与众人看毕，再看吴子章，已大惭而退。阎都督乃赠五百缣及黄白酒器共值千金。如此看来，王勃的滕王阁诗是很重要的。通常说到王勃与滕王阁，多说其序，而在冯梦龙的神奇传说里，王勃的诗起到了决胜的重要作用，我们应该将其与序同样对待。王勃的滕王阁序并诗，千百年来放射光彩，其中的许多内容都成了脍炙人口、人们耳熟能详的名言格句，是中华民族文化宝库的精华。

综上所述，"江南三大名楼"的产生和成大名，充分体现了中国名楼的标准。下面我们用名楼的标准来对照和分析大观楼。

三、昆明大观楼与大观楼长联

1. 大观楼

大观楼始建于清康熙二十一年（1682年）。湖北乾印和尚在"近华浦"始创一寺，称观音寺。乾印和尚在寺里讲《妙法莲华经》，听者甚众，来往不绝。从此，此地成了昆明近郊的名胜。

康熙二十九年（1690年），云南巡抚王继文路过此地，见这里湖光山色优美，视野开阔，于是大兴土木，挖池筑堤，种花植柳，兴建了两层木楼及周围建筑。因面临滇池，登楼四顾，景致极为辽阔壮观，故名"大观楼"。

清道光八年（1828年），云南按察使翟锦观将大观楼由二层建为三层。咸丰五年（1855年），咸丰帝向云南晋宁人何彤云询问云南滇池形势。何曾任侍讲学士，官至兵部、户部侍郎。何盛言"滇池之水，浩浩荡荡，不知几百里。白浪高于山，不风常自起"。咸丰帝随即书"拔浪千层"御赐，至今该匾仍悬挂在大观楼上。

历史上，大观楼曾两度遭到兵火和大水毁灭，光绪九年（1883年），云贵总督岑毓英命住持性田和尚重修，保留至今，这就是我们今天看到的大观楼。

大观楼为三层方楼，三重檐四角攒尖顶，高18米；底层面阔17米，进深10米。内有木梯可达三楼。登楼远眺，湖光山色，景致极为壮观。

2. 大观楼长联

大观楼建成之后，吸引了远近文人墨客登楼赏景，吟诗作赋，极一时之盛。三百年来，大观楼留下许多佳作名篇。其中最享盛誉的是孙髯所作的长联。

孙髯（？～1774年），字髯翁，号颐庵，祖籍陕西三原，是康乾之际昆明的寒士。他天资聪颖，应童试时目睹考生被搜身后才放入考场，认为这是"以盗贼待士也，吾不能受辱"，然后掉头而去，从此不再参加科举考试。因此他一生没有功名，但博学多识，傲然不屈；晚年生活贫困，在圆通寺咒蛟台卖卜为生。他坚毅乐观，喜种梅花，自号"万树梅花一布衣"；后往其子所在弥勒处。今弥勒县有孙髯墓。

孙髯翁的大观楼长联共180字，全文如下：

五百里滇池奔来眼底，披襟岸帻，喜茫茫空阔无边。看：东骧神骏，西翥灵仪，北走蜿蜒，南翔缟素。高人韵士何妨选胜登临。趁蟹屿螺洲，梳裹就风鬟雾鬓；更苹天苇地，点缀些翠羽丹霞，莫孤负：四围香稻，万顷晴沙，九夏芙蓉，三春杨柳。

数千年往事注到心头，把酒凌虚，叹滚滚英雄谁在？想：汉习楼船，唐标铁柱，宋挥玉斧，元跨革囊。伟烈丰功费尽移山心力。尽珠帘画栋，卷不及暮雨朝云；便断碣残碑，都付与苍烟落照。只赢得：几杵疏钟，半江渔火，两行秋雁，一枕清霜。

译成白话文，其内容如下：

五百里浩瀚的滇池，在我眼前奔涌，敞开衣襟，推开冠戴，这茫茫无边的碧波，多么令人欣喜啊！看吧：东方的金马山似神马奔驰，西边的碧鸡山像凤凰飞舞，北面的蛇山如灵蛇蜿蜒，南端的鹤山如白鹤翱翔。诗人们，何不选此良辰登上高楼，观赏那：螃蟹似的小岛，螺蛳般的沙洲；薄雾中的浓树垂柳像少女梳理秀发一般摇曳；还有那漫天的水草遍地的芦苇，以及点缀其间的翠绿的小鸟和几抹灿烂的红霞。尽情观赏吧，切莫辜负了滇池四周飘香的金稻，明媚阳光下的万顷沙滩，夏日叶绿花红的芙蓉，春天依依的杨柳。

数千年的往事，涌上我的心头，举起酒杯，仰对长空感叹，那些滚滚如流水的英雄，而今还有谁在呢？试想：汉武帝为打通西南到印度的通道，在长安开挖昆明湖操练水军；唐中宗派兵收复洱海地区，立铁柱以记功；宋太祖手挥玉斧，面对版图，将西南划在界外；元世祖率大军跨皮囊渡过金沙江，统一了云南。这些伟业丰功，真是费尽了移山的心力啊！但是朝代更替之快，有如晚上的雨早晨的云一样的短暂，连幕帘都来不及卷起就很快消失了；就连那记功的断石残碑，也都倒卧在苍烟落日之中。到头来，只留下几声古寺稀疏的钟声，半江暗淡的渔火，两行孤寂的秋雁，一枕清冷的寒霜。

仅这样译为白话，下联中有关云南历史的四个典故仍没有说清楚。为了更好地理解长联的内涵，现再将这四个典故作一解释。

汉习楼船：西汉武帝为了联络大月氏夹击匈奴，派张骞出使西域。张骞在大夏国（今阿富汗）发现有一条西南通往印度贩运丝绸的古道。汉武帝派人寻找这条古道，结果在云南洱海一带受到昆明族的阻挡，未能找到。于是他下令在首都长安挖一人工湖，名为"昆明湖"，操练水军，准备攻打昆明族。

唐标铁柱：公元8世纪初，唐朝与吐蕃在洱海地区争夺统治权。707年，唐中宗李显派御史唐九征率兵入滇，拔除了吐蕃的据点，从而恢复了对洱海地区的统治。于是唐九征便立铁柱以记功。

宋挥玉斧：北宋太祖赵匡胤在平定四川之后，手持玉斧（文房用具）沿地图上大渡河一划，说："此外非吾有也"。自古帝王开疆拓土都雄心勃勃，为何宋太祖要将云南划在界外呢？这是因为北宋不像汉唐那样国力强盛、疆域辽阔；加之它总结唐朝扶持南诏而南诏反而叛唐的教训，因此将云南划在域外，并不愿与大理国结为君臣关系。

元跨革囊：1253年，蒙古大汗派忽必烈率军攻云南，计划先灭大理，对南宋形成包围态势，最终灭之。忽必烈率10万大军来到金沙江畔，下令将牛羊杀死，逅剥其皮，将颈、肛门和四肢等处扎紧，充气后做成皮囊，用以渡江。就这样，蒙军渡过金沙江，灭了大理国，将云南归于元的统治之下。

孙髯翁长联既出，因其社会内容深广，一扫他人俗唱，轰动一时。昆明名士陆树堂以行书将其写出刊刻，挂于大观楼前，"闻者莫不兴起，冀一登为快"。

3. 大观楼长联被篡改和重立

（1）阮元篡改长联。

道光年间，云贵总督阮元嗅出了长联的叛逆气息，对长联进行了篡改。最突出的是将"北走蜿蜒，南翔缟素"改为"北倚盘龙，南驯宝象"，隐含他效忠北方清廷，以"驯"云南人民之意；还将"伟烈丰功"改为"爨长蒙酋"，把原指的封建帝王改为地方民族首领，使长联主题思想由反封建而变为维护封建统治。其余的如将"披襟岸帻"改为"凭栏向远"，"梳裹就风鬟雾鬓"改为"衬将起苍崖翠壁"，"心力"改为"气力"等等，极大地削弱了原联的思想内涵和艺术性。

阮元将篡改的长联刊刻挂出取代了原长联。一时间，阮元的所作所为引起滇中人士的耻笑，当时有民谣讥讽道："软（阮）烟袋（芸台）不通，萝卜韭菜葱，擅改古人对，笑煞孙髯翁"。直到阮元调离他任之后，大观楼又换上孙髯翁的原联。经过改换，孙联更广泛地为人们所传诵。

阮元（1764～1849年），字伯元，号芸台，江苏仪征（今镇江）人。清乾隆年间进士，历任漕运、两湖、两广总督。道光六年（1826年），调任云贵总督；道光十五年（1835年），调京任体仁阁大学士。应该说，阮元并非庸才，为官也多有建树，而且还是个饱学之士，曾著有《十三经注疏校勘记》，纂修《云南通志稿》等，亦多有诗文传世，其《游黑龙潭看唐梅二律》中的诗句"千岁梅花千尺潭，春风先到彩云南"，即是脍炙人口的佳句。

很显然，他篡改长联不是出于不通文墨，而是政治立场所决定。作为清王朝的封疆大吏，他曾明白地说过："孙髯原联，以正统之汉、唐、宋、元伟业丰功，总归一空为主，岂不驳驳乎说到我朝（清）？"历史已成过去，长联仍在楼壁，而阮元改联之事则成为笑柄流传。

（2）岑毓英重立大观楼长联。

咸丰七年（1857年），大观楼与长联同时毁于兵燹。同治五年（1866年），大观楼重建。光绪十四年（1888年），大观楼长联得以重新书刻悬挂出。此事与两个人密不可分：岑毓英和赵藩。

岑毓英（1829～1889年），广西西林人。咸丰七年（1856年）带兵入滇助攻杜文秀起义军，因军功而历任知县、知府、布政使，云南、贵州、福建巡抚，同治十三年（1874年）任云贵总督。任总督时，曾督师出越南，大败法军于宣光、临洮等地。和阮元不同，岑毓英对孙髯长联十分欣赏。光绪十四年（1888年），正值岑毓英60大寿，欲做善好之事以祝寿，在赵藩的建议下重立大观楼长联。

赵藩（1851～1927年），云南剑川人，白族。清举人，才学颇著，书法亦精。光绪十二年受聘出任云贵总督岑毓英幕宾，并兼其子的家庭教师，深受信用。岑毓英的三子岑春煊一直对赵藩存有师生情谊。赵藩对大观楼长联非常喜爱，对孙髯十分推重，曾写有《咒蛟台》诗赞孙髯翁：奇句蛟龙服，应逾禁咒严。此台巍不动，千载属孙髯。

因此，当岑毓英向他征询60寿庆做何善事时，他即建议岑重立大观楼长联，岑也当即让他书丹，时年38岁。他的长联楷书由颜体蜕出，苍润浑厚，极显功力，一经悬出，即受到称赞，谓其书法艺术与长联文学艺术"珠联璧合"。120多年来，赵藩书丹、岑毓英重立的大观楼长联对宣扬传播长联功不可没。

4．对大观楼长联的赞誉

经过历史的风雨沧桑，长联受到越来越多的称誉和赞扬。

（1）吴仰贤将大观楼与黄鹤楼并提。

咸丰六年（1856年），浙江嘉兴人吴仰贤放滇为官，任云南县（今祥云县）知县。他到昆后，观读了大观楼长联，认为长联气势磅礴，意境高远，颇有苏轼《念奴娇·赤壁怀古》豪雄气概，足与崔颢《黄鹤楼》相媲美，遂写下七绝一首《追思孙髯翁》：

铁板铜琶鞺鞳声，髯翁才气剧纵横。

楼头一百八十字，黄鹤题留万古名。

吴仰贤高度赞赏大观楼长联，认为长联定当万古流传，他是第一个将大观楼与黄鹤楼并提的人。

（2）刘润之称长联为"海内第一"。

民国年间，刘润之在《滇南楹联丛钞·跋》中写道："孙髯翁大观楼楹联，大气磅礴，光耀宇宙，海内长联，应推第一"。刘润之这一评论影响广泛。此后，大观楼长联就被称为"海内第一长联"。

（3）由云龙认为大观楼与岳阳楼、黄鹤楼"一样雄奇"。

由云龙（1876～1961年），云南姚安人，清光绪举人，北京京师大学堂肄业，后留学日本；曾任云南教育总会副会长，云南教育司长、代理省长、省参议会议长等职；新中国成立后曾任第一、二届省政协副主席。由云龙曾撰大观楼联：

与岳阳黄鹤相衡，一样雄奇各有大名垂宇宙；

揽昆海碧鸡之胜，同来眺赏莫将佳月负春秋。

该联明确提出大观楼与岳阳楼、黄鹤楼"一样雄奇"，因为它们都有名篇佳作传世，所以"各有大名垂宇宙"。作者是第一个将大观楼与岳阳楼、黄鹤楼相提并论的人。

（4）梁章钜对长联的臧否。

梁章钜（1775～1849年），福建长乐人，嘉庆七年（1802年）进士，官至江苏巡抚、署两江总督。一生著述甚富，有《楹联丛话》《楹联续话》《巧对录》等70余种。被称为中国研究楹联系统分类的第一人。其《楹联丛话》对对联的发展产生了很大影响。他将孙髯大观楼长联收入《楹联丛话》并加以评价：

胜地壮观，必有长联始称，然不过二三十余字而止。惟云南省城附郭大观楼一楹帖，多至一百七十余言，传颂海内。虽一纵一横，其气足以举之，究未免冗长之讥也。

按上联之神骏指金马，灵仪指碧鸡，蜿蜒指蛇山，缟素指鹤山。皆滇中实境。然用替字，反嫌妆点。且以缟素为鹤，亦似未安（应为妥——笔者著）[1]。

梁章钜对大观楼长联评价可解读如下，肯定的方面有三：第一，他注意到了长联之长，是前所未有的。第二，长联气势"足以举之"。第三，长联已"传颂海内"。否定方面有三：第一，嫌长联太长，"究未免冗长之讥也"。第二，对滇中实境"用替字，反嫌妆点"，且"以缟素为鹤，亦似未妥"。第三，对阮元篡改之联不加否定，并收入书中。此外，他说长联"多至一百七十余字"，不准确，显得态度不认真。

总的来说，梁章钜对大观楼长联赞否均有，尤为重要的是他说长联"传颂海内"是客观的，对长联的进一步传扬是起到了重要作用的。

（5）毛泽东高度赞誉长联"从古未有，别创一格"。

毛泽东很喜欢大观楼长联，能背诵如流。一次中央开会，他对云南的

1　梁章钜《楹联丛话》第92-93页，商务印书馆1935年4月版。转引自《毛泽东读文史古籍批语集》117-118页，中央文献出版社1993年版。

一位领导说：你们那里是"四围香稻，万顷晴沙"，有"九夏芙蓉，三春杨柳"。

1958年3月，毛泽东在成都主持召开中央工作会议。期间，在当地借阅了一批书籍，其中梁章钜《楹联丛话》有关于大观楼长联的内容。毛泽东非常关注，读得十分认真，在一些字句旁还划了圈点；针对梁文说长联"一百七十余言"，旁批"一百八十字"；看到梁文说长联"究未免冗长之讥也"，在这句话旁划了一道竖线（此书是竖排本），并斜线拉出批道："从古未有，别创一格，此评不确"。当看到书中收录的阮元篡改孙髯翁长联，旁批："死对，点金成铁"。

毛泽东作为当代诗人和辞章大家，超迈古今。当年重庆谈判期间，一首咏雪词在山城掀起了《沁园春》热，国民党组织步韵之词无数，然而无一匹敌。他对大观楼长联高度赞誉，精当中肯，影响巨大。

（6）董必武赞评"髯翁长联语，今古情怀馨"。

董必武（1885～1975年），湖北红安人，前清举人，老同盟会会员，辛亥革命元老，中共一大代表，新中国成立后历任最高人民法院院长、国家副主席等职。

1959年10月19日，董必武游览大观楼，一揽湖山胜景，品读长联，即兴赋长诗《游昆明大观楼》。诗中高度赞扬"髯翁长联语，今古情怀馨"。

（7）郭沫若盛赞"长联犹在壁，巨笔信如椽"。

郭沫若（1892～1978年），四川乐山人，现代杰出诗人、作家和史学大学，邓小平称他是鲁迅之后"我国文化战线上又一面光辉的旗帜"。

1961年1月，郭沫若游大观楼之后，写《登大观楼即事》诗：

果然一大观，山水唤凭栏。

睡佛云中逸，滇池海样宽。

长联犹在壁，巨笔信如椽。

我亦披襟久，雄心溢两间。

郭诗手迹今悬挂在大观楼，已脍炙人口。此诗气势浩大，笔力雄健，不仅赞美凭栏远眺的景色，更以"巨笔信如椽"盛赞长联作者的超高水平。

（8）陈毅评长联，独重其预言"腐朽制度终崩溃"。

众多对大观楼长联赞评之中，元帅诗人陈毅独抒己见，从政治上给予高度赞扬。1963年12月，陈毅泛舟滇池，看到"船舱壁间悬孙髯翁大观楼长联"，读后喜赋："滇池眼中五百里，联想人类数千年。腐朽制度终崩溃，新兴阶级势如磐。诗人穷死非不幸，迄今长联是预言"。

（9）笔者提出大观楼为中国第四名楼

鉴于以上对大观楼长联的众多评价，在吴仰贤将大观楼与黄鹤楼并提，由云龙把大观楼与岳阳楼、黄鹤楼齐观的基础上，笔者总结历史上江南三大名楼的标准，向前又迈进一步，将大观楼与岳阳楼、黄鹤楼、滕王阁等江南三大名楼共论，提出大观楼为中国第四大名楼。

四、余论

1. 鹳雀楼算中国第几名楼？

10年前，笔者在一次讲完《中国第四大名楼——大观楼》之后，一位听众提问：鹳雀楼算不算中国名楼？若算可列第几？

笔者毫不犹豫回答：鹳雀楼肯定属中国名楼。因为完全符合本文所论"名楼"标准，产生过千古名篇——王之涣《登鹳雀楼》：白日依山尽，黄河入海流。欲穷千里目，更上一层楼。此诗虽仅20字，但千百年来脍炙人口，连三岁稚童都会背诵。特别是最后两句，古往今来作为勉励人们不断努力，更进一步的警句格言，从而也把鹳雀楼刻在天下人的心中。

至于可列第几，笔者以为可列第五。因为，当笔者20世纪90年代称大观楼为中国第四大名楼时，此楼尚未重建，2002年重建落成，只好屈尊第五。鹳雀楼故址在今山西永济市西黄河岸边，南望中条山，北承龙门壶口；始建于北周，经唐历宋，毁于元初，付缺七百余年。1997年12月30日重建开工，2002年9月26日竣工落成。重建之楼总高73.9米，超过重建的滕王阁和黄鹤楼，可谓后来居上，堪称中华名楼第一高者。

当然，考虑到排名困难，还有一法，排名不分先后，统称中国五大名楼。

2009年6月，中央电视台拍摄系列电视片《中国名楼》，已不止5座，其中，拍摄大观楼时，笔者作为被采访的主讲者之一。9月，该片在中央电视台播出。

随着旅游业的发展，加上神州大地胜迹之盛，中国名楼的内涵和外延也在不断扩展，欲称名楼者甚众。其中，各地著名楼阁单位自发组织中国名楼协会，并召开年会。2012年，中国第九届名楼年会在昆明召开，大观楼公园做东道主。此次会议有10个名楼单位参加，除了前面所论的五大名楼外，还加上：山东蓬莱阁、南京阅江楼、长沙天心阁、宁波天一阁、西安钟鼓楼。其中，天一阁、钟鼓楼已和本文所论名楼标准完全不一样了。本次会议还提出十大名楼联合申报世界文化遗产。

同年9月，中国文物出版社推出"中华历史文化名楼"丛书，共有11座名楼，除了上述10座之外，还加上杭州城隍阁。

一些书刊和媒体提出的名楼还有：浙江嘉兴南湖烟雨楼、贵阳甲秀楼、成都望江楼、广州越秀山镇海楼（还应包括杭州吴山东麓镇海楼、福州越王山镇海楼两座），以及安徽马鞍山的太白楼等，一共18座。当然，许多都与本文所论"名楼标准"不符。如此一来，这些名楼当分若干类型，甚至可以产生"名楼学"。然而，这已非本文所能完成的任务了。

2. 大观楼与大观园

有导游试图将大观楼和《红楼梦》大观园进行联系，问于笔者。笔者认真思考，应该说大观楼和大观园两者是可以进行联系和比较的。首先，大观楼长联作者和《红楼梦》作者在三个方面有相似之处。其一，孙髯（？~1774年）、曹雪芹（1715~1767年），两人大体生活在同一时代，即清康熙、乾隆年间。其二，两人有相似的家庭背景。曹雪芹之父曾任苏州织造、江宁织造，乾隆皇帝六下江南，多次迎驾，但后来被告发抄家，从此家庭变故，衣食难继。孙髯，从小随父来昆，其父为中级武官，家境堪称富裕。父死，家道中落，终生未取功名，乃一介布衣，晚年穷困，靠卖卜为生。其三，两人都有强烈的反对封建统治的思想。"存在决定意识"，两人共同的人生经历，决定了他们对封建统治有深刻的认识，进而在各自的作品中都预言封建统治必将衰落、崩溃。《红楼梦》的结局是贾史王薛四大家族破败，最后是白茫茫一片落得个大地真干净。大观楼长联则直言："伟烈丰功，费尽移山心力，便断碣残碑，都付与苍烟落照。"

其次，孙髯、曹雪芹都用自己的智慧和辛劳，创造出不朽的文学作品，在艺术和思想上都达到了他们所处时代的顶峰。作为中国重要的文学样式——楹联，大观楼长联在思想艺术性两个方面，可谓登峰造极，后人仿作无数，但至今未有超越者。《红楼梦》被誉为中国传统小说的巅峰之作，在世界文学史上享有盛誉。毛泽东把《红楼梦》称作中国封建社会的百科全书，他认为"《红楼梦》是中国古典小说中写得最好的一部"。鲁迅说"自有《红楼梦》出来以后，传统的思想和写法都打破了"。

3. 旧话重提：两点建议

1998年7月30日，笔者在本文开头说的论证会发言中曾提几点建议。其中之一是在大观楼旁树立艺术性好一些的孙髯翁雕像。很快，雕像树立起来。然而还有两点，时至今日笔者以为更为重要，事关文化事业发展的需要和综合国力软实力的建设。因此，仍旧话重提。

第一，在大观楼公园建"中国楹联博物馆"。理由之一，大观楼长楼有"海内第一长联"之誉。理由之二，有云"滇人善联"，除孙髯大观楼长联外，还有窦垿岳阳楼联[1]、赵藩成都武侯祠联[2]等。因此，在此地建此博物馆，当属名至实归，当之无愧。博物馆展列内容应该有：中国楹联的产生、发展历史，中国楹联研究历史和现状，中国古今著名楹联，中国楹联名著和大家，以及播放电视连续剧《联林奇珍》等等。

第二，将大观楼长联收入中学语文教材中。此事可向教育部有关部门申请。在我国现行小学和中学语文教材中，主要的中国文学样式（诗经、楚辞、先秦散文、汉赋、唐诗、宋词、元曲、明清小说，以及论语、史记等经、史、子、集各个方面）皆有范文收入，唯独作为中国重要的文学样式——楹联是缺位的。时至今日，不要说祖国名山大川、各著名风景名胜都有大量楹联，只说每逢春节和重要节庆，城乡的家家户户及一些单位都要张贴楹联。应该说，楹联在中国人的生活中是不可或缺的。因此，应该在青少年中补上这一课。

1　窦垿岳阳楼长联：一楼何奇，杜少陵五言绝唱，范希文两字关情，滕子京百废俱兴，吕纯阳三过必醉，诗耶、儒耶、吏耶、仙耶、前不见古人，使我怆然涕下；诸君试看，洞庭湖南极潇湘，扬子江北通巫峡，巴陵山西来爽气，岳州城东道疆岩，潴者、流者、峙者、镇者，此中有真意，问谁领会得来？

2　赵藩武侯祠联：能攻心则反侧自消，从古知兵非好战；不审势即宽严皆误，后来治蜀要深思。

辛 勤

　　辛勤，出生昆明，1960年9月昆明师专文史专业毕业，到呈贡教书。1969年9月调县委宣传部工作。1980年9月调云南人民出版社当编辑，参与创办云南省少先队队报《蜜蜂报》，后任主编。2000年退休，热心青少年社会教育工作，2005年任云南省家庭教育研究会副会长。同年，获中央宣传部、中央文明办、共青团中央、教育部、文化部、全国妇联等十部委授予的"青少年社会教育银杏奖·突出贡献奖"。今任《昆明日报·家庭教育文摘》主编。先后在北京、上海、重庆、四川、贵州、云南出版各类专著30余部，中国作家协会会员。热心演讲活动，云南省演讲协会常务理事。2000年获首届"红河杯"全国演讲大赛特等奖。

"老吾老"新解

孟子说："老吾老，以及人之老；幼吾幼，以及人之幼，天下可运于掌。"意思是说，我怎么尊奉自己的长辈，就怎么尊奉别人的长辈；我怎么爱抚自己的后代，就怎么爱抚别人的后代，这样天下就可以掌控在手心里了。这句话，很多人只讲前半句，不讲后半句，显得很不完整。这次谈"新解"，我想完整地说说它。

孟子的原话，前一个"老"是动词，是指对长辈的态度，和与态度相对应的行动；后一个"老"是名词，指长辈，或者年长于自己的人。孟子见梁惠王，梁惠王请教他治国之策，他谈了很多见解，这只是其中的一点。孟子主张治国要推己及人，仁者爱人。他不讲改造人，只讲以人为本，讲人性的善的回归。这句话与孔子的"己所不欲，勿施于人"，老子的"圣人无常心，以百姓心为心"是一个意思。这里要注意，有人讲，以人为本就是要尊重人性。我认为，我们要尊重的是人性中的善的东西。人性中的恶的东西，我们不仅不能尊重，还要把它抛弃。这一点千万不能含糊。

今天讨论这句话，我想拓展开来，说些想法。祖宗有很多很好的认识。这些认识我们应该继承和发扬，继承是本义的理解和践行，发扬是认识的延伸和拓展。只有理解和践行，没有延伸和拓展，就是简单的复古，而不是与时俱进。复古是没有希望的，必须与时俱进才能古为今用。现在有不少人主张复古，一字不动地背诵经典，一成不变地照经典做人。说老实话，我们想回去也回不去了。就像猿进化为人，可以；人退化为猿，办不到了。我们只能往前走，拦脚绊手的东西只能改革。

"老吾老"的前一个"老"字，是尊奉的意思。"老吾老"，就是我尊奉我的长辈。尊，是尊重，是应抱的态度。奉，是奉养，是恭恭敬敬地赡养，是实实在在的行动。奉养不是流行歌曲唱的"常回家看看"，不是简单的"捏捏肩""洗洗碗"。现在把"常回家看看"立法，实在逗人好笑。

尊奉长辈有四个问题要追问：一、你有没有尊奉长辈的心意；二、你有没有尊奉长辈的能力；三、你会不会尊奉长辈；四、你尊奉长辈的效果好还是不好。1979年，获得诺贝尔和平奖的德雷莎修女说："传递爱与尊严，比给予食物更重要。"爱与尊严，"老吾老"要的就是这个东西。听说欧洲有不少国家的餐馆，有个规矩。有的爱心人士进去用餐，买双份，一份自用，一份捐出。捐出的那份，餐馆用小牌子写了挂在墙上。有需要的人，指一指那块小牌，服务生就会取下那块小牌，恭恭敬敬给你送上小牌上写明的东西。这真是不显山不露水，捐献的人心甘情愿，接受的人心安理得，服务生做得自自然然。这才叫"传递爱与尊严"。

这一点，昆明市团结镇有一位了不起的爱心人士叫代琼兰。她创办的"喜福乐养老院"，就是标准的"爱与尊严"的养护所。代琼兰25岁开始做这个事业。有一天，她发现村里的疯癫老人王刚躺在乱草堆里已经奄奄一息。看老人随身携带的烂麻袋里，除了几个发霉的洋芋，什么也没有。再不管他，老人必死无疑。代琼兰是一个年轻的媳妇，管家还轮不到她。她收容这位老人，自己不能做主，只好去求公公婆婆。处境的艰难使她深知，光有爱心是不够的，还必须有爱的能力。从此，她开始创业。养猪、开推土机、承包砂石料场，每天五点起身，要忙到夜里11点多。经过二十多年的努力，身上不知蜕了多少层皮，她终于有了爱的能力，自己说了算，一次投资一千多万元，建起了有120个床位的敬老院，名字就叫"喜福乐"。喜，孤寡老人有了家，老人们喜，代琼兰喜，政府的民政部门更喜；福，老人们吃穿不愁，觉得自己享福了，代琼兰也觉得收容老人，是福临自家的门。乐，碰到了问题。有一天，代琼兰发现双腿萎缩的邓志彬老人不乐。问老人，老人说，我一个废人还有什么乐？代琼兰发现问题，花四千多元帮老人治病，每天陪着老人恢复双腿的行走功能。躺了三年的老人下地了，他要求干活，扳苞谷，捡豆角。老人们一看，心不废，人就不废，纷纷要求各尽所能，会绣花的绣花，会编笤筐的编笤筐。劳动使他们找回尊严，他们这才真的乐了！

代琼兰现在也60多岁了。她从25岁做养老事业，用一生告诉我们一个道理："老吾老"，不是一个简单的常回家看看的问题。"老吾老"问题复杂，需要新的探索。云南省现在60岁以上的老人已有500多万，占全省总人口的12%。500万，这可不是一个小数目。如果这500万人，都等着儿孙、等着单位、等着国家来尊奉自己的"老"，那要苦死多少人！烦死多少人！累死多少人！

为儿孙分忧，为单位分忧，为国家分忧，我们不能不来好好地讨论讨论这个问题。

下面，我就自身的一些体会，说几点看法。

"老吾老"，我们现在来说后一个"老"。

后一个"老"，指老人。现在有个"老"的年龄界限：60岁。60岁，就是昆明市可以领取公交爱心卡的年龄。我们提到年龄，不能只谈一个生理年龄。人除生理年龄之外，还有一个心理年龄，一个智慧年龄，一个业绩年龄值得探讨。

生理年龄，很多人认为没法掌控。理由是地球以每秒29.8公里的速度绕太阳转一圈，我们的生理年龄就长一岁，谁也不能减缓地球的转速，不能给它刹车。很多人都说，这就是命，我们没办法改变，我们只能认命。乐观的人最多能够这么想，反正一天24小时，笑着过，哭着过，都是过。不如笑着过，我们改变不了地球的状态，我们就改变自己的心态。每天醒来，叫一声："太好了，新的一天又开始啦！"走出家门，太阳那么新鲜，血流那么畅快，看什么都顺眼，听什么都顺耳，说什么都顺口，做什么都顺手，走什么路都顺路，自然顺心顺意，顺风顺水。

这不错！这很好！

我原来也是这么看待生理年龄的，但现在我有了新认识。最近，我看到一本推荐一种保健品的书，书上有四个字："增生活化"。我很喜欢这四个字。它告诉我们，人过60，不要老想着防老。老是防不住的。现在有不少养生经，研究的也是防老。我认为，防老是被动的。我们要看到，机体老化只是生命现象的一个侧面，这个侧面因为我们看得见，摸得着，被人为地放大了。生命现象还有很多侧面，这些侧面因为隐蔽，潜在，处于库存状态，却被我们忽视。这里就有一个生命潜能的"增生活化"问题。我们只要找到适合自己的有效的"增生活化"生命潜能的方法，我们就有可能在生命领域"推陈出新""老当益壮""老树开新花"。这一点，我会在心理年龄中接着谈到。

　　心理年龄，由人的成长心理的有与无、强与弱、持久与不持久决定。人不要追求成熟，而要追求成长。成熟是阶段的，成长才是终身的。成长心理要求我们有目标，有追求。人生贵在何处？贵在延伸。退休了，原单位把你坐了几十年的那把交椅收回去了，让给别人坐去了。这时候，你如果能延伸一下自己的目标，重整一下自己的追求就会退而不休，老有所为。我们身边这样的老人并不少。有的换一个岗位接着干一干，失落的心马上就会重新昂奋起来。大家看看那个"位"字，岗位的位，位置的位。一个单人旁，一个立起来的立。它告诉我们，你是人，你只要有一点能够立起来的本事，你就会在社会上找到自己应有的位置。我1980年参与创办《蜜蜂报》，深入学校、社区、农村、工矿、部队，采访、写稿、编稿，培养小作者，培养通讯员，做了不少开创性的工作。这些工作既使我一天天变老，也使我退休之后还不老。我在单位，单位是我的圆心，单位的需要是我的半径，我就那么画了40年的圆。我退休了，发展自我是我的圆心，社会需要是我的半径，到目前为止，我又画了15年的圆。可以这么说，我真正开始画自己的圆是60岁后的事。60老了吗？祖宗说："16花季，60花甲。"16花季，人生之花刚打骨朵。60花甲，人生之花开到60岁，开得正好。这话提醒我，人在60之后，还应该有一段极盛到逐渐衰减的人生花期。2000年，我刚退休，就碰到一件好事。2000年5月，《演讲与口才》杂志社、中国教育电视台、云南省演讲学会、红河卷烟厂联合举办首届"红河杯"全国演讲大赛。云南代表队组建老中青三结合的队伍参赛。当时，我61岁，在127位选手中年龄最大。那次大赛，我凭着长期的积累，厚积薄发，战胜22个省市自治区的126位选手，拿了冠军。它让我对"老"字有了新的认识。

　　"老"，可以组成很多词。含贬义的有：老气、老迈、老朽、老犯、老鬼、老贼；老一套、老古董、老掉牙、老观念、老油条、老木头、老毛病、老天真、老冤家、老作风、老伙子、老狐狸、老家伙、老牛筋、老混账、老糊涂、老顽固、老不死；老脸厚皮、老气横秋、老奸巨猾、老生常谈、老牛破车、老弱残兵、老不中用、老不正经。含褒义的有：老实、老练、老成、老道、老手、老辣；老好人、老黄牛、老模范、老战友、老搭档、老伙计、老典型、老传统、老经验、老客户、老关系、老同学、老字号、老来俏、老来红；老瓶新酒、老树新花、老骥伏枥、老当益壮、老来得子、老成持重、老将出马、老马识途、老谋深算、老有所为、返老还童。数一数，褒贬几乎各占一半。我们老了，为什么只会想贬义的，不会想褒义的呢？参加全国演讲大赛，我当时的心理就是：我老，我就要老谋深算；我老，我就要老马识途；我老，我就要老树开新花。演讲比赛，一比谁的稿子好，二赛谁最能亲近听众。很多年轻选手只懂前一点，不懂后一点。他们登台只顾表现自己，眼中只有评委，心中没有听众。他们不知道，演讲要靠演讲者与听众互动才能完成。离开听众，演讲者就是在说自来话。决赛到了即兴演讲的白热阶段，主持人给每个选手一个机会，让他在抽题之前，向听众说一句心里话。这是拉近演讲者与听众的距离，实现演讲者与听众互动的好机会。可惜绝大多数选手只顾张扬个性，表现自己，张口就是豪言壮语，力量使偏了。我老谋深算。主持人报节目说："辛老师，你是选手中年龄最大的一位，你今天想对大家说点什么？"我接过话筒就叫："我老啦！"听众一听，忍不住哄堂大笑。等笑声停了，我才接着说："我希望，今天所有的年轻选手，都超过我！"掌声响起来了。显然，听众觉得我态度老实，良心不坏，既是个老好人，又是个好老人。他们同情我，用掌声鼓励我。等掌声停了，我才提高嗓门呼喊："我们的国家，我们的民族，只有让所有的年轻人都超过老年人，才有希望！"这一下，掌声、欢呼声都起来了。等到我正式出场，我发现台下的1400位年轻听众都心向我了。我抽到的题目是"正气歌的联想"。开篇，我说："古今中外的仁人志士谱写了不少的正气歌，我能记住的只有两句：一句是'人生自古谁无死'，还不等我说下句，所有的听众一起呼喊：'留取丹心照汗青'！我说'生命诚可贵'，他们就呼喊'爱情价更高'！我说'若为自由故'，他们就呼喊'两者皆可抛'！"那一天，我一点不觉得自己老，要说老，就是老马识途，老当益壮！我的体会是，要保持心理年龄的年轻化，就要自觉地延伸自己的人生目标，自觉地为难自己。人的生命潜能无比深广，足够我们一辈子去开发。开发生命潜能的钥匙有三把：一把是适度锻炼，别让筋骨生锈；二把是合理营养，让它增生活化我们的组织细胞；第三把是最重要的一把，就是自找难题，延伸自己的人生目标。这三把钥匙，前两把开启机体的潜能，后一把开启精神的潜能。这就能使我们老而不衰，衰而不朽，朽而不腐。当然对这一切，我们一定要有浓厚的、持久的、强烈的兴趣。没有兴趣，现在叫你去当新郎，恐怕你都打不起精神。

　　说到智慧年龄，我主张老年朋友多有一点爱好。很多人都说，人从脚下老；我个人却认为，人从脖子以上的部分老起。为了不让脖子以上的部分老化，办法就是不让脑子闲着。有点爱好很重要，不管爱好什么，只要你钻进去，就会有学问。什么叫专家？人家不专，你专，专出成果，你就是专家；什么叫学者？人家不学，你学，学出水平，你就是学者。关键是要有爱好。打麻将，你不要只管输赢，研究一下，难说麻将会给你什么新的启示。养猫养狗，种花种草，玩古董，学跳舞，写生画画练书法，360行，随便钻一行，你都会开心益智。老年痴呆怎么来的？优哉游哉闲出来的。日子好过，衣食无忧，不思进取，不要说普通人，就是诸葛亮都会患老年痴呆症的。

有一次，我在一个公园里碰到一位"鸟仙"。他的鸟笼只要往树上一挂，别的鸟再要挂上去就要自觉地交费。鸟笼挂满了，他的鸟开始唱了，别的鸟就跟着唱。有人告诉我，鸟仙神了，眼看不行的鸟到他手上，两个月就能变鲜活；不会唱的鸟，到他手上，一个月就能唱得欢。我访问鸟仙，鸟仙说："我是鸟的主人，也是鸟的仆人。"他喂鸟的水，是从西山取来的。他喂鸟的食，要选新上市的五谷，淘洗，晒干，磨成粉；牛羊猪鸡的精肉，切成薄片，晒干，冲碎；然后用蜂蜜拌匀，用手轻轻搓成颗粒，晒干，筛出均匀的颗粒。他给小鸟洗澡，用的也是山泉水，晴天，分季节量水温，用尖嘴小壶淋着，每滴水珠落在小鸟身上，都像珍珠一样溅开。想想那情景，多美，多享受！老不可怕，怕的是无所事事，没有本领又不肯学，一个劲觉得自己老了、衰了、不中用了。老年人聚在一起，不要只会问最近吃着什么药。不要只会交流吃药的经验。要问，最近在干什么。这个时代太好了。谁能埋没你呢？除了你自己，谁也埋没不了你。

业绩年龄要知其足知其不足，有所为有所不为的人才能拥有。这种人，知其足，不再奢谈不着边际的宏伟蓝图；知其不足，在不断的不知足中改进自己，完善自己，不断提升自己的自信力。自信力强的人，平和，安顺，稳健，不骄不躁，不温不火。这种人，不容易患什么疑难杂症。中医谈通而不痛。通，首先是气通。气通，血脉就通。血脉通，五脏六腑就一通百通。这里说的业绩，是指退休之后的业绩。当年的业绩不谈了，好汉不提当年勇。退休之后的业绩，已不论大小，更不论高低与贵贱，有一点就值得骄傲，就值得津津乐道。人嘛，损人利己的是坏人，损人不利己的是蠢人，利己不损人的是常人，利己也利人的是好人，利己更利人的是大好人，毫不利己专门利人的是圣人。我们首先做好常人，争取做好人和大好人。圣人，我看就算了。为圣人鼓掌，见圣人鞠躬是应该的，学嘛难了，起码我做不到。孔圣人，很多帝王都把他捧得很高，但真按他的话办的几乎没有。"己所不欲，勿施于人"，有几个人，尤其是手中有权的人照着做了？我们退休了，最好的办法就是收缩虚幻的，延伸可行的，打消花哨的，延伸有效的，把自己做好。

我有个同事，叫杨磊。他中风偏瘫，右手不能动了。有人认为他完了，生命不打句号，事业也到终点站了。杨磊这个人，他活着总想做点事。病情平稳一点，他就开始用左手练习写字，从一二三写起。用块夹板，把纸夹在板子上，写写写。后来就默写唐诗宋词，再后来就写书，一本32万字的书千辛万苦写好了。修改一遍，修改好了，抄誊一遍。32万字，抄誊一遍，他丝毫没有感到痛苦。他说，一边抄一边字斟句酌，心里那个快乐。他没有等着谁来尊奉自己。他的书出版了，他活得更有滋味了。他到欧洲七国，回来又写了不少东西。瞧，这就是他写的书，我带来了，大家瞧瞧。

说完这些，再返回"老吾老"中的前一个"老"字，我们就更好谈了。前一个"老"，孟子的原意是尊奉。尊，尊敬；奉，奉养。尊是态度，奉是行动。尊奉老人，孟子谈的是晚辈对长辈的尊奉。我个人的新解，就是老人不能等着别人来尊奉，等着社会来尊奉。老人要学会自己尊奉自己。尊就是自尊，奉就是自奉。我前面提到的代琼兰，她办的"喜福乐敬老院"就是提倡自尊、自奉的。她只是创造条件，提供机会。她的养老院是把"他尊""他奉"与"自尊""自奉"结合起来。因为结合得好，所以120位老人"喜福乐"了。事实告诉我们，尊奉不管有多少方式，有多少内容，核心要点只有两个字：自爱。

我们已经有几十年不谈自爱了。要谈爱，大一点就只谈热爱祖国、热爱人民、热爱中国共产党，小一点就只谈爱家、爱校、爱单位，就是不谈爱自己。一谈自己，就显得自私，而私又认为是万恶之源。其实，我们弄颠倒了。请想想，我们连自己都不爱，都爱不好，怎么去爱自己身外的一切呢？老强调"忘我"有什么好处呢？我们几十年哄着自己过来了，自然会产生一种心理：觉得我读书是为国家读的，我工作是为单位出力的，我奋斗是为养家的，现在我老了，家就应该无条件来回报我，单位就应该尽可能来补偿我，国家就应该出台一些好政策来尊奉我。一旦家回报不好，就骂天骂地；一旦单位补偿不好，就怨气冲天；一旦国家的政策包办不好，就骂大街。进入老龄社会，这么多老人等着别人来爱，爱得了吗？爱得好吗？如果我们"老吾老"，我尊奉我的老，我不仅有尊奉我的老的意识，而且有尊奉我的老的能力，我还尊奉得对头，尊奉得有效，我们不就老有所依，老有所乐了吗？老有所依，依就是依靠。老年人首先要有这样的观念：千依靠，万依靠，最可依最可靠的还是自己。自立者才能自爱，自助者才能自尊。老有所为，为就是做。老了，自己真能给自己做主了，首先要想的就是我还能做点什么。找一个新的岗位，接着上班，继续发挥所长；自己开辟一个领地，二次创业；参加合唱队、舞蹈队、演出队，四处"疯烧"；摄影、垂钓、登山、打牌、领孙孙……只要不发呆，能使自己快乐就行。幸福是河里的鱼虾，要去逮；是山上的菌子，要去捡。幸福不是毛毛雨，不要眼巴巴地等着它从天上掉下来。

老了，有白发为证。这是事实。老了，要好好消化自己已经拥有的，而不要老盯着自己没有的。自己已经拥有的东西，在消化中可以适当延伸。自己没有的，有的已不必拥有，想都不要去想。人生的大彻大悟就是六个字："拿得起，放得下。"

我进入75岁之后，决定这样"老吾老"：我15年不办爱心卡，到哪里坚持骑自行车。偶尔乘一次公交车，塞一块钱过去，心里踏实，没人让座，还非常高兴：看来我还不老，还无须怜悯。我坚持给一些孩子上课，坚持在省内外搞一些讲座，开讲就站着，几个小时，权当练气功。我写作不断，不让脑袋空白，防止老年痴呆症过早产生。我找到一个防老的心理秘诀：睁眼看人，看谁都觉得该谢。比我老的该谢，他们还活得那么新鲜，对我是个鼓舞；比我小的该谢，他们教我电脑技术，让我不断进步，赶上时代的步伐。老了，有时回忆过去，更觉得相处过的人都该谢。栽培过我呵护过我的该谢，漠视过轻视过我的更该谢，因为没有漠视就没有珍视，没有轻视就没有重视；支持过我推动过我的该谢，阻碍过我毁损过我的更该谢，因为没有阻碍就没有超越，没有毁损就没有塑造。有人说，人老了，骨头会缩，心会变小，气会变短。我还没有这种感觉。我还在人生的路上前行。有时想起国际歌，最不敢忘记两句话：

"从来就没有什么救世主，也不靠神仙皇帝。"

靠什么呢？靠自己，靠自己还不想老的心，靠自己还不肯停下的脚步，靠自己会吐纳一种气。这种气天会给你，地会给你，人会给你。这种看不见，摸不着，但实实在在萦绕在我们身边的气，全靠我们自觉地、积极地、有效地去吐纳。吐，吐出俗气、怨气、窝囊气；纳，纳进雅气、志气、和乐气。人活一口气，气有多长，命就有多长。这口气，就是把天气、地气、人气交融在自己身上，再让它焕发出来的。有的老人觉得自己孤苦，就是因为他不会吐纳这口气。他只有他自身那口气。他那口气越喘越弱，他还指望谁来救赎他呢？我相信采气的说法。我国的名山大川，泰山、黄山、华山、嵩山、衡山、武夷山、峨眉山、鸡足山，有我的足迹；我国的渤海、东海、南海，我游过泳；黄帝陵的古松，黑龙潭的唐梅，长城的老砖头，交河古城的残垣断壁，我都跟它们合过影。别说这是虚的。心中有，它自然就有。当然，三气之中，人气第一重要。男女老幼，人人身上都有气，看你会不会采。这些说不完，以后有机会，我们再交流。

　　"老吾老，以及人之老；幼吾幼，以及人之幼，天下可运于掌。"作为个人，孟子说的"天下"，就是你自己。每个人都是一个独立的"天下"。"天下可运于掌"，这个"运"字特别好。如果换成"握"于掌，那就死了。"运"是动态的，活的。我们一定要让自己的"天下""运"起来。命运，命运，命是父母给的，它是一个无比广大的数；运是我们的后天的行动，运的目的就是把命这个数一点一点地开发出来。你开发的越多，业绩越大，福寿越长。"寿比南山，福如东海"。南山，我去过。它在南海边，传说是观音的修炼之地。整个南山苍翠欲滴，千年古木随处都是，住在南山的长寿老人特别多。南山长寿，因为它不拒小土，据说现在还在长高，可叫终身成长。我们要寿比南山，就要学学它这种品质。东海，我游过泳，它纳百川，至今滴水不减。想福如东海，那就要像东海那样纳百川。老了，还像南山，还像东海，寿不长才怪，福不广才怪。

晓 雪

晓雪，原名杨文翰，1935年1月生，白族，云南大理喜洲人。1956年毕业于武汉大学中文系。大学毕业论文《生活的牧歌——论艾青的诗》1957年由作家出版社出版，是我国第一部系统评论艾青的专著，也是新中国成立后的第一部现代作家论。著有诗集、散文集、评论集26部和《晓雪诗集》6卷。1986年《晓雪诗选》获全国第二届优秀新诗（诗集）奖，1996年获意大利蒙德罗国际文学奖特别奖，2003年获第五届中国少数民族文学研究突出贡献奖，2010年获中国当代杰出民族诗人诗歌奖，2012年10月获王中文化奖，2014年4月获国际诗人笔会授予的中国当代诗魂金奖。有些诗文被翻译成英、法、日、意、西班牙、缅甸、泰国等国文字。曾任中国当代文学研究会副会长、中国当代少数民族文学研究会会长、名誉会长，中国少数民族作家学会副会长、中国诗歌学会副会长、名誉会长、中国南社暨柳亚子研究会副会长、云南省文联党组副书记、副主席，云南省作协主席、云南诗书画院院长、云南文史研究馆馆员。

学习写作体会

如果从1952年发表第一篇短文《一篇富有教育意义的杰作——读方志敏〈可爱的中国〉》算起，我学习写作已有62年。我写东西不算多，一共出版了三十多本书，发表、出版的作品全部加起来，不过500万字左右。比起只比我大两个半月的王蒙来说，他不久前出版的《王蒙文集》有45卷，1700万字之多，我差远了。有人夸我说："你著作等身。"太过誉了。我身高1.81米，距离"著作等身"还远得很哩！对于诗，对于文学艺术，我始终既热爱，而又敬畏，所以，虽已到耄耋之年，被称为老诗人、老作家，但仍然每天都在学习。

今天同大家谈的，也只能算学习写作的体会，归纳起来就是：树立一个信心，养成四个习惯，努力做到八个结合。

一

树立一个信心：相信自己。

每个人来到世上，都有自己立脚的土地和成长的天空，都有自己独具的生命活力和潜在能量，都是可以生根、发芽、开化、结果的，都是可以有所前进、有所创造、有所作为、有所贡献的。只要你坚持不懈地刻苦努力、奋发图强。

人有高矮，才有大小。但尺有所短，寸有所长。要相信自己总有自己的长处。要相信"天生我材必有用""有志者事竟成"。从小立定志向，一生坚定不移地学习、磨炼、探索、前进，一步一个脚印地向着自己的目标走下去，不怕道路崎岖，不畏艰难困苦，梦想总会实现的。即使登不上珠穆朗玛峰，攀上三四千米的高峰总是可以的。

比如写诗。诗是心灵之歌，是精神的花朵，智慧的果实，爱和美的结晶，是最精炼、最精粹、最精彩、最精妙的一种文学形式，是文学中的文学，是文学皇冠上的明珠。因此，要写好诗，确实是很不容易的。我从小喜欢诗，11岁时就写过一首受到老师表扬的短诗，但我认为那是小学老师的鼓励，我那几句分行排列的句子还不能算真正的诗。大学一年级时，我寄出去的诗稿都被退回来，我产生悲观情绪，认为写诗是需要天赋的，自己缺乏这方面的天分，恐怕这辈子是与诗无缘了。所以一度不敢再动笔写诗。但不写了，仍喜欢读，我如饥似渴地读着中外诗歌名著，读着大学图书馆里能找到的各种诗集，也读着全国各地报刊上发表的各类诗作，也读一些外国的诗歌理论和我国古代的诗话、词话，对诗的特点有了进一步的了解，对诗的好坏优劣有了自己的看法，知道中外诗歌中确有许多脍炙人口的名篇佳作，但二三流的诗也不少，而且就是赫赫有名的大诗人，如李白、杜甫、苏东坡或拜伦、雪莱、普希金，他们的诗也不是篇篇都好、句句都好。报刊上不断发表的诗，更不是篇篇都好。诗是诗人真情实感的自然流露。"诗在生活中，也在你的心里""有人，有爱，就有诗"。我们的生活里，人生的旅途上充满了诗。自己心中也有爱，在生活中也有真情实感，也常常感受到诗情画意，为什么别人能写出诗来，自己却不能呢？到大学三四年级时，我又开始利用课余时间写起诗来。先在校刊上发表，在同学中朗诵，后来我的诗也就陆续发表在公开发行的报刊上。我感到，写诗既不简单，也不神秘，关键是：要相信自己。

路是人走出来的。奇迹是人创造的。文学经典也都是人写出来的。你如果对写作有兴趣，就坚持不懈地努力下去，一定会有所收获、有所成就的。法国作家布封说："才气就是长期的坚持不懈。"美国大科学家爱迪生说："天才是百分之一的灵感，百分之九十九的汗水。"俄国化学家门捷列夫说："天才就是这样，终生劳动，便成天才。"这些至理名言，是大师们的经验总结和成功"秘诀"，是一切有志者攀登科学文化高峰的必由之路和必然规律。

二

养成四个习惯：看（观察）、读（阅读）、想（思考）、写（写作）。

要想从事写作这个行业，不论是写诗、写散文、写小说、写报告文学或别的文章，首先要养成随时随地注意观察、多看看的习惯。要充分运用自己的眼睛，对周围的人物、事物，对自己的亲人、朋友，对日、月、星、辰，对气候变化、时序更替，对山水风光、树木花草，对飞禽走兽、晨霭晚霞，对宇宙万物、一切的一切，都应带着浓厚的兴趣，注意观察，用心地看。注意和不注意，用心和不用心，有兴趣或没有兴趣，是大不一样的。如果你有兴趣，注意观察，用心去看，你就会觉得太阳每天都是新的，你就会对许多东西，包括司空见惯的东西，都有一种新鲜感，都会有新的发现、新的感受、新的体悟、新的收获。否则，你就会视而不见，听而不闻；去过的地方，浏览过的风景名胜，等于没有去；经历过的事情，见到过的人物，事后就模模糊糊，想不起来，说不清楚；回忆起来，要想写点什么，也就无从下笔了。所以一定要养成，不论到哪里、做什么事情，每天都要注意观察、多看看的习惯。

大家都知道高尔基的名言："书籍是人类进步的阶梯。"被称为20世纪我国文学祖母的冰心对少年儿童和广大读者的期望和勉励，就是"读书好，多读书，读好书"。古今中外许多时代伟人、许多科学文化大师都是喜欢读书、善于读书并且读书最多的人。杜甫"读书破万卷"，白居易读书读得"口舌生疮"，才成为大诗人。林语堂博览群书、学贯中西，才敢说自己"两脚踏东西文化，一心评宇宙文章"。钱钟书早在清华大学外文系当学生时，就以"横扫清华图书馆"的气魄穷读万卷读书，才在后来建起一座"文化昆仑"。毛泽东也正是因为酷爱读书而又善于运用才成为一代伟人的。他"嗜书如命，书以伴行，书以伴眠，甚至书以伴厕，直到生命的最后一息"，他说过："我一生最大的爱好是读书。""饭可以一日不吃，觉可以一日不睡，书不可以 一日不读。"从《列宁全集》可以看出，列宁引用的书籍达16000多册，其中俄语书12000册，外语书4000多册，可见列宁阅读之广泛。法国著名的科幻小说家儒勒·凡尔纳，写过小说100多部，受读者欢迎的程度仅次于大仲马，他去世后，人们在他的书房里发现他亲笔写的读书笔记有25000本之多，不知他一生读过多少书！

我没有这些大人物读得多，但我一生最大的爱好也是读书。我认为，要学习写作，读书比什么都重要。一定要养成读书的习惯，把读书当成一种需要，一种本能的精神追求，一种像吃饭、喝水一样每天必不可少的营养补充。池田大作说得好："每个人身上都有无限潜能的大地，耕耘这片大地的'锄头'就是阅读。"

无论是看与读——观察和读书，都必须同思考结合起来。孟子曰：心之官则思。人与动物的区别，就在于人除了劳动之外，还有头脑，会动脑筋思考。要学会思考，勤于思考，善于思考，经常思考，养成"多思""多想"的习惯。多想出智慧，多想出哲理，多想出妙计，多想出诗文。"眉头一皱，计上心来"。许多发明创造，许多宏伟蓝图，许多艺术杰作，都是多想——反复思考的成果。柴可夫斯基说过："灵感不会去拜访思想上的懒汉。"艺术创作的灵感也同科学发明的"灵机一动一样"，稍纵即逝，似乎很神秘，但其实它就是一个"悟"字，是热爱生活者的爱的飞溅，是激情充沛者的情的彩虹，是勤于思考者的思想火花。宋人陆桴亭说："人性中皆有悟，必功夫不断，悟头始出，如石中皆有火，必敲击不已，火光始现。"创作的灵感，正是诗人在生活体验和艺术实践中"功夫不断""敲击不已"反复思考的情况下产生的。1982年5月，我到湖北秭归参加屈原诗会，见到路边立着郭沫若书写的两块碑："楚大夫屈原故里""汉昭君王嫱故里"。我想到秭归原来既是屈原的故乡，也是王昭君的出生地，一个是大诗人，一个是大美人，他们有什么共同之处呢？从他们的人生，我想到"爱国""多情"……于是有了点"灵感"，当天就写下一首短诗：

> 这里出最美的美人，
>
> 这里出最好的诗人，
>
> 是因为这里山清水秀？
>
> 是因为这里人杰地灵？
>
> 对祖国，美人像诗人一样忠诚，
>
> 对人民，诗人像美人一样多情；
>
> 为什么诗好人美，千古传颂？
>
> 因为都有一颗纯朴美好的心。

我手书的这首诗当即发表于1982年第5期《湖北画报》。11年后，1993年西南五省六方重庆笔会的作家们又一次到秭归，在屈原纪念馆参观时，讲解员一开头就自豪地朗诵了这首诗，说"有一位诗人这样歌颂秭归……"我有许多写祖国各地和国外访问的诗，都是这样边看边想而获得的灵感，及时写成的。

看、读、想，最后要落实到写作上。"好记性不如烂笔头"。看、读、想的心得如果不及时写下来，很快会忘掉。而如果动笔写，会使你看到、读到、想到的东西进一步深化和提高。所以我的笨办法是，每天记日记、写笔记。有时只用一二句话把所见、所闻、所思、所感，简单地写下来。事后再追忆、联想、写成诗或散文。贝多芬说："我的箴言始终是：无日不动笔，如果我有时让艺术之神瞌睡，也只是为了使它醒后更兴奋。"契诃夫也说过这样的话：如果作家不经常动笔，就像医生不看病一样有害。他有一本《契诃夫手记》，把每天的所见所闻简要地记下来。他许多小说就是根据手记中的几句话写成的，因为那几句话会引起他的许多回忆，带出他平常的生活积累和一连串的联想。

三

努力做到八个结合。

第一，学习理论与学习实践相结合。理论是实践的总结，是人们对社会历史、宇宙人生、自然规律长期观察、研究、认识的科学概括，它包括了哲学社会科学，包括了世界观和方法论。我常说学习理论，首先指马克思主义，指辩证唯物和历史唯物论，但也包括马克思主义的各种理论。搞写作一定要有理论思维，有理论修养，有理论水平，通过学习理论获得正确的立场、观点、方法，掌握正确的世界观和方法论。但学习理论不能从概念到概念，不能脱离实际，而必须联系实际，必须同实践相结合，必须同学习社会相结合。学习社会，当然首先指当下的现实社会、人民生活。人民是社会的主体，是推动社会发展、创造社会的动力，学习社会就是要同人民保持密不可分的血肉联系，学习人民，扎根人民，同人民心连心，与人民同呼吸、共命运。只有在不断地观察、分析、研究社会的过程中，同人民一起思考，一起学习，一起总结，才能逐步掌握马克思主义，才能不断提高自己的理论水平，学习理论也才能收到实效。

第二，重点钻研与博览群书相结合。世界上的万事万物是互相联系的，各门学科之间有一种互相渗透、触类旁通的关系。唐代大书法家张旭看了公孙大娘舞剑后，受到启发，书法艺术有了进一步的提高。清代大画家石涛山水画的对称结构，曾给当代著名物理学家诺贝尔奖得主李政道以物理研究上的灵感。钱学森也说过，他在科学研究上的成就，首先应归功于夫人——著名女高音歌唱家蒋英，是她给了他诗情画意，使他更深刻地理解了人生，从而在科学研究上避免了形而上学的机械论。不管你垒什么样的金字塔，塔的底座基础总是要很宽大厚实才行。所以我主张读书首先要博，要广泛涉猎，博览群书。"读书破万卷"，才能"下笔如有神"。"破万卷"，当然包括各方面的书。搞文学的，应当懂点经济、政治、历史、哲学。学数学的，不应当拒绝读一点中外文学名著。大数学家熊庆来应有很深厚的古典文学功底。柳宗元曾这样介绍他博览群书、博采众长的体会："本之《书》以求其质，本之《诗》以求其恒，本之《礼》以求其宜，本之《春秋》以求其断，本之《易》以求其动：此吾所以取道之原也。参之谷梁氏以厉其气，参之《孟》，《荀》以畅其支，参之《庄》，《老》以肆其端，参之《国语》以博其趣，参之《离骚》以致其幽，参之太史公以著其洁：此吾所以旁推交通，而以为之文也。"（《答韦中立书》）

当然，在博的基础上，要精，要重点钻研。培根在《论读书》中说得好："书籍好比食品，有些只需浅尝，有些可以吞咽。只有少数需要咀嚼，慢慢品味。所以，有的书只要读其中一部分，有的书只需知其中梗概，而对于少数好书，则要通读，细读，反复读。"读书要有选择，不能什么书都读。要读的书也不能平均使用力量，要加以区别。对于自己特别感兴趣的，结合自己专业的，经过时间检验真正有分量的经典名著——"少数好书"，才需要精读——"通读，细读，反复读"。博与精是辩证统一的，要把它结合起来。没有博，精就缺乏广阔深厚的基础；没有精，博就没有登峰造极的升华。要在博的基础上精，在精的光照下博，把博览群书与重点钻研结合起来，才能建成既有坚实基础又有闪光尖顶的科学文化金字塔。

第三，弘扬传统文化与吸收外国文化相结合。源远流长、博大精深的中华优秀传统文化是中华民族的精神命脉，是我们今天提倡涵养的社会主义核心价值观的重要源泉，也是当代第一个中国人——不论他是领导干部或作家、艺术家、科学家——都必须认真学习和反复弘扬的。而作为一个知识分子，一个文化人，一个要著书立说、写诗作文的写作者，更要具备中华优秀传统文化的修养，从"四书""五经"，到汉赋、唐诗、宋词、元曲，从《三国演义》《红楼梦》《西游记》《水浒传》到元人杂剧、明清小品，都要学习、阅读，从中吸取丰富的精神营养和无穷的人生智慧。这样才能像北宋大儒张载所说的那样，努力去"为天地立心，为生民立命，为往圣继绝学，为万世开太平"。这是我们的文化之根、思想之源、民族之魂。但是，我们也绝不能固步自封，希腊、罗马、埃及、印度也有古老的优秀文化，世界各国都有自己优秀的民族文化，所以我们在学习中华优秀传统文化的同时，也要虚心学习世界各国的一切优秀文化，要把弘扬中华优秀传统文化和吸收各国优秀文化结合起来，用古今中外一切好的精神食粮营养、丰富、充实、提高自己，以便创作出更多无愧于我们伟大民族和伟大时代的优秀作品。

第四，宏观把握与微观体察相结合。既要脚踏实地，又要仰望天空。好比一棵树，既要把根深深地扎进土壤中，又要把枝叶尽可能地伸向高空、伸向四面八方，尽可能多地吸收阳光雨露。对生活，对身边的事物、事件、人物、故事，对某些不为人注意的细枝末节，对花开花落、月缺月圆，都应有敏感的细致的体察。"聪者听于无声，明者见于无形"（司马迁语）。要在没有声音的地方听到声音，在没有形状的情况下看到事物。但是同时，也要"胸怀全国，放眼世界"。体察要尽可能的细微，眼光要尽可能的远大。冯至有这样的诗句："我在深夜乞求／给我狭窄的心／一个大的宇宙。"诗人心中要有一个宇宙。"登高壮观天地间，大江茫茫去不回"。心中有一个大的宇宙，对大局、对世界形势、对历史风云、对社会发展有开阔的视野、宏观的把握，你的细微体察，你的具体感受，你写的哪怕只是一首小诗、一个小题材、一段小故事、一片小风景，也会被一道思想的光芒照亮，而显得耐人寻味。1985年5月，我参加以中国作协副主席、诗人张光年为团长、中国作协党组书记唐达成为副团长的中国著名作家访问团，应广东省委、省政府之邀，赴深圳特区和珠江三角洲参观采风。办深圳特区对不对，20世纪80年代初曾引起不少人的怀疑和非议。邓小平同志及时给予支持，但姓"社"姓"资"的争论当时还没有完全平息。广东省委省政府邀请我们去，还是希望对深圳特区的飞跃发展和改革开放的丰硕成果，做些生动有力的宣传。我们参观了深圳，为它惊人的建设速度、喜人的崭新风貌和深圳人在"时间就是金钱，效率就是生命"口号鼓舞下创新突破、开拓奋进的开荒牛精神所深深感动，兴奋不已。怎样用一首短诗来表现和歌颂这座标志着中国改革开放成果的新兴城市呢？我写了只有12行的短诗《深圳》：

> 这里，我走进每一个房间，
> 都感到格外明亮、畅快，
> 因为所有的门窗都敞开着，
> 面向太阳、面向大海……
>
> 这里，不论白天或者夜晚，
> 空气都特别清楚爽、新鲜，
> 因为时时有八面来风，
> 在冲洗着每一寸空间……
>
> 这里，仿佛每一个普通人，
> 都能够看得很远、很远，
> 因为他正从伟大祖国的窗口，
> 看着世界，看着未来……

这首小诗在《深圳特区报》和《人民日报》先后发表后，曾收入一些新时期诗歌的选本。在构思的过程中，我就是把微观的体察感受和宏观的视野结合起来的。

第五，继承传统和开拓创新相结合。我国有五千年光辉灿烂的文化，有源远流长、广博深厚的优秀文化传统。有人宣称："写诗从我开始。"这是无知而又狂妄！作为中华儿女，如果你真要写诗，要成为真正的诗人，你能离开《诗经》《楚辞》以来中国诗歌无数经典名篇的滋养和哺育吗？你能离开"五四"以来近百年新诗创作的启迪和影响吗？我们一定要虚心的学习和继承我们伟大民族的优秀文化传统，包括文艺传统、诗歌传统。我们不是在一片荒漠上播种，而是在中华大地广阔深厚、无比丰饶的文化沃土上生根、发芽、开花、结果的。所以，我们首先要继承传统。但继承不是目的，继承是为了发展，是为了开拓创新，为了更好地反映、抒写和歌颂我们伟大的时代和英雄的人民。搞农业生产、工业建设、科学技术，各行各业都要开拓创新。创新是诗的生命，是文学艺术的生命。"文章最忌随人后"。创作最忌模仿、雷同、重复，哪怕是重复自己也不行。要在继承传统的基础上走自己的路，向别人没有走过的地方走去，去开辟新的领域、新的艺术天地。要不断地出新、出奇、出美，要有新的语言，新的技巧，新的手法，独辟蹊径，独创一格，独树一帜，真正把继承传统和开拓创新结合起来。

第六，思想追求与艺术探索相结合。无论什么作品，不管写什么、怎样写，我认为思想都是很重要的，第一位的，是精神的集中体现，是灵魂。有人认为写作没有什么目的，不表达什么意思，就是为写而写，想怎么写就怎么写。这样写作出来的东西，即使只给自己看，也毫无意义；如果还要发表出来给别人看，那就更没有任何价值了。有些作品，比如山水诗、风景画、抒情曲，不一定直接表达什么思想，但它通过新美的画面、动人的旋律、深邃的意境，给人以美感享受和精神愉悦，那同样也包含着、体现着诗人艺术家的思想境界和审美理想。所以，我认为作家艺术家要不断提高自己的思想修养和思想水平，在创作中任何时候都不能忘记、不能放弃"思想追求"。但文艺作品的思想绝不是喊口号，不是抽象的概念和枯燥的说教，而是要通过艺术形象来体现，通过艺术形式来表达。作家艺术家既要有思想的艺术，又要有艺术的思想，要在自己的全部创作实践中把思想追求和艺术探索结合起来，把永不停息的思想追求和决不止步的艺术探索结合起来。

第七，民族化与现代化相结合。文艺是人们的生活、思想和感情的形象化的反映，而人们是在历史上形成了不同的民族的，因此这种反映只要是真实的、生动的、深刻的，就必然要打上民族烙印，就必然会具有这样那样的民族特点。可见文艺要有民族形式、民族特色、民族风格，要民族化，这是文艺本身的题中应有之义。中外文艺史上一切成就卓著的杰出文艺家，都是植根于自己民族的生活土壤之中，都是受到自己民族的人民和文化的哺育而成长起来的，他们的作品必然带有独特的民族性和鲜明的民族特色。别林斯基说："无论如何，在任何的意义上，文学都是民族意识、民族精神生活的花朵和果实。""诗人永远是自己民族精神的代表，以自己民族的眼睛观察事物并按下他的印记的，越是有天才的诗人，他的作品越普遍，而越是普遍的作品就越是民族性的、独创的。"当下我们已进入全球化的时代，但经济上的全球化决不会也不可能取代文化上的民族性、多样性。我们毫无疑问，要继承坚持走民族化的道路，在文学艺术创作上要继续坚持自己的民族性、民族形式、民族特色、民族风格。但时代在迅猛发展，历史在飞速前进，我国各族人民也在伟大时代改革开放的现代化道路上与日俱增，我们的民族性、民族形式、民族特色、民族风格也在不断地变化发展，因此，我们在文艺创作上当然也要努力探求，努力做到把民族化与现代化结合起来。

第八，学习别人与找到自己相结合。学习别人指向古今中外一切作家艺术家、一切写作者学习，首先向中外文化大师学习，向经典名著学习，但同时也向所有不同流派、不同风格、不同艺术主张、不同创作方法的作家艺术家学习，包括名不见经传的新人，有些不为人知的作者也可能第一篇作品就出手不凡，也应当注意向他们学习。即使不搞写作的普通人，工、农、兵、学、商，各行各业的干部、群众，也应拜他们为师，也要向他们学习。总之，要虚心学习，善于学习，向一切人学习他们的长处。但学习别人是为了丰富、充实、提高自己，是为了滋养、完善、塑造自己，为了更好地发挥自己的独创性，自己的潜能，形成自己的特色和风格。所以，学习别人必须同找到自己结合起来。要在不断向别人学习的过程中，在长期的生活实践和艺术实践的过程中"找到自己"，"找到"自己的个性、气质、特点、长处、优势，从而形成自己独特的风格，创造出属于自己的与众不同的艺术世界。尼采说得好："一个人的最大不幸就是：他不是他自己。"如果没有自己，找不到自己，丧失了自己，对于诗人、作家、艺术家来说，更是最大最大的不幸。惠特曼在《草叶集》中介绍他自己是"一个美国人，一个粗汉，一个宇宙"。每个真正的诗人，都应当通过自己的诗歌营造自己的艺术异常，创造自己的艺术世界——自己的精神宇宙。诗人任何时候都不能失去自己，不能失去自己的主体意识和独立精神，不能失去自己的人格、个性和灵魂。

真正做到"八个结合"是不容易的，我自己也没有完全做到，但我一直在努力，"努力做到"。

这就是我几十年学习写作的体会，仅供参考，谢谢大家。

YUNLING DAJIANGTANG

熊 晶

熊晶，昆明学院副校长、昆明市科学发展决策咨询专家、昆明市环保联合会副会长。曾任共青团昆明市委副书记、昆明市科协副主席、昆明市人口与计划生育委员会主任、党组书记、昆明市西山区区长、区委书记等职。长期从事生态文化理论及滇池流域生态建设实

践研究，主编了《水文化与水环境保护研究文集》《昆明市人口发展战略研究（2011~2020）》《筑梦 建设美丽昆明》等。主持完成的《昆明市滇池流域生态村建设模式与可持续发展研究》《桥头堡背景下滇池泛亚合作平台研究》获昆明市决策咨询研究课题优秀成果三等奖；《昆明市人口规划研究（2011~2020）》获昆明市决策咨询研究课题优秀成果一等奖，同时获云南省哲学社会科学优秀成果三等奖。此外，还获得过云南人口奖，云南省"三八红旗手"称号。

从科技之光到生态文明：滇池治理的实践与思考

水，不仅是自然界中的基本元素，更是人类生命的依托，人类逐水而居，繁衍生息；滨江临海，传承文明。纵观世界文化源流，黄河、恒河、尼罗河和地中海都曾孕育了灿烂的远古文明。人水之间的不解之缘使人类创造的与水有关的科学、艺术及意识形态在内的精神产品和物质产品的总和——水文化，以及水文化的核心——水文明，成为人类发展史、文明史中的重要篇章。当代人水关系，在农业、工业文明早期发展中经历了"人进水退"的阶段后，通过对人类中心主义的反思，逐步构建起以"人水和谐"为核心、人与自然良性发展的生态文明。

一、人进水退：经济社会发展对滇池的影响

滇池地处长江、珠江、红河三大水系分水岭地带，属长江上游金沙江水系。据史料测算，滇池演变到唐宋时，水面有510平方公里，元朝水面缩小到410平方公里，到明朝时为350平方公里，清朝时为320平方公里。目前，流域面积2920平方公里，湖面面积309平方公里，最大水深10.24米，平均水深5.3米，湖岸长163.2米，库容15亿立方米。

滇池是著名的高原淡水湖泊，属国家13个重点保护水系之一。它对维系区域生态系统的平衡有着重要作用，是昆明经济社会发展和人民生存的根基。随着经济社会发展，城市规模的扩大和人口急剧增加，滇池生态环境受到人为干预。1992年前的40多年，滇池流域内的森林植被遭到严重破坏，森林覆盖率从1951年的37.5%下降到1988年的21.2%，水土流失加剧面积达960平

方公里，占总面积的36.8%。由于围湖造田的后果，滇池水面由320平方公里减少到309平方公里，破坏了湖泊生态系统。20世纪60年代滇池草海和外海水质均为Ⅱ类，70年代为Ⅲ类，70年代后期，水质逐渐恶化，1988年草海水质总体已为劣Ⅴ类，外海水质为Ⅴ类。近20年间，草海水质总体变差，水质为劣Ⅴ类，外海水质在Ⅴ类和劣Ⅴ类之间波动，水体重度富营养化，使用功能受到严重限制。

二、科技之光：滇池保护与治理的工程措施

（一）滇池保护与治理的主要阶段

早在1972年，周恩来总理就已对滇池保护问题做出指示。20世纪80年代以来，滇池保护与污染治理开始受到各级政府的关注。1988年出台的《滇池保护条例》（下简称《条例》），标志着滇池保护工作进入系统化、法制化轨道。

"十一五"期间，从2006年起，连续三年国家政府工作报告中均提到，要做好"三河三湖"、南水北调水源及沿线、三峡库区和松花江等重点流域污染防治工作。《国家中长期科学和技术发展规划纲要（2006~2020年）》将水体污染控制与治理科技确定为16个重大专项之一，旨在重点解决制约经济社会发展的水污染重大瓶颈问题，为水体主要污染物减排提供强有力的科技支撑。

《昆明市环境保护与生态建设"十二五"规划》提出，要大力推进以滇池流域为主的流域水环境综合治理。

（二）滇池保护与治理主要工程措施

滇池治理过程中，政府充分发挥引导、组织、协调的作用，实施并完成了系列滇池治理工作，为缓解滇池流域人口增长以及产业化、城市化进程对水资源的需求，缓解水环境生态压力发挥了积极作用。按照工程建设重点不同，自20世纪80年代末期以来开展的滇池保护与治理工程可分为两种主要类型，即综合整治工程（1989~2005年）和生态系统建设工程（2005年至今）。

1. 综合整治工程（1989~2005年）

"九五"期间，滇池的污染治理采取了点源治理（含工业源及城市污水）及管理措施为主，至2000年底共完成治理项目65个。建成了4座污水处理厂，完成了盘龙江中段、大观河等河道截污疏浚和大清河、船房河截污工程，城市污水处理能力达36.5万吨。完成草海底泥疏浚一期工程，清污面积430万平方米。通过这一阶段的综合治理，与"八五"比较，滇池草海水质的透明度由0.34米提高到0.47米，草海的砷和重金属污染已得到有效控制。

"九五""十五"期间，各级相关部门为滇池治理共投入资金47.62亿元，对滇池保护与治理的综合整治工程主要集中在调水引水、污水处理、河道疏通、防洪工程、底泥疏浚、截污工程六个方面。为满足日益增长的城市人口饮用水，处理生产、生活污水需求做出积极贡献，同时集中治理和控制了工业点源，使滇池水质持续恶化的势头得到一定程度遏制。

2. 生态系统建设工程（2005年至今）

"十一五"期间，特别是2008年以来，昆明市在国家和省的大力支持下，坚持把加快滇池治理作为生态文明建设的着力点和突破口，将滇池治理摆在更加突出的位置。以系统生态建设为目标，全面推进制度创新，强化措施、铁腕治污，科学治水、综合治理，坚持工程措施与生物措施相结合，突出抓好滇池环湖截污和交通、农业农村面源污染治理、生态修复与建设、入湖河道整治、生态清淤、外流域调水及节水"六大工程"，推动滇池治理提速增效。滇池水质恶化趋势得到基本遏制，水环境质量整体保持稳定。

（三）滇池保护与治理的系列举措

在中央、省、市等各级政府的推动下，除工程治理外，滇池保护与治理还从出台政策、搭建平台、动员民众等方面开展各项工作，形成政府主导、企业运作、民间参与的全民治理局面。

1. 出台政策

第一，出台法令、法规，明确滇池保护、治理内容及相关规定。1988年出台的《滇池保护条例》（下简称《条例》），标志着滇池保护工作进入系统化、法制化轨道。《条例》规定滇池水体、滇池盆地区、水源涵养区均在保护范围内。同时，提出加大滇池污染综合治理的力度，增加水量，改善水质，合理控制城市规模和人口机械增长，调整产业结构等系列综合治理和合理开发利用措施。1989年昆明市政府印发《昆明市松华坝水源保护区综合整治纲要》，出台专门性文件对滇池水源区开展治理。2012年，出台《云南省滇池保护条例》，明确省人民政府领导滇池保护工作，昆明市人民政府具体负责滇池保护工作，并进一步细化县级、乡（镇）人民政府、街道办事处、昆明市滇池行政管理部门等在保护区域内的具体职责。

第二，制定计划、规划，保障滇池保护、治理工作顺利开展。1990年昆明市政府召开滇池保护委员会第一次全体委员会议，讨论审定《综合治理滇池的"八五"计划和十年规划》。之后陆续制定并实施滇池治理五年计划，同时开展专项工作规划如《昆明城市生态绿化隔离带范围划定规划》《昆明中心城区排水专项规划（2009年~2020年）》《环滇池盆地山体保护利用规划》等，以具有前瞻性、科学性的规划，保障滇池治理工作的可持续性及系统性。

第三，形成决定、决议，理顺滇池保护、治理工作机制。1993年1月，昆明市人大常委会通过了《昆明市人大常委会关于进一步加快治理滇池污染的决议》。为保证各项工程按计划完成，规定市政府从1994年起把滇池治理资金纳入每年的财政预算，专款专用。2009年昆明市人大常委会又相继通过《昆明市人大常委会关于设立滇池高原湿地保护区的决议》《关于整治违法排污建立健全环境监管长效机制的决议》《关于在滇池流域划定禁止建设区的决议》《关于加强城市生态绿化隔离林带规划建设的决议》4个决议。

2. 搭建平台

第一，成立专门政府机构。1989年昆明市滇池保护委员会成立，从此有了专门的政府机构从事滇池保护管理工作。之后，县区级滇池管理局相继成立，共同发挥滇池保护与治理的管理职责。此外，云南省九湖办、昆明市环保局等相关政府职能机构和地方政府，也致力于滇池保护与治理工作。

第二，设立基金会。滇池保护治理基金会成立于2010年，属于地方性公募基金会，其职责是致力于滇池保护和治理，改善滇池水质，防治滇池污染，加快滇池综合整治步伐，促进昆明市经济、社会可持续发展。其主要作用是在全省范围内募集滇池保护与治理资金；开展滇池保护与治理公益活动，资助项目的论证和实施；加强对募集资金的使用和管理。对筹集、管理滇池治理基金发挥着重要作用。

第三，建立学术研究机构。1990年，根据昆明市政府文件精神，依托于昆明市滇池管理局成立"昆明滇池研究会",为政府综合治理滇池提供科研咨询服务。2008年依托昆明学院成立昆明滇池(湖泊)污染防治合作研究中心,以技术引导、推广为措施,整合优化国内外环境保护、生态建设、湖泊治理等方面的技术、信息、人才资源,形成技术创新、推广应用的平台。借鉴国内外相同类型湖泊治理的经验和运作模式,提出积极的、建设性的、操作性强的治理办法、措施和建议,供市委、市政府及其相关职能部门决策参考,使滇池的治理和保护工作更加科学、合理、有效。

第四,成立环保团体。2006年"昆明环保科普协会"(简称:绿色昆明)开始组建并开展活动。2010年昆明地区从事和热心于环境保护事业的企事业单位、其他社会组织以及社会各界人士,自愿组成"昆明市环境保护联合会"。其主要职能及工作领域是组织和协调各方面的社会资源,共同参与环境事业;加强社会监督,维护公众环境权益等。

3. 公众参与

第一,通过政策、制度调动民间力量。昆明市环境保护局2011年3月29日发布《昆明市环境保护局关于进一步动员社会力量参与环境保护与滇池治理工作的意见》,从社区家庭行动、企业行动、村社行动、教育行动、社团行动、媒体行动六大行动指出社会参与环境保护及滇池治理的方式方法及内容途径,同时提出了政策法规支撑、公众知情权保障、社会力量整合、典型示范引导四项措施保障社会力量的参与。昆明市人民政府2011年12月29日发布《昆明市环境保护公众参与办法》,指出环境保护公众参与的具体负责部门、原则、参与范围,环境信息的内容、公众获取的主要方式、权力与责任,以及公众参与政策法规制定、环境管理、环境监督、奖励措施与法律责任等方面的内容。

第二,通过创建绿色社区、绿色学校、建设环境教育基地调动民间力量。市政府将绿色创建纳入"十一五"期间目标考核内容,各级环保、教育等创建成员单位高度重视绿色创建工作,成为滇池保护与治理的中坚力量,截至2011年底,昆明市已建成市级绿色学校272所、绿色社区108个、环境教育基地11个。

第三,成立高校学生环保志愿者社团,开展滇池环保活动。大学生环保社团已经成为开展生态环保活动的重要力量。昆明市有十多所高等学校,其中多数学校均有自己的学生环保社团,昆明学院绿舞飞扬环保社团、云南大学唤青社、云南大学滇池学院唤青分社、西南林业大学清青社及绿促会、云南农业大学绿野社、云南师范大学同创社、昆明理工大学和谐社等均是在昆明市高校中较为活跃的环保社团，开展了内容、形式各异的环保志愿服务活动。

第四，创建生态村，结合新农村建设开展滇池环保。2008年8月昆明市政府结合昆明实际，提出了《昆明市新农村生态村建设主要指标（试行）》，截至2012年4月，昆明市已命名545个"昆明市生态村（社区）"，其中位于滇池流域的生态村（社区）约100个。1988年，在昆明市西山区妇联的组织下，一支由打鱼为生的新河村渔民自发组成的团队——"巾帼打捞队"成立，主要负责滇池湖面和河道打捞、社区道路清扫保洁、生活垃圾的收集和清运等工作。

（四）滇池保护与治理的经验总结

"十一五"以来，采取了力度空前的投入和措施，滇池水质恶化趋势得到遏制，河道水质及景观明显改善，治理成效逐步显现，注重系统性、整体性的角度研究推进工作，找到了一条滇池治理的路子。2011年，国家重点流域规划考核组高度肯定了滇池治理，打出了70.1分，首次跨入了较好行列。在云南连续干旱的形势下，滇池水质持续改善，主要污染物持续下降，外海综合营养状态指数为67.9，水体透明度平均值上升41.2%，主要污染物均有大幅下降。草海综合营养状态指数为69.8，由重度富营养转为中度富营养，水体透明度达到0.81，氨氮、总磷和总氮的平均值降幅明显。在35条入湖河道中，水质属于优良和污染程度显著减轻的有24条，占总数的7成多。

回顾滇池治理30余年的实践过程，积累了诸多有益的经验，具体表现在：

第一，治水理念不断创新。人对水环境的治理从单纯依靠科技进步、依靠工程技术的综合整治转化为尊重自然，遵循自然规律的生态治理、生态修复，治水理念逐步从人类中心主义走向人与自然和谐共存的生态主义。

第二，治水工程系统化。滇池治水工作始于"八五"时期，重点是对工业污染源进行治理，有效控制了工业废水排放，并建成了昆明市第一污水处理厂，启动了第二污水处理厂。"九五"期间，滇池被列为国家重点治理的"三河三湖"之一和云南省九大高原湖泊水污染防治之首，治理力度不断加大。进入"十五",按照"污染控制、生态修复、资源调配、监督管理、科技示范"的工作方针,滇池污染防治以工程治理为基础,污染物总量控制为手段,强化执法监督为保障,进一步加大治理力度,逐步开展农村面源污染治理、内源污染防治及生态建设与恢复工程。"十一五"到"十二五",尤其是"十二五"期间,治水工程进一步深入、系统,提出全流域范围内的环湖生态治理"六大工程"。

第三,治水技术生态化。滇池治理早期,主要开展滇池污染治理"零点行动",通过技术手段控制工业废水排放,同时完善垃圾清运系统,对垃圾进行无害化技术处理。开展内源污染防治,疏浚滇池草海污染底泥,打捞水葫芦等。之后,通过实施国家科技"863""973"重大科技攻关和滇池治理科技示范项目,不断完善改进滇池治理技术。"十一五"期间,市政府开始实施退塘还湖和生态湿地建设。另外,将"水葫芦资源化利用"作为滇池内源污染治理的四大举措之一,根据昆明市委、市政府的部署,由市滇管局负责,在滇池湖滨推广种植耐水湿生乔木中山杉,充分发挥其长期净化水质,使自然生态系统得到充分恢复的功效。举行"2011放鱼滇池生态保护行动",20余万条素有"蓝藻克星"之称的花白鲢鱼放入滇池。"十一五"期间,昆明滇池流域水污染防治工作成绩显著。

第四,治水管理科学化。首先,为加强滇池水污染防治工作,昆明市制定了《滇池保护条例》;其次,昆明市充分利用流域范围均在管辖范围内的优势,由设立专门性政府管理机构,到成立流域性综合治理机构,同时,相继成立了研究机构、民间社团等,协同开展滇池保护与治理工作,形成"一龙牵头治水,各部配合协作"的综合治理格局。为提升滇池治理成效,还提出"治湖先治水、治水先治河、治河先治污、治污先治人、治人先治官"的工作思路,全面推进"河(段)长负责制"。

第五,治水融资多样化。2004年10月,昆明市委、市政府在原昆明市城市排水公司的基础上组建成立了市属国有独资公司——昆明滇池投资有限责任公司(昆明滇投)。近年来,从滇池治理项目投融资、城市污水处理和市政排水设施运营管理、政府配置土地资源开发,到污水及固体废弃物资源化再生利用,昆明滇投都取得了一系列喜人的成绩。"十一五"期间,昆明滇投协议融资达130余亿元,实际到位融资超过百亿元。

总体而言,30余年来滇池治理的系列举措,体现出人们在认识水体污染、探索水环境变迁和重构水生态过程中，不断调整政策、理顺机制，逐步从依赖科技之光走向构建生态文明，在实践中不断深化自身认识，达到人与自然和谐共处的理性过程。

三、生态文明：滇池保护与治理的未来抉择

以水质富营养化为特征的滇池流域水污染真正症结在于社会经济发展过程中，人类的不合理行为，破坏了滇池流域的各子生态系统，导致生态系统的结构受损，功能衰退。因此，治理滇池水环境污染不仅要进行技术工程层面的治理，更重要的是将人的发展与水环境保护共同纳入生态系统中，恢复各子生态系统的高效功能和协调关系，最终把各个良性循环的子生态系统有机地整合为一个整体协调、自我维持、自我演替的良性循环大生态系统。

滇池流域人口是滇池流域自然资源的共同享有者，也是滇池水体环境污染的共同参与者，流域内居民存在着"一荣俱荣，一损俱损"的特点。要从根本上解决滇池污染问题，保护滇池，除采用工程技术及高科技手段之外，通过社会机制唤起滇池流域居民的利益共同体意识和环境意识，从每个人的行为习惯入手，构建水环境保护"自觉模式"对流域生态文明重构有积极的现实意义。

党的十八大提出把生态文明融入经济建设、政治建设、文化建设、社会建设，构成"五位一体"的中国特色社会主义建设总体布局。按照这一要求，切实加强生态文明建设，抓好滇池治理，是昆明最大的生态工程、最大的民心工程，事关云南省、昆明市生态文明建设全局。

为此，从政府层面而言，首先要创新管理模式，狠抓水管理。在2013年1月1日刚颁布实施的《云南省滇池保护条例》指导下，建立滇池流域管理与执法机构，形成"滇池流域治理"管理与执法协调机制，打破部门管理模式，协调各相关部门协同治理滇池；监督和保障相关法规的执行，确保滇池治理工程的顺利开展。

第二，不断加强社会参与机制。在政府实施工程措施基础上，应动员社会力量建构全民参与的滇池环境保护互动机制。同时，制定滇池保护、治理的资源有偿使用及补偿制度，形成长效的滇池治理社会化参与机制。

高等学校肩负着人才培养、科学研究、服务社会以及文化传承四大主要

功能。昆明学院坚持以服务地方经济社会发展为己任，整合学科优势，成立"昆明滇池（湖泊）污染防治合作研究中心"，搭建多学科交叉研究，多部门协同创新的平台，充分发挥高校文化传承与创新的功能，与国内外高校、研究机构、市政府相关职能部门和企业共同合作，形成政产学研合作模式，广泛动员社会力量参与到滇池的保护与治理工作中，积极开展对外合作与交流，开阔滇池保护和治理的视野，拓宽滇池治理和保护的渠道。

第三，建立常态监督。在"云南省政府滇池水污染防治专家督导组""昆明市'一湖两江'流域水环境治理专家督导组"，代表省、市党委、政府，对滇池治理督查的基础上，加强制度监管。同时，向社会公布环境信息，增强社会舆论的监督力度，建立常态化监督机制，坚决削减工业、生活、面源三大污染。

第四，建立生态补偿机制。建立生态补偿机制，妥善解决因滇池保护与治理给流域县区经济社会发展带来的影响，逐步改善人民群众生产生活条件。

第五，拓展水融资渠道。依托"云南滇池保护治理基金会"，积极构筑多元化的投融资长效机制和偿债机制，通过债券、信托、基金、银行贷款、融资租赁等多种方式筹集资金，努力为滇池治理提供资金保障。同时，政府也应通过专项的投入，保障滇池生态治理工程的顺利实施。

《滇池流域水污染防治"十二五"规划》，对滇池治理从总体目标、水质目标、总量目标都提了新的要求。其中，水质方面，要求到2015年，滇池重度富营养化水平改善到中度富营养化水平，力争达到轻度富营养化水平，草海湖体水质明显改善，基本达到五类，外海湖体水质基本达到四类，主要入湖河道水质达标。

30余年来滇池治理的实践，是人们反思农业文明和工业文明，构建发展与保护水环境、水资源的文化自觉，不断推进人水共生模式形成，促进社会和个人发展与水环境变迁不断适应，逐步以人与自然和谐发展的生态文明取代向自然无度索取文化模式的过程，滇池保护与治理也将逐步从科技主导下的工程治理逐步走向科技与人文并行，自然与文化并重的生态文明引领下的水环境保护与治理。

易川凿

易川凿，昆明理工大学教授，现任昆明理工大学易林风水研究所所长、昆明易经研究会会长等职及易林起名法人。

出版著作：《实用起名》《易经姓名学》《易经养生》《意象风水》《易林风水》《居家风水》《素食养生》《金玉良言》《佛教改运》《成功经典》《名言哲理》《人生定律》。

其主讲的上述课程及演讲已在全国引起高度重视。受聘为多所高校及培训机构的客座教授。曾在北京中关村、王府井、百万庄图书大厦、中央教育电视台、清华大学、北京大学、行动成功等作过多场演讲，效果轰动！

素食更健康

营养学

为什么提倡吃素？

"营养学界爱因斯坦"柯林·坎贝尔教授令人震惊的研究结论。

《中国健康调查报告》：植物性食物为主的膳食最有利于健康。

中国人现在随着生活水平的提高，饮食结构正在向欧美人靠近了，正在步他们的后尘。危险！

从比较解剖学看人类天生更适合素食，

在人类演化的研究中显示，我们的祖先都是天生的素食者，人类的身体结构从犬齿是否锋利、臼齿的作用、是否有爪子、胃酸的强度，到大小肠特征都不适于肉食。肉食动物的胃酸强度是人类和食草动物的20倍，用于辅助消化肉类和骨头。

植物性食品对维持碱性体质的重要性：

大量的医学研究证明，人体内环境的酸碱度在PH值7.35 ± 0.05之间最适合细胞的存活，也就是说健康人体的体液应该呈现弱碱性，肉是酸性食物。

真相：在整个食物链中，肉食人群作为最高级的消费者，实际上是最大的受伤害者。

牲畜饲养过程中：激素、抗生素、疫苗、瘦肉精等的无序使用；

饲料中的农药残留量；

深海鱼类所受到的污染；

动物被屠宰过程中因极度恐慌所放出来的毒素；

动物尸体在腐烂的过程中所引发出来的毒素；

肉类贩卖过程中：防腐剂的使用。

素食孕妈咪会发生营养不良吗？

不论荤素，都有发生营养不良的可能。这主要取决于饮食行为是否科学，并不取决于吃荤还是吃素。以前，人们对营养不良的理解是缺乏什么营养物质，这是片面的。正确的理解是：营养过剩和营养缺乏都属于营养不良。有些孕妇吃肉过多，孩子还没生下来母子就成肥胖症，增加了不必要的剖腹。用豆类代替肉类更安全，孕妇素食更好。

7种吃法

（1）全素：即不含任何动物性食品的素食，又称严格素食；

（2）半素：只排除动物肉体的素食，可称为蛋奶素食；

（3）花素：饮食随缘，什么都吃，但倾向全素；

（4）点素：在一些特殊日子吃素，详见"哪些天吃素更有效"；

（5）食疗：根据命理和身体情况按食疗进补的原理吃东西，详见"食疗与改运"；

（6）暴食：宴会、公款、大假暴饮暴食，忙碌、孤独、自费少吃；

（7）海吃：想吃什么吃什么，毫无约束。

7种吃法中我适合哪种？

一般人都是暴饮暴食、海吃海喝、胡吃狂饮，人生在世，吃穿二字嘛！漫无节制的大吃大喝，杯觥交错，日费千金，日复一日，体重飙升。这种完全看自己的心情、兴趣、口味吃东西，显然是过分放纵，胃会被撑大，任何东西得恰到好处！饮食量太多太少对健康都不利，真可谓：吃饭7成饱，到老肠胃好。其实任何人都可以试着点素、花素，循序渐进再半素、全素，这可大有好处！吃素是一种增强修养的方法。吃素是需要能量的，不是任何人都能做到。如果勉强普通人吃素，身体反而越吃越差。能量大了，自然喜欢素食，身体会很好，这样就进入了良性循环。

素食推广的难题是什么？

（1）目前荤素搭配仍是官方的正统观点和社会广泛接受的常识；

（2）营养问题无法解决欲望问题；

（3）社会习俗的压力，烟酒肉是最重要的社交手段；

（4）肉蛋奶产业的部分虚假广告宣传严重误导了民众；

（5）在普通国人眼里，素（蔬）食常常和佛教混为一谈；

（6）普通人没达到吃素的心理和生理境界。

素食的益处

降低血压、净化血液、改善动脉硬化、减少患心脏病、高血压、糖尿病和肥胖、预防便秘及痔疮……

素食肉食的成本对比

素食肉食哪个贵？在中国，就目前来看，素食当然便宜多了，除非做成美味的高档斋饭。在美国纽约华人超市，牛奶鸡蛋很便宜，肉也不贵；蔬菜，特别是水果反而更贵。中国的未来也许会是这样。

吃素吃肉哪个更容易？

吃素当然难多了。而什么都吃，顺应潮流，既过嘴瘾，又方便交际，很容易。再说，要是把素食做成具有荤菜的色泽、质感、味道和营养的所谓高档斋饭，费用将很高。

如何降低素食成本？

天然素食，尽量吃生的煮的，少吃炒的油炸的，不必精加工，这样的素食不仅养生，而且便宜，仅为荤菜的1/10。

什么时候开始吃素？

心动不如行动，吃素越早越好，因为素食会让我们的身体更加纯净。现在的畜牧业和渔业污染较为严重了。吃素需要循序渐进，最好先做一些心理准备。

素食后会不会让人变得没有拼搏精神?

食肉动物都比较勇猛，长期吃素会不会没有拼搏精神？变得像羊、像兔子？吃素的人虽然性格温和，但内心强大，厚积薄发！

吃素会不会没有力气?

少林寺的出家师父武功高强，他们是终生吃素；奥运会9枚金牌得主卡尔·刘易斯在田径比赛中最好的参赛成绩是在吃素后的第一年；奥林匹克的马拉松冠军韩国孙基祯先生终生吃素；20世纪70年代奥林匹克游泳冠军罗斯是一位素食者，他不但泳术名震全球，而其素食习惯也为世人所共识，他两岁开始素食，从未间断；一位瑞典科学家，给9位运动员作一次三天的骑自行车持久力的测试，测试时先给他们营养肉食，他们在单车上的持久力是57分钟；然后换成三天的混合饮食即肉食与蔬菜混合，这时他们的平均持久力是114分钟；最后以素食为主时，持久力是167分钟。可见素食的营养所产生的持久力超过肉食的。

吃素会影响性能力吗?

研究人员解释，老人缺少蛋白质会令一种妨碍性激素的球蛋白分泌增加，因而减少制造睾丸激素。而缺少睾丸激素，除会影响性能力外，还会减少红血球数目、导致骨质疏松和影响肌肉生长。虽然肉类是蛋白质的一个主要来源，但米饭、面、黄豆和其他豆类食物等，均能为素食人士提供足够蛋白质。一名素食组织发言人亦表示，只要进食的食物多元化，即使不吃肉类亦能吸收足够的营养。无论男女吃素都不会影响性能力。其实缺乏睡眠才是性欲低下的主要原因。

女性不孕的原因之一是素食吗?

女性不孕高达17%，原因之一会不会是女性追求骨感美而素食造成的？如果没能正确吃素，片面少掉肉食而又没从植物中补充，当然会由于蛋白质等营养缺乏而导致不孕。但食肉过多产生三高、毒素堆积甚至肥胖，不仅不孕还会闭经，即使怀上也可能有妊高症。

吃素吃肉哪个更美容？

根据美容专家分析研究，吃了肉类、鱼类、蛋等动物性食物，使血液里的尿酸、乳酸量增加，这种乳酸随汗排出后，停留在皮肤表面，就会不停地侵蚀皮肤表面的细胞，使皮肤没有张力、失去弹性，容易产生皱纹与斑点。如果我们长期食用碱性的植物性蔬果，血液中的乳酸便会大量减少，自然就不会产生有害的物质。

婴儿能素食吗？

3岁前宝宝大脑发育迅速，需要大量的多种营养物质，如果不吃荤食，往往需要摄入大量素食来提供，而宝宝胃口小，难以摄入足够的量，长此以往，势必因营养不足而影响智力发育。所以只能半素、点素。切记：至少在出生后的前6个月用母乳喂养的婴儿远比食用任何婴儿配方食品喂养的婴儿健康、强壮得多。最好用豆类所含蛋白质代替鸡蛋牛奶。

素食的10大陷阱

如果吃错"素"，这个"素"对身体所造成的伤害，将不比荤的差。

（1）油太多。很多店家因怕客人吃素菜后容易饿，做菜时就用了过多的油脂。其实吃素后会容易饿的原因，并不是素菜品质不好，而是素菜不会增加肠胃负担，消化非常快。它不像一般肉类，进入体内，至少要经过4～6小时才能消化。

（2）蛋白质摄取量过高。素食者平常大量食用豆类制品，蛋白质摄取会偏高。一旦我们摄取的蛋白质超过身体所需的两倍以上时，它不但对身体没帮助，反而造成伤害，而且很容易导致细胞的癌化。蛋白质在整个营养摄取中所占的比例应该是多少呢？大概是10%～15%，油脂应保持在10%。

（3）素料吃太多。素食料理尤其是素食餐厅，都使用了大量的素料。这些素料要保存3个月、6个月，甚至一年，若没加入食物添加剂（如色素、安定剂等），怎么可能保存这么久？怎么能增加口感？除此，很多素料基本上钠的含量都偏高。钠高钾低，细胞就容易癌化，代谢系统就会出问题，这是值得深思的。因此我们要慎选素料，不要让吃下去的素料，因为添加的人工甘味剂、防腐剂、膨松剂，反而造成身体的负担。

（4）调味料多。一般素食餐厅的口味太重，香料、味精，尤其是糖和盐。多糖影响身体代谢，增加胰脏负担。血中的胆固醇增加，血浓度也会增加。另外，素菜的味道太重，使我们忽略了食物的原味。

（5）熟食太多。构成蛋白质的原料是氨基酸，有两种人体无法自行制造的氨基酸只要一遇到高热就马上被破坏。因此建议大家尽可能把生食比例提高到50％。

（6）叶菜类太多，根茎类太少，蔬菜多，水果少。有两个原因，建议大家在体质调整期尽量减少叶菜类摄取。一般叶菜类的农药比根茎类多，其次，叶菜类较寒，有使病体更加虚弱之虑。对于多数中国人来说，蔬菜水果的比例需要调一调，水果随时可吃、处处能放，最好多食用。

（7）纯净水。当我们喝的水是所谓的"纯净水"时，我们喝进去的只有水，什么都没有。即使是矿泉水，最好也换着点品牌喝。早上起床，在未洗脸、未漱口前，逐口慢慢喝杯水。如此经过一段时间，你不仅身体健康，个性也会变得不缓不急，性情变得非常温和，不会急躁，而且看人愈看愈顺眼。

（8）吃精致白米白面。吃糙米，可能刚开始不太习惯，但白米没足够营养。为何商人还要将糙米碾成白米？理由很简单，因为白米比较好储存和运送，亏损降低，储存时间变长。同样的，纯净水也是如此。

（9）未考虑地域和季节问题。"一方水土，养一方人"。你在这个地方生存发展，这个地方所生产出来的植物、生物，就是我们最好的食物。可是很多素食者并没注意这个问题。所以他们吃了很多冷冻食品（都是过季的）；吃了很多进口食品（非当地盛产的），还有更多的人工食品（不是天然的）。为什么很多人吃素，身体却愈吃愈差，这是一个主要原因。

（10）各种劣质人工素食。诸如素鸡、素鸭、素肚、素鱼、素肉丝，一般添加料太多，不够天然。

素食者食物金字塔

素食者较为正确的饮食方案是4321模式：

（1）米面等富含淀粉的食品，占饮食的40％，可以广泛食用。

（2）以水果和蔬菜为食物的基础，占饮食的30％，可以较随意食用。

（3）富含大量蛋白质的食品，如黄豆、豌豆、蚕豆等，豆腐、豆浆等牛奶替代饮品，应适度食用，不要超过饮食总量的20％。

（4）富含脂肪的食物，例如植物油、坚果、各种各样的甜食，还有白糖、盐、调味料等，均需要严格摄入，避免过量，最多占饮食的10%。

（5）不摄入世界卫生组织公布的10大垃圾食品，特别是少吃加工食品，严格限制各种添加剂的摄入。远离味精、鸡精、蘑菇精和X精白糖等化学物。

肉食导致的疾病

（1）腌肉及咸鱼增加儿童罹患白血病风险；

（2）对大多数抗生素都有抗药性的金黄色葡萄球菌感染、伊波拉雷斯顿病毒、猪流感、大肠杆菌；

（3）蓝舌症、禽流感、疯牛病、妊娠毒血症；

（4）李斯特氏菌、猪只疾病（猪瘟PMWS）、贝类中毒；

（5）艰难梭菌、沙门氏菌、貌似健康的病畜。

食用奶制品的代价

（1）奶酪中含有细菌微生物、杀虫剂和从动物胃脏内壁中提取的酵素；

（2）奶酪中80%的热量来源于纯脂肪；

（3）奶制品中的激素导致乳腺癌、前列腺癌和睾丸癌；

（4）李斯特杆菌和克罗恩病；

（5）激素和饱和脂肪导致骨质疏松症、肥胖症、糖尿病和心脏病；

（6）乳糖不耐症；

（7）导致多发性硬化症；

（8）奶制品是主要的过敏源；

还有更多……

吃肉的代价

（1）不孕症。每天吃一份肉类的妇女患不孕症的几率增加32%，吃肉越多，患不孕症的几率越高；

（2）心脏病。每年有超过1700万人死于心脏病，每年心血管疾病的医疗费用超过1万亿美元；

（3）癌症。每年有超过100万个罹患大肠癌的新病例，每年有数百万个新病例被诊断出罹患与肉食相关的其他癌症；

（4）糖尿病。全球有2.46亿人患糖尿病，仅美国每年治疗费用约1740亿美元；

（5）肥胖症。全球有16亿人体重超重，4亿多人有肥胖症，每年至少有260万人因过重或肥胖相关问题而死亡；

（6）环境。消耗了高达70%的清洁水！污染大多数水域，导致80%的全球暖化。

为什么不宜吃鸡蛋？

人体可以产生并合成足够的用于维持神经细胞和细胞膜健康所需的胆固醇。由动物类食品中摄入的额外胆固醇很可能将使人体处于超负荷的状态，会导致血栓和心脏病。每天吃一个蛋，会让血液中胆固醇值上升12%。另外，蛋类是沙门氏菌的主要传播载体。

吃素会不会营养缺乏、失衡？

素食，有人甚至只吃蔬菜水果，这样有全部营养吗？

可以斩钉截铁地说"有！"不但全部都有，而且更丰富。

美国有一位麦嘟果医师，在一卷劝世人吃素的录影带里面，有位病人问他："假如我不吃肉，我的蛋白质摄取量足够吗？"麦医师回答说："我可以向全世界任何营养师挑战，看看谁能为我设计一套以平常蔬菜为主，但是会造成蛋白质不足的食物，那是不可能的！"

科学已经证明肉类的营养在植物里面统统都有，而且更丰富、卫生和安全。

一直被大家所忽视的一个事实：肉类最缺乏矿物质。

饮食的平衡与搭配关键在，切记：任何再营养的美食不可常吃，得换着点。

如何健康吃素？

实际上，不管平常你偏重的是素食还是荤食，必须要讲究的是营养均衡，要保证素食期间的营养足够，搭配就很重要。基本上，蛋白质、脂肪和糖类这三大营养素不用担心缺乏，像豆类、谷类、坚果类都含有蛋白质。美国营养协会对素食者提出几项健康素食建议：

少油、少盐、少糖，减少油炸，尽量以清蒸、水煮、凉拌或生菜色拉方式，保持食物原味。少吃酱菜、豆腐乳等高盐食物；饭后尽量少吃各种中、西式糕点。

很多肉食人士，甚至包括一些素食者对吃素并不很了解，认为素食就是把原来饮食结构中的肉拿去，吃剩下的蔬菜部分。如果是这样的吃素，当然会影响身体健康。素食并非只吃蔬菜，而是用素食中具有相同营养成分的各种食物代换肉食食物，并保证人类需要的各种营养成分和摄入量，如用高蛋白的豆类代替动物蛋白；植物油代替动物油；用紫菜和菌类获取维生素B_{12}等。

如果你是个素食入门者，刚开始也许会觉得明明吃得很多，却饿得很快，这正是因为植物较容易被肠胃吸收。别担心，持之以恒，你就能深切感受到吃素对身体健康的好处。

如何才能自由地吃？

吃素吃肉哪个更自由？

哪个婚宴、寿宴、国宴、社交场合离得开烟酒肉？至少96%的人离不开肉，可这样暴饮暴食、胡吃海喝容易三高、肥胖。当得了糖尿病就不宜大鱼大肉、糖；高血脂不宜动物内脏、淀粉；心血管病不宜蜂蜜、烟酒；乳腺癌不宜奶油、辣椒和老南瓜；痛风不宜海鲜、鸡鸭和豆类。他们还能自由地吃吗？就连植物蛋白的豆也不能吃了，能开心吗？

要想永远能自由地吃，大前提是什么？健康！特别的健康！只要按正确的方法，循序渐进，就能永远健康、自由地吃。

素食淡而无味，难吃！？肉香奶甜，可口！？

对于多数人来说，有句话比较适用：好吃的东西不健康，健康的东西不好吃。吃香的喝辣的，如果非要味香、味浓，一定要有咸菜才能用餐，从中医的角度讲，说明精气神缺乏，是亚健康、有病的表现。何况现在的香料、糖是人工的，添加剂过多对人体有害！天然的味道才是美味，你就能体会到矿泉水的"甘甜"。

吃素修行之人为何不喝酒？

吃素的人比较淡定、稳沉，不寻求一时的刺激。不仅不喝酒抽烟，就连葱辣椒蒜等类味重的食品也免食。其实是为了不影响吃素之人的灵敏——欣赏美味的味觉。实际上，素食之人味觉敏感，会自然而然回避浓味、有刺激的食物。

饮食两倾向

（1）宁少勿多、宁素勿肉、宁粗勿细、宁淡勿浓、宁生勿熟、宁天然勿人工，能吃两条腿的，就不吃四条腿的；能吃无腿的，就不吃两条腿的；能吃植物不吃动物；能吃低等植物不吃一般植物。

（2）能吃生的不吃煮的；能吃煮的不吃炒的；能吃炒的绝不吃油炸的！

总之：自然简捷，素食境界，循序渐进，顺其自然，另类享受，神清气爽！

易林吃法

五要点：

（1）平衡多样化；

（2）饱吃不如宽坐；

（3）饿了才吃；

（4）10大回避，见下图：

总之，尽量用天然的食材。

（5）定期辟谷。

餐饮节律

每年有7个大假，每次3天、7天，每周双休。请问我们的肠胃放过假吗？肠胃也要回归节假似的生物节律，成人必须每隔一段时间给肠胃放假休息，以清理肠胃与血液，释放多余脂肪和血糖。一般至少每月两次一天，每年一次7天全辟谷。

尹绍亭

尹绍亭，1947年生，从事民族学教学研究，云南大学民族研究院教授，博士生导师。

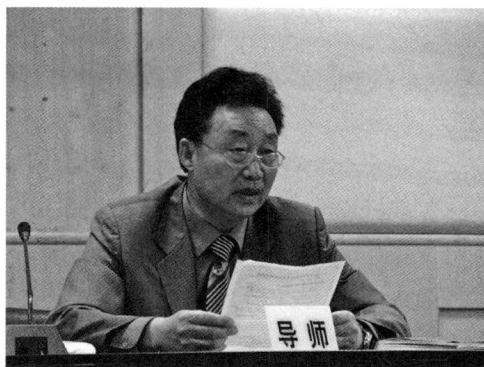

文化生态遗产之保护与可持续发展

——中国西南生态博物馆与民族文化生态村建设的理念与实践

20世纪60年代，西方工业社会爆发了环境保护运动，与之密切相关的生态学学科随之勃然兴起。无独有偶，这一时期在国际博物馆学界也出现了基于生态学的变革潮流，一种崭新的博物馆理念——"生态博物馆"首先在欧洲应运而生，并很快在世界各地蓬勃发展。我国的生态博物馆建设发端于贵州，始于20世纪90年代中期，此后陆续出现在广西和内蒙古等地。值得注意的是，就在贵州建设生态博物馆的同时，云南也开始从事以文化和生态环境保护为宗旨的"民族文化生态村"建设的探索实践，在国内外许多学者看来，"民族文化生态村"也就是"生态博物馆"。那么，什么是"生态博物馆"？贵州等省区是怎样建设生态博物馆的？"生态博物馆"与"民族文化生态村"有哪些不同？它们各自有哪些经验和教训？他们给社会留下了那些学术和文化的遗产？本文将就以上问题进行探讨和回答。

一、什么是生态博物馆

生态博物馆于20世纪60年代最早产生于法国，生态博物馆法语为ecomusee，英语将其译作ecomuseum。生态博物馆是生态（ecology）和博物馆（museum）的合成语。"eco"作为"ecology"（生态）和"ecionomy"（经济）的语源，出自希腊语"oikos"，即"家"的意思。20世纪六七十年代，工业社会在经历了辉煌的文明之后，其对社会思想、文化遗产、生态环境和自然资源等的消极影响日益显现，社会性的危机感、焦躁感悄然涌动，以致形成了一股强大的波及社会各界的反思和批判的潮流。生态博物馆就是在这样的背景下出现的对于传统博物馆的贵族性、殖民性、都市性、国家性、垄断性等的反思和批判的产物。[1]

那么什么是生态博物馆呢?

被称之为生态博物馆之父的法国博物馆专家乔治·亨利·里维埃（Georges Henri Riviere）是这样定义生态博物馆的："通过探究地域社会人们的生活及其自然环境、社会环境的发展演变过程，进行自然遗产和文化遗产的就地保存、培育、展示，从而有助于地域社会的发展，生态博物馆便是以此为目的而建设的博物馆。"另一位法国博物馆学家雨果·黛瓦兰（Hugues de Varine）则如是说："生态博物馆是居民参加社区发展计划的一种工具。"法国的《生态博物馆宪章》把生态博物馆定义为："生态博物馆是在一定的地域，由住民参加，把表示在该地域继承的环境和生活方式的自然和文化遗产作为整体，以持久的方法，保障研究、保存、展示、利用功能的文化机构。"[2]

通常认为，生态博物馆必须具备以下三个要素:

第一，生态博物馆必须在现地保存其地域的自然环境、文化遗产和产业遗产。

第二，为了住民的未来，生态博物馆必须由住民参与管理运营。

第三，生态博物馆必须开展各种活动。[3]

三个要素具体包括如下一些内容:地域内遗产的现地保护包括地域博物馆、文化遗产、露天博物馆、自然公园、历史环境、国际托拉斯等的保护。住民主体参与管理运营的对象包括地域博物馆、共同体博物馆、近邻的博物馆、街区建造、地域振兴、城镇等的保护等。博物馆的活动包括资料的收集保存、调查研究、展示教育以及博物馆、资料馆、学习场馆等的设施的建设。[4]

从上面的介绍可知，生态博物馆与传统博物馆在许多方面有所不同，挪威生态博物馆学家约翰·杰斯特龙总结了两者之间的差异，并归纳于:

1　大原一兴：《生态博物馆之旅》，〔日〕鹿岛出版社，1999年12月版，第6页。

2　黄春雨：《中国生态博物馆生存与发展思考》，《中国博物馆》，2001年第3期，第2-5页。

3　苏东海：《生态博物馆在中国的本土化》，《中国博物馆》，1999年第3期，第4页。

4　苏东海：《国际生态博物馆运动述略记中国的实践》，《中国博物馆》，2001年第2期，第3-4页。

生态博物馆————传统博物馆

遗产————藏品

社区————建筑

住民————观众

文化记忆————科学知识

公众知识————科学研究[1]

　　如上所言，生态博物馆产生于法国，而法国的生态博物馆的发展过程则大致可以分为三代。第一代指20世纪60年代后期随着"地方自然公园"的诞生而建立的生态博物馆，也包括"生态博物馆"这个名字出现之前所作的一些尝试性的建设雏形。第二代生态博物馆以第一代生态博物馆为基础，发生于70年代前期，是城市地方自治政府设立之后的产物。这一代生态博物馆的代表，是以产业遗产等社会环境为中心、由地域的生活者主导建设并服务于公众的都市生态博物馆。第三代生态博物馆形成于70年代后半期，特别是1977年以后，围绕都市的产业、文化、生活等各种各样的记忆的收集、保护为中心的生态博物馆大量出现，而小型的生态博物馆在其中占了不小的比例。然而，在发展的过程当中，由于一些博物馆背离了生态博物馆的既定的精神，粗制滥造，所以被认为是生态博物馆的堕落，是"博物馆的倒退"而受到批判。

　　法国的生态博物馆，发展至今已遍布全国。有学者对法国国家承认的数十座生态博物馆进行了调查研究，将其分为六种类型：一是研究基础型，即以学术研究事业为主的生态博物馆；二是保护基础型，即以保护为第一目的的生态博物馆；三是共同体型，即把共同体事业置于优先地位的生态博物馆；四是文化事业型，即以文化事业为主的生态博物馆；五是领域活动型，即以领域（地域）事业为主的生态博物馆；六是地域经济型，即以经济事业为基础的生态博物馆。[2]

　　生态博物馆在法国产生，创造了不同的类型，形成了较为完整的理论、方法和管理体系，并在世界上很多地区产生了影响。1980年以后，生态博物馆为法语圈、西班牙语圈、葡萄牙语圈、意大利亚语圈以及拉丁语系的许多国家所接受，其理念在欧洲、北美洲、南美洲、非洲、大洋洲和亚洲得到了普及，出

1　苏东海：《关于生态博物馆的思考》，《中国博物馆》，1998年第3期，第3页。

2　大原一兴：《生态博物馆之旅》，〔日〕鹿岛出版社，1999年12月版，第12页。

现了迅速发展的势态，迄今为止，全球的生态博物馆数量已达到300多座。中国贵州省与挪威政府于1998年在贵州合作建设生态博物馆，为中国生态博物馆的滥觞。毫无疑问，生态博物馆作为一种新颖的博物馆形式已被学界和社会广泛关注，然而也有例外，如英语国家对生态博物馆的态度就比较冷淡，英国甚至拒绝接受生态博物馆，说明生态博物馆尚存在着某些局限性。

生态博物馆的产生，在博物馆领域乃至在整个学术领域，都有十分积极的意义，它在某种程度上反映了社会对于文化事业的目的和功能的诉求，它所提倡的尊重文化拥有者和使博物馆社区化的理念，体现了文化伦理的回归。不过，我们也应该看到生态博物馆产生的历史还不长，要使其在世界上不同的国家、不同的地区生根发芽开花结果，无疑还要经历相当长的探索过程。而且，作为博物馆的一种派生的模式，尽管它具有广阔的前景，然而由于"社区"的局限性，所以他只可能是都市博物馆的一种补充，而不可能获得取代都市博物馆的主流的地位。

二、贵州的生态博物馆

1986年，中国博物馆学会常务理事苏东海研究员首次在他主编的《中国博物馆》杂志上介绍生态博物馆。1995年在他的倡导下，贵州省开始建设生态博物馆，这个工程得到了挪威政府的援助，被纳入《1995至1996年挪中文化交流项目》中。贵州生态博物馆建设选择了四个地点：梭嘎［苗族］、镇山［布依族］、隆里［汉族］和堂安［侗族］。

贵州生态博物馆建设的指导思想，集中体现于由挪威专家和苏东海、胡朝相等中国专家共同制定的《六枝原则》之中，其内容如下：

①村民是其文化的主人，有权认同与解释其文化；②文化的含义与价值必须与人联系起来，并应予以加强；③生态博物馆的核心是公众参与，必须以民主方式管理；④旅游与保护发生冲突时，保护优先，不应出售文物但鼓励以传统工艺制造纪念品出售；⑤避免短期经济行为损害长期利益；⑥对文化遗产进行整体保护，其中传统技术和物质文化资料是核心；⑦观众有义务以尊重的态度遵守一定的行为准则；⑧促进社区经济发展，改善居民生活。[1]

1　苏东海：《中国生态博物馆的道路》，中国博物馆学会编《2005年贵州生态博物馆国际论坛论文集》，紫禁城出版社，2006年2月版，第6页。

2005年5月，笔者参加了"贵州生态博物馆国际论坛"，期间参观了梭嘎和镇山两个生态博物馆。参观完毕之后，中外代表所获印象大致相同，兹归纳于下：

（1）两地都建设了资料中心，其建筑都具有较大的规模，展示资料也较为丰富，说明当地政府十分重视，投资不小，项目组的专家学者也确实花了心血，做了大量的工作。不过，所谓"资料中心"似乎还不能发挥其预期的功能，目前将其直接叫作展览馆或博物馆更为恰当。

（2）非常明显的问题是，两地的"资料中心"的建筑均与村寨的景观不相协调，不仅没有体现当地村寨的空间文化的结构意像，而且其现代化的建筑与传统民居形成强烈的反差；此外，其展示的内容和方法也与当地文化不甚融合，一看便知那不是当地人之所为，而明显是外来专家的操弄。资料中心与村寨，两种差异极大的文化景观被生硬地组合到一起，其动机显然是希望实现"文化的就地保护和整体保护"，然而让人感受到的却是博物馆专家们又把自己熟悉的文化——城市博物馆搬到了乡下。

（3）最关键和最核心的问题在于，代表们所看到的正如苏东海先生所言，其生态博物馆建设的所有工作，"都是政府和专家的行为，当地人完全被置于被动接受的地位"。这样的结果显然与国际公认的生态博物馆的核心原则背道而驰，这不能不说是一个极大的遗憾！它说明目前要在中国实现"六枝原则"还不具备条件，困难极大，还需要有一个较长的探索发展的过程。诚然，目前世界各地建设的生态博物馆并没有统一的模式，形式是多样化的，然而其公认的核心的原则是不能放弃和改变的，如果我们一些核心的基本的准则放弃和改变了，那就不是生态博物馆了。许多人认为，贵州生态博物馆的建设有缺陷，我想他们所说的最大的"缺陷"，就在于"文化拥有者"没有成为"原则"中宣称的"参与者"，更不是"主人"，而只是"附庸者"或"旁观者"。

对于来自学术界的责难，对于2005年国际论坛的参会代表，尤其是国外代表提出的质疑和批评，苏东海先生以强调"中国国情"和"本土化"作为辩解的理由；胡朝相先生则认为"社区居民对民族民间文化价值的认识处在一个蒙昧的阶段"[1]，他们都强调社区居民目前尚不可能完全成为文化的

---

1 胡朝相：《论生态博物馆社区的文化遗产保护》，《中国博物馆》，2001年第4期，第19–20页。

参与者和主人。[1]这样的说法，可以视为是他们通过实践之后对其所制定的"六枝原则"的反思和修正。这一认识的转变，极富启发的意义，它告诉人们：生态博物馆乃是西方发达国家的"土壤"和"气候"催生的非传统的、新潮的博物馆文化，当你决心移植的时候，对于被移植地的文化"土壤"是否适宜、能否接受外来文化的"嫁接"有没有足够的认识？对于自身是否具备"移植"的操作能力及条件的充分的准备？这是必须注意的基本的前提。而当地居民拒绝或难以接受一种陌生的外来文化，还不能简单地以"蒙昧无知"进行解释，在全球化和市场经济的影响下，当地居民其实也早已不是想象中的理想状态，而变成了接受了各种欲望的群体。对此，许多专家学者是缺乏基本的认识和必要的准备的。正因为如此，所以文化的操弄和走向往往不以专家学者们的意志为转移。专家学者们（包括我们在内）也许还得时时提醒自己，不能仅凭良知和热情办事，因为你涉及的对象之复杂，是你在城市的博物馆里根本不可想象的。

关于贵州生态博物馆的评价，我认为有两点值得注意：对于倡导者和建设者而言，实事求是地深入地反思和总结其开创探索的经验和教训，充分发挥"前车之鉴"的作用，比任何评价都宝贵和受人尊敬。对于学界而言，关注和批评是必要的，然而简单的否定也未必妥当，此项事业和我们从事的民族文化生态村的建设一样，其艰难和复杂的程度是局外人难以想象的。我们应该知道，对他者的批评其实是得益于他者实践的启发和验证，因此第一批"吃螃蟹的人"是值得敬佩的。总而言之，生态博物馆是一个新生的事物，其"移植"的实验不可能在短时期内完成，暂时的成功和失败并不十分重要，有时失败也许比某种程度的成功更有意义。重在参与，重在过程，不断积累，不懈努力，才是应取的态度和事业发展的保证。

三、广西的民族生态博物馆

2003年，广西壮族自治区政府选择南丹里胡怀里（瑶族）、三江（侗族）和靖西旧州（壮族）作为试点，建设民族生态博物馆。在取得一定经验的基础上，2005年由广西民族博物馆编制《广西民族生态博物馆建设

1　胡朝相：《论生态博物馆的非物质文化遗产保护》，《中国博物馆通信》，2002年第10期，第17页。

"十一·五"规划及广西民族生态博物馆建设"1+10工程"项目建议书》，并获得自治区民族民间文化保护工程领导小组的批准。广西的"1+10工程"，即一个"龙头"博物馆——广西民族博物馆和10个民族生态博物馆的组合。10个生态博物馆为前述3个馆加后来追加的7个馆：贺州市莲塘镇客家围屋生态博物馆，融水苗族生态博物馆，灵川县灵田乡长岗岭村汉族生态博物馆，那坡达文黑衣壮生态博物馆，东兴京族三岛生态博物馆，龙胜龙脊壮族生态博物馆和金秀县瑶族生态博物馆。[1]

广西的民族生态博物馆，是在参考贵州生态博物馆的基础上，结合自身的研究成果和广西的实际情况，所进行的文化保护建设事业。笔者曾应邀参加过广西生态博物馆实施建设方案的研讨，并实地考察过龙脊，靖西旧州和那坡达文三个民族生态博物馆，感受较深的印象有以下几点：

（1）定位定性比较结合实际。广西民族生态博物馆的建设宗旨为"促进社区文化保护，传承和发展，推动社区居民生活水平的改善"。其基本任务界定在两个方面：一是通过民族生态博物馆所进行的文物的征集、整理、展示和保护等工作，发挥宣传和教育的作用，传播民族文化和科学知识；二是要把民族生态博物馆建设成为研究民族文化的基地和广西民族博物馆的工作站和研究基地。[2]这样的定性，基本上没有超出传统博物馆的业务范畴，虽然目标不太高，然而包袱不重，也不失为一种可进可退的策略。

（2）模式构想思路清晰。广西民族生态博物馆的模式被设计为"信息资料中心"和"生态博物馆保护区"两者的组合，所谓"信息资料中心"其实就是一座博物馆，所谓"生态博物馆保护区"便是村寨；两者之间的关系，定为相互结合，相互促进的关系，即"馆村结合，馆村互动"的模式。[3]看得出来，在模式的构想设计上，虽然是贵州模式的沿袭，但是他们没有使用贵州"六枝原则"所提倡的所谓"村民是文化的主人""必须以民主方式管理"等超前的话语，调子不高，亦不失为一种有较大灵活性的策略。

1　广西壮族自治区文化厅：《广西民族生态博物馆"1+10工程"建设项目》资料集，内部文件资料，2005年8月。

2　广西壮族自治区文化厅：《广西民族生态博物馆"1+10工程"建设项目》资料集，内部文件资料，2005年8月。

3　容小宁：《广西生态博物馆建设探索与规划》，中国博物馆学会编《2005年贵州生态博物馆国际论坛论文集》，2006年2月版，第29页。

（3）"1+10"的博物馆体系是创造性的尝试。广西"1+10"的博物馆体系的理论构想为：将正在建设中的广西民族博物馆与未来陆续建设的各个民族生态博物馆结成"联合体"，建立起长期、稳定的互动与延伸关系，编织信息网络，构建交流与合作平台，把握生态博物馆的目标与发展路线，设计总体规划，提供专业的可行的理论支撑。与此同时，在保护文化遗产和培育文化自觉的基础上，使社区群众最大限度地主动地以各种方式参与到项目中来，一同发掘社区传统文化中的精华。广西的"1+10"博物馆体系，在国内尚无先例，它丰富和扩展了传统博物馆的内涵和外延，可视为生态博物馆本土化的探索。

（4）制定了比较健全的建设和管理制度。广西民族生态博物馆的建设由广西文化厅直接领导，先后制定出台了"项目建议书""管理暂行办法""项目责任书""建设相关单位主要职责和工作制度"等文件。由自治区批准颁布执行的"建设相关单位主要职责和工作制度"，明确具体地规定了自治区文化厅、财政厅、发展和改革委员会、民族事务委员会、交通厅、民政厅、旅游局、建设厅、国土资源厅、卫生厅、教育厅、扶贫开发领导小组办公室这12个相关领导部门的职责和工作制度。

（5）有较详细的规划。每一个生态博物馆在申报之前都认真做好建设的"详细规划"，"详细规划"包括总体思路、选点依据及相关图表、历史文化遗存、民族文化资源、保护方法和措施、居民的组织和参与方案、民意诉求、项目建设与当地社会经济文化发展的关系，尤其是与当地居民生活改善的关系、创新性和可操作性、详细的投资预算等。

综上所述，广西民族生态博物馆的建设模式和方法给人以两点深刻的印象：其一，广西壮族自治区真抓实干、严谨、扎实、科学的工作作风和实事求是的态度，值得敬佩和学习；其二，广西借鉴了贵州的经验教训，不盲目照搬国外生态博物馆的理论，试图结合该区的实际情况，开拓具有本土化特色的模式，具有一定的创新性和前沿性。当然，从国际视野的生态博物馆的角度看，广西的民族生态博物馆的建设才刚刚起步，"1+10"的博物馆体系固然是一条新路，但要真正实现其整合，达到"馆区结合，馆区互动"的目标还有不小的距离和困难。另一方面，就该区现在已经建成的几个生态博物馆来看，它们所设立的"资料中心"同样面临贵州的问题，尚不能完全融入社区之中，"当地居民参与"的动力和机制依然缺失。在目前建设成绩的基础上，如果要巩固提高，具有更高的追求，那将仍然绕不开村民在文化中的角色和可持续发展等难题。

四、云南的民族文化生态村

"民族文化生态村"的建设，是笔者于1998年主持实施的一个以人类学学者为主、包括其他学科专家学者参与的应用研究开发项目，是一个以地域和民族文化的保护和传承为主旨，由住民、政府和学者等相关群体参与的行动计划。

关于地域和民族文化的保护和传承，并不是一个新的问题，它从来都是文化事业和学术研究的一个重要的组成部分。然而由于中国刚刚经历了文化大革命，传统文化遭受了前所未有的浩劫，紧接着又进入了体制改革、发展市场经济和现代化建设的时期，而随着国家的改革开放，全球化的浪潮也席卷而来，在这样的形势下，破坏严重、残缺不全的地域和民族文化又面临巨大的冲击和新的挑战。地域和民族文化在以往被丑化、消化、同化、涵化的基础之上，又被严重地异化、伪化、商化和造化，显然，民族文化的保护传承与重建，已是刻不容缓，必须提到国家的重要议事日程之上。国家需要决策的参考依据，社会需要认识和行动的理论，民间需要建设的参照和经验，这些都有待我们去实践、探索、研究和总结。建设"民族文化生态村"，就是在这样的背景之下产生的将理论研究和实践应用相结合的开拓性项目。建设民族文化生态村，从文化事业的角度看，意在探索地域和民族民间文化以及文化遗产保护传承的新途径；从学术的角度看，是以人类学为核心的多学科结合的应用研究的新课题；从现代化建设的角度看，则可为国家实施的"社会主义新农村建设"发展战略提供参考性的理论方法和经验。

选择具有地域文化和民族文化特色的村寨，依靠村民的力量和当地政府及专家学者的支持，制定发展目标，通过能力和机制的建设、进行文化生态保护、促进经济发展等途径，使之成为当地文化保护传承的样板和和谐发展的楷模，为广大乡村提供示范，并促进学术的发展，这是本项目基本的运作思路。

那么，什么是民族文化生态村呢？我们给了它下面这样的定义：

民族文化生态村，是在全球化的背景下，在中国进行现代化建设的场景中，力求全面保护和传承优秀的地域文化和民族文化，并努力实现文化与生态环境、社会、经济的协调和可持续发展的中国乡村建设的一种新型的模式。[1]

民族文化生态村建设以民族文化保护为宗旨，认为文化是民族的"根"和"魂"。然而，文化并不是孤立的事物，事实上它与社会经济生态是一个不可分割的整合体，没有经济基础，没有社会的进步，就不会有文化的发展和繁荣。因此，从事文化保护事业不能仅仅着眼于文化本身，还必须有综合的关照和整体的思考。另一方面，我们还应该保持十分清醒的认识，从事民族文化生态村的建设，进行民族文化保护，不能脱离中国特定的时空条件，不能不考虑国情民情，对于国外同类保护事业及其相关的理论方法和经验范式，应该虚心学习，积极参考借鉴，但也不可盲目照搬。基于以上的考虑，我们拟定了建设民族文化生态村应该努力实现的六个基本的目标：

一、具有突出的、典型的、独特而鲜明的民族文化和地域文化的特色。二、具有朴素、醇美的民俗民风。三、具有优美良好的生态环境和人居环境。四、摆脱贫困，步入小康。五、形成社会、经济、文化、生态相互和谐和可持续的发展模式。六、能够发挥示范作用。

这六个基本目标，是第一层次的目标，在基本目标之下，还必须制定由若干层次的目标组成的目标体系。下面的目标属于第二层次：

一、村民热爱本地区、本民族的文化，具有较高的文化自觉性。二、建立由村民管理、利用的文化活动中心。三、依靠村民发掘、整理其传统知识，并建立传统知识保存、展示和传承的资料馆或展示室。四、建立行之有效的可持续的文化保护传承制度。五、主要依靠村民的力量，改善村寨的基础设施和人居环境。六、改善传统生计，优化经济结构。七、有一批适应现代化建设、有较高文化自觉性、有开拓和奉献精神、能力强的带头人。八、有比较健全的、权威的、和谐的世俗和行政的组织保障。九、有良好的、可持续的管理运行的机制。[2]

如果将生态博物馆与民族文化生态村进行比较的话，那么不难发现，两者在一些基本理念上具有相同或相似之处。例如：生态博物馆主张尊重地域、社区和住民的权利，主张依靠地区政府和住民做好当地的事业；主张生

1　尹绍亭主编：《民族文化生态村——云南试点报告》，云南民族出版社，2002年10月版，第5页。

2　尹绍亭主编：《民族文化生态村——云南试点报告》，云南民族出版社，2002年10月版，第5页。

态博物馆由政府和住民共同构想、共同创造、共同利用，尤其重视村民参与和主导的作用；主张把生态博物馆所在地的自然环境和住民的生活方式作为一个不可分割的相互联系的整体；主张对自然遗产和文化遗产进行就地保存、培育、展示和利用；主张生态博物馆是社区发展的"工具"等。生态博物馆的这些原则和理念，值得民族文化生态村学习、参考和借鉴。

然而，生态博物馆与民族文化生态村也有不同之处。两者的不同或区别，主要表现于下面几点：

第一，两者产生的背景不同。生态博物馆产生于发达的工业社会，是对工业社会和工业文明的反思和批判的产物，它所要表达的是该社会社区和住民对于权利、发展以及自然和文化遗产保护的诉求；而民族文化生态村则产生于发展中国家及其欠发达地区，是对在盲目追求经济发展的过程中造成传统文化和生态环境破坏的反思和批判的产物，是追求建立和谐和可持续发展社会的需要。

第二，两者产生的社会经济文化基础不同。生态博物馆产生于西方发达国家，社会经济文化基础雄厚，建设条件优越；民族文化生态村建设于中国云南省的乡村，为欠发达或贫困的地区，社会经济文化基础薄弱，建设条件很差。

第三，两者产生的倡导者不同。最早的生态博物馆是由地区行政机关和当地住民共同构想、创造、推进的；而民族文化生态村最早则是由学者构想、倡导、宣传、推进的。

第四，两者的性质不完全相同。从自然和文化遗产保护的角度看，两者的性质是相同的，而从建设的模式来看，却不一样。生态博物馆的某些理念虽然已经超出了传统博物馆的范畴，它体现了博物馆发展的新的潮流和趋势，然而它仍然属于博物馆的范畴；民族文化生态村在每一个试点的规划中，也把博物馆作为建设内容的一个重点，然而其整体不是博物馆，而是致力于民族文化保护和可持续发展的新型的乡村建设模式。

第五，两者的要素和功能不完全相同。生态博物馆遵循博物馆的建设运作范式，必须把建筑、藏品、研究、展示、教育等作为其必不可少的要素和功能。民族文化生态村不必按照博物馆的规范进行建设和运作，他将根据各地区的情况，创造性地进行自然和文化遗产、物质文化和非物质文化遗产的研究、保护、发展、创造和利用。

第六，两者的建设方式不同。生态博物馆凭借发达国家优越的条件和雄厚的基础，能够进行理想的规划和完善的建设，可以建立合理规范的制度和进行良好的管理及有效的运作；民族文化生态村则不然，由于不具备各种必要的条件，所以一切都不可能一步到位，只可能是逐步推进、逐步建设、逐步发展、逐步完善。

第七，住民参与的自觉性存在着差距。发达国家的住民，由于生活富裕，有更多的时间、精力和兴趣从事社会文化和生态环境的保护和建设的事业；而贫困地区的住民则必须先保障自己的生存，然后才可能参与公益事业和进行更多的精神追求。[1]

以上差别说明，民族文化生态村与生态博物馆是在不同的国家、不同的时空、不同的文化背景、不同的经济基础的情况下的不同的选择和创造。民族文化生态村可以参考借鉴生态博物馆的有益和成功的操作方法和管理经验，然而更需要根据本国的国情走自己的道路。现在我国的一些乡村有建设生态博物馆的愿望，然而如果不了解生态博物馆的实质，不考虑本土的实际情况，不明确自身的目标，便生硬地、不加取舍地将其照搬于欠发达或贫困地区，那注定要走弯路，结果会适得其反。再者，生态博物馆毕竟已经有了40年的发展历史，在世界各地其数量已多达300多座，其基本的理论方法及模式在世界博物馆学界早已形成了基本的共识，因此，如果要建设生态博物馆，那么还有一个规范的问题，即不能随意而为或者只取其名而不顾其实。我们为什么不采用"生态博物馆"之名而采用"民族文化生态村"，便是基于以上所说的诸多的道理。

五、云南民族文化生态村建设的两个案例

云南民族文化生态村项目为期十年（1997~2007），进行了5个不同民族试点的建设，下面简要介绍其中两个试点的情况。

1. 和顺——从文化生态村到魅力小镇

和顺乡属云南保山市腾冲县，位于县城西南4公里的一个小盆地的边缘。村庄依山建筑，山涌清泉，河流环绕，田畴相望，景致优美，传统风水意蕴

---

1 尹绍亭主编：《民族文化生态村——理论与方法》，云南大学出版社，2008年11月版，第23~26页。

特浓。该村住民为汉族，他们的祖先是明代内地戍边军屯之民，经数百年生息繁衍，现有人口6000余。腾冲县与缅甸山水相连，是古代中国西南与缅甸和印度交通"蜀身毒道"上的要冲，中缅两国边民自古交往密切。数百年来，包括和顺人在内的大量腾冲人，"穷走夷方急走场"，每遇困顿厄难，即往缅甸谋生，富裕之后，又尽力扶持家乡建设。和顺之所以有那么多的历史建筑精粹，有不同于一般乡村的发达的教育和文化，很大程度上是受惠于在海外艰苦创业的乡亲。目前旅居海外的和顺华侨超过了本村的人口，分布于欧美及亚洲13个国家和地区，所以和顺又是注明的侨乡。

和顺乡现存寺庙宫观殿阁八大建筑群和八座宗族祠堂；遗存汉式民居1000余栋，其中传统经典的"三坊一照壁"与"四合五天井"的四合院、多重院以及中西合璧建筑尚余100多栋；村中有建于1924年中国乡村最大的图书馆，有著名哲学家艾思奇的故居纪念馆；此外，和顺还有文笔塔一座，石拱桥6座，洗衣亭6座，闾门和牌坊16座，月台24座，公园1个。文化积淀深厚，所以和顺素有"极边第一村"的美誉。

然而不幸的是，自20世纪50年代之后，和顺曾多次遭到摧残。主村落中的7座标志性的高大石牌坊被捣毁，宗祠的牌位、柱表等被拆除，宗祠、寺观、民居的大量匾额、楹联、雕刻被当作"四旧"遭到严重破坏，许许多多珍贵文物被毁弃、焚烧。生态环境方面，部分水域、湿地被填为水田，山林大多被开垦为农地，受工厂和生活垃圾的污染，昔日清澈的河水变黑发臭。尤为遗憾的是，部分村民不再珍视文化传统，盲目拆除传统民居，乱盖乱建钢混楼房，严重破坏了景观和环境。几经磨难，至20世纪80年代，和顺就像一个"破落地主"，落到了萧条破败的境地。为了唤起社会对文化遗产的重视，重振和顺的人文精神，再现侨乡的历史辉煌，1998年，我们选择和顺作为试点，开始了文化生态村的应用性研究。

建设和顺文化生态村，得到当地各级政府的理解和支持。腾冲县委、县政府和乡政府的领导担任了文化生态村建设领导小组成员，并将文化生态村作为腾冲文化强县建设的重要工程，投入大量资金修筑道路、修复古建筑和名人故居。与此同时，项目组开展了以下各项工作：

（1）和村民一起，进行调查研究。调研内容涉及乡史、侨史、商贸史、环境史、建筑史、抗战史、乡土文化、建筑文化、宗教文化、宗祠文化、社团文化、饮食文化、楹联文化、民间艺术、婚姻家庭、风俗习惯、文物古迹、教育和人物等。

（2）从该乡的各类建筑和文物古迹中，筛选出90余项，在悉心调研的基础上，写出中英文的简要说明，提交政府有关部门，建议树碑立牌，制定管理措施，将它们作为重点保护对象进行管理和保护。

（3）对该乡代表性的寺院、宗祠、公共建筑和民居进行测绘，获得了较全面的建筑实测图，为该乡建筑文化遗产的研究、规划、保护、开发利用提供了详细的资料和科学依据。

（4）举办文化遗产展览和不同形式的座谈会，意在提高村民的文化自觉和参与意识，并扩大宣传和影响。

（5）为了弘扬和顺的建筑文化遗产，项目组利用李氏家族民居"弯楼子"建了一座民居博物馆，设置了"悠久历史""著名侨乡""建筑集萃""极边名村"四个专题常设展。

（6）策划了"和顺写和顺"计划，组织村民数百人，参与撰写本乡的历史文化。作者中，年少者12岁，年长者近90岁；有农民、干部、知识分子，还有旅居世界各地的村民华侨。文章结集为《乡土卷》《华侨卷》《人文卷》出版。

随着环境的整治恢复，古迹和民居的修缮，传统文化的传承复兴，和顺知名度不断提高，旅游者开始大量增加，其所蕴含的巨大而深厚的文化资源的价值日益显现，敏锐的商家于是盯上了这块宝地，结果导致了和顺命运的巨大改变。2004年，作为县政府大力推行招商引资开发旅游的一项重要举措，和顺被名为"柏联集团"的企业收买，和顺人的家园，从此成了由柏联集团开发打造、管理运作的旅游村。

柏联集团的进入，首先建立了收取门票、设置导游、网络景点等管理制度；其次是在包装、宣传上下功夫，竞选上了"全国十大魅力小镇"之名；第三是建盖了餐饮馆所和以经营为目的茶马古道展览馆等；第四是采取了一些措施改善与村民的关系，以缓解因权益和利益引发的村民和企业的矛盾。

政府主导出卖或转让文化旅游资源，由企业和商家收购占有，进行开发利用、经营管理，这是中国现行体制与市场经济大潮结合的产物。其优点是依靠企业的经济实力和运作经验，可能在短时期内高标准、大规模地建设旅游基础设施，形成比较完善的商业体系，从而打造出知名旅游品牌。其弊病也显而易见，那就是文化资源的创造者和拥有者的权益可能受到侵害。由政府和企业主导买卖村民的家园，如果习惯于以权代法、暗箱操作，村民没有知情权，他们的权益、利益和诉求得不到保障的话，那么必然会引发矛盾、纠纷、甚至动乱，在社会主义社会，这绝对是应该杜绝的现象。

和顺现在已成为云南旅游市场中的后起之秀和靓丽"名片"。之所以能够如此，根本原因在于它拥有不可多得的品质优良的文化生态遗产。云南是发展文化产业的先进省份，旅游在其文化产业中占有重要地位，和顺的开发，就被认为是"企业主导"发展旅游的一个"成功模式"。然而随着我国法治的逐渐完善健全，百姓民主维权意识的增强，政府对于建立和谐社会的高度重视，像和顺那样，只需官员和企业家敲定即可轻松买卖百姓家园的做法也许不再那么容易实行了，所以，所谓"和顺模式"的复制和推广肯定不容乐观。而且，既然资源是属于百姓的，是不可能彻底买断的，那么百姓的权益就是一只挥之不去的"无形之手"。和顺是否能够真正实现企业与村民的"双赢"，恐怕还将是一个需要长期磨合、调适的过程。

2. 仙人洞——一个贫困村庄的华丽转变

仙人洞是云南省丘北县普者黑行政村下属的一个自然村。村民173户，759人（2000年），除一户是汉族外，其他全是彝族撒尼人。村庄地理环境为卡斯特地貌，山峰不高，一座座形如石笋，拔地而起，奇峭秀丽。山峰之间是宽阔的湖泊，湖面如绸似缎，清流舒缓，湖苇摇曳。村子靠山临湖，景致十分优美。然而，在1999年以前，仙人洞却是一个非常贫穷的村寨。"远看青山绿水，近看破烂不堪"，就是其当时的写照。

1999年，当地干部和仙人洞村民为了改变贫困的面貌，积极主动要求作为文化生态村的试点，获得批准。经过深入的调查研究，项目组、县有关部门的干部和村民一道，进行了村寨的规划，开办了以提高村民能力建设为主要目的各种培训班，用了五六年的时间，实施了以下几个重要的行动计划。

（1）树立民族自信心，继承和发扬本民族的优良传统。在村民小组的领导下，村民们对比时下种种不良的社会风气，重新认识本民族的优良传统，提高了对保护民族文化重要性的认识和自觉性。在原有习惯法和村规民约的基础上，结合现实状况，制定了新的村规民约和行为规范准则，并把发扬优良传统、传承民族文化作为建设文化生态村的核心目标。

（2）改善和修复生态环境，建设美好家园。原来的仙人洞，周围山好水好，但是走进村寨却是"脏、乱、差"的景象。村中全是泥土路，旱季灰尘漫天，雨季则烂泥遍地；土墙老屋，年久破败，人畜共居，臭气弥漫。环境如此之差，怎么称得上"文化生态村"。贫穷思变，脏乱思改。有了奋斗目标，认识发生了改变，于是村民团结一心，男女老少齐上阵，家家户户搞卫生，人畜分居，土路改筑成石头路，清理扩大荷塘，在存在周围增加种植了数千株竹子和树木。短短的时间内，村容村貌发生了巨大变化。

（3）发掘文化资源，传承民族文化。该村撒尼人传统文化十分丰富，然而经过文化大革命等动乱，大部分消失了。对文化有了新的认识，村民们投入了极大的热情，以各种形式恢复、传承文化。他们按年龄组织了若干歌舞队，每天晚上自觉开展活动；年轻人希望学习本民族的文字，村里一度开办了彝文夜校；火把节等传统节庆活动多年不举行了，1999年后又陆续恢复起来；在撒尼人的文化中，神灵和祖先崇拜占有重要的地位，由于被认为是封建迷信活动也取消了多年，在建设文化生态村的过程中，祭天、祭神、祭祖等仪式也一一恢复。

（4）继承传统，发展创造。为了更好、持久地保护和传承民族文化，同时为了发展旅游事业，增加经济收入，改变贫穷的状况，除了遵循传统，村民们还创造了许多形式新颖独特的文化活动。例如经常举行"篝火歌舞晚会"，组织周围各民族举办"民族赛装会"，于不同季节举办"旅游节""荷花节""花脸节""辣椒节""对歌赛"等。这些活动既具有很强的娱乐性和参与性，又有丰富的文化底蕴，所以深受当地民众和外来游客的欢迎。

（5）利用自然资源，开发旅游景点。在烟波浩渺的湖泊中划船游览，赏游鱼、荷花，听故事、船歌，深受游客欢迎，这些都是村民的拿手好戏，是村民首先开发的旅游活动。后来被旅游公司学过去，成为普者黑风景区的主要旅游项目。溶洞崖窟颇具观赏和探险价值，普者黑的第一个溶洞的开发，也是出于仙人洞村民之手。该村背山面湖，村民还别出心裁，沿山开凿石径，在山顶辟出观景台，登顶眺望，湖光山色尽收眼底，美不胜收，令人流连忘返。

（6）兴建民宿旅馆，开办"农家乐"。为了给游客提供较好的食宿条件，村民们改变观念，大胆贷款建该新房或改造老房子。现在大部分人家建造了宽敞明亮的民居旅馆，全村每年接待游客十几万人。每逢节假日，家家爆满，经济收入一年比一年好。过去该村人年均收入不过几百元，现在上升到数千元，年收入十万元以上的人家已不在少数。

仙人洞村能在短短数年里彻底改变面貌，主要得益于两点：首先，村民高度自觉。该村村民朴实、团结，热爱自己的文化、热爱自己的家园，在村干部的带领下，能够同心协力，奋发图强。其次，村里有一个强有力的领导班子。该村领导班子除了党支部书记、组长副组长之外，宗教祭司"毕摩"、各家族长老、妇女主任都参与大事的讨论和决策。行政权力与世俗权威结合，能够形成有效的运作机制。

仙人洞村作为文化生态村建设的一个的试点，取得了很大的成绩，发挥了示范作用，所以先后被评为"民族团结示范村""国家级精神文明村"等等。然而，在欣欣向荣气象的背后，也存在不少问题挑战。例如旅游发展太快，一些村民不顾规划和景观随意建造房屋；随着经济收入的增加，一些年轻人的文化意识逐渐淡薄；"农家乐"千篇一律，层次低，文化含量少；文化传承没有与时俱进，文化设施不足等。该村干部已经意识到上述问题如果不积极解决，那么就会丧失特色和优势，难以持续发展。

结　语

本文粗略地介绍了生态博物馆的基本理念、产生的背景、理论方法、模式类型、发展过程以及中国贵州、广西两省区致力于生态博物馆建设的状况，同时介绍了云南民族文化生态村的建设并与生态博物馆进行了比较。据上可知，一个新的科学概念的形成，一种新的文化事象和一类新的博物馆模式的产生，必然有其产生的特定的背景、时代、环境和空间。文化是传播和相互影响的，任何一种新生的具有生命力的文化，都能够突破区域的、国家的、洲际间的界限而为不同的族群所接受，从而达到全人类的共享。然而，由于各地域的社会、环境、文化等存在着显著差异，文化在传播、交流的过程中，往往也会出现不相适应、难以融合甚至矛盾冲突的情况，这种情况有时是暂时的，然而也不排除始终难以和谐的结果。生态博物馆产生于欧洲，本质上属于西方发达国家的博物馆文化，将其移植到中国，肯定需要有一个探索、改良、适应的过程。民族文化生态村虽然为本土学者所提倡，是基于"国情"和本土"土壤"的文化生态保护模式的创造，然而在全球化和市场经济的背景下，付诸实践亦非易事，面临着重重困难。所以，历经10余年的探索和开拓，无论是贵州和广西的生态博物馆建设还是云南的民族文化生态村建设，既取得了宝贵的经验，产生了广泛深远的影响，留下了许多值得总结和发掘的文化和学术遗产，同时也有诸多的遗憾和教训。重复前面说过的一段话，生态博物馆和民族文化生态村的建设，乃是新生事物，无论是"移植"还是"创造"，都不可能在短时期内达到预期的目标。笔者通过实践认识到，暂时的成功和失败其实并不十分重要，有时失败比某种程度的成功更有意义。只有重在开拓，重在参与，重在过程，不断积累，不懈努力，我们培育的文化事业的"生命之树"，才能生长发育，茂盛长青。

周智生

周智生教授，云南丽江古城人，纳西族，博士，博士研究生导师，教育部新世纪优秀人才支持计划入选者，云南省中青年学术和技术带头人，云南省"四个一批"理论人才，霍英东全国高校青年教师奖获得者。现任职于云南师范大学科研处，主要从事边疆开发与民族发展研究。

目前兼任云南省中青年社科工作者联合会副会长、纳西学研究会副会长、云南省史学会常务理事、云南省国学会理事、云南省民族团结宣讲团首批聘请专家。近年来，个人主持承担国家社科基金和国家自然科学基金4项，其余各类项目20余项。曾在《光明日报》（理论周刊）、《中国边疆史地研究》《中国社会经济史研究》等学术刊物第一作者或独立发表学术论文60余篇，出版学术著作多部。个人学术著作《商人与近代中国西南边疆社会》曾获云南省哲学社会科学优秀成果著作类一等奖。

寻找断落的链环：中国云南与印度间历史交流启示

中国和印度是世界上的两大文明古国，自古以来就存在着源远流长的经济文化交流，并对彼此的社会发展进步曾起到积极的促进作用。而滇缅印陆上通道至迟在公元前四世纪开通以后，中国云南便成为中印间经济文化交流开辟最早的桥头堡和重要的对外交流中继站之一。在这一历史的发展进程中，中国云南也因此开始了源远流长的滇印往来，这一交流链环的形成曾对云南的社会发展产生过重要影响。从上下二千多年滇印交流往来的发展历程中，我们采撷总结出以下一些启示。

一、印度是云南历史上最主要的对外交流国家之一。如果要扩大云南的对外交往，加大云南的对外开放力度，就必须要重视同印度的合作与交流，这对滇印双方都会大有裨益

印度是中国云南省周边邻近国家中的大国，对整个南亚、东南亚乃至世界都有其重要的影响。滇印交流二千多年，对彼此的社会发展特别是对云南的社会经济、文化、科技等诸多方面都产生了较深刻的影响。从滇印间源远流长的相互交往历程看，在政治上，两者间曾在较长的历史时期内相互接壤，但彼此间从未发生过战争与冲突，有的只是相互间人员的频繁往来和邻邦间的互通友好。南诏大理国时期，云南的南诏国和印度境内的大秦婆罗门（今阿萨姆东北境）和小婆罗门国（今曼尼坡伊发尔以南）间就曾有过直接的邦交关系，一个是"蛮王善之，街来其国"（大秦婆罗门），另一个是

"蛮夷善之，信通其国"[1]都显示了邻邦间密切友好的关系。在经贸交流方面，中国云南与印度间至迟在公元前四世纪便已有了一定的商贸交流，虽然上下二千年由于种种原因曾一度中断过，但这并不能抹灭两者间密切而卓有意义的悠久联系。如果说像有些学者所估计那样，"汉唐期间，云南最大的贸易伙伴是印度"，[2]那么，当历史进程跨入近代后，随着印产棉纱成为云南进口物资中的大宗，随着滇缅印藏这条滇茶入藏新通道的开辟以及滇藏印通道的衔接互通、随着云南赴印投资商人的渐趋壮大、随着滇印商贸交流物资的日趋丰富、随着印度卢比在滇西及至滇中地区的大量流通，由此我们也倾向于认为：印度同样是近代云南最主要的贸易伙伴之一。从科技交流状况看，同属于照叶树林文化中心地区的阿萨姆和云南，[3]不仅在稻作文化起源，而且在茶的栽培和使用方面也有密切的合作交流遗迹；作为中印交流的前哨站和中转站，云南为中印间在建筑技术、冶铁技术、天文历法、计量方法等方面的交流都较好地扮演了传输中继者这个角色，同时也使云南最早得以沐泽中印交流之光辉，促进了自身的科技进步。在文化方面，以印度佛教传输为主要交流线索进行的滇印文化交流的痕迹更明显，影响更深远。正如方国瑜先生所言："因印缅自滇与中国交通，影响于云南文化者至巨，……"[4]而在元代人张道宗的《纪古滇说集》和明朝人倪辂所辑的《南诏野史》中均记有印度阿育王的三个儿子追逐神骏至滇池的金马、碧鸡附近因哀牢夷所阻不得返而最终居留在滇的故事，这个神话传说故事的记载虽"不足为典要也"，[5]但是它的普遍流传至少从一个侧面反映了滇印文化交流影响之广泛，对民间文化传播的影响之深远。

滇印交流不仅对云南影响巨大，而且对印度的社会经济文化也产生了重要影响。如中国的养蚕法、冶铁术等就极有可能在古代经云南传入印度。到了近代以后，中国的四川、湖南、贵州、云南等省区的生丝经滇缅印通道大量销往印度，为印度近代纺织工业的发展提供了源源不断的上好原料；而中

1　〔唐〕樊绰：《蛮书》，卷十。

2　陆韧：《云南对外交通史》，云南民族出版社1997年，第299页。

3　〔日〕佐佐木高明：《照叶树林文化之路》，刘愚山译，张正军审校，云南大学出版社1998年，第154页。

4　方国瑜：《云南与印度缅甸之古代交通》，载《西南边疆》1941年第12期。

5　方国瑜：《云南史料目录概说》第1册，中华书局1984年，第220页。

国西南对印度粗纱的大量需求，又使大批印产棉纱经滇缅印通道输入中国西南各省区，为印度棉纺织业提供了一个大好市场，从而大大拓展了印度近代企业的生存空间，并在一定程度上加快了印度原始资本积累的步伐。

总的说来，滇印间源远流长的交流历史早已昭示了这样一个事实：扩大滇印间的经济文化交流，对彼此的发展都将大有裨益。

二、扩大滇印交流，要重视民间商贸的开展

从史料典籍的记载看，无论是先秦汉晋时期活跃于滇缅印之间的四川、印度商人，还是唐宋时期的大理河赕贾客，或是近代远赴印度投资设号的云南商人，基本都是些较少有官方背景的民间商贸人士，也就是说，历史上从事滇印间商贸往来的商人主体基本是些自发的民间商人。而这也就决定了历史上滇印商贸主体的民间化这一根本特点。寻求形成这一特点的根由，当然可以有多种答案：滇印双方官方对彼此间的商贸关系缺乏足够重视、滇印双方历史上社会经济发展缓慢，商品化程度低，无法为大规模商业交流提供支援条件等等，但是有一条历史线索我们不得不提请注意：近代云南商人之所以在滇缅印、滇藏印商道上较形活跃，与当时签订的《中英续议滇缅商务条约》（1894年）与《中英藏印续约》（1893年）等商务条约有密切的关联关系。这些条约的签订，一方面为近代云南商人提供了滇缅藏印这样一个广阔的活动舞台，更重要的是条约本身对商人从商动机的刺激。如《中英续议滇缅商务条约》中明文规定滇缅间陆路进出货物（除大米和盐之外）概不收税，这就使云南商人在滇缅印商贸通道上少费了许多周折，也使自身的商业活动变得更加有利可图。如近代滇茶经缅印输藏；生丝、石磺、黄金、白银等物资经缅印输入印度；印产棉纱的辗转输入云南，都因这一条约的签订而使商人的经商获利颇丰。虽然这是一个不平等条约，但是它在客观上为云南特别是滇西商人的大量兴起，一批专门从事滇缅印藏间国际贸易商人的出现提供了一定的历史条件。

今天，我们要恢复重振滇印贸易，就要充分发动民间商业人士的积极参与，特别是在与印度有长期的商贸交往历史的滇西北各民族聚居区。司马迁在《史记·货殖列传》中说"天下熙熙，皆为利来，天下攘攘，皆为利往"。他的这句话在点明商人趋利这一古今中外概莫能外的基本天性的同

时，其实还隐含着如何与民以利的这一层含义：如果能真正与民以利，则商人们"各劝其业，乐其事，若水之趋下，日夜无休时，不召而自来，不求而民出之。"具体到现在所谈的滇印贸易民间化问题，我们也许从近代《中英续议滇缅商务条约》的签订与近代云南从事滇缅、滇印贸易商人的层出不穷这一关联现象中可领悟出什么。

三、利用地缘优势，重振滇缅印藏贸易圈

从古代云南的对外经济交往情况看，以海贝的输入和使用为链环，与缅甸、印度等周边国家存在着较密切的经济交往。特别是唐代云南大量使用海贝作为货币后，不仅从缅印海岸大量进口海贝，而且海贝的计量方式与同样以贝为币的印度、缅甸、暹罗（今泰国）等周边国家基本一致。因此，我们认为最起码在唐宋时期云南的南诏国和大理国已经纳入以贝币的流通和使用为链环的滇缅印贸易圈，而且这一贸易圈甚至还应该包括今天环印度洋沿岸的、当时同样以"齿贝为货"的一些东南亚国家。这一古代贸易圈形成的主要特征，就是以海贝作为通用的"国际支付手段"。[1]

近代以后，随着滇茶经滇缅印输入西藏，促使滇印间的转口贸易更形活跃。云南商人把滇茶、生丝、石磺等物资转道缅甸输入印度，生丝、石磺供印度当地市场之需，而滇茶则继续输送北上直至西藏拉萨。在拉萨贩售滇茶后，商人们又把藏区的羊毛、山货药材、牛羊皮革等物资贩运出藏，投放于印度市场，又从印度市场购买棉纱、布匹等取道缅甸输送回云南。这样，就以滇茶、生丝、石磺、印产棉纱和布匹以及其他日用百货等物资的转贩为链环，以纵横滇缅印藏间从事商务的云南商人为锻造者，将上述各区域市场联结贯穿在一起，结成了一个滇缅印藏贸易圈。

从古代以贝币的使用和流通为链环的滇缅印贸易圈，到近代以滇缅印藏间物资转贩为链环形成的滇缅印藏贸易圈，对于贸易圈内的各个区域经济体的发展，都有着不可忽视的重要作用，甚至成为云南对外商贸交往史上的主要内容之一。今天，我们要重振滇印贸易，眼光不能狭隘地只盯着滇印双方，而要充分认识到滇印双方都只是区域贸易圈中的一个单元，要振兴彼此间经贸交流，就要充分考虑通达毗连国家和地区特别是环印度洋诸国的互惠

1　雷加明：《南方丝绸之路上的云南商品货币》，载《瀛海流泉》，云南民族出版社1998年。

平等利益，更主要的是把他们积极吸纳入滇印经贸交流中来寻求合作与交流，这样才能使区域经济合作关系趋于稳固和持久。

四、云南和印度都是历史上沟通中国和西方的一个链环，一座桥梁

自古以来，云南就是中印贸易特别是滇川藏黔等西南省区对印交流的一个重要桥头堡。从西汉时张骞出使大夏所见的蜀布和邛竹杖，到近代大量出口印度的生丝，基本都是四川、贵州，甚至源自湖南的产品。从古到今，云南作为中印贸易的一个传输中转站，背倚中国内地与印度进行商贸交流，这其中使云南的社会经济发展获益颇多。这就向我们提出了一个历史的启示：发展滇印关系，不能仅仅只着眼于滇印合作，而要上升到这一层面来认识：即如何正确发挥云南这一中印贸易桥头堡的功能，筑巢引凤、广邀内地特别是周边省区如四川、西藏等一起来从事中印间的商贸合作与交流，而我们云南则待中印陆上大通道重新打通后，必然在这一区域经济合作中受益。从另一层面看，云南寻求与印度间的商贸与科技合作，也不能把印度及其市场单纯作为合作的终极目标，而要把滇印交流放在整个国际市场大背景中来加以考察。从古代一直到近代的滇印商贸交流，云南和印度都不自觉地成了中国和世界市场进行沟通的桥梁。从汉代的张骞在大夏国（今阿富汗一带）看见的蜀布和邛竹杖、汉晋时中国的铁器和冶铁技术、丝绸和养蚕术等物资和技术经滇印西传欧洲、到唐宋时期阿拉伯商人不远万里经缅印到云南来转贩麝香和犀牛皮革、再到近代云南商人将四川生丝和西藏羊毛转运到印度后，经印方将它们加工后贩卖至欧美市场。联想到滇印历史上商贸往来的以上种种痕迹，我们不难看出云南也好，印度也罢，都在一定程度上已成为中国和西方中转往来的链环。以史为鉴，这就要求滇印双方对彼此的合作目标应有一个正确的定位和规划。印度是WTO的成员国，而且因为殖民地的关系，与欧洲诸国特别是与英国仍然保持着传统的政治经济间的联系；不仅如此，印度还是环印度洋地区的主要大国，与环印度洋地区的诸国有密切的政治经济联系。因此，我们应该把滇印合作作为一种契机与"跳板"，围绕滇印间如何共同合作，以共闯国际市场来设计，把合作的终极目标放得更深远些，这对滇印双方都会有利。否则仅仅只着眼于滇印合作，由于双方真正具有可操作

性的交流项目并不多，所以较难使滇印合作有大的突破和发展。

五、发展滇印间的经贸和科技合作，切莫忽视彼此间的文化交流

自古以来，中印缅间的通道不仅只是一条单纯的商业通道，它还担负有承载中印间文化交流这一重要的历史使命。"在印度的北部和东北部山区总共有30多个藏缅语族的民族，人数在500万左右，主要有曼尼普尔族、那加族、博多族、米佐族等。这些民族的先民多数是由中国西南部先迁到缅甸克钦山区，然后再迁到现居地的。"[1]正因为中国云南西部的一些民族与印度东北部的某些民族间存在着密切的族源关系[2]，所以蜀身毒道虽然路途艰险，但却成为沟通中印经济文化交流之最早、最短之行程，即使山川险阻、嶂气氛珍、毒蛇毒草等障碍也无法阻挡中印间各民族先民渴求文化互往交流、沟通彼此间经济文化联系的步伐。虽然学术界在印度佛教何时以何路线传入云南尚存争议，但是我们无法否认的一点是："佛教在云南的传播，是云南历史上的一件大事。它丰富了云南的文化，改造了居民的信仰，甚至参与了某些民族性格的塑造。"[3]如印度的密宗传入今大理白族地区后，演变成白族先民普遍信仰的白族佛教密宗—阿叱力教派，而"阿叱力教之于白族历史与文化，其影响之深远，已到了不容忽视的程度。阿叱力教的传入及流行，与白族的形成和白族文化的兴起，以及南诏大理文化的繁盛之间的关系十分密切。阿叱力教成为南诏的国教，对南诏国内多元部族的一体化进程起着重要的作用，而白族正是这个一体化进程的最终产物。"[4]同样的，佛教传入傣族地区后，对于傣族的文化流源、政治制度、民族心理、天文历法等方面都产生了重要的影响。近代以后，随着在印度噶伦堡一带的中国商人日趋增多，为了弘扬民族文化，以马铸材、张相诚等为首的云南驻印商人积极倡议下在当地修建了一所噶伦堡中华学校，为近代中印文化交流之典范。

以上我们简单地钩沉了滇印文化交流的一些点滴，主要是为了说明滇

---

1 李绍明：《印度尼泊尔藏缅语族的民族》，载《民族》1991年第4期。

2 朱昌利：《印度东北地区民族族源和习俗研究——与中国云南、西藏和缅甸北部一些民族的比较》，载《云南与东南亚关系论丛》，云南人民出版社1989年。

3 黄惠焜：《从越人到泰人》，云南民族出版社1992年，第73页。

4 李东红：《白族佛教密宗阿叱力教派研究》，云南民族出版社2000年4月，第10页。

印关系发展二千多年的一个启示：即文化交流兴，则商贸交流盛；商贸交流繁，则文化交流荣。文化交流与商贸往来这两者间相辅相成，彼此互动。如唐宋时期云南南诏、大理国时期，既是滇印文化交流的一个繁荣期，同时也是滇印贸易的一个兴盛期。因此，要发展滇印间的经贸和科技合作，还要重视对彼此间文化交流活动的推动，我们云南与印度正如以上所述，在历史上曾有过较密切的文化交流，迄今为止都还可以在彼此身上找到历史的痕迹，因此重启滇印间文化交流的大门，不仅对彼此的经贸、科技、旅游等产业的合作有直接的促进作用，而且还将对滇印双方工商业人士打消顾虑，消除误解，加强彼此认同产生积极的影响。

综上所述，中国云南与印度在二千多年历史长河里的相互交流，其内容是丰富而多彩的，其效果是深远而卓著的。滇印交往二千多年最大的启示就是无论是经济或是文化交流，印度都是云南对外交往历史上最主要的国家之一。当今的云南把滇印关系作为未来对外关系的发展重点，无疑是及时而必要的。随着滇印交流逐渐拓展，随着滇印间陆上新通道的打通修建，我们将重新迎来云南对外开放的新气象、新机遇，一如历史上的滇印交流对滇印双方特别是对云南社会经济和文化的浇铸成长一样。我们愿借用夏光南前辈在五十多年前的一句期望之语作为本文的尾声，"印度与扬子江流域之铁路，相接于云南，则吾国与欧美经济之合作，将愈密切，而云南之经济地位，将如英之'约克西亚''兰卡西亚'，工商之盛，甲于全国，吾述中印缅交通至此，不禁欢欣鼓舞以迎之！"[1]

1　夏光南：《中印缅道交通史》，中华书局民国三十七年出版。

谢青松

谢青松，湖南耒阳人，先后毕业于湖南师范大学、云南大学、中国人民大学，分别获得文学学士学位、哲学硕士学位、哲学博士学位。现为云南省社会科学院哲学所副所长、研究员，云南大学哲学系伦理学专业硕士生导师。谢青松长期潜心于经典阅读与学术研究，同时致力于中国传统道德的挖掘与弘扬。近年来，主持国家社科基金课题"《群书治要》政治思想及其当代价值研究"等2项，主持省部级课题多项；出版《傣族传统道德研究》等学术著作（含合著）5部；在《光明日报》理论版、《马克思主义研究》《伦理学研究》等刊物发表学术论文70余篇；著作及论文6次获得云南省哲学社会科学优秀成果奖。2013年度入选中组部"西部之光"访问学者（中国社会科学院），2014年入选云南省中青年学术与技术带头人后备人才。

儒家伦理与幸福人生

幸福是一个充满诱惑但难以把握的话题。正如哲学家康德所言："幸福的概念是如此模糊，以致虽然人人都在想得到它，但是，却谁也不能对自己所决意追求或选择的东西，说得清楚明白，条理一贯。"事实上的确如此，我们每一个人都渴求幸福，但是，几乎每一个人所描绘的幸福图景都不一样。不少人认为幸福就是"睡觉睡到自然醒，数钱数到手抽筋"。然而，在现实生活当中，我们不难发现，一些人腰缠万贯却郁郁寡欢，还有一些人生活清贫但自得其乐。这样看来，有钱与幸福似乎并不成正比。我们不禁要问：中国古人，尤其是古代儒家是怎样描绘人生幸福图景的？下面我结合先秦儒家经典尤其是《论语》的相关论述，主要从孝亲之乐、孔颜之乐、行善积福这三个层面，谈谈儒家尤其是先秦儒家的幸福观。

一、孝亲之乐

今天的人们喜欢谈论幸福指数，尤其是心理学家，挖空心思设定出一些具体的指标，诸如月薪多少、从事何种职业、住在几线城市等等，声称达到了这些指标的人才算得上幸福。事实上，早在两千多年前，孟子就做过这个事情了，他在《孟子·万章上》中说人生有"三乐"：

"父母俱在，兄弟无故，一乐也；仰不愧于天，俯不怍于人，二乐也；得天下英才而教育之，三乐也。"

在孟子看来，人生第一大乐事，就是父母都健康安好，兄弟皆无灾无难；人生第二大乐事，就是抬头不愧对于天，低头不愧对于人；人生第三大乐事，就是能得到天下优秀人才，并去教育他们。孟子所说的三乐归结起来就孝亲、做人和教书，其中，孟子将父母俱在、兄弟无故当作是人生第一大乐事，也就是人生最幸福的事情。我们知道，孟子幼年丧父，由母亲一手把他抚养成人。母亲对他管束甚严，留下了"孟母三迁""孟母断织"等故事，成为千古美谈。由此可知，"父母俱在"也就成了孟子一生的不遇之乐。中国人历来把少年丧父母、中年丧妻、老年丧子视为人生的三大不幸，也从反面佐证了孟子之乐。当然，这也给我们一个启示：真正的幸福和快乐往往是在失去之后才感悟到的，身在福中不知福，这是许多人的通病。父母健在时，我们大多数人并没有意识到这是人生中最重要的幸福，常常对父母表现得漫不经心或麻木不仁，对兄弟姊妹的痛痒更是漠然置之、毫不关心。一旦父母有个山高水低，则捶胸顿足，悔之晚矣。所以古人早就告诫我们："树欲静而风不止，子欲养而亲不待。"汉代韩婴《韩诗外传》就记载了"皋鱼之悔"的故事，和孟子的人生"三乐"恰恰相反，皋鱼说人生有"三悔"（《孔子家语·致思第八》亦有记载）：

孔子行，闻哭声甚悲。孔子曰："驱！驱！前有贤者。"至，则皋鱼也。被褐拥镰，哭于道旁。孔子辟车与之言曰："子非有丧，何哭之悲也？"皋鱼曰："吾失之三矣：少而学，游诸侯，以后吾亲，失之一也；高尚吾志，间吾事君，失之二也；与友厚而小绝之，失之三也。树欲静而风不止，子欲养而亲不待也。往而不可追者，年也；去而不可得见者，亲也。吾请从此辞矣。"立槁而死。孔子曰："弟子诫之，足以识矣。"于是门人辞归而养亲者，十有三人。

故事讲的是孔子有一次外出，听到远处有哭声很悲伤。孔子对车夫说："快赶车，前边可能有贤者。"到了哭声所在之处，发现原来是皋鱼，只见他披着麻布短袄，抱着镰刀，站在道路旁边哭泣。孔子于是下车询问："你家里又没有遇到丧事，为何哭得如此悲伤呢？"皋鱼说："我在这一生当中犯了三个错误：年少时常年周游列国去寻师访友，因此很少待在家中侍奉父母，这是我人生中第一个大的过失；因为我志向高远，对奢华的君主无法委婉劝谏，没有尽到做臣子的责任，这是我人生中第二个大的过失；我跟朋友虽交往深厚，但却因为一些小事而逐渐断绝了往来，这是我人生中第三个大的过失。树欲静而风不止，子欲养而亲不待。我现在是追悔莫及啊，时光流逝之后就永远追不回来了，双亲去世之后就再也见不到了。这样苟活着还有什么意义呢，请让我从此告别人世吧。"于是站立不动，枯槁而死（《孔子家语》中说是投水而死）。皋鱼虽然讲到了人生三悔，但从后面的话语中可以看出来，他最后悔的还是年轻的时候在外面四处游荡，不懂得及时孝敬父母，而这个遗憾是无法弥补的。应当说，皋鱼之死对于孔子及其弟子的震撼是相当大的，在经历了这件事之后，孔子对弟子说："同学们，要引以为戒啊，你们应当知道该怎么做了。"于是，学生中辞别回家赡养双亲的就有十三人。

这个故事的真实性已经不可考了，但它促使我们反思：我们的时间究竟都去哪儿了？我们会不会和皋鱼一样留下人生的悔恨？有人会说，等我赚够钱了就孝敬父母，等我事业成功了就孝敬父母，等我成家之后就孝敬父母。实际上，孝敬父母哪里有那么多的附加条件。父母一天一天地在变老，总有那么一天，父母会离我们而去，所以，人的这一生当中有很多事情可以等待，但孝敬父母这件事，不能等，也等不起啊。

应当说，孝亲并非是儒家特有的观念。道家也讲孝道，《庄子·天运》就说：

以敬孝易，以爱孝难；以爱孝易，而忘亲难；忘亲易，使亲忘我难；使亲忘我易，兼忘天下难；兼忘天下易，使天下兼忘我难。

意思是说，用恭敬来行孝容易，用爱心来行孝较难；用爱心来行孝容易，行孝时忘记双亲较难；行孝时忘记双亲容易，行孝时使双亲忘记我较难；行孝时使双亲忘记我容易，我同时忘记天下人较难；我同时忘记天下人容易，使天下人同时忘记我较难。在道家看来，人生的最高境界就是让一切都顺其自然，别人做得很辛苦，而你做得很自然，毫无勉强，孝顺也是一样。人每天都要呼吸，每天都要吃饭，孝顺父母也跟呼吸吃饭一样，好像本来如此，没有任何勉强。这是道家所理解的孝道最高的境界。

佛教也讲孝亲，《德育古鉴》中记载了《杨黼活佛》的故事：

明，太和杨黼，辞亲入蜀，访无际大师。遇一老僧，问所往，黼曰："访无际。"僧曰："见无际不如见佛。"黼问："佛安在？"僧曰："汝但归，见披衾倒屣者，即是也。"黼遂回。一日，暮夜抵家叩门。其母闻声，喜甚，不及衫袜，遂披衾倒屣而出。黼一见感悟，自此竭力孝亲。年八十，颂偈而逝。

这个故事讲的是安徽省太和县一个叫作杨黼的年轻人，他感觉到人生无常，立志修道，听说四川的无际大师道行很高，于是辞别双亲，离开故乡，到四川去访师求道。杨黼刚抵达四川省境内，就遇见一位年逾古稀的老和尚，老和尚问他："小伙子，你从哪里来？到四川来做什么？"杨黼答道："我从安徽来，想来四川参访无际大师，修学佛法。"老和尚说："太巧了！无际大师就是我的师父，他让我转告你，见无际大师，还不如见佛。"杨黼于是问："我当然很想见佛了，但不知道佛在哪里，恳请老和尚指示。"老和尚说："你赶紧往回走，看到肩上披着被子，脚上倒穿鞋子的那个人，就是活佛了。"这杨黼还是颇有些慧根的，听了老和尚的话，深信不疑，立即整理行装，雇舟返乡，跋涉了一个多月，一路上到处寻找那个"披衿倒屐"的活佛，可是怎么也找不着，只好很失落地回家，到家的时候，已经是凌晨时分了，小伙子焦急地敲击家中的大门。年迈的母亲一听是儿子的叫门声，特别激动，来不及穿衣服，赶紧把棉被披在肩上，慌乱中连鞋子也穿反了，匆匆忙忙地出来开门。杨黼一看到披衾倒屐的母亲，恍然大悟，原来父母就是自己苦苦寻找的活佛。从此以后，杨黼竭力孝顺双亲，后来活到八十岁，安详往生。

我们试想，在寒夜之中，你叩别人家的门，有谁会搭理你？只有父母，一听到儿子回来了，连衣服和鞋子都顾不上穿，便急匆匆地去开门，这样的慈悲心，与活佛有什么区别？我们家家都有两尊现世活佛，又何必舍近求远呢？所以佛教《大集经》上说："世若无佛，善事父母，事父母即是事佛也。"意思是说，世间如果无佛，要好好承事父母，承事父母就是承事佛陀了。可见，孝亲是儒、道、佛都注重的一种德行。

那么，如何孝敬父母呢？《孝经》上讲得很清楚：

孝子之事亲也，居则致其敬，养则致其乐，病则致其忧，丧则致其哀，祭则致其严，五者备矣，然后能事亲。

《孝经》是儒家的一部很短但很重要的经典，汉朝人称孔子有"吾志在《春秋》，行在《孝经》"的说法，因此我们一定要重视这部经典。这段话的意思是说，大凡有孝心的子女，要孝敬父母，就应当做到以下五点：第一，"居则致其敬"，在日常的起居生活中，要以恭敬之心待之；第二，"养则致其乐"，在奉养父母的时候，应当尽可能做到和颜悦色；第三，"病则致其忧"，父母生病时，作为子女，应当以忧虑之心来照料父母；第四，"丧则致其哀"，万一父母不幸病故，要悲痛哭泣，极尽哀戚之情，同时也要有所节制，《孝经》告诫我们要"无以死伤生"，要懂得保重身体，保持可持续发展；第五，"祭则致其严"，父母去世以后的祭祀，要尽其思慕之心，庄严肃穆地祭奠。儒家认为，以上五项都做到了，才能算作是孝子。

清朝光绪年间的《宣讲拾遗》对于如何孝亲讲得比较简略而且通俗：

孝顺也不难，只有两件事。第一件要安父母的心，第二件要养父母的身。如何是安父母的心？你平日在家里，行好事，做好人，不闯祸，莫告状，一家安乐，父母岂不快活。……使父母在一日，宽怀一日，这便是安父母的心。如何是养父母的身？随你的力量，尽你的家私，饥则奉食，寒则奉衣，早晚好生殷勤。过时节，作庆拜，愚生辰，作祝贺，有事替他代劳，有疾病请医调治，这便是养父母的身。

《宣讲拾遗》将孝亲归结为两点：第一点，"安父母的心"，最主要的是让父母知道你走的是正道。孔子曾说过，"父母在，不远游，游必有方"（《论语·里仁》），"游必有方"不仅是打个电话、发个短信让父母知道你的去向和行踪，更重要的是让他们知道你走的是正道。《弟子规》里面说"身有伤，贻亲忧，德有伤，贻亲羞"，讲的就是这个意思。第二点，"养父母的身"，关键是"要随你的力量，尽你的家私"，倾其所有，同时也要量力而行，没有必要打肿脸充胖子。给父母买东西，不在于价值有多么昂贵，物质背后所包含的心意，才是最重要的。

我们知道，父母对子女的爱是无尽的，甚至是盲目的。《诗经·小雅·蓼莪》上说："哀哀父母，生我劬劳……欲报之德，昊天罔极。"父母恩重如山，难以回报，如果说父母对于子女有什么期待的话，儿女过得幸福，就是父母对子女最大的期待了。所以，儒家提醒我们，在追求幸福的途中，切不可忘记了父母的幸福，更不要忘了趁着父母健在时，赶紧孝顺父母，让父母享受天伦之乐，自己也在孝亲之中感受幸福，这是人生中最大的幸福啊！

二、孔颜之乐

刚才讲到的是儒家的孝亲之乐，接下来谈谈儒家的孔颜之乐。如果说，孝亲之乐是儒家所追求的一种其乐融融的人生体验，它主要是一种人伦之乐，那么，孔颜之乐则是儒家所追求的一种安贫乐道的人生境界，它主要是一种生活态度。我们知道，孔子传说有弟子三千，贤能之士就达七十二人，而他最中意的学生则是颜回。孔子曾多次称赞颜回，《论语·雍也》记载：

哀公问："弟子孰为好学？"孔子对曰："有颜回者好学，不迁怒，不贰过。不幸短命死矣！今也则亡，未闻好学者也。"

鲁哀公有一次问孔子："你的弟子当中谁最好学？"孔子毫不犹豫地回答说"有颜回者好学"，为什么呢？孔子接着说，因为他能够做到"不迁怒，不贰过"。所谓"不迁怒"，也就是心态平和，情绪稳定。我们有些人，在单位受了领导的气，回到家里就跟老婆孩子发无名之火，甚至无端地把家里的小猫小狗也要踢上一脚，这就是典型的迁怒。所谓"不贰过"就是知错能改，古人讲"人非圣贤，孰能无过"，但是"知错能改，善莫大焉"，颜回能够通过自我反思，做到不犯两次同样的错误，这是很高的修养。值得注意的是，人家鲁哀公问的是谁最好学，孔子回答的内容却是"不迁怒，不贰过"，都与个体道德修养有关。我们知道，孔子说"古之学者为己，今之学者为人"（《论语·宪问》），读书就是要培养德行，变化气质，改善自己的生命。在孔子看来，能够做到"为己之学"的学生才称得上真正的"好学"。颜回能够"反求诸己"，学以致用，端正自我，做到"不迁怒，不贰过"，这恰恰是孔子所提倡的"为己之学"，所以孔子对颜回倍加赞赏。

同样是在《论语·雍也》中，孔子赞赏颜回说：

贤哉，回也！一箪食，一瓢饮，在陋巷。人不堪其忧，回也不改其乐。贤哉，回也！

在这一句话当中，连续出现了两次"贤哉，回也！"意思是说，你们看颜回这个人多么有贤德呀！从这里我们不难看出，孔子对颜回的赞赏之情是溢于言表的。在孔子看来，"一箪食，一瓢饮，在陋巷"，一竹筒子饭，一瓢水，住在简陋的小巷子里，"人不堪其忧，回也不改其乐"，别人都忍受不了这种困苦，颜回却从来没有因为外界的条件而改变自己的快乐，这才是真正的贤者啊。颜回能够不为物质生活所累，始终保持一种恬淡自得的平静心态和乐观旷达的生活态度，这正是儒家所追求的一种人生境界。

我们再来反观孔子，他自己的生活也是如此。孔子曾说："饭疏食，饮水，曲肱而枕之，乐亦在其中矣。不义而富且贵，于我如浮云。"（《论语·述而》）意思是说，即使吃粗粮喝白开水，弯曲着胳膊当枕头，也是乐在其中的。不义的富贵，对于我来说就像天上的浮云一样。读了这一句，我们就不难理解孔子对于颜回的赞叹了，实际上，孔子赞颜回，就是赞自己，因为，他们师徒二人在观念上非常相契，对生命的体验也是相通的。可以说，"孔颜之乐"强调对欲望的克制，德性的完满，人格的成就，境界的升华，这就是儒家德性至上的幸福观。

下面再来看一则很著名的故事。

在夏威夷的海滩上，有一个渔翁正在沙滩边晒太阳，这时，一个大富翁走过来，对他说："你不该在这个时候晒太阳啊，现在正是捕鱼的好季节，现在出海，你可以捕到很多很多的鱼。"渔翁说："捕到很多很多的鱼，又怎么样？"富翁说："那样你就可以赚到很多很多的钱。"渔翁问："赚到很多很多的钱，干什么呢？"富翁说："那样，你就可以雇到很多很多人，帮你打渔，还可以买到大渔船了啊。"渔翁问："雇到人，买了大渔船又怎么样？"富翁道："那样，你就不用出海打渔，就可以在沙滩上晒太阳了啊。"渔翁回答："那你看我现在在做什么？"

这个故事告诉我们：不要将幸福附加太多的外在条件，要珍惜当下的幸福。罗素早就说过："用自以为是的目光，看待别人的幸福，这是错误的。"（《中国人的性格》）事实上，我们很多人都是故事中富翁的心态，认为贫穷的人必定不幸福。大家都把金钱、地位作为判断一个人是否幸福的基本指标。于是乎，我们为了功名利禄而奔波忙碌，为了功名利禄去勾心斗角，把手段当作了目的。我们牺牲了今天，却将幸福寄托在遥远但渺茫的未来……所以，儒家告诉我们，要珍惜现在的生活，无论贫穷还是富有，无论得意还是失意，最重要的是，珍惜现在，尤其是要将我们的心安顿好。孟子曾说，"学问之道无他，求其放心而已矣"（《孟子·告子上》），在孟子看来，读书做学问，最重要的是将散乱的心收回来，要将心安住，心安顿好了，当下就是幸福。

儒家还有一个著名的典故，叫作曾点之志。在《论语·先进》第二十六章，孔子问子路、曾点、冉有、公西华各自的志向。子路、冉有、公西华都讲了一大通，反正志向都很宏大。这个时候，曾点就坐在旁边悠闲地鼓瑟，当孔子问到他有什么志向时，曾点讲了下面这段话：

莫春者，春服既成，冠者五六人，童子六七人，浴乎沂，风乎舞雩，咏而归。

他说，我的志向很简单，就是在暮春时节，穿上春天的衣服，再约几个好朋友，带上六七个童子，在沂水河中洗洗澡，到舞雩台上吹吹风，然后一路唱着歌回家。孔子听曾点讲完之后说："我欣赏曾点的志向啊！"

在许多人看来，曾点这算不上什么大志向，顶多相当于春游嘛，孔子居然很欣赏，他说"吾与点也"，为什么呢？因为前面几位同学的志向虽然很宏大，但都是有条件的，而曾点的志向没有刻意的条件。有的人总是会说，我只有得到什么什么了，我才幸福，实际上，幸福哪里有那么多的条件。附加那么多外在条件，就像人生之旅背负着许许多多的包裹，旅途过于沉重，哪里还会有什么幸福感？曾点的志向没有刻意的条件，配合天时、地利、人和，随遇而安，自得其乐。只有随遇而安，自得其乐，因时因地而制宜，在平凡的生活中品味生命的美妙，自得其乐，任意逍遥，内心没有纠葛，这才是真正的快乐，所以孔子深深地赞同曾点的志向。

无论是颜回之乐，还是曾点之志，实际上都体现了儒家思想对于人生修养的一种关切，相比于物质丰裕，儒家更注重内心的快乐和幸福。在儒家，"一箪食""一瓢饮""在陋巷""饭疏食""饮水""曲肱枕""浴乎沂""咏而归"的生活立场鲜明地摒弃世俗的功利幸福。可以说，孔子所崇尚并追求的"乐"不是一般意义上的快乐，而是一种人生意义上的幸福，这是人生大乐、至乐。"孔颜之乐"作为儒家幸福观的典范，是一种安贫乐道的德性幸福，是追求内心平和的一种幸福感。儒家让我们去寻找内心的平静，过一种宁静淡泊的生活，感受云淡风轻的惬意，活在当下，安住内心，心思单纯，这是一种生活态度，更是一种人生智慧。

三、行善积福

儒家幸福观的第三个维度，是行善之乐（或行善积福），也就是在行善当中感受幸福，同时积累福报。如果说，孝亲之乐强调的是人与人之间的关系，注重的是一种人伦幸福，孔颜之乐侧重的是人与自我的关系，注重的是一种生活态度，那么，行善积福则是强调现在和未来之间的关系，注重的是人生福报的获得方式。这三者，就构成了儒家幸福观的三个基本维度。

中国古代对于幸福的界定，最有影响的是《尚书·洪范》中的"五福"说，这相当于儒家所设计的"国民幸福指数"五大核心指标：

　　五福，一曰寿，二曰富，三曰康宁，四曰攸好德，五曰考命终。

　　意思是说，人生的幸福主要包含五个方面的内容：一是长寿，古人历来讲究"福如东海，寿比南山"，将长寿视为人生幸福的一个重要指标，当然，长寿还得有德行，不然的话，就如孔子骂他的老朋友原壤那样——"幼而不孙（逊）弟，长而无述焉，老而不死是为贼"（《论语·宪问》），他说，你这个家伙年少时不懂得谦逊和友爱，长大了也没有什么值得称道的贡献，现在这么老了还没个正经样，不给年轻人树立好的榜样，你这种人活着对于社会真是一个祸害啊。二是富贵，富与贵当然也是提升幸福指数的一个重要因素。儒家提倡"穷则独善其身，达则兼善天下"，富贵只要来路正当，用得正当，可以更好地兼济天下，为老百姓谋福利，何乐而不为呢？三是平安而无疾病，在古人看来，健康平安就是福气。四是尊崇美德，要爱好并尊奉美德。我们不妨回顾一下孟子所讲的人生三乐，其中的第二乐"仰不愧于天，俯不怍于人"实际上讲的就是德行和修养。五是安享天年，得到善终，最好是无疾而终，这个和佛教有相同之处，佛教判断一个修行人有没有成就，就看他（她）是怎么走的。如果走的时候很安详，甚至预知时至，那是有福报的表现。

　　值得注意的是，这"五福"当中包含了"攸好德"，而且排在"寿""富""康宁"之后，这里面是大有深意的，它折射出儒家"德福一致"的观念。在儒家看来，德行是获取幸福的前提条件，仅仅有富贵、长寿、健康而无德行，福报不可能长久，甚至可能转福为祸。《周易》里面就讲道："天行健，君子以自强不息；地势坤，君子以厚德载物。"什么是厚德载物？如果你自身的德行不够厚实，载不起这个外物啊。换句话说，就是古人所讲的"德不配位，必有灾殃"，如果德行和你所获得的位子、名声不相符，迟早是要出问题的。我们看，今天的贪官污吏落马就是典型的"德不配位"的结果，落马看似偶然，实则是必然的，你德不配位，能力也有限，还肆意妄为、飞扬跋扈，灾祸那是迟早的事，想躲也躲不掉。

　　在儒家经典中，关于德福之间关系的记载还有不少。诸如，《周易·坤·文言》就说"积善之家，必有余庆；积不善之家，必有余殃"，意思是说，一个人多做好事，多积阴德，就算遇到一些不顺利的事情，也会逢凶化吉，慢慢变得好起来，不仅如此，还会给后世子孙带来很多喜庆。相反，一个人老做不善之事，坏阴德的事做多了，即使本来人生一帆风顺，也会逢吉变凶，甚至遭到厄运，不仅如此，还会殃及后世子孙。《左传·襄公二十三年》说"祸福无门，唯人所召"，意思是说灾祸与好运的来临不是命中注定的，而是人们自己感召来的。《孔子家语》也说："存亡祸福，皆在己而已，天灾地妖，弗能加也。"意思是说，祸福都是由自身造成的，天灾地变就是在警示我们，只有弃恶向善，才能够转祸为福。《尚书》就讲道："惟上帝不常，作善降之百祥，作不善降之百殃。"意思是说，行善得福，积恶遭殃，平日行善，可获吉祥，平日为恶，将有祸殃。《尚书》还讲道："天作孽犹可违，自作孽弗可逭。"意思是说，如果我们弃恶扬善，自然的灾害是可以避免的；如果我们自身造作罪孽而不知悔改，那么灾祸就不可能逃脱。这些话都是儒家经典中明确记载的，是老祖宗留下来的智慧，我们今天的人应当重视。

接下来我们重点讲讲《易经·系辞下》中的一段话：

善不积不足以成名，恶不积不足以灭身。小人以小善为无益而弗为也，以小恶为无伤而弗去也，故恶积而不可掩，罪大而不可解。

这段话的意思是说，善行不积累，不足以成就美名；恶行不积累，不足以灭亡其身。小人做事因为缺乏智慧，见利忘义，以为做一些小的善事，不会得到什么好处，便索性不去做了；小人以为做一些小的恶事，无伤大体，便不改过。长此以往，日积月累，以至于无法掩盖、不可挽救。所以，我们看那些贪官污吏，一边作恶，日子还过得很逍遥，我们常常会为此感到不平，事实上，我们大可不必操这个心，因为，恶还没有积累到一定的程度，"恶不积不足以灭身"，所以，古人强调，判断人和事，一定要看长远，要看最终的结果。

中国古代著名长篇小说《三国演义》第八十五回"刘先主遗诏托孤儿诸葛亮安居平五路"，讲的是刘备在白帝城托孤给诸葛亮，这位戎马一生、战功无数的豪杰之士在弥留之际给儿子刘禅留下了一句遗言，他说的就是《周易·系辞下》中的这句话："勿以恶小而为之，勿以善小而不为。惟贤惟德，能服于人。"刘备是一个有能力、有智慧的人，在临终之前，用这么一句话来作为告诫其子刘禅的遗诏，其言恳切，同时也大有深意。我们知道，"鸟之将死，其鸣也哀；人之将死，其言也善"（《论语·泰伯》），人都要走了，要说点实在话。这也说明，大道至简，关键在于能否践行。老子早就说过："上士闻道，勤而行之；中士闻道，若存若亡；下士闻道，大笑之，不笑不足以为道。"（《道德经》四十一章）刘备留给儿子的话虽然简单，但包含了他深切的爱子之心，同时也蕴含着深邃的人生智慧，实在是值得我们用心去体会。

古人还告诉我们，不仅要通过行善来积累福报，同时还要懂得珍惜自己的福报。积累福报而不懂得珍惜，就像赚钱少花钱多，最终也会将有限的福报消耗殆尽，导致灾祸的发生。我们每天看新闻，哪个落马的贪官不是这样一个过程？在位时不懂得惜福，一味地消耗福报，贪财好色、玩弄权术，造孽太多，最终沦为阶下囚，为人民所唾弃。那些所谓的官二代、富二代也是如此，本来是有福报的，但是由于自己不懂得惜福，任意挥霍自己的福报，最后往往没有好的结果，所以，我们一定要懂得谦卑做人，懂得珍惜福报。

古人还告诉我们，祸福相依、祸福相伴，物极必反、否极泰来（"否"与"泰"是《周易》中的两个卦名）。当然，道家的老子对此论述得更为透彻，他说："祸兮福之所倚，福兮祸之所伏。"《韩非子·解老》解释福与祸的关系时说："人有祸则心畏恐，心畏恐则行端直，行端直则思虑熟，思虑熟则事理明。"人因为遇到灾祸而心怀畏惧，畏惧自己做错事、想错事，畏惧自己的行为违背规范，畏惧自己忽略了别人所在意的事情，畏惧鬼神和上天，行为自然端庄和正直，行为端直则思虑自然比较成熟，也就是可以明白事理。反之，"人有福则富贵至，富贵至则衣食美，衣食美则骄心生，骄心生则行邪僻而动弃理"。有福气则有富贵，富贵的人在"衣食美"之后，很容易骄由心生，恣意妄行，违背事理，导致灾祸发生。《淮南子·人间训》中还记载了"塞翁失马焉知非福"的故事，就是告诉我们，看待问题要长远，祸福相依，祸福之间还可以相互转换。懂得了这个道理，我们就不会在得意的时候飞扬跋扈，在失意的时候垂头丧气。因为，走到了人生的高处，也就意味着即将走下坡路了，而走到了人生的低谷，也就意味着即将要走上坡了。明白了这个道理，我们在面对人生中的起起落落的时候，就能够保持一种平常心，泰然处之，福来不喜，祸来不惧，这样的人生岂能不完满、不幸福呢？

讲到这里，我们不难看出，儒家不仅讲究刚健有为、积极进取，同时也有它温情脉脉、云淡风轻的一面。儒学作为内圣外王之学，既注重个体的修养，也注重社会的关怀。这也意味着，儒学是关注现实生活的学问，幸福是儒学的重要主题，也是儒学的重要使命。我们很难想象，如果儒学不关注生活世界，不能够启发我们对于幸福人生的追问，那么，儒学是否还会具有如此令人魂牵梦绕的魅力？那我们今天还需要读儒家的经典干什么？事实上，儒学就是要告诉我们如何孝敬父母，如何安顿内心，如何积善成福，从而获得幸福完满的人生。儒家文化作为中国人两千年来的精神食粮，是我们中国人安身立命的根基，也是我们精神世界的母乳。所以，我们一定要重视包括儒家在内的中国传统文化，要以圣贤为师、与经典为友，在儒家文化、儒家经典当中寻找人生智慧，追求幸福完满的人生！

赵玉慧

　　赵玉慧，云南永胜人，中学高级教师，昆明市第三中学历史教研组长，昆明市普通中学历史学科带头人，云南省高中历史名师工作室主持人。先后获中共昆明市教育委员会、昆明市教育局、市教育系统"优秀班主任"，昆明市教育局党委"优秀党员"，昆明市教育系统"优秀党员标兵"，云南省人民政府特级教师荣誉称号。教学之余从事中国教育思想和教育教学方法研究，主要作品有《孔子教学论思想探析》《浅论历史教学中学生学习兴趣的培养》《严复教育思想研究的几个问题》等。

严复在中国近代史上的地位解读

在中国近代史上有这样一位人物：他讨厌八股，却先后四次参加科举考试；他留洋三年满口英语，却坚决反对民国教育部废除读经的决定；他力挺袁世凯当大总统，却反对其复辟称帝；他介绍西方的民主思想，却不赞成孙中山的暴力革命；他本是北洋水师学堂总教习（校长），然而让他闻名于世、影响中国几代人的却是一本译著《天演论》。这个人就是严复——一位改变了中国历史进程却毁誉参半、饱受争议批评的杰出人物。

一、近现代学术大家和革命领袖对严复的评价

康有为称赞严复是"精通西学第一人"。

梁启超称赞严复"于中学西学皆为我国第一流人物"。

胡适称赞"严复是介绍近世思想的第一人"。

毛泽东主席曾这样评价严复："自从1840年鸦片战争失败那时起，先进的中国人，经过千辛万苦，向西方国家寻求真理。洪秀全、康有为、严复和孙中山，代表了在中国共产党出世以前向西方寻找真理的一派人物。"

洪秀全、康有为、孙中山三人在中国历史上的地位众所周知，他们不但代表了中国近代三大先进思潮，而且都是当时站在时代前列指挥斗争的政治活动家和领导者，严复没有这样的经历，毛泽东为何这样评价呢？严复为何享有如此高的地位？

一提到严复，很多人立刻会想到杰出的启蒙思想家、翻译家、教育家，"物竞天择、适者生存"的"天演先生"。但是，严复从1895年名声鹊起直

到现在，总是毁誉参半，饱受国人的赞誉和误解。学术界以蔡元培、周振甫先生为代表，把严复思想发展历程分为"全盘西化""中西折中""反本复古"三时期，甚至认为严复后期走向保守。以河北师范大学张恒寿教授为代表，认为严复不论早期或是晚期，从来没有"尽弃儒学"，因而说不上什么"完全复归"。这种观点得到了北京大学张岱年教授、清华大学刘桂生教授的高度认可，认为第一次实事求是、严肃认真地研究严复思想，使这一课题得以逐步摆脱意识形态和政治宣传的影响。

严复究竟是个什么人物？我今天要和朋友们走进那段历史，去解读和品味严复。

二、执教北洋海军，培养军事人才

1877年5月，严复、刘步蟾、方伯谦、林永升、叶祖珪、萨镇冰等六人进入格林尼茨皇家海军学院驾驶专业学习。严复在英国巧遇中国首任驻英公使郭嵩焘，二人成为忘年之交。严复把郭嵩焘称作生平"第一知己"，郭嵩焘的思想影响了严复的一生。

置身于异国他乡，严复感受到的是不一样的文明。严复广泛涉猎西方各种学说，不断进行对照、思考，发现中国教育、政治、社会的弊端。郭嵩焘关注西方新奇技术背后的制度和努力的见解，让严复看到更深层的问题——对百姓的关切。

1879年7月，严复因福州船政学堂急需教习，结束了留学生活回国。

北洋水师学堂创办，严复被李鸿章调到天津，开始他长达20年的北洋水师学堂教师生活。由于北洋水师学堂的很多资料因战乱遗失，1880~1895年间有关严复的记录很模糊，只能从仅存的书信、学生的回忆了解这段时间的大体轮廓：

1880年，严复任北洋水师学堂洋文正教习；

1889年，升任北洋水师学堂会办（副校长）；

1890年，升任天津北洋水师学堂总办(校长)。

严复对待工作认真负责、教育教学工作管理有方，李鸿章一度器重他，由洋文正教习升会办（副校长）、升至总办（校长）。

严复在北洋水师学堂任教20年，他给北洋水师学堂带来了西方现代海军管理思想和教学理论。课程的设置、教学计划的制定，大多由他完成。

北洋水师学堂学制为5年，学科主设驾驶和管轮两科，即轮船驾驶和轮机管理。学堂有中外籍教习授课，英文是主科，开设的课程有地理、代数、几何、水学、热学、天文学、气候学、绘图、测量及枪炮操演、鱼雷、机械仪器使用等，每星期两天学习中文经籍，课程修满后学生要上船实习，以期理论联系实际。

作为一所新式海军学校，该校20年间为社会培养了许多人才，民国大总统黎元洪、南开大学校长张伯苓以及北洋大学教务提调王劭廉（同时兼任直隶学务公所议长、直隶咨议局议长）、著名翻译家伍光建、现代女作家冰心之父谢葆璋等。北洋水师学堂给北洋水师充实了许多军事技术人才，学堂曾被时人推崇为"实开北方风气之先，立中国兵舰之本"。

1894年，中日甲午海战中国战败，严复的许多同学、学生战死，严复受到巨大打击，开始怀疑李鸿章的治军之道。1900年，严复倾注了20年心血的北洋水师学堂毁于炮火之中，严复被迫离开天津迁居上海。

由此我们可以看出，严复回国后的第一个贡献是执教北洋海军，培养军事人才。

1895年是严复人生的一个分水岭，他走向了另一条道路。

三、传播西学，启蒙中国

对于严复来说，中国甲午战败是一个巨大的伤痛，战争中死去的那些海军将士，高级将领几乎都是他福州船政学堂和英国留学时期的同学，而下层军官几乎都是他刚刚送出校门的弟子。一个海军教官，辛辛苦苦15年，培养了一批又一批的学生，把他们送出校门，看他们英姿勃勃登上军舰，回来的寥寥无几，一个做老师的，该是何种感受。作为多年的海军教官，此时的海军军校的校长，严复心中是怎样的悲哀，同学和学生战死沙场，他到哪里去寻找救赎？

带着无限的痛苦和思考，严复呼号破门而出，积极投入到爱国救亡运动和思想启蒙宣传之中。1895年2月，他发表了第一篇文章《论世变之亟》，1895~1911年16年间，严复撰写了《论世变之亟》《原强》《辟韩》《救亡决论》等一批文章，翻译出版了《天演论》《群学肄言》《原富》《群己权界论》《穆勒名学》《社会通诠》《法意》《名学浅说》等八部西方名著，向国人介绍西方学说，希望通过改变国人的思想，实现"救亡图存"。亡国灭种的危机意识使严复对中国近代新文化建设做出多方面的重要贡献，成为倡导近代新文化的奠基人之一。严复主要的贡献是：以新的思想武器批判封建旧文化，开展思想启蒙；译介西学，推进中西方文化交流。

严复政论文章和翻译不是漫无目的的，所有的文章和译著都经过精心谋划挑选，紧紧围绕"开启民智、救亡图存"来展开。

《天演论》是严复最负盛名的翻译作品，是他用以宣传维新变法的理论工具，同时也在很大程度上奠定了他在中国近代思想史上启蒙思想家的历史地位。

《天演论》的基本观点是：自然界的生物不是万古不变，而是不断进化的；进化的原因在于"物竞天择"，"物竞"就是生存竞争，"天择"就是自然选择。

严复译述《天演论》时加了大量评论、按语，联系大清帝国的实际，向人们提出不振作自强就会亡国灭种的警告。使当时处于"知识饥荒"的中国知识界如获至宝，产生了振聋发聩的影响。物竞天择、优胜劣败等名词，成为人们的口头禅。《天演论》发表产生的冲击波不仅在当时，而是影响了几代人，并奠定了严复在中国近代思想界的地位。

严复找到了两条救国道路："西学救国论"和"教育救国论"。

西学救国论：在政治上，严复不赞成以暴力革命的方式推进中国的民主化进程，但他反对封建君主专制，赞成改革，实行君主立宪政体，向往近代民主制度。这点与他在英国留学三年的经历有着密切的关系。

严复指出一个国家的强弱存亡决定于三个基本条件：

"一曰血气体力之强，二曰聪明智慧之强，三曰德性义仁之强。"他希望通过体、智、德三方面教育增强国威。"是以今日要政统于三端：一曰鼓民力，二曰开民智，三曰新民德"。（严复《原强》）

要达到这三个基本条件，唯一的途径是从教育文化工作做起，从全民族的教育即人的素质提高着手，才能解决中国的现实问题。"教育救国论"是严复的一个突出思想特点，这里要单独叙述。

四、教育救国，挽救危亡

严复在教育上有两大突出贡献：

第一，突破"中体西用"的文化模式，奠定近代教育的基础。

严复从进化论和实验科学的根据出发，对中学和西学作了认真的审视和比较。中学的弊端是"其为祸也、始于学术、终于国家"。他认为西学是面向社会和现实的，通过实践，讲究实验，因而使西方国家得以富强。严复大力提倡的西学，涉及自然科学、社会科学、各种应用科学以及哲学、逻辑学等。他甚至把"救亡之道"归结为"痛除八股而大讲西学。"

历数八股的危害：夫八股非自能害国也，害在使天下无人才，其使天下无人才奈何？曰有大害三："其一曰锢智慧""其二曰坏心术""其三曰滋游手"，严复要求建立完整的学校系统来普及教育，以"开民智"。他根据资本主义国家的制度，提出中国的学校教育应分三段的计划，即小学堂、中学堂和大学堂。小学堂吸收16岁以前的儿童入学；中学堂吸收16岁至21岁文理通顺、有小学基础的青年入学；大学堂学习三四年，然后升入专门学堂进行分科的专业学习 。同时，还要把学习好的聪明之士送出国留学，以造就学有专长的人才。严复把坚持全面学习西方，视为教育的当务之急、变法图强的正确道路。

此外，严复还很重视妇女教育，认为妇女自强"为国致至深之根本"。他主张妇女应和男子一样，在女学堂里既要读书，又要参加社会活动，他是将妇女置于整个社会变革，特别是妇女自身解放的前提下来考虑的，故十分强调参加社会活动对女学堂学生的重要意义，这是他在妇女教育方面高出一般人之处。

第二，挽救北京大学的重要功臣。

严复和北京大学这所名校可谓有着不解之缘。1902~1904年，严复任京师大学堂译书局总办，完成了《与〈外交报〉主人论教育书》等许多种翻译名著和著名教育论文。1912年，严复被正式任命为京师大学堂总监督，接管大学堂事务；5月，京师大学堂改名为北京大学，严复成为北京大学历史上第一位校长。虽然严复真正掌管北大的时间仅8个月之久，但在北大的百年历史中，这几个月的意义事关生死存亡，严复为北大的生存和发展做出了不可磨灭的贡献。

严复刚接手京师大学堂时，正处在清政府统治灭亡的浪尖上：校舍先被义和团改为神坛，后为八国联军占领，学校关闭，师生流离，图书仪器荡然无存，存款仅有万金，处境艰难，大学堂名存实瘫。无奈此时民国政府新立，国库一贫如洗，严复尽所能自筹，从华俄道胜银行借得7万两款项勉强维持学校的运转。

1912年7月，民国政府教育部下达停办北京大学的命令，严复写下《论北京大学校不可停办说帖》直呈当局，并向社会吁请支持北京大学办学。与此同时，严复还写了《分科大学改良办法说帖》呈给教育部，详细阐明创办新式北京大学的指导思想与改革措施，提出"兼收并蓄，广纳众流，以成其大"的办学思想，要使北京大学成为"一国学业之中心点"。

严复为寻求北大生存与发展所作的努力，得到社会各界和广大师生的同情与支持。北大文、法、工、农四科的学生代表，联名提出说帖或请愿书，抗议停办北京大学，支持严复意见，有的甚至提出北大脱离教育部自行办学的意见。在北大师生的强烈反对下，7月10日，由蔡元培主持"全国临时教育会"撤销了拟将北京大学停办的决议，并参照严复的意见，提出九条解决办法。为了解决财政的困窘局面，严复不得不为筹款奔波，从华北银行借得20万两银子，使北大再次渡过难关。由于严复的学问和声望在海内外有相当影响，同年7月29日，英国教育会议宣布承认北京大学及其附设的译学馆均为大学；伦敦大学也宣布承认北京大学的学历。北大在国际上的学术地位由此奠定。

在严复的主持和领导下，北大的办学和改革开始有起色。然而，严复于1912年10月辞去北大校长之职，专任袁世凯的总统顾问，渐渐淡出教育舞台，转向了中国的政治舞台。

五、开创翻译理论，奠定翻译基础

严复要传播西学，实施教育救国，就必须把西方的自然科学和社会科学著作介绍到中国，严复在翻译过程中，独创了"信、达、雅"的理论体系，所以，严复的第三个贡献是开创中国近代翻译理论，奠定翻译基础。

从8部译著我们不难看出，严复涉猎的范围广泛但有侧重，这些学科都是有关救国、治国的范畴，说明他是经过精挑细选而为的。这是中国历史上第一次比较系统地把西方资产阶级的政治、经济等各方面的学术思想介绍到中国来，此后西学的传播才开始具有明确的理论形式和思想内容。

严复吸收了中国古代佛经翻译思想的精髓，并结合自己的翻译实践经验，提出了"信、达、雅"的翻译原则和标准。"信"是指忠实准确地传达原文的内容；"达"指译文通顺流畅；"雅"可解为译文有文采，文字典雅。这条著名的"三字经"对后世的翻译理论和实践的影响巨大，20世纪的中国译者都深受这三字的影响。

严复最大的贡献在于传播西学，传播西方的民主化的制度和思想，传播西学是建立在他精通西学的基础之上的，他抓住了西学的精髓所在——民主、科学、法治，直指中国的时弊。

传播西学，传播西方的民主化制度和思想是严复贡献的主流方面，是严复的主要成就，那么，它给中国近现代社会带来什么样的影响，有何感染力？

六、影响深远，泽被后世

强烈的爱国心、顽强的执着感、历史的前瞻性、知识分子的良知和责任、忧患意识……是严复影响力的源泉。严复继承了中国知识分子传统思想的精华："为天地立心，为生民立命，为往圣继绝学，为万世开太平"。严复深受中国文化浸染，又学习和感受了西方的生活态度和价值观，这两种东西在他身上融合在一起，他始终对当时的晚清社会充满着变革的愿望，充满着对国家和社会的责任。

甲午战争的失败，使洋务派苦心经营的自强求富的事业毁于一旦，一个泱泱大国不仅败给了一个蕞尔小国，而且还被迫签订空前的屈辱条约，这直接导致了帝国主义列强更加疯狂地侵略中国，新一轮瓜分中国的竞赛在列强之间展开。在这种情况下，救亡图存的问题摆到每一个中国人面前。严复作为首先觉悟者，承受着巨大的心灵创痛，他在给吴汝纶的信中说："尝中夜起而大哭，嗟呼，谁其知之！"在没有政治实力、无法实现其救国主张的情况下，严复采取了以译著的方式来达到警世的目的。在国家危难时，中国人最常用的词和行动是"投笔从戎"。像严复这样脱下戎装拿起笔来战斗、抗争的实属罕见，应该说是他的一种新的、无奈的、最有效的斗争手段。

严复思想在当时影响力比较大，逐渐成为思想界代表性人物，对康有为、梁启超、孙中山、毛泽东、鲁迅、胡适等等国家精英产生巨大的影响。严复主张的德、智、体全面发展的"新民"思想，为后来民国初年兴起的公民教育起到重要的方向性指导作用，推动了中国近代"德、智、体"新式教育的发展。严复在北大的办学方针"兼收并蓄，广纳众流，以成其大"，蔡元培在新文化运动期间将其发展为"思想自由，兼容并包"作为北大的校训。

今天有关自由、权利、德、智、体全面发展、独立思考能力以及创造能力、追求人的全面发展、对民主政治制度的追求以及对国民道德素质的新要求，都可以从严复的身上找到影子。

严复在中国近代史上既然有着这样杰出的贡献和重大的影响，为什么在历史上却是毁誉参半，甚至饱受批评呢？我们试着从以下几方面寻找原因。

七、严复被误解的几个原因

（一）严复与康有为、梁启超的关系

作为中国近代知识群体的两个杰出代表，严复和梁启超在当时的中国思想界产生了极大的影响。但是由于个人性格的不同，由于对中西文化的认识不同，更由于当时各自改造中国的方针不同，作为前辈的严复，曾经一而再，再而三地对梁启超进行讽喻、规劝甚至指责。严复说："吾国自甲午、戊戌以来，变故为不少矣。而海内所奉为导师，以为趋向标准者，首屈康、梁师弟。顾众人视之，则以为福首，而自仆视之，则以为祸魁。"

作为晚辈，梁启超对严复的讽喻、规劝和指责，在表面上保持了应有的礼貌——沉默。但表面的沉默并不意味着内心的认同。这种变化不仅导致了二人关系的疏远，而且影响到后来梁启超《清代学术史》著作的撰写。具体说来，就是在涉及严复的思想及贡献时，梁启超都有意无意地去回避、去低估，实在绕不开时，也是点到为止，不作展开，在某种意义上也是一种沉默。作为一个曾经受到严复思想很大影响的人，梁启超的这种做法多少对严复有些不公平。

（二）严复和孙中山的关系

中国现代化的两位先驱者严复与孙中山，都在一定程度上发生了对西方文化由敬慕到怀疑，对传统文化由离异到回归的变化。但两人也有较大的分歧。在1905年的英国伦敦，严复与孙中山二人相见，但是却是意见相悖，不欢而散，以后分歧日渐增多。严复说："孙文、唐绍仪辈，自仆观之，直是毫无价值之人。比者窜迹广州，即不容于地主，而号诉各国，又为笑资，其无成殆可以决。"

分歧一，严复与孙中山一个以改良求立宪，一个以暴力求共和，形成了互相对立的政治现代化方案。严复对以孙中山为代表的革命派的激进路线持批评反对态度。1898年，他在《论中国分党》中批评"孙之为人，轻躁多欲，不足任重"。1903年出版的《群学肄言·自序》责备革命派"擅撞号呼，欲率一世之人，与盲进以为破坏之事。"[1]

分歧二，孙中山提倡民族主义，号召驱除鞑虏，排满兴汉，恢复中华。严复不同意革命派的种族革命理论，因此进行了严肃的批评，他在《原强》中指出："今之满、蒙、汉人，皆黄种也。"

分歧三，孙中山主张中国应直接采用民主共和政体，不必先经君主立宪政体。严复不同意给资产阶级的两种政体形式做出美恶的价值判断。他认为："制无美恶，期于适时。"[2]认为不仅民主共和政体不适时，甚至实行君主立宪也为时尚早，理由是中国国民民智未开。

分歧四，孙、严两人提出了对立的经济现代化纲领。孙中山主张"平均地权"和土地国有。严复则极口赞美地主阶级土地私有制，主张由地主享有社会改良进步后地价暴涨的利益。

（三）严复与袁世凯的关系

严复和袁世凯交往30年，历经戊戌变法、辛亥革命和民国初年的政坛风云变幻，两人之间的友谊和纷争，透视出严复的政治追求及其对袁世凯的期望，严复倾心袁世凯，既是个人好恶，更有着深刻的社会政治背景。

袁世凯做直隶总督时要把严复招为幕僚，严复心高气盛没有买账拒绝了

1　《严复集》第1卷，123页。

2　《宪法讲义》，《严复集》第2册240页。

袁。而且说："袁世凯什么人，他够得上延揽我！"气得袁世凯直叫唤："严某纵圣人复生，吾亦不敢再用"。

1909年袁世凯被罢官遭很多人诋毁时，严复却站出来为袁世凯鸣不平："世凯之才，一时无两""此人国之栋梁，奈何置之闲散。"这个评价可谓相当高了，身处墙倒众人推境地的袁世凯会是什么感想，自然是欣赏有加、感激涕零、另眼相看。

1911年10月10日武昌起义爆发，革命军力量弱小、北洋军力量强大的形势下，已经57岁的严复站出来南北奔走，斡旋、调解、策划。他说了一句让袁世凯更加感激不尽的话："居今之世，平情而论，于新旧两派之中，求当元首之任而胜项城者谁乎？"

1911年12月2日，严复被任命为袁世凯北方代表团代表，参加南北议和谈判。袁世凯执掌大权后特别器重严复，先后任命严复为京师大学堂总办、总统府高等顾问、约法会议议员、参政院参政。

1915年8月23日，由杨度发起的、为袁世凯称帝制造舆论的"筹安会"出笼，严复赫然榜上，令时人瞩目和震惊。袁世凯当政时期严复政治生涯达到顶峰。

但严复评论袁世凯，却是褒贬不一，捧骂相交。

严复赞扬袁世凯，都是打了折扣的，是一种企盼英雄伟人出现而不得的万般无奈。例如，严复在说袁世凯是"一时之杰"的同时，又毫不客气地指出："然极其能事，不过旧日帝制时，一才督抚耳！欲与列强相抗衡，则太乏科哲知识，太无世界眼光……"

严复为何进入"筹安会"？在给友人的一封信中，他说："孰宜吾国，此议不移晷可决，而所难者，孰为之君。此在今日，虽有圣者，莫知适从"。这一切都说明严复的心情是十分矛盾的，一方面，严复向往英国式的君主立宪政体；另一方面，严复看到，清朝灭亡以后，偌大的中国又找不出一个很理想的人物，来完成这一转变。对权倾当朝的袁世凯，严又十分了解，无论是人格还是能力，都不是严复心目中的理想人选。所以，严复的态度一直不很明朗，犹豫不决，消极观望。但在杨度一而再、再而三地鼓动和映求下，"乃遂听之"，留下了千古遗憾和骂名。

严复在袁世凯称帝时期的活动，基本上可以用消极、不合作来概括。筹安会抛出帝制主张，梁启超便发表《异哉所谓国体问题者》，驳斥袁世凯复辟帝制之阴谋。袁世凯派人携券四万金，请严复写文章反驳梁启超，严复推托拒接，收到威胁信20多封。

严复有自己的政治底线：为袁世凯当总统奔走呼号可以，当皇帝不行。在严复的君主立宪体系中，君主是虚位，而袁世凯却是大权在握。因此严复明确表示："吾年逾六十，病患相迫，甘求解脱而不得，果能死我，我且拜之矣"。后来袁又派人请严复为文劝进，严复同样予以拒绝，并回复说："吾所欲言者，早已尽言之，必欲以吾为重，吾与袁公交垂三十年，吾亦何所自惜，顾吾生平不能作违心之言，欲吾为文，吾将何以著笔耶？"

在袁世凯称帝的过程中，严复始终保持沉默，连袁世凯承受帝位接受百官朝贺时，严复居然敢"庆贺朝宴，均未入场"。这说明严复因为政治抱负与袁世凯不同，已经淡出袁世凯的政治圈子甚至决裂。世人指责严复参加"筹安会"支持袁世凯称帝的论断，可以说不攻自破。

究其原因，严复选择他终生信奉的君主立宪制度，希望通过一个具有强力意志的权威，维持一个稳定环境，在全社会推行新制，普及教育，提高全民族的道德、知识和身体素质。为此，戊戌时期，严复看中了光绪皇帝；光绪被囚以后，严复看中了肃亲王；辛亥革命以后，严复看中了袁世凯。这种选择，应该说是严复思想的逻辑发展，是一代学人在无限苦闷中的一种两难抉择。

（四）严复自身的性格特点

严复一生不得志，或许跟他狂傲的个性有关。接替郭嵩焘任英法公使的曾纪泽斥严复"狂傲矜张"。郭嵩焘提醒严复："今负气太盛者，其终必无成，即古人亦皆然也"。李鸿章评价说"严氏思维超前且喜议论，患其激烈，不之近也"。严复对孙中山的评价"孙文、唐绍仪辈，自仆观之，直是毫无价值之人。"口无遮拦的狂傲个性是他的硬伤。

他还有不为人知的方面：

严复一生嗜吸鸦片，一直持续到晚年，据说上司李鸿章也知道这事，并说"如此人才，吃烟岂不可惜！以后当仰体吾意，想出法子革去。"

1911年（宣统三年）创作大清国歌《巩金瓯》。

五四运动时期反对白话文运动。

墓碑上的碑文：1921年10月27日，严复病逝，墓碑是他早已拟定的，上面写着"清侯官严几道先生之寿域"墓志铭是他的挚友陈宝琛所撰，题为"清故资政大夫海军协都统严君墓志铭"，这里没有北京大学校长，也没用总统府顾问或参政院参政，有的只是资政大夫和海军协统，也就是说，他活着的时候虽然做过民国的官，但死后又恢复大清帝国臣子的身份，最终他属于大清，而不属于民国。

鉴于以上种种原因，严复自然遭到后人的误解，被誉为激进与保守并存。历史对他总是毁誉参半，褒贬不一。

香港浸会大学历史系林启彦教授说："严复从来不是一位全面否定儒学和对西方近代文明十足的崇拜者。他的文化思想不符所谓前期先进、后期倒退的发展模式"。

严复给子女留下6句赠言，第一句是："须知中国不灭，旧法可损益，必不可叛。"临死他还要捍卫着浸入骨子里的中国传统文化，说明他的爱国之情和忧患意识始终未变。

因为严复早期力主学习西方的激进态度，就把他定性为全盘西化论者，无疑是没有读懂严复。把严复晚年的思想转变定性为"复古主义"，也不符合他的思想实际。他对西方民主与科学精神的信仰是没有改变的。总之，严复一生在文化问题上的基本主张是中西融合。

郎咸平说：他最后只成了中国历史上一颗耀眼的彗星。他的悲剧就是在当时特殊环境下，他是唯一有能力了解西方浩瀚的哲学思想的中国人。

在历史上严复是一位被长期误读的悲剧人物。也是一个争论颇多的人物，解读严复在中国近代史上的地位，就是为了让国人不要忘记这位清末民初杰出的思想家，在中国社会大变动时代对国家命运的痛苦反思与对社会变革做出的贡献。

严复是中国的，他在100年前的思想时至今日还是那么新鲜，一点也不过时，严复"后胜于今"的一贯观点，更是说明了在腐败的晚清，他依然对中国未来充满了乐观与希望。

严复的复杂性是由他所处的时代的复杂性决定的，怎么评价他才算科学合理？肯定是仁者见仁、智者见智。

我个人的评价，供大家参考：

严复是我国近代著名的启蒙思想家、政治家、翻译家和教育家，是中国近代史上向西方国家寻找真理的先进的中国人，他的思想和行为大大推动了中国政治近代化进程。

　　严复的一生走了一个圈，划出了一条出走而又归来的路线，这是19世纪末20世纪初期中国普遍性的一个怪圈，一批批思想家及探索者由早年鼓吹西方文化到晚期顽强捍卫东方文化，他们走的都是挣脱传统而又复归传统的圈子，要准确的认识评价严复，我们必须充分考虑他生活的时间、国家、时代特点以及他活动的历史环境，严复的曲折变化，既体现出严复本人在中国近代动荡的时代中不可避免的复杂性与多样性，也反映了那个时代资产阶级知识分子的普遍特征。

陈泰敏

陈泰敏，副研究馆员，现任玉溪市博物馆馆长，玉溪市收藏家协会会长。从事文物研究、文物鉴定和展览策划工作，致力于云南古陶瓷、古籍文献的研究和鉴定，专注普洱茶、西南联大文献史料以及云南地方工艺、云南文化遗产的研究，主要著作有《中国古陶瓷本玉溪窑》《云南华宁陶》《云南玉溪窑》等。

云南古陶瓷的文化解读和艺术鉴赏

在外文字典里，中国"china"这个词的小写译为"陶瓷"。中国是陶瓷的故乡，是世界陶瓷古国，陶瓷文化的发展史是中华文明史的一个重要组成部分。除了大家所熟知的中国古代四大发明之外，很多西方学者认为中国对世界产生重要影响的还有丝绸、茶叶与陶瓷，陶瓷是中国对世界一个很重要的贡献。作为中原文化边地的云南，陶瓷制作历史悠久，陶瓷文化丰富多彩。云南古陶瓷是研究中国陶瓷文化不可或缺的重要部分。

早在遥远的新石器时代，人们就会制作陶器。陶器在原始社会早期的河姆渡文化、仰韶文化、半坡文化中都占有重要地位。在新石器时代，几乎所有人都会制作陶器，制陶术是新石器时代的一个重要标志。到了商周时期，已有生产陶器的工种，在商周遗址中发现的"青釉器"已有了瓷器的基本特征。

战国时期，陶器上已出现了各种花鸟纹饰。秦兵马俑非常著名，是一种低温陶器，不像今天的瓷器一样坚硬，但是它的高度基本跟现代人的高度一样，这么大一个雕塑在当时的条件下能够烧制出来非常不易。

唐代，中国瓷器有了很大的发展，瓷器的制作工艺逐步成熟。北方邢窑的白瓷"类银类雪"，越窑瓷器"类玉类冰"，人称"北白南青"。唐代最负盛名的是"唐三彩"，是一种以黄、褐、绿为基本釉色烧制而成的低温釉陶，其格调瑰丽多姿、壮阔奇纵，存世量比较大。

宋代是中国陶瓷史上的一个黄金时代，瓷窑遍布各地，形成百花齐放、百家争鸣的局面，是我国瓷器生产的一个重要阶段，其五大名窑汝、官、哥、钧、定都有自己独特的风格。汝窑的釉色以清淡为主；定窑追求的是一种粉白的效果，釉色非常滋润；钧窑属于彩色釉陶瓷，以胭脂红为最，还有玫瑰紫、葱绿、墨色等色彩；哥窑的特点是金丝铁线，就是一些龟裂的片；官窑是当时五大名窑里边宫廷所烧制的瓷器，存世量非常少。可以说，宋代时期，中国无论从南边还是北边遍地都是瓷窑，每个瓷窑都有其独特的风格。

但是到了元代，瓷器的发展有一个很大的变化，很多窑口慢慢地在衰退，烧造技艺、产量都在衰退，取而代之的是景德镇的一枝独秀。青花瓷出现后，元代景德镇的陶瓷进入了一个高峰，那时很多工匠集中到景德镇烧造瓷器。这件元青花鬼谷子下山罐于2005年7月12日在伦敦佳士得拍卖会拍卖价折合人民币两亿多。明、清时期，景德镇逐步成为中国陶瓷制造业的中心，无论在工艺技术上还是艺术水平上，都达到了登峰造极的地步，青花、五彩、粉彩、斗彩以及各种颜色釉陶瓷让中国陶瓷闻名天下。除景德镇外，福建的德化窑、浙江的龙泉窑也都以各自风格迥异的优质陶瓷闻名于世。

云南尽管地处边疆，并且在传统工艺方面缺乏文献史料的记载，但从目前传世的器物和窑址考古发现等依据来看，云南陶瓷与内地比较毫不逊色，以其独特的风格在陶瓷史上占有一定的位置。

云南的陶瓷可以分为四类。第一类是早期的陶器，主要是指从新石器时代到明代早期的低温陶器。第二类是以玉溪窑为代表的云南青花瓷。第三类是以华宁陶为代表的高温颜色釉陶。第四类就是雕刻填泥、无釉磨光的建水紫陶。下面我们就从这四类陶瓷来了解云南的陶瓷文化。

一、云南早期陶器

历史上的新石器时代，云南的先民们就能制作精美的陶器，种类丰富，并注重实用性和审美性的结合，通过陶瓷器体现着云南独特的原始艺术（见图1）。这类陶器的制作与云南独特的地理位置、生态环境有很大关系。云南有很多高原湖泊，著名的有滇池、洱海、抚仙湖、星云湖、杞麓湖等，这些湖泊像高原明珠一样点缀在滇中高原一带。

图1　新石器时代陶杯

生活在水边的人们通过捕食湖里的鱼类以及其他生物为生。因此有些云南的陶器并不是从土里出土，而是从螺蛳堆里出土，这个螺蛳堆学术上叫作贝丘遗址。当时的人们生活在水边，用陶器煮食湖里的鱼和螺蛳，螺蛳肉吃掉后，螺蛳壳扔在地上，房子也建在那些螺蛳堆上，下雨的时候雨水退得快，能够保持干燥和干净，人死后也埋在螺蛳堆里，这是云南文化里独特的贝丘遗址文化。

新石器时代的陶器制作方式很原始。例如这件通海杨山出土的陶器鸟形罐，它的形态被做成一个小鸟的样子，然后再用一些泥条在上面堆贴成它的眼睛、翅膀。这种古老而原始的陶器制作方法，至今还在云南保存。比如玉溪新平戛洒花腰傣原始制陶，它保持了几千年前人们最原始的制作陶器的工艺，非常古老，可以说是云南的一项骄傲。

早期的陶器制作大部分是用慢轮拉坯，但是新平戛洒花腰傣原始制陶基本上没有用慢轮，器物都是直接用手捏，用一个簸箕转一下，再捏一下……所有的器物全靠制陶艺人一下一下捏出来，然后开始烧制。烧的工艺更为原始，直接在地上铺上稻草，然后把罐子放上去，再铺上稻草，撒上秕谷，放上稻灰点火开始烧，几个小时后陶器就烧成了，它的温度较低，但是烧制的效果很好，用来盛水，水不容易馊掉。

战国至西汉时期，是云南历史上滇国兴盛的时期。从玉溪市境内发现的江川李家山，澄江金莲山、学山，华宁小直坡以及其它的这一时期墓葬中出土的大量文物来看，青铜器是主要的器物，以牛虎铜案为代表的大批精彩绝伦的青铜器展现着滇国灿烂的青铜文明，然而这些创造了令人瞩目的青铜文化的滇人在生活中，仍然是大量制作和使用陶器，大量罐、壶、釜等陶器和青铜器一起出土，同样体现为高水平的陶器制作。

唐宋时期，在云南相当于南诏大理国时期，这一时期的陶器制作有了一定的发展。比较明显的证据就是玉溪、大理、保山、红河等地均出土了大量的陶器。这个时期及其后的元代，受民族文化特色和佛教文化信仰的影响，盛行火葬。火葬的器具大多数均采用陶器，形形色色的陶火葬罐在云南的墓地中被发现。

主要有两种陶罐，一种是无釉的灰陶和黑陶，一种是低温的绿釉陶和酱黄釉陶。此时的陶罐造型多样，装饰也很复杂，大多数是带盖的火葬罐，罐身高矮胖瘦不一，常见的是在圆形的罐身上堆塑莲花、莲瓣。片片莲瓣环绕罐体，罐身上模印或堆贴十二生肖的动物图样，或者灵芝如意、植物纹样、梵文、汉字图案甚至各种几何纹样，也有在罐身的内外或是盖子上用朱砂彩绘多种图案，其中主要是不可辨的梵文或咒语。火葬罐的盖子也很复杂，往往高高堆起呈舍利塔的形状，也有的呈莲花状。火葬陶罐中有的有残骨、贝币等器物。施有绿釉、酱釉装饰的陶罐同样装饰复杂，其装饰性和审美性得到了提升，这种陶火葬罐基本上延续到了元末明初（见图2）。

图2　大理国堆贴莲瓣纹陶罐

二、以玉溪窑为代表的云南青花瓷

玉溪窑是云南青花瓷的代表，它开始于元末明初，在明代达到工艺制作的高峰时期。

早期很多外国人对中国形象的理解就是由瓷器开始的，他们觉得中国人就像瓷器一样美。而在所有的瓷器里面，他们觉得青花瓷更像中国人，青花瓷色调清新，纹饰素雅，蓝白相间，有一种含蓄内敛的感觉。

民国以前，人们总认为中国的青花瓷最早是明永乐时期的，他们认为这和云南人郑和有关，相传郑和下西洋从国外带回了钴料，所以出现了青花瓷。1929年，英国学者霍布逊在他的一篇文章里发布了两件器物，这两件器物颈部有一个年款"至正十一年"。至正是元代的年号，通过这两件器物他当时就认为中国在元代的时候就可以生产青花瓷。直到1950年，美国的考古学家波普把这两件器物和国外收藏的很多比较重要的青花瓷做了比较，把这两件器物当作元青花标准器物。他提出这个概念后，全世界的收藏家、博物馆工作人员就把收藏的青花瓷拿了出来，用这个标准去对比器形、纹饰、绘画方式，以此判定是否为元青花。这说明中国在元代就有了青花瓷，可是，青花瓷的起源究竟是什么时候？会不会年代更久远？又或者景德镇的青花瓷是怎样起源的？很多专家苦苦追寻，想探寻青花瓷的起源之谜。

1960年12月，云南省博物馆的青年学者葛季芳等人刚刚完成对江川李家山青铜墓葬的调查，返回昆明途中住宿玉溪，晚饭后外出散步时在路边偶然发现零星的青花瓷碎片，职业习惯促使她立即进行调查。这个当时位于县城东南约1公里处的村子名叫瓦窑村，村民祖祖辈辈都以烧窑为生。葛季芳在瓦窑村附近，发现"平窑""上窑"和"古窑"三处古代瓷窑遗址。玉溪古窑的发现引起了国内外的古陶瓷研究机构和学者的关注。以往人们对早期青花瓷器的认识仅仅限于江西景德镇，玉溪窑瓷器具有的元代特点和明代特点让学术界认识到：在地理位置相对偏远，经济文化相对落后的云南，居然能在元明时期生产青花瓷器，并且生产数量具有一定的规模，这对于中国青花瓷器的研究有着非同寻常的意义。许多专家学者纷纷在他们撰写的文章、论著、词典中充分肯定玉溪窑的地位和重要性。

1960年玉溪窑青花瓷窑址发现以来，学术界尤其是云南省以外的学者、收藏家一见到云南青花瓷，就习惯性称之为"玉溪窑"，许多学者在他们的著作中论述玉溪窑时，其选择的器物也不一定和玉溪古窑址已出土的器物完全对得上，而只能说是云南生产的和玉溪窑同一类型的青花瓷，但大家均认为是玉溪窑。许多省内外的鉴定专家在鉴定民间收藏的陶瓷时，一般也都把元明时期云南生产的青花定为玉溪窑（见图3）。关于云南青花，学术界现在有两种说法，一种说法认为除了景德镇、浙江的江山之外，另外一个很重要的青花瓷产地就在云南玉溪；另外一种说法认为玉溪窑是除了景德镇之外中国的第二大青花瓷策源地。

图3 元末明初玉溪窑青花玉壶春瓶

以玉溪窑为代表的云南青花是民族文化交流的一个产物。我们看到的云南青花瓷跟景德镇青花瓷很相近，这是为什么呢？可能跟云南的移民文化有关。洪武年间，江南汉人攻占云南后，大量士兵留下来屯田，后来还把士兵家人也迁来云南。从明洪武年起，大量的江南汉人源源不断来到云南，短短几十年，汉人的数量比土著民族还多。

此外，汉族的风俗习惯逐步影响云南的土著民族，从考古资料来看，大规模的汉族到来之前，云南一些少数民族地区喜欢吃竹筒饭或者手抓饭，不一定用碗。汉人来了以后，当地的饮食和其他礼仪方产生了很大的变化，这种变化史料上是有记载的。比如明谢肇淛《滇略·俗略》记载："滇人知耕而不知耘，知农而不知桑，知马而不知舟，好饮而不知酿，好鬼而不制香，有纸而不善作笔……"明军平云南后，兴教育，广教化，百万汉民入滇带来先进的生产技术和生活习俗。故"岁时之礼，往来之仪，一本中原。"明代云南的风俗基本上沿袭了中原习俗，衣冠礼法、岁时节令"犹埒中土"，这是云南民风民俗的一大变化。

汉人的生活习俗逐步渗透到土著民族的生活中。比如说当时的汉族在江南吃饭的时候用的是青花瓷小碗，但是云南没有这种小碗，他们就从景德镇购买小碗，可是如果从遥远的江南把瓷器买回来成本很高，他们就开始在当地寻找原料制作陶瓷。青花瓷虽然只是老百姓的日常生活用品，但是通过器物的使用，上面的图案蕴含的文化通过一种无形的方式在传播着。汉文化逐步在云南扎根，跟云南更多的少数民族文化融为一体，形成云南的文化。

还有，就是宗教信仰的影响。目前我们见到的青花罐都是从墓葬里面出土的，几乎没有传世的青花瓷的罐，这跟云南的宗教信仰有关。明代中期，云南的寺庙、佛寺达1800之多。佛教讲求火葬，从当时的一些文献记载来看，人去世了之后要火化，火化之后把剩下的骨骸捡回来放在罐子里，随罐子下葬，这就是当时的火葬。

图4　青花狮子绣球纹罐

明代汉人到了云南后，觉得火葬不人道，是非常野蛮的习俗。朱元璋提出来废除火葬，在全国推行土葬棺埋。但是这个推行很慢，直到明代中期以后，土葬棺埋才流行起来。瓷器的变化见证了这种变迁，早期的罐子图案包括堆贴的灵芝、螭龙、生肖、八仙人物等，上面会有一个异兽包括狮子、麒麟，这些动物负责守护死者的灵魂。有些罐子底部有的打一个孔，是为了方便灵魂的出入，这些罐显然是火葬罐（见图4）。明代晚期出现了很多小的随葬陶瓷，直接放在墓葬里，有香炉、小瓶等等。

很多器物体现了浓郁的宗教信仰的，比如三足香炉。证明当时的云南已经改变了不会制香的习俗，几乎所有的土葬棺埋的墓里都会有一个香炉，甚至它会有一个香炉、一对小瓶子、一对小罐子五

图5　明玉溪窑青花莲纹盘

件套作为一个随葬品（见图5）。说明云南人用焚香来表达他的愿望。有的青花罐底部还有朱砂做的类似符咒或者梵文的图案。

从窑址出土和墓葬出土以及传世的标本来看，云南青花主要有碗、盘、杯、碟、罐、瓶、盆、壶、灯盏、香炉、小瓶等几种，瓷器的造型往往只求实用，不求精细，适应当时当地的审美需求和经济文化等特点。

青花是一种釉下彩，就是用笔沾钴料之后在瓷器的生胎上绘画图案，然后罩上一层透明釉再入窑烧造，烧成后，这个图案就变成青色，也就是青花。元明时期的云南青花瓷器装饰手法上主要以青花绘画为主，但由于学习了龙泉窑等南方窑口的工艺，其他的一些装饰手法仍然被采用。其装饰手法主要有青花绘画、青釉印花、青釉划花、贴花、剔刻青花、瓷塑等，这些装饰手法或单独使用，或组合起来使用，创造了元明时期云南青花瓷器多样化的成熟的艺术魅力。

云南青花瓷借鉴和学习景德镇青花瓷器的装饰手法，所以它的内容与景德镇一样，带有鲜明的汉民族色彩，主要是人们喜闻乐见的植物、动物、人物、文字、辅助纹饰等，适应当时人们追求吉祥寓意的审美风尚。植物题材主要有牡丹、菊花、宝相花、西番莲、秋葵、松竹梅、蕉叶、莲叶、兰花、水草等；动物纹主要有鱼纹、狮子、凤凰、神马、大雁等；人物主要是棋琴书画、仕女图和高士图，文字装饰有吉祥语和其他花押记号，还有龟背锦、月华锦、云纹、回纹、卷草纹、水波纹等辅助纹饰。纹饰的表现形式丰富多彩，常见缠枝式、折枝式、开光式等。纹饰遍布器身，给人繁缛美丽的感觉。但构图严谨，繁而不乱，采用弦纹将图案分隔成多层，层次丰富，每层都是二方连续构图，展开后成为连续不断的长卷。层次主次分明，即主题纹饰突出在显眼的位置，让人一眼就能看出。青花罐、玉壶青瓶往往器身遍布四至六层图案，主题纹饰多安排在肩部和上腹部，最多有两组主题纹饰，常见鱼藻纹、狮子绣球纹、凤穿牡丹纹、缠枝牡丹、折枝牡丹等，碗盘类的主题纹饰则主要在内底心，有的也在外壁，主要是花卉纹。辅助纹饰多在瓶、罐类主题纹饰的上方、下方，也就是器物的口

图6　明代玉溪窑青花瓶炉组合

部、颈部、下腹、胫足及其他边缘位置，主要是蕉叶纹、水波纹、云纹、卷草纹、莲瓣纹等，碗、盘类的辅助纹饰则主要在口沿内外侧、内壁等，尽管纹饰稍显图案化，缺少变化，但用笔洒脱淋漓，豪放自若，充满了民间生动的生活情趣和乡土气息，具有独特的艺术魅力（见图6）。

云南青花表达的是一种看得到、摸得着的世俗之美，其绘画工艺豪放自如、自由灵动，虽然分层的图案非常繁缛，但用笔非常灵动，与景德镇官窑瓷器一笔一画非常严谨的绘画不同，表达是一个自由自在的云南人，一种非常自由的创作。总的来说，云南青花生长在民间生活的常态中，活泼而不张狂，自由而不放纵，天真而不幼稚，简练而不简单，通俗而不媚俗，它朴实深沉而自由灵动，富有活泼的本性，代表着云南百姓对自由质朴和谐之美的崇尚和对幸福安康生活的向往。

三、以华宁陶为代表的颜色釉陶

明末以来，华宁陶学习和借鉴了中国陶瓷制作的精华并融会贯通，形成丰富而独具特色的陶瓷艺术。不仅种类繁多，造型丰富，其装饰工艺更是丰富多彩，生产出多种多样的颜色釉，具有极高的艺术审美价值，成为云南高温颜色釉陶瓷的代表，在清代达到发展的高峰时期。

华宁陶几乎广泛地被运用于社会生活的方方面面，用于盛放食物，饮食盥洗的生活用器；用于装饰厅堂，美化环境的陈设用器；用于寄托志向，追求情趣的文房用器；用于祭祀神明，表达信仰的宗教用器；还有供人们安身立命，遮风挡雨的建筑物的构件。

我想用一个方式来跟大家解读一下华宁陶与生活的关系，如果我们走进一所云南的老房子，进入大门一般右手间是厨房，厨房里灶台上有水缸、瓿子、油罐等，这些生活用具都是华宁陶的。天井里，云南人喜欢栽花养草，到处是华宁陶花盆。通过台阶进入客厅，客厅中堂的桌子上会陈设很多华宁陶瓶，云南人结婚的时候是一定要送瓶子的（见图7）。我们上楼梯到二楼的书房，可以看到笔

图7　清代华宁陶白釉绿彩瓶

筒、笔洗、砚台等华宁陶。在客厅的楼上叫家堂，会有一个神龛，供奉"天地君亲师位"牌位，然后供奉文武财神、观音菩萨、财神等以及香炉、净水器等供佛用具。

华宁陶与其说是一件精美的艺术品，更不如说它是我们生活的见证物，云南喜欢喝普洱茶，就有许多华宁陶茶壶。云南人喜欢饮酒，就有各式华宁陶的酒罐。云南人喜欢吃咸菜，就有许多华宁陶的腌菜罐。华宁陶如此和谐地与人们的日常生活结合在一起。

从造型的艺术审美来看，华宁陶的造型或古朴敦厚，或端庄典雅，或挺拔俊秀，或小巧别致，从中可看出对历代中国陶瓷造型的学习和借鉴，而体现出对来源于日常生活的独特创新。当然华宁陶的造型之美还是追求平衡、对称、和谐、连贯，合乎中国文化的中庸之道，中和之美，表达中国传统的文化心理和民族精神。

如果说胎体是陶瓷的骨架，那么釉面就是陶瓷的肌肤，釉在陶瓷的表面形成一层稳定的保护层，增强了器物的硬度，使器物不易散热，同时便于清洗保洁，并且增添器皿的美，所以中国历代陶瓷都注重釉面的装饰。

华宁陶是一种高温釉陶，它最突出的成就便是五光十色、斑斓夺目的颜色釉。釉色或纯净典雅、较少人工雕饰，或异彩纷呈、奇幻绚烂，靠釉水色彩的变化和釉质的光泽、透明度的不同来装饰陶器。普遍采用了窑变和开片两种装饰手段，统一中的变幻，完整中的残缺这种审美风格使华宁釉陶达到了极高的艺术价值。

颜色釉是指在陶瓷的基础釉料中加上铁、铜、锰、钴等氧化金属着色剂，在相应烧成条件下，釉面产生不同的颜色。从明末起至清代，华宁迎来颜色釉陶器的发展。经过窑工的努力，华宁色釉陶展示给人的是美不胜收的色彩世界，具有极高的艺术审美价值，成为云南陶瓷生产的又一高峰。其中以月白釉、绿釉、酱釉、蓝釉、黑釉，红釉（紫金釉）、粉青釉、青白釉、豆青釉、黄釉等为主，且每种色彩皆有不同的色阶，形成丰富多彩、异彩纷呈的颜色釉世界。

彩釉主要以"三彩"为主，"三彩"是当地民间的一种叫法，主要是以酱釉、绿釉、白釉三种釉水施在一件器物上。一般先在器物上施白釉，然后再根据需要局部施绿釉或酱釉形成三彩效果，用得最多的是陶塑神像（见图8）、"寿"字瓶、净水碗等。比如土地公，除面部外先施白釉，再把身上的内袍施绿釉，最后把外袍和帽子施酱釉，只留下胡子，衣角领口和台座为白釉。如鱼莲净水碗，先全身施白釉，然后把莲花内瓣和莲杆、水波施绿釉，鱼嘴和鱼脊施酱釉，最终形成层次丰富的三彩效果。

华宁陶的窑变很有特色，釉均为高温釉，施釉时先施一层基础釉，一般为月白釉，然后在上施绿釉或其他色釉。由于施釉非常肥厚，在高温状态下，釉面会熔化、沸腾，底釉和上釉均自然流淌，相互交融，出现了神奇的窑变效果，有时白釉上的绿彩也会变成紫、红、酱、黑等色彩斑驳的效果。同时铜红釉、绿釉瓷器也会有类似的效果。

图8　清代华宁陶三彩财神

开片能很好地体现陶瓷完整中的残破的美学效果。华宁陶仿制哥窑、官窑开片的效果，几乎绝大多数器物都有开片。开片往往是因为胎和釉的膨胀系数相差大，特别是釉的膨胀系数过大，釉质肥厚，在冷却时，釉层出现的开裂现象。但由于器物的胎釉结合很好，所以胎土并不开裂，釉层也不剥落，也不会划手，不影响使用。这种仿哥釉、官釉开片的效果使华宁陶更具审美价值。

堆贴是一种陶瓷装饰工艺，华宁陶有许多仿古铜器的造型，故堆贴技法使用很多。一类是耳的装饰，常见螭耳、狮子、象耳等，均堆贴在器物颈部，比如瓶、罐、汽锅、甑子等。另一类是器物的铺首装饰，这些铺首就是先捏制或模制而成，再把它粘贴在器身上。此外，有的器物身上有松、竹、梅的装饰，也是堆贴在器物上施釉烧制。

雕塑在陈设用器、神仙佛像和建筑陶瓷上均得到广泛运用。为了满足宗教信仰的需求，窑工们制作了弥勒佛、观音菩萨、财神、土地、关帝以及许多神祇的造像，这些用陶瓷的原料和烧制工艺来做出雕塑艺术品，表达意识形态比较具体和强烈。陈设用器中的鱼形花插、花桩形花插等也都是匠心独运的雕塑作品，还有建筑陶瓷类的瓦兽、八仙像、瓦猫等也均为精彩的雕塑作品。小的用坯泥直接捏成，器型较大的，先用模范把泥料挤压成形，然后再拼装。比如水月观音像，身子用模型挤压成形，两半合装粘拼，头部和花纹及其他局部要经过雕塑、刻画，使其逼真清晰。

华宁陶的美是内敛的、含蓄的、平淡的、质朴的、简约的、和谐的，它营造的是一种耐人寻味的美，是中国美学最高的境界，是一种永恒的经典。

四、刻坯填泥、无釉磨光的建水紫陶

建水紫陶兴起于清代中期，民国达到高峰。它的特点非常独特，它是一种刻坯填泥、无釉磨光的陶瓷。建水紫陶不上釉，就像宜兴的紫砂陶，但是宜兴的紫砂陶表面会有凹凸不平的自然感觉，而建水紫陶的表面却是非常光滑、平整的，摸上去像婴儿的肌肤一样。建水紫陶烧成出窑时，还不是一个成品，还要经过磨光，才能形成一个成品。

刻坯是一种陶瓷的装饰方式，要赋予陶瓷装饰性的美，一般可以采用印花、刻花、绘画等手法，还可以施上色彩丰富的颜色釉。而建水紫陶的装饰方式却是独具特色的刻坯填泥。

建水紫陶对原料的使用是比较讲究的，窑工们一般都会挑选比较细腻、含泥很高的陶土来做陶。泥料要经过仔细的反复淘洗，然后才用来作坯。建水陶的泥料很软，所以可以很方便地在上面雕刻，在泥坯还没有完全干透的时候，窑工就用毛笔在生坯上面画画，图案常见人物、花鸟、书法等等。写好画好后就开始刻坯，刻好之后再把另外的泥填进去，所填的泥色和生坯的颜色反差要大，比如在红泥坯里填上白泥，加大色彩的反差，让图案非常清晰。等泥料干了之后就开始入窑烧制，烧完出窑，再进行认真仔细的打磨。建水陶的工艺非常独特，从而深受世人的喜爱。1953年，建水陶与江苏的宜兴陶、广西的坭兴陶、四川的荣昌陶一并被轻工部命名为中国四大名陶。

建水窑烧制陶瓷的时间非常久远，很多资料都能证明建水烧造陶瓷历史是比较悠久的，但是烧制紫陶的时间不算太早。现在最确凿的证据只有到道光年间，是一只有道光年款的紫陶烟斗。

众所周知，鸦片对中国近代社会产生了很大的影响，当时的云南就是鸦片的一个重要产地，也是东南亚鸦片输出的一个通道，再加上政府禁烟不力，所以当时云南吸食鸦片的人很多。吸食鸦片的烟斗就是这样出现的，甚至当时省外很多吸食鸦片的人手里用的都是建水紫陶的烟斗。当时最有名的称为"八家斗"，关于"八家斗"说法的来历学术界争议也很大，有些人认

为是因为制造烟斗要八道工序，有些人认为是因为从取泥到最后完工一共有八家陶户来完成。吸鸦片一般费用很大，所以建水紫陶烟斗的价格昂贵，工艺精湛。

图9　民国建水紫陶汽锅

另外一个有名的建水紫陶的品种就是汽锅（见图9），汽锅鸡是云南比较著名的一道名菜。汽锅里边有个锥状的管子，蒸汽从管子里升起来，然后顺着这个罐子的壁流下去。把鸡肉整齐地码在罐子里，鸡汤全部是靠蒸汽渗入到鸡肉然后形成的，所以汽锅煮的鸡汤非常的鲜美，可见建水紫陶也是深入到云南人的生活的细节，和生活息息相关。

建水紫陶的工艺体现的是一种文人的风雅之美。它的每件器物表面都做得非常细致，非常光滑，它表面的图案往往是书法与绘画，书法各种字体都有，绘画包括人物、山水、花鸟等等，它最有特色的一个品种叫作"烂贴"，也有人叫作"断简残篇"，内地的文人也把它叫作"锦灰堆"。

锦灰堆一般用来形容文人的书房一角，书桌上有各种文房四宝，还有碑帖、绘画、书法等其他很多的东西堆在一起，看起来就是残破的一堆东西。锦灰堆据说是元代的文人钱选发明的，明清时期很多画家用笔墨创作锦灰堆的效果，应该说在中华文化里它一直是中国文人的一个情结。当时建水的窑工用刻边填泥的方式做了锦灰堆。有的是一个精美的拓片，有的是绘画，有的是印章，还有一些草书、隶书、篆书，把各种各样很风雅的东西集中在一起，做在陶器上面，形成了建水陶独特的特点。

建水陶表达了文人的风雅之美，它的器形虽然不是那么丰富，但是它在生活的细节里边充分的表达了文人情结。当时的很多文人都参与了陶器的制作，所以在建水陶的落款里有很多文人，比如说潘金怀，他是建水紫陶的创始人，也是当地的一个文人。向逢春（1895~1964年）是建水紫

图10　民国建水向逢春紫陶瓶

陶最有名的一代大师，也是建水紫陶艺术的集大成者（见图10），他的儿子向福功也很有成就，此外王克敏、萧茂元、王勉斋、王受之、刘光烈、刘炳森、邱梦菘、李月桥、吴梅林、马吉生、戴得兴、王和光、嵩樵等人，都有具有相当高的水平。建水陶的制作一直保持着滇南文人对生活的一个表达，所以它体现的是一种风雅之美。

云南的陶瓷是云南文化里比较重要的部分，是一项重要的文化遗产。在时间的长河里，虽然它有起源，有发展，有高潮，有衰落，甚至有些工艺直接停烧，但是有幸的是，这四大门类的陶器都取得了很大的发展。玉溪青花、华宁釉陶、建水紫陶等向世人传递着云南文化中因陶而生的世俗之美、高古之美和风雅之美，这些美就蕴含在云南的山水草木之间，蕴含在自然质朴的云南人的身上，让我们继续传递这种美，像燃烧千年的窑火一样永不熄灭，生生不息！

董保延

　　董保延，作家、评论家。中国青少年作家艺术家协会顾问、云南省作家协会理事，云南省演讲学会副会长，云南省中华文明研究会副会长，云南省电影电视评论学会副会长，中共云南省委宣传部新闻、文艺阅评员。

　　出版有文学艺术类著作计10余部（本）500多万字。撰写编辑过大量新闻类作品，有新闻类文字数百万字在国内外报刊发表。

　　在云南省内多个论坛担任演讲嘉宾。应邀担任一些院校的客座教授并为机关、学校、部队、企业等做文化、社会、时政类的若干专题演讲和新闻、文化、演讲类的辅导工作。主要讲题有：《和谐云南山水间》《网络世界纵横谈》《怎样写演讲稿》《如何参加辩论赛》《昆明老街道》《好青年志在四方》《新闻与生活》《社会公德与职业道德》《读书乐》《国学在云南》《昆明的历史文化标志》《完美表达：关于口才和说话的艺术》等。

昆明的历史文化标志

今天之所以要讲这个专题，基于以下原因：老城离我们渐行渐远，危机感与沧桑感成为我们的纠结；老城是祖祖辈辈的生存繁衍之地，皮之不存毛将焉附；老城里有丰富的历史文化宝藏，必须保护；无论你来自何方都不可否认"一方水土养一方人"，你有义务为保护老城出力。

一、神奇的符号

美国著名哲学家、散文作家和诗人爱默生说"城市是靠记忆而存在的"。土耳其诗人纳耳其诗人纳·乔姆希克梅说："人的一生中，有两样东西永远不会忘记，一是母亲的面孔，二是城市的面貌。"符号就是记忆的重要凭据。

符号是"符"也是"号"。符号是了解昨天，面对今天，创造明天的重要信物。

每座城市都有自己独有的历史文化符号，它是城市的眼睛，透过这些符号，可以探寻出一种文化、一种历史、一种气息、一种风情，从而构筑城市居民对城市感知和记忆的基础。如何通过这些符号勾勒城市性格，创造美好的城市生活？怎样通过符号来了解城市传承文化，是城市居住者难以推脱必须思考和回答的问题。本讲座力求通过对城市老街道、老房子、老字号、老建筑、老地方等的梳理，申明历史文化标志的重要和必要，呼唤在城市发展中必须具备的符号保护意识。

城市符号是城市文化的象征，城市文化的表现很多，一般有四个层面：

一、外显层面，由城市最显著的文化符号系统组成；二、外隐层面，由城市的文化传媒系统组成；三、内显层面，由城市的文化体制系统组成；四、内隐层面，由城市的文化价值系统组成。

"符"与"号"的文化定义：人们共同约定用来指称一定对象的标志物，它可以包括以任何形式通过感觉来显示意义的全部现象。感觉材料与精神意义兼而有之。"符"是永恒的；"号"是有生命的。历史文化符号不能随意指定，而是历经沧桑，在岁月的打磨下才成立的。

城市文化符号代表了一座城市文化软实力的最显著特征。它由一系列凝练、突出而具有高度影响力的象征形式系统组成，在城市文化中最具代表性又通俗易懂。从有影响的世界性城市符号看，如巴黎的埃菲尔铁塔、凯旋门标识着"时装之都""文化艺术之都"和"浪漫之都"；维也纳金色大厅标识着"音乐之乡"；罗马的若干建筑标识着它是"古典文化集萃的城市"。这些城市文化符号中，历史或博物类、时尚类、艺术类文化符号占据的分量最重，而金融类和自然类文化符号分量最轻。幸运的是它们还在。

中国的以老北京最为典型，如胡同、北京话、长城、故宫、天坛、同仁堂、大栅栏、京剧等。

城市符号包含了地理、历史、民风、建筑、艺术等，它们不仅本身具有无形的吸引力，而且蕴藏着更加内隐的生活价值系统，通过日常生活体验而缓慢地濡染进个体身心。

我们之所以认为城市符号神奇，是可以从中寻找城市之魂，感受历史之脉，发现文化之根。

我认为，最具权威性的昆明符号当数"双塔烟雨"——东寺塔与西寺塔，东寺塔是南诏国时期的古塔。全高40.57米，原在常乐寺内（今书林街），是昆明最早古塔之一，塔顶四角立有4只铜皮做成的鸟，俗称金鸡，所以也有"金鸡塔"之称。其形制与大理三塔中的主塔相似。比西寺塔略高。西寺塔约建于大理三塔完成之年的840~859年之间，西寺塔在慧光寺内，又名慧光寺塔，立于昆明市南面的东寺街中段西侧。两塔一西一东，遥遥相对。两塔历史悠久，距今已有1100多年历史；历经昆明风雨，是古老文明和文化的见证。

二、活着的"化石"

城市的历史文化符号都是通过老街道、老房子、老字号来体现的。一座老城的消失，也总是首先从"三老"的消失开始的。没有"三老"的城市是不合格的历史文化名城。任何一座城市的历史中，老房子无疑都是一个载体抑或一个标志。因为有了老房子，老街道才显示出它们的韵味、老字号才有了它们承载历史文化的空间。所以，所谓历史文化名城，没有了老街道、老房子、老字号，几乎不可思议。

城市的历史文化，总是要靠"活化石"来体现。从这些久违的风景中，你才能知道一个实实在在的历史昆明、文化昆明，才明白为什么昆明会获得历史文化名城的称号。老街道、老房子、老字号是反映城市社会历史的"活化石"，它们的名称就是标签，如果标签消失了，历史也就不复存在；它们的经历就是内容，如果物是人非，文化就不复存在；它们的存在就是证据。

（一）特色老街道

昆明的老街道极富特色，没有一条街不寄托着道理、道义、道德；没有一条街不向你述说着历史沧桑、岁月流金；没有一条街不让你从中感受到家、国的意义。

昆明的老街道在全国来说几乎是独树一帜的，那是因为它的几个显著特点：

1.风调雨顺的寄托

明朝洪武年间（1382年前后），镇守云南的沐英聘请著名堪舆家汪湛海设计、建造昆明城。汪湛海精心考察了昆明的地形、地貌、山川、湖泊，精心设计了一座外形极像一只神龟的龟城，符合传统风水学说中"风水宝地"的说法，此外，昆明城市的南低北高，"坡""堆"交错，北山南湖，居高临下，背有依托，左右青山，紫气东来，植被茂密，气韵充足，视野开阔，气象万千等，也注定了老街道的特色。

2.山水和谐的结构

昆明城傍滇池，水网纵横，大小河流百余，常年汇入滇池的36条，曾经是一座山水城市。

从"水"看，"古六河"——盘龙江、宝象河、金汁河、银汁河、马料河、海源河。是名副其实的"水城""无水不成景"。

许多昆明老街道的名字与江、河有关，以大小绿水河为例，源于五华山，沿长春路从南北方向直抵山脚，十多年前水潭还在，如今已经干涸了。

老街道与山有关。城区著名的有三座山 —— 五华山、圆通山（螺峰）、祖遍山，围绕它的街道均以此为名。

与湖与塘有关。翠湖，莲花池、苏家塘、王宝海等。原来苏家塘有一片池塘，只留下了名字而已。王宝海则改成了宝海公园，原来王宝海附近的沼泽地变成了今天的宝海公园。塘子巷，当时那里有4个相连的大池塘，著名的"五一公园"，池塘周围垂柳依依，树荫浓密，微风吹过，景象迷人，是孩子们游泳、钓鱼、嬉戏的场所，是假日人们的必去处。

与"湾"与"堆"有关。螺蛳湾、潘家湾、董家湾，可数出一堆。过去螺蛳总在弯道处聚集，形成一个大的湖湾，所以叫螺蛳湾。李家堆、伍家堆。伍家堆在大观公园附近，原来这里有五家人居住，周围是一片水域，人们划着小船进出，不少老昆明怀恋这有水的小岛。20世纪50年代以后，"千艘蚁聚于云津，万舶蜂屯于城垠"的历史文化风貌，已经消逝不见。与山有关，城区著名的五华、圆通（螺峰）、祖遍三座山，围绕它的街道均以此为名；还与田（一丘田）有关。

3. 味道相投的分类

老街道有相对的独立性，合乎所在地域的身份。如贡院附近有文林街、青云街、龙翔街、凤翥街……旧官府周围有民生街、民权街、正义路、如安街、光华街、文明街、福照街、端士街……

商贾之地有祥云街、南强街、鼎新街、宝善街、崇善街、尚义街、节孝巷、南华街……塔寺庙观周边有文庙街、白塔路、东寺街、西寺巷、天君殿巷、西岳庙、弥勒寺、水晶宫、甘公祠街……市内公园附近有圆通街、翠湖路、大观街……

此外，表达人生寄托的五福巷、景星街、仁寿巷、太和街、书林街；反映社会生活的吹箫巷、染布巷、买米巷、竹子巷、香油巷、米厂心、小菜园、三市街；标榜历史遗址的武成路、护国路、金碧路、拓东路、钱局街、三合营……体现时代色彩的青年路、东风路、长春路、北京路、国防路、五一路、新闻路、文化巷等都可以看到这一点。

昆明城街道的显著特点：一般情况，凡以"街"命名者皆老街道，凡以"路"命名者皆为新开辟之路。

4. 巷比街多的格局

昆明老城当年巷比街还多。交通基本靠走。20世纪80年代之前，昆明都还是个由各种小巷连接贯通的城市，最多时候的小街小巷有582条，各有特色。现在还可以找到的巷：景星街一带的通城巷、耳巷、吉祥巷、沙朗巷、致和巷、顺城巷、东西卷洞巷、大小银柜巷、文定巷；翠湖一带的仓园巷、染布巷、白云巷；威远街一带的云兴巷、财盛巷，不愧是与财神庙有关的地，整条财盛巷两侧都是高楼大厦，昆明走廊、金鹰广场酒店、龙园豪宅等等。

道路是人们眼中最普通的东西，却蕴涵了天地万物最具有的所有品质，人类所了解的最基本和最高远的道理都在其中体现。

天地起源离不开道路，人类所有事物自道路开始，从物质（形而下）之道到精神之道（形而上）。

我们以武成路为例（此路有原先几条叫"街"的老街道汇合成）。老城已经很难再有像武成路这样有特色的老街道了，这里商贾兴旺（集市不断，财源滚滚）；宗教聚集（土主庙、城隍庙、武庙、文庙以及教堂）；可寻名人足迹（徐霞客记录土主庙中之菩提树、重九起义策划地、朱德等买豆腐、艾芜的《人生第一课》、茅盾住过孙家花园、闻一多的"璞堂"、胡志明故居）；可看市井风情（劝业场）。

老街道张扬的个性是丰富多彩的，或厚重或轻松；或典雅或飘逸；或地域特色或外来影响；或崇文或习武，或历史或时代，昆明街道的取名很有边地文化的特色。风格即人格，这些老街道的名字体现了一座城市的文化素养、反映了市风民俗。文革时期，有的街道一度改名，成为笑谈。

现在的城市都是一个模式，一种风格，一套布局，城市的个性因为老街道的消失而怅然失色，甚至销声匿迹。一些新街道的取名也少了文化感觉。

（二）魅力老房子

昆明建城千余年，历史可以追溯到南诏国时代，现在的老街格局是从清代云贵总督建署而逐步形成的，民国甚至到20个世纪80年代初，还有大小街道400多条。这些街道上有许多老房子，每一座都演绎着悲喜人生，每一座都记录着历史沧桑，每一座都缭绕着时代风云。

老房子之所以如此珍贵，是因为在其中住过的人，以及他们所经历的事，是老房子曾经的风云变幻、老屋主人曾经的如歌岁月。

走进位于西山脚下的杨慎故居，从中聆听这位明朝好官的诗词歌赋，去领略他被放逐云南后解百姓纠纷，述万民疾苦的风采，知道了正是他，最早将昆明称为"春城"。

五华山麓的朱德故居，将我们的思绪一下子拉到了战火纷飞的年代，从这里走出去的开国元帅的戎马一生之所以如此辉煌，不就因为与云南这片热土息息相关？正是这里，成就了人生的最重大转变。

在近代云南的历史上，有一文一武的两所学校，都非常著名，"文"指西南联合大学，"武"指云南陆军讲武堂。前者培养了一大批杰出的科学家、教育家；后者培养一大批杰出的军事家、革命家。这样具有深厚历史文化底蕴的老房子堪称"国宝"，在中国极为罕见。云南陆军讲武堂走出了两位元帅，二十几位上将；有三个国家军队的总司令和一个国家的国防部长出自这里。培养了数百名将军，中将以上的高级将领有数十人。西南联大培养出一大批人才，包括两位诺贝尔奖获得者——杨振宁、李政道，四位国家最高科技奖获得者——黄昆、刘东生、叶笃正、吴征镒，六位"两弹一星"功勋奖章获得者——郭永怀、陈芳允、屠守锷、朱光亚、邓稼先、王希季，近百位中国科学院和中国工程院院士。在科学、教育、新闻、出版、工程技术、文学艺术等各个领域都有不少西南联大校友成为业务和政治骨干。在海外有重大成就的联大校友也不乏其人。

聂耳的家虽然其貌不扬，他青春时代的激情燃烧，音乐人生的执着起步，因了这方水土这方天地而显得引人瞩目。精彩的是，无论何人走进他的故居，耳畔总会回荡起《义勇军进行曲》的旋律，心中总会鼓荡起信心和力量。

我们还可以看到龙云的灵源别墅曾经留下过多少显赫人物的足迹，也成就了"云南王"的功勋伟业。在卢汉公馆的院墙上，还遗留着峥嵘岁月的刀光剑影，辐射着云南和平起义的历史追光。透过"庾园"的柳暗花明，云南卷烟鼻祖庾恩锡浮沉商界，扬威仕途的场面徐徐展开，历历在目。穿过"紫园"的竹林婆娑，远征军和飞虎队的凛然正义回光返照，功昭日月；更有隐在北市区龙头街的那一片老房子，在抗日战争时期几乎集中了中国最著名的知识精英，他们在那里休养生息，更在那里生产着智慧，奉献着才华。许多人后来回忆时总念念不忘：昆明，是他们事业的福地，昆明，给了他们阳光、空气、生命……老房子，就这样在世纪更迭、云聚云散中，诉说着光阴的故事，传递着鼓舞人心的能量。

（三）风雅老字号

老字号之所以可贵，贵在有个诚实守信的魂魄，有个品质立身的传统，有个为民利民的风气。

保护老字号不仅仅是保护一座城市和历史文化名城的文化底蕴，还是记住和传扬融汇在老字号中的品德和精神。

每一个老字号，都是一个文化符号，从中可以读出关于城市抑或人类历史和文化发展的内容；也是一个道德符号，从中可以感受到前辈们执业敬业的风范。

每一个老字号，都有自己的创业史，发家史，在历史的坎坎坷坷中它们一步步走来，在历史的洗礼中它们一次次伴随着老字号的脚步，它以步履蹒跚的姿态，带我们去回望老城的那时……

几次重生，在历史的欢乐与悲伤中它们形成了自己的风格。

"道可道 非常道"，老字号之所以能成其为老字号，就是因为"有道"：研制有道、经营有道、诚信有道。遗憾的是，我们没有更多看到老字号的"发展之道"，众多老字号昔日辉煌妖娆，今日则多已黯淡沉沦。这是老字号之悲，更是时代汹涌前行之叹。大概，也是历史发展之必然！

"天花法雨振迷沉，净土逍遥乐道深。"老字号透射出来的诚信之光虽然不万丈却也灿烂，我们不可能让昆明老字号重生，却可能在对他们的回忆中去领悟其所体现的文化精神。

三、历史的回声

尽管许多文化符号已经不存在了，但是，我们依然可以听到历史的脚步声。

走在昆明老街上，曾经的老房、老字号历历在目，我们仿佛听到历史的回声，讲述着老城的以往……无论是街道的长度宽度，还是形成街道的一沙一土一砖一石，还是街道上的老房子、老字号，还是曾经居住在这里的各色人等，都以资深的分量，存放在人们的记忆里。

回声，就是一个符号，回声越响，历史越悠久。

1381年，明朝皇帝朱元璋派大将傅友德、沐英率军队攻占云南，灭元朝梁王。为稳定在云南的统治，明王朝实行了云南历史上规模最大的移民：最早的移民来自征滇的30万大军，这些军人大多留在云南参加屯垦。云南平定之后，明朝大将沐英又回朝带来了数十万移民，后来其子沐春也移来了30万南京人，加上当时征调来屯戍云南的军民，有学者估计明初迁入云南的汉族大约为120万，而当时云南的总人口不过200多万。移民在昆明安家后，其屯垦的地方皆以部队编制的"营"命名，之后演变成了村落，这些地方因为没有明显的地标，只能以这些村落来命名。有村叫村名，没村叫路名。

逼死坡（曾名篦子坡、升平坡），在昆明城内五华山之西，华山西路中段陡坡地带。清代以前名篦子坡，以此地出售旧时妇女篦头发的篦子得名的。康熙元年（1662年），吴三桂于坡头金禅寺内缢死明永历帝朱由榔，民间因此而称为逼死坡。后来官府为避"逼死坡"有损声誉之讳，取"升平盛世"之意，于道光时（1821~1850年）更名为升平坡。但民间仍习称逼死坡。

以被命名为营、所、屯的街区为例：豆腐营、张官营、王旗营、麻线营、三合营、小屯等，很多昆明人耳熟能详的这些名字的历史可以追溯到明朝。护国路北接长春路（今人民中路），南迄金碧路，东风东路从中间横穿而过，将护国路分为南北两段。从明代起，大批绣衣手工业者聚集此街（路）北段，故名绣衣街，南段则为驻军的兵营南校场。

如果没有了老城的符号，所有的历史事件和历史人物，所有的文化积累和文化传承，都将成为无源之水，无本之木。到了那一天，当我们的后代问：我们来自何处？我们将会陷入拿不出任何凭据的窘境。

也许，未来是美好的，但是，如果没有了文化和历史，未来的美好还有标准吗？

四、文化的自白

老街道、老房子、老字号就是老城的一张张文化名片，告诉人们这座老城的大树上有多少文化的花瓣。老街道、老房子、老字号就是老城的一张张文化名片，它在年复一年地告诉着人们，这座老城的大树上有多少文化的花瓣。

"三老"可以消失，但是它的文化底蕴不朽。

符号是会说话的，我们不妨沿着几条街道去聆听文化的诉说：

我们在拓东路倾听，看到古幢公园的"幢"——一根高6.65米的北宋雕刻柱体，七层雕刻有龙有花有佛有神有字，加之民间传说其下镇压着一怪兽，因此每次到面前总惶惶然，生怕遭遇不测，现在"幢"被笼罩在博物馆的水泥建筑下，它的故事也似乎失传了。街道上还有专为袁嘉谷考得清廷经济特科状元而建的楼，招摇着"中举"观念。登楼四望，老城尽收眼底，尤其是楼上悬挂的"大奎天下"的牌匾，心中骤然添了些奋发图强的气韵。走进街道一侧的拓东体育场，仿佛看到1950年2月，昆明万人空巷欢迎人民解放军入城的情景，那些从菊花村，经拓东路、金碧路、正义路到五华山的人民子弟兵，中国远征军车队行进在拓东路上的阵容，路的空间里无处不游动着历史的精灵。

我们在文明街区倾听。历史街区是活的史书和文化宝库，与众多分布广泛的历史文物一起，构成了城市的记忆。文明街历史文化街区是昆明城内仅存的老街区，是昆明历史文化名城的最重要的标志之一。文明街区的历史起于大理国时代，900年历史沧桑，积累了丰富的历史文化，蕴涵着过去岁月的丰富信息。其以传统民居为主的多元建筑文化，以儒学传播、抗战文化传播、名人文化为主的精神文化，以封建王朝覆灭、共和新生、抗战胜利、昆明解放等重大历史事件所反映的制度文化和以市井商业为典型的民间民俗文化独具特色，丰富多彩。

文明街是昆明文化的标志性街道。整个文明街片区的格局，形成于康熙二十年（1681年），关于文明街名字由来有此一说：在康熙二十七年（1688年），在西院街与文庙直街的交叉处，云南的统治者总督和巡抚建起了一座意味深远的"南国文明"坊，文明街正好与此牌坊相对故而以文明为名。

文明街过去都叫文明新街，"新"字由来一说，进入民国时期，当时民国政府开展一个"新生活运动"，倡导新的文明，故而文明街被赋予了"新"字；也有一说，1920年，朱德担任云南省警察厅厅长时，和云南市政公所一道督促修建文明街后，文明街建筑、铺面规划统一，显示出新街新气象，故而被众人称赞"文明新街"。书是文明街一个显著的特点，没有书，也就无所谓"文明"。许多年以来，老街都是昆明图书市场的集散地，其中以小说尤其是通俗小说最为突出。喜欢读旧小说的读者，买书的首选地点就在这里。这种状况从20年代中期到40年代末最盛，并且一直保持到20个世纪70年代。此街25号的"东方书店"是由云南大学王姓教师创办于1944年，书店几乎陪我度过了少年时代。从店主处得知，开店初衷是为西南联大教师提供一个交换书籍的地点，后来却一发不可收，渐渐成为书店。闻一多、李公朴、费孝通等著名人士成了常客。书市一度辐射开来，向北扩展到了文庙直街口。而一旁甬道街、光华街的书店、书摊也如雨后春笋，国内知名大书店在昆设置的分店都在这里，在光华街上，商务印书馆因两层楼半圆形西式建筑显得很特别，它的对面，是中华书局（后来为昆明市滇剧团），往前不远的云瑞公园东侧，则是开明书店和万卷书店。新中国成立前，云南社会新报和信谊商报也设在文明街。文明的概念，就这样以书的名义扎根于昆明人心里。

我们在尚义街倾听。尚义街在清代形成，以崇尚礼义而得名。民国时，中央航空公司、法国东方汇理银行均驻于此区域。昔日尚义街场景繁华热闹。20世纪80年代后，此街道一度成为昆明市内比较有规模的花卉市场而蜚声中外，再加上诗歌《尚义街六号》，造就了它的文气花香。1999年昆明举行的世界园艺博览会，来自世界各地的游客惊奇地发现，除了世博园，昆明还有尚义街也是鲜花的海洋，仿佛一夜之间，全世界便知道了尚义街。街两头熙来攘往，车挤人涌；大棚里人头攒动，买卖兴隆，平均几分钟就有一个旅游团到达，商户应接不暇，乐不可支。

尚义街与文学有关。许多年之后，当中国诗坛终于停止骚动与喧哗，诗歌逐渐回归到它的本身，人们才猛然发现，于坚创作的诗歌《尚义街6号》仿佛一只"馒头"，是如何的厚重朴实，好吃耐嚼。

许多外省乃至外国友人游人，把这首诗当成了游走昆明的理由和探索昆明底蕴的钥匙。如今，虽然真实的尚义街6号已经消失，但无可否认，诗歌《尚义街6号》融入了这座城市，事实上已成为古老昆明的文化符号之一。

我们在灵光街倾听。灵光街是昆明城目前存在不多的老街，老城最后的风景在这里。"瑞气灵光，雾锁青门"：灵光街建于明末清初，因为南段有灵光寺（现在的圆通桥下），中段有青门寺而出名，开始为贡品市场，后来发展为集市。北端的大鼓楼也名气不菲，鼓楼系明代横跨街道，通讯设施，报告军情或水火之灾。土木建筑，市井风貌。此街可以看民俗文化，是外国人必来之地。

五、永远的过去

从昆明这些老街道、老房子和老字号中，人们可以获得对过去的回味。这些难得的记忆符号，记忆人生，记忆美好，记忆激情燃烧的岁月。

每个人都曾经在老街道上居住，清晰的门牌号码和温暖的大院小楼都可能成为每个人的心中的收藏。

每个人都与老房子有过接触，老房子的风云变幻或多或少会影响你的人生。

每个人都和老字号不无关系，那些难忘的色香味和品相永远不会消失。

在这里我们感受柔软慢生活。以大观街为例，大观街塑造的是老昆明独特的韵味，全城中，似乎难有哪条街可以相比、如此大观：多为木框架结构的街边建筑，在钢筋水泥作品日益增多的都市中，炫耀着历史特色和文化风度。在没有汽车的年代，滇池周边农人进城，乘船是最便捷的方式。从滇池进入大观河，直至篆塘码头靠岸，下船便可进入大观街。农人们卖掉的是自家种养的粮食、家禽、土特产，买走的是布匹、盐巴、用具等生活品，舟楫朝来夕往，民风古韵寻常。

在这里我们感受岁月多青葱。老城标志几乎成为几代人心中永远的"结"。青少年时期那些人那些事，因为这些标志，至今依然历历在目。

在这里我们有了记忆留言板。街道、房子、字号，都是城市的留言板，城市的悲欢离合、兴衰存亡，都被记录在他们的卡卡角角。没有老街、老屋、老字号的城市一定是索然无味的。标志的味道在于把世事沧桑，人间忧乐统统储存了下来，任岁月磨砺而永不消失。

对于我们这一代人来说，童年的街道、老屋、老字号似乎更有味。如今，在昆明市内，你已经很难再发现那些关于老街、老屋、老字号的物件了，所有的一切，都随着所谓"旧城改造"的风暴被毁于一旦。唯有当时的照片或者影像，可以唤起我们难忘的记忆。

今天我重提到的那些景致，许多都已灰飞烟灭，成为心里永远的珍藏。好在我们中不乏记忆力极强者，尚能清清楚楚记起那些童年的街道，从而让我们再次聆听昔日街道那淋漓自在的呼吸。寻找到人之初的清明质朴，体味美少年的浪漫纯情。

保住符号就是保住历史文化。从建筑学的角度讲，应该保留。从历史学的角度讲，应该保留。从文化学的角度讲，应该保留。

昆明正从一个历史悠久、城市特色鲜明的古城变成一个缺乏地域特色、千城一面的城市，城市魅力在丧失。在一线城市的摩天大楼热的躁动之下，昆明似乎并不想置身事外。昆明的高楼屡创纪录，从早期的150米，升到200米、300米，再到456米的楼王，如今近20座150米以上的高楼将在2015年封顶。我们不禁要问：高楼能成为历史文化符号吗？

自然风光易找，人文风景难觅。昆明之所以叫昆明，不仅只是它的自然风光，以及它飞快发展的现代，更重要的是它一千多年来形成的历史文化。可以断言，"水泥森林"里不可能产生出什么能够流传千古的文化。

2003年，国际知名建筑师埃里克森说过：对一个城市来讲，它的精髓是什么？不是你建了多少高大的建筑，城市迷人的东西是居民自由自在地生活。那么，我们是不是可以补充一句：这种自由自在的日子，离开了数百年来形成的历史文化符号，恐怕很难体验到了。

老街、老房子、老字号价值连城，我们祝福这些历史文化符号能够永远年轻！祝福我们共同居住的城市因为"三老"而更加美好！

马居里

马居里，宗教学、社会学、社会工作专业硕士生导师。现工作于云南大学民族研究院宗教文化研究所，云南省委统战部宗教理论与政策研究云南省社会科学院基地特约研究员，教育部西南边疆少数民族研究中心兼职副研究员。主要从事西南少数民族宗教文化研究、少数民族社区建设与能力提升研究，并参与社会工作项目评与社会工作职业资格认证考试的相关培训工作。

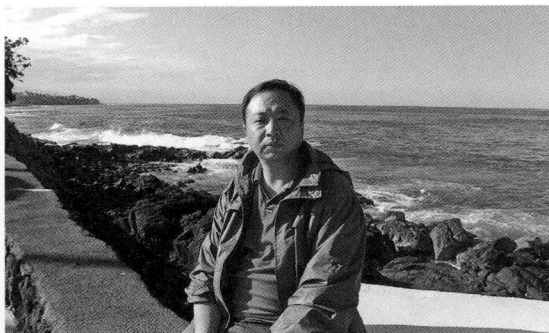

近年来，出版专著4部，发表学术论文20余篇，向政府相关部门提供并被采纳研究咨询报告10篇，主持和参与各级各类科研课题10余项。

云南的宗教格局与宗教文化

云南地处祖国的西南边疆，与缅甸、老挝、越南三国接壤，是一个多民族、多宗教的边疆省份。除了各少数民族各种传统宗教（原始宗教）外，佛教、伊斯兰教、基督教（新教）、天主教、道教五大宗教在云南均有传播，并且是目前国内宗教种类最为齐全的区域。

一、云南宗教的基本情况

1. 佛教

云南佛教按所用经典的语系分类，包含了梵文经典系佛教（又称云南阿吒力教）、汉文经典系佛教（又称汉传佛教）、巴利文经典系佛教（又称南传上座部佛教）、藏文经典系佛教（又称藏传佛教）四大派系。汉传佛教分布于全省各地，集中在滇中、滇西、滇南和滇东北等地，主要为汉族、白族、彝族信仰。南传上座部佛教主要分布于滇南和滇西南的西双版纳、德宏、临沧、普洱、保山等地，为傣族、布朗族、阿昌族、德昂族和部分佤族信仰，具有全民族普遍信仰的特点。藏传佛教主要分布于滇西北的迪庆、丽江和怒江等地，为藏族、纳西族、摩梭人、普米族群众普遍信仰，也具有全民族普遍信仰的特点。藏传佛教又分为格鲁派（黄教），宁玛派（红教），噶举派（白教），萨迦派（花教），上述几个教派云南均有，其中以格鲁派的影响最大。

2. 道教

云南道教分布全省各地，主要集中于滇中、滇西、滇南和滇东北，为汉族、彝族、瑶族、白族、壮族、纳西族、布依族等部分群众信仰，派别主要是正一派和全真派。

3. 伊斯兰教

云南伊斯兰教主要有格底目、哲赫林耶、伊赫瓦尼三个教派，均属伊斯兰教的逊尼派。格底目教派是云南伊斯兰教最大的教派，遍及全省各地。哲赫林耶教派分布于昆明、玉溪、红河、思茅等地。伊赫瓦尼教派现主要分布在滇东北的昭阳、鲁甸、寻甸和滇南的个旧等地。

4. 基督宗教

云南基督教（新教）的分布主要集中于滇西与缅甸接壤的少数民族地区、滇中和滇东北金沙江中下游流域以及昆明、大理等经济文化发达城镇。信仰基督教（新教）群众的主要有傈僳族、怒族、苗族、彝族、景颇族、佤族、拉祜族、哈尼族和汉族，其中少数民族信教群众占90%。天主教的分布主要集中在云南省东、西两个区域，多分布在城镇和内地农村，主要为汉族和彝族、苗族、景颇族等部分少数民族群众信仰。

云南信仰五大宗教群众约400多万人，约占全省总人口的10%。其中，佛教280多万，道教约20多万人，伊斯兰教60多万人，基督教（新教）约60万人，天主教8万多人。

二、云南宗教的传播

在云南，除各少数民族信仰的自己的传统宗教信仰外，佛教、道教、伊斯兰教、基督教（新教）、天主教五大宗教均为外来宗教，五大宗教分别在不同的历史时期传入云南。

1. 佛教

佛教于公元前6世纪由古印度乔达摩·悉达多创立，约在公元1世纪传入中国黄河流域。

汉文经典系佛教约在公元7世纪传入云南地区，其宗派主要有密宗、禅宗、净土宗、律宗、华严宗等。唐宋时期，云南佛教在全国享有很高的声誉和广泛的影响，大理洱海地区曾被称为"妙香古国""无山不寺，无寺不僧"，就是对当时云南汉传佛教兴盛状况的真实写照。明代，由于朝廷的扶持及禅宗的大规模传播，云南汉传佛教形成了以宾川鸡足山为中心的兴盛局面。清代以后，由于社会战乱和经济萧条，汉传佛教逐渐在云南衰落，特别是清末实行"庙产兴学"，大量的僧尼流失、寺庙废弃，宗教影响大不如前。中华人民共和国成立后，特别是1978年中共十一届三中全会后，云南汉传佛教又得到相应发展，信众逐渐增多。

藏传佛教约于11世纪中叶陆续由西藏和四川藏区两路传入云南。宋元时期，特别是元朝时期，由于统治阶级的扶持，萨迦派在云南摩梭人和普米族地区得到发展。到了明代，丽江纳西族木氏土司与噶举派中的噶玛噶举关系密切，使得噶玛巴派在丽江纳西族地区盛行。清代，由于和硕特部和五世达赖对整个藏区的经营，以及清王朝扶持格鲁派以安蒙古的政策等原因，格鲁派逐步占据统治地位。清末，由于西方宗教势力的入侵，以及社会动荡的影响，滇西北藏传佛教势力有所削弱。中华民国时期，藏传佛教传承仍沿袭清代基本格局，在藏族等少数民族中正常发展。中华人民共和国成立后，藏传佛教发展平稳有序。1966~1978年"文化大革命"期间，滇西北藏传佛教遭到严重冲击，跌入历史低谷。1978年中共十一届三中全会后，云南藏传佛教逐步恢复发展。

据考证，南传佛教中的有些派别有可能7世纪传入西双版纳地区，但亦有资料证实，南传佛教约于13~14世纪传入云南，直到15世纪以后南传佛教才大规模传入云南，并开始对傣族等边疆民族的社会、政治、经济和文化产生影响。云南南传佛教主要分为润、多列、摆奘、左底四派。南传佛教最先传入西双版纳，再传入德宏地区，最后传入临沧和思茅地区。南传佛教在云南傣族地区的兴盛与当地封建领主制的形成和发展密切相关，在封建领主的扶持下，南传佛教在云南获得了长足发展，15世纪中期后进入了鼎盛期。中华人民共和国建国初期，德宏、临沧、西双版纳等少数民族地区仍比较完整地保留着封建领主制，因此，与封建领主制相依存的南传佛教在寺院制度、僧侣组织以及社会职能等方面仍沿袭历史传统。20世纪50年代中期，随着边疆民族地区"和平协商土地改革"运动的深入，南传佛教随之脱离领主土司的控制，走上正常发展之路。"文化大革命"期间南传佛教受到冲击，直到20世纪80年代初，随着国家政治、经济、社会秩序的恢复好转，南传佛教也开始逐步恢复发展。

2. 道教

东汉末年，张陵在四川创立五斗米道，估计当时该教就传入了云南。据分析，这是因为：第一，云南与四川在地理上毗邻，两地人民自古以来就相互往来；而且，五斗米道的教区"二十四治"中有的区域已包含今云南的部分地区。因此，随着两地人民的往来，五斗米道可能传入云南。第二，滇与巴蜀民俗相近，五斗米道与云南古代文化有许多内在的关系，因此传入云南的五斗米道很容易被接受。

三国时期，太平道、五斗米道受到中原封建统治者的挟制而陷入沉寂。到了魏晋南北朝时期，经过改革的道教被上层统治者接受，在社会上广泛传播。据史书记载，这时云南的澜沧江、泸水区域有道教方士活动。隋唐两宋时期，中原统治者大都尊奉道教，南诏、大理国受唐宋王朝的影响，道教在云南颇为兴盛。明代，由于中原朝廷加强对云南边疆的垦殖，大批汉族涌入云南，扩大了道教在云南的传播和影响，道教呈现出繁荣局面。清代，云南道教仍比较活跃，先后有武当山、青城山的道士来云南建宫观、辟道场，洞经会组织亦广泛发展。清末以后，全国的道教发展迟滞，云南地区的道教也受到影响。中华人民共和国立后，云南的出家道士数量减少，多数转为居家道士，俗称"火居道士"。十一届三中全会后，云南道教活动逐渐恢复正常发展。

3. 伊斯兰教

公元七世纪初，穆罕默德在阿拉伯半岛创立伊斯兰教。云南地区信仰伊斯兰教的民族主要是回族。

伊斯兰教有可能在唐代传入云南，但大批穆斯林进入云南，始于宋末元初。元宪宗三年（1253年）忽必烈、兀良合台率领十万大军南下平定大理国，军队中的大批西域穆斯林落籍云南，成为今云南回族穆斯林的主要来源。明初，朱元璋命傅友德、蓝玉、沐英（回族）率三十万大军征云南，平定云南后沐英镇守云南，随他而来的大批回族穆斯林士兵、商人、工匠等亦落籍云南。清朝前期，湖广、河北、山东、四川等地的一些穆斯林陆续落籍云南。经过元明清三代的发展，到了清代中叶，云南的回族穆斯林已达到数十万人，云南伊斯兰教也进入成熟时期。清中晚期，民族矛盾和阶级矛盾加剧，朝廷对伊斯兰教的政策不断严厉，云南伊斯兰教也在艰难中发展。中华民国时期，云南回族穆斯林致力于民族革命、普及新文化，推动云南伊斯兰教走上新的发展历程。新中国成立后，云南伊斯兰教平稳发展。但在"文化大革命"时期，云南伊斯兰教亦受到严重冲击。十一届三中全会后，宗教政策重新得到落实，云南伊斯兰教步入正常化。

4. 基督宗教

基督宗教产生于公元1世纪中叶的巴勒斯坦地区。

（1）基督教（新教）。

基督教（新教）传入中国的历史通常以清嘉庆十二年（1807年）以英国伦敦会传教士马礼逊入华为开端。鸦片战争后，随着《南京条约》等一系列不平等条约的签订，国门被迫打开，外国传教士蜂拥入华传教，基督教（新教）在中国初步发展。19世纪后半叶，云南渐渐成为西方传教士的目标。清光绪三年（1877年），内地会英国传教士麦嘉底从上海出发经云南到缅甸，成为现有史料记载中基督教（新教）传教士进入云南第一人。光绪七年（1881年），内地会英国传教士乔治·克拉克夫妇二人从上海出发，绕道缅甸进入云南，在大理城建立起云南第一个基督教（新教）会。最初进入云南的基督教（新教）传教组织，发展十分缓慢。但进入20世纪后，随着中国社会政治局势、社会形态的变迁，以及西方教会加大对云南传教的力度，从1901年到1910年短短10年时间，基督教（新教）在云南的传播较快，教徒发展到五六万人，教堂散布云南城乡。到中华人民共和国建国前，云南大部分地区，特别是少数民族地区，信徒人数众多，主要分布为：滇东北及滇中的苗族、彝族地区，滇西傈僳族、怒族、独龙族地区，滇西景颇族地区，滇西南拉祜族、佤族地区，滇南哈尼族、傣族地区等。基督教（新教）在云南的传播过程中，先后有来自多个西方国家的数十个教派组织和教会团体在云南活动，其中影响较大、分布较广的主要是：内地会、圣公会、五旬节派教会、循道公会、基督复临安息日会五大教派以及青年会、圣经公会两个教会机构。

（2）天主教。

天主教最早传入中国的年代是在唐代初期的贞观年间，当时称为"景教"。元代，由于元世祖对宗教持宽容态度，基督宗教再次传入中国。此时传入的基督宗教有两个派别，一个是景教（聂斯托里派）。另一个是罗马天主教。当时，基督宗教在中国的这两派都被称为"十字教"，它们的信徒被称为"也里可温"，蒙古语意为"有福之人"。元朝灭亡后，也里可温在中国逐渐消亡。明代中期以后，随着罗马天主教再次登陆中国并逐渐传播到各地，天主教在云南的活动才又重新恢复起来。云南天主教徒的来源主要是来自逃迁昆明的南明永历皇室成员。1644年明朝灭亡后，残存的南明政权企图借外国人之力复辟明室，积极与罗马天主教势力联络，许多人在南逃的途中皈依教会，成为云南的首批天主教徒。1840年后，云南天主教进入一个快速发展时期，奠定了云南天主教的发展格局。天主教在云南的分布格局主要为：滇东彝族、苗族地区，滇西白族、景颇族地区，滇西北藏族、傈僳族、怒族地区。云南天主教的教会组织和传教机构主要来自法国，主要有巴黎外方传教会、圣心司铎会、苏尔比斯会、十字修女会、撒勒爵会、加尔默罗女修会、圣万济各女修会等，以及瑞士伯尔纳铎会等。

5. 原始宗教

近现代，云南还保留着形态多样的少数民族原始宗教遗存，有自然崇拜、动植物崇拜、灵魂崇拜、图腾崇拜、祖先崇拜、生殖崇拜等。云南原始宗教的形态不仅多样、典型，还具有形态发展演变方面的层次性。比较有代表性的有纳西族的东巴教、白族的本主崇拜、彝族的毕摩教、普米族的韩归教等等。

三、云南宗教的节日与礼俗

宗教的外在表现以节日和礼俗最为突出，云南宗教类型齐全，也呈现出丰富多彩的宗教节日和宗教礼俗。

1. 佛教

（1）汉传佛教。

云南汉传佛教有较多的佛教节日，主要有农历正月初一举办的纪念弥勒佛诞生的弥勒会；农历四月初八举行的纪念佛祖释迦牟尼圣诞的如来会，也称浴佛会、太子会；农历二月十九、六月十九、九月十九三次祭祀观音菩萨的观音会；农历七月十五举办的超度追荐祖先之灵的盂兰盆会等等。

（2）藏传佛教。

藏传佛教的传统节日比较多，首先格鲁派的法会以中甸松赞林寺和东竹林寺最具代表性。主要的法会有正月初一至初五的米诺会；正月初六至二十的默朗钦波法会，即"大祈愿法会"，汉语称"传召法会"；在默朗钦波法会期间还举行默朗展安迎佛节，以盛大的游行活动欢迎未来强巴佛的到来。二月初三为七世达赖格桑嘉措圆寂纪念日。二月二十一日为五世达赖阿旺·罗桑嘉措圆寂纪念日。四月初六至十五日的萨噶达瓦会，是迪庆州内格鲁派把释迦牟尼的"诞生""出家""涅槃"并在一起纪念的节日。六月十五日至七月底为夏安居，是持续四十五天的诵经会，期间禁止全体僧人走出寺院，严禁杀生。八月二十八、二十九日的僧值节是东竹林寺极为隆重的传统跳神大会。

云南噶举派法会大部分与宁玛和格鲁相似，也有少数为噶举派独有，如五月初十至十二的莲花祖师诞辰纪念会，法会期间举行僧侣晋升仪式。六月十五日是朱冲玛之拉年，意为"白观音会"，会间上午吃斋，下午吃荤。十二月二十三日至除夕的古冬会，亦称跳神会。

云南宁玛派的法会主要以纪念佛祖、菩萨、莲花祖师以及除邪祈祷为主，带有大量苯教痕迹，如二月二十二日的崇拜舞蹈法会；三月期间为祈求地方平安举行山神、水神献祭仪式；四月初一至十五日的默斋期；九月十八、十九日的降魔法会等。

（3）南传上座部佛教。

南传佛教传统的宗教节日有"浴佛节"（俗称泼水节）、"入夏安居""出夏安居""献经节""烧白柴""塔摆"（"赕塔"）、"堆沙塔"等。

在傣族地区，每逢重大的人生仪节，都有佛寺或僧侣的参与，如新生儿降生，父母就将其抱到寺院，请长老念经并赐名。南传佛教僧侣世俗化和僧侣还俗制度，具有显著的地方民族特色，也是区别于佛教其他派系的主要特征之一。历史上，在云南傣族地区，男性儿童到十岁左右，就须由父母及亲属举行浓重的仪式（俗称"升和尚"），把他送入佛寺剃度为僧一段时间。男儿出家为僧的时间不限，但不得少于三个月。初入寺的童僧称为"帕囡"（小沙弥），俗称"小和尚"；一般三年以后，童僧经长老考试合格，可升为"帕龙"（沙弥），俗称"大和尚"。一般"帕"及沙弥级别的僧侣大都还俗。帕龙年满二十岁，若其家庭不要求他还俗，他本人亦能遵守戒律、认真习经修持，经本寺长老主持晋升仪式，可升为"都囡"（小比丘），俗称"二佛爷"。再经三年以上的学习修行，并达到一定的宗教造诣后，经若干名长老考试合格后，可升为"都龙"（比丘），俗称"大佛爷"。"都"级僧侣还俗的较少，还俗后称为"康朗"，是傣民族中的知识分子。

2. 道教

道教对云南地区的生活风俗等产生了较深的影响。

道教的"三元节"在云南巍山彝族，洱源白族，耿马傣族及蒙自、开远、昆明等地汉族中颇为盛行，但各地举办"三元会"的时间和内容稍有差异。

云南各地在举行崇道活动的同时，往往还举办大型的庙会，如巍山彝族的松花会（玉皇会）、文昌会、财神会、火圣会、灶君会；永仁彝族的火神会、魁星会；蒙自汉族的文昌会、巡天会、温天君会、举刀会（祭关羽）、松抄会（万仙团员会）；马关县的土地会、清醮会、都天会、南斗会、北斗会等。此外，云南部分少数民族的礼仪也深受道教的影响，如瑶族的度戒、挂灯、跳盘王（又称还盘王愿），壮族的祈福、求雨、开路，彝族的祭虫山、晒祖公，布依族和壮族的二月二、三月三等。

3. 伊斯兰教

云南伊斯兰教有许多宗教节日和纪念日，其中开斋节、古尔邦节和圣纪节最为隆重。

开斋节时间在伊斯兰教历10月1日，云南穆斯林称之为大开斋节、大尔德（节日）。古尔邦节时间是伊斯兰教历12月10日，又称宰牲节、忠孝节，云南穆斯林俗称小开斋节。伊斯兰教历3月12日为穆罕默德诞生纪念日，故谓圣纪；伊斯兰教历的11年（632年）3月12日又为穆罕默德逝世日（圣忌）。

4. 基督宗教

（1）基督教。

云南基督教各个教派组织庆祝的节日不尽相同，但主要节日都为圣诞节、复活节和感恩节。

基督教传入云南少数民族中后，传教士对基督教的戒律和传统礼俗做了一些地方化、民族化的调整和变通。如云南各教会（除安息日会）除了在星期天举行大礼拜外，一般还在星期三晚上和星期六晚上举行小礼拜。各地的祈祷内容除对上帝和耶稣所赐恩惠的感谢外，多半根据当地情况加入一些别的内容。讲道是牧师对《圣经》的讲解，是礼拜的中心内容，但云南各地教会讲道的形式和内容却十分活跃和多样化，往往以当地信众的日常见闻和语言、世俗琐事贯穿附会。

云南各地的圣礼也具有一定的地方性和民族性。如在云南，注礼和浸礼均被普遍采用，但在一些原则上采用注洗方式的教会，对浸礼仍不能忘怀，如盈江的一些教会中，虽然接受了注洗方式，但也仅限于阴天时实施，一遇到天晴日暖，则改用浸礼。云南各教堂举行的圣餐次数一般为每月一至二次，圣餐物的品种多随各地的情况而有差异。各地教会的圣餐多为麦面饼、荞面饼或玉米面饼。葡萄酒往往用蜂蜜兑水，或者用水果煮成果汁、还可用茶水代替。

（2）天主教。

天主教主要节日为"四大瞻礼、八大节日"，1991年改称"四个一等节日、八个二等节日"。

四大瞻礼为："耶稣复活瞻礼"，即"复活节"，时间定在每年春分第一个月圆后的第一个星期日，公历的月、日时间不固定。复活节礼仪始于周六晚上，最隆重的是复活蜡烛点燃礼。"圣神降临瞻礼"，是复活节后50天庆期结束后的庆典。这一天又恰是犹太教的五旬节，故圣神降临瞻礼又称"五旬节"。"圣母升天瞻礼"，日期为8月15日。"耶稣圣诞瞻礼"，即"圣诞节"，日期为12月25日。每年12月24日午夜12时间即25日零时，各教堂要举行圣诞前夜的子夜弥撒。

八大节日主要是每年1月6日的"三王来朝节"，又称"主显节""显现节"；3月19日的"大圣若瑟节"；3月25日的"圣母领报节"；9月14日的"光荣圣架节"；11月1日的"万圣节"，又称"诸圣节"；11月2日的"追思节"，又称"亡灵节"；11月21日的"圣母献堂节"；12月8日的"圣母无染原罪始胎节"。

天主教的礼仪主要为七件圣事即圣洗、坚振、圣体圣事、告解、神品、婚配、终傅。其中云南天主教"圣洗"统一为注水礼，在云南农村或基层信仰地区，教会只要求教友一年之中至少必须领受一次圣体圣事和告解圣事。除了统一的圣事礼仪活动外，在云南少数民族聚居地区的教堂，教徒们进教堂参加弥撒活动，按照男女性别不同分别坐在中间过道的两边，并按主持弥撒神父的"男左女右"分坐，即面向教徒背朝圣坛方向。

四、云南宗教的特点

在漫长的历史进程中，云南各民族的传统宗教随着社会的发展而不断发展，同时，五大宗教入滇，与云南的地方文化相结合，呈现出云南宗教文化的特点。

1. 宗教部派齐全，分布面广

佛教、道教、伊斯兰教、基督教、天主教五教俱全，使云南成为别具特色的"世界宗教博物馆"。其中，佛教三大部派（汉传佛教、藏传佛教、南传上座部佛教）集于一省，这在全国也为云南所独有。根据云南省宗教局统计，2007年全省五大宗教信教群众约是400多万人，约占全省总人口的10%。

2. 信教人数众多，宗教影响不可低估

云南省信教人数400多万，占全省总人口的10%。除伊斯兰教为回族普遍信仰外，每一种宗教又都为若干个民族的群众所信仰。由于历史传统和现实的原因，真正意义上的宗教徒，如正式受洗的天主教、基督教徒比例不高，但宗教在公民中的影响则不可低估。除历史形成藏族和回族穆斯林聚居村外，近年来各地新出现了一批天主教和基督教徒聚居村。

3. 边境线长和民族跨境而居，宗教与境外交往密切

在沿边一线26个县，有16个少数民族的信教群众与缅甸、越南、老挝等国跨境而居，自古以来就有边民互市、通婚的习俗，随着边境地区的扩大开放，近年来境内外边民交往甚密。

4. 民族与宗教问题相互交织

少数民族信徒约占全省信教人数的90%以上，境内世居人口在5000人以上的25个少数民族均有宗教分布和流传。藏族、普米族、傣族、德昂族、布朗族、阿昌族及回族等7个少数民族几乎普遍信仰某一种宗教，群众对所信奉的宗教除了信仰上的虔诚外，还有着十分浓厚的民族感情。

5. 宗教文化与旅游文化、民间信仰相互交织

宗教文化，尤其是佛教寺院、道教宫观，在现代旅游业中的地位日益显现，佛道教寺观既是宗教活动场所，又成为供旅游客观光的景点。此外，除回族以外的各民族，都不同程度地信仰历史上遗留下来的原始宗教以及为数众多的民族民间宗教，估计信教群众不下1000万。

云南是一个多民族多宗教的边疆省份，五大宗教齐全，同时各民族还不同程度地保留着本民族的传统信仰，16种少数民族跨国界而居，边民间日常往来频繁，历史上与东南亚各国间社会经济和文化交流及相互影响十分活跃，再加上边境民族地区的贫困状况极为突出，进而使云南宗教具有鲜明的

民族性、国际性，以及与贫困问题相交织的特点，从而构成了云南边境民族地区宗教的特殊复杂性。

参考文献

［1］云南省社会科学院宗教所编.云南宗教史.昆明：云南人民出版社，1999.

［2］杨学政.云南境内的世界三大宗教.昆明：云南人民出版社，1993.

［3］刘鼎寅，韩军学.云南天主教史.昆明：云南大学出版社，2005.

［4］姚继德，李荣昆，张佐.云南伊斯兰教史.昆明：云南大学出版社，2005.

［5］肖耀辉，刘鼎寅.云南基督教史.昆明：云南大学出版社，2007.

［6］萧霁虹，董允.云南道教史.昆明：云南大学出版社，2007.

［7］王海涛.云南佛教史.昆明：云南美术出版社，2001.